KB175372

어둠의

속도

The Speed of Dark

어둠의 속도

The Speed of Dark

엘리자베스 문
지음

정소연
옮김

푸른숲

용기와 즐거움으로 늘 기쁨을 주는 마이클에게, 그리고 남편 리처드에게.

그의 사랑과 지지가 없었다면 일이 200퍼센트는 더 힘들었으리라.

더불어 자폐아를 키우는 다른 부모들에게.

그들도 다름에서 기쁨을 찾길 바라며.

차례

일러두기

자폐인의 '자폐특성'은 있는 그대로 존중받아야 한다. 질병과 같은 선상에서 '자폐증'이라 불려 마땅하지 않다. 이는 분명 지양해야 할 표현이나, 본문에서는 작품 세계 속 인식의 한 계를 드러내기 위해 선택적으로 사용했다.

1

질문, 끝없는 질문들. 그들은 답을 기다리지 않는다. 질문을 겹겹이 쌓아올리며, 모든 순간을 질문으로 뒤덮으며, 질문의 가시에 찔린 통증을 제외한 모든 감각을 차단하며 달려든다.

그리고 명령들. "루, 이것은 무엇인가요?" 아니면 "이것이 무엇인지 말해 보세요." 그릇. 몇 번이고 똑같은 그릇. 그것은 그릇이고, 못생긴 그릇, 지겨운 그릇, 온전하고 완전하고 지긋지긋하고 재미없고 시시한 그릇이다. 나는 시시한 그릇에는 아무 관심도 없다.

그들이 듣지 않는다면, 내가 왜 말을 해야 하나?

큰 소리로 이렇게 말하지 않을 줄은 안다. 나는 삶에서 소중하게 생각하는 모든 것들을, 내 진짜 생각 대신 그들이 내게서 듣고자 하는 말을 한 대가로 얻었다.

내게 1년에 네 번씩 평가와 조언을 하는 이 사무실의 정신과 의사도 다른 모든 사람들과 마찬가지로 우리 사이의 경계에 대해 확신하고 있다. 그녀의 확신을 보는 일은 고통스럽고, 그래서 나는 필요 이상으로 그녀를 보지 않으려고 애쓴다. 이것도 나름대로 위험하다. 다른 사람들처럼 그녀도 내가 지금보다 더 자주 시선을 맞추어야 한다고 생각한다. 나는 지금 그녀를 힐끔거린다.

전문가답고 똑똑한 포넘 박사가 눈썹을 치켜들고 보일 듯 말 듯 고개를 흔든다. 자폐인들은 이런 신호를 이해하지 못한다. 책에 그렇게 쓰여 있다. 나는 그 책을 읽었기 때문에 내가 무엇을 이해하지 못하는지 안다.

내가 아직 알아내지 못한 것은 그들이 이해하지 못하는 사물의 범위이다. 정상인들. 진짜 사람들. 학위를 따고 책상 뒤 편안한 의자에 앉는 사람들.

박사가 무엇을 모르는지 몇 가지는 안다. 박사는 내가 읽을 줄 안다는 사실을 모른다. 내 말이 무의미하고 기계적이라고, 내가 뜻도 모른 채 입내 내기만 한다고 생각한다. 그녀가 말하는 입내 내기와, 그녀가 글을 읽을 때 하는 행동 사이에 무슨 차이가 있는지 나는 알지 못한다. 포넘 박사는 내가 많은 어휘를 안다는 것도 모른다. 그녀가 직업을 묻고 내가 여전히 제약 회사에서 일하고 있다고 대답할 때마다, 그녀는 제약이 무슨 뜻인지 아느냐고 묻는다. 내가 입내 내기를 한다고 생각한다. 그녀가 말하는 입내 내기와 나의 폭넓은 어휘 사용 사이에 무슨 차이가 있는지 나는 알지 못한다. 박사는 다른 의사나 간호사나 기술자들에게 말할 때마다, 훨씬 더 간단하게 할 수 있는 말을 거창한 단어를 사용하며 끝없이 종알거린다. 그녀는 내가 대학을 졸업했고 컴퓨터로 작업을 한다는 것을 알지만, 사실 내가 거의 글을 쓰거나 말을 하지 못한다는 자신의 믿음이 모순된다는 것을 깨닫지 못한다.

그녀는 나를 좀 명청한 애처럼 대한다. 내가 (그녀의 표현을 따르면) 과시적인 단어를 사용할 때마다, 그저 생각하는 대로 말하라고 지적한다.

내가 생각하는 것은, 어둠의 속도는 빛의 속도만큼이나 흥미롭고 어쩌면 더 빠를지도 모른다는 점이다. 누군가 알아낼까?

내가 생각하는 것은 중력에 대한 것이다. 만약 중력이 두 배 강한 세상이 있다면, 공기가 빽빽할 테니 그 세상의 선풍기 바람은 더 세서 냅킨만이 아니라 컵까지 탁자에서 떨어뜨리지 않을까? 아니면 중력이 강할수록, 센 바람에 움직이지 않을 만큼 컵을 탁자에 더 단단히 붙잡아 둘까?

내가 생각하는 것은 이 세상은 넓고 무섭고 시끄럽고 미쳤지만 폭풍의 중심은 여전히 아름답고 고요하다는 것이다.

내가 생각하는 것은 만약 내가 색을 사람처럼 생각하거나 사람들을 막대기나 분필, 딱딱하고, 갈색이나 검은색 분필 외엔 모두 하얀 분필로 생각한다면 무엇이 달라질까 하는 점이다.

내가 생각하는 것은 나는 내가 좋아하고 원하는 것을 알고 있고, 포넘 박사는 모르고, 그녀가 내가 좋아하거나 원하기를 바라는 것을 나는 좋아하거나 원하고 싶지 않다는 것이다.

그녀는 내 생각을 알고 싶어 하지 않는다. 내가 다른 사람들처럼 말하기를 바란다. "포넘 박사님, 안녕하세요." "네, 저도 잘 지내요. 고맙습니다." "네, 기다릴 수 있어요. 괜찮아요."

괜찮다. 그녀가 전화를 받는 사이에, 나는 사무실을 둘러보며 박사가 자신에게 있는 줄 모르고 있는 반짝이는 사물들을 찾아낼 수 있다. 저쪽 책장에 꽂힌 책의 반질반질한 표지에 비치는 빛이 시야 끄트머리에서 나타났다 사라졌다 하게 머리를 앞뒤로 흔들 수도 있다. 내가 머리를 앞뒤로 움직이는 모습을 보면, 박사는 일지에 기록한다. 심지어 전화 통화를 하다 말고 머리를 그만 흔들라고 말할지도 모른다. 내가 하면 전형적인 증상이고 그녀가 하면 목 운동이다. 나는 반사된 빛의 깜박임을 보는 것을 재미있는 일이라고 부른다.

포넘 박사의 사무실에는 이상한 냄새가 섞여 난다. 종이, 잉크, 책, 깔개 접착제, 의자 프레임의 플라스틱 냄새만이 아니라, 내가 초콜릿이 틀림없다고 생각하는 다른 어떤 것의 냄새도 난다. 책상 서랍에 사탕 상자를 넣어 두는 걸까? 알아내고 싶다. 그녀에게 물어본다면 일지에 기록할 것이다. 냄새 인지는 적절치 못한 행동이다. 인지에 대한 기록은 나쁜 기록note이지만, 악보의 틀린 음표note와는 다르다.

나는 모든 사람들이 모든 면에서 비슷하다고는 생각하지 않는다. 박사는 내게 '모든 사람들이' 이것을 알고 '모든 사람들이' 저것을 한다고 하지만, 나는 앞을 못 보는 게 아니라 그저 자폐일 뿐이고, 사람들이 제각기 다른 것을 알고 다른 일을 한다는 사실을 알고 있다. 주차장에 세워진 차들의 색과 크기는 모두 다르다. 오늘 아침에는 37%가 파란색이다. 9%는 대형차인 트럭과 밴이다. 보관대 세 줄에 오토바이 열여덟 대가 세워져 있다. 줄마다 여섯 대여야 하지만, 정비실 근처에 있는 뒤쪽 보관대에 열 대가 있다. 다른 채널에서는 다른 프로그램이 나온다. 모든 사람들이 비슷하다면 이런 일은 일어나지 않을 것이다.

그녀가 전화를 내려놓고 나를 바라본다. 그 표정을 짓고 있다. 대부분의 사람들이 뭐라고 부르는지 모르지만, 나는 그 표정을 **나는 진짜다** 표정이라고 부른다. 그녀는 진짜고 답을 알고 있고 나는 부족한 사람, 슬랙스 아래로 사무실 의자 천의 골을 느낄 수 있다고 해도, 완전한 진짜는 아닌 사람이라는 뜻이다. 나는 엉덩이 아래에 잡지를 놓곤 했지만, 박사는 내가 그렇게 할 필요가 없다고 한다. 그녀는 진짜고, 그녀는 생각하고, 그러니 내게 필요한 것과 필요하지 않은 것을 안다.

"네, 포넘 박사님. 듣고 있어요." 그녀의 말이 넘어진 식초통의 식초처럼 약간 거슬리며 쏟아져 내린다. "대화의 단서를 찾아 들으세요." 박사가 내게 말하고, 기다린다. "네." 내가 말한다. 그녀가 고개를 끄덕이고, 일지에 표시하고, 나를 쳐다보지 않으며 말한다. "아주 좋아요." 복도 저편 어딘가에서 누군가가 이쪽으로 걸어오기 시작한다. 두 명이 이야기를 나누고 있다. 곧 그들의 대화가 박사의 말과 엉킨다. 나는 듣는다. 금요일에 데비……다음번에……할 예정인데 그들이 그랬어? 그녀에게 말했어. 하지만 전혀 새가 횃대 위에……그럴 리가 없어, 그리고 포넘 박사가 내 대답을 기다리고 있다. 박사가 횃대 위의 새에 대해 말하지는 않을 것이다. "죄송합니다." 그녀가 좀 더 집중하라고 말하고 일지에 다시 표시한 후 사교 생활에 대해 묻는다.

박사는 내 대답을 좋아하지 않는다. 독일에 사는 친구 알렉스, 인도네시아에 있는 친구 키와 인터넷 게임을 한다고 했다. "실생활에서요." 박사가 단호하게 말한다. "직장에서 말이죠." 내가 대답하자, 그녀는 다시 고개를 끄덕이더니 볼링과 미니 골프와 영화와 지역 자폐인 모임에 대해 묻는다.

볼링을 하면 등이 아프고 소음으로 머릿속이 불쾌하다. 미니 골프는 어른이 아니라 애들이 하는 놀이이고, 나는 어릴 때에도 미니 골프를 좋아하지 않았다. 서바이벌 게임을 좋아했다. 하지만 첫 상담 때 그렇게 말하자, 그녀는 '폭력 성향'이라고 기록했다. 내 정기 면담 항목에서 폭

력에 대한 질문 모음이 사라지게 하는 데 오랜 시간이 걸렸다. 나는 박
사가 그 기록을 절대 지우지 않았으리라고 확신한다. 내가 볼링이나 미
니 골프를 좋아하지 않는다고 거듭 말하고, 그녀가 노력을 기울여야 한
다고 말한다. 내가 영화를 세 편 봤다고 말하고, 그녀가 영화 내용에 대
해 묻는다. 평론을 읽었기 때문에 줄거리를 말할 수 있다. 나는 영화, 특
히 극장에서 보는 영화조차 별로 좋아하지 않지만, 그녀에게 말할 거리
가 있어야 한다……. 박사는 내 단조로운 줄거리 낭송이 평론 글 그대로
임을 여태 눈치채지 못했다.

언제나 내 화를 돋우는 다음 질문에 대비한다. 내 성생활은 그녀가 상
관할 일이 아니다. 그녀는 내가 여자친구나 남자친구에 대해 맨 마지막
에나 이야기할 상대이다. 하지만 박사는 내게 애인이 있으리라고 기대
하지 않는다. 그저 없다고 기록하고 싶어 할 뿐으로, 그것은 더 나쁘다.

마침내 끝났다. 박사가 다음에 보자고 말하고, 내가 "고맙습니다. 포
넘 박사님"이라고 말하고, 그녀가 "아주 좋아요"라고 말한다. 마치 내가
훈련받은 개라도 되는 것처럼.

밖은 덥고 건조하다. 나는 주차된 차들의 반짝임을 피해 흘끔거린다.
인도를 걷는 사람들은 햇살을 받아 어두운 점 같고, 눈이 익숙해질 때까
지는 흔들리는 빛 때문에 잘 보이지 않는다.

나는 너무 빨리 걷고 있다. 신발이 포석에 부딪히며 내는 둔탁한 소리
때문만이 아니라, 내 쪽으로 걸어오는 사람들의 얼굴에 잡힌, 걱정스럽
다는 의미인 듯한 주름 때문에 안다. 왜지? 그들에게 부딪히려는 것이
아니다. 그래서 나는 속도를 늦추고 음악을 생각한다.

포넘 박사는 내가 다른 사람들이 좋아하는 음악을 즐기는 법을 배워

야 한다고 말한다. 나는 그런 음악을 좋아하고 있다. 다른 사람들도 바흐나 슈베르트를 좋아하고, 그들 모두가 자폐증은 아니다. 자폐인들은 이 모든 교향악단과 오페라단을 후원할 만큼 많지 않다. 하지만 박사가 말하는 **다른 사람**은 "대부분의 사람"이다. 나는 〈송어 오중주〉를 떠올린다. 음악이 마음속을 흘러 지나가고, 호흡이 안정되며 발걸음이 음악의 박자를 따라간다.

맞는 음악을 찾으니 열쇠가 차 자물쇠에 쉽게 미끄러져 들어간다. 운전석이 따뜻하다. 포근하게 따뜻하다. 부드러운 양가죽이 나를 안정시킨다. 예전에는 인조 가죽을 썼지만, 첫 월급으로 진짜 양가죽을 샀다. 시동을 걸기 전에 마음속의 음악에 맞춰 가볍게 몸을 흔든다. 가끔은 시동을 켜면서 음악이 계속 이어지게 하기 어렵다. 나는 차가 음악의 박자에 맞춰 움직일 때까지 기다리기를 좋아한다.

교차로, 신호등, 교통체증, 회사 입구를 지나 일터로 돌아가는 동안, 나는 음악이 나를 안정시키며 흘러가도록 내버려둔다. 우리 건물은 오른쪽에 떨어져 있다. 주차장 개폐기에 신분증을 대고, 내가 좋아하는 자리를 찾는다. 다른 건물 사람들은 좋아하는 자리에 주차하지 못한다고 불평하지만, 여기에서 우리들은 늘 좋아하는 자리에 차를 세운다. 아무도 내 자리에 주차하지 않고, 나도 다른 사람 자리에 주차하지 않는다. 오른쪽에 데일, 왼쪽에 린다, 맞은편에 캐머런.

내가 좋아하는 부분의 마지막 악구에 맞춰 건물로 걸어 들어가며, 문을 통과하는 사이 음악이 잦아들게 한다. 커피 자판기 앞에 데일이 서 있다. 데일이 아무 말 하지 않고, 나도 아무 말 않는다. 포넘 박사라면 내가 말하기를 바라겠지만, 그럴 이유가 없다. 데일이 생각에 깊이 빠져 있어 방해받지 않고 싶어 하는 것을 알 수 있다. 나는 매 분기마다 그렇듯, 포넘 박사 때문에 아직 기분이 나쁘다. 그래서 나는 내 자리를 지나 체육관으로 들어간다. 뜀뛰기가 도움이 되리라. 뜀뛰기는 언제나 도움이 된다. 체육관에 아무도 없어서, 문 앞에 표지판을 걸고 뜀뛰기 괜찮은 음악을 크게 튼다.

뛰는 동안에는 아무도 나를 방해하지 않는다. 트램폴린의 강한 탄성과 곧이어 찾아오는 무중력 상태 같은 부유감에, 내가 크고 가벼워진 느낌이 든다. 내 마음이 음악의 박자를 딱 맞추면서도 긴장을 풀고 뻗어나가는 것이 느껴진다. 집중력이 돌아오고 호기심이 다시 나를 업무로 이끌자, 뜀 폭을 천천히 줄이고 트램폴린에서 뛰어내린다.

아무도 자리로 걸어가는 나를 방해하지 않는다. 린다와 베일리가 있는 것 같지만, 상관없다. 나중에 같이 저녁을 먹을지도 모르지만, 지금은 아니다. 이제 나는 일할 준비가 되었다.

내가 다루는 기호들은 대부분의 사람들에게 무의미하고 혼란스럽다. 내 일을 설명하기는 어렵다. 하지만 회사가 내게 차와 아파트를 유지할 만큼 월급을 주고, 체육관과 포넘 박사와의 상담을 마련해 주는 것을 보면, 중요한 일일 것이다. 기본적으로, 나는 패턴을 찾는다. 어떤 패턴들은 특이한 명칭이 있고, 다른 사람들에게는 잘 보이지 않는다. 하지만 내 눈에는 늘 쉽게 보였다. 내가 생각한 것을 다른 사람들도 볼 수 있도록 묘사하는 방법만 배우면 되었다.

헤드폰을 끼고 음악을 고른다. 슈베르트는 지금 맡고 있는 프로젝트에는 너무 풍성하다. 찾고 있는 패턴을 그대로 반영하는 복잡한 패턴을 가진 바흐가 딱 맞다. 나는 패턴을 찾고 만드는 역할을 하는 마음의 일부를 프로젝트에 잠겨들게 한다. 그러면 잔잔한 수면에서 얼음 결정이 자라나는 모습을 보듯이, 하나씩, 하나씩, 얼음선이 자라고, 가지를 뻗고, 또 가지를 뻗고, 얽혀든다……. 주의를 집중하고, 패턴이 대칭이든 비대칭이든 뭐든 이 특정 프로젝트가 요구하는 대로 유지되도록 지켜보기만 하면 된다. 이번 일은 대부분의 다른 프로젝트보다 더 집중적으로 반복되고, 나는 마음속으로 날카로운 구를 이루며 겹겹이 커져가는 차원분열도형을 본다.

가장자리가 흐려지자, 나는 몸을 흔들고 자세를 고쳐 앉는다. 모르는 사이에 5시간이 지났다. 포넘 박사로 인한 동요가 사라졌다. 정신이 맑다. 가끔은 상담 후 하루 정도 일을 하지 못할 때도 있는데, 이번에는 뜀뛰기를 해서 균형을 맞췄다. 자리 위에선 바람개비가 통풍구에서 나온 바람을 받아 천천히 돌고 있다. 입김을 불자, 잠시 후—정확히는 1.3초 후—바람개비가 빛을 받아 보라색과 은색으로 반짝이며 더 빨리 돈다. 나는 송풍기를 켜서, 바람개비와 팔랑개비 들이 일제히 돌며 사무실을 반짝이는 빛으로 채우게 하기로 마음먹는다.

반짝임이 막 시작되었을 때, 베일리가 복도를 걸어오며 "피자 먹을 사람?"이라고 소리친다. 배가 고프다. 배가 꼬르륵거리고, 갑자기 사무실에 있는 온갖 것들의 냄새가 난다. 종이, 사무실 자리, 융단, 금속/플라스틱/먼지/세제…… 내 몸. 송풍기를 끄고, 반짝이며 도는 아름다움에 마지막으로 눈길을 준 후 복도로 나간다. 친구들의 얼굴을 휙 훑어보기만 하면 누가 가고 가지 않는지 알 수 있다. 말할 필요가 없다. 우리는 서로를 안다.

9시에 피자집에 들어간다. 린다, 베일리, 에릭, 데일, 캐머런, 나. 츄이도 식사할 준비가 되었지만, 이곳의 식탁에는 여섯 명밖에 앉지 못한다. 그는 이해한다. 나도 그와 다른 사람들이 먼저 준비를 끝냈다면 이해했을 것이다. 여기에 와서 다른 식탁에 앉고 싶지 않았으리라. 그러니 츄이는 여기에 오지 않을 테고 우리는 그의 자리를 마련하려 할 필요가 없다. 작년에 온 새 과장은 이 점을 이해하지 못했다. 그는 거창하게 한상 차리려 하며 우리 자리를 뒤섞었다. "그렇게 깐깐하게 굴지들 마세요." 그는 이렇게 말하곤 했다. 우리는 그가 보지 않는 틈을 타서 앉고 싶은 자리로 돌아가 앉았다. 린다는 데일의 눈가 경련을 불편해하기 때문에, 데일의 눈이 보이지 않는 자리에 앉는다. 나는 경련이 재미있다고 생각하고, 떨림을 쳐다보기를 좋아한다. 그래서 데일의 왼쪽에 앉는데, 그 자리에서는 데일이 내게 윙크를 하는 것처럼 보인다.

여기에서 일하는 사람들은 우리를 알고 있다. 식당의 다른 사람들이 우리의 움직임이나 우리가 말하는 방식을 너무 오래 쳐다볼 때—혹은 그러지 않을 때—에도, 여기 사람들은 내가 다른 곳에서 받곤 했던 '저리 가' 표정을 짓지 않는다. 린다는 먹고 싶은 메뉴를 그냥 가리키거나 때로는 우선 종이에 쓰는데, 여기 직원들은 그럴 경우에도 절대 린다에게 질문을 하며 귀찮게 하지 않는다.

우리가 좋아하는 탁자가 오늘은 더럽다. 지저분한 접시 다섯 개와 피자 그릇들을 참고 볼 수가 없다. 소스나 치즈, 빵 부스러기의 얼룩을 생각하기만 해도 속이 뒤집히는데, 게다가 홀수이기까지 하다. 우리 오른쪽에 빈 탁자가 있지만, 우리는 그 탁자를 좋아하지 않는다. 화장실 가는 길 바로 옆이라 너무 많은 사람들이 우리 뒤를 지나가게 된다.

우리는 〈안녕하세요 실비아입니다〉가—마치 그녀가 사람이 아니라

팔기 위한 상품인 것처럼, 그녀의 이름표에는 이렇게 쓰여 있다―다른 직원들 중 한 명에게 우리 탁자를 치우라고 손짓하는 사이 참을성 있게 기다린다. 나는 그녀를 좋아하고, 이름표를 보지 않는 한, '안녕하세요'와 '입니다'를 빼고 '실비아'라고 불러야 한다는 점을 기억할 수 있다. 〈안녕하세요 실비아입니다〉는 언제나 우리에게 웃어주고, 도움을 주려 노력한다. 목요일 저녁 근무자인 〈안녕하세요 진입니다〉는 우리가 목요일에 여기 오지 않는 이유이다. 〈안녕하세요 진입니다〉는 우리를 좋아하지 않고, 우리를 보면 입속말로 투덜거린다. 가끔 우리 중 한 명이 다른 사람들을 위해 음식을 받으러 가기도 하는데, 저번에 내가 갔을 때 〈안녕하세요 진입니다〉는 내가 계산대에서 돌아서는 사이 요리사에게 "최소한 이 남자는 저 다른 괴짜들을 모조리 끌고 들어오진 않는군"이라고 말했다. 그녀는 내가 들은 줄 알고 있었다. 들으라고 한 말이었다. 우리를 귀찮게 하는 사람은 그녀 한 명뿐이다.

하지만 오늘 밤에는 〈안녕하세요 실비아입니다〉와 타이리가 있다. 타이리는 접시와 더러운 칼과 포크를 개의치 않는 듯이 줍고 있다. 타이리에게는 이름표가 없다. 그저 식탁을 닦는다. 우리는 다른 사람들이 타이리라고 부르는 것을 들어서 그의 이름을 안다. 처음 내가 이름을 불렀을 때, 그는 놀라고 약간 겁에 질린 듯 보였다. 그러나 이제 그는 우리가 누구인지 안다. 우리의 이름을 부르지는 않지만. "곧 갑니다." 타이리가 우리를 곁눈질하며 말한다. "잘 지내슈?"

"네." 캐머런이 대답한다. 발꿈치부터 발가락까지를 뜀박질하듯 흔들고 있다. 그는 항상 조금씩 그러는데, 지금은 평소보다 속도가 약간 빠르다.

나는 창문에 깜박이는 맥주 간판을 본다. 세 부분으로 되어 있다. 빨간색, 초록색, 가운데 파랑색, 그리고 동시에 꺼짐. 깜박, 빨간색. 깜박, 초록색, 깜박, 파란색 그리고 깜박, 빨간색, 초록색, 파란색, 모두 끔, 모두 켬, 모두 끔, 다시 시작. 매우 단순한 패턴이고 색이 그다지 예쁘지 않지만(파란색은 멋진 파란색이지만, 빨간색과 초록색이 내 취향에는 너무 주황빛이다) 그래도 패턴이니 보고 있을 만은 하다.

"식탁 정리됐어요." 〈안녕하세요 실비아입니다〉가 알린다. 나는 실룩거리지 않으려 주의하며 맥주 간판에서 그녀에게로 주의를 돌린다.

우리는 평소처럼 자리를 잡고 앉는다. 늘 같은 음식을 먹기 때문에, 주문하는 데 그다지 시간이 걸리지 않는다. 묵묵히 피자를 기다린다. 제각기 나름대로 상황에 맞춰 마음을 가라앉히고 있기 때문이다. 포넘 박사를 만나고 온 탓에, 나는 평소보다 이 과정의 세세한 부분에 민감해져 있다. 린다가 숟가락의 움푹 팬 자리를 손가락으로 두드리며, 그녀뿐 아니라 수학자들도 재미있어할 듯한 복잡한 패턴을 그린다. 나와 데일은 곁눈으로 맥주 간판을 본다. 캐머런은 주머니에 넣고 다니는 작은 주사위를 흔들고 있다. 모르는 사람들은 알아채지 못할 만큼 작은 동작이지만, 내게는 캐머런의 소매가 규칙적으로 흔들리는 모습이 보인다. 베일리도 맥주 간판을 보고 있다. 에릭은 색깔 펜을 꺼내 식탁의 종이깔개에 기하학적인 무늬를 그린다. 빨강, 보라, 파랑, 초록, 노랑, 주황, 다시 빨강. 에릭은 색의 흐름이 끝나는 순간에 맞춰 음식이 나오는 것을 좋아한다.

이번에는 노랑에서 음료가, 다음번 주황에서는 음식이 나왔다. 에릭의 얼굴이 누그러진다.

회사 밖에서는 프로젝트에 대해 말해서는 안 된다. 그러나 캐머런은 우리가 식사를 거의 끝낼 때까지도, 그가 해결한 문제에 대해 말하고 싶어 안달하며 자리에서 몸을 흔들고 있다. 나는 주위를 살핀다. 바로 옆 식탁에 아무도 없다. "이저." 내가 말한다. 이저란 '해 봐'란 뜻의 사적 언어이다. 우리는 사적 언어를 써서는 안 되고, 아무도 우리가 사적 언어 같은 것을 정할 수 있으리라고 생각하지 않지만, 우리는 할 수 있다. 많은 사람들이 자신도 모르는 사이에 사적 언어를 사용한다. 그들은 그런 말들을 전문용어나 속어라고 하기도 한다. 그러나 그것은 집단에 속하는 사람과 그렇지 않은 사람을 구별하는 진짜 사적 언어이다.

캐머런이 주머니에서 종이를 한 장 꺼내 펼친다. 다른 사람들이 가져갈 수도 있기 때문에, 사무실에서 서류를 가지고 나와서는 안 된다. 그러나 우리는 모두 서류를 가지고 나온다. 가끔은 말로 하는 것보다 글을 쓰거나 그림을 그리는 편이 훨씬 쉽다.

나는 캐머런이 그림 구석에 항상 그려 넣는 곱슬곱슬한 캐릭터를 알아본다. 캐머런은 애니메이션을 좋아한다. 나는 캐머런이 불완전한 반복을 가로질러 연결해 넣은 패턴들도 알아본다. 캐머런의 해결법이 대개 그렇듯, 군더더기 없이 우아하다. 우리는 모두 서류를 들여다보고 고개를 끄덕인다. "예쁘다." 린다가 말한다. 린다의 손이 옆쪽으로 조금씩 경련한다. 사무실에서라면 손을 크게 퍼덕거렸겠지만, 여기에서는 그러지 않으려고 애쓰고 있다.

"응." 캐머런이 대답하고, 종이를 도로 접어 넣는다.

나는 포넘 박사가 이런 대화에 만족하지 않으리란 것을 안다. 그녀는 우리 모두가 분명히 이해할 때에도, 캐머런이 그림을 말로 설명하기를 바랄 것이다. 우리가 질문을 던지고, 의견을 말하고, 그림에 대해 이야기하기를 바랄 것이다. 말할 거리가 없다. 문제의 내용과, 캐머런의 해결법이 모든 면에서 훌륭하다는 점은 우리 모두에게 확연하다. 다른 말은 그저 잡담일 뿐이다. 우리들끼리 있을 때는 그러지 않아도 된다.

"어둠의 속도에 대해 궁리하고 있었어." 내가 시선을 떨어뜨리며 말한다. 말을 하면, 잠깐이라도 다들 나를 바라볼 것이다. 모두의 시선을 느끼고 싶지 않았다.

"어둠에는 속도가 없어. 어둠이란 빛이 없는 공간일 뿐이야." 에릭이 말한다.

"만약 누가 중력이 1 이상인 세상에서 피자를 먹으면 어떻게 될까?" 린다가 묻는다.

"몰라." 데일이 걱정스런 말투로 대답한다.

"무지無知의 속도야." 린다가 말한다.

나는 잠깐 어리둥절했다가 이해한다. "무지는 지知보다 빨리 확산하지." 린다가 씩 웃고 고개를 꾸벅인다. "그러니 어둠의 속도는 빛의 속도보다 빠를지 몰라. 빛이 있는 곳에 늘 어둠이 있어야 한다면, 어둠이 빛보다 먼저 나아가야지."

"이제 집에 가고 싶어." 에릭이 말한다. 포넘 박사는 내가 에릭에게 화가 났느냐고 묻기를 바랄 것이다. 에릭은 화가 나지 않았다. 지금 집에 가면 좋아하는 TV 프로그램을 볼 것이다. 우리는 공공장소에 있고, 공공장소에서는 인사를 해야 된다는 것을 모두들 알고 있기 때문에 작별 인사를 한다. 나는 회사로 돌아간다. 집에 가서 자기 전에, 한동안 내 바람개비와 팔랑개비 들을 보고 싶다.

캐머런과 나는 체육관에 있다. 트램폴린 위에서 뛰며, 목청 높여 이야기를 한다. 우리 둘 다 최근 며칠 동안 많은 일을 잘 처리했다. 우리는 쉬고 있다.

조 리가 들어오고, 나는 캐머런을 본다. 조 리는 겨우 스물네 살이다. 우리에게는 너무 늦게 개발되었던 치료법이 없었다면 우리 중 한 명이 되었을 사람이다. 그는 자신이 우리처럼 될 수도 있었다는 사실을 알고 있고, 우리의 특징 중 몇 가지를 가지고 있기 때문에 스스로를 우리 중 하나라고 생각한다. 예를 들어, 그는 추상화와 반복에 매우 능하다. 우리가 즐기는 놀이 몇 가지를 좋아하기도 한다. 우리 체육관도 좋아한다. 하지만 그는 사람들의 생각이나 표현을 읽는 일에 훨씬 능숙하다. 정상인들의 생각이나 표현 말이다. 사실, 그는 정상이다. 그렇기 때문에 그와 가장 비슷한 사람들인 우리와 생각이나 표현이 잘 맞지 않는다.

"루, 안녕. 캠, 안녕." 캐머런의 몸이 굳는다. 그는 이름을 줄여 부르는 것을 싫어한다. 마치 다리가 잘려 나가는 것 같은 기분이 든다고 말한 적이 있다. 조 리에게도 같은 말을 했었다. 그러나 조 리는 금방 잊어버리는데, 무척 많은 시간을 정상인들과 보내기 때문이다. "쟈이네?" 우리가 자신의 입술을 읽을 수 있게 고개를 우리 쪽으로 향하는 것을 잊은 그가 불분명한 발음으로 묻는다. 나는 그의 말을 알아듣는다. 청각 인지력이 캐머런보다 낫고, 평소에 조 리의 발음이 불분명한 것을 알기 때문이다.

"잘 지내?" 내가 캐머런을 위해 분명하게 발음한 다음 대답한다. "그래, 존 리." 캐머런이 숨을 내쉰다.

"그거 들었어?" 조 리가 묻더니, 답을 기다리지 않고 조급히 말을 잇는다. "자폐증을 역진逆進시키는 방법에 대해 누가 연구하고 있대. 쥐인지 뭔지에 실험했을 땐 성공했어. 이제 영장류에 실험한다더라. 틀림없이, 곧 너희들도 나처럼 정상이 될 거야."

조 리는 늘 그가 우리 중 한 사람이라고 말했다. 그러나 그가 한 번도 진심으로 그렇게 생각한 적이 없음이 이 말로 분명해졌다. 우리는 '너희'이고 정상은 '나처럼'이다. 그가 우리를 위로하기 위해, 자신도 우리와 같지만 더 운이 좋았다는 뜻으로 그도 우리 같다고 말했던 건지, 아니면 다른 누군가를 즐겁게 하려고 했던 건지 궁금하다.

캐머런이 눈을 부릅뜬다. 아무 말도 하지 못하게 하는, 그의 목까지 차오른 얽히고설킨 단어들이 느껴진다. 나는 그 대신 말하지 않아야 한다는 것을 안다. 나는 오직 나를 대표해서만 말한다. 모든 사람들이 그래야 한다.

"즉, 네 말은 네가 우리와 같은 사람이 아니라는 뜻이지." 내가 말하자, 조 리의 몸이 경직된다. 내가 '상처받은 모습'이라고 배운 표정이 그의 얼굴에 나타난다.

"루, 어떻게 그런 말을 할 수가 있어? 그저 치료를 받았을 뿐이잖아."

"못 듣던 아이를 들을 수 있게 하면, 그 아이는 더 이상 청각장애인이 아니야. 만약 치료를 빨리 받았다면, 그 아이는 청각장애인이었던 적도 없겠지. 모두 시늉일 뿐이야 나머지는."

"무슨 시늉의 무슨 나머지란 거야?" 조 리는 상처받았을 뿐 아니라 혼란스러워하는 것처럼 보인다. 나는 내가 한 말을 글로 썼다면 쉼표가 들어갔을 자리에서 잠깐 쉬는 것을 잊었음을 깨닫는다. 하지만 그의 혼란은 나를 겁에 질리게 한다 — 이해받지 못하면 겁이 난다. 어렸을 때는 한참을 갔다. 머릿속에, 목 아래에 얽혀드는 단어들을 느끼고, 올바른 순서대로 올바르게 표현하며 끄집어내려고 안간힘을 쓴다. 대체 왜 사람들은 의미하는 대로의 단어들만 사용해서 말하지 못하는 걸까? 왜 내가 어조, 속도, 가락, 변화를 주려 발버둥쳐야 하는 걸까?

내 목소리가 단단하고 기계적이 되어 가고 있다. 화난 듯한 목소리이다. 하지만 나는 사실 겁에 질려 있다. "조 리, 의사들은 네가 태어나기도 전에 너를 고쳤어. 너는 한 번도―단 하루도―우리처럼 산 적이 없어."

"그렇지 않아." 그가 내 말을 끊으며 재빨리 말한다. "나도 속으론 너희들과 꼭 같아. 단지―"

"단지 너와 다른 사람들의 차이점은, 정상이라고 하는 것들은," 이번에는 내가 말을 잘랐다. 말을 끊는 일은 괴롭다. 내 담당 치료사 중 한 사람인 핀리 씨는 내가 다른 사람의 말을 끊으면 내 손을 두드리곤 했다. 하지만 나는 조 리가 사실이 아닌 말을 계속하는 것을 참고 들을 수가 없다. "너는 언어 음성을 듣고 인지할 수 있어―정상적으로 말하는 법을 배웠지. 눈이 경련하지도 않았어."

"그래, 하지만 내 뇌는 너희와 같은 방식으로 돌아간다고."

나는 고개를 흔든다. 조 리는 이 부분을 알고 있어야 했다. 그에게 몇 번이나 거듭 설명했다. 우리가 가진 시각이나 청각을 비롯한 다른 감각의 문제들은 감각 기관의 문제가 아니라 뇌의 문제였다. 그러니 이런 문제가 없는 사람의 뇌는 우리와 같은 방식으로 돌아가지 않는다. 우리가 컴퓨터라면 조 리는 다른 설명서가 딸린 다른 메인프로세서 칩을 가진 셈이다. 다른 칩이 든 컴퓨터 두 대에서 같은 소프트웨어를 사용한다고 해도, 같은 방식으로 작동되지 않는다.

"하지만 나도 같은 일을 하잖아."

아니, 아니다. 그는 같다고 생각한다. 가끔 나는 우리가 일하는 회사도 그와 우리가 같은 일을 한다고 생각하는지 궁금한데, 우리 같은 사람들을 더 고용하는 대신 조 리 같은 사람들을 고용했기 때문이다. 직장을 구하지 못한 우리 같은 사람들이 있는데도 말이다. 조 리의 해법은 선형이다. 무척 효율적일 때도 있지만, 가끔은…… 나는 이런 말을 하고 싶지만 할 수 없다. 그가 너무나 화나고 당황한 것처럼 보이기 때문이다.

"봐봐. 나와 저녁 먹자. 너랑 캠 말야. 내가 살게."

몸이 얼어붙는다. 나는 조 리와 저녁 식사를 하고 싶지 않다.

"안 돼. 약속 있어." 캐머런이 말한다. 일본에 있는 체스 상대와 약속이 있는 모양이다. 조 리가 내 쪽으로 돌아본다.

"미안, 회의 가야 해." 간신히 말한다. 땀이 등줄기를 타고 흘러내린다. 조 리가 무슨 회의인지 묻지 않기를 바란다. 회의 전에 조 리와 저녁을 먹을 시간이 있음을 내가 알고 있다는 것만으로도 충분히 나쁘다. 만약 회의에 대해 거짓말을 해야 한다면, 앞으로 며칠 동안이나 끔찍한 기분일 것이다.

진 크렌쇼가 탁자 한쪽, 큰 의자에 앉았다. 피트 올드린은 다른 사람들처럼 측면에 줄지어 놓인 평범한 의자에 자리를 잡았다. 뻔한 수법이지. 올드린은 생각했다. 크렌쇼는 중요해 보일 수 있기 때문에 큰 의자에 앉아 회의를 연다. 이번이 나흘 사이에 세 번째로 열린 회의였고, 올드린의 책상 위에는 회의 때문에 처리하지 못한 일거리가 쌓여 있었다. 다른 사람들도 사정은 마찬가지였다.

오늘의 주제는 사내에 존재하는 부정적인 직원들이었는데, 크렌쇼에게 어떤 식으로든 의문을 제기하는 사람들을 뜻하는 것 같았다. 그런 사람들은 대신 '(크렌쇼의) 비전을 가져야' 했고, 다른 모든 일에 앞서 비전을 찾는 일에 집중해야 했다. 비전에 맞지 않는 것들은…… 나쁘거나 의심의 대상이었다. 민주주의는 상관없었다. 우리의 일은 파티가 아니라 사업이었다. 크렌쇼가 여러 번 한 말이었다. 그런 다음, 그는 사내에 'A 부서'라고 알려진 올드린의 부서를 잘못된 경우의 예로 들었다.

올드린의 속이 뒤틀렸다. 입으로 신물이 올라왔다. A 부서의 생산성은 탁월했다. A 부서 덕분에 그의 이력서에는 칭찬이 줄지어 있었다. 어떻게 A 부서에 뭔가 잘못된 점이 있다고 생각할 수가 있지?

그가 끼어들기 전에, 매지 디먼트가 입을 열었다. "이봐요, 진, 우리는 이 부서에서 한 팀으로 일해 왔어요. 당신이 여기 와서, 우리가 이루어 놓은 성공적인 협력 방식에 아무런 주의를 기울이지 않는 것은—"

"난 타고난 리더요. 내 경력이 내가 선원이 아니라 선장으로 난 사람임을 보여 주지."

"팀워크는 누구에게나 중요합니다." 올드린이 말했다. "리더라면 다른 사람들과 함께 일하는 법을 배워야 한—"

"난 그런 재주는 없소. 내 재능은 다른 사람들에게 영감을 주고, 앞장서서 다른 사람들을 이끄는 거요."

올드린은 그의 재능이 권위도 없이 으스대는 것이라고 생각했다. 그러나 더 높은 관리자들이 크렌쇼를 강력 추천했다. 관리자들은 모두 그보다 먼저 해고되리라.

"A 부서원들은 자신들이 이 회사의 가장 중요한 부분이 아니라는 사실을 깨달아야 하오. 적응해야 한단 말이지. 맡겨진 일을 할 책임이 있소."

"그들 중에도 타고난 리더가 있다면요?" 올드린이 물었다.

크렌쇼가 코웃음 쳤다. "자폐인들이 리더를? 농담 마시오. 그들에게는 리더가 될 자질이 없어요. 사회가 어떻게 돌아가는지 눈곱만큼도 이해하지 못하지."

"우리에게는 계약상 책임이 있습니다……." 올드린은 너무 화가 치밀어 조리 있게 말하지 못하게 되기 전에 화제를 바꿨다. "계약서에 따르면, 우리는 그들의 상황에 적합한 작업 환경을 제공해야 합니다."

"그래, 제공하고 있지. 암 그렇고말고. 아니오?" 크렌쇼가 몸을 떨 듯이 분개했다. "엄청난 지출이오. 개인 체육관, 음향 설비, 주차장, 온갖 장난감들까지."

상위 관리자들도 개인 체육관, 음향 설비, 주차장, 그에 더해 스톡옵션 같은 유용한 장난감을 갖고 있었다. 이런 말을 한들 득 될 것 없으리라.

크렌쇼가 말을 이었다. "열심히 일하는 다른 직원들도 분명히 그런 모래상자에서 놀고 싶어 하겠지―하지만 그들은 맡은 일을 하고 있소."

"A 부서의 직원들도 마찬가집니다. 그들의 생산성 지수는―"

"그럭저럭 괜찮긴 하지. 나도 동의하오. 하지만 만약 그 사람들이 놀면서 허비하는 시간에 일을 한다면, 생산성이 훨씬 더 높아질 거요."

뒷덜미에 열이 올랐다. "A 부서의 생산성은 그저 괜찮은 정도가 아닙니다. 탁월하지요. A 부서원들의 생산성은 사내 어떤 부서보다 높다고요. 어쩌면 우리가 할 일은 다른 직원들에게도 A 부서와 같은 지원을 제공하는 것일지도—"

"그리고 이윤을 영으로 떨어뜨리자고? 주주들이 참 좋아하겠군. 이 봐요, 피트. 당신이 직원들을 위해 애쓰는 건 인정하지만, 바로 그런 점 때문에 당신은 임원이 못 된 거요. 더 큰 그림을 보고 비전을 갖는 법을 배우지 못한다면 더 이상 높이 올라갈 수 없소. 우리 회사는 성공할 테고, 모자란 데 없이 생산적인 일꾼들을 필요로 하고 있어요—이런 소소한 추가 지출이 필요 없는 사람들 말이오. 군더더기를 잘라 내고, 늘씬하고 강하고 생산적인 기계로 돌아가고 있소…….."

다 선전 문구일 뿐이다. 초기에, A 부서의 생산성을 그토록 획기적으로 높이는 데 기여한 바로 그 초과 지출을 확보하기 위해 올드린이 싸울 때 회사 측에서 내세웠던 선전 문구들이었다. A 부서의 수익률로 올드린이 옳았음이 증명되자, 경영자들은 점잖게 인정했다—올드린은 그랬다고 생각하고 있었다. 그런데 지금 와서 크렌쇼를 집어넣다니, 경영자들은 알고 있을까? 모를 수가 있을까?

"당신 형이 자폐인이라는 걸 알아요." 크렌쇼가 매끈한 목소리로 말했다. "당신의 고통은 알지만, 이 세상은 현실이지 보육원이 아님을 깨달아야 해요. 가족 문제로 회사 정책을 결정하게 할 수는 없소."

물통을 들어 물이며 얼음이며 몽땅 다 크렌쇼의 머리에 때려 박고 싶었다. 참아야 했다. 어떤 말로도, 그가 자폐인 형을 두었다는 것보다 훨씬 복잡한 이유에서 A 부서를 옹호하고 있음을 크렌쇼에게 납득시킬 수 없었다. 그는 제레미 형 때문에, 형의 앞뒤 없는 발광의 그늘에서 보냈던 유년기와, '미친 바보' 형 때문에 다른 아이들에게 받아야 했던 놀림 때문에, A 부서에서 일하지 않으려 했었다. 형만으로도 차고 넘쳤다.

그는 집을 떠나며 기억을 되새길 만한 일은 무조건 피하리라고, 안전하고 정상적이고 제정신인 사람들 사이에서 여생을 보내리라고 맹세했었다.

지금 올드린이 A 부서원들을 변호하는 것은 오히려 (여전히 그룹홈에 살며 성인 주간보호시설에서 하루를 보내고, 자기 몸을 돌보는 단순한 일밖에 해내지 못하는) 형과 그들 사이의 차이점 때문이었다. 여전히 그들에게서 형과 같은 부분을 발견하고 움찔하지 않기가 힘들 때도 있었다. 그러나 그들과 함께 일하며, 그는 부모님이나 형을 1년에 한 번 이상 찾지 않는 자신에 대한 죄책감을 조금 덜었다.

"잘못 생각하시는군요. A 부서의 지원 설비를 철거하면 이익보다 회사의 생산성 손실이 더 클 겁니다. 우리는 부서원들의 특수한 능력에 의지하고 있습니다. A 부서 직원들이 개발한 검색 알고리즘과 패턴 분석 덕분에 가공되지 않은 데이터를 상품으로 전환하는 시간이 단축되었어요—바로 이 부분에서 우리가 앞서고 있죠."

"내 생각은 다르오. 올드린, 그들의 생산성을 유지하는 것은 당신 일이지. 어디, 얼마나 잘하나 한번 봅시다."

올드린이 화를 삼켰다. 크렌쇼는 자기가 더 힘이 세다는 것을 알고 아랫것들이 움츠러드는 모습을 보며 즐기는 사람답게, 만족한 듯 점잔 빼며 웃었다. 주위를 살펴보았다. 다른 직원들이 올드린에게 떨어진 문제가 자신들에게까지 튀지 않길 바라며 애써 시선을 피했다.

"게다가, 유럽에 있는 한 연구소에서 새로운 실험 결과가 나온다고 하오. 하루 이틀 안에 온라인에 뜰 거요. 아직 실험 단계이지만, 아주 유

망하다더군. 어쩌면 A 부서 직원들이 시험 시술을 받게 하자고 제안할
수도 있겠어."

"새로운 치료법인가요?"

"그렇소. 나도 잘은 모르지만, 자세히 아는 사람과 친분이 있는데, 그
사람이 내가 자폐인 무리를 넘겨받는다는 것을 알았지. 임상 실험 단계
가 되거든 눈여겨보라고 말해 주더군. 근본적인 결함을 고쳐서 자폐인
들을 정상으로 만드는 연구라오. 정상이 된다면 지금 같은 사치를 누릴
핑계도 없어지겠지."

"정상이라면 지금 하는 일을 하지 못할 겁니다." 올드린이 말했다.

"어느 쪽이든, 이것들을 제공할 필요가 없어질 거요." 크렌쇼의 커다
란 손짓은 체육관에서 문이 달린 개인 작업실에 이르는 모든 것을 포함
하고 있었다. "더 적은 비용으로 일을 하든지, 일을 못 한다면 우리 회사
를 나가든지 해야겠지."

"어떤 치료법입니까?"

"뭐, 신경 강화기와 나노테크를 결합한 무언가였소. 뇌의 특정 부분
을 성장하게 한다는데." 크렌쇼가 씩 웃었다. 상냥함이라곤 없는 웃음이
었다. "피트, 직접 자세히 찾아보고 내게 보고서를 제출하는 게 어떻겠
소? 잘되면 북미 지역 사업에 우리 회사가 지원할지도 모르지."

올드린은 그를 쏘아보고 싶었지만, 그래 봐야 아무 소용없는 줄도 알
고 있었다. 크렌쇼의 함정에 걸려들었다. 결과가 나쁘게 나오면 A 부서
원들은 그를 원망할 것이다. "누구에게든 치료받도록 강요할 수 없다는
점은 아시죠." 땀이 갈빗대를 간질이며 흘러내렸다. "인권이 있습니다."

"그런 상태로 있고 **싶어 하는** 사람이 있으리라곤 상상도 못 하겠군.

그리고 그렇다는 사람이 있다면, 정신 감정을 받아야 할 문제겠네. 병든 상태를 선호하며—"

"그들은 **병들어** 있지 않습니다."

"병들고 손상된 상태를 선호한다니 말이오. 치료받기보다 특별 대접 받기를 바라면서. 틀림없이 정서 불균형과 관계가 있을 거요. 계약 해지를 심각하게 고려할 근거가 되리라 생각하오. 다른 사람들이 바라 마지 않는 섬세한 작업을 맡고 있으니까 말이오."

올드린은 크렌쇼의 머리를 묵직한 것으로 휘갈기고 싶은 충동에 거듭 시달렸다.

"당신 형을 도울 수 있을지도 모르지."

지나쳤다. "형 이야기는 이 일에서 **빼시죠.**" 올드린이 이를 갈며 내뱉었다.

"이봐, 당황하게 할 생각은 아니었어." 크렌쇼가 함박웃음을 지었다. "그저 연구가 어떻게 도움이 될지 생각을 조금 해 봤을 뿐이지······."

올드린이 마음속에 들끓는 위험한 말들을 한마디라도 꺼낼세라, 그는 별것 아니라는 듯이 손짓하고 다음 사람에게로 몸을 돌렸다. "자, 제니퍼, 당신 팀이 달성하지 못하고 있는 이 목표 일정에 대해서 말인데······."

올드린이 무엇을 할 수 있나? 아무것도. 누가 무엇을 할 수 있겠나? 아무것도. 크렌쇼 같은 사람들은 저런 사람이라서 꼭대기에 올라앉았다—위에 서려면 저런 사람이어야 하는가 보지.

만약 크렌쇼가 말한 것 같은 치료법이 있다면—믿는다는 말은 아니지만—형에게 도움이 될까? 올드린은 눈앞에 그런 미끼를 흔들어 댄 크렌쇼를 증오했다. 그는 마침내 형을 그 자체로서 받아들였다. 묵은 원한과 죄책감을 이겨냈다. 만약 제레미 형이 변한다면, 그건 어떤 의미일까?

2

크렌쇼 씨는 새 부장이다. 우리 과장인 올드린 씨가 첫날 그를 안내했다. 나는 그를—그러니까, 크렌쇼 씨를—그다지 좋아하지 않았다. 고등학교 축구 코치가 되고 싶어 했던 중학교 체육 선생님과 같은 친절한 척하는 목소리를 갖고 있었다. 우리는 그를 제리 코치라고 불러야 했다. 특수학급 학생들은 모두 멍청하다고 생각하는 사람이었다. 우리는 모두 그를 싫어했다. 나는 크렌쇼 씨를 싫어하지 않지만, 좋아하지도 않는다.

오늘 출근길에 시내 차도가 고속도로를 가로지르는 자리에서 빨간불 신호를 받아 기다린다. 앞 차는 다른 주, 조지아의 번호판을 단 군청색 미니밴이다. 복슬복슬한 곰이 차 뒤창에 작은 고무 빨판으로 매달려 있다. 곰이 나를 보고 바보스런 표정으로 웃는다. 인형이라서 다행이다. 나는 개가 차 뒷자석에 뒤돌아 앉아 있으면 싫다. 개들은 대개 나를 보고 짖는다.

신호가 바뀌고, 미니밴이 쏜살같이 달려 나간다. 내가 아니, 안 돼! 라고 생각하기도 전에, 빨간불을 받은 차 두 대, 뒤에 주황색 물탱크가 실린 갈색 줄무늬 베이지색 트럭과 갈색 세단이 속도를 내며 앞질러 나오고, 트럭이 밴의 측면을 받는다. 오싹한 소음이 한꺼번에, 끼익/쾅/끼기긱/우두둑, 밴과 트럭이 반짝이는 유리 조각을 흩뿌리며 호를 그리며 돌고…… 기괴한 형체들이 뱅글뱅글 돌며 다가오자 내 속으로 숨고 싶어진다. 눈을 감는다.

천천히, 차들이 왜 멈췄는지 모르는 사람들이 울리는 경적 소리로 끊어졌던 고요가 돌아온다. 눈을 뜬다. 초록불이다. 사람들이 차에서 내렸다. 부서진 차의 운전자들이 움직이며 말하고 있다.

운전 수칙에는 사고에 관계된 사람은 현장을 떠나서는 안 된다고 쓰여 있다. 운전 수칙에는 멈춰서 도움을 제공하라고 쓰여 있다. 그러나 부서진 유리 조각 몇 개가 차창에 닿았을 뿐이니, 나는 관계된 사람이 아니다. 도움을 제공할 다른 사람들이 많이 있다. 나는 도움을 제공하는 훈련을 받지 않았다.

나는 뒤를 조심스레 살피고, 천천히, 조심해서, 사고 잔해 가장자리를 지난다. 사람들이 화난 표정으로 나를 본다. 하지만 나는 아무런 잘못도 하지 않았다. 나는 사고와 관련되지 않았다. 멈춰 있으면 회사에 지각할 터다. 경찰과 말해야 할지도 모른다. 나는 경찰을 무서워한다.

나는 회사에 도착해서도 불안정하다. 그래서 사무실에 가는 대신 먼저 체육관에 간다. 〈피리 부는 슈반다〉 중 '폴카와 푸가'를 튼다. 높이 뛰고 크게 흔드는 동작을 할 필요가 있기 때문이다. 내가 뜀뛰기로 조금 안정을 찾았을 때, 화난 빛을 띤 붉은 베이지색으로 번들거리는 얼굴을 한 크렌쇼 씨가 나타난다.

"이봐, 이봐요, 루." 그가 말한다. 굉장히 화가 났으면서 즐거운 척하려는 듯한 애매한 말투다. 제리 코치도 저렇게 말하곤 했다.

"보아하니, 체육관을 무척 좋아하는 모양이군?"

언제나 긴 답이 짧은 답보다 재미있다. 하지만 나는 대부분의 사람들이 길고 재미있는 답보다 짧고 재미없는 답을 원한다는 것을 안다. 사람들이 이해만 한다면 길게 답할 수 있는 질문을 받을 때마다 나는 이 점을 기억하려고 노력한다. 크렌쇼 씨는 내가 체육관을 좋아하는지 알고 싶을 뿐이다. 얼마나 좋아하는지 알고 싶어 하지 않는다.

"좋죠." 내가 그에게 말한다.

"여기 없는 것 중에 필요한 게 있소?"

"없습니다." 나는 음식, 물, 잠잘 곳처럼 여기 없는 여러 가지를 필요로 하지만, 그의 말은 이 방에 없는 것 중에 이 방의 설계 목적을 위해 이 방에서 필요로 하는 것이 있느냐는 뜻이다.

"저 음악을 좋아하나?"

저 음악. 로라가 사람들은 명사의 내용에 대한 의견을 함축하기 위해 명사 앞에 '저'라는 말을 붙인다고 가르쳐 주었다. 나는 크렌쇼 씨가, 사람들이 종종 그러듯이 내가 답하기 전에 말을 계속하는 사이에, 그가 저 음악에 대해 어떤 의견을 가지고 있는지 생각하려고 애쓴다.

"무척 어려운 일이라네. 저 모든 음악을 준비하려면 말일세. 레코드는 닳거든……. 그냥 라디오를 켜도 된다면 쉬워지겠지."

여기 라디오에서는 음악이 아니라 시끄럽게 두드려대는 소음이나 흐느끼는 듯한 노래가 나온다. 게다가 더 시끄러운 광고가 몇 분마다 나온다. 거기에는 내 긴장을 풀어 줄 리듬이 없다.

"라디오는 소용이 없습니다." 내가 말한다. 크렌쇼 씨의 얼굴이 굳는 것을 보고, 내 말이 너무 갑작스러웠음을 안다. 더 말해야, 짧은 답이 아니라 긴 답을 해야 한다. "음악이 제게 스며들어야 해요. 올바른 효과를 얻으려면 올바른 음악이 필요하고, 말이나 노래가 아니라 음악이어야 합니다. 우리 모두에게 마찬가지예요. 우리는 각자의 음악, 자신에게 소용이 있는 음악을 필요로 합니다."

"우리 모두 가장 좋아하는 음악을 들을 수 있다면 좋겠지." 크렌쇼 씨가 더 화가 난 듯한 목소리로 말한다. "그러나 대부분의 사람들은ㅡ" 그는 '대부분의 사람들'을 '진짜 사람들', '정상인들'이라는 의미의 어조로 말한다. "대부분의 사람들은 주어진 음악을 들어야 한다네."

"이해합니다." 나는 사실 이해하지 못했지만 말한다. 누구나 재생기와 자기 음반을 가지고 들어와, 일하면서 이어폰으로 우리처럼 음악을 들을 수 있다. "하지만 저희들은ㅡ" 우리들, 자폐인들, 불완전한 사람들. "맞는 음악을 들어야 해요."

이제 그는 정말 화가 난 듯 보인다. 뺨 근육에 주름이 잡히고 얼굴이 더 붉게 번들거린다. 경직된 어깨와 그에 걸쳐져 팽창한 셔츠가 보인다.

"잘 알았소." 그가 말한다. 잘 알았다는 뜻이 아니다. 우리가 올바른 음악을 틀게 두어야 하지만, 할 수 있다면 그걸 바꾸고 싶다는 뜻이다. 나는 우리 계약서에 그가 규칙을 바꾸지 못하게 할 만한 구속력이 있는지 궁금하다. 올드린 씨에게 물어볼까 생각한다.

사무실에 들어갈 만큼 진정되기까지 15분이 더 걸린다. 땀에 푹 젖었다. 안 좋은 냄새가 난다. 나는 여분 옷을 움켜쥐고 샤워를 하러 간다. 근무 시작 시간으로부터 1시간 47분이 지나서야 마침내 일을 하려 자리에 앉는다. 보충하기 위해 오늘 밤에는 늦게까지 일할 것이다.

퇴근 시간, 내가 여전히 일하고 있을 때 크렌쇼 씨가 다시 들어온다. 그는 노크를 하지 않고 문을 연다. 내가 알아채기 전에 그가 얼마나 오래 그 자리에 있었는지는 모르지만, 그가 노크를 하지 않은 것은 틀림없다. 그가 "루!"라고 하자, 나는 펄쩍 뛰며 돌아본다.

"뭘 하고 있소?"

"일합니다." 내가 대답한다. 그는 뭐라고 생각한 걸까? 내가 사무실, 내 작업대 앞에서 달리 무슨 일을 하고 있겠나?

"한번 봅시다." 그가 내 작업대로 온다. 내 뒤에 다가와 선다. 피부 아래의 신경이 걷어차인 작은 융단처럼 주름지는 것이 느껴진다. "이게 뭔가?" 그가 한 줄 띄워 위아래 덩어리로부터 분리해 놓은 부호 한 줄을 가리킨다. 나는 종일 그 줄을 손보며, 그 줄이 했으면 하는 일을 하도록 만들려고 애썼다.

"그건…… 이것과" 나는 위쪽 덩어리를 가리킨다. "저것 사이의 연결 고리입니다." 아래쪽 덩어리를 가리킨다.

"그렇다면 저 덩어리들은 뭐지?" 그가 묻는다.

정말 모르는 걸까? 아니면 선생님들이 학생이 알고 있는지 알아내기 위해 자신이 답을 아는 질문을 하는 경우처럼, 책에서 교육적인 담화라고 부르는 종류의 물음일까? 만약 그가 정말 모른다면, 내가 무슨 말을 하든지 뜻이 통하지 않을 것이다. 그가 정말 안다면, 내가 그가 모른다고 생각하는 것을 알게 되었을 때 화를 낼 것이다.

사람들이 뜻하는 대로 말한다면 훨씬 간단해질 텐데.

"합성을 위한 삼단 체계입니다." 내가 대답한다. 짧지만 맞는 답이다.

"아, 그렇군." 그가 말한다. 목소리가 능글능글하다. 거짓말이라고 생각하나? 책상 위에 놓인 반짝이는 공에 희미하고 일그러진 그의 얼굴이 비쳐 보인다. 표정을 읽기 어렵다.

"삼단 체계는 상품 코드에 삽입됩니다." 진정하려 안간힘을 쓰며 말을 잇는다. "이것은 최종 사용자가 상품 변수를 정의할 수는 있지만 뭔가 해롭게 바꾸지는 못하도록 보장합니다."

"그리고 자네는 이걸 다 이해하고 있고?"

'이것'이 무엇을 말하는 거지? 나는 내가 하는 일을 이해한다. 왜 어떤 일을 해야 하는지는 이해하지 못할 때도 있다. 나는 짧고 쉬운 답을 고른다.

"네."

"좋아요." 그가 대답한다. 오늘 오전과 마찬가지로 척하는 목소리다. "오늘은 일을 늦게 시작했지."

"오늘 밤에 늦게까지 일합니다. 1시간 47분 늦었습니다. 점심시간에도 일을 했습니다. 30분이었죠. 1시간 17분 늦게까지 남아 있을 겁니다."

"자네, 정직하군." 그가 분명히 놀라 말한다.

"네." 내가 대답한다. 나는 돌아서 그를 보지 않는다. 그의 얼굴을 보고 싶지 않다. 7초 후, 그가 나가려 돌아선다. 그는 문가에 서서 마지막 말을 한다.

"루, 이렇게 계속 갈 수는 없네. 회사는 바뀔 거야."

아홉 어절. 문이 닫히고 나서까지 나를 떨리게 하는 아홉 어절.

송풍기를 켜고, 사무실을 반짝임과 소용돌이로 가득 채운다. 그리고 나는 1시간 17분 동안 계속 일한다. 오늘 밤에는 그보다 더 오래 일하는 것이 내키지 않는다. 수요일 밤이고, 할 일이 있다.

밖은 포근하고, 조금 눅눅하다. 나는 매우 조심해서 집으로 차를 몰아간다. 그리고 티셔츠와 반바지로 갈아입고 차가운 피자를 한 조각 먹는다.

포넘 박사에게 절대로 말하지 않는 화제 중에 성생활이 있다. 그녀는 내게 성생활이 없다고 생각하는데, 그녀가 섹스 파트너로 여자친구나 남자친구가 있느냐고 물을 때마다 내가 그저 없다고 답하기 때문이다. 박사는 그 이상 묻지 않는다. 섹스에 대해 그녀와 대화하고 싶지 않으니, 나로서는 좋은 일이다. 그녀는 내게 매력적이지 않고, 부모님은 섹스에 대해 말하는 이유는 오직 상대방을 즐겁게 하는 법을 알아내고, 상대방으로부터 즐거움을 느끼기 위해서일 뿐이라고 했었다. 뭔가 잘못된다면, 의사에게 말하면 된다.

나는 뭔가 잘못된 적이 없다. 어떤 일들은 시작부터 잘못되어 있지만, 그건 다른 경우이다. 나는 피자를 마저 먹으며 마저리를 생각한다. 마저리는 내 섹스 파트너가 아니지만, 나는 그녀가 내 여자친구였으면 좋겠다. 마저리와는 포넘 박사가 내가 가야 한다고 생각하는 장애인들을 위한 사교 행사장이 아니라 펜싱 교실에서 만났다. 포넘 박사가 폭력적인 성향에 대해 걱정할 터라, 펜싱에 대해 말하지 않는다. 서바이벌 게임만으로도 신경을 썼으니, 길고 뾰족한 칼 이야기를 들으면 기겁할 것이다. 나는 포넘 박사에게 마저리에 대해 말하지 않는다. 박사가 내가 답하고 싶지 않은 질문을 할 터이기 때문이다. 그러니 큰 비밀이 두 가지 있는 셈이다. 칼과 마저리.

다 먹고 나서, 펜싱 교실인 톰과 루시아의 집으로 차를 몰고 간다. 그곳에 마저리가 있을 것이다. 눈을 감고 마저리에 대해 생각하고 싶지만, 운전을 하고 있으니 안전하지 않다. 대신 음악을, 바흐의 〈칸타타 제39번〉을 생각한다.

톰과 루시아는 울타리를 친 넓은 마당이 있는 커다란 집에 산다. 그들은 나보다 나이가 많지만 아이가 없다. 처음에는 루시아가 일을 너무 좋아해서 집에 머무르며 아이들을 돌보고 싶어 하지 않기 때문이라고 생각했으나, 루시아가 다른 사람에게 톰과 그녀는 아이를 가질 수 없다고 이야기하는 것을 들었다. 그들에게는 친구가 많고, 펜싱 연습에는 보통 여덟 명이나 아홉 명이 온다. 나는 루시아가 병원 사람들에게 그녀가 펜싱을 한다고 말을 했는지, 또는 가끔 펜싱을 배우러 오라고 환자들을 초대하는지에 관해 알지 못한다. 병원에서는 허락하지 않으리라고 생각한다. 톰과 루시아의 집에 칼을 들고 싸우는 법을 배우러 오는 손님들 중에는 나말고도 정신과 감독을 받는 사람들이 있다. 한번 물어본 적이 있는데, 루시아는 그저 웃고 "모르면 겁도 안 내겠지"라고 했다.

여기에서 5년 동안 펜싱을 해 왔다. 나는 톰이 보통 테니스 코트에 쓰는 것 같은 재질로 펜싱 경기장 바닥을 깔 때 도왔다. 칼을 보관하는 안쪽 방의 선반을 만들 때 도왔다. 나는 내 칼들을 차나 아파트에 두고 싶지 않다. 사람들을 겁먹게 할 수도 있다는 사실을 알기 때문이다. 톰이 다른 사람들을 겁먹게 하지 않는 것이 중요하다고 경고했다. 그래서 나는 펜싱 장비를 모두 톰과 루시아의 집에 둔다. 모두들 왼쪽에서 두 번째 홈이 내 자리이고, 다른 쪽 벽의 왼쪽에서 두 번째 칸도 내 자리이고, 마스크 보관함에 내 마스크를 놓는 자리가 있다는 사실을 안다.

우선 스트레칭을 한다. 나는 빠뜨리는 동작이 없도록 주의한다. 루시아는 내가 다른 사람들의 본보기라고 한다. 예를 들어 돈은 스트레칭을 다 할 때가 거의 없고, 늘 등을 삐거나 근육을 다친다. 그러면 옆에 앉아서 불평을 한다. 나는 그만큼 잘하지 못하지만 규칙을 지키기 때문에 다치지 않는다. 돈이 규칙을 따르기를 바란다. 친구가 다치면 슬프기 때문이다.

팔, 어깨, 등, 다리, 발 스트레칭을 하고 나서 안쪽 방으로 가 팔꿈치 아래 소매를 잘라 낸 가죽 자켓과 강철 목가리개를 걸친다. 목에 두른 가리개의 묵직함이 기분 좋다. 안에 접은 장갑을 담은 마스크를 꺼내고, 일단 장갑을 주머니에 넣는다. 에페와 레이피어는 선반에 있다. 마스크를 한쪽 팔 아래에 끼고 조심스레 칼을 꺼낸다.

평소처럼, 돈이 상기된 얼굴로 땀을 쏟으며 뛰어 들어온다. "루, 안녕." 그가 말한다. 나는 안녕, 하고 말하고 그가 칼을 꺼낼 수 있게 뒤로 물러선다. 그는 정상이고, 원한다면 사람들을 겁먹게 하지 않고도 차에 에페를 넣어 다닐 수 있지만, 물건 챙기기를 자주 잊어버린다. 매번 다른 사람의 칼을 빌려야 했고, 결국 톰이 장비를 두고 다니라고 했다.

밖으로 나간다. 마저리는 아직 안 왔다. 신디와 루시아가 에페를 들고 정렬한다. 맥스가 강철 헬멧을 쓰고 있다. 나는 강철 헬멧을 쓰고 싶을 것 같지 않다. 찔리면 너무 큰 소리가 날 것이다. 내가 이렇게 말하자 맥스는 웃으며 귀마개를 하면 된다고 했지만, 나는 귀마개가 싫다. 귀마개를 하면 독감에 걸린 듯한 기분이 든다. 이상한 일이다. 사실 눈가리개는 좋아하기 때문이다. 어렸을 때 앞을 못 보는 척하며 눈가리개를 자주 써 보곤 했다. 그러면 목소리들을 조금 더 잘 이해할 수 있었다. 하지만 귀를 틀어막아도 앞을 더 잘 보는 데 도움이 되지는 않는다.

돈이 팔 아래에 에페를 끼고, 화려한 가죽 더블릿의 단추를 잠그며 거들먹거리면서 나온다. 가끔 저런 옷이 있었으면 싶을 때도 있지만, 내게는 수수한 물건이 더 잘 어울린다고 생각한다.

"스트레칭 했어?" 루시아가 돈에게 묻는다.

돈이 어깨를 으쓱한다. "됐어요."

루시아도 어깨를 으쓱한다. "네 몸이니까." 루시아와 신디가 경기를 시작한다. 나는 그들을 바라보며 그들이 무엇을 하는지 알아내려 애쓰는 것을 좋아한다. 동작 하나하나가 빨라서 쫓기 어렵지만, 정상인들에게도 마찬가지이다.

"루, 안녕." 마저리가 등 뒤에서 말한다. 중력이 작아진 듯 따뜻하고 가벼운 느낌이 든다. 나는 잠시 눈을 꽉 감는다. 마저리는 아름답지만, 그녀를 바라보는 일은 어렵다.

"마저리, 안녕." 돌아서며 말한다. 마저리가 나를 보며 웃고 있다. 얼굴이 반짝인다. 예전에는 무척 행복해하는 사람들의 얼굴이 반짝이는 것이 신경 쓰였다. 화난 사람들의 얼굴도 반짝여서, 어느 쪽인지 확실하게 알 수 없었기 때문이다. 부모님이 눈썹의 위치 등을 통해 차이점을 가르치려 애썼지만, 결국 나는 바깥쪽 눈가를 보는 것이 가장 좋은 방법임을 알아냈다. 마저리의 반짝이는 얼굴은 행복한 얼굴이다. 마저리는 나를 보아 행복하고, 나는 그녀를 보아 행복하다.

그러나 나는 마저리를 생각할 때 여러 가지를 걱정한다. 자폐증은 전염될까? 마저리가 내게서 옮을 수도 있을까? 만약 그렇게 되면 그녀는 좋아하지 않을 것이다. 전염되지는 않는다고 알고 있지만, 어떤 무리와 가까이 있다 보면 그 무리처럼 생각하기 시작한다고들 한다. 나와 가까이 있다 보면, 마저리가 나처럼 생각하게 될까? 나는 마저리에게 그런 일이 일어나기를 바라지 않는다. 그녀가 나처럼 태어났다면 상관없지만, 그녀 같은 사람은 나같이 되어서는 안 된다. 그런 일이 일어나리라고 생각하지는 않지만, 만약 그렇게 되면 죄책감을 느낄 것이다. 가끔은 이런 생각 때문에 마저리로부터 떨어져 있고 싶어진다. 하지만 대부분의 경우, 나는 지금보다 그녀와 더 많이 같이 있고 싶다.

"마즈, 안녕." 돈이 말한다. 그의 얼굴이 아까보다 더 반짝인다. 그도 마저리가 예쁘다고 생각한다. 내가 느끼는 감정을 질투라고 부른다는 것을 안다. 책에서 읽었다. 질투는 나쁜 감정이고, 내가 너무 통제적임을 의미한다. 나는 너무 통제적이지 않기 위해 뒤로 물러선다. 돈이 앞으로 나선다. 마저리는 돈이 아니라 나를 보고 있다.

"한판 할래?" 돈이 팔꿈치로 나를 찌르며 묻는다. 내가 그와 펜싱을 하고 싶으냐는 뜻이다. 처음에는 이해하지 못했다. 이제는 안다. 내가 조용히 고개를 끄덕이고, 우리는 정렬할 자리를 찾으러 간다.

돈이 경기를 시작할 때마다 그러듯이 손목을 움직여 가볍게 친다. 나는 자동적으로 그를 받는다. 우리는 공격하는 시늉feinting을 하고 피하며parrying 돈다. 그리고 나는 돈의 팔이 어깨에 늘어지는 것을 본다. 또 시늉일까? 어쨌든 틈이 생겼다. 나는 그의 가슴을 찌른다.

"당했군. 팔 진짜 아픈데."

"미안해." 내가 말한다. 그가 어깨를 풀더니, 갑자기 앞으로 뛰어나와 내 발을 노린다. 예전에도 이런 적이 있다. 나는 재빨리 뒤로 물러나 피한다. 내가 유효타를 세 번 더 내자, 돈이 길게 한숨을 쉬며 피곤하다고 한다. 나는 상관없다. 마저리와 이야기하는 편이 더 좋다. 맥스와 톰이 우리가 있던 자리에 나간다. 루시아는 쉬려고 멈추었다. 신디가 수잔과 정렬한다.

이제 마저리는 루시아 옆에 앉아 있다. 루시아가 마저리에게 사진을 몇 장 보여준다. 루시아의 취미 중 하나는 사진이다. 나는 마스크를 벗고 그들을 본다. 마저리의 얼굴은 루시아보다 크다. 돈이 나와 마저리 사이에 들어와 말을 하기 시작한다.

"방해돼." 루시아가 말한다.

"아, 미안." 하지만 돈은 여전히 내 시야를 막으며 그 자리에 서 있다.

"한가운데에 있잖아. 사람들 사이에서 좀 비켜." 루시아가 말하고 내 쪽으로 흘끔 눈을 돌린다. 나는 아무런 잘못을 하지 않았다. 잘못했다면 루시아가 내게 말했을 것이다. 루시아는 나 같지 않은 사람들 중에서 누구보다도 분명하게 바라는 바를 표현한다.

돈이 뒤를 보더니 발끈 화를 내고 옆쪽으로 옮긴다. "루를 못 봤어요."

"나는 봤어." 루시아가 말하고 마저리를 돌아본다. "어디 보자, 여기가 넷째 날 밤에 묵었던 곳이야. 이 사진은 안에서 찍었지 — 경치 어때?"

"아름답네요." 마저리가 말한다. 마저리가 보고 있는 사진은 보이지 않지만, 그녀 얼굴에 나타난 행복감은 보인다. 나는 나머지 사진들을 설명하는 루시아의 말을 듣는 대신, 마저리의 얼굴을 바라본다. 때때로 돈이 끼어든다. 사진을 다 보자 루시아는 휴대용 뷰어의 케이스를 접어 의자 밑에 놓는다.

"자, 돈. 어떻게 하나 한번 볼까?" 루시아가 장갑과 마스크를 도로 끼고 에페를 든다. 돈이 어깨를 으쓱하고 그녀를 따라 마당으로 나간다.

"앉아." 마저리가 말한다. 나는 방금 일어난 루시아의 온기를 느끼며 의자에 앉는다. "오늘은 어땠어?" 마저리가 묻는다.

"교통사고를 당할 뻔했어." 나는 그녀에게 이야기한다. 그녀는 질문을 하지 않고, 그저 내가 이야기하게 한다. 일어났던 일을 모두 말하기는 힘들다. 지금은 그냥 차를 몰고 가 버린 일이 좀 잘못한 것처럼 느껴지지만, 그때는 회사에 늦을까 봐, 경찰을 만날까 봐 걱정스러웠었다.

"무서웠겠다." 마저리가 말한다. 달래는 듯한 따뜻한 목소리다. 직업적인 달램이 아니라, 그저 귓가에 부드럽게 내려앉는 말이다.

마저리에게 크렌쇼 씨에 대해서 말하고 싶지만, 이제 톰이 들어와 내게 싸워 보겠냐고 묻는다. 나는 톰과 겨루기를 좋아한다. 톰은 거의 나만큼 키가 크고, 나이가 많지만 무척 건장하다. 그는 모임에서 가장 펜싱을 잘한다.

"돈과 겨루는 걸 봤네. 돈의 속임수를 잘 처리했어. 돈의 실력은 늘지 않고 있지―솔직히 말하자면 실력이 줄고 있어―그러니 꼭 더 잘하는 사람들과 매주 겨루도록 해. 나, 루시아, 신디, 맥스 말일세. 최소한 우리 중 두 사람과, 알겠지?"

최소한은 '~보다 적지 않게'라는 뜻이다. "알았어요." 우리는 각자 긴 칼 두 자루, 에페와 레이피어를 들고 있다. 두 번째 칼을 처음 쓰려고 했을 때에는 늘 칼끼리 부딪혔다. 그다음에는 두 칼을 나란히 들려고 노력했다. 그렇게 하면 칼끼리 부딪치지 않았다. 그러나 톰은 두 칼을 다 옆으로 뿌릴 수 있었다. 이제 나는 두 칼을 다른 높이와 각도로 들 줄 안다.

처음에는 한쪽으로, 그다음에는 다른 쪽으로 돈다. 톰의 가르침을 모두 기억해 내려 애쓴다. 발을 어떻게 놓고, 칼을 어떻게 들고, 어느 동작이 어느 동작을 막는지. 톰이 찔러 온다. 왼쪽 칼로 피하려 팔을 들고 동시에 찌르기를 넣고, 톰이 막는다. 춤과 같다. 스텝―스텝―찌르기―피하기―스텝. 톰은 패턴을 다양화해야 한다고, 예측 불가능하게 움직여야 한다고 말한다. 그러나 톰이 다른 사람과 겨루는 모습을 가장 최근에 보았을 때, 톰의 불규칙 속에서 패턴을 본 것 같았다. 만약 그를 충분히 오래 막을 수만 있다면, 다시 그 패턴을 찾을 수 있을지도 모른다.

불현듯 프로코피예프의 〈로미오와 줄리엣〉의 위풍당당한 춤곡이 들린다. 음악이 내 머릿속을 채우고, 나는 리듬을 타고, 빠른 동작의 속도를 늦추며 움직인다. 내가 속도를 늦추자 톰도 느리게 움직인다. 이제 톰이 고안해 낸 긴 패턴이 보인다. 누구도 완전히 불규칙할 수는 없기 때문이다. 나의 음악 속에서, 패턴을 따라 움직이며, 나는 그의 모든 찌르기를 막고 피하기를 시험하며 경기를 이어갈 수 있다. 그리고 순간, 나는 그가 어떻게 할지 안다. 무의식적으로 팔을 흔들어 **좌측면 찌르기**로 톰의 옆머리를 친다. 충격이 손과 팔로 전해온다.

"잘했어!" 톰이 말한다. 음악이 멈춘다. "우와!" 그가 머리를 흔들며 말한다.

"너무 셌어요, 미안해요."

"아니, 아냐, 괜찮아. 내 방어를 정확히 뚫고 들어온 깨끗하고 훌륭한 공격이었어. 막으려고 할 틈도 없었지." 마스크 너머로 톰이 씩 웃고 있다. "네 실력이 늘고 있다고 내가 말했잖아. 한 번 더하자."

나는 누구도 다치게 하고 싶지 않다. 처음 펜싱을 시작했을 때에는 다른 사람들에게 느껴질 만큼 세게 칼을 대지 못했다. 지금도 좋아하지 않는다. 내가 좋아하는 것은 패턴을 배우고, 그런 다음 나도 그 속에 포함되도록 패턴을 다시 짜는 일이다.

톰이 인사를 하려 두 칼을 들자 빛이 반짝이며 떨어진다. 나는 잠시 눈부심, 그 춤추는 빛의 속도에 사로잡힌다.

나는 빛 뒤의 어둠 속에서 다시 움직인다. 어둠은 얼마나 빠를까? 그림자는 그림자를 만드는 것보다 빠를 수 없지만, 모든 어둠이 그림자는 아니다. 그림자인가? 이번에는 음악이 들리지 않고 빛과 그림자의 패턴, 어둠을 배경으로 한 빛의 흔들림, 회전, 호弧와 나선이 보인다.

나는 빛의 끝에서 춤을 추고 있다가, 그 너머로 건너가고, 갑자기 손에 강한 떨림을 느낀다. 이번에는 그와 동시에 가슴을 세게 누르는 톰의 칼도 느낀다. "잘했어요." 나는 톰이 말하듯이 말하고, 우리는 동시 유효타를 인정하며 물러선다.

"으아아앗!" 나는 톰에게서 시선을 돌려 등에 손을 댄 채 구부리고 있는 돈을 본다. 돈이 절름거리며 의자로 가지만, 루시아가 먼저 도착해 다시 마저리 옆에 앉는다. 내가 그것을 눈치채고 보다니, 이상한 기분이다. 돈이 여전히 몸을 구부린 채 멈춰 있다. 다른 사람들이 왔으니 이제 남는 의자가 없다. 돈은 결국 계속 툴툴거리고 끙끙거리며 판석 위에 앉는다.

"그만둬야겠어. 너무 늙었나 봐." 돈이 말한다.

"넌 늙은 게 아니라 게으른 거야." 루시아가 말한다. 나는 루시아가 돈에게 왜 그렇게 심술궂게 말하는지 이해하지 못한다. 그는 친구이다. 장난이 아니면서 친구에게 심술궂은 말을 하는 것은 좋지 못한 행동이다. 스트레칭을 좋아하지 않고 불평을 많이 하지만, 그렇다고 돈이 친구가 아니게 되지는 않는다.

"루, 이쪽으로. 네가 나를 죽였고, 서로 죽였지. 그러니 복수할 기회를 얻고 싶군." 화났을 때 쓰는 단어지만, 목소리는 다정하고 얼굴은 웃고 있다. 나는 다시 칼을 든다.

이번에 톰은 한 번도 한 적이 없는 동작으로 공격한다. 공격을 받을 때의 올바른 동작이 무엇인지에 대해 그가 했던 말을 기억할 시간이 없다. 나는 물러서서, 톰의 갑작스런 공격을 칼로 옆으로 밀고, 레이피어로 그의 머리를 노리며 한 발로 돈다. 그러나 톰이 너무 빨리 움직인다. 내 칼이 빗나가고, 톰이 레이피어를 든 팔을 자기 머리 위로 휘둘러 내 머리 위를 탁 때린다.

"잡았다!"

"하셨어요 어떻게?" 나는 묻고, 재빨리 단어의 순서를 바로잡는다. "어떻게 하신 거예요?"

"토너먼트에서 쓰는 비기秘技라네." 톰이 마스크를 들어 올리며 말했다. "12년 전에 다른 사람이 나한테 썼는데, 집에 돌아와서 똑같이 할 수 있을 때까지 연습했지……. 보통은 경기에 나가서만 쓰는 기술인데 이제 자네는 배울 준비가 되었어. 요령은 한 가지뿐이야." 톰이 땀에 젖은 얼굴로 웃었다.

"이봐요!" 돈이 마당 건너편에서 소리를 질렀다. "난 못 봤다고요. 다시 보여 주시죠?"

"그 한 가지 요령이 뭔가요?" 내가 묻는다.

"그걸 어떻게 하는지는 스스로 알아내야 해. 언제든 내게 도전해도 좋지만, 지금 보여 준 게 시범의 전부라네. 정확히 하지 않으면, 당황하지 않는 상대에게 죽은 목숨이라는 것은 말해 두지. 갑작스런 칼을 피하기가 얼마나 쉬운지 보았지?"

"톰, 나한테는 그거 안 보여 줬잖아요―다시 해요."돈이 말했다.

"넌 준비가 안 됐어. 배울 자격이 있어야지."이제 톰은 아까의 루시아처럼 화난 목소리로 말한다. 돈이 무슨 일을 했기에 그들이 화가 났을까? 돈은 스트레칭을 하지 않고 정말 빨리 지치기도 하지만, 그게 충분한 이유가 될까? 지금은 물을 수 없으니 나중에 물어 보아야겠다.

나는 마스크를 벗고 마저리 가까이로 걸어가 선다. 그녀의 반짝이는 어두운 머리에 반사되는 빛을 내려본다. 몸을 앞뒤로 움직이면, 빛이 톰의 칼에서 위아래로 달리듯, 그녀의 머리카락 위아래로 달린다. 그녀의 머리카락의 감촉이 궁금하다.

"내 자리에 앉아. 다시 겨루러 갈 거야."루시아가 일어서며 말한다.

나는 옆자리의 마저리를 무척 의식하며 앉는다. "오늘 밤에 펜싱 할 거야?"

"오늘은 안 해. 일찍 가야 하거든. 공항으로 친구 캐런을 데리러 가기로 약속했었어. 그냥 잠깐 들러서…… 사람들을 보러 왔어."

그녀가 잠깐 들러서 기쁘다고 하고 싶으나, 말이 입 속에서 떨어지지 않는다. 긴장되고 거북하다. "캐런은 어디에서 오는데?"마침내 입을 연다.

"시카고. 부모님을 뵈러 다녀왔거든."마저리가 다리를 앞으로 쭉 뻗는다. "차를 공항에 두려고 했는데, 떠나는 날 아침에 아파트에 뒀대. 그래서 내가 태우러 가는 거야."그녀가 내 쪽을 돌아본다. 나는 마저리의 시선의 열기를 견디지 못해 바닥을 힐끔거린다. "오늘 밤에 늦게까지 있을 거야?"

"그렇게 늦게는 아냐." 만약 마저리가 가고 돈이 남는다면, 나는 집에 갈 것이다.

"나랑 공항에 갈래? 돌아오는 길에 네 차를 가져갈 수 있게 여기 내려 줄게. 물론, 그러면 너는 집에 늦게 들어가겠지만. 캐런이 탄 비행기는 10시 15분이 되어야 도착하거든."

마저리와 차를 탄다고? 나는 너무나 놀라고/행복해서 한동안 움직이지 못한다. "그래." 내가 말한다. "그래." 얼굴이 달아오른다.

공항으로 가는 길에, 나는 창밖을 본다. 공중을 떠다닐 수 있을 듯 가벼운 기분이다. "행복은 정상 이하의 중력에 있는 것 같아." 내가 말한다.

마저리의 시선이 느껴진다. "깃털처럼 가볍게. 그런 뜻이야?"

"깃털은 아닐지도 몰라. 풍선에 더 가까운 기분이야."

"어떤 기분인지 알아." 마저리가 말한다. 마저리는 지금 그런 기분이라고는 말하지 않는다. 나는 마저리의 기분을 모른다. 정상인들은 그녀의 기분을 알지도 모르지만, 나는 알지 못한다. 그녀를 알면 알수록, 그녀에 대해 모르는 것이 늘어난다. 나는 톰과 루시아가 돈에게 왜 그렇게 심술궂었는지도 모른다.

"톰과 루시아 둘 다 돈에게 화가 난 것 같았어." 내가 말한다. 마저리가 나를 잠깐 곁눈질한다. 내가 이해해야 하는 눈짓이라는 생각이 들지만, 의미를 모르겠다. 시선을 돌리고 싶어진다. 거북하다.

"돈은 가끔 진짜 밥맛이야."

돈은 밥이 아니다. 사람이다. 정상인들은 경고 없이 단어의 의미를 바꾸어, 이런 식으로 말하고, 그 뜻을 이해한다. 몇 년 전에 누군가에게서 **밥맛**이 '나쁜 사람'이라는 뜻의 속어라고 들은 적이 있기 때문에 안다. 그러나 그는 내게 왜 그런지 설명해 주지 못했고, 나는 아직도 궁금해하고 있다. 만약 누가 나쁜 사람이고 그가 나쁜 사람이라고 말하고 싶다면, 왜 그냥 그렇게 말하지 않을까? 왜 '밥맛'이니 '재수'니 하는 말을 할까? '진짜'를 덧붙이면 더 안 좋아진다. 뭔가를 진짜라고 말한다면, 그것은 진짜여야 한다.

하지만 마저리에게 돈이 진짜 밥맛이라고 말하는 것은 잘못되었다고 설명하기 보다는, 톰과 마저리가 돈에게 화가 난 이유를 더 알고 싶다. "돈이 스트레칭을 충분히 안 하기 때문이야?"

"아니." 마저리가 조금 화난 듯이 말한다. 배가 당긴다. 내가 뭘 한 걸까? "돈은 그냥…… 가끔 좀 비열해. 재미없는 사람들에 대한 농담을 하지."

재미없는 것이 농담인지 사람들인지 궁금하다. 나는 대부분의 사람들이 재미없어하는 농담에 대해 안다. 내가 한 적이 있기 때문이다. 나는 아직도 왜 어떤 농담은 재미있고 내 농담은 재미없는지 이해하지 못한다. 그러나 그것이 사실임은 안다.

"돈은 너에 대해 농담을 해." 마저리가 잠시 후, 낮은 목소리로 말한다. "우리는 그런 걸 좋아하지 않아."

무슨 말을 해야 할지 모른다. 돈은 모두에 대해, 심지어 마저리에 대해서도 농담을 한다. 나는 그 농담을 싫어했지만, 그에 대해 아무 행동도 하지 않았다. 했어야 하는 걸까? 마저리가 다시 나를 곁눈질한다. 이번에 나는 그녀가 내게 뭔가 말하기를 바란다고 생각한다. 아무 말도 떠오르지 않는다. 마침내 떠오른다.

"우리 부모님은 사람들에게 화를 낸다고 그 사람들이 더 바르게 행동하게 되지는 않는다고 하셨어."

마저리가 이상한 소리를 낸다. 무슨 뜻인지 모르겠다. "루, 가끔 넌 철학자 같아."

"아냐, 나는 철학자가 될 만큼 똑똑하지 못해."

마저리가 또 이상한 소리를 낸다. 나는 창밖을 본다. 공항에 거의 도착했다. 밤의 공항은 다르다─활주로와 유도로를 따라 색색의 불빛이 펼쳐진다. 호박색, 파란색, 초록색, 빨간색. 보라색이 있으면 좋겠다. 마저리가 주차장의 임시 주차 구역에 차를 세우고, 우리는 버스 차선을 가로질러 터미널로 걸어 들어간다.

혼자 여행할 때면, 나는 자동문이 열리고 닫히는 모습을 보기를 좋아한다. 오늘 밤에는 문에 신경 쓰지 않는 척하며 마저리 옆에서 걷는다. 그녀가 이착륙을 알리는 비디오 디스플레이를 보기 위해 멈춰 선다. 나는 어느 비행기인지 이미 찾아냈다. 시카고에서 오는 비행기는 오후 10:15 17번 게이트. 마저리는 시간이 더 걸린다. 정상인들은 늘 보는 데 더 오래 걸린다.

'도착' 보안 게이트에서, 다시 위가 당긴다. 방법은 안다. 부모님이 가르쳐 주었고, 예전에도 한 적이 있다. 주머니에서 금속성 물체를 모두 꺼내 작은 바구니에 넣는다. 차례를 기다린다. 아치형 문을 지나간다. 아무런 질문도 받지 않으면 쉽다. 그러나 질문을 받으면, 말을 정확히 듣지 못할 때도 있다. 너무 시끄럽고, 딱딱한 표면에 울린 반향이 너무 많다. 내가 팽팽히 긴장하는 것을 느낄 수 있다.

마저리가 먼저 간다. 지갑을 컨베이어 벨트에 올리고 열쇠를 작은 바구니에 넣는다. 나는 그녀가 아치형 문을 걸어서 통과하는 모습을 본다. 아무도 그녀에게 아무런 질문을 하지 않는다. 나는 열쇠와 지갑, 잔돈을 작은 바구니에 넣고 아치형 문을 걸어서 통과한다. 경고음이 울리지도 삐 소리가 나지도 않는다. 내가 열쇠, 지갑, 잔돈을 들어 주머니에 도로 넣는 동안 제복을 입은 남자가 나를 유심히 바라본다. 몇 미터 앞에서 기다리고 있는 마저리를 향해 돌아서는데, 남자가 말한다.

"표 좀 보여주시겠습니까? 신분증도요."

온몸이 식는다. 그는 다른 누구에게도 묻지 않았다―컨베이어 벨트에서 서류 가방을 꺼내려 나를 밀치고 지나간, 머리를 길게 땋은 남자에게도, 마저리에게도―나는 아무 잘못도 하지 않았다. 도착 쪽 보안 절차를 통과할 때는 표를 가지고 있지 않아도 된다. 사람들을 만나러 온 사람들은 여행하지 않기 때문에 표가 없다. 출발 쪽 보안 절차에 표가 필요하다.

"저에게는 표가 없습니다." 내가 말한다. 남자의 뒤에서 몸을 움직이는 마저리가 보인다. 그러나 마저리는 가까이 오지 않는다. 마저리에게 남자의 말이 들리지 않는 것 같고, 나는 공공장소에서 고함을 치고 싶지 않다.

"신분증 좀 주시겠습니까?" 남자가 말한다. 그의 얼굴은 나에게 집중하고 있고, 반짝이기 시작하고 있다. 나는 지갑을 꺼내 열어 신분증을 보인다. 그가 신분증을 보고, 다시 나를 본다. "표가 없는데 여기에서 무얼 하시는 겁니까?" 그가 묻는다.

심장박동이 빨라지고 목덜미에서 땀이 솟아나는 것이 느껴진다.

"전…… 전…… 전……."

"말씀하세요." 그가 얼굴을 찌푸린다. "아니면 항상 그렇게 말을 더듬기라도 하나요?"

내가 고개를 끄덕인다. 나는 내가 지금, 앞으로 몇 분 동안은 아무 말도 하지 못함을 안다. 나는 셔츠 주머니로 손을 뻗어 거기 넣어 다니는 작은 카드를 꺼낸다. 카드를 그에게 건넨다. 그가 카드를 흘끔 본다.

"자폐? 흠. 하지만 말을 하고 있었잖습니까. 조금 전에 제 질문에 답하셨죠. 누구를 만나러 오신 겁니까?"

마저리가 움직여, 그의 뒤로 다가온다. "루, 뭐가 잘못됐어?"

"숙녀 분은 물러서세요." 남자가 마저리를 보지 않고 말한다.

"이 사람은 제 친구예요. 17번 게이트, 382편 비행기를 타고 오는 제 친구를 만나러 왔죠. 경고음을 듣지 못했는데요……." 날카롭고 화난 어조다.

그러자 남자가 그녀가 겨우 보일 만큼 고개를 돌린다. 그가 조금 긴장을 푼다. "일행이십니까?"

"네. 무슨 문제가 있나요?"

"아뇨, 부인. 그저 좀 이상해 보여서요. 아마 이것—그는 여전히 내 카드를 들고 있다—으로 설명이 되는 것 같군요. 부인과 함께 있는 한……."

"나는 이 사람의 감시인이 아니에요." 마저리가 돈이 진짜 밥맛이라고 했을 때와 같은 어조로 말한다. "루는 제 친구입니다."

남자가 눈썹을 치켜올렸다가 내린다. 그가 내게 카드를 돌려주고 돌아선다. 나는 다리가 당길 만큼 빠른 속도로 앞서 걷기 시작한 마저리를 쫓아 나란히 걸어간다. 우리는 15번부터 30번 게이트의 보안 대기실에 도착하고 나서까지 아무 말도 하지 않는다. 유리벽 반대편에서 표를 가진 사람들, 출발 쪽 사람들이 줄지어 앉아 있다. 의자 틀은 반짝이는 금속이고 의자들은 어두운 파란색이다. 도착 쪽에는 의자가 없다. 비행기 예상 도착 시간 10분 전보다 먼저 오지는 못하게 되어 있기 때문이다.

예전에는 이렇지 않았다고 한다. 물론 나는 기억하지 못한다―나는 세기가 바뀌던 때 태어났다―그러나 부모님이 도착하는 사람들을 맞으러 게이트 바로 앞까지 그저 곧장 걸어갈 수 있었다고 말해 주었다. 그리고 2001년 재난 이후부터 출발하는 사람들만 게이트로 갈 수 있었다. 이것은 도움이 필요한 사람들에게 굉장히 불편했고, 너무 많은 사람들이 특별 통행을 요구했기 때문에, 정부는 보안선이 분리된 이 도착 라운지를 설계했다. 부모님이 나를 처음으로 비행기에 태웠을 때, 나는 아홉 살이었고, 큰 공항들은 모두 도착과 출발 승객들을 분리하고 있었다.

큰 창문을 통해 밖을 본다. 온통 빛이다. 비행기 날개 끝에는 빨간색과 초록색 불빛. 창문의 위치를 보여주는, 비행기 몸체를 따라 줄지은 희미한 사각형 불빛. 짐수레를 끄는 작은 탈것에 달린 전조등. 흔들리지 않는 불빛과 깜박이는 불빛들.

"이제 말할 수 있어?" 내가 불빛들을 내다보고 있을 때 마저리가 묻는다.

"응." 그녀의 따뜻함이 느껴진다. 나와 아주 가깝게 서 있다. 내가 잠시 눈을 감는다. "그저…… 당황할 때가 있어." 나는 게이트로 다가오는 비행기를 가리킨다. "저 비행기야?"

"그런 것 같아." 그녀가 내 옆으로 돌아 나를 마주 본다. "괜찮아?"

"응. 그냥…… 가끔 이럴 때가 있어." 오늘 밤, 처음으로 마저리와 단둘이 있을 때 이런 일이 일어나 부끄럽다. 고등학교 시절, 나와 말하고 싶어 하지 않던 여자애들에게 말하고 싶어 했던 것이 떠오른다. 마저리도 가 버릴까? 톰과 루시아의 집으로 택시를 타고 가면 되지만, 지금 가진 돈이 많지 않다.

"괜찮다니 다행이야." 마저리가 말하자마자, 문이 열리고 사람들이 비행기에서 쏟아져 나오기 시작한다. 마저리는 캐런을 찾고, 나는 마저리를 본다. 캐런은 마저리보다 나이가 많은, 머리가 반백인 여자이다. 곧 우리는 모두 밖으로 나가 캐런의 아파트로 간다. 뒷좌석에 조용히 앉아 마저리와 캐런의 대화를 듣는다. 그들의 목소리가 바위를 휘감는 물처럼 흐르고 물결친다. 나는 그들의 대화 내용을 잘 쫓지 못한다. 말이 너무 빠르고, 나는 그들이 말하는 사람이나 장소를 알지 못한다. 그래도 괜찮다. 마저리를 바라보는 동시에 말을 하지 않아도 되기 때문이다.

내 차가 있는 톰과 루시아의 집에 돌아가자, 돈은 가고 없고 마지막으로 남은 펜싱 모임 사람들이 차에 짐을 챙겨 넣고 있다. 나는 내 칼과 마스크를 정리하지 않았음을 기억하고 물건을 챙기러 밖에 나간다. 그러나 톰이 자기가 내 물건을 치웠다고 말한다. 우리가 언제 돌아올지 확실히 몰라서, 어두운 밖에 남겨 두고 싶지 않았다고 한다.

톰과 루시아와 마저리에게 인사를 하고 휘감는 어둠 속을 달려 집으로 간다.

3

집에 도착하자 메신저가 깜박이고 있다. 라스의 코드다. 내가 온라인에 들어오길 바란다. 늦었다. 나는 늦잠을 자서 내일 회사에 늦고 싶지 않다. 그러나 라스는 내가 수요일에 펜싱을 한다는 사실을 알고 있고, 보통 펜싱을 하는 날에는 나에게 연락을 하지 않는다. 중요한 일이 틀림없다.

나는 한숨을 쉬고 그의 메시지를 찾는다. 나를 위해 성체 원숭이의 자폐와 유사한 증세를 역진시키는 연구에 대한 학술지 논문을 갈무리해 두었다. 쿵쿵 뛰는 가슴으로 기사를 훑어본다. 유아의 유전적인 자폐증이나, 어린아이에게 자폐와 같은 증후군을 유발하는 뇌손상을 역진시키는 치료는 이제 일반적이지만, 내 경우에는 너무 늦었다는 말을 들었다. 만약 이 글이 사실이라면, 너무 늦지 않았다. 논문의 저자는 마지막 문장에서 이 연관성을 언급하며, 연구가 인간에게도 적용 가능할 수 있다고 추측하고 추가 연구를 제안한다.

글을 읽는 사이, 스크린에 다른 아이콘들이 나타난다. 우리 지역 자폐인 모임의 로고. 캐머런과 데일의 로고. 즉, 그들도 이에 대해 들은 것이다. 나는 일단 그들을 무시하고 계속 읽는다. 내 것과 같은 뇌에 대한 글이지만, 내 분야가 아닐뿐더러 치료법이 어떻게 작동하는지 잘 이해가 되지 않는다. 저자들이 치료 과정을 자세히 설명한 다른 논문들을 계속 인용한다. 그 논문들에 접근할 수 없다─나는, 오늘 밤에는 '호와 델그레시아 법'이 무엇인지 모른다. 단어들의 의미를 다 알지 못하고, 내 사전에는 그 단어들이 나와 있지 않다.

시계를 보니 자정이 한참 지난 시각이다. 침대. 자야 한다. 나는 컴퓨터를 끄고, 자명종을 맞추고, 침대에 눕는다. 내 마음속에서, 광자들은 어둠을 뒤쫓지만 결코 따라잡지 못한다.

다음 날 오전, 우리는 모두 서로의 눈을 피하며 회사 강당에 모인다. 모두들 알고 있다.

"거짓말일 거야. 될 리가 없어." 린다가 말한다.

"하지만 가능하다면." 캐머런이 말한다. "가능하다면, 우리는 정상이 될 수 있어."

"나는 정상이 되고 싶지 않아. 나는 나야. 난 행복해." 린다가 말한다. 그녀는 행복해 보이지 않는다. 사납고 결의에 차 보인다.

"나도. 원숭이에게는 된다고 해서─그게 무슨 의미야? 원숭이는 사람이 아니야. 우리보다 단순해. 원숭이는 말을 못 해." 데일의 눈꺼풀이 평소보다 심하게 씰룩인다.

"우리는 지금도 원숭이보다 의사소통을 잘해." 린다가 말한다.

이렇게 우리끼리만 함께 있을 때, 우리는 다른 어떤 때보다 더 말을 잘한다. 우리는 이것을 두고, 정상인들이 우리의 능력을 제한하는 필드를 펼치고 있는 것이 틀림없다고 하며 웃는다. 이것이 사실이 아니고, 다른 사람들 앞에서 이 농담을 하면 그들이 과대망상이라고 생각하리란 것을 알고 있다. 그들은 우리가 나쁜 쪽으로 미쳤다고 생각하리라. 농담이라는 것을 이해하지 못할 것이다. 우리가 농담을 이해하지 못하면, 그들은 우리가 문자에 구애된 사고를 하기 때문이라고 말한다. 그러나 우리는 그들에게 그렇게 말할 수 없다.

"분기마다 정신과 의사를 만나지 않아도 된다면 좋겠지." 캐머런이 말한다.

나는 포넘 박사를 만나지 않아도 되는 경우에 대해 생각한다. 포넘 박사를 만나지 않아도 된다면 훨씬 행복해지리라. 그녀는 나를 보지 않아도 되면 행복할까?

"루, 넌 어때?" 린다가 묻는다. "너는 벌써 부분적으로 그들의 세상에 살고 있잖아."

우리 모두 그렇다. 이 회사에서 일하고 독립적으로 생활하면서. 그러나 린다는 자폐인이 아닌 사람들과 무엇도 함께하고 싶어 하지 않고, 예전에 내가 톰과 루시아의 펜싱 모임 사람들이나 교회 사람들과 어울리지 말아야 한다고 생각한다고 말한 적이 있다. 내가 마저리에 대해 실제로 어떻게 생각하는지 알면 심술궂은 말을 할 것이다.

"나는 잘 살고 있어……. 왜 바꿔야 하는지 모르겠어." 나는 평소보다 거친 내 목소리를 들으며 당황할 때 목소리가 거칠어지지 않았으면 하고 바란다. 나는 화가 나지 않았고, 화난 듯 들리는 목소리로 말하고 싶지 않다.

"들었지?" 린다가 캐머런을 보고, 캐머런이 시선을 피한다.

"일해야 해." 내가 말한다. 사무실로 들어가 작은 송풍기를 켜고 빛의 반짝임을 지켜본다. 뜀뛰기가 필요하지만, 크렌쇼 씨가 올지 모르니 체육관에 가고 싶지 않다. 무언가에 꽉 조이는 듯한 느낌이다. 작업 중인 문제에 몰입하기가 어렵다.

정상이면 어떨지 궁금하다. 나는 학교를 졸업하면서, 더 이상 그에 대해 생각하지 않기로 했다. 이런 생각이 떠오르면 옆으로 밀어낸다. 그러나 이제는…… 말을 더듬거나 아예 대꾸를 못 해서 가지고 다니는 작은 수첩에 글로 써야 할 때, 사람들이 내가 미쳤다고 생각할까 봐 걱정하지 않아도 된다면 어떨까? 주머니에 그 카드를 가지고 다니지 않는다면 어떨까? 어디서나 보고 들을 수 있다면? 얼굴만 보고도 다른 사람들의 생각을 안다면?

작업 중인 기호 덩어리가, 한때는 사람들의 말소리가 무의미했던 것처럼, 갑자기 지독하게 무의미해 보인다.

이런 걸까? 이래서 정상인들이 우리가 하는 것과 같은 일을 하지 않는 걸까? 내가 방법을 알고 잘하는 이 일과, 정상이 되는 것 중에서 선택해야 할까? 나는 사무실을 둘러본다. 팔랑개비들이 갑자기 거슬린다. 그것들은 돌기만 할 뿐이다. 같은 패턴으로, 반복, 반복, 반복. 나는 송풍기를 끄려 손을 뻗는다. 이런 것이 정상이라면, 싫다.

기호들이 풍부한 의미를 가지며 되살아난다. 나는 머리 위의 하늘을 보지 않아도 되게, 기호들에 몰두하며 그 속으로 빠져든다.

기호 속에서 빠져나오자 점심시간이 지나 있다. 점심을 먹지 않고 한 곳에 너무 오래 앉아 있어 머리가 아프다. 자리에서 일어나, 라스에게서 들은 이야기를 생각하지 않으려고 애쓰며 사무실 안을 걸어 다닌다. 자꾸 생각이 난다. 배가 고프지 않지만, 먹어야 한다. 우리 건물의 간이 부엌으로 가 냉장고에서 플라스틱 도시락을 꺼낸다. 우리 중 플라스틱 냄새를 좋아하는 사람은 아무도 없지만, 플라스틱 상자 덕분에 우리는 음식을 나누어 보관할 수 있고, 그래서 나는 린다의 참치 샌드위치 냄새를 맡지 않아도 되고 린다는 나의 육포와 과일 냄새를 맡지 않아도 된다.

사과 하나와 포도 몇 알을 먹고, 육포를 깨작거린다. 속이 울렁거린다. 체육관에 갈까 생각하지만, 확인해 보니 린다와 츄이가 체육관에 들어가 있다. 린다는 찡그린 얼굴로 높이 뛰고 있다. 츄이는 바닥에 앉아 송풍기에 매달려 펄럭이는 색색의 리본을 보고 있다. 린다가 나를 발견하고 트램폴린 위에서 몸을 돌린다. 린다는 대화를 하고 싶어 하지 않는다. 나도 대화를 하고 싶지 않다.

오후 시간은 끝없이 이어지는 것 같다. 나는 정시가 되자마자 나와, 내 자리에 대어 둔 차로 성큼성큼 걸어간다. 완전히 잘못된 음악이 머릿속을 시끄럽게 두드린다. 차 문을 열자 뜨거워진 공기가 훅 쏟아진다. 나는 시원한 가을이 오기를 바라며 차 옆에 선다. 회사에서 나오는 다른 사람들을 본다. 모두들 이래저래 긴장한 모습이고, 눈을 피하고 있다. 아무도 입을 열지 않는다. 우리는 각자 차로 들어간다. 내가 가장 먼저 출발한다. 가장 먼저 나왔기 때문이다.

머릿속으로 잘못된 음악을 들으며 더운 여름 길을 안전하게 운전하기란 어렵다. 빛이 자동차의 앞유리 유리, 범퍼, 표면에 반사되어 번쩍인다. 번쩍이는 빛이 너무 많다. 집에 도착할 즈음에는 머리가 아프고 몸이 떨린다. 나는 소파에 놓인 베개를 침실로 가지고 가고, 커튼을 단단히 친 다음 문을 닫는다. 나는 누워 베개를 배 위에 쌓아 올리고 불을 끈다.

이것도 포넘 박사에게 절대 말하지 않는 일 중 하나이다. 박사가 이에 대해 기록하리라는 것을 안다. 어둠 속에 누워 있자, 부드럽고 가벼운 무게감에 서서히 긴장이 풀리고, 마음속에 있던 잘못된 음악이 빠져나간다. 나는 온화하고 어두운 고요 속을 떠돈다……. 평화롭게, 안심하며, 쏜살같은 광자들의 습격을 피하면서.

마침내 다시 생각하고 느낄 준비가 된다. 슬프다. 나는 슬픔을 느껴서는 안 된다. 나는 포넘 박사가 내게 했을 법한 말을 되뇐다. 나는 건강하다. 나는 보수 좋은 직업을 갖고 있다. 살 집과 입을 옷이 있다. 드물게도 자가용을 운전할 자격을 갖고 있어, 다른 사람과 함께 차를 타거나 시끄럽고 번잡한 대중교통을 이용하지 않아도 된다. 운이 좋다.

그래도 슬프다. 아무리 열심히 노력해도 여전히 안 된다. 다른 사람들과 같은 옷을 입는다. 같은 때 같은 말을 한다. 안녕하세요, 안녕, 잘 지내요, 괜찮아요, 잘 자요, 부탁합니다, 고마워요, 천만에요, 아뇨, 사양할게요, 당장은 아니에요. 교통 법규를 지킨다. 규칙을 따른다. 아파트에 평범한 가구를 놓고, 내 별난 음악은 아주 조용히 틀거나 헤드폰으로 듣는다. 그래도 부족하다. 이렇게 안간힘을 쓰는데도, 진짜 사람들은 내가 변화하기를, 그들과 같아지기를 바란다.

그들은 내가 얼마나 힘든지 모른다. 신경 쓰지 않는다. 내가 변화하기를 바란다. 내 머릿속에 이것저것 집어넣고, 내 뇌를 바꾸고 싶어 한다. 그렇지 않다고 말하겠지만, 사실은 그렇다.

내가 안전하다고 생각했다. 독립적으로 생활하고 다른 사람들처럼 살며. 그러나 나는 안전하지 않았다.

베개 밑에서 다시 몸을 떨기 시작한다. 울고 싶지 않다. 울음소리가 너무 커서 이웃들이 눈치챌지도 모른다. 꼬리표, 어린 시절 그들이 내 기록 속에 집어넣었던 꼬리표들이 쏟아져 내리는 소리가 들린다. 1차 진단 자폐 스펙트럼 장애/자폐증. 감각 통합 장애. 청각 정보 처리 장애. 시각 정보 처리 장애. 촉각 방어.

나는 꼬리표들이 싫다. 내가 떼어내지 못하는 특수 접착제로 꼬리표를 눌러 붙인 자리가 끈적끈적하다.

모든 아기들은 자폐로 태어난다. 우리 모임 사람이 예전에 말한 적이 있다. 우리는 신경질적으로 웃음을 터뜨렸다. 동의했지만, 동의한다고 말하는 것은 위험했다.

신경에 이상이 없는 정상 유아가 들어오는 감각 정보를 세상이라는 개념과 조리 있게 연결하는 법을 배우는 데에는 몇 년이 걸린다. 나는 훨씬 오래 걸렸지만―그리고 지금도 내 감각 처리가 정상이 아니라는 점을 기꺼이 인정하지만―내가 그 작업을 하는 과정은 다른 모든 유아들과 마찬가지였다. 처음에는 막힘없이, 가공 없이 쏟아져 들어오는 감각 정보 때문에 감각 과부하에 걸리지 않도록, 수면과 산만함으로 자신을 보호했다.

문학 작품을 읽고는, 신경에 손상을 입은 어린이들만 이렇게 한다고 생각할지도 모른다. 그러나 사실 모든 유아들이 자신의 노출 정도를 제어한다―눈을 감거나, 시선을 돌리거나, 세상이 너무 부담스러워지면 그저 잠을 자면서. 시간이 흐르면서 이 정보 덩어리를 이해하고, 어느 망막 자극 신호의 패턴이 보이는 세상이 무슨 일인지, 어느 청각 자극 신호의 패턴이 사람 목소리인지―사람 목소리가 내는 소리가 모국어

인지 알아간다.

나의 경우—어느 자폐인이든 마찬가지인데—이 과정이 훨씬 오래 걸렸다. 내가 이해할 만큼 나이가 들자 부모님이 나에게 설명해 주었다. 어떤 이유에서, 내 유아기 신경은 더 오래 지속되는 자극을 받아야 틈새를 이을 수 있었다. 부모님은—그리고 나는—내 뉴런이 필요로 하는 만큼 신호를 지속시켜 주는 기술이 개발되어 있어 운이 좋았다. '주의력 결핍'(과거에는 꽤 흔했단다)이라는 꼬리표를 다는 대신, 나에게는 단지 내가 받아들일 수 있는 자극이 주어졌다.

컴퓨터가 지원하는 초급 언어 교육 프로그램을 접하기 전을 기억한다……. 사람들의 입에서 나오는 소리가 초원의 소들이 내는 울음소리나 신음 소리만큼이나—아니, 그보다 더—두서없이 들렸다. 나는 자음을 거의 듣지 못했다—충분히 길게 발음되지 않았다. 치료가 도움이 되었다—컴퓨터가 내가 들을 수 있을 때까지 소리를 늘어뜨렸고, 뇌가 서서히 더 짧은 신호를 잡아내는 법을 익혔다. 하지만 모두 듣지는 못했다. 오늘날까지도, 아무리 집중해도 빠른 말을 놓칠 때가 있다.

예전에는 더 심했다. 컴퓨터 지원 언어 교육 프로그램이 나오기 전에는 나 같은 어린이들이 말을 전혀 배우지 못하는 경우도 있었다. 과거, 20세기 중반의 임상의들은 자폐를 정신분열증 같은 정신병으로 생각했다. 어머니가, 자식을 미치게 만들었다는 소리를 들었던 한 여자가 쓴 책을 읽은 적이 있다. 자폐인들이 정신적으로 병들었거나, 병에 걸렸다는 생각은 20세기 말까지 죽 이어졌고, 겨우 몇 년 전에도 그에 대한 기사를 잡지에서 읽은 적이 있다. 내가 포넘 박사를 만나야만 하는 이유도 이것이다. 내가 정신병에 걸리지 않는다고 박사가 확신해야 한다.

크렌쇼 씨는 내가 미쳤다고 생각하는 걸까 궁금해진다. 그래서 나에게 말할 때면 그의 얼굴이 반짝거릴까? 겁을 내는 걸까? 올드린 씨는 나를―우리를―겁내지 않는다. 우리를 진짜 사람처럼 대한다. 하지만 크렌쇼 씨는 자신에게 조련할 권리가 있는 고집 센 동물을 대하듯이 내게 말한다. 나는 자주 겁에 질리지만, 지금은, 베개 밑에서 쉬고 난 다음은, 두렵지 않다.

내 바람은 밖에 나가 별을 올려다보는 것이다. 부모님은 나를 데리고 남서 지역에서 야영을 했다. 그곳에 누워, 그 모든 아름다운 패턴들을, 계속, 계속, 영원히 이어지는 패턴들을 바라보던 기억이 난다. 다시 별을 보고 싶다. 어렸을 때 별을 보면 마음이 진정되었다. 별들은 질서 있는 우주, 내가 커다란 패턴 속의 작은 한 부분이 될 수 있는 패턴이 있는 우주를 보여주었다. 빛이 내 눈에 닿기 위해 얼마나 오래 여행했는지―수백, 수천 년―부모님에게 들었을 때 왜인지는 몰라도 위로받은 듯한 기분이 들었다.

여기에서는 별이 보이지 않는다. 우리 건물 옆 주차장의 안전등은 분홍색을 띠며 노란빛을 발하는 나트륨 등이다. 공기를 탁하게 하고, 별들은 하늘의 흐릿한 검은 꺼풀을 통과해 빛나지 못한다. 달과 밝은 별과 행성 몇 개만이 보인다.

가끔 시골로 나가 별을 볼 장소를 찾으려고 했었다. 힘들었다. 시골길에 차를 세우고 차의 등을 끄면, 누군가 나를 칠 수도 있다. 나를 보지 못하기 때문이다. 길가나, 헛간으로 이어지는 안 쓰는 골목길에 주차하려고도 해 보았다. 그러나 근처에 사는 사람이 눈치채고 경찰을 부를지도 모른다. 그러면 경찰이 와서 내가 늦은 밤에 왜 그곳에 차를 세웠는지 알고 싶어 할 것이다. 그들은 별을 보고 싶은 마음을 이해하지 못한다. 그저 변명일 뿐이라고 말한다. 나는 더 이상 그렇게 하지 않는다. 대신에, 나는 별이 있는 곳으로 휴가를 갈 수 있을 만큼 저금하려고 노력한다.

경찰에 관한 일은 이상하다. 우리 중에 어떤 사람들은 다른 사람들보다 더 많은 말썽을 겪는다. 산티아고에서 자랐던 조지는, 그곳에서는 부자, 백인, 정상인이 아니면 범죄자 취급을 받는다고 내게 말했었다. 조지는 자라면서 길에서 세워진 적이 많았다. 그는 열두 살이 될 때까지 말을 배우지 못했고, 그때도 말을 잘하지 못했다. 그들은 늘 조지가 취했거나 마약을 한다고 생각했다. 조지가 자신이 어떤 사람이고 말을 하지 못한다고 설명하는 팔찌를 했을 때에도, 경찰들은 그를 경찰서까지 데려간 다음에야 팔찌를 들여다보았다. 그러고 나면 그를 직접 원래 있던 동네로 데려다 주는 대신, 그를 집으로 데려갈 부모에게 연락하려고 했다. 부모님이 맞벌이를 했기 때문에, 조지는 종종 서너 시간 동안 경찰서에 앉아 있어야 했다.

나에게는 그런 일이 없었지만, 공항 경비원의 경우처럼 이해할 수 없는 이유로 세워진 적은 있다. 나는 누군가 내게 거칠게 말하면 몹시 겁에 질리고, 가끔은 답을 제대로 하지 못한다. 나는 "제 이름은 루 애런데 일입니다. 저는 자폐인입니다. 저는 질문에 잘 답하지 못합니다"라는 말을, 아무리 겁이 나도 할 수 있을 때까지 거울 앞에서 연습했다. 이렇게 할 때 내 목소리는 거칠고 부자연스럽다. 그들은 "신분증이 있나요?"라고 묻는다. 나는 "제 주머니에 있습니다"라고 말해야 한다는 것을 안다.

만약 지갑을 직접 꺼내려고 하면 경찰들이 겁을 먹고 나를 죽일지도 모른다. 고등학생 때 시비어 선생님이 우리가 주머니에 칼이나 총을 가지고 다닌다고 생각한 경찰이 그저 신분증을 꺼내려던 사람을 죽인 적이 있다고 했다.

나는 이것이 잘못되었다고 생각하지만, 법원이 만약 경찰이 정말 겁에 질려 있었다면 괜찮다고 판결했다는 글을 읽는다. 그렇지만 만약 다른 사람들이 경찰을 보고 정말 겁에 질려도, 그 겁에 질린 사람이 경찰을 죽이는 것은 괜찮지 않다.

이치에 맞지 않다. 대칭성이 없다.

고등학교에서 우리 반을 방문했던 경찰이 경찰은 우리를 돕기 위해 있고, 뭔가 잘못을 한 사람들만이 경찰을 무서워한다고 말했다. 젠 브루차드가 내가 생각하고 있던 말을 했다. 우리에게 소리를 지르고 겁을 주고 우리를 바닥에 엎드리게 하는 사람들을 겁내지 않기란 어렵다고 했다. 아무 짓도 하지 않았어도, 덩치 큰 사람이 총을 흔든다면 누구나 겁이 날 거라고 했다. 경찰은 얼굴이 빨개지더니 그런 태도는 바람직하지 않다고 했다. 나는 그의 태도도 마찬가지라고 생각했지만, 그렇게 말하면 안 된다는 것은 알고 있었다.

우리 아파트에 사는 경찰은 늘 나에게 친절했다. 그의 이름은 대니얼 브라이스지만, 자신을 대니라고 부르라고 한다. 그는 나를 보면 반갑습니다 안녕하세요, 하고 말하고, 나도 반갑습니다 안녕하세요, 라고 한다. 그는 내가 차를 깨끗하게 관리한다며 감탄했다. 우리는 왓슨 부인이 요양소로 가야 해서 이사할 때 함께 부인을 도왔다. 각자 탁자 양 끝을 들어 계단 아래로 옮겼다. 대니가 뒷걸음질 치는 쪽을 맡겠다고 했다.

그는 내가 아는 누구에게도 소리를 지르지 않는다. 나는 그가 깨끗한 내 차를 좋아한다는 점 외에는 나에 대해 어떻게 생각하는지 모른다. 내가 자폐인임을 아는지 모른다. 나는 그를 보고 겁먹지 않으려고 애쓴다. 아무런 잘못도 하지 않았기 때문이다. 그러나 조금은 겁이 난다.

그에게 사람들이 그를 보고 겁을 먹는다고 생각하는지 묻고 싶지만, 그를 화나게 하고 싶지 않다. 나는 그가 내가 뭔가 잘못한다고 생각하기를 바라지 않는데, 아직도 좀 겁이 나기 때문이다.

나는 텔레비전에서 경찰 프로그램을 보려고 애쓰지만, 그러면 다시 겁이 난다. 경찰은 늘 피곤하고 화난 듯한데도, 프로그램은 그래도 괜찮은 것처럼 보여 준다. 나는 화가 났을 때조차 화난 듯이 행동해서는 안 되지만, 그들은 그럴 수 있다.

하지만 나는 나 같은 다른 사람들의 행동에 따라 평가받고 싶지 않고, 대니 브라이스를 부당하게 대하고 싶지 않다. 그가 나를 향해 웃고, 나도 마주 웃는다. 그가 나에게 인사를 하고, 나도 마주 인사를 한다. 그와 가까이 있을 때, 땀을 너무 많이 흘려 내가 뭔가 하지 않은 잘못을 했다고 그가 생각하지 않도록, 나는 그가 가지고 다니는 총이 장난감인 양 대하려고 애쓴다.

이불과 베개 밑에서 나는 이제 평온할 뿐 아니라 땀투성이가 됐다. 기어 나와 베개를 제자리에 돌려놓고 샤워를 한다. 나쁜 냄새를 풍기지 않는 것은 중요하다. 나쁜 냄새가 나는 사람들은 다른 사람들을 화나거나 겁나게 한다. 나는 내가 쓰는 비누의 냄새를 좋아하지 않는다. 너무 강한 인공향이다. 그러나 이 냄새가 다른 사람들에게는 받아들일 만하다는 사실을 안다.

늦었다. 9시가 넘었다. 욕실에서 나와 다시 옷을 입는다. 보통 목요일에는 〈코발트 457〉을 보지만, 오늘은 이제 늦었다. 배가 고프다. 물을 끓이고 국수를 조금 집어넣는다.

전화벨이 울린다. 펄쩍 뛴다. 어떤 벨소리를 써도, 전화는 항상 나를 놀라게 하고, 나는 놀랄 때마다 뛰어오른다.

올드린 씨다. 목이 꽉 조인다. 내가 오랫동안 말을 하지 못하지만, 그는 말을 계속하지 않는다. 기다린다. 그는 이해한다.

나는 이해하지 못한다. 그는 사무실에 속해 있다. 사무실 쪽의 일부이다. 이전에는 한 번도 집으로 전화를 한 적이 없다. 그런데 나와 만나고 싶어 한다. 덫에 걸린 것 같다. 그는 내 상사이다. 나에게 무엇을 하라고 말할 수 있지만, 회사에서만 가능하다. 집에서 전화로 그의 목소리를 들으니 잘못된 느낌이다.

"저―전화하실 줄 몰랐습니다."

"알아요. 회사 밖에서 해야 할 이야기가 있어서 집으로 전화했어요."

위가 조여든다. "어떤 이유인가요?"

"루, 크렌쇼 씨가 당신들을 모두 불러들이기 전에 알아야 해요. 성인 자폐증을 역진시키는 실험 단계의 치료법이 있어요."

"압니다. 들었어요. 원숭이에 실험했죠."

"그래요. 하지만 그 학술지에 실린 내용은 1년도 더 된 거예요. 그 사이에…… 진전이 있었어요. 우리 회사가 그 연구를 사들였어요. 크렌쇼는 당신들이 모두 새 치료를 받기를 바라고 있어요. 내 생각은 달라요. 아직 이르고, 그가 당신들에게 치료를 받으라고 강요하는 것은 잘못이라고 생각해요. 최소한 당신들이 결정해야 할 일이죠. 아무도 압력을 넣어서는 안 돼요. 하지만 그 사람은 내 상사라, 나는 그가 당신들에게 그런 짓을 하지 못하게 막을 수가 없어요.”

도울 수 없다면, 왜 전화를 할까? 책에서 읽었던, 정상인들이 어쩔 수 없어서 한 잘못된 행동에 대해 동정을 구할 때의 태도 중 하나인 걸까?

“돕고 싶어요.” 그가 말한다. 나는 무언가를 하고 싶어 하는 것과 하는 것은 같지 않다던…… 노력하는 것과 행동하는 것은 같지 않다던 부모님의 말씀을 기억한다. 왜 그는 대신 “돕겠어요”라고 하지 않을까?

“변호사가 필요할 거예요. 당신들이 크렌쇼와 협상하도록 도울 사람이요. 나보다 나은 사람으로요. 그런 변호사를 찾도록 도울 수 있어요.”

나는 그가 우리의 변호인이 되고 싶어 하지 않는다고 생각한다. 크렌쇼가 그를 해고할까 봐 두려워한다고 생각한다. 이치에 닿는다. 크렌쇼는 우리 가운데 누구라도 해고할 수 있다. 나는 딱딱한 혀를 움직여 소리를 내려 분투한다. “안 돼요……. 아닙니…… 제 생각은…… 제 생각에 제가―우리가―우리 변호사를 찾아야 해요.”

“할 수 있겠어요?” 그가 묻는다. 미심쩍은 듯한 목소리이다. 예전에 나는 행복한 목소리가 아니라는 것밖에 인식하지 못했고, 그랬다면 그가 내게 화가 났을까 봐 두려워했을 것이다. 이제는 그렇지 않아서 다행이다. 그가 우리가 하는 일과 내 독립적인 생활을 알면서 왜 미심쩍어하는지 의아하다.

“센터에 갈 수도 있습니다.”

“그게 나을지도 모르겠군요.” 그의 쪽에서 잡음이 시작된다. 그의 목소리가 들리지만, 나는 나에게 하는 말이 아니라고 생각한다. “소리 좀 줄여. 통화 중이라고.” 행복하지 않은 다른 목소리가 들리지만, 단어들은 분명하지 않다. 이어서, 귓가에 올드린 씨의 목소리가 크게 울린다. "루, 사람을 찾는 일이 어렵거든…… 만약 내가 돕길 바란다면, 꼭 말해 줘요. 당신들이 잘되기를 바라고 있어요. 알죠?"

모른다. 나는 올드린 씨가 우리 과장이고 늘 친절하고 참을성 있게 우리를 대했고 우리의 일을 쉽게 해 줄 물건들을 제공했다는 것은 알지만, 그가 우리가 잘되기를 바란다는 것은 모른다. 우리가 잘되는 게 무엇인지 그가 어떻게 알까? 그는 내가 마저리와 결혼하기를 바랄까? 일터 밖에서의 우리 생활에 대해 그가 무엇을 알까?

"고맙습니다." 내가 말한다. 거의 모든 경우에 안전한, 틀에 박힌 말이다. 포넘 박사가 자랑스러워하리라.

"알았어요, 그럼." 그가 말한다. 나는 여기에서는 아무런 의미도 없는 이 단어들로 혼란스러워하지 않으려 애쓴다. 틀에 박힌 말이다. 그는 대화를 끝내려고 한다. "도움이 필요하면 전화해요. 집 전화번호를 가르쳐 줄게요……." 그가 빠른 속도로 숫자를 읊는다. 나는 잊지 않겠지만, 전화기가 번호를 저장한다. 숫자들은 쉽고, 올드린 씨는 어쩌면 전혀 알아채지 못했을지도 모르지만, 이 번호는 연속된 소수라 특히 쉽다. "루, 잘자요. 걱정하지 말아요." 그가 반대편에서 말한다.

노력은 행동이 아니다. 나는 인사를 하고, 전화를 끊고 조금 퍼진 국수를 먹으러 돌아간다. 나는 퍼진 국수를 싫어하지 않는다. 부드러운데다 달래는 것 같다. 대부분의 사람들은 국수에 땅콩버터를 넣지 않지만, 나는 넣어 먹는다.

우리가 치료받기를 바라는 크렌쇼 씨에 대해 생각한다. 그가 우리에게 강요할 수 있으리라고 생각하지 않는다. 우리와 의학 연구에 대한 법이 있다. 정확한 법조문은 모르지만, 그가 우리에게 치료를 강요하지는 못하리라고 생각한다. 올드린 씨는 이 일에 대해 나보다 더 잘 알 것이다. 그는 과장이다. 그러니 올드린 씨는 크렌쇼 씨가 강요할 수 있거나, 강요를 시도하리라고 생각하는 것이 틀림없다.

잠이 잘 오지 않는다.

금요일 오전에 캐머런이 올드린 씨가 자기에게도 전화했다고 내게 말한다. 올드린 씨는 모두에게 전화를 했다. 크렌쇼 씨는 우리에게 아직 아무 말도 하지 않았다. 통과하지 못할 것 같은 시험을 앞두었을 때처럼, 속이 불편하고 거북하다. 컴퓨터를 켜고 일을 하는 편이 안심이 된다.

지금 맡고 있는 프로젝트의 첫 절반을 끝내고 시험 가동 결과 잘못된 점이 없었던 것을 제외하면, 하루 종일 아무 일도 일어나지 않는다. 점심 식사 후에 캐머런이, 지역 자폐인 모임이 센터에서 그 연구 논문에 관한 회의를 연다고 공지했다고 말한다. 그는 간다. 그는 우리 모두 가야 한다고 생각한다. 나는 이번 토요일에 세차말고는 다른 계획이 없고, 어차피 거의 매주 토요일 오전마다 센터에 간다.

토요일 오전에 센터로 걸어간다. 오래 걸어야 하지만, 이렇게 이른 아침에는 덥지 않고, 걸으면 다리의 느낌이 좋다. 게다가, 센터로 가는 인도는 벽돌길로, 두 가지 색 벽돌이 ― 황갈색과 빨간색 ― 재미있는 패턴을 이루며 깔려 있다. 나는 이 벽돌길을 보는 것을 좋아한다.

센터에 도착해서, 우리 일터 사람들뿐 아니라 도시의 다른 지역에 흩어져 사는 사람들도 본다. 몇몇은, 대부분은 나이 많은 사람들인데, 성인 주간보호시설이나 관리를 많이 받는 보호 작업장에서 지내고 그룹 홈에서 산다. 스테판은 이곳의 작은 대학에서 근무하는 교수이다. 무슨 생물학 분야에서 연구를 한다. 마이는 큰 대학에서 일한다. 전문 분야는 수학과 생물물리학이 겹치는 부분이다. 둘 다 회의에 자주 나오지 않는 다. 나는 가장 장애가 심한 사람들이 가장 자주 나온다는 사실을 발견했 다. 조 리 같은 젊은 사람들은 거의 나오지 않는다.

내가 알고 좋아하는 사람들 몇 명과 이야기를 한다. 몇몇은 회사 사람 들이고, 몇몇은 커다란 회계 사무소에서 일하는 머레이처럼 다른 곳 사 람들이다. 머레이는 펜싱에 대해 듣고 싶어 한다. 머레이는 합기도를 배 우고 있는데, 역시 담당 정신과 의사에게 말하지 않았다. 나는 머레이가 새로운 치료법에 대해 들었음을 알고 있고, 그 이유가 아니라면 그가 오 늘 여기 왜 있겠느냐마는, 그가 그것에 대해 말하고 싶어 하지 않는다고 생각한다. 그는 우리와 함께 일하지 않는다. 연구가 임상 실험 단계에 가까워졌음을 모를 수도 있다. 치료를 바라고 연구가 임상 실험 단계이 길 바라는지도 모른다. 나는 그에게 그런지 묻고 싶지 않다. 오늘은.

센터는 자폐인들만을 위한 곳이 아니다. 특히 주말이면 우리는, 다 른 여러 장애를 가진 사람들을 많이 본다. 나는 모든 장애를 다 알지는 못한다. 누군가에게 잘못될 수 있는 모든 일들에 대해 생각하고 싶지 않다.

우리에게 말을 거는 친절한 사람들도 있고, 그렇지 않은 사람들도 있 다. 오늘 에미는 내게 곧장 온다. 그녀는 거의 늘 센터에 있다. 나보다 키 가 작고, 곧고 짙은 머리카락에, 두꺼운 안경을 쓰고 있다. 나는 왜 그녀 가 눈 수술을 받지 않는지 모른다. 물어보는 것은 예의 없는 행동이다.

에미는 언제나 화난 것처럼 보인다. 눈썹이 모여 있고, 입가의 작은 근육은 경직되어 뭉쳐 있다. 그녀의 입이 내려간다. "여자친구 있지."

"없어." 내가 말한다.

"있어. 린다가 말해 줬어. 우리 같은 사람이 아니지."

"없어." 내가 거듭 말한다. 마저리는 내 여자친구가 아니고—아직은—나는 그녀에 대해 에미와 이야기하고 싶지 않다. 린다는 에미에게 아무 말도 하지 말았어야 했다. 이 점은 확실하다. 나는 마저리가 내 여자친구가 아니기 때문에, 린다에게 마저리가 내 여자친구라고 하지 않았다. 틀린 말이었다.

"칼싸움하러 가는 데서, 여자애가—" 에미가 말한다.

"애가 아니야. 여자이고, 내 여자친구가 아니야." 아직은 아니지, 나는 생각한다. 마저리와 지난주 마저리의 얼굴에 나타났던 표정을 떠올리자 목덜미가 뜨거워진다.

"린다가 여자친구라고 했어. 루, 그 여자는 스파이야."

에미는 사람들의 이름을 거의 부르지 않는다. 에미가 내 이름을 부르자, 팔을 찰싹 맞은 듯한 기분이 든다. "스파이라니, 무슨 뜻이야?"

"그 여자는 대학에서 일해. 그 프로젝트를 진행하는 대학 말이야. 너도 알지." 마치 내가 그 프로젝트를 한다는 듯이 에미가 나를 노려본다. 발달 장애에 대해 연구하는 모임 얘기이다. 어렸을 때 부모님이 나를 데리고 그곳으로 검사를 받으러 갔었고, 3년 동안 특수 교육을 받았다. 그런 다음에 그 모임이 어린이를 돕는 일보다 연구 논문을 쓰고 지원금을 타내는 일에 더 신경을 쓰고 있다고 생각한 부모님이 나를 지역 진료소에 있는 다른 프로그램으로 옮겼다. 우리 지역 공동체는 연구자들에게 신분을 밝히도록 요구하고 있다. 그들은 우리끼리 모이는 자리에 참석하지 못한다.

에미 본인도 관리인으로 대학에서 일하고 있다. 나는 에미가 그래서 마저리가 대학에서 일한다는 사실을 안다고 짐작한다.

"많은 사람들이 대학에서 일해. 그 사람들이 모두 연구 모임에 속하는 건 아니지."

"루, 그 여자는 스파이야." 에미가 거듭 말한다. "그 여자는 너한테 인간적으로 관심을 보이는 게 아니야. 네 진단명에만 관심이 있어."

몸속에 텅 빈 구멍이 있는 듯한 느낌이다. 나는 마저리가 연구원이 아니라고 확신하지만, 그렇게까지 확신하지는 않는다.

"그 여자에게 넌 변종이야. 연구 대상이라고." 에미는 **연구 대상**이라는 단어를 외설스럽게 들리게 한다. 내가 **외설스럽다**는 말을 이해한다면 말이다. 추잡하게. 미로에 갇힌 쥐, 우리에 갇힌 원숭이. 나는 새로운 치료법에 대해 생각한다. 그 치료를 처음 받는 사람들은 연구자들이 처음 실험했던 원숭이들처럼 연구 대상이 될 것이다.

"사실이 아니야." 내가 말한다. 팔 아래와 목에서 따끔거리며 땀이 솟고, 위협받았다고 느낄 때면 나타나는 가벼운 떨림이 느껴진다. "어쨌든 간에, 그녀는 내 여자친구가 아니야."

"그만한 상식은 있다니 다행이네." 에미가 말한다.

나는 회의에 간다. 내가 센터에서 나가면 에미가 다른 사람들에게 나와 마저리에 대해 말할 것이기 때문이다. 연구 규약과 연구의 함의에 대한 연사의 말에 몰입하기가 힘들다. 나는 그의 말을 듣지만 듣지 않는다. 예전에 들은 적이 없는 말이 들리면 알아채지만, 그다지 집중을 하지는 않는다. 나중에 센터 웹사이트에 올라온 연설문을 읽으면 된다. 나는 에미가 말할 때까지 마저리를 생각하지 않고 있었으나, 이제는 마저리 생각을 멈출 수가 없다.

마저리는 나를 좋아한다. 그녀가 나를 좋아한다고 확신한다. 나를 나 자신으로, 펜싱 모임에 나가는 루, 수요일 밤에 함께 공항에 가자고 그녀가 청했던 루로서 좋아한다고 확신한다. 루시아는 마저리가 나를 좋아한다고 했다. 루시아는 거짓말을 하지 않는다.

하지만 이런 좋아함과 저런 좋아함이 있다. 나는 음식으로서 햄을 좋아한다. 내가 씹을 때 햄이 무슨 생각을 하는지는 신경 쓰지 않는다. 햄이 생각하지 않는다는 것을 알고 있기 때문에, 씹어 먹어도 불편하지 않다. 어떤 사람들은 고기를 만드는 동물이 한때는 살아 있었고 어쩌면 생각과 감정을 가지고 있었을 수도 있기 때문에 고기를 먹지 않는다. 하지만 나는 일단 죽은 이상 이런 점이 불편하지 않다. 미네랄 몇 그램을 제외한 모든 음식은 한때 살아 있었고, 어쩌면 나무도 우리가 알아내는 방법을 찾아내고 보면 생각과 감정을 가지고 있을지도 모른다.

마저리가 에미 말대로―물건처럼, 연구 대상으로, 내가 씹는 햄처럼 나를 좋아한다면? 만약 마저리가 내가 조용하고 상냥하기 때문에 다른 연구 대상보다 나를 더 좋아한다면?

조용하고 상냥한 사람다운 기분이 들지 않는다. 누군가를 때리고 싶다.

회의에서 상담사는 우리가 온라인에서 이미 읽어 본 얘기만 한다. 그는 연구 방법을 설명하지 못한다. 연구에 자원하고 싶은 사람이 어디에 가면 되는지 모른다. 내가 다니는 회사가 연구를 샀다는 말을 하지 않는다. 어쩌면 모르는지도 모른다. 나는 아무 말도 하지 않는다. 올드린 씨의 말이 정확한지 확신이 들지 않는다.

회의가 끝난 후, 다른 사람들은 남아서 새로운 진행에 대해 이야기를 나누고 싶어 하지만, 나는 얼른 나온다. 집에 가서, 에미가 없는 곳에서 마저리에 대해 생각하고 싶다. 나는 연구원인 마저리에 대해 생각하고 싶지 않다. 차 안에서 내 옆에 앉은 마저리에 대해 생각하고 싶다. 그녀의 냄새, 머리카락에서 반짝이는 빛, 심지어 레이피어를 들고 겨루는 마저리에 대해 생각하고 싶다.

세차를 하면서 마저리에 대해 생각하기는 더 쉽다. 나는 양가죽 의자 덮개를 풀어 턴다. 아무리 조심해도 늘 뭔가 가죽에 붙는다. 먼지, 실, 그리고—오늘은—종이 집게. 어디에서 붙었는지 모르겠다.

나는 종이 집게를 차 앞에 놓고 의자를 작은 솔로 쓸어내린 다음, 바닥에 진공청소기를 돌린다. 진공청소기 소리가 귀를 아프게 울리지만, 비질보다 시간이 적게 걸리고 코에 먼지가 덜 들어간다. 나는 가장자리까지 다 닿도록 신경 쓰며 앞유리 판 내부를 청소하고, 거울을 닦는다. 가게에서 차에 쓰는 특수 세제를 팔지만, 모두 나쁜 냄새가 나서 토할 것 같다. 그래서 나는 그냥 젖은 걸레를 쓴다.

양가죽을 도로 의자에 덮고 제자리에 아늑하게 묶는다. 이제 내 차는 일요일 오전에 어울리게 깨끗해졌다. 비록 교회에 갈 때는 버스를 타지만, 나는 내 차가 일요일에 일요일용 외출복을 입고 깨끗하게 세워져 있다고 생각하기를 좋아한다.

마저리를 떠올리지 않으며 재빨리 샤워를 하고, 마저리를 떠올리며 침대에 눕는다. 내 생각 속에서 마저리는 움직이고, 언제나 움직이고, 그러면서도 언제나 멈추어 있다. 그녀 얼굴의 표정은 대부분의 얼굴들보다 내게 분명하게 보인다. 표정이 내가 해석할 수 있을 만큼 얼굴에 오래 머무른다. 잠이 들 즈음, 그녀는 웃음을 짓고 있다.

4

톰은 길에 서서 마당을 가로지르는 마저리 쇼와 돈 프와투를 바라보았다. 루시아는 마저리가 루 애런데일에게 마음을 주고 있는 것 같다고 했지만, 마저리는 지금 돈과 함께 걷고 있었다. 물론, 돈이 마저리의 장바구니를 낚아채 들기는 했지만―만약 정말 싫다면, 도로 가져갔겠지?

톰이 이마가 드러나기 시작한 머리를 쓸어 넘기며 한숨을 쉬었다. 그는 펜싱을 좋아했고, 사람들을 불러들이는 일도 좋아했지만, 나이가 들수록 모임 내에서 얽히고설키는 인간관계를 계속해서 감당하기가 점점 더 힘들었다. 루시아와 그의 집이 사람들에게 신체적으로나 사회적으로나 잠재력을 실현하는 장이 되기를 바랐으나, 가끔은 마당 한가득 영원한 청소년들을 떠맡고 있는 것 같은 기분이었다. 그들은 하나같이, 결국은 그에게 와서 불평불만과 상처를 늘어놓았다.

혹은 루시아에게 쏟아부었다. 보통 여자들이 그랬다. 루시아의 자수나 사진에 관심이 있는 척하면서 옆에 앉아, 자신들의 문제에 대해 쉴 새 없이 떠들어댔다. 그와 루시아는 어떤 일이 일어나고 있는지, 누가 어떤 도움을 필요로 하는지, 많은 책임을 떠맡지 않으면서 가장 잘 도울 방법이 무언지에 대해 몇 시간씩 이야기를 나누었다.

돈과 마저리가 가까워지자, 마저리가 성가셔하는 모습이 보였다. 돈은 늘 그렇듯이 눈치채지 못한 채, 흥분하여 마저리의 가방을 흔들며 지껄이고 있었다. 곧 상담이겠군. 틀림없이 오늘 밤이 다 가기 전에, 마저리는 내게 돈이 무슨 짓으로 자신을 성가시게 했는지를, 돈은 마저리의 이해심이 부족하다는 말을 할 터였다.

"그 녀석은 매번 자기 물건들을 정확히 똑같은 자리에 둬. 다른 데 놓을 줄을 모른다니까." 톰에게 목소리가 들릴 만큼 가까워졌을 때, 돈이 마저리에게 말하고 있었다.

"깔끔하니까." 마저리가 신경질적으로 말했다. 그저 성가셔하는 정도가 아니라는 뜻이었다. "넌 깔끔한 게 싫어?"

"강박적인 게 싫다는 거지. 마저리 넌 차를 길 이쪽에 대기도 하고 저쪽에 대기도 하고, 다른 옷을 입기도 하면서 건강한 유연성을 보이잖아. 루는 매주 똑같은 옷을 입어—뭐, 깨끗하단 건 인정하지만, 그래도 같은 옷이다 이거지—그리고 녀석이 장비를 보관하는 자리에 대한……."

"넌? 장비를 엉뚱한 자리에 놓아서 톰이 옮기게 했잖아?"

"루가 당황할 테니까." 돈이 샐쭉하게 말했다. "공평하지가 못하다고."

톰은 마저리가 돈에게 고함을 지르고 싶어 한다는 것을 알 수 있었다. 그도 그러고 싶었다. 하지만 돈에게 고함을 질러서 일이 잘 풀린 적이 없었다. 돈에게는 인생의 8년을 그를 돌보는 데 투자했던 진지하고 성실한 여자친구가 있었지만, 그래도 그는 바뀔 줄을 몰랐다.

"나도 깨끗한 게 좋다네."톰이 가시 돋친 말투를 쓰지 않으려 애쓰며 말했다. "누구 장비를 어디에서 찾을 수 있는지 알면 모두들 편하지. 더욱이 물건을 여기저기 온통 늘어놓는 것도 한 군데 두는 것만큼이나 강박적인 행동이라고 볼 수 있을 것 같은데."

"이봐요, 톰. **건망증**과 **강박증**은 반대라고요."그는 불쾌해하지조차 않았다. 마치 톰이 무지한 어린애라도 되는 듯, 그저 재미있어 하는 것 같았다. 톰은 돈이 일터에서도 이런 식으로 행동할까 궁금했다. 그렇다면, 잡다한 돈의 이력도 설명이 되었다.

"내가 정한 규칙을 갖고 루를 비난하지 말게나."돈은 어깨를 으쓱하고 장비를 가지러 집으로 들어갔다.

일이 시작되기 전, 몇 분간의 평화……. 톰은 스트레칭을 시작한 루시아 옆에 앉아 발가락 끝으로 손을 뻗었다. 예전에는 쉬운 동작이었다. 마저리가 루시아의 다른 쪽 옆에 앉아 이마를 무릎에 대려 몸을 앞으로 구부렸다.

"오늘 밤에 루가 여기 올 거야."루시아가 마저리를 곁눈질하며 말했다.

"제가 성가시게 한 건 아닌지 걱정했어요. 같이 공항에 가자고 해서요."

"아닐걸. 내가 보기에는 오히려 굉장히 기뻐하던데. 무슨 일 있었니?"

"아뇨. 제 친구를 마중하고, 루를 여기에 내려 줬죠. 그게 다예요. 돈이 루의 장비에 대해 무슨 말을 좀 했는데……."

"아, 톰이 돈에게 장비 더미를 정리하라고 했거든. 돈이 그저 선반에 아무렇게나 쑤셔 넣으려고 했는데, 톰이 제대로 정리하라고 시켰지. 여태껏 정리하는 모습을 그렇게 많이 봤으니 지금쯤이면 할 줄 알아야 하는데, 돈은…… 그저 배울 생각이 없는 거야. 이제 헬렌도 옆에 없으니, 정말 몇 년 전의 앞뒤 없는 어린애로 되돌아가고 있다니까. 좀 자랐으면 좋겠어."

톰은 끼어들지 않으며 귀를 기울였다. 신호가 보였다. 이제 언제라도 루시아는 마저리에게 루와 돈에 대해 어떻게 생각하는지 캐물을 터였다. 톰은 그 일이 일어날 때 자신이 멀리 떨어져 있길 바랐다. 톰이 스트레칭을 끝내고 일어설 때, 루가 집 모퉁이를 막 돌아 들어왔다.

조명을 점검하고 부상을 유발할지도 모르는 장애물이 없게 연습장을 마지막으로 청소하며, 톰은 스트레칭을 하는 루를 바라보았다……. 언제나처럼 규칙적이고, 언제나처럼 철저했다. 루를 지루하게 생각하는 사람들도 있겠지만, 톰에게 루는 늘 매혹적이었다. 30년 전이었다면 루는 절대 평범하게 살지 못했을지도 모른다. 50년 전이었다면 평생을 시설에서 보냈을 터였다. 그러나 초기 개입, 교육 방법, 컴퓨터를 이용한 감각 통합 훈련 분야의 발전 덕분에, 그는 좋은 직장을 갖고 독립해서 살며, 진짜 세상을 거의 동등하게 마주할 능력을 가질 수 있었다.

적응의 기적인 동시에 톰에게는 조금 슬픈 일이었다. 같은 신경 장애를 가지고 루보다 나중에 태어난 사람들은 생후 2년 안에 유전자 치료를 통해 완치될 수 있었다. 부모가 치료를 거부한 사람들만이, 루가 해낸 것과 같은 힘든 치료를 받으며 루처럼 분투해야 했다. 더 어렸다면 루는 고통받지 않았을 것이다. 정상인이 되었을지도 모른다. 정상이 무슨 뜻이든 간에.

그럼에도, 루는 여기에서 펜싱을 하고 있었다. 톰은 처음 시작할 무렵, 엉망인 데다 균형도 잘 잡지 못했던 루의 동작을 생각했다―아주 오랫동안, 루의 펜싱은 진짜 펜싱의 우스꽝스러운 흉내밖에 안 될 것 같았다. 한 단계씩 성장할 때마다 루는 느리고 힘겹게 시작하고, 느리고 힘겹게 발전했다……. 플뢰레에서 에페로, 에페에서 레이피어로. 단검에서 플뢰레와 단검, 에페와 단검, 레이피어와 단검으로, 그렇게.

그는 타고난 재능이 아니라 오직 노력만으로 각 단계를 익혀 나갔다. 반면, 일단 몸의 기술을 익히고 나자, 다른 사람들이 수십 년씩 걸리는 마음의 기술은 단 몇 달 만에 터득하는 것 같았다.

톰은 루와 시선이 마주치자 눈짓으로 그를 불렀다. "내가 한 말을 기억해―넌 이제 제일 잘하는 선수들과 시합을 해야 해."

"네……." 루가 고개를 끄덕이고 경례를 했다. 시작 동작은 긴장한 듯했으나, 곧 톰의 더 복잡한 움직임을 역이용하는 방식으로 전환했다. 톰이 돌고, 방향을 바꾸고, 공격하는 체하거나 파고들고, 빈틈을 보이는 척하자 루는 시험받는 동시에 톰을 시험하며 움직임에 움직임으로 맞섰다. 루의 움직임에 톰에 대한 반응 이상의 패턴이 있는 걸까? 톰에게는 보이지 않았다. 허나 거듭해서 루는 톰의 움직임을 예측하며 그를 거의 간파했다……. 그 말인즉, 톰이 자신의 패턴을 가지고 있고, 루가 그 패턴을 포착한 것이 분명했다.

"패턴 분석." 루의 칼이 톰의 칼을 비껴 가슴에 닿는 순간 톰이 말했다. "그 생각을 했어야 하는 건데."

"죄송합니다." 루가 말했다. 루는 거의 항상 "죄송합니다"라고 했고, 그런 다음에는 무안해했다.

"좋은 공격이었어. 시합에 집중하기보다는 네가 그런 동작을 어떻게 하는 걸까 생각해 보고 있었어. 패턴 분석을 이용했나?"

"네." 루가 조금 놀란 듯이 대답하자, 톰은 루가 '누구나 그렇지 않나요?'라고 생각했는지 궁금해졌다.

"나는 실시간으로 분석하지는 못하지. 굉장히 단순한 패턴이 아니라면 말이야."

"정당하지 않은 건가요?" 루가 물었다.

"자네가 할 수 있다면 정당하고말고. 게다가 훌륭한 펜싱 선수라는 신호이기도 해―그런 쪽으로라면 체스 선수라도 마찬가지야. 체스 둘 줄 아나?"

"아뇨."

"음······. 그러면 이제 내가 경기에 집중하면 공격을 성공시킬 수 있을지 한번 보자." 톰이 목례했고, 다시 경기가 시작되었지만, 집중하기가 어려웠다. 그는 루에 대해―그의 어색한 경련 같던 동작이 언제부터 효과적이 되었는지, 진짜 가능성을 보았던 게 언제였는지, 루가 더 느린 경기자들의 패턴을 읽기 시작했던 때는 언제쯤인지―생각하고 싶었다. 이런 부분이 루의 생각하는 방식에 대해 무엇을 알려 주는 것일까? 인간 루에 대해서는?

톰이 빈틈을 보고 공격해 들어갔지만, 다시 공격을 받아 가슴에 날카로운 충격을 느꼈다.

"히야, 루. 계속 이 정도로 한다면 널 토너먼트에 추천해야겠어." 그는 반쯤 진담으로 말했다. 루가 어깨를 움츠리며 경직했다. "토너먼트에 나가는 게 불편해?"

"저…… 제가 토너먼트에서 펜싱을 해야 한다고 생각하지 않아요." 루가 말했다.

"네가 결정할 일이지." 톰이 경례를 했다. 그는 왜 루가 그런 식으로 표현했는지 의아했다. 경쟁을 할 생각이 없는 것과 해서는 '안 된다고' 생각하는 것은 다른 얘기였다. 정상이었다면―정상이라는 단어를 떠올렸다는 것만으로도 자신이 싫어졌지만, 그것이 현실이었다―루는 지난 3년 동안 토너먼트에 참여했으리라. 지금 같은 개인 훈련의 길을 이렇게 오래 걷기보다는, 대부분의 사람들처럼 너무 일찍 시작했으리라. 톰은 승부에 신경을 모아 찌르기를 간신히 피했고, 더 불규칙한 공격을 하려 애썼다.

결국 숨이 찼고, 그는 헐떡이며 멈춰 섰다. "루, 좀 쉬어야겠네. 이리와서 경기를 복습해 보자." 루는 톰을 고분고분 따라가, 톰이 의자에 앉는 사이에 테라스 가장자리의 돌 선반에 앉았다. 톰은 루가 땀을 흘리지만 그다지 숨가빠하지는 않고 있음을 알아챘다.

톰이 마침내 헐떡이며 멈추고, 힘들어서 경기를 계속할 수 없다고 알린다. 다른 두 사람이 경기장에 오르는 사이에, 나를 한쪽 옆으로 이끈다. 그의 숨이 매우 거칠다. 단어들이 띄엄띄엄 나와, 그의 말을 이해하기 더 쉬워진다. 그가 내가 그렇게 잘한다고 생각하다니 기쁘다.

"그런데―넌 아직 숨도 차지 않았군. 가서 다른 사람들과 겨루어 보고, 내가 숨을 고를 틈을 줘. 나중에 이야기하자."

나는 루시아 옆에 앉아 있는 마저리를 넘겨다본다. 톰은 내가 겨룰 때 마저리가 나를 지켜보는 것을 보았다. 이제 마저리는 바닥을 보고 있고,

열기로 마저리의 얼굴이 더 붉어졌다. 배가 조이는 느낌이 들지만, 나는 일어나서 그녀에게로 걸어간다.

"마저리, 안녕." 내가 말한다. 가슴이 쿵쿵 뛴다.

마저리가 고개를 든다. 웃고 있다. 완전한 웃음이다. "루, 안녕. 오늘 밤엔 어때?"

"괜찮아. 너, 너…… 원한다면…… 나랑 겨루어 줄래?"

"물론이지." 마저리가 몸을 숙여 마스크를 들어 얼굴에 쓴다.

나는 이제 마저리의 얼굴을 볼 수 없고, 마저리는 마스크를 쓴 나의 얼굴을 볼 수 없을 것이다. 나는 마스크를 다시 쓴다. 시선을 받지 않고도 앞을 볼 수 있다. 가슴이 진정된다.

우리는 사비올로의 펜싱 교본에 나오는 동작 몇 가지를 재현하며 시작한다. 발놀림과 발놀림, 앞과 옆, 빙빙 돌기와 상대방 탐색하기. 내가 마저리의 찌르기를 피하고, 마저리의 피하기에 맞서 찌르는 과정은 의식이자 대화이다. 나는 이 동작을 아는가? 그녀는 저 동작을 아는가? 그녀의 움직임은 톰의 움직임보다 부드럽고 조심스럽다. 턴, 스텝, 묻기, 답하기, 머릿속으로 들려오는 음악에 맞추어 금속으로 주고받는 대화.

마저리가 예상대로 움직이지 않아 공격이 성공한다. 나는 마저리를 치고 싶지 않았다. "미안해." 음악이 움찔거리고 리듬이 비틀거린다. 나는 접촉을 끊고, 칼끝을 바닥에 대며 물러선다.

"아냐—멋진 공격이었는걸. 경계를 늦추지 말았어야 했는데……."

"다치지 않았어?" 손바닥까지 진동이 전달되는, 강한 유효타였다.

"아니……. 계속하자."

마스크 안에서 마저리의 이가 반짝인다. 웃음이다. 내가 경례하고 그녀가 답한다. 우리는 다시 춤으로 돌아간다. 나는 조심하려고 노력하고, 쇠와 쇠가 맞부딪힐 때, 더 힘을 주고, 더 집중하고, 더 빠르게 움직이는 마저리가 느껴진다. 나는 속도를 높이지 않는다. 마저리가 내 어깨에 닿는다. 그때부터, 나는 접촉을 가능한 한 오래 유지하며, 마저리에 보조를 맞춰 경기하려고 노력한다.

마저리의 거칠어진 숨소리가 너무 빨리 들려오고, 마저리가 멈춰 쉬고 싶어 한다. 우리는 서로를 안으며 고맙다고 한다. 현기증이 난다.

"재미있었어. 그렇지만 이제 운동을 미룰 핑계는 그만 대야겠다. 웨이트를 했으면 팔이 아프지 않았을 거야."

"나는 일주일에 세 번 웨이트를 해." 나는 말한 다음, 마저리가 내가 그녀에게 무언가를 하라고 지시하거나, 자랑을 한다고 생각할 수도 있음을 깨닫는다. 그러나 나는, 운동을 하기 때문에 나의 팔은 아프지 않다는 말을 하려던 것뿐이었다.

"나도 해야겠어." 마저리가 말한다. 행복하고 느긋한 목소리다. 나도 느긋해진다. 마저리는 운동을 한다는 나의 말에 행복해하지 않지 않았다. "예전에는 했지. 새 프로젝트를 맡고 있는데, 시간을 다 잡아먹어."

나는 시계를 갉아먹는 생물 같은 프로젝트를 상상한다. 에미가 말했던 연구가 틀림없다.

"그래. 무슨 프로젝트인데?" 답을 기다리는 사이, 숨조차 제대로 쉴 수 없다.

"뭐, 내 분야는 신경근 신호 체계야. 유전자 치료로 해결하지 못한 유전적인 신경근 질환 몇 가지의 치료법을 연구하고 있어."

그녀가 나를 바라보고, 내가 고개를 끄덕인다.

"근육 성장 장애와 같은?"

"그래, 그것도야. 사실 내가 펜싱을 시작한 계기이기도 해."

나의 이마에 주름이 잡히는 것이 느껴진다. 혼란. 어떻게 펜싱과 근육 성장 장애가 관련이 있을까? 근육 성장 장애인 사람들은 펜싱을 하지 않는다. "펜싱을……?"

"응. 몇 년 전, 부서 회의에 가는 길에 마침 톰이 펜싱 시범을 보이고 있는 마당을 질러갔었어. 나는 사용자가 아니라 의사 관점에서 바람직한 근육 사용에 대해 생각하고 있었지……. 거기 서서 펜싱하는 사람들을 관찰하며 근육 세포들의 생화학적 반응에 대해 생각하고 있는데, 갑자기 톰이 나한테 해 보겠느냐고 물었던 기억이 나네. 내 표정을 보고 펜싱에 관심이 있다고 오해했나 봐. 내가 보고 있던 건 다리 근육이었는데 말이야."

"대학에서 펜싱을 했다고 알고 있었어."

"그건 대학에서였지. 그땐 대학원생이었어."

"아……. 그러면 계속 근육에 대해 연구했어?"

"말하자면 그런 셈이지. 순수 근육 질환의 유전자 치료법 몇 가지가 성공하면서, 신경근 쪽에 가깝게 옮겨갔어……. 아니, 내 고용자들이 옮겨갔다고 말해야겠지. 난 프로젝트 담당자도 못 되는걸." 그녀가 내 얼굴을 한참 동안 바라본다. 감정이 너무 강렬해서, 나는 고개를 돌리지 않을 수 없다. "루, 공항에 같이 가달라고 했던 일, 거북하게 생각하지 않으면 좋겠어. 너와 함께 가면 더 안전할 것 같았거든."

내가 달아오르는 것이 느껴진다. "아니, 나는 안…… 싫었ㅡ"훅, 꿀꺽. "마음 상하지 않았어." 나는 목소리를 제어할 수 있게 되자 말한다.

"너와 함께 가서 기뻤어."

"다행이야."

마저리는 더 이상 아무 말도 하지 않는다. 몸에서 긴장이 풀리는 것을 느끼며 그녀 옆에 앉는다. 가능하다면 밤새도록 여기에 가만히 앉아 있고 싶다. 심박이 느려지는 동안 주위 사람들을 둘러본다. 맥스와 톰과 수잔이 2 대 1로 겨루고 있다. 돈은 테라스 맞은편 의자에 수그리고 앉아 있다. 그는 나를 빤히 바라보지만, 내가 그를 바라보자 시선을 피한다.

톰은 함께 나가는 맥스, 수잔, 마저리에게 인사를 했다. 돌아서 보니, 루가 여전히 남아 있었다. 루시아는 평소처럼 대화하고 싶어하는 사람들을 줄줄이 달고 집으로 들어갔다.

"연구가 있어요. 새로운. 치료법, 어쩌면."

톰은 실제 말의 내용보다, 루의 목소리의 경련을, 높낮이와 어조에 분명히 드러나는 긴장감에 귀를 기울였다. 루는 겁에 질려 있었다. 그는 불안할 때만 이런 목소리로 말했다.

"아직 실험 단계인가, 아니면 상용인가?"

"실험 단계예요. 하지만 사람들, 사무실 사람들이 바라기를―제 상사가 말했는데…… 그들이 제가…… 치료받기를 바라요."

"실험 단계인 치료를? 이상하군. 보통 그런 경우에는 상업적인 보건안에 포함되지 않을 텐데."

"그건―그들이―그것은 케임브리지센터가 개발했어요." 루가 더 심하게 떨리는 기계적인 목소리로 말을 이었다. "그들이 이제 그 연구를 갖고 있어요. 내 상사는 자신의 상사가 우리들이 치료받기를 바란다고 했대요. 그는 동의하지 않지만 그들을 막지 못해요."

톰은 돌연 누군가의 머리에 주먹을 내리치고픈 충동에 사로잡혔다. 루는 겁에 질려 있었다. 누군가 그를 괴롭히고 있었다. 그는 내 아이가 아니야. 톰은 자신에게 되새겼다. 그는 이 상황에 개입할 아무런 권리가 없었다. 그러나 루의 친구로서, 그에게는 분명 책임이 있었다.

"치료 과정에 대해서는 알아?"

"아직은요." 루가 고개를 흔들었다. "지난주에 인터넷에 공개되었어요. 지역 자폐 공동체가 회의를 열었는데, 그들은 몰랐어요……. 인체에 적용되려면 여러 해가 걸린다고 생각해요. 올드린 씨가—제 상사예요—지금 실험할 수 있다고 했고, 크렌쇼 씨는 우리가 치료받기를 원해요."

"루, 그 사람들이 네게 실험 단계인 치료를 받게 할 수는 없어. 강제한다면 위법이고—"

"하지만 제 일자리를 빼앗을 수 있어요."

"안 하면 해고하겠다고 협박하나? 그러지 못할 거야." 해고할 수 있을 것 같지 않았다. 대학에서라면 결코 있을 수 없는 일이지만, 민간 영역은 다를지도 몰랐다. 그렇게까지 다를까? "변호사가 있어야 해." 그는 알고 있는 변호사들을 떠올리려 애썼다. 게일이 이번 일에 적합한 변호사일지도 모르겠군. 톰은 생각했다. 게일은 오랫동안 인권 관련 일을 해왔고, 그보다 더 중요하게도 성과를 얻었다. 점점 더 거세지는 누구 씨의 머리를 때려 패고 싶은 자신의 기분보다 누가 도움을 줄 수 있을지를 생각해야 했다.

"아니……. 네……. 모르겠어요. 저는 걱정입니다. 올드린 씨가 우리가 도움을 받아야 한다고 했어요. 변호사를—"

"그 말이 정답이야."톰이 말했다. 톰은 루에게 다른 생각할 거리를 준다면 도움이 될지 안 될지 궁리했다. "저기, 루, 내가 토너먼트 얘기 했었지—"

"저는 충분히 잘하지 못해요."루가 재빨리 대답했다.

"사실은, 잘한다네. 그리고 토너먼트에서 겨루어 본다면 이쪽 문제에 도움이 되지 않을까 싶어."톰은 이것이 좋은 생각일지도 모른다고 생각한 이유를 분명히 하려 애쓰며 머릿속을 뒤졌다. "만약 고용주에 맞서 법정까지 가야만 하는 상황이 온다면, 그건 펜싱 경기와 비슷해. 펜싱에서 얻는 자신감이 도움이 될지도 몰라."

루가 거의 무표정한 얼굴로 그를 가만히 바라보았다. "도움이 될지도 모르는 이유를 이해하지 못하겠어요."

"음……. 도움이 안 될지도 모르지. 그저 뭔가 다른 경험을, 우리말고 다른 사람들과 한다면 하고 생각했을 뿐이야."

"토너먼트는 언제인가요?"

"지역 토너먼트는 몇 주 뒤, 토요일이야. 우리와 차를 타고 가도 돼. 루시아와 내가 널 응원할게. 함께 있으면 분명히 좋은 사람들을 만날 수 있을 거야."

"안 좋은 사람들도 있나요?"

"음, 응. 어디에나 안 좋은 사람들이 있기 마련이고, 몇몇은 늘 펜싱 모임에 파고들고야 말지. 대부분 좋은 사람들이야. 즐거울 거야."비록 루가 정상인들의 세상을 더 많이 접해야 한다는 생각이 점점 더 강하게 들었지만, 톰은 그 이상 밀어붙이지 않았다. 역사 재현광 무리를 정상이라고 할 수 있다면 말이다. 그들은 일상생활에서는 정상이었다. 그저 화려한 코스튬을 입고 서로를 칼로 죽이는 시늉하기를 좋아할 뿐이었다.

"저에게는 코스튬이 없어요." 루가 소매를 잘라 낸 낡은 가죽 재킷을 내려다보며 말했다.

"우리가 찾아볼게." 톰의 코스튬도 루에게 충분히 잘 맞을 것 같았다. 톰에게는 필요한 것보다 훨씬, 일반적인 17세기 남자들이 가졌던 것보다도 많은 코스튬이 있었다. "루시아가 우리를 도와주겠지."

"저는 잘 모르겠어요." 루가 말했다.

"해 보고 싶어지면 다음 주에 내게 말해 줘. 참가비를 내야 하거든. 안 한다면, 다음에 다른 시합이 있으니까."

"생각해 볼게요."

"좋아. 그리고 다른 쪽 일 말인데 — 도움을 줄 만한 변호사를 알고 있어. 그녀에게 연락해 볼게. 센터에서는 뭐래 — 센터 사람들과 이야기해 봤나?"

"아뇨. 올드린 씨가 저에게 전화를 했지만, 아무도 공식적으로 아무 말도 하지 않았고 저는 공식적인 발표가 있을 때까지 제가 아무 말도 하지 않아야 한다고 생각해요."

"법적으로 어떤 권리를 갖고 있는지 미리 알아두는 것도 나쁘지 않겠지. 나는 잘 모른다네 — 법이 이리저리 바뀌곤 한다는 것은 알지만, 내가 하는 일에는 사람을 대상으로 한 연구와 관련된 부분이 전혀 없어서 최근의 법적 상황을 따라잡고 있지는 못해. 네겐 전문가가 필요해."

"비용도 많이 들겠지요."

"어쩌면. 그 점도 알아봐야지. 그 정보는 센터에서 알아봐 줄 수 있을 거야."

"고맙습니다."

톰이 얌전하고, 조심스럽고, 가끔은 그 나름의 순진함이 조금 놀랍기도 한 루의 뒷모습을 바라보았다. 누군가 루에게 실험을 한다는 생각만으로도 욕지기가 났다. 루는 루였고, 루는 좋은 사람이었다.

집에 들어가자 돈이 평소처럼 천장 선풍기 아래 바닥에 뻗어 우울한 기분에 대해 이야기하고, 루시아가 '나 좀 구해줘!'란 표정으로 자수에 실을 놓고 있었다. 돈이 톰에게로 고개를 돌렸다.

"그러니까…… 루가 공개 시합에 나갈 만하다고 보는 거예요?"

톰이 고개를 끄덕였다. "들었나? 그래. 실력이 많이 늘었어. 우리 모임에서 가장 실력이 좋은 사람들과 겨루면서도 밀리지 않고 있지."

"루 같은 사람에게는 굉장히 부담이 될 텐데요."

"'루 같은 사람'이라니……. 자폐 말인가?"

"그렇죠. 군중이나 소음이나 뭐 그런 상황을 잘 감당하지 못하잖아요 그래서 그런 사람들은 음악에 정말 재능이 있어도 공연 연주자가 못 된다는 글을 읽었어요. 루는 그럭저럭 하지만, 녀석을 토너먼트에 밀어 넣어서는 안 된다고 봐요. 망할걸요."

톰이 즉시 떠오른 생각을 꾹 누르고 대신 물었다. "돈, 네가 처음 토너먼트에 나갔던 때 기억해?"

"음, 뭐…… 어렸었죠……. 완전 실패였어요."

"그랬지. 첫 승부 다음에 나에게 뭐라고 했는지는 기억나나?"

"아뇨……. 잘 모르겠는데요. 진 줄은 알았지만…… 그냥 넋이 나갔었죠."

"나한테 사람들이 옆에서 왔다갔다해서 집중을 못 했다고 말했어."

"네, 아, 루 같은 사람에겐 더 심각하겠죠.

"돈—어떻게 루가 너보다 더 형편없이 질 수가 있겠어?"

돈의 얼굴이 달아올랐다. "뭐, 나는—루는—그냥 녀석에겐 더 심각할 거라니까요. 지는 일이요, 제 말은. 저는—"

"너는 경기장에서 나와 맥주를 여섯 캔이나 퍼마시고 나무 뒤에 토했지. 그런 다음에 펑펑 울면서 그날이 인생 최악의 날이라고 했어."

"전 어렸어요. 그리고 저는 다 털어냈죠. 그런 다음에는 마음 쓰지 않았다고요……. 루는 침울해질걸요."

"루의 기분을 다 걱정해 주다니, 기쁘기도 하지." 루시아가 말했다. 톰은 자신을 향한 말이 아니었는데도, 아내의 말투에 담긴 빈정거림에 움찔했다.

돈이 눈을 가늘게 찌푸렸지만, 어깨를 으쓱했다. "걱정하고말고요. 루는 우리 같은 사람이 아니니까—"

"네 말이 맞아. 우리 대부분보다 훌륭한 펜싱 선수고, 몇몇보다는 훌륭한 인간이니까." 루시아가 말했다.

"히야, 루시, 기분이 별로인가 봐요." 돈이 농담이 아닐 때 하는 특유의 농담 투로 말했다.

"너도 도움이 안 되고 있어." 루시아가 자수를 접고 일어나며 말하더니, 톰이 무슨 말을 꺼내기도 전에 사라졌다. 톰은 그가 하고 싶던 말을 루시아가 해 버리고, 자신이 숨기려던 생각을 아내가 표현했음을 알면서 그 뒷감당을 해야 할 때가 싫었다. 이제 예상대로, 돈은 남자끼리는

다 안다는 듯이, 톰이 동의하지 않는 의미를 담은 시선으로 그를 쳐다보았다.

"루시아요…… 왜, 있잖아요……. 갱년기예요?" 돈이 물었다.

"아니. 자기 생각을 말하고 있지." 톰도 동의하는 생각이었지만, 그렇다고 말해야 할까? 대체 왜 돈은 말썽을 일으키지 않을 만큼 자라지 못할까?

"자, 자―나도 피곤하고, 내일은 아침 일찍부터 수업이 있어."

"네, 네. 알아들었어요." 돈이 과장되게 눈을 찌푸리고 손을 등에 대며 일어났다.

문제는, 돈은 말귀를 알아듣지 못한다는 점이었다. 그가 결국 나가기까지 15분이 더 걸렸다. 톰은 돈이 종종 그랬듯이 더 말할 거리를 떠올려 돌아오기 전에, 현관을 잠그고 불을 껐다. 기분이 좋지 않았다. 몇 년 전 돈은 매력적이고 적극적인 소년이었다. 분명 지금보다 더 성숙한 남자로 성장하게 도울 길이 있을 터였다. 그게 바로 오래 사귄 친구의 역할 아니겠는가?

"당신 잘못이 아니야." 루시아가 복도에서 말했다. 부드러워진 목소리를 듣고 톰은 조금 긴장을 풀었다. 화난 루시아를 달랠 엄두가 나지 않았었다. "당신이 신경 쓰지 않았다면 지금보다 더 나빴을걸."

"글쎄. 그래도 내가―"

"톰, 당신은 타고난 선생님이라, 아직도 모두를 그들 자신으로부터 구해야 한다고 여기고 있어. 생각해 봐. 콜롬비아에 있는 마커스, 미시간에 있는 그레이슨, 베를린에 있는 블라디아노프―모두 한때 당신 제자였고, 당신 덕분에 더 나은 사람이 되었잖아. 돈은 당신 잘못이 아니야."

"오늘 밤엔 당신 말을 믿어 보지." 톰이 말했다. 침실에서 새어나온 불빛을 등지고 선 루시아에게는 마법과 같은 힘이 있었다.

"그것만 믿을 거야?" 루시아가 놀리듯이 말하고 가운을 바닥에 떨어뜨렸다.

내가 실험 단계인 자폐증 치료법에 대해 말하고 있는데, 톰이 펜싱 토너먼트에 나가 보라고 거듭 권한 일이 납득이 되지 않는다. 나는 집으로 돌아가는 길에 이에 대해 생각한다. 내 펜싱 실력이 늘고 있고, 내가 모임에서 실력이 좋은 사람들에게 밀리지 않고 겨룬다는 사실은 분명하다. 그러나 그것이 치료법이나 법적 권리와 무슨 상관이 있을까?

토너먼트에 나가는 사람들은 펜싱에 대해 진지하다. 훈련을 한다. 자기 장비를 갖고 있다. 이기고 싶어 한다. 내가 이기고 싶어 하는지는 확실하지 않다. 패턴을 이해하고 패턴들을 가로질러 나의 길을 찾아내는 일이 분명 즐겁기는 하다. 혹시 톰은 내가 이기고 싶어 해야 한다고 생각하는 걸까? 내가 법정에서 이기고 싶어 하기 위해서는 펜싱 경기에서 이기고 싶어 해야 한다고 생각하는 걸까?

이 두 일은 연결되어 있지 않다. 둘 다 이기고 싶어 하지 않으면서, 경기에서 이기고 싶어 하거나 법정에서 이기고 싶어 할 수도 있다.

어떤 점이 비슷할까? 둘 다 경쟁이다. 누군가는 이기고 다른 누군가는 진다. 부모님은 삶의 모든 일들이 다 경쟁은 아니라고, 함께 일할 때 모두가 함께 이길 수도 있다고 강조했다. 사람들이 협력해서 시합을 즐기려고 하면 펜싱은 더 재미있다. 나는 다른 사람에게서 유효타를 얻는 것을 승리가 아니라 놀이를 잘하는 것으로 생각한다.

둘 다 준비가 필요하다? 무슨 일이든 준비가 필요하다. 둘 다 필요한—나는 미등을 켜지 않은 자전거 운전자를 피하기 위해 차를 옆으로 튼다. 간신히 보았다.

신중함. 집중. 이해. 패턴. 의미를 온전히 풀어 설명할 수 없는 플래시 카드가 휙휙 넘어가듯이 생각이 머릿속을 지나간다.

톰을 기쁘게 하고 싶다. 내가 펜싱 경기장과 장비 선반을 만드는 일을 도왔을 때 톰은 기뻐했다. 다시 아버지를, 건강했던 시절의 아버지를 얻은 것 같았다. 또 톰을 기쁘게 하고 싶다. 그러나 토너먼트 참여가 톰을 기쁘게 할지는 알지 못한다. 만약 내가 잘 못해서 진다면? 톰이 실망할까? 그는 무엇을 기대하고 있을까?

한 번도 본 적 없는 사람들과 펜싱을 한다면 즐거울 것이다. 내가 모르는 패턴을 가진 사람들. 정상이면서, 내가 정상이 아니라는 사실을 모르는 사람들. 혹시 톰이 그들에게 말할까? 어째서인지 몰라도, 나는 톰이 말하지 않으리라고 생각한다.

다음 주 토요일에 에릭, 린다와 천문관에 간다. 그다음 주 토요일은 달의 셋째 주이고, 나는 매달 셋째 주에는 아파트를 더 꼼꼼히 청소한다. 토너먼트는 그다음 토요일이다. 그날은 아무 계획이 없다.

집에 도착하자, 나는 넷째 주 토요일에 연필로 '펜싱 토너먼트'라고 써 넣는다. 톰에게 전화할까 생각하지만, 밤이 늦은 데다, 그가 다음 주에 말해 달라고 했다. 달력에 쪽지를 붙인다. '톰에게 하겠다고 말하기.'

5

금요일 오후까지도 크렌쇼 씨는 우리에게 실험 단계인 치료법을 언급하지 않는다. 어쩌면 올드린 씨가 틀렸는지도 모른다. 어쩌면 올드린 씨가 크렌쇼 씨를 설득했는지도 모른다. 온라인에서는 대부분 비공개 뉴스그룹 안에서 격렬한 토론이 이어지지만, 아무도 언제 또는 어디에서 임상 실험 일정이 있는지는 모르는 것 같다.

나는 올드린 씨가 우리에게 한 말에 대해 온라인에서 아무 말하지 않는다. 말하지 말라고 들은 적은 없지만 해서는 안 될 것 같다. 만약 크렌쇼 씨가 생각을 바꿨다면 모두들 당황할 테고, 그러면 크렌쇼 씨는 화를 낼 터이다. 어차피 그는 우리를 들여다보러 올 때마다 거의 늘 화가 난 듯이 보이지만 말이다.

천문관의 영상물은 '외행성과 그 위성 탐험'이다. 노동절부터 상영했기 때문에 이제는 토요일이라도 많이 붐비지 않는다. 나는 일찍, 관객이 많을 때에도 덜 붐비는 조조를 보러 간다. 좌석의 3분의 1만 차 있어서, 에릭과 린다와 나는 누구에게도 너무 가까이 가지 않으며 한 줄을 다 차지할 수 있다.

계단식 관람석에서 이상한 냄새가 나지만, 항상 그렇다. 조명이 희미해지고 가상 하늘이 어두워지자, 나는 언제나와 같은 흥분을 느낀다. 비록 돔에 점점이 떠오르기 시작한 빛들이 진짜 별은 아니지만, 이것은 별들에 대한 이야기이다. 빛들은 별만큼 오래지 않다. 수조 수억 킬로미터를 지나는 길에 바래고 부드러워진 빛이 아니지만—광속으로 1초의 만분의 1보다 짧은 거리에 있는 프로젝터에서 나온 빛이다—그래도 나는 좋아한다.

내가 좋아하지 않는 것은 100년 전, 50년 전 등 과거에 우리가 무엇을 알았는지 설명하는 긴 도입부이다. 나는 부모님이 어렸을 때 들었을 법한 얘기가 아니라, 우리가 지금 무엇을 아는지를 알고 싶다. 아주 먼 옛날, 화성에 운하가 있다고 생각한 사람이 있었다고 한들 무엇이 달라질까?

의자 천에 딱딱하고 거친 얼룩이 있다. 손가락으로 느껴진다—누군가 붙인 껌이나 사탕이 세제로 다 지워지지 않았다. 일단 눈치채고 나면, 눈치채지 않은 척할 수가 없다. 나는 엉덩이와 거친 얼룩 사이로 안내 책자를 밀어 넣는다.

드디어 줄거리가 역사에서 현재로 옮겨간다. 최신 우주 탐사선이 보내온 외행성들의 사진은 장관이다. 모의 접근 비행은 거의 좌석에서 떨어져 다른 행성 하나하나의 중력벽 안으로 들어갈 수 있을 것만 같은 기분이 든다. 직접 저기에 가고 싶다. 어려서, 우주로 간 사람들에 대한 뉴스를 처음 보았을 때 나는 우주인이 되고 싶었다. 그러나 불가능한 일이라는 걸 안다. 만약 새로운 '라이프타임' 치료를 받아서 충분히 오래 살수 있다고 해도 나는 여전히 자폐인일 것이다. 네가 바꾸지 못할 일로 슬퍼하지 말거라, 어머니가 말했다.

이미 알던 내용뿐이었지만, 그래도 즐거웠다. 영상이 끝나자 배가 고 프다. 평소의 점심시간이 지났다.

"우리는 점심을 먹을 수 있어." 에릭이 말한다.

"나는 집에 갈래." 내가 말한다. 집에 맛있는 육포와 조만간 시들 사과 가 있다.

에릭이 고개를 끄덕이고 몸을 돌린다.

일요일에는 교회에 간다. 예배 시작 전에, 오르간 연주자가 모차르 트를 연주한다. 예배의 의례성에 맞는 음악이다. 모두, 셔츠와 넥타이 와 재킷이 어울려야 하듯 잘 어울린다. 비슷하지는 않지만 서로 조화롭 게 맞아 들어간다. 성가대가 루터의 밝은 찬송가를 부른다. 나는 루터를 모차르트만큼 좋아하지 않지만, 루터의 음악은 머리를 아프게 하지 않 는다.

월요일은 북동쪽에서 축축하고 쌀쌀한 바람이 불어와 서늘하다. 재 킷이나 스웨터를 입을 만큼 춥지는 않지만, 더 편하다. 가장 더운 여름 이 지났다.

화요일에는 다시 따뜻하다. 나는 화요일에 식료품을 산다. 가게는 화 요일에 덜 붐빈다. 화요일이 달의 첫째 날이라도 그렇다.

나는 식료품점에 있는 사람들을 본다. 어렸을 때, 우리는 곧 식료품점 이 없어지리란 말을 들었다. 모두들 인터넷으로 음식을 주문하고, 문 앞 까지 음식이 배달되리라고들 했다. 옆집 가족이 한동안 그렇게 했는데, 어머니는 바보 같은 일이라고 생각했다. 어머니와 테일러 부인이 그에 대해 논쟁하곤 했다. 얼굴을 반짝이며 서로를 긁는 칼 같은 목소리를 냈다. 나는 어린 시절, 어른들은—사람들은—서로를 싫어하지 않고도 견해를 달리하거나 언쟁할 수 있음을 배우기 전까지, 어머니와 테일러 부인이 서로를 싫어한다고 생각했다.

여전히 식료품을 배달하는 곳도 있지만, 이쪽 지역에서 시도했던 가게들은 문을 닫았다. 이제 식료품을 컨베이어 벨트가 상자를 픽업 통로로 배달하는 '빠른 픽업' 구역에서 보관하도록 주문할 수만 있다. 나는 가끔 그렇게 하지만, 자주 하지는 않는다. 10퍼센트 비싸고, 장 보는 경험을 하는 것은 내게 중요한 일이다. 어머니가 했던 말이다. 테일러 부인은 그렇게까지 하지 않아도 내가 스트레스를 많이 받고 있을지도 모른다고 했지만, 어머니는 테일러 부인이 너무 예민하다고 했다. 나는 가끔 내 어머니가 아니라 테일러 부인이 나의 어머니이기를 바랐지만, 그런 다음에는 그 생각에도 기분이 나빠졌다.

식료품점에서 혼자 장을 보는 사람들은 종종 걱정스러운 표정으로 뭔가에 열중한 듯이 보이고, 다른 사람들을 무시한다. 어머니가 식료품점에서의 사회 예절을 가르쳐 주었고, 그 대부분은 소음과 혼란에도 불구하고 내게 쉽게 다가왔다. 아무도 멈춰 서서 낯선 사람과 잡담을 하지 않고 서로 시선을 피하기 때문이다. 다른 사람들을 신경 쓰이게 하지 않으면서 몰래 보기가 쉽다. 사람들은 내가 시선을 마주치지 않아도 신경 쓰지 않는다. 카드나 돈을 받는 사람은 잠깐 똑바로 바라보는 것이 예의 바른 행동이다. 만약 줄에서 앞에 선 사람이 거의 똑같은 말을 했더라도 날씨에 대해 몇 마디 한다면 예의 바른 행동이지만, 꼭 해야 하는 일은 아니다.

가끔 나는 정상인들이 얼마나 정상적인지 궁금하다. 대개 식료품점에서 그런 생각을 한다. '일상생활 기술' 수업 시간에, 우리는 목록을 만들고 한쪽 복도에서 다른 복도로 곧장 이동하며 목록에 쓴 물건들을 골라 내라고 배웠다. 선생님은 복도에 서서 가격을 비교하기보다는, 신문에서 미리 가격을 조사하라고 했다. 나는―선생님이 우리에게 말한 대로―그가 우리에게 정상인들이 장을 어떻게 보는지 가르치고 있다고 생각했다.

내 앞에서 길을 막고 선 남자는 그 수업을 받지 않았다. 정상인처럼 보이는데 스파게티 소스 통 하나하나를 들여다보며 가격을 비교하고 라벨을 읽고 있다. 키가 작고 두꺼운 안경을 쓴 백발 여자가 남자 뒤에서 같은 선반을 들여다보려 애쓴다. 그녀가 내 쪽에 있는 소스 하나를 찾는 것 같지만, 남자가 가로막고 있고 여자는 그 남자를 성가시게 하지 않으려고 한다. 나도 마찬가지이다. 남자의 얼굴 근육이 팽팽해, 이마와 뺨과 턱 쪽이 조금 부풀어 있다. 피부가 조금 반짝인다. 화가 나 있다. 백발 여자와 나 둘 다 옷을 잘 차려 입은 화난 듯한 남자는 성가신 일이 있으면 폭발할 수 있음을 안다.

갑자기 남자가 고개를 들고 나와 눈을 마주친다. 그의 얼굴이 상기되고 더 붉게 반짝인다. **"말을 하면 되잖아요!"** 그가 장바구니를 한쪽으로 홱 잡아당겨 백발 여자를 더 가로막는다. 나는 그녀에게 미소 짓고 고개를 끄덕인다. 여자가 남자 옆으로 장바구니를 밀며 지나가고, 나도 지나간다.

"정말 멍청하군. 왜 다 똑같은 크기로 팔지 않는 거야?" 남자의 투덜거림이 들린다.

설명해 주고 싶은 유혹을 느끼지만, 나는 그의 질문에 답하지 않아야 한다는 것을 안다. 사람들은 말할 때, 누군가 자신의 말을 듣기를 기대한다. 나는 사람들이 말할 때 주의를 기울여 들어야 하고, 대체로 그렇게 하게 훈련했다. 식료품점에서 사람들은 때로 답을 기대하지 않고, 답을 들으면 화를 낸다. 이 남자는 이미 화가 나 있다. 심장이 쿵쿵 뛴다.

이제 내 앞으로 아주 어린 아이 두 명이 선반에서 양념장 다발을 끄집어내며 깔깔거린다. 청바지를 입은 젊은 여자가 복도 끝에서 돌아보며 호통 친다. "잭슨! 미스티! 도로 올려놔!" 내가 펄쩍 뛴다. 나에게 한 말이 아닌 줄은 알지만 그 어조에 신물이 나게 불쾌해진다. 내 바로 옆에 있는 아이가 꺅꺅거리고, 다른 아이가 "안 해!"라고 말한다. 화가 나서 얼굴이 이상한 형태로 일그러진 여자가 나를 지나쳐 달려든다. 아이의 고함 소리가 들리지만 돌아보지 않는다. "조용히, 조용히, 조용히"라고 말하고 싶지만 내가 관여할 일이 아니다. 부모나 상사가 아니면서 다른 사람에게 조용히 하라고 말하는 일은 옳지 않다. 다른 목소리, 여자들의 목소리가 들린다. 누군가 아이를 데리고 온 여자를 꾸짖는다. 나는 재빨리 십자로로 돌아들어간다. 심장이 평소보다 빠르고 세게 뛴다.

사람들은 이런 가게에 오는 쪽을, 소음을 듣고 다른 사람들이 달려들고 화내고 당황하는 모습을 보는 일을 선택한다. 원격 주문과 배달은, 사람들이 혼자 앉아 배달이 올 때까지 혼자 있기보다 나와서 다른 사람들을 보고 싶어 했기 때문에 실패했다. 어디서나 그렇지는 않았다. 원격 주문이 성공한 도시들도 있었다. 하지만 여기서는…… 한가운데의 포도주 전시대를 돌다가 가려던 복도를 지났음을 깨닫고, 방향을 바꾸기 전에 모든 길을 주의 깊게 살핀다.

나는 언제나, 향신료를 필요로 하지 않을 때에도 향신료 코너를 지나
간다. 붐비지 않을 때면—오늘은 사람이 적다—멈춰 서서 냄새를 맡
는다. 바닥 왁스, 세제, 근처에 있는 아이의 풍선껌 냄새가 나지만, 양념
과 허브가 섞인 희미한 향도 느껴진다. 계피, 커민, 정향, 마요라나, 육두
구……. 명칭들도 재미있다. 어머니는 요리할 때 양념과 허브를 즐겨 썼
다. 내가 모두 냄새를 맡아 보게 해 주었다. 어떤 향은 마음에 들지 않았
지만, 대부분은 머릿속에서 기분 좋게 느껴졌다. 오늘 나는 칠리 양념이
필요하다. 멈춰서 찾지 않아도 된다. 나는 흰색과 빨간색 상자가 선반
어디에 있는지 안다.

갑자기 땀에 푹 젖는다. 내 앞에 마저리가 있다. 식료품점 장 보기 상
태이기 때문에 나를 보지 못한다. 양념 통을 열고—무슨 향일까 궁금
해하는데, 공기의 흐름이 의심할 여지없는 정향의 향을 날라 온다. 내가
좋아하는 향이다. 재빨리 고개를 돌리고 색소, 절인 과일, 케이크 장식
이 놓인 선반에 집중하려고 노력한다. 이런 상품들이 양념과 허브와 같
은 복도에 놓여 있는 이유를 모르겠지만, 이것들은 여기에 놓여 있다.
　그녀가 나를 볼까? 나를 본다면, 말을 걸까? 내가 말을 걸어야 할까?
혀가 호박만큼 커진 것 같다. 다가오는 움직임을 느낀다. 마저리일까?
다른 사람일까? 만약 내가 정말 장을 보는 중이라면, 나는 보지 않을 터
이다. 나는 케이크 장식이나 절인 과일을 원하지 않는다.
　"루, 안녕. 케이크 구워?"
　마저리를 보려 돌아선다. 톰과 루시아의 집이나 공항으로 가는 날 차
에서밖에는 그녀를 본 적이 없다. 지금까지 이 가게에서 마저리를 본 적

이 없다. 마저리에게 맞는 배경이 아니다……. 아니면 맞을지도 모르지만, 나는 몰랐다. "그—그냥 보고 있어." 내가 말한다. 말하기가 힘들다. 내가 땀을 흘린다는 것이 싫다.

"예쁜 색이네." 마저리가 가벼운 관심만 담은 듯한 목소리로 말한다. 최소한 큰 소리로 웃지는 않고 있다. "과일 케이크 좋아해?"

"아—아니." 목에 걸린 커다란 덩어리를 삼키며 말한다. "내 생각에…… 내 생각에 과일 케이크는 맛보다 색이 더 예쁜 것 같아." 틀린 문장이다— 맛은 예쁘거나 못생기지 않다—하지만 말을 바꾸기에는 이미 늦었다.

마저리가 진지한 얼굴로 고개를 끄덕인다. "내 생각도 그래. 어렸을 때 처음 과일 케이크를 먹으면서, 정말 예쁘니까 맛도 좋을 거라고 기대했었지. 그런데…… 별로였어."

"여기…… 여기에서 자주 장 봐?"

"평소에는 안 와. 친구 집에 가는 길인데, 친구가 몇 가지 사다 달라고 부탁했거든." 마저리가 나를 쳐다보고, 나는 말하기가 얼마나 힘든지를 거듭 강하게 의식한다. 숨 쉬기조차 힘들고, 등을 타고 흐르는 땀 때문에 끈적끈적하다. "평소에 여기에서 장 보니?"

"응."

"그러면 쌀이랑 알루미늄 호일이 어디 있는지 안내해 줄 수 있을지도 모르겠네."

기억해 내기 전에 순간적으로 마음이 텅 빈다. 그리고 나는 다시 안다. "쌀은 반쯤 가다 보면 세 번째 복도에 있어. 호일은 열여덟 번째—"

"부탁해." 마저리가 행복한 목소리로 말한다. "그냥 안내해 줘. 벌써

이 안을 1시간쯤 헤매고 다닌 것 같아."

"안내—데려다 달라고?" 말하자마자 바보가 된 기분이다. 물론 마저리의 말은 데려다 달라는 뜻이었다. "이쪽이야." 내가 카트를 돌리자 바구니 가득 물건을 쌓은 덩치 큰 여자가 노려본다. "죄송합니다." 내가 말하자, 여자는 대꾸하지 않고 밀치고 지나간다.

"그냥 따라갈게. 사람들을 성가시게 하고 싶지 않아……."

나는 고개를 끄덕이고 우선 쌀을 가지러 간다. 우리가 있는 곳이 일곱 번째 복도라 그곳이 더 가깝기 때문이다. 나는 마저리가 뒤에 있음을 안다. 이 앎이 햇살을 받은 듯 등을 따뜻하게 덥힌다. 그녀가 내 얼굴을 보지 못해서 다행이다. 얼굴에서도 열이 느껴진다.

마저리가 쌀이 있는 선반을 보는 사이에—포대에 담긴 쌀, 상자에 담긴 쌀, 장립종, 단립종, 현미, 잡곡과 섞은 쌀이 있고, 마저리는 그녀가 원하는 쌀이 어디에 있는지 모른다—나는 마저리를 본다. 한쪽 속눈썹이 다른 쪽보다 길고, 더 짙은 갈색이다. 마저리의 눈은 한 가지 이상의 색으로, 홍채 속의 작은 빛 조각들 덕분에 더 재미있다.

눈은 대부분 한 가지 이상의 색이지만, 보통 비슷한 색이다. 파란색 눈은 농담이 다른 두 가지 파란색이거나, 파란색과 회색이거나, 파란색과 녹색이거나, 심지어 갈색 조각이 하나둘 들어 있기도 하다. 대부분의 사람들은 이 점을 알지 못한다. 내가 처음에 주 신분증을 만들러 갔을 때, 양식에 눈 색을 쓰는 칸이 있었다. 나는 내 눈에 있는 모든 색을 다 써 넣으려고 했지만, 칸이 충분치 않았다. 직원이 내게 '갈색'이라고 쓰라고 했다. 나는 '갈색'이라고 썼지만, 내 눈에는 갈색만 있지 않다. 그것은 그저, 사람들이 다른 사람의 눈을 정말로 바라보지 않기 때문에 보이는 색일 뿐이다.

나는 마저리의 눈 색을 좋아한다. 마저리의 눈이고, 모두 내가 좋아하는 색이기 때문이다. 나는 마저리의 머리카락에 있는 색들도 모두 좋아한다. 머리색을 묻는 양식에 어쩌면 '갈색'이라고 쓸지도 모르지만, 마저리의 머리카락에는 여러 가지, 눈보다 더 다양한 색이 있다. 가게 조명을 받은 마저리의 머리카락은 주황색 반짝임이 없어 밖에서보다 단조로워 보인다. 그러나 나는 색들이 그 속에 있음을 알고 있다.

"여기 있네." 마저리는 흰색, 장립종, 빠른 조리 쌀 상자를 들고 있다. "이제 호일을 찾아 줘!" 그녀가 말하고 씩 웃는다. "펜싱이 아니라 요리 쪽 말이야호일foil은 펜싱의 플뢰레 칼이라는 의미도 있다-옮긴이."

나는 뺨의 근육이 팽팽해짐을 느끼며 마주 웃는다. 나는 마저리가 말한 호일이 어느 쪽인지 알고 있었다. 내가 모른다고 생각한 걸까, 아니면 그저 농담이었을까? 마저리를 가게 한가운데의 십자로를 지나, 플라스틱 주머니, 플라스틱 저장 용기, 플라스틱 필름 롤, 유산지, 알루미늄 호일이 있는 복도로 이끈다.

"금방 왔네." 마저리가 말한다. 쌀보다 호일을 더 빨리 고른다. "루, 고마워. 큰 도움이 됐어."

나는 이 가게의 소액 계산대에 대해 말해야 할지 고민한다. 성가셔 할까? 하지만 마저리는 급하다고 했었다.

"소액 계산대." 머릿속이 갑자기 텅 비고, 나는 단조롭고 둔해진 내 목소리를 듣는다. "이 시간대에는 사람들이 소액 계산대 공지에 쓰인 것보다 물건을 많이 가지고 와서 —"

"그거 정말 답답하지. 이쪽 끝이 빨라, 저쪽 끝이 빨라?"

처음에 나는 그녀의 말을 이해하지 못한다. 계산대의 양 끝은 똑같은 속도로 움직인다. 한쪽으로 사람이 나가면 다른 쪽으로 다음 사람이 들어온다. 가운데에 있는 계산원만 느리거나 빠를 수 있다. 마저리가 독촉하지 않고 기다린다. 어쩌면 줄지어 있는 계산대 중에서, 소액 계산대 외에 가장 빠른 줄의 끝이 어디냐고 물었는지도 모른다. 그 답은 안다. 고객 서비스 데스크에서 가장 가까운 쪽 끝이다. 내가 마저리에게 말하고, 마저리가 고개를 끄덕인다.

"루, 미안. 서둘러야 해서. 팸과 6시 15분에 만나기로 했거든." 지금 시각은 6:07이다. 만약 팸이 아주 멀리 산다면 마저리는 제 시간에 도착하지 못할 터이다.

"잘 가." 마저리가 다른 사람을 솜씨 좋게 피하며 복도 저편으로 힘차게 걸어가는 모습을 지켜본다.

"그러니까—저렇게 생긴 여자였군." 누군가 내 뒤에서 말한다. 돌아본다. 에미다. 평소와 마찬가지로 화난 얼굴이다. "그렇게 예쁘지도 않네."

"나는 예쁘다고 생각해."

"보면 알아. 빨개졌어."

얼굴이 뜨겁다. 빨개졌는지도 모르지만 에미가 그렇게 말할 필요는 없었다. 다른 사람의 표정에 대해 공공장소에서 말하는 것은 예의 없는 행동이다. 나는 아무 말 하지 않는다.

"그녀가 너를 사랑한다고 생각하는 모양이지." 에미가 말한다. 적의가 담긴 목소리다. 나는 그녀가 그것이 내 생각이라고 생각한다는 것과, 그녀가 내가 틀렸다고, 마저리는 나를 사랑하지 않는다고 생각한다는 것을 안다. 에미가 이런 생각을 해서 행복하지 않지만, 내가 에미가 한 말과 행동을 통해 이 모든 사실을 이해해서 행복하다. 몇 년 전이라면 이해하지 못했을 터이다.

"나는 몰라." 나는 차분하고 낮은 목소리로 말한다. 복도 저편에서, 한 여자가 플라스틱 용기 묶음에 손을 가져가다 말고 우리 쪽을 바라본다. "너는 네 생각을 알지 못해. 그리고 그녀의 생각을 알지 못해. 너는 남의 마음을 읽으려고 하고 있어. 그것은 오류야."

"너는 네가 진짜 똑똑하다고 생각하지. 컴퓨터와 수학을 하면서 일한다는 이유만으로. 너는 사람들에 대해서 아무것도 몰라."

복도 저편에 있던 여자가 슬금슬금 다가와 우리 대화를 듣는다. 나는 겁이 난다. 우리는 공공장소에서 이런 식으로 말해서는 안 된다. 우리는 눈에 띄지 않아야 한다. 섞여 들어야 한다. 정상인처럼 보이고 말하고 행동해야 한다. 에미에게 이렇게 말하면, 에미는 더 화를 낼 것이다. 뭔가 큰 소리를 낼지도 모른다. "가야 해. 늦었어."

"뭐 하러? 데이트?" 에미가 묻는다. 에미는 **데이트**라는 단어를 다른 단어보다 크게, 높이는 듯한 음조로 말한다. 빈정대는 의미이다.

"아니." 차분하게 말한다. 내가 차분하면, 어쩌면 에미가 나를 내버려둘지도 모른다. "텔레비전 볼 거야. 나는 매―" 갑자기 무슨 요일인지를 떠올리지 못한다. 머릿속이 텅 빈다. 나는 할 말을 다 했다는 듯이 돌아선다. 에미가 거칠게 웃음을 터뜨리지만 내게 들릴 말은 더 이상 하지 않는다. 나는 양념이 있는 복도로 서둘러 돌아가 칠리 분말 상자를 챙겨 계산대로 간다. 계산대마다 줄이 늘어서 있다.

내가 선 줄에는 앞에 다섯 명이 있다. 여자 세 명과 남자 두 명이다. 한 명은 밝은 머리색, 네 명은 어두운 머리색이다. 한 남자는 장바구니에 든 상자와 거의 같은 밝은 파란색 풀오버 셔츠를 입고 있다. 색에 대해서만 생각하려고 애쓰지만, 주위가 시끄럽고, 가게 조명이 색들을 진짜 색들과 달라 보이게 한다. 내 말은, 햇빛을 받았을 때와 다르다는 뜻이다. 가게도 진짜이다. 내가 좋아하지 않는 것들도 내가 좋아하는 것들만큼이나 진짜이다.

그런데도 내가 좋아하는 것에 대해 생각하고 좋아하지 않는 것에 대해 생각하지 않는 편이 쉽다. 마저리와 하이든의 〈테 데움〉을 생각하면 무척 행복해진다. 단 한 순간이라도 에미를 떠올리면 음악이 쓸쓸하고 침울해지면서, 도망치고 싶어진다. 나는 회사에서 맡은 일에 집중하듯이 마저리에 정신을 집중한다. 그러자 음악이 춤을 추며 점점 더 행복해진다.

"그 여자, 당신 여자친구예요?"

나는 딱딱하게 굳으며 반쯤 돌아선다. 에미와 나를 보던 여자가 계산대에서 내 뒤에 섰다. 가게의 눈부신 조명을 받아 눈이 번쩍인다. 입술 가장자리의 립스틱이 화려한 주황색으로 말라 있다. 그녀가 나에게 미소 짓지만, 부드러운 미소가 아니다. 입만 움직이는 딱딱한 미소다. 내가 아무 말도 하지 않자, 그녀가 다시 입을 연다.

"안 볼 수가 없었어요. 당신 친구가 정말 불안해 보여서요. 친구 분은 조금…… 다르죠?" 그녀가 이를 더 드러낸다.

나는 무슨 말을 해야 할지 알지 못한다. 무슨 말이든 해야 한다. 이제 줄에 선 다른 사람들이 쳐다보고 있다.

"무례하게 굴려는 게 아니에요." 여자가 말한다. 눈가 근육이 긴장되어 있다. "그저…… 친구 분이 말하는 모습을 보고 알아차렸거든요."

에미의 삶은 에미의 삶이다. 이 여자의 삶이 아니다. 이 여자에게는 에미의 어디가 잘못되었는지 알 권리가 없다. 만약 잘못이 있다면 말이다.

"당신 같은 사람들에게는 힘들겠지요." 여자가 말한다. 고개를 돌려 우리를 바라보고 있는 줄에 선 다른 사람들을 힐끗거리고 작게 낄낄거린다. 그녀가 무엇을 재미있어하는지 나는 알지 못한다. 나는 이 상황의 어떤 부분도 재미있다고 생각하지 않는다. "우리 같은 사람들에게도 인간관계는 충분히 힘들죠." 이제 여자는 웃지 않는다. 포넘 박사가 내게, 그녀가 내가 하기를 바라는 일을 설명할 때와 같은 표정을 짓고 있다. "당신들에게는 더 힘들 거예요."

여자 뒤에 선 남자가 이상한 표정을 짓는다. 그녀에게 동의하는지 아닌지 모르겠다. 나는 누군가 그녀에게 조용히 하라고 말했으면 한다. 내가 그녀에게 조용히 하라고 한다면 무례한 행동이다

"기분 상하게 하지 않았길 바라요." 목소리가 높아지고, 눈썹이 치켜 올라간다. 내가 올바른 답을 하기를 기다리고 있다.

나는 올바른 답이 없다고 생각한다. "저는 당신을 모릅니다." 내가 아주 낮은 목소리로 침착하게 말한다. '저는 당신을 모르고, 에미든 마저리든 개인적인 어떤 일에 대해서든 모르는 사람과 말하고 싶지 않습니다'라는 뜻이다.

여자의 얼굴에 주름이 잡힌다. 내가 재빨리 돌아선다. 뒤에서 발끈해 "흥!"하는 소리가 들린다. 그 뒤에서 한 남자가 "당해도 싸지" 하고 작게 중얼거린다. 여자 뒤에 서 있던 남자가 말한 것 같지만, 나는 돌아서서

확인하지 않는다. 내 앞은 두 사람으로 줄어 있다. 나는 딱히 무엇도 응시하지 않으며 앞을 똑바로 바라보고, 음악을 다시 들으려고 애쓴다. 그러나 음악이 들리지 않는다. 소음만 들린다.

장 본 물건들을 가지고 나오니, 들어갈 때보다 끈적끈적한 열기가 한층 심해진 것 같다. 온갖 냄새가 다 난다. 버려진 사탕 껍데기에 남은 사탕 냄새, 과일 껍질, 껌, 사람들의 데오드란트와 샴푸, 주차장의 아스팔트, 버스의 배기가스. 나는 트렁크 문 위에 장바구니를 올려놓고 차 문을 연다.

"이봐!" 누군가 말한다. 나는 펄쩍 뛰어오르고 돌아본다. 돈이다. 여기에서 돈을 보리라고 생각하지 않았다. 여기에서 마저리를 보리라고도 생각하지 않았다. 펜싱 모임에 나오는 다른 사람들도 여기에서 장을 볼지 궁금하다. "안녕, 친구." 돈은 줄무늬 스웨터와 짙은 색 편한 바지를 입고 있다. 나는 지금까지 이런 옷을 입은 돈을 본 적이 없다. 그는 펜싱 모임에 올 때면 티셔츠와 청바지나 펜싱복을 입는다.

"돈, 안녕." 돈은 친구지만, 나는 그와 이야기하고 싶지 않다. 너무 덥고, 집에 가서 식료품을 챙겨 넣어야 한다. 첫 번째 바구니를 들어 뒷좌석에 넣는다.

"여기에서 장 보냐?" 돈이 묻는다. 내가 차 위에 장바구니를 올려놓고 여기에 서 있는데, 바보 같은 질문이다. 내가 훔쳤다고 생각하는 걸까?

"화요일마다 여기에 와."

못마땅한 표정이다. 어쩌면 화요일이 장보기에 맞지 않는 요일이라고 생각하는지도 모르겠지만―그러면 돈은 왜 여기에 있는 걸까? "내일 펜싱 하러 오냐?" 그가 묻는다.

"그래." 나는 두 번째 바구니를 차에 넣고 뒷문을 닫는다.

"토너먼트에 나가?" 돈이 바닥이나 다른 쪽으로 시선을 돌리고 싶어지게 하는 눈빛으로 나를 응시하고 있다. "그래. 하지만 지금은 집에 가야 해." 우유는 섭씨 4도나 그 이하의 온도에서 보관되어야 한다. 이 주차장의 온도는 최소한 32도이고, 내가 산 우유는 따뜻해질 것이다.

"진짜 규칙적이군?"

나는 가짜 규칙이 무엇일지 알지 못한다. 그의 말이 **진짜 밥맛**과 비슷한 식의 표현인지 궁금하다.

"매일 똑같은 일을 해?" 그가 묻는다.

"매일 똑같은 일을 하지 않아. 매 요일마다 똑같은 일을 해."

"아, 그렇겠지. 뭐, 내일 보자고. 규칙적인 형씨." 그가 웃는다. 마치 사실은 즐겁지 않은 듯한 이상한 웃음소리이다. 내가 앞문을 열고 차에 들어간다. 돈은 말을 하지도 가지도 않는다. 내가 시동을 걸자, 돈이 어깨를 으쓱한다. 마치 뭔가에 찔린 것처럼 갑작스럽게 씰룩인다.

"안녕." 내가 예의 바르게 인사한다.

"그래, 잘 가." 내가 멀어지는 사이, 그는 여전히 그 자리에 서 있다. 내가 도로로 거의 다 나갈 때까지도 그대로 서 있는 돈이 백미러로 보인다. 도로로 나가 오른쪽으로 꺾는다. 뒤를 돌아보니 돈은 가고 없다.

아파트 안은 밖보다 조용하지만 아주 조용하지는 않다. 아랫집의 경찰관 대니 브라이스가 TV를 켜 놓았다. 방청객이 있는 오락 프로그램을 보고 있음을 알 수 있다. 윗집의 샌더슨 부인이 의자를 주방으로 끌고 있다. 매일 밤마다 그런다. 태엽 장치 자명종의 똑딱거림과 컴퓨터

보조전원 공급장치의 희미한 웅웅거림이 들린다. 파워의 회전에 따라 음조가 조금씩 바뀐다. 다른 소음들이 계속해서 들어온다. 통근 열차의 덜컹거림, 차들의 윙윙거림, 옆 공터에서 나는 사람 소리.

혼란스러울 때면 소리들을 무시하기가 더 힘들다. 음악을 켜면 소음이 가려지겠지만, 소음들은 여전히 두꺼운 융단 아래에 쑤셔 넣은 장난감들처럼 그 자리에 있을 것이다. 나는 장 본 물건들을 챙겨 넣고 우유 곽에 맺힌 물방울을 닦은 다음, 음악을 켠다. 너무 크게는 틀지 않는다. 이웃들을 성가시게 해서는 안 된다. 플레이어에 들어 있는 디스크는 보통 효과가 있는 모차르트이다. 긴장이 조금씩, 조금씩 풀린다.

나는 왜 그 여자가 나에게 말을 걸었는지 모른다. 그녀는 그렇게 행동하지 않아야 한다. 식료품점은 중립적인 공간이다. 그녀는 낯선 사람에게 말을 걸지 말아야 한다. 그녀가 나를 알아채기 전까지 나는 안전했다. 에미가 그렇게 큰 소리로 말하지 않았다면 그 여자가 알아채지 못했을지도 모른다. 그녀가 그렇게 말했다. 어쨌든 나는 에미를 별로 좋아하지 않는다. 에미가 했던 말과 그 여자가 했던 말을 떠올리면 목덜미가 뜨거워진다.

부모님은 내가 다르다는 사실을 알아채는 사람들을 나무라서는 안 된다고 했다. 나는 에미를 나무라지 않아야 한다. 나 자신을 돌아보고, 일어난 일을 생각해야 한다.

그러고 싶지 않다. 나는 아무 잘못도 하지 않았다. 나는 장을 보러 가야 한다. 올바른 이유로 그곳에 있었다. 올바르게 행동하고 있었다. 낯선 사람들에게 말을 걸지도, 큰 소리로 혼잣말을 하지도 않았다. 복도에서 필요 이상으로 넓은 공간을 차지하지도 않았다. 마저리는 나의 친구

115

이다. 마저리에게 말을 하고, 그녀가 쌀과 알루미늄 호일을 찾는 일을 도운 것은 잘못된 행동이 아니다.

에미가 잘못했다. 에미가 너무 크게 말했기 때문에 그 여자가 알아챘다. 그래도, 그 여자는 자기 일이나 신경 썼어야 했다. 에미가 너무 큰 소리로 말했다 해도, 그것은 내 잘못이 아니다.

6

나는 지금 내가 느끼는 감정이 정상인들이 사랑에 빠졌을 때 느끼는 감정과 같은지 알아야 한다. 학교에서 영어 시간에 사랑에 빠진 사람들에 대한 글을 읽었지만, 선생님은 늘 그 글들이 비현실적이라고 말했다. 나는 그 글들이 어떻게 비현실적인지 알지 못한다. 학교에 있을 때는 묻지 않았다. 관심이 없었기 때문이다. 바보스럽다고 생각했다. 보건 담당인 닐슨 선생님은 사랑은 다 호르몬의 작용이고, 멍청한 짓을 저지르지 말라고 했다. 성적 결합에 대한 선생님의 묘사를 들으며, 나는 플라스틱 인형처럼 내 저 아래쪽에 아무것도 없었으면 하고 생각했다. **이것**을 **저것** 안에 집어넣어야 한다니 상상할 수가 없었다. 신체 부위를 지칭하는 단어들은 불쾌하다. 따끔하면서 아프다. 따끔하고 싶은 사람이 어디 있을까? 나는 계속 가시를 떠올린다. 다른 단어들도 그다지 낫지 않고 공식적인 의학 용어, **페니스**는 짜증스럽게whiny 들린다. 티니teeny, 위니weeny, 미니meanie…… 페니스. 행위 그 자체에 대한 단어들도 불쾌하고 두드리는 느낌이 든다. 고통에 대해 생각하게 만든다. 그렇게 밀착해서 다른 사람의 숨을 들이쉬고 여자의 몸 가까이에서 그 냄새를 맡는다니…… 역겹다. 학교 탈의실만도 충분히 끔찍했다. 매번 토하고 싶었다.

그때는 역겨웠다. 지금은…… 펜싱을 할 때 마저리의 머리카락에서 나는 냄새를 맡으면 그녀에게 더 가까이 가고 싶다. 마저리가 옷을 향비누로 빨아도, 분 냄새가 나는 데오드란트를 써도, 뭔가가 있다……. 그러나 그 **개념** 자체는 여전히 무시무시하다. 사진을 본 적이 있다. 여자의 몸이 어떻게 생겼는지 안다. 학교에 다닐 때, 남학생들은 벌거벗고 춤추는 여자나 섹스를 하는 남자와 여자가 담긴 작은 비디오 클립을 돌려 보았다. 그들은 비디오를 볼 때마다 뜨거워져 땀투성이가 되었다. 목소리도 달라져서, 환경 프로그램에 나오는 침팬지 소리와 더 비슷해졌다. 처음에는 몰랐기 때문에 보고 싶었다—우리 부모님은 집에 그런 물건들을 두지 않았다—그러나 지루했고, 나오는 여자들은 모두 조금 화가 났거나 겁에 질린 것 같아 보였다. 만약 즐기고 있다면 행복해 보이리라고 생각했다.

나는 한 번도 누군가를 겁에 질리게 하거나 화나게 하고 싶지 않았다. 겁에 질리거나 화가 나면 기분이 좋지 않다. 겁에 질린 사람들은 실수를 한다. 화난 사람들은 실수를 한다. 닐슨 선생님은 성적인 느낌을 갖는 것이 정상이라고 했지만, 그 느낌이 무엇인지에 대해 내가 이해할 수 있는 방식으로 설명해 주지는 않았다. 내 몸은 다른 남자 아이들의 몸과 똑같이 자랐다. 가랑이에 자라난 검은 털을 처음 발견했을 때 얼마나 놀랐는지 기억한다. 선생님이 정자와 난자와 씨앗이 어떻게 자라는지에 대해 이야기했었다. 처음 털을 보고 나는 누군가 내 몸에 털의 씨를 심었다고 생각했고, 어떻게 그런 일이 일어났는지 몰랐다. 어머니가 사춘기가 왔다고 설명하고, 어리석은 행동을 하지 말라고 당부했다.

나는 그들이 말하는 뜨겁다거나 차갑다거나 하는 몸의 느낌이나, 행복하거나 슬프거나 하는 마음의 느낌이 어떤 느낌인지 결코 확실히 알지 못했다. 벌거벗은 여자 아이들의 사진을 보면 가끔 몸의 느낌이 생겼지만 마음의 느낌은 역겨움뿐이었다.

나는 펜싱을 하는 마저리를 보았고 그녀가 시합을 즐긴다는 것을 안다. 그러나 그녀는 겨룰 때 대개 웃지 않는다. 사람들은 웃는 얼굴이 행복한 얼굴이라고 했다. 그들이 틀렸을까? 마저리는 펜싱이 즐거울까?

톰과 루시아의 집에 도착하자, 루시아가 뜰에 나가 보라고 한다. 그녀는 부엌에서 뭔가 만들고 있다. 팬이 덜거덕거리는 소리가 들린다. 양념 냄새가 난다. 아직 아무도 오지 않았다.

뒷뜰로 나가자, 톰이 칼의 흠을 손보고 있다. 나는 스트레칭을 시작한다. 그들은 내가 아는 사람들 중에 가장 오래 결혼해 살아온 유일한 부부이다. 나의 부모님은 돌아가셨고, 부모님이 돌아가신 이상 그들에게 결혼이 어떤 것인지 물을 수는 없기 때문이다.

"가끔 당신과 루시아는 서로에게 화가 난 것처럼 보여요." 나에게 화를 낼지 살피기 위해 톰의 얼굴을 바라보며 말한다.

"결혼한 사람들도 가끔 언쟁을 벌이지. 여러 해 동안, 이렇게 가까이 누군가의 곁에 있기란 쉬운 일이 아니야."

"그렇다면─"나는 내가 하고 싶은 말을 어떻게 해야 할지 생각하지 못한다. "만약 루시아가 톰에게 화를 낸다면…… 톰이 루시아에게 화를 낸다면…… 그건 서로를 사랑하지 않는다는 뜻인가요?"

톰이 깜짝 놀란 표정을 짓더니, 웃음을 터뜨린다. 긴장한 웃음이다.

"아니, 허나 설명하기가 어렵군. 우리는 서로를 사랑해. 심지어 화가 났을 때에도 서로 사랑하지. 커튼 뒤의 벽이나 폭풍우가 몰아칠 때의 대지처럼, 분노 뒤에는 사랑이 있어. 폭풍우가 지나가고 나면 땅은 여전히 그 자리에 있지."

"폭풍우가 치면 홍수가 나거나 집이 날아가기도 해요."

"그렇지. 가끔, 사랑이 충분히 강하지 않거나 분노가 너무나 커지면, 사람들은 정말 사랑하기를 그만두기도 한다네. 하지만 우리는 그렇지 않아."

그가 어떻게 그처럼 확신하는지 궁금하다. 루시아는 최근 3개월 사이에 무척 자주 화를 냈다. 루시아가 그를 여전히 사랑한다는 것을 톰이 어떻게 알 수 있을까?

"한동안 힘든 시기가 오기도 하지." 톰이 내 생각을 안 것처럼 말한다. "루시아는 최근에 병원 일 때문에 기분이 좋지 않았어. 네가 실험에 참가하라는 압력을 받고 있다는 것을 알고 나서는, 그 일에도 마음이 상했지."

정상인들도 직장에서 문제를 겪으리라고는 한 번도 생각해 보지 않았다. 내가 아는 정상인들은 나와 알고 지낸 동안 내내 같은 직업을 가졌다. 정상인들은 어떤 문제를 겪을까? 먹고 싶지 않은 약을 먹으라고 하는 크렌쇼 씨가 있지는 않을 것이다. 일터에서 일어나는 어떤 일들이 정상인들을 화나게 할까?

"루시아가 병원과 저 때문에 화가 났나요?"

"부분적으로는 그래. 많은 일들이 한꺼번에 닥쳤지."

"루시아가 화를 내고 있으면 편하지 않아요."

톰이 반쯤은 웃음이고 반쯤은 다른 무언가인 우스꽝스런 소리를 낸다. "두말하면 잔소리지." 비록 여전히 "네 말에 동의해"라든지 "네 말이 맞아" 대신이라기에는 바보스러운 표현이라고 생각하기는 하지만, 나는 이 말이 내가 했던 말을 두 번 해서는 안 된다는 의미가 아님을 안다.

"토너먼트에 대해 생각해 봤어요. 결심했는데―"

마저리가 밖으로 나온다. 많은 사람들이 마당에 있는 옆문을 지나지만 마저리는 늘 집을 통과해 나온다. 나는 만약 루시아가 톰에게 화를 내듯이, 또는 톰과 루시아가 돈에게 화를 내듯이 마저리가 나에게 화를 낸다면 어떤 기분일지 생각한다. 나는 사람들이 내게 화를 내면, 그들이 내가 좋아하지 않는 사람들이라도 늘 당황했다. 마저리가 내게 화를 내면 부모님이 화를 낼 때보다 더 끔찍하리라고 생각한다.

"결심했는데……" 톰은 딱 잘라 묻지 않는다. 그러더니 고개를 들고 마저리를 본다. "음, 그래서?"

"참가하고 싶어요. 아직 괜찮다면요."

"아, 토너먼트에 나가기로 결심했구나? 잘했어!" 마저리가 말한다.

"괜찮고말고. 이제 내 표준 강의 1번을 들어야 해. 마저리, 가서 장비를 가져와. 루는 집중해야 해."

나는 톰의 강의가 몇 번까지이고, 내가 왜 펜싱 토너먼트에 나가기 위해 번호가 있는 강의를 들어야 하는지 의아해한다. 마저리가 집으로 들어가고 나니 톰의 말을 듣기가 쉬워진다.

"첫째로, 시간 날 때마다, 연습을 가능한 한 많이 해. 될 수 있으면 시합 전까지 날마다. 여기 못 온다면 최소한 집에서 스트레칭, 다리 놀림, 칼 끝 움직임 연습이라도 하게."

날마다 톰과 루시아의 집에 오지는 못하리라고 생각한다. 언제 빨래를 하고 장을 보고 차를 청소하겠나? "얼마나 많이 해야 하나요?"

"너무 쑤시지 않을 정도로, 시간이 허락하는 한 하게. 그리고 일주일 전에는 장비를 모두 점검해야 해. 네 장비는 관리가 잘되어 있지만, 그래도 한번 점검해 보면 좋겠지. 같이 하자. 여분 칼은 있나?"

"아뇨……. 주문해야 할까요?"

"그래. 여유가 되면. 아니면 내 칼을 하나 써도 돼."

"주문할 수 있어요." 예산에는 없지만, 지금 가진 돈으로 충분하다.

"자, 그럼 장비를 모두 점검하고, 깨끗하게 손질해서 챙겨 넣을 준비를 마쳐야지. 시합 전날에는 연습을 하지 마―긴장을 풀어야 해. 장비를 챙기고, 산책을 나가거나 하게."

"그냥 집에 있어도 되나요?"

"그래도 되지만, 지나치지만 않으면 몸을 조금 움직이는 편이 좋아. 저녁을 잘 먹고, 평소와 같은 시간에 자."

나는 이 계획이 이루고자 하는 바를 이해할 수 있다. 그러나 톰이 바라는 대로 하면서 회사에 가고 해야 하는 다른 일들을 하기란 어려울 것이다. 텔레비전 시청이나 친구들과 하는 인터넷 게임은 하지 않아도 되고, 보통 토요일에는 센터에 가기는 하지만, 꼭 가야 하는 것은 아니다.

"그러면…… 여기서…… 여기에서 수요일 외에도 펜싱 연습을 하나요?"

"토너먼트에 참가하는 학생들을 위해서라면 해. 화요일만 빼고 아무 날에나 오게. 화요일은 우리 부부의 특별한 밤이거든."

얼굴이 달아오른다. 특별한 밤을 갖는다면 어떤 느낌일지 궁금하다.

"화요일에는 장을 보러 가요."

마저리, 루시아, 맥스가 집에서 나온다. "강의는 그만하면 됐어." 루시아가 말한다. "그러다가 겁나서 그만두겠다. 참가 신청서 잊지 마."

"참가 신청서!" 톰이 이마를 찰싹 때린다. 톰은 뭔가 잊을 때마다 이렇게 한다. 나는 그가 왜 그러는지 알지 못한다. 같은 동작을 시도해 보아도 내 기억을 떠올리는 데에는 도움이 되지 않았다. 그가 집으로 들어간다. 나는 이제 스트레칭을 끝냈지만, 다른 사람들은 막 시작하는 참이다. 수잔, 돈, 신디가 옆문으로 들어온다. 돈이 수잔의 파란 가방을 들고 있다. 신디의 가방은 녹색이다. 돈이 장비를 가지러 안으로 들어간다. 톰이 내가 작성하고 서명해야 하는 종이를 한 장 들고 다시 나온다.

앞부분은 쉽다. 이름, 주소, 연락처, 나이, 키, 몸무게. 나는 '페르소나'라고 표시된 칸에 뭐라고 써야 할지 모른다.

"넘어가. 역할을 맡고 싶은 사람들이 쓰는 칸이야."

"연극에서요?"

"아니, 하루 종일, 자기가 고른 역사 속의 인물인 척하는 거지. 음, 가상 역사라고 할까."

"또 다른 게임인가요?"

"그래, 바로 그거야. 다른 사람들은 그들을 가장한 인물 본인처럼 대하지."

선생님들에게 가장한 인물에 대한 이야기를 했을 때, 선생님들은 당황하며 내 기록에 표시를 했다. 나는 톰에게 정상인들도 자주 가장을 하는지, 톰도 해 봤는지 묻고 싶지만, 톰을 당황하게 하고 싶지 않다.

"예를 들어서 젊었을 때 나는 피에르 페레Pierre Ferret라는 페르소나를 갖고 있었어 — 흰족제비ferret와 철자가 같아 — 악당 추기경cardinal의 스파이지."

"새cardinal에는 홍관조라는 의미도 있다-옮긴이가 어째서 악당이에요?"

"홍관조가 아니라.《삼총사》안 읽었나?"

"안 읽었어요." 내가 대답한다.《삼총사》에 대해 들어 본 적도 없다.

"아, 음, 좋아할 거야. 어쨌든 지금 줄거리를 말하려면 시간이 너무 많이 걸릴 테니 — 간단히 말하면, 교활한 추기경, 멍청한 여왕, 더 멍청한 젊은 왕, 달타냥을 빼면 세상에서 가장 강한 검사들인 용감한 삼총사가 나오는 이야기야. 자연히 모임 사람들 중 반 이상이 총사가 되고 싶어 했지. 나는 젊고 제멋대로였기 때문에 추기경의 스파이 역을 하기로 결심했지."

나는 스파이 톰을 상상할 수 없다. 톰이 피에르 페레라는 다른 사람인 척하고, 사람들이 톰을 톰이 아니라 그 이름으로 부르는 모습을 상상할 수 없다. 그가 정말 하고 싶은 것이 펜싱이었다면 너무 귀찮을 것 같다.

"루시아는 최고로 멋진 시녀였지."

"말도 꺼내지 마." 루시아가 말한다. 톰이 꺼내지 말아야 하는 말이 무엇인지 말하지 않고 웃는다. "이제 그러기엔 너무 늙었어."

"우리 둘 다 늙었지." 톰이 말한다. 진심으로 들리지 않는다. 그가 한숨을 쉰다. "루, 페르소나를 꼭 정할 필요는 없어. 하루 동안 다른 사람이 되고 싶지 않다면 말이지."

나는 다른 사람이 되고 싶지 않다. 루로 있는 것만도 충분히 힘들다.

내게는 없는 페르소나에 관련된 항목을 모두 뛰어넘고, 맨 밑에 있는 '참가 서약'을 읽는다. 굵은 글씨로 이렇게 쓰여 있지만 정확히 무슨 뜻인지 모른다. 서명함으로써 나는, 펜싱이 위험한 운동이고 내가 당하는 부상은 토너먼트 주최 측의 잘못이 아니므로 그들을 고소할 수 없다는 데 동의한다. 운동 교칙을 준수하고 최종 판단이 될 모든 심판들의 판정에 승복한다는 데에도 동의한다.

서명한 신청서를 톰에게 건네자 톰이 루시아에게 건넨다. 루시아가 한숨을 쉬고 신청서를 자수 바구니에 넣는다.

목요일 저녁에는 보통 텔레비전을 보지만, 나는 토너먼트에 나간다. 톰이 가능한 한 날마다 연습하라고 했다. 나는 옷을 갈아입고 톰과 루시아의 집으로 간다. 목요일에 이 길을 운전해 가자 매우 이상한 기분이 든다. 나는 하늘과 가로수 잎사귀들의 색을 평소보다 더 많이 인식한다. 톰이 나를 밖으로 데리고 나가 스텝 연습을 시작하라고 한다. 다음에는 특정한 피하기/되찌르기 조합을 반복 연습한다. 곧 숨이 찬다. "잘했네. 계속 해. 아마 날마다 여기 오지는 못할 테니 집에서 혼자 할 만한 연습을 가르쳐 줄게."

다른 사람들은 아무도 오지 않는다. 30분 후 톰이 마스크를 쓰고, 우리는 이어서 느리고 빠른 반복 동작을 하고 또 한다. 내가 예상했던 내용은 아니지만, 이 연습이 어떻게 도움이 될지 알겠다. 나는 8:30에 나서고, 집에 도착하자 인터넷이나 게임을 하기에는 피곤하다. 교대로 겨루거나 다른 사람들을 지켜보기도 하는 대신 계속 펜싱을 하니 훨씬 더 힘들다.

새로 생긴 얼얼한 멍을 느끼며 샤워를 한다. 피곤하고 뻣뻣하지만, 기분은 좋다. 크렌쇼 씨는 새 치료법과 인체에 대해 아무런 말을 하지 않았다. 마저리는 내가 토너먼트에 나간다는 것을 알자 "아, 잘했어!"라고 했다. 톰과 루시아는 서로에게 화가 나 있지 않다. 최소한, 결혼을 그만 둘 만큼은 아니다.

다음 날에는 빨래를 하지만, 토요일에는 세차를 한 다음에 다시 톰과 루시아의 집에 가서 수업을 받는다. 일요일에는 금요일처럼 몸이 뻣뻣 하지 않다. 월요일에 추가 수업을 또 받는다. 톰과 루시아의 특별한 날 이 화요일이라서 다행이다. 장 보는 날을 바꾸지 않아도 되기 때문이다. 마저리는 가게에 없다. 돈도 가게에 없다. 수요일에는 평소처럼 펜싱 모 임에 간다. 마저리는 없다. 루시아가 마저리는 시외에 나갔다고 말해 준 다. 루시아가 나에게 토너먼트에서 입을 특별한 옷을 준다. 톰이 내 준 비가 충분하니 목요일에는 오지 않아도 된다고 한다.

금요일 오전 8:53에 크렌쇼 씨가 우리를 불러 모아 공지사항이 있다 고 말한다. 위가 조인다.

"여러분은 정말 운이 좋아요. 요즘 같이 경기가 힘들 때 이런 일이 어 찌 가능할까 하고 솔직히 정말 놀랐지만, 사실…… 여러분에게 아주 새 로운 치료를 받을 기회가 주어졌소. 여러분은 한 푼도 내지 않아도 돼 요." 크렌쇼 씨의 입이 커다란 가짜 웃음으로 크게 벌어진다. 힘을 쏟고 있기 때문에 얼굴이 반짝인다.

우리가 정말 바보라고 생각하는 것이 틀림없다. 나는 고개를 돌리지 않아도 보이는 캐머런, 데일, 츄이를 흘끔 살펴본다. 그들의 눈도 움직 이고 있다.

캐머런이 단조로운 목소리로 말한다. "케임브리지가 개발해 몇 주 전 에 〈네이처 뉴로사이언스〉에 발표한, 실험 단계인 연구 말씀이십니까?"

크렌쇼가 창백해지더니 침을 삼킨다. "누가 말해 줬나?"

"인터넷에 올라왔습니다." 츄이가 말한다.

"그건, 그건……." 크렌쇼가 말을 멈추고 우리를 노려본다. 그러더니 다시 입을 비틀어 웃음을 짓는다. "실험 단계일지 몰라도, 이건 새 치료법이네. 여러분에게 비용을 부담하지 않고 받을 기회가 주어진 치료법이란 말일세."

"저는 치료를 받고 싶지 않아요." 린다가 말한다. "저에게는 치료가 필요 없어요. 저는 지금 이대로가 좋아요." 내가 고개를 돌려 그녀를 본다.

크렌쇼가 시뻘개진다. "자네들은 좋지 않아." 목소리가 크고 거칠어진다. "그리고 정상도 아니지. 자폐인들이고, 장애인들이야. 특별 채용으로 고용된—"

"'정상' 작동은 세탁기나 하는 거죠." 츄이와 린다가 동시에 말하고 씩 웃는다.

"자네들은 적응해야 해. 자네들을 정상으로 바꿀 치료법이 있는 이상, 영원히 특별대우를 받으리라고 기대해선 안 되지. 저 체육관, 개인 사무실, 온갖 음악과 우스꽝스러운 장난감 나부랭이들—정상이 되면 다 필요 없을 것들이지. 비경제적이야. 터무니없는 일이지." 그가 나갈 듯이 몸을 돌렸다가 다시 휙 돌아선다. "없어져야 할 것들이라고." 그는 떠난다.

우리는 서로를 바라본다. 한동안 아무도 입을 열지 않는다. 이윽고 츄이가 말한다. "음, 일 났네."

"나는 안 할 거야. 억지로 시키지는 못할걸." 린다가 말한다.

"시킬 수 있는지도 모르지. 우리는 확실히 모르잖아." 츄이가 말한다.

오후에 각자에게 사내 우편으로 편지가 한 통씩 온다. 종이에 쓰인 편지다. 경제적인 부담과, 경기 다각화와 경쟁력 유지의 필요성 때문에 각 부서는 인력을 감축해야 한다. 실험 연구에서 적극적인 역할을 맡는 직원은 해고 고려 대상에서 제외된다고 쓰여 있다. 다른 직원들은 자진 퇴사 시 후한 퇴직금을 받을 수 있다. 편지에 우리가 치료에 동의하지 않으면 해고당한다고 뚜렷하게 씌어 있지는 않지만, 나는 편지 내용이 그런 뜻이라고 생각한다.

올드린 씨가 늦은 오후에 우리 건물로 와서 강당으로 우리를 불러 모은다.

"그들을 말릴 수가 없었어요." 그가 말한다. "노력했지만." 나는 '노력은 행동과 같지 않다'는 어머니의 말씀을 거듭 떠올린다. 노력만으로는 부족하다. 행동만이 의미가 있다. 나는 좋은 사람인 올드린 씨를 바라본다. 그가 좋은 사람이 아닌 크렌쇼 씨만큼 강하지 않음은 명백하다. 올드린 씨는 슬퍼 보인다. "정말 미안해요. 하지만 어쩌면 이게 최선일지도 모르죠." 그는 떠난다. 바보 같은 말이었다. 어떻게 이게 최선일 수 있겠어?

"우리는 이야기를 해야 해. 나나 네가 바라는 것이 무엇이든, 우리는 이 일에 대해 이야기를 해야 해. 그리고 누군가 다른 사람들과 의논해야 해 — 변호사라든지."

"편지에는 회사 밖에서 의논하지 말라고 쓰여 있어." 베일리가 말한다.

"편지는 우리를 겁먹게 하려는 거야." 내가 말한다.

"우리는 이야기를 해야 해." 캐머런이 되풀이해 말한다. "오늘 밤, 퇴근 후에."

"나는 금요일 밤에 빨래를 해." 내가 말한다.

"내일 센터에서……."

"나는 내일 어디 가." 모두들 나를 쳐다본다. 나는 시선을 돌린다. "펜 싱 토너먼트야." 아무도 토너먼트에 대해 묻지 않아, 나는 조금 놀란다.

"우리끼리 이야기를 하고, 센터에 물어볼 수도 있어." 캐머런이 말한 다. "너한테 나중에 전해 줄게."

"나는 이야기하고 싶지 않아. 날 혼자 내버려뒀으면 좋겠어." 린다가 멀어진다. 동요하고 있다. 우리 모두 동요하고 있다.

사무실로 들어가 모니터를 응시한다. 자료들은 빈 화면처럼 단조롭고 텅 비어 있다. 저 안 어딘가에 내가 보수를 받는 대가로 찾아내거나 만들어 낼 패턴들이 있다. 그러나 오늘 내 눈에 보이는 패턴은 내가 미처 분석하기도 전에, 사방에서 소용돌이치며 몰려들어 주위를 덫처럼 싸 감는 어둠뿐이다.

나는 오늘 밤과 내일의 일정에 정신을 집중한다. 톰이 준비해야 할 일을 말해 주었고, 나는 그대로 할 것이다.

톰은 루가 몇 년 동안 자신의 집을 들락거렸는데도 자신은 루가 사는 곳을 지금껏 한 번도 본 적이 없다는 사실을 의식하며 루의 아파트 주차장에 차를 댔다. 지난 세기 언젠가 세워진, 평범하기 그지없는 아파트였다. 예상대로, 루는 칼을 제외한 모든 장비를 가방에 깔끔하게 챙겨 넣고, 정시에 맞춰 밖에서 기다리고 있었다. 긴장했을지는 몰라도 푹 쉰 것 같았다. 모든 면에서 조언을 충실히 따르고, 잘 먹고 충분히 잔 사람의 모습이었다. 루시아가 챙겨 준 의상을 입고 있었다. 처음 출전하는 선수들이 대부분 그렇듯이, 시대 코스튬이 불편한 듯이 보였다.

"준비됐어?"

루가 점검하듯이 자신을 훑어보고 말했다. "네, 안녕하세요, 톰. 안녕하세요, 루시아."

"안녕." 루시아가 말했다. 톰이 아내를 흘끔거렸다. 벌써 루에 관한 일로 언쟁을 벌인 터였다. 루시아는 루에게 조그마한 문제라도 일으키는 사람이라면 누구든 작살낼 준비를 하고 있었고, 톰은 작은 말썽은 루가 스스로 해결할 수 있으리라고 보았다. 아내는 요즈음 루의 일에 민감했다. 마저리와 뭔가 꾸미고 있는 것 같았지만, 그에게는 설명해 주지 않았다. 톰은 토너먼트 경기장에서 일이 터지지 않길 바랐다.

경기장으로 가는 길에 루는 뒷자리에 조용히 앉아 있었다. 보통 동승했던 수다쟁이들보다 편했다. 갑자기 루가 입을 열었다. "어둠이 얼마나 빠른지 궁금해한 적 있으세요?"

"으음?" 최근 논문의 중간 부분을 더 치밀하게 써야 할지 고민하던 톰이 주의를 돌렸다.

"빛의 속도는, 진공 상태에서 빛의 속도는 값이 있어요……. 그렇지만 어둠의 속도는……."

"어둠에는 속도가 없어." 루시아가 말했다. "그저 빛이 없는 곳일 뿐이지—부재不在에 붙인 명칭일 뿐이야."

"저는…… 저는 있을 수도 있다고 생각해요."

톰이 백미러를 살짝 보았다. 루의 얼굴은 조금 슬퍼 보였다. "어둠이 얼마나 빠를지 생각해 봤어?" 톰이 물었다. 루시아가 그에게 시선을 보냈으나 모르는 체했다. 루시아는 그가 루와 그의 단어 놀이에 빠질 때마다 걱정했지만, 톰은 딱히 해가 될 일이 아니라고 보았다.

"어둠은 빛이 없는 곳이죠. 빛이 아직 도착하지 않은 곳이요. 어둠이 더 빠를 수도 있어요 ─ 항상 먼저 있으니까요."

"혹은 어둠에는 아무런 움직임이 없을지도 모르지. 먼저 그 자리에 있으니까. 운동이 아니라 장소로."

"어둠은 실체가 아니야. 그저 빛이 없는 상태를 일컫는 추상적인 개념일 뿐이야. 움직임을 가질 수가 없어⋯⋯."

"그렇게까지 말한다면, 빛도 어떤 추상적인 개념인 셈이지. 그리고 금세기 초에 빛을 멈추기 전까지 사람들은 빛이 운동, 입자, 파동으로만 존재한다고 말하곤 했어."

목소리에 날이 서 있어서, 아내가 얼굴을 찡그리고 있음을 보지 않고도 알 수 있었다. "빛은 진짜야. 어둠은 빛이 없는 것이야."

"가끔 어둠은 어둠보다 어두운 것 같아요. 더 짙죠."

"정말 어둠이 진짜라고 생각해?" 루시아가 몸을 반쯤 뒤로 틀며 물었다.

"'어둠은 빛의 부재로 특정 지어진 자연 현상이다.'" 루가 인용임을 분명히 드러내는 단조로운 강연 투로 말했다. "고등학교 공통 과학 교과서에 쓰여 있었어요. 그러나 이 말은 사실상 아무것도 가르쳐 주지 않죠. 선생님은 별들 사이의 밤하늘이 어두워 보여도, 사실은 빛이 있다고 ─ 별들이 사방에서 빛을 방출하기 때문에 빛이 있고, 그렇지 않다면 별이 보이지 않으리라고 하셨어요."

"비유적으로 보아, 빛을 앎으로, 어둠을 무지로 보면, 확실히 어둠이—무지가 실제로 존재한다 싶을 때도 있지. 그저 앎이 없는 상태보다 더 실체적이고 드센 무언가가 말일세. 일종의 무지에 대한 의지 같은 것이야. 그걸로 몇몇 정치인들을 설명할 수도 있겠군."

"비유적으로 보면, 고래를 사막의 상징이라고 하거나 다른 무슨 말이든 해도 되지."

"무슨 문제 있어?" 톰이 물었다. 시선 끄트머리로 아내가 자리에서 갑자기 몸을 움직이는 것이 보였다.

"불쾌해. 이유는 당신이 알지?" 루시아가 말했다.

"죄송합니다." 뒷자리에서 루가 말했다.

"왜 네가 사과하니?" 루시아가 물었다.

"어둠의 속도에 대해 아무 말도 하지 말았어야 했어요. 루시아를 불쾌하게 했잖아요."

"너 때문이 아니야. 톰 때문이란다."

톰은 불편한 침묵이 가득 차오르는 사이 차를 계속 몰았다. 토너먼트가 열리는 공원에 도착하자, 그는 서둘러 루를 등록시키고 무기를 점검하고 루와 시설을 간단히 둘러보았다. 루시아는 친구들과 수다를 떨러 갔다. 톰은 아내가 자신뿐 아니라 루도 동요시킨 불쾌함을 털치길 바랐다.

30분쯤 지나자, 친숙한 동료들 사이에서 톰의 긴장이 풀리기 시작했다. 대부분 아는 사람들이었다. 익숙한 대화가 주위로 넘쳐 흘렀다. 누가 누구와 연습하고 있고, 누가 이 경기나 저 경기에 참가하고, 누가 이기고 졌다는 이야기들. 최근에 어떤 분쟁이 있었고 누가 입을 다물고 있나 하는 이야기들. 루는 톰이 소개하는 사람들과 인사를 나눌 수 있을 만큼 잘 버티고 있는 듯했다. 루에게 간단한 준비 운동을 코치하고 나니 첫 시합을 하러 경기장으로 돌아갈 시간이었다.

"자, 즉시 공격해야 점수를 딸 가능성이 가장 높다는 걸 기억해. 상대는 네 공격을 모르고, 너도 상대 공격을 모르겠지만, 넌 빨라. 그저 상대의 수비를 무찌르고 일격을 가하거나, 그러려고 해 봐. 어쨌든 상대가 동요할 테니―"

"이봐요, 안녕들 하슈." 돈이 톰의 뒤에서 말했다. "방금 왔어요―아직 시합 안 했어요?"

루의 집중을 깨뜨리다니, 역시 돈이다. "아니―막 시작할 참이야. 잠깐만 기다려." 톰은 다시 루 쪽으로 몸을 돌렸다. "루, 넌 잘할 거야. 이것만 기억하면 돼―다섯 번 중에 세 번이면 이기니까, 상대방이 유효타를 얻더라도 걱정하지 마. 그래도 이길 수 있어. 그리고 심판의 말을……."

그 순간 시간이 다 되었고, 루는 줄이 쳐진 경기장으로 들어가기 위해 돌아섰다. 갑자기 엄청난 공포감이 밀려왔다. 만약 그가 루를 루가 감당하지 못할 상황으로 밀어 넣었다면 어떻게 하지?

루는 펜싱을 처음 배웠던 때처럼 어색해 보였다. 기술적으로는 올바른 자세였지만, 실제로 움직일 수 있는 사람의 자세가 아니라 긴장되고 부자연스러운 모습이었다.

"제가 말했잖아요." 돈이 톰에게 조용히 말했다. "저 녀석에게는 무리라고요. 루는―"

"닥쳐, 들리겠어."

톰이 도착하기 전에 준비를 끝낸다. 루시아가 마련해 준 코스튬을 입는다. 공공장소에서 이런 옷을 입고 있으니 매우 기묘한 기분이다. 정상적인 옷처럼 보이지 않는다. 긴 양말이 다리에서 무릎까지 올라온다. 웃옷의 넓은 소맷자락이 산들바람에 흔들리며 팔을 위아래로 스친다. 옷은 슬픈 색인 보라색, 황갈색, 어두운 녹색이지만, 올드린 씨나 크렌쇼 씨가 이 옷을 입은 나를 본다면 좋다고 하지 않을 것이다.

"시간을 지키는 것은 왕에 대한 예의이다." 4학년 때 선생님이 칠판에 썼었다. 우리에게 받아쓰라고 하고 설명을 했다. 나는 그때 왕이 무엇이고 우리가 왜 왕들이 한 일에 신경을 써야 하는지 이해하지 못했지만, 사람들을 기다리게 하는 것이 무례한 행동이라는 점은 늘 이해하고 있었다. 나는 기다리는 일을 좋아하지 않는다. 톰도 시간에 맞춰 와서, 나는 오래 기다리지 않아도 된다.

토너먼트로 가는 동안 나는 겁에 질린다. 루시아와 톰이 또 언쟁을 하기 때문이다. 톰이 괜찮다고 했지만 나는 괜찮다고 느끼지 않고, 어째서인지 내 잘못인 것처럼 느낀다. 어째서인지, 왜 그런지는 알지 못한다. 나는 루시아가 병원에서 있었던 일에 화가 났다면 왜 톰에게 쏘아붙이는 대신 그 일에 대해 말하지 않는지 이해하지 못한다.

토너먼트 경기장에 도착하자 톰은 다른 차들과 줄을 맞춰 잔디 위에 주차한다. 여기에는 배터리를 충전하는 장소가 없다. 나는 차들을 보고 반사적으로 색과 차종을 헤아린다. 파란색 열여덟, 빨간색 다섯, 갈색이나 베이지색이나 황갈색 열넷. 스물한 대는 뚜껑에 태양 전지판을 달고 있다. 사람들은 대부분 코스튬을 입고 있다. 코스튬들은 모두 내 옷처럼 이상하거나, 내 옷보다 더 이상하다. 한 사람은 깃털로 덮인 커다랗고 납작한 모자를 쓰고 있다. 실수로 입고 온 것 같다. 톰이, 실수가 아니라 몇 세기 전 사람들은 정말 저렇게 입었었다고 말한다. 색을 세고 싶지만 대부분의 코스튬에 여러 가지 색이 있어서 더 힘이 든다. 나는 안팎의 색이 다른 휙 도는 망토가 마음에 든다. 사람들이 움직이면 마치 팔랑개비 같다.

맨 먼저 긴 드레스를 입은 여자가 앉은 탁자로 가서 목록과 우리 이름을 대조한다. 여자가 구멍이 난 작은 금속 원판을 건네고, 루시아가 주머니에서 가느다란 리본들을 꺼내더니 녹색을 준다. "여기에 꿰어서 목에 걸어." 톰이 부푼 반바지를 입은 남자가 앉은 탁자로 나를 데려간다. 남자가 또 다른 목록에서 내 이름을 찾아 확인한다.

"10시 15분 시합이군요. 대전표는 저쪽에 있어요." 그가 녹색과 노란색 줄무늬 천막을 가리킨다.

대전표는 커다란 판지를 테이프로 이어 붙여 만든 것으로, 가계도처럼 이름을 써 넣는 줄칸이 있지만, 대부분 빈칸이다. 왼쪽 쌍만이 채워져 있다. 나는 내 이름과 첫 상대의 이름을 찾는다.

"지금 9시 30분이군. 경기장을 둘러보고 준비 운동을 할 만한 곳을 찾아보자."

차례가 되어 표시된 구역에 발을 딛자, 가슴이 쿵쿵 뛰고 손이 떨린다. 내가 여기에서 무엇을 하고 있는지 모르겠다. 나는 여기에 있어서는 안 된다. 이곳의 패턴을 알지 못한다. 그때 상대가 공격하고, 나는 피한다. 잘 피하지 못한다―느렸다―그러나 그는 내게 닿지 못했다. 나는 숨을 깊이 들이쉬고 상대의 움직임, 상대의 패턴에 집중한다.

내가 닿아도 상대가 눈치채지 못하는 것 같다. 나는 놀라지만, 톰이 자신에게 닿은 유효타를 말하지 않는 사람들도 있다고 했다. 어떤 사람들은, 특히 첫 경기에서, 너무 흥분하는 바람에 가볍거나 심지어 중간 정도의 타격도 느끼지 못할 수 있다. 너도 그럴 수 있어. 톰이 말했다. 톰이 줄곧 내게 확실한 유효타를 내라고 말했던 이유이다. 다시 시도한다. 이번에는 내가 찌르는 순간 상대방이 앞으로 돌진해 너무 세게 부딪친다. 상대가 동요하고 심판에게 말하지만, 심판은 돌진한 그의 잘못이라고 한다.

마침내 나는 승부에서 이긴다. 숨이 찬데, 경기 때문만은 아니다. 무척이나 다른 기분이다. 다른 점이 무엇인지 나는 알지 못한다. 중력이 바뀐 듯, 더 가벼운 기분이다. 마저리와 가까이 있을 때 느끼는 가벼움과는 다르다. 낯선 사람과 겨루어서일까, 이겨서일까?

톰이 내 손을 잡고 흔든다. 얼굴이 반짝인다. 흥분한 목소리다. "루, 해냈어. 굉장히 잘했어—"

"그래, 괜찮았지." 돈이 끼어든다. "운도 좀 좋았어. 네가 세 번마다 피하는 모습을 직접 봐야 해. 네가 그걸 자주 써먹지 않고, 쓰더라도 다음에 어떻게 할 건지 정말로 다 보이게 한다는 걸 난 이전부터 눈치채고 있었는데—"

"돈……." 톰이 말하지만, 돈이 말을 계속 한다.

"……누가 그런 식으로 널 공격하면, 기습적으로 당하면 안 되지."

"돈, 루는 이겼어. 잘했어. 그쯤 해 둬." 톰의 눈썹이 처졌다.

"네, 네, 루가 이긴 줄은 알아요. 첫 판에서는 운이 좋았죠. 하지만 계속 이기고 싶다면—"

"돈, 가서 마실 것 좀 사다 다오." 톰은 이제 화난 말투다.

돈이 깜짝 놀라 눈을 깜박인다. 톰이 건넨 돈을 받는다. "아—네. 금방 올게요."

더 이상 가벼운 기분이 들지 않는다. 마음이 무겁다. 실수를 많이 저질렀다.

톰이 내 쪽을 본다. 웃고 있다. "루, 내가 본 첫 경기 중에서도 제일이야." 톰이 말한다. 나는 톰이 내가 돈이 한 말을 잊기를 바란다고 생각하지만, 잊을 수가 없다. 돈은 내 친구이다. 나를 도우려고 하고 있다.

"저는…… 저는 톰이 말한 대로 하지 않았어요. 먼저 공격하라고 하셨는데—"

"네 방식이 통했어. 여기서는 그러면 된 거야. 네가 경기장에 들어간 다음에야 내 충고가 틀렸을 수도 있다는 걸 깨달았지." 톰의 이마에 주름이 진다. 나는 이유를 알지 못한다.

"네, 그래도 만약 제가 톰이 시킨 대로 했다면 상대방이 첫 점을 따지 못했을지도 몰라요."

"루—내 말 들어. 넌 정말, 정말로 잘했어. 첫 점을 잃고도 넌 흐트러지지 않았지. 회복했어. 이겼다고. 만약 상대가 유효타를 정직하게 말했다면, 더 빨리 이겼을 거야."

"하지만 돈이 말하길—"

톰이 마치 무언가에 상처받은 듯, 고개를 세게 흔든다. "돈이 한 말은 잊어버려. 처음 토너먼트에 나갔을 때, 돈은 첫 시합에서 나가떨어졌거든. 철저히 말이야. 그러고는 패배에 너무 마음이 상한 나머지, 남은 시합을 때려치웠지. 심지어 패자 리그전에도 나가지 않고—"

"흠, 고맙기도 하셔라." 돈이 소다를 세 캔 들고 돌아와 말한다. 그가 캔 두 개를 바닥에 떨어뜨린다. "다른 사람의 감정을 배려하는 데 그렇게나 열심이시더니." 돈이 캔 하나를 들고 휙 멀어진다. 나는 그가 화가 났음을 안다.

톰이 한숨을 쉰다. "흠…… 맞는 말이야. 루, 걱정하지 마. 참 잘 싸웠어. 아마 오늘 이기지는 못하겠지만─첫 출전자가 우승한 적은 없거든─이미 상당한 수준의 안정성과 실력을 보여 주었어. 네가 우리 모임 사람이라는 게 자랑스러워."

"돈이 정말 화가 났어요." 내가 돈의 뒷모습을 눈으로 쫓으며 말한다. 톰이 돈의 첫 토너먼트 출전에 대해 말하지 않았어야 했다고 생각한다. 톰이 캔을 집어 들어 내게 하나 건넨다. 뚜껑을 따자 거품이 인다. 톰의 캔에서도 거품이 쏟아지자, 그가 손가락에 묻은 거품을 핥는다. 나는 그래도 되는 줄 몰랐지만, 손가락에 묻은 거품을 핥아 낸다.

"그래. 하지만 돈은…… 돈이야. 이런 짓을 하곤 하지. 너도 봤지." 나는 **이런 짓**이 무슨 뜻인지 모른다. 다른 사람에게 그들의 잘못을 말하는 것인지, 아니면 화를 내는 것인지 확실하지 않다.

"저는 돈이 저의 친구가 되고 저를 도우려고 애쓰고 있다고 생각해요. 비록 돈이 마저리를 좋아하고 제가 마저리를 좋아하고 그가 아마 마저리가 자기를 좋아하기를 바라고 있지만 마저리는 돈이 진짜 밥맛이라고 생각하더라도요."

톰이 소다 때문에 목이 메이는지 기침을 한다. 그런 다음에 말을 한다. "너 마저리를 좋아해? **좋아하다**의 좋아해야, 아니면 **특별히 좋아하다**의 좋아해야?"

"저는 마저리를 아주 좋아해요. 제 소원은─" 그러나 그 소원은 소리 내어 말할 수 없다.

"마저리는 돈과 비슷한 남자와 좋지 않은 경험을 한 적이 있어. 돈이 비슷하게 구는 모습을 볼 때마다 그 다른 남자를 떠올릴 거야."

"그 사람도 펜싱을 했나요?"

"아니. 직장에서 알던 사람이지만, 가끔 돈이 그 남자처럼 굴 때가 있거든. 마저리는 그걸 좋아하지 않아. 당연히 널 더 좋아할걸."

"마저리가, 돈이 저에 대해서 뭔가 좋지 않은 말을 했다고 했어요."

"그것 때문에 화가 나?" 톰이 묻는다.

"아뇨……. 사람들은 가끔 이해하지 못하기 때문에 어떤 말을 하기도 해요. 부모님 말씀이죠. 저는 돈이 이해하지 못한다고 생각해요." 소다를 한 모금 마신다. 내가 좋아하는 만큼 차갑지는 않지만, 아무것도 없는 것보다는 낫다.

톰이 소다를 길게 들이킨다. 경기장에서 다른 시합이 시작됐다. 우리는 경기장 가로 물러난다. "우리가 지금 확실히 해야 하는 일은," 그가 아까의 문제에서 화제를 돌리며 말한다. "서기에게 가서 네 승리를 등록하고, 다음 경기를 제대로 준비하는 일이지."

다음 경기를 생각하자, 피로가 실감나고 상대가 때린 자리에 생긴 멍이 느껴진다. 이제 집에 가서 일어났던 모든 일에 대해 생각해 보고 싶지만, 시합이 남았고, 내가 남아서 시합을 끝내기를 톰이 바란다는 것을 나는 알고 있다.

7

두 번째 상대를 마주한다. 두 번째는 매우 다르게 느껴진다. 놀랍기만 하지는 않기 때문이다. 이전 상대는 날개 달린 피자 같은 모자를 쓰고 있었다. 이번 상대는 철사로 가리는 대신 앞부분이 투명하게 처리된 마스크를 쓰고 있다. 이런 마스크는 훨씬 비싸다. 톰이 이번 상대는 매우 잘하지만 매우 공정하기도 하다고 말했다. 그는 나의 유효타를 셀 것이라고 했다. 남자의 표정이 선명하게 보인다. 푸른 눈 위로 눈꺼풀이 처져, 마치 졸린 듯한 표정이다.

심판이 손수건을 떨어뜨린다. 상대가 흐릿해 보이며 앞으로 뛰어들고, 어깨에 닿는 타격이 느껴진다. 내가 손을 든다. 졸린 듯한 표정이 그가 느리다는 의미는 아니다. 톰에게 어떻게 해야 하는지 묻고 싶지만 주위를 둘러보지 않는다. 아직 경기가 진행중이고, 상대가 또 유효타를 낼 수도 있다.

이번에 나는 옆으로 움직이고, 상대도 돈다. 상대의 칼이 튀어나온다. 너무 빨라서, 사라졌다가 내 가슴에 닿으며 다시 나타나는 것 같다. 그가 어떻게 그렇게 빨리 움직이는지 나는 알지 못한다. 내가 뻣뻣하고 꼴

사납게 느껴진다. 한 번만 더 닿으면 진다. 기분이 이상하지만 공격해 들어간다. 내 칼이 상대에게 닿는다─이번에는 성공적으로 피했다. 한 번 더, 한 번 더─그리고 마침내, 찔러 들어가자, 내가 뭔가에 닿는 느낌이 손으로 전해진다. 그가 즉시 뒤로 물러나 손을 든다. "좋아요." 그가 말한다. 그의 얼굴을 본다. 웃고 있다. 그는 내가 유효타를 낸 것에 신경 쓰지 않는다.

우리는 칼을 번쩍이며 아까와 반대 방향으로 돈다. 상대의 패턴이 빠르긴 해도 이해 가능하다는 것이 보이기 시작하지만, 이런 데이터를 활용하기 전에 그가 세 번째 유효타를 낸다.

"고맙습니다." 그가 경기가 끝난 후 말한다. "꽤 힘들었어요."

"루, 잘했어." 내가 경기장 밖으로 나가자 톰이 말한다. "그가 아마 토너먼트의 최종 승자일 거야. 대개 그렇거든."

"유효타를 하나 얻었어요."

"그래. 좋은 공격이었어. 게다가 몇 번이나 거의 유효타를 얻을 뻔했지."

"끝났나요?" 내가 묻는다.

"아직. 한 판밖에 안 졌으니, 이제 다른 1회전 선수들과 리그전에 들어가. 최소한 한 판은 더 할 거야. 괜찮겠어?"

"네." 숨이 차고, 소음과 움직임에 지치지만, 아까처럼 집에 가고 싶지는 않다. 돈이 보고 있을지 궁금하다. 어디에도 보이지 않는다.

"점심 먹을래?"

고개를 흔든다. 조용한 곳에 가서 앉아 있고 싶다.

톰이 나를 이끌고 사람들 사이를 빠져나간다. 내가 모르는 사람들이 내 손을 잡거나 어깨를 두드리며 "좋은 시합이었어요"라고 말한다. 내게 손을 대지 않길 바라지만, 그들이 친절하게 행동하는 것임을 알고 있다.

루시아가 내가 알지 못하는 여자와 함께 나무 아래에 앉아 있다. 루시아가 바닥을 두드린다. 나는 그 동작이 "여기 앉아"라는 뜻임을 안다. 앉는다.

"군터가 이겼지만, 루가 유효타를 냈어." 톰이 말한다.

여자가 손뼉을 친다. "대단하네요. 첫 시합에서 군터에게 유효타를 얻는 사람은 거의 없어요."

"이것은 사실 제 첫 경기가 아니었어요. 군터와의 첫 경기였어요." 내가 말한다.

"제 말이 그 말이었어요." 여자가 말한다. 루시아보다 키가 크고 무거워 보인다. 화려하고 긴 치마 코스튬을 입고 있다. 손에 작은 틀을 들고 있다. 손가락을 앞뒤로 움직이며 갈색과 흰색으로 된 기하학적인 패턴을 가진 가느다란 감을 짜고 있다. 단순한 패턴이지만, 나는 지금까지 천을 짜는 사람을 한 번도 본 적이 없다. 어떻게 천을 짜는지, 갈색 패턴의 방향을 어떻게 바꾸는지 확실히 알 때까지 주의 깊게 관찰한다.

"톰이 돈과 있었던 일을 얘기했어." 루시아가 나를 흘깃거리며 말한다. 나는 갑자기 차가워진다. 돈이 얼마나 화를 냈는지 기억하고 싶지 않다. "괜찮아?"

"저는 괜찮아요."

"그 대단한 돈 말이야?" 여자가 루시아에게 묻는다.

루시아가 얼굴을 찌푸린다. "그래. 가끔 진짜 재수 없지."

"이번엔 무슨 일이었어?" 여자가 묻는다.

루시아가 나를 살짝 보더니 말한다. "뭐―그냥 평소 같은 일이지. 입만 살았잖아."

루시아가 설명하지 않아 기쁘다. 나는 돈이, 톰이 틀림없이 말했을 만큼 나쁘다고 생각하지 않는다. 톰이 누군가에게 공정하지 못하다고 생각하면 행복하지 않은 기분이 든다.

톰이 돌아와 1:45에 다음 시합이 있다고 알린다. "첫 출전자야. 오늘 오전에 첫 시합에서 졌대. 뭔가 먹어야 해." 그가 고기가 든 건포도 롤빵을 건넨다. 괜찮은 냄새가 난다. 나는 배가 고프다. 한입 베어 물었는데 맛있다. 다 먹는다.

나이 든 남자가 톰에게 말을 걸려고 멈추어 선다. 톰이 일어선다. 나는 나도 일어서야 하는지 알지 못한다. 남자의 어떤 점이 나의 시선을 끈다. 그의 눈가가 경련하고 있다. 그는 말도 아주 빠르다. 나는 그가 무엇에 대해 말하고 있는지 모른다―내가 모르는 사람들, 내가 간 적 없는 장소들이다.

세 번째 시합의 상대는 빨간색으로 장식한 검은 코스튬을 입고 있다. 이 상대도 투명한 플라스틱 마스크를 썼다. 머리와 눈 색이 짙고, 피부는 매우 하얗다. 긴 구레나룻을 뾰족하게 다듬었다. 그러나 잘 움직이지는 못한다. 느리고, 그다지 강하지 않다. 공격을 밀어붙이지 않는다. 가까이 다가오지 않고 칼을 앞뒤로 휘두른다. 내가 유효타를 내지만 그가 알리지 않고 그다음에 더 강한 유효타를 내자 그가 알린다. 얼굴에 표정이 드러난다. 그는 놀라고 화가 나 있다. 나는 지쳐 있지만, 원한다면 이길 수 있는 걸 안다.

사람들을 화나게 하는 일은 옳지 않지만, 나는 이기고 싶다. 그의 주위로 움직인다. 그가 천천히, 뻣뻣하게 돈다. 다시 유효타를 낸다. 상대의 아랫입술이 불끈거린다. 이마가 주름지며 튀어나온다. 사람들이 스스로를 바보스럽다고 여기게 하는 일은 옳지 않다. 내가 속도를 늦추지만, 상대는 기회를 활용하지 않는다. 그의 패턴은 매우 단순하다. 공격과 수비를 두 가지씩만 아는 것 같다. 내가 다가가자 상대가 물러간다. 하지만 가만히 서서 서로 칼만 부딪히는 것은 지루하다. 나는 상대가 무언가를 하기를 바란다. 그가 하지 않자, 내가 그의 약한 수비를 뚫고 찔러 들어간다. 그의 얼굴이 분노로 찌그러지고, 그가 나쁜 말을 연이어 뱉어낸다. 나는 악수를 하고 고맙다고 해야 하는 것을 알지만, 상대는 이미 나갔다. 심판이 어깨를 으쓱한다.

"잘했어. 자네가 속도를 늦추고 상대에게 명예타를 낼 기회를 주는 걸 봤네……. 저 바보가 기회를 살릴 줄 몰라 유감이었어. 이제 내가 왜 우리 학생들이 토너먼트에 너무 빨리 출전하는 것을 좋아하지 않는지 알겠지. 그는 준비가 덜 되어 있었어."

그는 준비가 덜 되어 있었어. 준비가 덜 되었다는 말은 거의 준비가 되었다는 뜻이다. 그는 준비가 전혀 안 되어 있었다.

승리를 보고하러 가서, 내가 2:1 기록을 낸 선수들 리그에 들어가 있음을 안다. 한 번도 지지 않은 선수는 여덟 명뿐이다. 나는 매우 피곤하지만, 톰을 실망시키고 싶지 않기 때문에 기권하지 않는다.

키가 크고 거무스름한 여자와의 다음 경기가 거의 연이어 시작된다. 수수한 청람색 코스튬을 입고 평범한 철망 마스크를 하고 있다. 그녀는 조금 전 상대와 전혀 다르다. 곧장 공격에 들어가고, 몇 번 칼을 마주친

다음 첫 번째 유효타를 성공시킨다. 내가 두 번째, 그녀가 세 번째, 내가 네 번째 유효타를 얻는다. 그녀의 패턴이 쉬 보이지 않는다. 가장자리에서 말소리가 들린다. 사람들이 좋은 경기라고 말하고 있다. 다시 가벼운 기분이 든다. 나는 행복하다. 그때 가슴에 상대의 칼이 느껴지며 경기가 끝난다. 상관없다. 나는 땀에 젖어 있고 피곤하다. 체취가 난다.

"좋은 시합이었어요!" 여자가 내 팔을 잡으며 말한다.

"고맙습니다."

톰이 기뻐한다. 환한 웃음을 보면 알 수 있다. 루시아도 그 자리에 있다. 나는 루시아가 와서 보고 있는 줄 몰랐다. 둘이 팔짱을 끼고 있다. 나는 더 행복해진다. "이제 이 경기로 몇 위가 되었는지 보러 가자."

"순위요?"

"모든 선수들에게 결과에 따라 순위가 매겨져. 첫 출전자는 별도 순위가 있지. 아마 네 등수는 꽤 높을 거야. 아직 시합중인 사람들이 있지만, 첫 출전자들은 이제 모두 경기를 끝낸 것 같아."

몰랐던 사실이다. 커다란 순위표를 보니 내 이름은 열아홉 번째에 있다. 그러나 오른쪽 하단 구석, 첫 출전자 일곱 명 중에서는 내 이름이 제일 위에 있다. "그럴 줄 알았어." 톰이 말했다. "클라우디아 —" 표에 이름을 쓰던 여자들 중 한 명이 돌아본다. "첫 출전자들의 경기는 모두 끝났어?"

"그래 — 이쪽이 루 애런데일이에요?" 그녀가 내 쪽으로 눈길을 준다.

"네. 제가 루 애런데일입니다."

"첫 출전자치고는 정말로 잘했어요."

"고맙습니다."

"여기, 메달 받으세요." 그녀가 탁자 아래에 손을 집어넣더니 뭔가 들어 있는 작은 가죽 주머니를 꺼낸다. "아니면 시상식 때까지 기다렸다가 받아도 되고요." 내가 메달을 받을 줄 몰랐다. 그저 모든 시합에서 이긴 사람만 메달을 받는 줄로 알고 있었다.

"우리는 가야 해."

"음, 그러면 — 여기, 가져가세요." 그녀가 내게 주머니를 건넨다. 진짜 가죽인 것 같다. "다음번에도 행운을 빌어요."

"고맙습니다."

나는 주머니를 열어 보아야 하는지 알지 못한다. 그러나 톰이 "어디 한번 보자"고 해서, 메달을 꺼낸다. 칼 도안이 주조된 동그란 금속으로, 가장자리에 작은 구멍이 나 있다. 나는 메달을 도로 가방에 넣는다.

집으로 돌아가는 길에, 나는 매 시합을 마음속으로 재연해 본다. 시합 내용 전부가 기억날 뿐 아니라, 다음번에 — 다음번이 있으리라는 것, 내가 토너먼트에 또 참가하고 싶어 한다는 것에 스스로 놀란다 — 군터와 맞서면 더 잘 겨루게, 그의 움직임을 천천히 되짚어 볼 수도 있다.

만약 크렌쇼 씨와 싸워야 한다면 토너먼트가 도움이 되리라고 톰이 생각한 이유가 조금씩 이해가 된다. 나는 아무도 나를 모르는 곳에 가서 정상인처럼 경쟁했다. 내가 뭔가를 이루었음을 알기 위해 토너먼트에서 우승할 필요는 없었다.

집에 도착하자, 나는 루시아에게서 빌렸던 땀에 젖은 옷을 벗는다. 특수 소재이니 빨지 말라고 했었다. 걸어 놓았다가, 수요일에 펜싱 수업을 받으러 오는 길에 가지고 오라고 했었다. 옷에서 나는 냄새가 마음에 들지 않는다. 내일 밤이나 모레 돌려주고 싶지만, 루시아는 수요일이라고 했다. 옷을 거실 소파 등받이에 걸쳐 두고 샤워를 한다.

뜨거운 물이 기분 좋다. 칼에 맞은 자리 몇 군데에 작게 드러나기 시작한 푸른 자국이 보인다. 나는 완전히 깨끗해진 느낌이 들 때까지 오랫동안 씻은 다음, 가진 것 중 가장 부드러운 스웨트셔츠와 바지를 입는다. 무척 졸리지만, 센터에서 이야기한 내용에 대해 다른 사람들이 보낸 이메일을 확인해야 한다.

캐머런과 베일리 둘 다 메일을 보내 왔다. 캐머런은 이야기를 나누었지만 아무런 결정도 내리지 않았다고 한다. 베일리는 누가 참석했는지 쓰고—나와 린다만 빼고 모두 왔단다—센터의 상담사에게 신체 관련 실험 법규에 대해 물었다고 전한다. 캐머런이 우리가 이 치료에 대해 들었고, 받아 보고 싶어 한다는 식으로 말했다고 한다. 상담사가 관련 법규를 더 자세히 검토하기로 한다.

나는 일찍 잠자리에 든다.

월요일과 화요일에는 크렌쇼 씨나 회사로부터 아무런 말이 없다. 어쩌면 치료를 할 사람들이 임상 실험을 시도할 준비가 되지 않았는지도 모른다. 어쩌면 크렌쇼 씨가 연구원들을 설득해야 하는지도 모른다. 나는 우리가 더 알았으면 한다. 첫 경기를 앞두고 경기장 안에 서 있을 때와 같은 기분이다. 확실히 무지無知가 지知보다 빠른 것 같다.

나는 인터넷에 올라온 논문 개요를 다시 보지만, 여전히 단어 대부분을 이해하지 못한다. 사전을 찾아보아도, 치료가 실제로 어떻게 이루어지고 어떻게 치료가 되는지는 여전히 이해가 되지 않는다. 내가 이해하지 못하게 되어 있다. 내 분야가 아니다.

그러나 내 뇌와 내 삶에 관한 일이다. 나는 이해하고 싶다. 처음 펜싱을 배우기 시작했을 때, 나는 펜싱도 이해하지 못했다. 왜 플뢰레를 특정한 자세로 잡아야 하고 양 발끝이 서로 다른 방향으로 가도록 서야 하는지 알지 못했다. 나는 내가 펜싱을 잘하리라고 기대하지 않았다. 자폐증이 방해가 되리라고 생각했고, 처음에는 실제로 그랬다. 이제는 정상인들과 토너먼트에서 겨루었다. 우승은 못 했어도 다른 첫 출전자들보다 잘했다.

어쩌면 지금보다 뇌에 대해 더 많이 알기 위해 공부할 수 있을지도 모른다. 시간이 날지 모르겠지만, 도전해 볼 수는 있다.

수요일에 나는 톰과 루시아의 집으로 코스튬을 도로 가져간다. 이제 말라서 그렇게까지 심하지는 않지만, 여전히 시큼한 땀 냄새가 난다.

루시아에게 코스튬을 건네고, 집 안 장비실에 들른다. 톰은 이미 뒷마당에 있다. 장비를 들고 밖으로 나간다. 선득하지만 바람은 없다. 톰이 스트레칭을 하고 있다. 나도 스트레칭을 시작한다. 일요일과 월요일에는 몸이 뻣뻣했다. 이제는 뻣뻣하지 않다. 멍은 한 곳만 아직 쓰리다.

마저리가 마당으로 나온다.

"마저리에게 네가 토너먼트에서 얼마나 잘했는지 얘기하던 참이야." 루시아가 마저리의 뒤에서 말한다. 마저리가 나를 보고 밝게 웃고 있다.

"우승은 못 했어. 실수를 했어."

"두 번이나 이기고 첫 출전자 메달을 받았잖아. 실수를 그렇게 많이 하지도 않았어."

나는 얼마나 많은 실수가 '그렇게 많은' 것인지 알지 못한다. '너무 많은'이라는 뜻이라면, 왜 '그렇게 많이'라고 말할까? 이곳 뒷마당에서, 나는 두 번 이겼을 때 느꼈던 가벼운 기분보다는 톰의 말을 듣고 돈이 얼마나 화가 났는지를 기억한다. 오늘 밤에 올까? 내게 화를 낼까? 돈 이야기를 해야 한다고 생각했다가, 하지 말아야 한다고 생각한다.

"사이먼에게 깊은 인상을 남겼다네." 톰이 말한다. 앉아서 칼에 난 흠집을 사포로 문지르고 있다. 내 칼을 쓰다듬어 보니 새로 생긴 흠이 없다. "심판 말이야. 오래전부터 알던 사이거든. 그때 그 상대가 유효타를 알리지 않았을 때 네가 보인 흔들리지 않는 모습을 정말 마음에 들어 했어."

"톰이 그렇게 해야 한다고 했잖아요."

"뭐, 그랬지만, 누구나 조언을 따르는 건 아니거든. 이제―며칠 지났으니―한번 말해 보게. 재미있었어, 성가셨어?"

나는 토너먼트를 재미로 생각한 적이 없다. 그러나 성가신 일로 생각한 적도 없다.

"아니면 전혀 다른 뭔가?" 마저리가 말한다.

"전혀 다른 뭔가였어. 성가시다고 생각하지 않았어. 톰, 준비하기 위해 할 일을 당신이 알려 주었고, 전 그대로 했어요. 재미가 아니라 시험, 도전으로 생각했어요."

"조금이라도 즐거웠어?" 톰이 물었다.

"네. 어떤 부분은 굉장히 즐거웠어요." 나는 복잡한 느낌을 설명할 방법을 알지 못한다.

"가끔 새로운 일을 하는 것은 즐거워요."

누군가 곁문을 연다. 돈이다. 마당에 갑자기 흐르는 긴장이 느껴진다.

"안녕." 돈이 말한다. 딱딱한 목소리다.

내가 돈을 향해 미소 짓지만, 돈은 마주 미소 짓지 않는다.

"돈, 안녕." 톰이 말한다.

루시아는 아무 말 하지 않는다. 마저리는 목례를 한다.

"제 물건을 가지러 왔어요." 돈이 말하고 집으로 들어간다.

루시아가 톰을 본다. 톰이 어깨를 으쓱한다. 마저리가 내게 다가온다.

"한판 할래? 오늘 밤에는 여기 늦게까지 못 있거든. 회사 일 때문에."

"좋아." 내가 대답한다. 다시 기분이 가벼워진다.

토너먼트에서 겨루고 나니, 여기에서 펜싱 하기가 참 수월하다. 나는 돈을 생각하지 않는다. 마저리의 칼만 생각한다. 이번에도, 마저리의 칼에 닿자 마치 마저리에게 닿는 것 같다—금속을 통해 마저리의 모든 움직임은 물론이고, 감정까지 전해져 온다. 이 느낌이 지속되길 바란다. 나는 시합을 계속할 수 있도록 속도를 조금 늦추고, 낼 수 있는 유효타를 내지 않으며 접촉을 지속한다. 토너먼트에서와는 사뭇 다른 느낌이다. 이 기분을 묘사할 단어로 떠오르는 것은 **가벼움**뿐이다.

마침내 마저리가 뒤로 물러선다. 숨이 거칠다. "재미있네, 루, 근데 나지친다. 잠깐 쉬어야겠어."

"고마워."

우리는 나란히 앉아 헐떡인다. 나는 내 호흡을 마저리에 맞춘다. 그렇게 하니 기분이 좋다.

갑자기 돈이 한 손에는 칼을, 다른 손에는 마스크를 들고 장비실에서 나온다. 돈이 나를 노려보고는 뻣뻣한 걸음으로 집 모퉁이를 돌아 나간다. 톰이 돈을 따라 나와 손을 펼치며 어깨를 으쓱한다.

"설득해 보려고 했어." 톰이 루시아에게 말한다. "아직도, 토너먼트 때 내가 일부러 자길 모욕했다고 생각하더군. 게다가 루 다음으로 20등밖에 못 했잖아. 지금은 그게 다 내 탓이야. 군터에게 가서 배우겠대."

"오래 못 갈걸." 루시아가 다리를 뻗으며 말한다. "규율이 엄해서 돈은 못 버틸 거야."

"저 때문인가요?" 내가 묻는다.

"세상이 돈에 맞춰 돌아가지 않기 때문이야. 몇 주 시간을 주고, 돌아오면 아무 일도 없었던 것처럼 대할 생각이야."

"돌아오면 받아 주겠다고?" 루시아가 날선 목소리로 말한다.

톰이 다시 어깨를 으쓱한다. "행실만 제대로 한다면 물론 받아들여야지. 루시아, 사람들은 성장하잖아."

"삐딱하게 자라는 사람들도 있어."

맥스, 수잔, 신디, 그리고 다른 사람들이 한꺼번에 들어와서 모두 나에게 말을 건다. 나는 토너먼트에서 그들을 보지 못했는데, 그들은 모두 나를 보았다. 알아채지 못했다고 민망해하자, 맥스가 설명한다.

"네가 집중할 수 있게, 방해가 안 되게 비켜 있으려고 했어. 그런 때에는 한두 사람하고만 말하고 싶잖아." 만약 다른 사람들도 집중하기 어려워했다면 말이 된다. 나는 다른 사람들도 그렇게 생각하는 줄 알지 못했다. 그들은 언제나 많은 사람들과 함께 있고 싶어 한다고 생각했었다.

어쩌면 내가 나에 대해 들었던 것들이 늘 옳지만은 않다면, 내가 정상인들에 대해 들었던 것들도 늘 옳지만은 않을지도 모른다.

나는 맥스와, 그다음에는 신디와 겨루고, 마저리가 가야 한다고 말할 때까지 그녀 옆에 앉아 있다. 차까지 마저리의 가방을 들어다 준다. 마저리 같은 사람을—내가 좋아하는 사람을—토너먼트에서 만난다면,

그리고 그녀는 내가 자폐인임을 모른다면, 함께 저녁 식사를 하자고 청하기가 더 쉬울까? 내가 청하면 마저리는 뭐라고 말할까?

나는 마저리가 차에 타고 나서도 그 옆에 서서, 이미 내가 질문을 했고 그녀의 답을 기다리고 있었으면 하고 바란다. 에미의 화난 목소리가 머릿속에서 울린다. 나는 에미의 말이 옳다고 믿지 않는다. 마저리가 내 진단명만을 보거나, 나를 연구 대상이 될지도 모르는 사람으로만 여긴다고 믿지 않는다. 하지만 마저리에게 저녁 식사를 하자고 청할 수 있을 만큼 **안** 믿지는 않는다. 입을 열지만 말이 나오지 않는다. 내가 생각을 빚어내기도 전에, 소리보다 먼저 정적이 있다.

마저리가 나를 바라본다. 불현듯 수줍어지고, 몸이 식으며 긴장한다. "잘 가."

"안녕. 다음 주에 보자." 마저리가 시동을 건다. 내가 물러선다.

마당으로 돌아가 루시아 옆에 앉는다. "만약 어떤 사람이 다른 사람에게 저녁 식사를 같이 하겠냐고 했는데 질문을 받은 사람이 가고 싶지 않다면, 질문을 하는 사람이 질문을 하기 전에 알아챌 방법이 있나요?"

루시아는 내 생각에 40초가 넘게 답을 하지 않는다. 이윽고 답하길, "만약 어떤 사람이 다른 사람에게 친절하게 대하면, 그 사람은 초대를 받는 것에는 개의치 않지만, 가고 싶지 않을 수도 있어. 아니면 그날 저녁에 다른 할 일이 있을 수도 있지." 루시아가 다시 말을 멈춘다. "누군가에게 저녁 식사를 하자고 청해 본 적 있니?"

"아뇨." 내가 답한다. "같이 일하는 사람들은 빼고요. 그들은 저와 같아요. 그건 다르죠."

"그건 그렇지. 누군가에게 저녁을 먹자고 할 생각이니?"

목이 막힌다. 나는 아무 말도 하지 못하지만, 루시아는 거듭 묻지 않는다. 기다린다.

"마저리에게 물어볼까 생각하고 있어요." 내가 마침내, 조용히 말한다. "하지만 마저리를 귀찮게 하고 싶지 않아요."

"루, 마저리는 귀찮아하지 않을 거야. 응할지는 모르겠지만, 네가 물어도 전혀 싫어하지 않으리라고 생각해."

그날 밤 집에서, 나는 침대에 누워 식탁 맞은편에 앉아 식사를 하는 마저리를 상상한다. 비디오에서 그런 장면을 본 적이 있다. 아직 시도할 준비가 되었다는 느낌이 들지 않는다.

목요일 오전에 아파트 현관을 나와 주차장 저편에 있는 내 차를 본다. 이상한 모습이다. 타이어 네 개가 모두 포석에 벌려져 있다. 이해가 되지 않는다. 겨우 몇 달 전에 산 타이어들이다. 나는 기름을 넣을 때마다 타이어의 공기압을 점검하고, 사흘 전에 기름을 넣었다. 왜 바람이 빠졌는지 나는 알지 못한다. 여분 타이어는 한 개뿐이다. 차 안에 공기 펌프가 있지만, 타이어 세 개에 바람을 넣기에는 시간이 충분치 않다. 그러면 회사에 지각할 것이다. 크렌쇼 씨가 화를 낼 것이다. 벌써부터 땀이 등줄기를 간질이며 흘러내린다.

"이봐요, 무슨 일이에요?" 여기 사는 경찰관, 대니 브라이스다.

"타이어에 바람이 빠졌어요. 이유를 모르겠습니다. 어제 점검했었어요."

그가 다가온다. 제복을 입고 있다. 그에게서 민트와 레몬 냄새가 나고, 제복에서는 빨랫비누 냄새가 난다. 신발이 무척 반들거린다. 제복

상의에 은색 바탕에 검은색으로 '대니 브라이스'라고 쓰인 이름표를 달고 있다.

"누가 터뜨렸네요." 대니가 말한다. 심각하지만 화난 목소리는 아니다.

"터뜨려요?" 이런 일에 대해 읽은 적은 있어도 내가 직접 당한 적은 없었다. "왜요?"

"장난이죠." 그가 자세히 보려 몸을 수그린다. "그래, 확실히 고의적이군요." 그가 다른 차들을 둘러본다. 나도 본다. 타이어 바람이 빠진 차는 한 대도 없다. 아파트 주인의 낡은 평상형 트레일러의 타이어 하나에 바람이 빠져 있지만, 그 타이어는 오래전부터 바람이 빠진 상태였다. 검은색이 아니라 회색으로 보인다. "그리고 당신 차 한 대만 당했군요. 누가 당신한테 화났나요?"

"아직 아무도 화나지 않았어요. 오늘은 아직 아무도 만나지 않았어요. 크렌쇼 씨가 화를 낼 거예요. 회사에 지각할 테니까요."

"이 일을 말해요."

그래도 크렌쇼 씨는 화를 내리라고 생각하지만, 그렇게 말하지 않는다. 경찰관과 언쟁을 해서는 안 된다.

"제가 신고하죠. 서에서 사람을 보내올 거예요."

"회사에 가야 해요." 땀이 점점 더 많이 흐른다. 나는 정류소의 위치는 알지만 배차 시간을 모른다. 배차 시간표를 찾아보아야 한다. 사무실에 전화를 해야 하지만, 벌써 출근한 사람이 있을지를 모른다.

"이건 정말 신고해야 해요." 그의 얼굴이 처지면서 심각해진다. "상사에게 전화해서 알리면 당연히……."

나는 크렌쇼 씨의 사내 번호를 모른다. 내가 전화하면 크렌쇼 씨가 무작정 소리를 지르리라고 생각한다.

"나중에 전화하겠습니다."

경찰차가 16분 만에 온다. 대니 브라이스는 출근하지 않고 나와 함께 기다린다. 경찰차가 도착하고, 황갈색 평상복과 갈색 운동용 재킷을 입은 남자가 차에서 내린다. 이름표가 없다. 브라이스 씨가 차로 다가가고, 새로 온 남자가 그를 댄이라고 부르는 소리가 들린다.

브라이스 씨와 새로 온 경찰관이 대화한다. 그들이 나를 흘끔 보더니 시선을 돌린다. 브라이스 씨가 나에 대해 뭐라고 말하고 있을까? 한기가 돈다. 시선을 집중하기가 힘들다. 경찰관들이 내게 걸어오기 시작한다. 그들은 마치 빛이 뜀뛰는 듯이, 작게 뜀뛰며 움직이는 것처럼 보인다.

"루, 이쪽은 스테이시예요." 브라이스 씨가 내게 웃음 지으며 말한다. 나는 그 남자를 본다. 브라이스 씨보다 키가 작고 말랐다. 매끄러운 검은 머리에서 기름지고 달콤한 무언가의 냄새가 난다.

"제 이름은 루 애런데일입니다." 내 목소리가 이상하다. 겁에 질렸을 때 나는 소리이다.

"오늘 아침 전에, 언제 차를 마지막으로 보셨습니까?"

"어젯밤 9시 47분입니다. 손목시계를 보았기 때문에 확실해요."

그가 나를 흘끔 보더니, 휴대 단말기에 뭔가 입력한다.

"매번 같은 자리에 주차하십니까?"

"보통은요. 우리 아파트는 지정 주차제가 아니고, 가끔은 제가 퇴근했을 때 다른 사람 차가 그 자리에 있기도 합니다."

"어젯밤에는 9시 ─ 그가 휴대 단말기를 내려다본다 ─ 47분에 퇴근하신 겁니까?"

"아닙니다. 5시 52분에 퇴근했고, 그다음에 ─" 나는 '펜싱 수업에 갔습니다'라고 말하고 싶지 않다. 만약 경찰관이 펜싱에 뭔가 잘못된 점이 있다고 생각하면 어쩌지? 내가 펜싱을 한다는 것에? "친구네 집에 갔습니다." 나는 대신 말한다.

"자주 방문하는 친구입니까?"

"네. 매주 갑니다."

"그곳에 다른 사람들도 있었습니까?"

당연히 다른 사람들도 있었다. 나말고 아무도 없는 집에 왜 방문하겠어? "그 집에 사는 친구들이 있었습니다. 그리고 그 집에 살지 않는 사람들도 몇 명 있었습니다."

경찰관이 눈을 깜박이더니 잠깐 브라이스 씨를 쳐다본다. 나는 그 시선의 의미를 모른다. "에…… 그 다른 사람들과도 아는 사이입니까? 그 집에 살지 않는 사람들이요. 파티였나요?"

질문이 너무 많다. 어느 질문에 먼저 답해야 할지 모른다. **그 다른 사람들?** 톰과 루시아의 집에 있었던, 톰과 루시아가 아닌 사람들을 뜻하는 걸까? **그 집에 살지 않는 사람들?** 대부분 그 집에 살지 않았다……. 살지 않는다. 세상의 수십억 사람들 중에 그 집에 사는 사람은 두 명뿐이고, 그것은…… 1퍼센트의 백만분의 1보다 적다.

"파티가 아니었습니다." 나는 말한다. 답하기 가장 쉬운 질문이었기 때문이다.

"수요일 저녁마다 외출하죠." 브라이스 씨가 말한다. "가끔 운동 가방을 들고 다니기도 하죠―체육관에 가나 보다 했어요.”

만약 그들이 톰이나 루시아와 대화한다면, 펜싱에 대해 알게 될 것이다. 나는 지금 말해야 한다. “그건…… 그건 펜싱이에요……. 펜싱 수업이요.” 내가 말한다. 나는 내가 말을 더듬거나 당황할 때가 싫다.

“펜싱이요? 칼 들고 있는 건 한 번도 못 봤는데.” 브라이스 씨가 말한다. 놀랐고, 흥미로워하는 듯한 말투이다.

“저―저는 장비를 친구들 집에 둡니다. 그들이 저의 선생님입니다. 그런 물건들을 제 차나 집 안에 두고 싶지 않습니다.”

“그러니까―친구 집에 펜싱 수업을 들으러 가셨군요.” 다른 경찰관이 말한다. “펜싱은―얼마나 오래 하셨습니까?”

“5년입니다.”

“그럼 애런데일 씨의 차에 말썽을 내고 싶어 하는 사람이라면 누구나 그 사실을 알겠군요? 수요일 밤에 애런데일 씨가 어디에 계실지?”

“그럴지도요…….” 사실 나는 그렇게 생각하지 않는다. 내 차를 망가뜨리고 싶어 하는 사람이라면 내가 사는 곳을 알지, 내가 집에서 나가서 어디로 가는지를 알지는 않으리라고 생각한다.

“그곳 사람들과는 잘 지내시고요?” 경찰관이 묻는다.

“네.” 어리석은 질문이라고 생각한다. 그 사람들이 좋은 사람들이 아니었다면 5년 동안 계속 가지 않았을 것이다.

“그분들의 성함과 연락처가 필요합니다.”

나는 톰과 루시아의 이름과 주 연락처를 준다. 나는 왜 경찰관이 이런 정보를 필요로 하는지 이해하지 못한다. 차는 톰과 루시아의 집이 아니라 여기에서 망가졌다.

"아마 그냥 건달들일 겁니다. 이쪽 동네는 한동안 잠잠했지만, 브로드웨이 건너 저쪽에서는 타이어가 찢어지거나 앞유리가 깨진 사건이 많았거든요. 그쪽에 질려서 여기로 건너오기로 마음먹은 녀석이 있었겠죠. 다른 차까지 손대기 전에, 뭔가에 놀라 도망쳤을 수도 있습니다." 그가 브라이스 씨를 돌아본다. "다른 일 생기면 알려 줘."

"물론이지."

경찰관의 휴대 단말기에서 윙 소리가 나고 종이 한 장이 뽑혀 나온다. "여기—신고, 사건 번호, 담당 경찰관 보험을 청구할 때 필요한 정보가 모두 있어요." 그가 나에게 종이를 건넨다. 바보가 된 기분이다. 나는 이 종이로 무엇을 해야 하는지 전혀 모른다. 경찰관이 돌아간다.

브라이스 씨가 나를 본다. "루, 타이어에 대해 어디로 연락해야 하는지 알아요?"

"아뇨……." 타이어보다 회사 일이 더 걱정이다. 차가 없으면 대중교통을 이용하면 되지만, 또 지각해서 직장을 잃으면 내게는 아무것도 남지 않는다.

"보험 회사에 연락하고, 타이어를 교체할 사람을 찾아야 해요."

타이어 교체 비용은 비쌀 것이다. 나는 타이어 네 개가 터진 차를 정비소까지 운전해 갈 방법을 알지 못한다.

"좀 도와줄까요?"

나는 오늘이 다른 날이길, 내가 내 차에 타고 정시에 회사로 가고 있는 다른 날이길 바란다. 무슨 말을 해야 할지 모른다. 나는 단지 무엇을 해야 할지 모르기 때문에 도움을 바란다. 도움이 필요 없도록, 무엇을 해야 하는지 알고 싶다.

"예전에 보험 청구를 한 적이 없다면 헷갈릴 수도 있거든요. 원치 않는데 참견할 생각은 없지만요." 브라이스 씨의 얼굴에 잘 이해가 되지 않는 표정이 나타난다. 얼굴의 어떤 부분은 조금 슬퍼 보이고, 어떤 부분은 조금 화난 듯이 보인다.

"저는 보험 청구를 해 본 적이 없어요. 만약 지금 보험 청구를 해야 한다면, 청구하는 방법을 배워야 해요."

"댁에 들어가서 접속해 봅시다. 내가 순서대로 가르쳐 줄게요."

잠시 동안, 나는 움직이지도 말을 하지도 못한다. 다른 사람이 내 집에 온다고? 내 개인 공간에? 허나 나는 무엇을 해야 하는지 알아야 한다. 브라이스 씨는 내가 무엇을 해야 하는지 알고 있다. 나를 도우려 한다. 나는 브라이스 씨가 나를 도우리라고 기대하지 않았다.

나는 아무 말도 하지 않고 아파트 건물로 걸어가기 시작한다. 몇 걸음 가다가, 뭔가 말했어야 한다는 생각이 떠오른다. 브라이스 씨는 여전히 내 차 옆에 서 있다. "좋아요." 내가 말한다. 적절한 말이 아니다 싶지만, 브라이스 씨가 나를 따라오는 것을 보면 이해한 듯하다.

문을 여는 손이 떨린다. 내가 이곳에 구현해 놓은 모든 평온함이 벽 속으로, 창밖으로 사라지고, 긴장과 두려움이 실내에 가득 찬다. 홈 시스템을 켜고 재빨리 회사 네트워크로 들어간다. 어젯밤에 넣어 둔 모차르트의 곡이 울려 퍼진다. 음악을 끈다. 내게는 음악이 필요하지만, 브라이스 씨가 어떻게 생각할지 알지 못한다.

"좋은 집이네요." 브라이스 씨가 뒤에서 말한다. 그가 그 자리에 있다는 것을 알고 있었는데도, 나는 조금 펄쩍 뛴다. 그가 내 눈에 보이는 옆자리로 움직인다. 조금 낫다. 그가 몸을 가까이 숙인다. "이제 해야 할 일이—"

"상사에게 지각한다고 말해야 해요. 그것이 가장 먼저 해야 할 일입니다."

회사 웹사이트에서 올드린 씨의 이메일 주소를 찾아야 한다. 지금까지 사외에서 그에게 이메일을 보내 본 적이 없다. 어떻게 설명해야 할지 모르겠어서, 나는 아주 간단하게 쓴다.

오늘 오전에 제 차의 타이어가 모두 찢어져 바람이 빠져 있었고,
경찰들이 왔기 때문에 늦습니다. 가능한 한 빨리 가겠습니다.

브라이스 씨는 내가 쓰는 동안 화면을 보지 않는다. 점잖은 행동이다. 나는 공공 웹으로 화면을 돌린다. "말했어요."

"자, 그럼, 지금부터 보험회사에 청구를 해야 해요. 만약 지역 대리점이 있다면 거기서 시작하죠—대리점이나 본사나, 아니면 둘 다 웹사이트가 있을 거예요."

나는 이미 검색을 시작했다. 우리 지역에는 대리점이 없다. 회사 웹사이트가 나타나고, 나는 재빨리 '고객 서비스', '자동 정책', '신규 청구' 메뉴를 통과해 찾은 양식을 화면에 띄운다.

"잘하시네요." 브라이스 씨가 말한다. 놀랐다는 의미로, 말끝이 올라간다.

"아주 분명하게 나와 있어요." 나는 이름과 주소를 쓰고, 개인 파일에서 보험 증권 번호를 끌어 넣고, 날짜를 쓰고, "유감스런 사고를 경찰에 신고했습니까?" 항목의 '예' 박스에 표시를 한다.

다른 빈칸들은 이해가 되지 않는다. "경찰 사건 신고 번호를 쓰는 칸이에요." 브라이스 씨가 내가 받았던 종이 위 한 줄을 가리키며 말한다. "그리고 이건 담당 경찰관의 코드 번호예요. 번호는 **저기**, 경찰관 이름은 **여기** 쓰세요." 나는 브라이스 씨가 내 스스로 알아낸 부분은 설명하지 않고 있음을 깨닫는다. 그는 내가 이해하는 부분과 이해하지 않는 부분을 아는 것 같다. 나는 일어났던 일이나 보지 못한 점을 쓰는 '직접 하실 말씀' 자리에 글을 쓴다. 밤에 주차했고, 오전에 타이어 네 개의 바람이 모두 빠져 있었다. 브라이스 씨가 그렇게만 쓰면 된다고 한다.

보험 청구를 한 다음에는 타이어를 교환해 줄 사람을 찾아야 한다.

"누구에게 연락하면 좋을지는 저도 말씀을 못 드리겠네요. 작년에 말썽이 있었거든요. 사람들이 경찰이 서비스 센터로부터 뒷돈을 받는다고 비난했었죠." 나는 '뒷돈'이 무엇인지 모른다. 아파트 관리인인 토마츠 씨가 계단을 내려가는 나를 멈춰 세우고 그 일을 맡길 사람을 안다고 말한다. 내게 연락처를 준다. 나는 그녀가 사건을 어떻게 알았는지 모르지만, 브라이스 씨는 그녀가 안다는 사실에 놀라지 않는다. 마치 이것이 정상인 것처럼 행동한다. 주차장에서 우리가 얘기하는 소리를 들었을까? 그렇게 생각하니 마음이 불편해진다.

"제가 역까지 태워 드리죠. 안 그러면 저도 지각할 거예요."

나는 그가 매일 자가용으로 출근하지 않는다는 사실을 몰랐다. 나를 태워다 주다니 친절하다. 그는 나를 친구처럼 대하고 있다. "브라이스 씨, 고맙습니다."

그가 머리를 흔든다. "루, 대니라고 부르라니까요. 우린 이웃이잖아요."

"대니, 고마워요."

대니가 웃으며 고개를 살짝 끄덕이고, 차 문을 연다. 그의 차는 좌석에 양가죽이 없지만, 내 차처럼 깨끗하다. 그가 음악을 튼다. 시끄럽고 엇박자인 데다, 속을 흔들리게 하는 음악이다. 나는 이 음악이 좋지 않지만 역까지 걸어가지 않아도 되는 점은 좋다.

역과 셔틀 안은 번잡하고 시끄럽다. 어떤 표를 사고 어느 출구에 줄을 서야 할지가 쓰인 안내판을 평온을 유지하며 읽을 수 있을 만큼 집중하기가 힘들다.

8

차도나 주차장이 아니라 역에서 회사를 보니 기분이 무척 이상하다. 주차장 입구의 수위에게 신분증을 보이는 대신에, 그것을 역 출구의 수위에게 보인다. 이번 교대조 사람들은 대부분 이미 출근했다. 수위가 통과하라고 고갯짓하기 전에 나를 노려본다. 가장자리가 화단인 넓은 인도를 따라 가면 경영 본부 건물이 나온다. 풍성한 꽃들은 주황색과 노란색이다. 색이 햇살을 받아 반짝인다. 본부에서, 나는 다른 수위에게 신분증을 보여야 한다.

"왜 정해진 주차장에 차를 세우지 않았습니까?" 그가 묻는다. 화난 목소리다.

"누군가 제 타이어를 찢었습니다"

"쳇." 수위의 얼굴이 처진다. 책상으로 다시 눈을 돌린다. 나는 그가 화낼 일이 없어서 실망한 것 같다고 생각한다.

"여기에서 21동까지 가는 가장 빠른 길이 뭔가요?" 내가 묻는다.

"이 건물을 통과해서 15동 끝에서 오른쪽으로 돈 다음, 여자가 옷 벗고 말 탄 연못을 지나면 돼요. 거기서 당신 주차장이 보일 거요." 그는 고개를 들지조차 않는다.

나는 본부의 흉한 초록색 대리석 바닥과 불쾌할 만큼 강한 레몬 냄새를 통과해 다시 밝은 태양 아래로 나온다. 벌써 아까보다 훨씬 덥다. 햇살로 인도가 눈부시다. 여기에는 화단이 없다. 잔디가 포석까지 곧장 이어져 있다.

우리 건물에 도착해서 입구에 신분증을 댈 때에는 땀이 흐른다. 내 체취가 난다. 좋지 않은 냄새이다. 건물 안은 시원하고 어둑해서, 긴장이 풀린다. 벽의 수수한 색, 구석 조명의 차분한 빛, 시원한 공기의 무취—이 모든 것들이 나를 달랜다. 나는 사무실로 직행해 에어컨을 제일 강하게 튼다.

평소처럼, 사무실 기기가 켜져 있고 메시지 아이콘이 깜박이고 있다. 나는 메시지를 띄우기 전에 바람개비를 하나 돌리고 내 음악—바흐의 〈양들은 한가로이 풀을 뜯고〉 오케스트라 버전—을 튼다.

도착하는 대로 전화하시오. [서명] 크렌쇼, 사내 번호 2313.

사무실 전화로 손을 뻗었으나, 내가 수화기를 들기 전에 전화가 울린다.

"사무실에 도착하는 대로 전화하라고 했잖소." 크렌쇼 씨의 목소리가 말한다.

"방금 왔습니다."

"중앙 출입문을 20분 전에 통과했잖소." 몹시 화난 목소리다. "아무리 당신이라도 그 정도 거리에 20분이나 걸리지는 않아야지."

나는 죄송하다고 말해야 하지만, 죄송하지 않다. 중앙 출입문에서 걸어오는 데 시간이 얼마나 걸렸는지 나는 모르고, 만약 더 빨리 걸으려고 했다면 얼마나 빨리 걸을 수 있었을지 모른다. 서두르기에는 너무 더웠다. 내가 한 것보다 얼마나 더 잘할 수 있었을지 모른다. 목이 뜨겁고 뻣뻣해진다.

"저는 멈추지 않았습니다."

"그리고 바람 빠진 타이어는 또 무슨 소리요? 타이어 하나도 못 바꿔요? 2시간 넘게 지각했잖소."

"네 개였습니다. 누가 타이어 네 개를 모두 찢었어요."

"네 개라고! 경찰에 신고했겠지."

"네."

"퇴근할 때까지 기다릴 수도 있었잖소. 아니면 회사 와서 신고하거나."

"경찰관이 그 자리에 있었습니다."

"거기에? 누가 당신 차를 망가뜨리는 걸 목격했소?"

"아뇨." 크렌쇼 씨의 조급하고 화난 목소리에 맞서, 나는 그의 말을 해석하려 발버둥친다. 단어들이 점점 더 멀리서 들려오며, 점점 더 무의미해지는 것 같다. 올바른 답이 무엇인지 생각하기가 벅차다. "경찰관—저와 같은 아파트에 사는 경찰관이었습니다. 그가 타이어를 보았습니다. 다른 경찰관에게 연락했습니다. 저에게 무엇을 해야 하는지 말해 주었습니다."

"그 사람은 당신에게 회사에 출근하라고 해야 했어. 옆에서 어슬렁거릴 이유가 없었잖소. 근무 시간을 보충해야 할 거요. 알고 있겠지."

"압니다." 만약 무슨 일로 늦어진다면, 크렌쇼 씨도 근무 시간을 보충하는지 궁금하다. 그가 출근하는 길에 타이어 한 개나 네 개의 바람이 빠진 적이 한 번이라도 있었을지 궁금하다.

"추가 근무로 써놓지 말고 확실히 해요." 그가 말하고 전화를 끊는다. 그는 내게 타이어 네 개의 바람이 빠졌다니 유감이라고 말하지 않았다. 사람들은 관습적으로 "어떻게 그런 일이"라든지 "정말 속상하겠어요"라고 말하지만, 크렌쇼 씨는 정상인이면서도 이런 말을 하지 않았다. 어쩌면 그는 유감스럽지 않은지도 모른다. 표현할 인정이 없는지도 모른다. 나는 느끼지 않을 때에도 관습적인 말을 하도록 배워야 했다. 그것이 **적응**하고 **함께 어울리는 법을 배운 행동**이기 때문이다. 아무도 크렌쇼 씨에게 적응하라고, 함께 어울리라고 말한 적이 없을까?

점심시간이지만, 나는 시간을 채우기 위해 뒤처져 있다. 속이 텅 빈 기분이다. 사무실 부엌으로 가다가 점심으로 먹을 것이 없음을 깨닫는다. 보험 청구를 하려 집으로 돌아갔을 때 도시락을 선반에 두고 온 것이 틀림없다. 냉장고 안에 내 이름이 쓰인 음식이 하나도 없다. 그제 다 먹었다.

우리 건물에는 음식 자판기가 없다. 아무도 자판기의 음식을 먹지 않아 상했기 때문에, 회사에서 자판기를 치웠다. 캠퍼스 건너편에 식당이 있고, 건너편 옆 빌딩에 자판기가 있다. 자판기 음식은 끔찍하다. 샌드위치라면, 샌드위치의 재료가 모두 걸쭉하게 뒤섞여 마요네즈나 샐러드 드레싱으로 끈적끈적하다. 녹색, 빨간색, 다른 조미료가 섞인 잘게 썬 고기. 갈라서 빵의 마요네즈를 모두 긁어내도, 그 냄새와 맛이 무슨 고기에든 남아 있다. 단 음식들―도넛과 롤―은 끈적끈적해서, 꺼낼 때 플라스틱 통에 역겨운 얼룩이 남는다. 상상하니 속이 뒤틀린다.

비록 평소에는 점심시간에 회사를 나가지 않지만, 나는 차를 몰고 나가 뭔가 사고 싶다. 그러나 내 차는 여전히 아파트 주차장에 타이어 바람이 빠진 채 버려져 있다. 나는 사내를 가로질러 걸어가, 내가 모르는 사람들, 우리를 괴상하고 위험한 인물로 생각하는 사람들과 함께 넓고 시끄러운 식당에서 식사하고 싶지 않다. 그곳의 음식이 나을지도 알지 못한다.

"점심 잊었어?" 에릭이 묻는다. 나는 펄쩍 뛴다. 지금까지 아직 아무와도 이야기하지 않았다.

"누가 내 타이어를 찢었어. 나는 지각했어. 크렌쇼 씨는 내게 화가 났어. 실수로 점심을 집에 두고 왔어. 차는 집에 있어."

"배고파?"

"응. 식당에 가고 싶지 않아."

"츄이가 점심때 볼일이 있어서 나간대." 에릭이 말한다.

"츄이는 다른 사람과 차를 같이 타고 싶어 하지 않아." 린다가 말한다.

"내가 츄이에게 말해 볼게." 내가 말한다.

츄이가 나를 위해 점심거리를 가져다주겠다고 동의한다. 츄이는 식료품점에 가지 않기 때문에, 나는 그가 쉽게 가져올 수 있는 음식을 먹어야 할 것이다. 그가 사과와 소시지 롤빵을 가지고 돌아온다. 나는 사과를 좋아하지만 소시지는 좋아하지 않는다. 소시지 안에 든 작은 혼합물들을 좋아하지 않는다. 그래도 어떤 음식들만큼이나 나쁘지는 않고, 나는 배가 고프다. 그래서 나는 그것을 먹고, 더 이상 생각하지 않는다.

아무에게도 차 타이어를 갈아 끼우라고 연락하지 않았다는 것이

4:16에 기억난다. 나는 지역 전화번호부를 불러내 숫자 목록을 인쇄한다. 온라인 목록에는 위치가 나오므로 아파트에서 가장 가까운 정비소부터 시작한다. 차례차례 연락을 받은 정비소들은 내게 오늘 뭔가 하기에는 너무 늦었다고 말한다.

"가장 빠른 방법은 휠이 딸린 타이어 네 개를 사서 직접 하나씩 끼우시는 겁니다." 한 정비소에서 말했다. 타이어와 휠 네 개를 사려면 돈이 아주 많이 들 테고, 그만한 짐을 집까지 어떻게 가져갈지 모르겠다. 이렇게 금세 츄이에게 또 부탁을 하고 싶지 않다.

한 번에 둘만 탈 수 있는 배로 사람 한 명, 암탉 한 마리, 고양이 한 마리, 모이 한 자루를 모두 강 건너편으로 옮겨야 하되, 고양이와 암탉, 암탉과 모이 자루만 남겨 두어서는 안 된다는 수수께끼와 비슷한 상황이다.

내게는 바람 빠진 타이어 네 개와 예비 타이어 한 개가 있다. 만약 예비 타이어를 끼우고, 그 휠에 끼워져 있던 타이어를 타이어 가게로 굴려 가면, 그들이 새 타이어를 주고, 나는 타이어를 굴리며 돌아와 끼운 다음 바람 빠진 타이어를 가지고 간다. 이렇게 세 번 하면 내 차에 멀쩡한 타이어 네 개가 끼워질 테고, 나는 내 차를 몰아 마지막으로 남은 못 쓰는 타이어를 가게에 가져갈 수 있다.

가장 가까운 타이어 가게는 2킬로미터 거리에 있다. 바람 빠진 타이어를 굴려 가면 시간이 얼마나 걸릴지 모른다―아마 바람이 있을 때보다는 오래 걸릴 것이다―그러나 떠오르는 방법이 이것 하나뿐이다. 맞는 방향으로 가는 차가 있다 해도, 타이어를 들고 통근 열차에 타지는 못할 것이다.

타이어 가게는 9시까지 영업한다. 만약 내가 오늘 밤에 추가로 2시간 일하고 8시에 집에 도착한다면, 가게가 문을 닫기 전에 타이어 하나를 구할 수 있을 것이다. 내일 제 시간에 퇴근한다면, 나머지 두 개를 가져올 수 있을지도 모른다.

7:43에 집에 도착한다. 차 트렁크를 열고 보조 타이어를 꺼낸다. 운전 교습 시간에 타이어를 교체하는 방법을 배웠지만, 그 뒤에 타이어를 교체해 본 적은 없다. 이론상으로는 간단한데 예상보다 시간이 많이 걸린다. 잭의 위치를 잡기가 어렵고, 차가 그다지 빨리 들리지 않는다. 차 앞 부분이 휠 위로 기울어 처지고, 바람 빠진 타이어가 접지면에 문질리며 둔한 소음을 낸다. 마침내 휠을 떼어 내 보조 타이어를 끼우고 나니 숨이 차고 땀이 비 오듯 쏟아진다. 너트를 죌 때 지켜야 하는 순서가 있었는데, 정확히 기억이 나지 않는다. 멜턴 선생님이 순서대로 하는 것이 중요하다고 했었다. 이제 9시가 넘었다. 빛의 가장자리가 어스름하다.

"거기 너!"

내가 홱 일어선다. 처음에는 목소리도, 나에게 덤벼드는 어둡고 덩치 큰 사람도 알아보지 못한다. 그가 속도를 늦춘다.

"아―루, 당신이었군요. 또 말썽을 부리러 온 건달인 줄 알았어요. 뭐 했어요? 새 바퀴는 샀어요?"

대니다. 안심하여 다리의 힘이 빠진다. "아뇨. 여분입니다. 여분을 끼우고, 타이어를 가게로 가지고 가서 새 타이어를 끼워 달라고 한 다음에, 돌아와서 터진 타이어와 바꿔 끼우려고요. 내일 하나 더 할 수 있어요."

"그렇게—하지만 사람을 불러서 넷 다 바꿔 달라고 할 수도 있잖아요. 왜 그렇게 힘들게 하나요?"

"내일이나 모레는 되어야 할 수 있다고 했어요. 한 가게에서, 만약 빨리 해결하고 싶다면 바퀴 림과 타이어 세트를 사서 직접 갈아 끼우라고 말했어요. 그래서 저는 생각했어요. 보조 타이어가 기억났습니다. 직접하면 시간과 돈이 절약되겠다고 생각하고 집에 와서 시작하기로 결심했어요."

"방금 왔어요?"

"오늘 오전에 회사에 지각했어요. 시간을 보충하기 위해 오늘은 늦게까지 일했어요. 크렌쇼 씨가 무척 화를 냈습니다."

"그랬군요. 하지만—그렇게 하면 며칠씩 걸릴 텐데. 어쨌든, 가게는 한 시간 안에 문을 닫아요. 택시를 타거나 할 생각이었나요?"

"굴려서 가려고요." 내가 답한다. 바람이 빠져 휠에 축 늘어진 타이어가 나를 비웃는다. 옆으로 굴리는 것만도 무척 힘들었다. 운전 수업 시간에 교체했던 타이어에는 공기가 들어 있었다.

"걸어서요?" 대니가 고개를 흔들었다. "이봐요, 못 할 거예요. 내 차에 싣고 같이 가는 게 낫지. 한 번에 두 개를 처리하지 못해서 유감이군요……. 아니, 할 수 있겠는데요."

"저는 여분이 한 개밖에 없습니다."

"제 걸 쓰세요. 휠 사이즈가 같아요." 나는 이 사실을 몰랐다. 우리의 차는 제조사도 모델명도 다르고, 모든 차의 휠 사이즈가 같지는 않다. 그가 어떻게 알았을까? "우선 서로 마주 보는 너트를 반쯤 죈 다음에 나머지를 죄고, 반대편에 있는 나머지를 죄어야 하는 건 알고 있죠? 당신은 차 관리를 정말 잘하니까, 이것까지 알 필요가 없었을지도 모르겠군요."

나는 너트를 잠그기 위해 몸을 구부린다. 대니의 말을 듣고 나니, 멜턴 선생님의 설명이 정확히 기억난다. 패턴, 쉬운 패턴이었다. 나는 대칭성이 있는 패턴을 좋아한다. 내가 일을 끝냈을 때, 대니는 자신의 보조 타이어를 들고 돌아와 시계를 흘끔거리고 있다.

"서둘러야겠군요. 다음 타이어는 내가 해도 괜찮을까요? 많이 해봐서—"

"괜찮습니다." 완전히 진실은 아니다. 만약 오늘 밤에 타이어 두 개를 해결할 수 있다는 그의 말이 맞다면, 큰 도움이다. 그러나 그는 내 삶 속으로 밀고 들어오며, 나를 서두르게 하고, 내가 느리고 멍청한 사람인 것처럼 느끼게 한다. 그것은 괜찮지 않다. 허나 그는 친구처럼 행동하며 나를 돕는다. 도움에 감사하는 것은 중요하다.

8:21에 보조 타이어 두 개를 모두 뒷바퀴에 끼웠다. 앞은 바람 빠진 타이어, 뒤는 멀쩡한 타이어가 끼워져 있으니 우스꽝스럽다. 뒷바퀴에서 빼낸 찢어진 타이어는 대니의 차 트렁크에 있고, 나는 대니 옆에 앉아 있다. 그가 이번에도 오디오를 튼다. 시끄러운 쿵쿵 소리가 내 몸을 뒤흔든다. 뛰어내리고 싶다. 소리가 너무 많고, 잘못된 소리들이다. 그가 말을 하지만, 나는 그의 말을 이해하지 못한다. 오디오 소리와 그의 목소리가 부딪힌다.

타이어 가게에 도착하자, 나는 그를 도와 휠에 끼워진 바람 빠진 타이어들을 가게로 질질 끌고 간다. 직원이 거의 무표정한 얼굴로 나를 쳐다본다. 내가 설명을 하기도 전에, 그가 머리를 흔든다.

"너무 늦었습니다. 지금 타이어를 바꾸지는 못해요."

"영업시간은 9시까지입니다."

"사무는 그때까지 보죠. 하지만 이렇게 늦은 시간에 타이어를 끼우지는 않습니다." 그가 가게 입구로 잠시 시선을 돌린다. 군청색 바지와 얼룩진 황갈색 셔츠를 입은 호리호리한 남자가 문설주에 기대서 붉은 헝겊에 손을 닦고 있다.

"하지만 더 빨리 올 수가 없었습니다. 그리고 영업시간은 9시까지입니다."

"이봐요, 형씨." 직원이 말한다. 한쪽 입꼬리가 올라가지만, 웃음도, 반쪽 웃음도 아니다. "말했잖아요―너무 늦게 왔다니까요. 지금 타이어를 끼워도, 9시가 넘어야 끝날 거라고요. 댁이라도 퇴근하기 직전에 어떤 바보가 던져 준 일거리를 끝내려 늦게까지 남아 있고 싶지는 않겠죠."

내가 정말 늦게까지 남아 있었다고, 오늘 늦게까지 일했고 그것이 여기 늦게 온 이유라고 말하려고 입을 여는데, 대니가 앞으로 나선다. 책상에 앉아 있던 직원이 갑자기 몸을 곧추세우고 긴장한 표정을 짓는다. 그러나 대니는 문가에 선 남자를 보고 있다.

"프레드, 안녕." 그가 마치 방금 친구를 만난 듯 행복한 목소리로 말한다. 그러나 그 목소리 아래에는 다른 목소리가 있다. "요즘 어때?"

"에…… 그럭저럭이죠. 브라이스 씨. 깨끗합죠."

그는 깨끗해 보이지 않는다. 손에는 검은 얼룩이 있고 손톱은 지저분하다. 바지와 셔츠에도 검은 얼룩이 있다.

"그거 좋은 소식이군. 이봐, 프레드―여기 내 친구의 차가 어젯밤에 공격을 받았어. 아침에 늦게 출근하는 바람에 늦게까지 일해야 했단 말이지. 네가 이 친구를 도와주길 간절히 바라고 있었는데."

문가에 선 남자가 책상에 앉은 남자를 쳐다본다. 두 사람의 눈썹이 올라갔다 내려간다. 책상에 앉은 남자가 어깨를 으쓱한다. "문 닫아야겠군." 그가 말하고, 내 쪽을 본다. "무슨 타이어가 필요한지는 아시죠?"

안다. 여기에서 겨우 몇 달 전에 타이어를 샀기 때문에 무슨 말을 해야 하는지 안다. 그가 품번과 품종을 받아쓰고 다른 남자—프레드—에게 건넨다. 프레드가 고개를 끄덕이고 내게서 휠을 받으러 나온다.

대니와 내가 새 타이어 두 개를 받아 들고 나선 것은 9:07이다. 프레드가 타이어를 대니의 차까지 굴려 와 트렁크에 던져 넣는다. 나는 무척 피곤하다.

대니가 왜 나를 돕는지 모르겠다. 그의 보조 타이어가 내 차에 끼워져 있다고 생각하니 기분이 좋지 않다. 비프스튜에 생선이 한 덩어리 들어간 것처럼 잘못된 느낌이다. 아파트 주차장에 도착하자 그는 내가 새 타이어를 앞바퀴에 끼우고 찢어진 타이어를 빼내 트렁크에 넣는 일을 돕는다. 나는 그제야, 이것이 내일 오전에 회사에 내 차로 출근할 수 있고 점심때 찢어진 타이어 두 개를 교환할 수 있다는 의미임을 깨닫는다.

"고맙습니다. 이제 운전할 수 있어요."

"그렇겠네요." 대니가 웃는다. 진짜 웃음이다. "제안 하나 하죠. 오늘 밤에는 차를 다른 데 대세요. 건달이 돌아올 경우를 대비해서요. 저쪽에, 뒤로 대어 둬요. 경보기를 달아 둘 테니, 누가 손을 대면 내게 경보가 들릴 거예요."

"좋은 생각이에요." 내가 답한다. 너무 피곤해서 이 말을 하기가 무척 힘들다.

"뭘요." 대니가 대답하고, 손을 흔들고 아파트로 들어간다.

나는 내 차에 탄다. 묵은내가 조금 나지만, 좌석은 맞는 느낌이다. 나는 떨고 있다. 시동을 걸고 음악—**진짜** 음악—을 틀고 천천히 후진하고, 핸들을 돌려, 다른 차들을 지나 대니가 제안한 자리로 간다. 대니의 차 옆자리이다.

비록—아니, 어쩌면 그래서—매우 피곤한데도 잠이 오지 않는다. 등과 다리가 쑤신다. 무슨 소리가 들리는 것 같아 자꾸 움찔거리며 깬다. 내 음악, 바흐를 다시 틀고, 간신히 음악의 부드러운 흐름을 따라 잠이 든다.

아침이 너무 빨리 온다. 나는 벌떡 일어나 샤워를 한다. 밑으로 서둘러 내려가지만 차가 보이지 않는다. 몸이 식었다가, 차를 평소에 대는 자리에 세우지 않았다는 것을 기억해 내고, 찾으러 건물 옆으로 돌아 걸어간다. 차는 괜찮아 보인다. 나는 집으로 도로 들어가 아침을 먹고 점심 도시락을 싸고 계단에서 대니를 만난다.

"점심때 타이어를 교환할 거예요. 오늘 저녁에 보조 타이어를 돌려드릴게요."

"천천히 주세요. 어차피 오늘은 차도 안 쓰거든요."

나는 그의 말이 말뜻 그대로일지 궁금하다. 그가 나를 도왔을 때는 말뜻대로였다. 어쨌든 나는 계획대로 할 것이다. 나는 그의 보조 타이어를 좋아하지 않는다. 내 것이 아니기 때문에 짝이 맞지 않는다.

회사에 5분 일찍 도착하자, 크렌쇼 씨와 올드린 씨가 복도에서 이야기를 하고 있다. 크렌쇼 씨가 나를 본다. 그의 눈이 번쩍거리고 매섭다. 그 눈을 쳐다보면 좋은 기분이 들지 않지만, 나는 눈을 맞추고 있으려 노력한다.

"애런데일, 오늘은 타이어 바람이 안 빠졌나 보지?"

"네. 크렌쇼 씨."

"경찰이 범인을 잡았소?"

"모릅니다."

내 사무실로 들어가고 싶지만, 그가 길을 막고 있어 지나가려면 그를 밀쳐야 한다. 그것은 예의 없는 행동이다.

"담당 경찰관이 누구요?"

"이름은 기억이 나지 않지만, 명함을 받았습니다." 내가 대답하고, 지갑을 꺼낸다.

크렌쇼 씨가 어깨를 움찔거리더니 고개를 흔든다. 눈가의 작은 근육들이 경직한다. "신경 쓰지 마시오." 그가 말하더니, 올드린 씨에게 "이리 와요. 내 사무실로 가서 대화로 해결해 봅시다." 그가 몸을 돌리며 어깨를 조금 구부린다. 올드린 씨가 뒤를 따른다. 이제 사무실에 들어갈 수 있다.

크렌쇼 씨가 경찰관의 이름을 묻고 나서 명함을 보지 않으려고 한 이유를 모르겠다. 올드린 씨에게 설명해 달라고 하고 싶지만, 올드린 씨도 갔다. 나는 왜 정상인인 올드린 씨가 크렌쇼 씨를 그런 식으로 따라가는지 모른다. 크렌쇼 씨를 무서워하는 걸까? 정상인들도 다른 사람들을 그런 식으로 무서워할까? 만약 그렇다면, 정상이라서 좋은 점이 뭘까?

크렌쇼 씨는 치료를 받아서 정상이 되면, 다른 사람들과 더 쉽게 어울릴 수 있다고 했다. 그러나 나는 크렌쇼 씨가 말한 '어울리다'의 의미가 궁금하다. 어쩌면 그는 모든 사람들이 올드린 씨처럼 자신을 따라다니기를 바라는지도 모른다. 만약 그를 따라다닌다면, 우리는 우리가 맡은 일을 다 하지 못할 것이다.

나는 이 생각을 한쪽으로 밀어내고 작업을 시작한다.

정오에 나는 타이어를 회사 근처에 있는 다른 타이어 가게로 가져가, 교체해 달라고 두고 온다. 필요한 타이어의 크기와 종류를 쓴 종이를 사무직원에게 건넨다. 직원은 내 또래로 보이는 짧은 머리 여자이다. '고객 서비스'라는 빨간색 글자가 수놓인 황갈색 셔츠를 입고 있다.

"고맙습니다." 직원이 미소 짓는다. "얼마나 많은 사람들이 자기 타이어 크기도 모른 채 여기 들어와서 손을 휘저어 대는지 모를 거예요."

"보고 쓰는 건 쉽습니다."

"그렇죠. 하지만 다들 그 생각을 못 한다니까요. 기다리실래요, 나중에 찾으러 오실래요?"

"나중에 찾으러 오겠습니다. 몇 시까지 영업하시나요?"

"9시까지요. 아니면 내일 오셔도 되고요."

"9시 전에 올게요." 그녀가 내 현금 카드를 기계에 긋고 주문표에 '선불'이라고 표시한다.

"여기, 영수증이요. 잃어버리지 마세요—타이어 크기를 써 오실 만큼 꼼꼼한 분이 영수증을 잃어버리실 것 같진 않지만요."

나는 조금 전보다 숨을 편하게 쉬며 차로 돌아온다. 이렇게 마주친 사람들에게 나를 다른 모두들과 마찬가지라고 생각하게 하기란 쉽다. 상대방이 이 여자처럼 수다스러운 경우에는 더 쉽다. 관습적인 말을 몇 마디 건네고 웃기만 하면 된다.

점심시간이 끝나기 3분 전에 회사에 들어서자, 크렌쇼 씨가 또 우리 복도에 서 있다. 나를 보자 그의 얼굴이 비틀린다. 이유를 모르겠다. 그는 거의 즉시 돌아서 걸어간다. 나에게 말을 하지 않는다. 가끔 사람들은 화가 났을 때 말을 하지 않는다. 그러나 나는 내가 무엇을 했기에 크렌쇼 씨가 화가 났는지 모른다. 최근에 두 번 지각했지만, 둘 다 내 잘못이 아니었다. 나는 교통사고를 내지 않았고, 내 타이어를 손수 터뜨리지도 않았다.

진정하고 일을 하기가 힘들다.

네 바퀴 모두에 내 타이어를 끼우고, 대니의 여분을 내 여부서 함께 트렁크에 넣고 7:00에 집에 도착한다. 대니가 집에 있는지 모르지만, 그의 차 옆에 주차하기로 마음먹는다. 가까이 있으면 내 차에서 그의 차로 보조 타이어를 옮기기가 더 쉬울 것이다.

대니의 방문을 두드린다. "누구세요?" 대니의 목소리다.

"루 애런데일입니다. 제 트렁크에 당신 보조 타이어가 있어요."

문으로 걸어오는 발소리가 들린다. "루, 말했잖아요—서두르지 않아도 괜찮은데. 어쨌든 고마워요." 그가 문을 연다. 내 것과 같은 갈색/베이지색/적동색 톤의 카펫이 깔려 있다. 나는 눈이 아프지 않게 그 카펫을 다른 깔개로 덮었다. 커다란 검회색 비디오 스크린이 있다. 스피커는 파란색으로, 짝이 맞지 않는다. 소파는 작고 어두운 사각형 무늬가 있는 갈색이다. 패턴은 규칙적이지만 카펫과 충돌한다. 젊은 여자가 소파에 앉아 있다. 카펫과 소파 둘 다와 충돌하는 노란색, 녹색, 흰색 패턴 셔츠를 입고 있다. 대니가 여자에게 눈길을 준다. "린, 루의 차에서 타이어를 옮기러 갔다 올게."

"알았어." 여자의 목소리가 무심하다. 그녀가 탁자를 내려다본다. 그녀가 대니의 여자친구일지 궁금하다. 대니에게 여자친구가 있는 줄 몰랐다. 나는, 예전에도 그랬듯이, 왜 여성인 친구를 여성 친구가 아니라 여자친구라고 부르는지 의아해한다.

대니가 말한다. "루, 들어와요. 열쇠 가져올게요." 들어가고 싶지 않지만 비우호적으로 보이고 싶지도 않다. 충돌하는 색과 패턴들로 눈이 피곤하다. 내가 실내로 들어선다. "린, 이쪽은 윗집에 사는 루야―어제 내 타이어를 빌렸지."

"안녕하세요." 린이 흘끔 눈을 들었다가 내린다.

"안녕하세요." 나는 책상으로 가서 열쇠를 드는 대니를 본다. 책상 위는 매우 깨끗하다. 사건 기록부와 전화뿐이다.

계단을 내려가 주차장으로 나간다. 내 트렁크를 열자 대니가 보조 타이어를 휙 끄집어낸다. 그의 트렁크를 열고 타이어를 넣고, 트렁크를 쾅 닫는다. 내 차와 다른 소리가 난다.

"도와주셔서 고맙습니다."

"뭘요. 도움이 되셨다니 기뻐요. 타이어를 이렇게 금세 돌려줘서 고마워요."

"천만에요." 내가 답한다. 그가 나를 돕기 위해 더 많은 일을 했는데 내가 "천만에요"라고 말하니 옳지 않은 느낌이 들지만, 다른 할 말이 떠오르지 않는다.

그가 나를 응시하며 서 있다. 그는 한동안 아무 말도 하지 않다가, 이윽고 "그럼, 얼굴 보며 지내요"라고 말하고 돌아선다. 물론 우리는 얼굴을 보며 지낼 것이다. 같은 건물에 산다. 나는 이 말이, 그가 나와 함께 걸어 들어가고 싶지 않다는 뜻이라고 생각한다. 만약 그런 의미라면, 왜 그냥 그렇게 말하지 않는지 모르겠다. 나는 내 차로 몸을 돌리고 아파트 현관문이 여닫히는 소리가 날 때까지 기다린다.

만약 치료를 받는다면, 이 일을 이해하게 될까? 집에 있는 여자 때문일까? 만약 마저리가 우리 집에 와 있다면, 나는 대니와 함께 아파트에 걸어 들어가고 싶지 않을까? 나는 모른다. 정상인들이 하는 행동의 이유는 가끔은 명백하고, 가끔은 전혀 이해가 되지 않는다.

마침내 나는 아파트로 들어가 내 집으로 올라간다. 조용한 음악, 쇼팽의 〈전주곡〉을 튼다. 작은 소스 냄비에 물을 두 컵 붓고, 국수와 채소 한 묶음을 꺼낸다. 물이 끓는 동안, 올라오는 물거품을 쳐다본다. 처음 거품이 올라오기 시작할 때는 거품을 보고 아래에 있는 점화구의 패턴을 알 수 있다. 그러나 물이 정말로 끓기 시작하면 빠른 거품이 여러 개씩 생겨난다. 여기에 뭔가 중요한 점이, 그저 끓는 물의 순환 이상의 뭔가가 있으리라는 생각이 계속 들지만, 아직 패턴 전체를 파악하지 못했다. 국수와 채소를 넣고 설명에 쓰인 방향대로 젓는다. 나는 채소가 끓는 물에서 흔들리는 모습을 보는 것을 좋아한다.

가끔은, 바보처럼 춤춰대는 채소들이 지루하게 느껴진다.

9

주말을 여유롭게 보내기 위해 금요일에 빨래를 한다. 빨래 바구니는 두 개이다. 밝은색 빨래와 어두운색 빨래. 침대 시트와 베개 커버를 벗겨 내어 밝은색 바구니에 넣는다. 수건은 어두운색 바구니에 들어간다. 어머니는 하늘색 플라스틱 바구니 두 개에 빨래를 나누어 넣고 하나를 어두운색, 하나를 밝은색이라고 불렀다. 나는 이것이 불편했다. 청록색 버들가지 바구니를 마련해서, 어두운색 옷을 담는 데 쓴다. 밝은색 옷은 꿀과 비슷한 색인 평범한 버들가지 바구니에 들어간다. 나는 버들가지의 얽힌 패턴을 좋아하고, **버들가지**wicker라는 단어도 좋아한다. 가지가 wih 발음처럼 위쪽으로 돌아 올라가고, 가지가 둘러진 막대처럼 날카로운 k가 이어지고, 가지가 다시 그림자 속으로 굽어 들어가듯이 부드러운 er 소리가 난다.

동전통에서 잔돈을 딱 맞게 꺼내고, 하나가 안 먹힐 경우를 대비해서 추가로 한 개를 더 챙긴다. 흠 없이 동그란 동전이 기계를 작동시키지 못하면 화가 나곤 했다. 어머니가 동전을 추가로 챙기라고 가르쳤다. 화난 채로 있는 것은 좋지 못하다고 했다. 가끔 세탁기나 건조기에서 못

쓰는 동전이 음료 자판기를 작동시키기도 하고, 음료 자판기에서는 못 쓰는 동전이 세탁기를 작동시키기도 한다. 이치에 맞지 않지만, 세상이 원래 그렇다.

동전을 주머니에 넣고, 밝은 색 바구니에 세제 통을 올리고, 밝은 색 바구니를 어두운 색 바구니 위에 얹는다. 빛이 어둠 위에 있어야 한다. 그래야 균형이 맞다.

빨래 위로 복도가 간신히 보인다. 나는 마음을 쇼팽〈전주곡〉에 집중하고 세탁실로 간다. 금요일 밤에 으레 그렇듯, 세탁실에서는 킴벌리 부인만 있다. 부인은 나이가 많고, 머리는 흐트러진 회색이다. 그러나 왓슨 부인만큼 나이가 많지는 않다. 나는 그녀가 수명 연장 치료를 받을 생각인지, 아니면 그러기에는 너무 나이가 들었는지 궁금하다. 킴벌리 부인은 연녹색 뜨개바지와 꽃 장식이 들어간 윗옷을 입고 있다. 그녀는 따뜻한 금요일이면 보통 이 옷을 입는다. 나는 세탁실의 냄새 대신에 부인이 입는 옷을 생각한다. 세탁실에는 거칠고 자극적인, 내가 좋아하지 않는 냄새가 난다.

"안녕하세요, 킴벌리 부인." 나는 부인의 빨래를 보지 않으며 말한다. 여성의 빨래를 보는 것은 무례한 행동인데, 속옷이 있을 수도 있기 때문이다. 어떤 여자들은 남자가 자신의 속옷을 보는 것을 좋아하지 않는다. 어떤 여자들은 좋아하기 때문에 혼란스럽지만, 킴벌리 부인은 나이가 많고 내가 시트나 수건에 섞여 있는 주름진 분홍색 옷가지들을 보기를 바라지 않으리라고 생각한다. 어쨌든 나는 부인의 속옷을 보고 싶지 않다.

"이번 주도 잘 지냈어요?" 부인이 묻는다. 그녀는 늘 이 질문을 한다.

나는 내가 한 주를 잘 지냈는지 지내지 않았는지를 부인이 정말 신경 쓴다고 생각하지 않는다.

"타이어를 누가 찢었어요."

부인이 옷가지를 건조기에 넣다 말고 내 쪽으로 고개를 돌린다. "누가 타이어를 찢었다고요? 여기서? 아니면 회사에서?"

나는 어디이든 무슨 차이가 있는지 알지 못한다. "여기요. 목요일 오전에 나가 보니 모두 바람이 빠져 있었어요."

부인이 당혹한 듯한 표정을 짓는다. "여기 우리 아파트 주차장에서? 여긴 안전하다고 생각했는데!"

"무척 불편했어요. 회사에 지각했죠."

"하지만…… 깡패들이라니! 여기에!" 부인의 얼굴이 내가 이전에 한 번도 본 적 없는 형태로 바뀐다. 두려움이나 혐오감과 비슷해 보인다. 그다음에는 화난 표정을 짓더니, 내가 뭔가 잘못한 양 나를 똑바로 쳐다본다. 내가 시선을 돌린다. "이사해야겠어."

나는 이해를 하지 못한다. 내 타이어가 찢어졌는데 왜 그녀가 이사를 해야 할까? 아무도 부인의 타이어를 찢지 않았다. 부인에게는 타이어가 없기 때문이다. 부인에게는 차가 없다.

"범인을 봤어요?" 그녀가 옷가지를 건조기 모서리에 대롱거리게 내 버려둔 채 묻는다. 음식이 그릇 가장자리에 대롱거리는 모습처럼, 무척 산만하고 불쾌한 광경이다.

"아뇨." 나는 밝은색 빨랫감을 밝은색 바구니에서 꺼내 오른쪽 세탁기에 넣는다. 조심스럽게 분량을 맞춰 세제를 넣는다. 세제를 너무 많이 쓰면 낭비이고, 너무 적게 쓰면 옷가지가 깨끗해지지 않기 때문이다. 동전을 넣고, 뚜껑을 닫고, 온수 빨래, 냉수 헹굼, 일반 세탁으로 설정한 다음 시작 버튼을 누른다. 기계 안에서 뭔가 덜컹 하더니 수도꼭지에서 물이 쉿 하고 쏟아진다.

"끔찍해라." 부인이 떨리는 손으로 나머지 옷가지를 건조기에 쑤셔넣는다. 주름지고 분홍색인 뭔가가 바닥에 떨어진다. 나는 돌아서서 어두운색 바구니에서 빨랫감을 꺼낸다. 가운데 세탁기에 넣는다. "당신 같은 사람들은 괜찮겠죠." 그녀가 말한다.

"저 같은 사람인 게 뭐가 괜찮아요?" 내가 묻는다. 그녀는 한 번도 이런 식으로 말한 적이 없다.

"젊잖아. 게다가 남자고. 걱정할 필요가 없지."

나는 이해하지 못한다. 크렌쇼 씨의 말에 따르면, 나는 젊지 않다. 더 잘 알 만큼 나이가 들었다. 나는 남자이지만, 왜 그것이 내 타이어가 찢어져도 괜찮다는 의미인지 이해가 되지 않는다.

"저는 제 타이어가 찢어지기를 바라지 않았어요." 내가 천천히 대답한다. 그녀가 뭐라고 할지 모르기 때문에 천천히 말한다.

"뭐 당연히 바랐을 리가 없죠." 부인이 조급하게 말한다. 평소에는 세탁실 조명을 받으면 피부가 창백하고 누런색으로 보였는데, 지금은 뺨에 홍조가 올랐다. "하지만 누가 덤벼들까 봐 걱정하지 않아도 되잖아요. 다른 남자들이."

나는 킴벌리 부인을 바라본다. 누가 그녀에게 덤벼드는 모습을 상상할 수 없다. 머리는 회색이고, 분홍색 머리가죽이 머리꼭지까지 다 보인다. 피부는 주름졌고 팔에는 검버섯이 있다. 진담이냐고 묻고 싶지만, 그녀가 진지하다는 것을 알고 있다. 그녀는 웃지 않는다. 심지어 내가 뭔가 떨어뜨려도 웃지 않는다.

"걱정되신다니 안타깝네요." 내가 어두운색 빨랫감이 가득 찬 세탁기에 세제를 털어 넣으며 말한다. 동전을 넣는다. 건조기 뚜껑이 쾅 닫힌다. 킴벌리 부인의 말을 이해하려고 애쓰느라 건조기를 잊고 있었기에, 손이 떨린다. 놓친 동전이 세탁기 안으로 떨어진다. 동전을 찾기 위해서는 빨랫감을 모두 꺼내야 하고, 그러면 세제가 옷에서 세탁기로 떨어질 것이다. 머릿속에 경고음이 울린다.

"고마워요, 루." 킴벌리 부인이 말한다. 아까보다 차분하고 따뜻한 목소리이다. 나는 놀란다. 킴벌리 부인이 적절한 말을 하리라고 예상하지 못했다. "무슨 문제 있어요?" 내가 옷을 들어올려, 세제가 세탁기 안으로 다시 떨어지게 흔들기 시작하자 그녀가 묻는다.

"안에 동전을 떨어뜨렸어요."

부인이 가까이 온다. 나는 부인이 가까이 오기를 바라지 않는다. 부인은 아주 달콤한 냄새가 나는 강한 향수를 쓴다.

"그냥 다른 동전을 써요. 나중에 옷을 꺼낼 때 보면 깨끗해져 있겠죠."

나는 한 손에 옷을 들고 멍하니 서 있다. 동전을 안에 내버려둬도 될까? 주머니에 예비 동전이 있다. 크기가 맞다. 나는 예비로 가져온 동전을 넣고, 세탁기 문을 닫고, 세탁 설정을 하고 시작을 누른다. 다시 덜컹하고 물 쏟아지는 소리. 이상한 기분이 든다. 나는 지금까지, 나처럼 매주 금요일 밤에 세탁을 하는 규칙적인 노인인 킴벌리 부인을 이해했다고 생각했다. 몇 분 전에도 나는 부인을 이해했고, 아니면 최소한 그녀가 무언가에 당황하고 있음을 이해하고 있다고 생각했다. 그러나 부인은 내가 그녀가 여전히 당혹스러워하고 있다고 생각하는 사이에도, 해결책을 순식간에 떠올려 냈다. 어떻게 한 걸까? 정상인들은 늘 할 줄 아는 행동일까?

"옷을 도로 꺼내는 것보다 쉽죠. 이렇게 하면 세탁기에 뭘 묻혀서 또 치우지 않아도 돼요. 나도 만약을 대비해서 늘 동전을 더 가지고 오죠." 부인이 웃는다. 조금 건조한 웃음이다. "나이가 드니까 가끔 손이 떨리거든." 부인이 말을 멈추고 나를 바라본다. 나는 여전히 그녀가 어떻게 그렇게 했을까 놀라워하고 있었지만, 부인이 내가 무슨 말을 하기를 기다리고 있음을 깨닫는다. 왜인지 확실히 모를 때조차, 고맙다는 말은 언제나 적절한 표현이다.

"고맙습니다."

이번에도 적절한 말이었다. 부인이 미소 짓는다.

"루, 당신은 좋은 사람이에요. 타이어 일은 안됐어요." 부인이 시계를 들여다본다. "가서 전화를 몇 통 해야 하는데, 여기 계속 있으면서 건조기를 지켜볼 거예요?"

"아래층에 있을 거예요. 여기말고요. 여기는 너무 시끄러워요." 나는 부인이 예전에 빨래에 눈을 두고 있어 달라고 부탁했을 때에도 같은 말을 했었다. 나는 늘 눈알을 꺼내서 빨래 위에 올려놓는 상상을 하지만, 부인에게는 내 생각을 말하지 않는다. 그녀의 표현이 사회적으로 어떤 의미인지는 안다. 바보 같은 의미이다. 부인이 고개를 끄덕이고 웃은 후 밖으로 나간다. 나는 다시 두 세탁기의 설정이 올바른지 확인하고 복도로 나간다.

세탁실 바닥은 흉한 갈색 콘크리트로, 세탁기들 아래의 커다란 배수구 쪽으로 살짝 기울어져 있다. 2년 전에 빨래를 가지고 내려왔다가 일꾼들을 보았기 때문에 배수구의 위치를 안다. 일꾼들이 기계들을 끄집어내고 배수구 뚜껑을 벗겼었다. 시큼하고 역겨운, 몹시 불쾌한 냄새가 났었다.

복도 바닥은 타일로, 각 타일마다 베이지색 위에 두 가지 농도의 녹색 선이 있다. 타일은 가로세로 30센티미터인 사각형이고, 복도는 사각형 다섯 개 폭에 마흔다섯 개 반 길이이다. 타일을 놓은 사람은 녹색 선들이 서로 십자로 엇갈리게 했다―각 타일의 선이 옆 타일의 선과 90도로 마주 보게 되어 있다. 타일들 대부분이 둘 중 한쪽 방향으로 깔려 있지만, 그중에 여덟 개는 같은 방향의 다른 타일들과 위아래가 반대로 놓여 있다.

나는 복도를 쳐다보며 이 여덟 개 타일들에 대해 생각하기를 좋아한다. 타일 여덟 개를 반대로 놓아서 완성할 수 있는 패턴으로 무엇이 있을까? 지금까지 나는 세 가지 가능한 패턴을 생각해 냈다. 한번은 톰에게 이를 설명하려고 한 적이 있지만, 그는 머릿속으로 나처럼 패턴을 보지 못했다. 종이에 패턴을 모두 그렸지만, 곧 톰이 지루해한다는 것을 알 수 있었다. 사람들을 지루하게 하는 것은 예의 없는 행동이다. 나는 그에게 다시는 타일의 패턴에 대해 말하려고 하지 않았다.

그러나 내게 이 패턴은 끝없이 흥미롭다. 바닥 보기가 지루해지면― 허나 나는 바닥에 질린 적이 없다―벽을 보아도 된다. 복도 벽에는 모두 페인트칠이 되어 있지만, 예전에는 한쪽 벽에 타일 패턴이 그려진 인조 벽판이 있었다. 이 가짜 타일은 각 변이 10센티미터였는데, 바닥 타일과 달리 타일 사이에 가짜 회반죽을 넣은 공간이 있었다. 그러니 패턴의 진짜 크기는 11센티미터 반이다. 만약 10센티미터라면, 벽 타일 세

개가 바닥 타일 하나가 된다.

나는 타일들 사이의 선이 벽을 타고 올라가 천장을 지나 끊어지지 않고 돌아내려오는 자리를 찾는다. 이 복도에는 선이 꼭 맞지는 않아도 거의 만나는 자리가 한 군데 있다. 예전에는 복도가 두 배로 길어지면 선이 만나는 자리가 두 군데 생기리라고 생각했지만, 그런 패턴이 아니다. 자세히 보면, 모든 선이 정확히 두 번 만나기 위해서는 복도가 지금의 5와 3분의 1배 길이여야 한다.

세탁기 하나가 윙 소리를 내며 멈춰 서는 소리를 듣고 세탁실로 돌아간다. 나는 드럼통이 회전을 멈추는 순간에 세탁기 앞에 도착하는데 시간이 정확히 그만큼 걸린다는 것을 알고 있다. 드럼통이 마지막 회전을 하는 순간에 마지막 발걸음을 내딛는 것은 일종의 놀이이다. 왼쪽 건조기는 여전히 우르릉대고 윙윙거린다. 젖은 옷가지를 끄집어내 비어 있는 오른쪽 건조기에 넣는다. 젖은 옷을 모두 넣고 세탁기 안에 아무것도 남아 있지 않음을 확인하고 나자, 두 번째 세탁기가 서서히 멈춘다.

작년에 회전을 늦추는 마찰력과, 세탁기에서 들리는 소리의 진동수 간의 관계를 계산한 적이 있다. 컴퓨터를 쓰지 않고 손수 계산했다. 그 편이 더 재미있다.

두 번째 세탁기에서 옷가지를 꺼내자, 바닥에 떨어뜨렸던 동전이 남아 있다. 동전은 반짝이고 반질반질하고 촉감이 부드럽다. 나는 그 동전을 주머니에, 옷가지를 건조기에, 동전을 홈에 넣고 건조기를 켠다.

오래전, 나는 뒤섞이는 옷가지를 바라보며 패턴을 알아내려고 ― 왜 이 순간 빨간색 스웨트셔츠의 소매가 파란색 덮개 앞에서 떨어지고 돌아가는지, 그다음에는 어째서 같은 빨간 소매가 노란색 스웨트팬츠와 베개커버 사이에 끼어 있는지 ─ 애쓰곤 했다. 어머니는 내가 올라갔다 내려갔다 하는 옷가지를 바라보며 중얼거리면 좋아하지 않았다. 그래서 나는 이 모두를 머릿속으로 생각하는 법을 익혔다.

킴벌리 부인이 자기 옷이 든 건조기가 멈출 때쯤 돌아온다. 나를 보고 미소 짓는다. 과자가 몇 개 놓인 접시를 들고 있다. "과자 먹어요. 애들은 ─ 그러니까 젊은이들은 ─ 과자를 좋아하죠."

그녀는 거의 매주 과자를 구워 온다. 부인이 구워 오는 과자들 중에는 내가 좋아하지 않는 것도 있지만, 그렇게 말하는 것은 예의에 어긋난다. 이번 주의 과자는 레몬 크리스프이다. 나는 레몬 크리스프를 무척 좋아한다. 세 개 집어 든다. 부인이 접시를 빨래 접이대 위에 올리고, 건조기에서 옷가지를 꺼낸다. 옷을 바구니에 담는다. 부인은 옷을 여기에서 개지 않는다. "다 먹거든 접시 갖다 줘요." 부인이 말한다. 지난주와 똑같은 말이다.

"킴벌리 부인, 고맙습니다."

"천만에요." 부인이 언제나와 마찬가지로 답한다.

나는 과자를 다 먹고 부스러기를 쓰레기통에 털어 넣은 다음, 위층으로 올라가기 전에 빨래를 갠다. 접시를 부인에게 돌려주고 집으로 들어간다.

토요일 오전에는 센터에 간다. 상담사 한 명과 8:30부터 12:00까지 상담이 가능하고, 한 달에 한 번 특별 프로그램이 있다. 오늘은 프로그램이 없는 날이지만, 내가 도착하니 상담사 중 한 명인 맥신이 회의실로 걸어가고 있다. 베일리는 지난주에 그들과 이야기한 상담사가 맥신이었는지 말하지 않았다. 맥신은 주황색 립스틱을 칠하고 보라색 아이섀도를 바른다. 나는 맥신에게 한 번도 질문을 하지 않았다. 그래도 오늘은 물어볼까 생각하지만, 결정을 내리기 전에 다른 사람이 그녀를 따라 들어간다.

상담사들은 우리에게 법적 지원이나 살 집을 구해줄 줄 안다. 그러나 그들이 우리가 지금 당면한 문제를 이해할지는 모르겠다. 그들은 언제나 정상인에 보다 가까워지기 위한 일이라면 무엇이든 하라고 권한다. 나는 그들이 이 치료법이 실험 단계에서 시도하기에는 너무 위험하다고 생각하더라도, 우리가 치료를 원해야 한다고 말하리라고 생각한다. 결국에는 이곳에 있는 누군가와 이야기를 해야겠지만, 다른 사람이 먼저 들어가서 다행이다. 지금 당장 해야 할 일은 아니다.

내가 AA 회의와 다른 지원 모임(홀어버이, 십대 부모, 구직자)과 취미 모임(펑크댄스, 볼링, 기술지원)들의 안내가 붙은 알림판을 보고 있을 때, 에미가 내게 다가온다. "홍, 여자친구는 잘 지내?"

"나에게는 여자친구가 없어."

"나는 봤어. 내가 봤다는 걸 너도 알잖아. 거짓말하지 마."

"너는 내 친구를 봤어. 내 여자친구가 아니라. 여자친구란 누군가의 여자친구가 되겠다고 동의한 사람을 뜻하고, 그녀는 동의하지 않았어." 나는 솔직하게 말하지 않고 있고, 이것은 잘못이지만, 그래도 마저리에 대해 에미에게 말하고 싶지도, 에미가 마저리에 대해 하는 말을 듣고 싶지도 않다.

"물어봤어?"

"그녀에 관해 너와 말하고 싶지 않아." 내가 돌아서며 말했다.

"내 말이 옳다는 걸 알기 때문이겠지." 에미가 말한다. 그녀가 재빨리 내 옆을 돌아 다시 나를 마주 보고 선다. "그 여자는 자신들을 정상이라고 부르며 우리를 실험실 쥐처럼 이용하는 사람들과 한패야. 루, 넌 늘 그런 사람들과 어울리지. 잘못하는 거야."

"네 말이 무슨 뜻인지 모르겠어." 마저리를 일주일에 한 번밖에─식료품점에서 만난 주에는 두 번─보지 않는데, 어떻게 그걸 마저리와 '어울린다'고 할 수 있을까? 만약 내가 매주 에미가 있는 센터에 오면, 에미와 어울리는 걸까? 나는 이 생각이 마음에 들지 않는다.

"너는 지난 몇 달 동안 행사에 전혀 참석하지 않았어. 네 **정상인** 친구들과 시간을 보냈지." 에미는 정상이라는 단어를 저주처럼 발음한다.

나는 행사에 관심이 없기 때문에 참석하지 않았다. 부모됨의 기술에 관한 강연? 나에게는 아이가 없다. 춤? 그들이 트는 음악은 내가 좋아하는 음악이 아니다. 도자기 만들기? 나는 찰흙으로 뭔가를 빚어 내고 싶지 않다. 생각하다가, 나는 센터의 프로그램 중 극히 일부만이 내게 흥미롭다는 사실을 깨닫는다. 센터는 다른 자폐인들과 쉽게 만날 수 있는 장소지만, 그들이 모두 나와 비슷하지는 않고, 나와 취미가 맞는 사람을 인터넷이나 회사에서 더 많이 만날 수 있다. 캐머런, 베일리, 에릭, 린다……. 우리는 모두 다른 곳에 가기 전에 센터에서 만나지만, 그것은 그저 습관일 뿐이다. 어쩌다가 한 번씩 상담사들을 만날 때를 제외하면, 사실 우리는 센터를 그다지 필요로 하지 않는다.

"만약 여자친구를 찾는다면, 너와 같은 사람들부터 살펴봐야 해."

나는 분노의 신체적 신호로 뒤덮인 에미의 얼굴을 본다─달아오른 피부, 긴장된 눈꺼풀과 번쩍이는 눈, 거의 맞물리며 드러난 이와 직선을 그리는 입술. 이번에는 왜 에미가 내게 화를 내는지 모르겠다. 내가 센터에서 얼마나 시간을 보내는지가 에미와 무슨 상관인지 모르겠다. 어쨌든 나는 에미가 나와 같은 사람이라고 생각하지 않는다. 에미는 자폐인이 아니다. 나는 에미의 진단명을 모른다. 나는 에미의 진단명에 아무 관심이 없다.

"나는 여자친구를 찾고 있지 않아."

"그러면, 그 여자가 널 찾아 왔어?"

"너와 이런 얘기를 하고 싶지 않다고 말했어." 나는 고개를 돌린다. 아는 얼굴이 보이지 않는다. 오늘 아침에 베일리가 올지도 모른다고 생각했지만, 어쩌면 베일리는 내가 갓 깨달은 사실을 이해했는지도 모른다. 자신에게 센터가 필요 없음을 알기 때문에 오지 않는지도 모른다. 나는 맥신과 상담할 수 있을 때까지 여기 서서 기다리고 싶지 않다.

등 뒤에 선 에미를 의식하며, 나가려고 몸을 튼다. 에미가 내뿜는 어두운 감정들은 멀어지려는 나의 의지보다 빠르다. 린다와 에릭이 들어온다. 내가 무슨 말을 하기 전에, 에미가 불쑥 입을 연다. "루가 그 여자를 또 만나고 있어. 연구원 말이야."

린다가 고개를 숙이고 멀어진다. 린다는 듣고 싶어 하지 않는다. 어쨌든 린다는 언쟁에 휘말리기를 좋아하지 않는다. 에릭의 시선이 내 얼굴을 스쳐 지나가 바닥 타일의 패턴을 찾는다. 그는 듣고 있지만 묻지 않는다.

"루에게 그 여자는 연구원이라고, 그냥 루를 이용하려는 것뿐이라고 말했는데 듣지를 않아. 직접 본 적도 있는데 심지어 별로 예쁘지도 않더라."

목이 뜨거워진다. 에미가 마저리에 대해 그런 식으로 말하다니 정당하지 않다. 에미는 마저리를 알지도 못한다. 나는 마저리가 에미보다 예쁘다고 생각하지만, 예뻐서 마저리를 좋아하는 것은 아니다.

"루, 그 여자가 네게 치료를 받으라고 하니?" 에릭이 묻는다.

"아니. 우리는 그 일에 대해 이야기하지 않아."

"나는 그녀를 몰라." 에릭이 말하고, 돌아선다. 린다는 이미 보이지 않는다.

"그녀를 알고 싶지도 않을걸." 에미가 말한다.

에릭이 돌아와 말한다. "만약 그녀가 루의 친구라면, 너는 루의 친구를 나쁘게 말해선 안 돼." 그는 린다를 쫓아간다.

그들을 따라갈까 생각하지만, 센터에 있고 싶지 않다. 에미가 나를 따라올지도 모른다. 더 말할지도 모른다. 더 **말할 것**이다. 그러면 린다와 에릭이 당황할 터였다.

나가려고 돌아서자, 역시나, 에미가 더 말한다. "어디 가? 방금 왔잖아. 루, 네 문제들로부터 달아날 수 있으리라고 생각하지 마!"

나는 에미로부터 달아날 수는 있다. 일에서 달아나거나 포넘 박사로부터 달아날 수는 없지만, 에미에게서는 달아날 수 있다. 이렇게 생각하자 웃음이 난다. 에미의 얼굴이 더 새빨개진다.

"왜 웃어?"

"음악을 떠올리고 있어." 나는 말한다. 언제나 안전한 답이다. 에미를 보고 싶지 않다. 그녀의 얼굴은 빨갛게 반짝이는 화난 얼굴이다. 에미는 나를 자신과 마주 보게 하려고 주위를 뱅뱅 돈다. 나는 대신 바닥을 응시한다. "사람들이 내게 화를 내면 나는 음악을 떠올려." 가끔은 사실이다.

"어휴, 정말이지!" 에미가 홱 하고 몸을 돌려 복도를 성큼성큼 걸어간다. 나는 에미에게 친구가 있기는 한지 궁금하다. 한 번도 다른 사람들과 있는 모습을 본 적이 없다. 슬픈 일이지만, 내가 어찌할 수 있는 일이 아니다.

센터가 있는 곳이 번화가인데도, 밖이 훨씬 조용하게 느껴진다. 이제 계획이 없다. 토요일 오전을 센터에서 보내지 않는다면 무엇을 해야 할지 잘 모르겠다. 빨래는 했다. 집은 깨끗하다. 책에 우리는 일정의 불확실함이나 변경을 잘 견디지 못한다고 쓰여 있다. 대개 나는 이런 일에 동요하지 않지만, 오늘 오전에는 마음이 진정되지 않는다. 마저리를 에미가 말한 것과 같은 사람으로 생각하고 싶지 않다. 에미 말이 맞다면 어떻게 하지? 마저리가 내게 거짓말을 하고 있다면? 그렇지 않으리라는 느낌이 들지만, 내 느낌이 틀릴지도 모른다.

지금 마저리를 볼 수 있다면 좋겠다. 우리가 뭔가를 같이, 내가 마저리를 볼 수 있는 뭔가를 같이 했으면 좋겠다. 그저 그녀가 다른 사람과 말하는 모습을 보고, 그 목소리를 듣고 싶다. 마저리가 나를 좋아한다면, 내가 알 수 있을까? 마저리가 나를 좋아한다고 생각한다. 그러나 나를 많이 좋아하는지, 조금 좋아하는지는 모른다. 다른 남자들을 좋아하듯이 좋아하는지, 어른이 어린이를 좋아하듯이 좋아하는지 모른다. 어떻게 알아챌 수 있는지 모른다. 정상이라면 알 수 있을 것이다. 정상인들은 틀림없이 알고 있다. 모른다면 영영 결혼을 못 할 테니까.

지난주 이 시간에 나는 토너먼트장에 있었다. 토너먼트는 확실히 즐거웠다. 여기보다는 거기 있고 싶다. 소음, 많은 사람들, 온갖 냄새가 났지만, 내가 속한 장소는 그곳이다. 나는 더 이상 여기에 속하지 않는다. 나는 변화하고 있다. 아니, 변화했다.

멀지만 집까지 걸어가기로 결심한다. 날씨가 서늘해졌고, 지나치며 보이는 정원들에는 가을꽃이 피어 있기도 하다. 산책의 리듬이 내 긴장을 풀고, 산책을 위해 고른 음악 듣기를 수월하게 한다. 이어폰을 낀 다른 사람들이 보인다. 그들은 방송을 듣거나 녹음된 음악을 듣고 있다. 나는 이어폰을 끼지 않은 사람들이 자신의 음악을 듣고 있는지, 아니면 음악 없이 걷고 있는지 궁금하다.

집에 가는 도중, 갓 구운 빵 내음이 나를 불러 세운다. 작은 빵집에 들어가 따뜻한 빵을 한 덩이 산다. 빵집 옆에는 보라색, 노란색, 파란색, 청동색, 짙은 빨간색 덩어리들이 줄지어 놓인 꽃집이 있다. 색들은 빛의 파장 이상을 담고 있다. 즐거움, 뿌듯함, 슬픔, 위로를 뿜어낸다. 견디기 힘들 정도이다.

나는 기억 속에 꽃들의 색과 짜임새를 담고, 빵 내음을 맡고 그 향을 내가 지나친 색들과 결합하며 빵을 집으로 가져온다. 늦게 핀 장미가 벽을 타고 오르는 집이 있었다. 정원 건너편의 나에게까지 달콤한 향기가 와 닿았다.

일주일이 넘도록 올드린 씨와 크렌쇼 씨는 치료법에 대해 더 이상 아무 말도 하지 않는다. 우리는 편지를 더 받지 않았다. 치료 과정에 뭔가 잘못이 있어, 그들이 그저 잊어버리기로 했다는 의미라고 생각하고 싶다. 나는 그들이 잊지 않으리라고 생각한다. 크렌쇼 씨는 언제나 화난 얼굴에 화난 목소리이다. 화난 사람들은 상처를 잊지 않는다. 용서가 분노를 푼다. 이번 주 설교 내용이었다. 설교를 들을 때는 다른 생각을 하지 않아야 하지만, 가끔은 설교가 지루하고, 나는 다른 생각을 한다. 분노와 크렌쇼 씨는 이어져 있는 것 같다.

월요일에 토요일에 모임을 해야 한다는 공지가 모두에게 전달된다. 나는 토요일을 포기하고 싶지 않지만, 공지에는 불참 가능한 사유가 하나도 나와 있지 않다. 이제야 센터에서 기다렸다가 맥신과 이야기했으면 하고 생각하지만, 너무 늦었다.

"가야 할까?" 츄이가 묻는다. "안 가면 해고당할까?"

"모르지. 어쨌든 난 갈 거야. 그들이 무엇을 하고 있는지 알고 싶으니까." 베일리가 말한다.

"나는 갈 거야." 캐머런이 말한다. 내가 고개를 끄덕이고, 다른 사람들도 고개를 끄덕인다. 린다는 매우 불행해 보인다. 그러나 린다는 평소에도 매우 불행해 보인다.

"이봐요……. 어…… 피트." 크렌쇼의 말투에서 거짓된 친근함이 새어나왔다. 올드린은 크렌쇼가 그의 이름을 잘 기억하지 못하고 있음을 알아챘다. "나를 인정사정없는 악당으로 생각하겠지만, 솔직히 말해, 회사가 어려운 상황에 처해 있다네. 우주 제품 생산은 필요하지만, 자네가 믿지 못할 만큼 이윤을 잡아먹고 있지."

오호, 내가 못 믿을까? 올드린은 생각했다. 그가 생각하기에 우주 제품 생산은 멍청한 짓이었다. 저중력과 무중력 시설은 장점에 비해 소모되는 비용과 단점이 훨씬 컸다. 여기, 아래 지구에서도 충분한 부를 벌어들일 수 있었다. 투표권이 있었다면 그는 우주 투자에 집중하는 쪽에

표를 던지지 않았을 터였다.

"피트, 자네 부서 사람들은 한물갔어. 인정하게나. 그들보다 늙은 자폐인들 중 열에 아홉은 쓸모가 없었지. 그 이름이 뭔가 하는, 도살장인지 뭔가를 설계했던 여자 얘기를 또 꺼내지는 말게."

"그랜딘입니다." 올드린은 중얼거렸지만, 크렌쇼는 무시했다.

"백만에 하나쯤 그런 사람이 있겠지. 그리고 나는 그렇게 자력으로 성공한 사람들을 더없이 존경한다네. 허나 그 여자는 예외적인 경우야. 불쌍한 병신들 대부분에게는 가망이 없어. 그들 잘못은 아니지, 그렇고말고. 그래도 돈을 얼마나 쏟아붓든 간에, 그치들한테나 다른 사람들한테나 좋을 게 없었어. 만약 지랄 맞은 정신과 의사들이 그쪽 분야를 계속 쥐고 있었다면, 자네 부서 사람들도 마찬가지였겠지. 신경학자와 행동주의자들이 영향력을 가져서 운이 좋았지. 그래도…… 그들은 정상이 아니야. 자네가 뭐라고 하든."

올드린은 입을 열지 않았다. 흥이 난 크렌쇼는 어쨌든 듣지 않을 터였다. 크렌쇼는 침묵을 동의로 받아들이며 말을 이었다.

"그런 다음에 그들은 잘못된 점을 알아내고 애새끼들을 고치기 시작했지……. 그러니, 피트, 자네 사람들은 한물갔단 말일세. 끔찍한 과거와 밝은 미래 사이에 고립되어 있어. 꽉 꼈지. 그들을 생각해도 정당한 일이 아니야."

인생에서 정당한 일은 아주 적었고, 크렌쇼는 정당함의 의미를 눈곱만큼도 모를 것이다.

"지금 자네는 그들에게 이런 특수한 능력이 있고, 생산성이 좋으니 우리가 쏟아붓는 비싼 추가 지원을 받아 마땅하다고 하고 있네. 5년 전에는 맞는 말이었을지도 모르지. 피트—어쩌면 2년 전까지도—허나 늘 그렇듯이, 기계들이 따라잡고 있어." 그가 인쇄물을 건넸다. "인공지능 연구의 최근 성과는 모르고 있지?"

올드린은 처다보지도 않으며 인쇄물을 받았다. "기계는 그들이 하는 일을 절대 해낼 수 없었습니다."

"옛날 옛적에, 기계는 이 더하기 이도 할 줄 몰랐지. 허나 자네라도 오늘날 연필과 종이로 덧셈을 할 사람을 고용하지는 않겠지?"

정전 때에만. 사실, 작은 회사들은 출금 기록을 맡을 직원들이 연필과 종이로 2 더하기 2를 확실히 계산할 줄 아는지 확인했다. 올드린은 이 얘기를 해 봐야 쓸모없다는 것을 알고 있었다.

"기계가 그들을 대체할 수 있다는 말씀입니까?"

"식은 죽 먹기지. 음……. 그만큼 쉽지는 않을지도 모르네. 새 컴퓨터와 상당한 고성능 소프트웨어가 있어야겠지……. 그리고 전기만 있으면 된다네. 걔들한테 줬던 쓰잘데기 없는 물건들은 없어도 돼."

전기세는 계속해서 지불해야 하지만, 그의 직원들에 대한 지원 비용은 오래전에 이미 완납했다. 이것도 크렌쇼가 들으려 하지는 않는 얘기였다.

"그들이 모두 치료를 받고, 치료가 성공한다고 가정합시다. 그래도 그들을 기계로 대체하실 겁니까?"

"피트, 핵심을 보게. 핵심 말이야. 회사에 가장 좋은 일이 내가 바라는 일이라네. 그 사람들이 맡은 일을 잘하고, 새 기계를 들이는 것보다 돈이 적게 든다면, 누굴 해고하려 나설 이유가 없네. 허나 우리는 비용을 절감해야 해—해야 한단 말일세. 시장에서, 투자 수입을 벌어들일 유일한 방법은 바로 효율성을 보여 주는 거야. 호화찬란한 개인실과 저런 사무실들이라니—주주들은 효율적이라고 보지 않을걸."

올드린은 일부 주주들이 임원용 체육관과 식당을 비효율적이라고 생각한다는 것을 알고 있었다. 그러나 그런 이유로 임원들의 특권이 없어진 적은 한 번도 없었다. 되풀이된 설명에 따르면, 경영자들에게는 최상의 능력을 발휘하기 위해 이런 특권이 필요했다. 그들은 특권을 가질 자격을 얻은 사람들이었고, 특권이 그들의 효율성을 향상시켰다. 그렇게들 말했지만, 올드린은 믿지 않았다. 믿지 않는다고 말하지도 않았다.

"그러니, 진, 핵심은—"크렌쇼의 이름을 부르는 것은 대담한 행동이었지만, 올드린은 대담해지고 싶은 기분이었다. "제 직원들이 치료에 동의한다면 그들을 해고하지 않는 방안을 고려해 볼 수도 있고, 그렇지 않다면 그들을 쫓아낼 방법을 찾아내겠다는 말이군요. 적법이든 위법이든."

"법은 기업이 도산하기를 바라지 않아. 그런 생각은 금세기 초에 없어졌지. 세금 감면 혜택은 없겠지만, 그건 우리 예산의 극히 작은 부분에 불과해서 사실 가치가 없어. 만약 자네 사람들이 소위 지원 조치를 없애는 데 동의하고 보통 직원들처럼 일한다면, 치료를 받으라고 강요하진 않겠네—대체 왜 치료를 안 받으려고 할지는 도무지 상상도 못 하겠지만 말이야."

"제가 어떻게 하길 바라시죠?"

크렌쇼가 웃었다. "피트, 이 일에 참여하겠다니 기쁘네. 그들에게 선택항을 분명히 제시하길 바라. 어떤 식으로든, 그들은 회사의 바짓가랑이를 끌어당기는 짓을 그만둬야 해. 당장 특혜를 포기하든지, 만약 정말 자폐증 때문에 그런 사치를 부려야 한다면 치료를 받고 특혜를 포기하든지, 아니면……." 그가 손가락으로 목을 쓸었다. "회사를 인질로 삼아서는 안 돼. 이 땅에 우리가 빈틈을 못 찾거나 바꿀 수 없는 법은 없다네." 그가 깍지 낀 손을 뒷머리에 올리고 의자에 몸을 기댔다. "다 방법이 있지."

올드린의 속이 메슥거렸다. 어른이 된 이래로 늘 알고 있던 사실이지만, 누가 입 밖에 내어 말하는 자리까지 가 본 적은 없었다. 지금까지는 피할 수 있었다.

"설명하려고 노력해 보겠습니다." 혀가 뻣뻣했다.

"피트, **노력**하기는 그만두고 **행동**을 해야 해. 자넨 어리석거나 게으른 사람이 아니지. 나도 안다네. 그러나 자네에겐 그저 뭐랄까…… 추진력이 없어."

올드린은 고개를 끄덕이고 크렌쇼의 사무실에서 도망쳐 나왔다. 화장실에 들어가 손을 문질렀다……. 더러워졌다는 느낌이 사라지지 않았다. 사직서를 내고 회사를 그만둘까 생각했다. 미아가 좋은 직장에 다니고 있고, 아직 아이가 없다. 어쩔 수 없다면 당분간 미아의 수입에 기댈 수 있을 터이다.

그러나 누가 부서원들을 보살피겠나? 크렌쇼는 아니겠지. 올드린은 거울에 비친 얼굴을 보고 고개를 저었다. 그가 도울 수 있다고 생각하는 것은 자기기만일 뿐이다. 노력은 해야겠지만……. 가족 중 누가 형의 거주 시설 치료비를 낼 수 있겠어? 만약 그가 직업을 잃는다면 어떻게 하지?

올드린은 자신의 인맥을 떠올리려 애썼다. 인사팀의 베티, 회계팀의 셜리, 법무팀에는 아는 사람이 없었다. 알아야 했던 적이 없었다. 인사부가 특별한 지원이 필요한 직원들에 관련된 법적 영역을 담당했다. 필요하면 그들이 법무팀에 연락을 했다.

올드린 씨가 우리 부서원 모두를 저녁 식사에 초대했다. 우리는 피자를 먹었다. 한 식탁에 앉기에는 인원이 많아서, 우리는 식당 내의 잘못된 자리에 식탁 두 개를 이어 붙여 앉았다.

올드린 씨가 우리와 함께 앉아 있으니 편치 않지만, 어떻게 해야 할지 알지 못한다. 그는 많이 웃고 많이 말한다. 이제 그는 치료를 받는 것이 좋겠다고 생각한다고 말한다. 부담을 주고 싶지는 않지만, 치료가 우리에게 이로우리라고 생각한다. 나는 그의 말을 듣지 않고 피자의 맛을 생각하려고 애쓰지만, 그러기가 힘들다.

잠시 후 그가 속도를 늦춘다. 맥주를 한 잔 더 마셨고, 날카롭던 목소리가 뜨거운 코코아에 담근 토스트처럼 부드러워진다. 그의 말투가 내가 아는 올드린 씨, 더 주저하는 듯한 올드린 씨와 더 비슷해진다. "아직도 그들이 왜 그렇게 서두르는지 이해가 안 돼요. 체육관과 다른 지원 시설에 드는 비용은 아주 적죠. 그 공간이 필요한 것도 아니에요. 우리 부서의 수익성에 비하자면, 비용은 물통에 든 물 한 방울이라고요. 만약 여러분 모두에게 치료가 성공한다 해도, 세상에 이런 치료가 돈이 될 만큼, 당신들 같은 자폐인이 많지도 않아요."

"최근 추정치에 따르면 미국에만도 자폐인이 수백만 명 있어요." 에릭이 말한다.

"그렇긴 하지만—"

"그만한 인구에게 제공되는, 가장 손상이 심한 사람들을 위한 거주 시설을 포함한 사회 서비스 비용이 1년에 수조 원에 달한다고 평가되죠. 만약 치료가 성공한다면, 그만한 돈이―"

"노동 시장은 그렇게 많은 신규 노동력을 감당할 수 없어요." 올드린 씨가 말한다. "그리고 너무 나이가 든 사람들도 있죠. 제레미는―" 그가 갑자기 말을 멈춘다. 살갗이 붉어지고 반짝인다. 화가 난 걸까, 당황한 걸까? 잘 모르겠다. 그가 숨을 깊이 들이쉰다. "제 형은 이제 와서 직장을 구하기에는 늦었죠."

"자폐인인 형이 있어요?" 린다가 묻는다. 그녀는 처음으로 올드린의 얼굴을 마주 본다. "우리에게 말한 적 없잖아요." 갑자기 싸늘하고 벌거 벗겨진 느낌이 든다. 올드린 씨가 우리의 머릿속을 보지 못한다고 생각했는데, 만약 자폐인 형이 있다면 그는 내가 생각한 것보다 우리를 더 잘 알지도 모른다.

"그게…… 중요한 일이 아니라고 생각했어요." 올드린 씨의 얼굴은 여전히 붉고 반짝인다. 나는 그가 사실을 말하고 있지 않다고 생각한다. "제레미는 여러분들보다 나이가 많아요. 거주 시설에 있고."

나는 올드린 씨에게 자폐인 형이 있다는 새 정보를 우리에 대한 그의 태도와 함께 정리하느라, 아무 말도 하지 않는다.

"우리에게 거짓말을 했군요." 캐머런이 말한다. 그의 눈꺼풀이 처졌다. 화난 목소리이다. 올드린 씨의 머리가, 마치 누가 줄을 당긴 양 홱 젖힌다.

"아니―"

"거짓말에는 두 가지 종류가 있어요." 나는 캐머런이 들은 말을 인용하고 있음을 알 수 있다. "화자가 거짓임을 알고 있는 거짓을 말하는 작위적 거짓말과, 화자가 참임을 알고 있는 참을 생각하는 부작위적 거짓말이 있어요. 형이 자폐인이라는 사실을 우리에게 말하지 않았을 때 당신은 거짓말을 한 거예요."

"나는 당신들의 상사이지 친구가 아니에요." 올드린 씨가 불쑥 말한다. 그의 얼굴이 더 달아오른다. 아까는 자신이 우리의 친구라고 했었다. 그때 거짓말을 한 걸까, 지금 거짓말을 하는 걸까? "내 말은…… 그건 일과는 상관없는 부분이죠."

"그래서 우리의 상사가 되고 싶어 하셨군요." 캐머런이 말한다.

"아니에요. 처음에는 당신들의 상사가 되고 싶지 않았어요."

"처음에는." 린다는 여전히 올드린 씨의 얼굴을 응시하고 있다. "뭔가 바뀌었군요. 당신 형이었나요?"

"아뇨. 당신들은 우리 형과 많이 달라요. 그는…… 손상이 심하죠."

"당신 형이 치료받기를 바라는군요?" 캐머런이 묻는다.

"난…… 모르겠어요."

그 말도 그다지 참처럼 들리지 않는다. 나는 올드린 씨의 형, 이 알려지지 않은 자폐인을 상상하려 해 본다. 자신의 형이 손상이 심하다고 생각한다면, 우리에 대해서는 솔직히 어떻게 생각하고 있을까? 그의 유년 시절은 어땠을까?

"틀림없이 바라겠죠." 캐머런이 말한다. "우리에게 좋겠다고 생각한다면, 틀림없이 당신 형에게 도움이 되리라고도 생각할 겁니다. 혹시 우리가 치료를 받도록 설득하면, 그 대가로 형이 치료를 받을 수 있다고 생각하나요? 착한 아이구나, 여기 사탕 받으렴?"

"그렇게 말하지 말아요." 올드린 씨의 목소리도 높아진다. 사람들이 고개를 돌려 우리를 본다. 나는 우리가 여기 있지 않기를 바란다. "내 형이니, 당연히 할 수 있는 한 형을 돕고 싶죠. 그렇지만ㅡ"

"크렌쇼 씨가 만약 우리를 설득하면 당신 형이 치료를 받을 수 있다고 했나요?"

"나는…… 그런 게 아니라ㅡ" 그가 눈을 굴린다. 낯빛이 바뀐다. 나는 그의 얼굴에 떠오른 노력, 우리를 납득할 만하게 속이려는 노력을 본다. 책에는 자폐인들이 잘 속는다고 쓰여 있다. 자폐인들은 소통의 뉘앙스를 이해하지 못하기 때문이다. 나는 거짓말이 잘못이라고 생각한다. 올드린 씨가 우리에게 거짓말을 해서 안타깝지만, 그가 거짓말을 잘하지 못해서 기쁘다.

"자폐인들만으로는 이 치료의 수요가 충분치 않다면, 연구에 무슨 다른 쓸모가 있죠?" 린다가 묻는다. 나는 린다가 아까의 화제로 돌아가지 않기를 바라지만, 올드린 씨의 얼굴이 조금 풀어진다.

짐작 가는 바가 있지만, 생각이 아직 또렷하지 않다. "크렌쇼 씨는 지원을 포기한다면 치료를 받지 않아도 우리를 계속 채용할 의사가 있다고 했어요. 그렇죠?"

"그래요. 왜요?"

"그러면…… 그는 우리ㅡ자폐인들이ㅡ지금처럼 일을 잘하면서, 지원을 필요로 하지 않기를 바라겠군요."

올드린 씨의 이마가 찌푸려진다. 혼란을 나타내는 움직임이다. "그럴지도 모르죠. 허나 그게 치료와 무슨 관련이 있는지 잘 모르겠어요."

"원래 논문 어딘가에 이윤 얘기가 있었어요. 자폐인들을 바꾸는 게 아니라―금세기에는 우리처럼 태어나는 아이들이 더 이상 없어요. 우리로는 충분하지 않아요. 그러나 우리가 하는 일 중에는 충분히 가치가 있는 것들이 있고, 만약 정상인들이 그 일을 할 수 있다면 수익성이 높아지겠지요." 나는 사무실에서 기호의 의미, 데이터의 패턴이 갖는 아름다운 복잡함이 한순간 사라지고, 내가 어리둥절하고 산만해졌던 때를 떠올린다. "우리가 일하는 모습을 지금까지 몇 년 동안 보았죠. 어떤 일인지 알 거예요."

"여러분은 패턴 분석과 수학에 재능을 가졌죠. 당신들도 알다시피."

"아니―크렌쇼 씨가 새 소프트웨어로도 그런 작업을 할 수 있다고 말했다고 하셨죠. 뭔가 다른 겁니다."

"저는 아직도 당신 형에 대해 알고 싶어요." 린다가 말한다.

올드린이 시선을 피하며 눈을 감는다. 나는 바로 그렇게 했다가 야단을 맞았었다. 그가 눈을 도로 뜬다. "당신들은…… 가차 없군요. 도무지 멈추지를 않아요."

마음속에 패턴이 떠오른다. 빛과 어둠이 움직이고 회전하며, 결합하기 시작한다. 아직 충분치 않다. 데이터가 더 필요하다.

"자산을 설명해 주세요." 나는 올드린에게 말한다.

"뭘…… 설명하라고요?"

"자산이요. 회사가 우리에게 지불하는 돈을 어떻게 벌어들이고 있죠?"

"그건…… 무척 복잡해요. 루, 이해할 수 있을 것 같지 않군요."

"시도해 보세요. 크렌쇼 씨는 우리에게 너무 많은 비용이 들어간다고 주장하죠. 수익에 손해를 준다고요. 실제로 수익이란 대체 어디에서 들어오나요?"

10

올드린 씨는 그저 나를 가만히 쳐다본다. 마침내 그가 입을 연다. "루, 어떻게 말해야 할지 모르겠군요. 과정도 정확히 모르고, 자폐가 아닌 사람들에게 적용될 경우 무엇이 가능한지도 몰라요."

"하지만 혹시—"

"그리고…… 나는 이 일에 대해 말해서는 안 된다고 생각해요. 여러분을 돕는 것과 ……"그는 아직 우리를 돕지 않았다. 우리에게 거짓말을 하는 것은 우리를 돕는 것이 아니다. "허나 뭔가 일어나지 않는 일에 대해 생각하는 일, 회사가 어떤, 더 광범위한 조치를 고려하고 있다는…… 해석되기에……."그가 말을 멈추고, 문장을 끝내지 않은 채 고개를 흔든다. 우리는 모두 그를 바라보고 있다. 그의 눈이, 마치 울려고 하는 듯이 반짝인다.

"오지 말았어야 했어요. 큰 실수를 했군요. 밥값은 내가 낼게요. 저는 이제 가야 해요."

그가 의자를 뒤로 밀며 일어난다. 그가 우리에게 등을 보인 채 계산대에 선 모습을 본다. 올드린 씨가 가게를 나설 때까지 우리는 아무 말도 하지 않는다.

"그는 미쳤어." 츄이가 말한다.

"그는 겁먹었어." 베일리가 말한다.

"그는 우리를 돕지 않았어. 사실상 말이야." 린다가 말한다. "나는 그가 왜 난처해하는지―"

"형 때문이야." 캐머런이 말한다.

"크렌쇼 씨나 형 일보다, 우리가 한 말 중에 뭔가가 그를 더 곤란하게 했어." 내가 말한다.

"그는 우리가 알기를 바라지 않는 뭔가를 알고 있어." 린다가 갑작스럽게 앞머리를 쓸어 넘긴다.

"그 자신도 알고 싶어 하지 않는 일이야." 왜 그런 생각이 드는지는 모르겠지만, 그렇게 생각한다. 우리가 한 말 중에 뭔가가 있었다. 무엇이었는지 알아야 한다.

"세기말에, 뭔가 있었어." 베일리가 말한다. "과학 학술지에, 사람들을 자폐 비슷하게 만들어서 일을 더 열심히 하게 만든다는 얘기가 있었지."

"과학 학술지였어, 과학 소설이었어?"

"그건―기다려 봐. 찾아볼게. 아는 사람을 알고 있어." 베일리가 휴대 단말기에 메모를 한다.

"사무실에서 보내지 마." 츄이가 말한다.

"왜―? 아, 알았어." 베일리가 고개를 끄덕인다.

"내일 피자 먹자. 여기 오는 것은 일상적인 일이야." 린다가 말한다.

나는 화요일은 장을 보는 날이라고 말하려고 입을 열었다가 도로 다문다. 이 일이 더 중요하다. 장을 보지 않고도 일주일은 지낼 수 있고, 조금 늦게 사러 가도 된다.

"모두들 찾을 수 있는 한 찾아보자." 캐머런이 말한다.

집에서 나는 로그인을 하고 라스에게 메일을 보낸다. 그가 사는 곳에서는 매우 늦은 시각이지만, 그는 깨어 있다. 나는, 원래 연구가 덴마크에서 행해졌지만 시설을 비롯한 연구소 전체가 팔렸고, 연구소가 케임브리지로 옮겨졌다는 사실을 찾아낸다. 몇 주 전에 내가 읽은 논문은 일년도 더 전에 있었던 연구에 기초한 것이었다. 그 부분은 올드린 씨의 말이 옳았다. 라스는 치료를 인간에게 적용하기 위한 연구 대부분이 해결되었다고 생각한다. 그가 비밀 군사 실험이리라고 추측하지만 나는 믿지 않는다. 라스는 만사를 비밀 군사 실험이라고 생각한다. 라스는 좋은 게임 상대이지만, 나는 그가 하는 말을 모두 다 믿지는 않는다.

바람이 창문을 두드린다. 일어나서 유리에 손을 댄다. 훨씬 차갑다. 빗방울이 창을 두드리고, 천둥소리가 들린다. 어차피 늦었다. 나는 시스템을 끄고 잠자리에 든다.

화요일에 우리는 일터에서 "안녕"말고 아무 말도 주고받지 않는다. 프로젝트의 한 부분을 끝낸 다음 체육관에서 15분을 보내지만, 그런 다음에는 사무실로 돌아간다. 올드린 씨와 크렌쇼 씨가 둘 다 들렀다 간다. 팔짱까지는 끼지 않았지만 친한 사이인 듯이 함께 있다. 그들은 오래 머무르지 않고, 나에게 말을 걸지 않는다.

근무가 끝나자 우리는 피자 집으로 돌아간다. "이틀 연속이네요!"〈안녕하세요 실비아입니다〉가 말한다. 나는 그녀가 그 사실을 좋아하는지 좋아하지 않는지 알지 못한다. 우리는 평소에 앉는 식탁에 자리를 잡지만, 모두 다 앉을 수 있게 식탁을 하나 더 끌어 붙인다.

"그래서?" 주문을 마친 캐머런이 묻는다. "무엇을 찾아냈지?" 내가 라스의 말을 전한다. 베일리는 자신이 말한 글을 찾아냈는데, 확실히 논픽션이 아니라 픽션이었다. 나는 과학 학술지가 일부러 과학 소설을 실은 적이 있다는 것을 알지 못했다. 보아하니 한 해만 그랬던 모양이다.

"사람들이 맡겨진 프로젝트에 확실히 집중하고, 다른 일에 시간을 낭비하지 않도록 하기 위해서래." 베일리가 말한다.

"크렌쇼 씨가 우리가 시간을 낭비한다고 생각하는 것처럼?" 내가 말하자, 베일리가 고개를 끄덕인다.

"우리는 그가 화난 얼굴로 돌아다니느라 낭비하는 것만큼 시간을 낭비하지 않아." 츄이가 말한다.

우리는 모두 조용히 웃는다. 에릭은 색깔 펜으로 소용돌이 모양을 그린다. 웃음소리처럼 보인다.

"어떻게 적용되는지도 나와 있어?" 린다가 묻는다.

"대충. 과학적으로 얼마나 맞는지는 모르겠어. 게다가 몇십 년 전이야. 그때 된다고 생각했던 것이 실제로는 안 될지도 몰라."

"그들은 우리 같은 자폐인들을 바라지 않아. 그들은 ─ 소설에서 말하기를 ─ 다른 부작용 없이 학자와 같은 능력과 집중력을 얻고자 했어. 크렌쇼 씨 생각만큼은 아니지만, 학자에 비하면 우리는 시간을 많이 낭비하고 있지."

"정상인들은 비생산적인 일에 시간을 많이 낭비해. 최소한 우리만큼은, 어쩌면 우리보다 더." 캐머런이 말한다.

"다른 문제 없이, 정상인을 학자로 바꾸려면 어떻게 해야 해?" 린다가 묻자 캐머런이 답한다.

"모르겠어. 일단 똑똑해져야겠지. 뭔가를 잘하고. 그리고 다른 어떤 일보다 그 일을 하고 싶어 해야 해."

"만약 잘하지 못하는 일을 하고 싶어 한다면 도움이 안 되잖아." 츄이 가 말한다. 나는 리듬감도 음감도 없으면서 꼭 음악가가 되고 싶어 하는 사람을 상상해 본다. 우스꽝스럽다. 우리는 모두 이 이야기의 우스운 면 을 보고 웃음을 터뜨린다.

"사람들이 자기가 잘 못하는 일을 하고 싶어 하기도 해?" 린다가 말한 다. "그러니까 정상인들은?" 이번만은 그녀가 **정상**이라는 단어를 나쁜 단어처럼 발음하지 않는다.

우리는 앉아서 잠시 생각한다. 이윽고 츄이가 입을 연다. "작가가 되 고 싶어 하는 삼촌이 있었어. 내 동생이 ─ 책을 많이 읽었는데 ─ 삼촌 글은 정말 형편없다고 했었지. 삼촌은 손으로 뭘 만드는 일을 잘했지만, 글을 쓰고 싶어 했어."

"자, 여기요." 〈안녕하세요 실비아입니다〉가 피자를 내려놓으며 말한 다. 나는 그녀를 본다. 그녀는 웃고 있지만, 아직 7시도 채 되지 않았는 데 피곤해 보인다.

"고맙습니다." 내가 말한다. 그녀가 손을 흔들어 답하고 서둘러 간다.

"사람들이 주의를 흐트러뜨리지 않게 하는 거야. 해야 할 일들을 좋 아하게 만드는 거지." 베일리가 말한다.

"'주의력 결핍은 모든 단계의 감각 민감도와 감각 통합 능력에 의 해 결정된다.'" 에릭이 읊는다. "그렇게 읽었어. 타고나는 부분도 있지. 4, 50년 전부터 알려진 사실이야. 이 지식이 20세기 말에는 사람들에게 널리 알려졌지. 육아 관련서 같은 데도 실렸어. 주의력 조절 회로는 태아기 초기에 발달해. 이후 부상으로 손상될 수 있어…….”

한순간, 마치 뭔가에 뇌를 공격당한 듯 메스꺼워지지만, 그런 느낌을 구석으로 밀어낸다. 내 자폐를 유발한 것이 무엇이든, 그것은 과거의 일이고 내가 돌이킬 수 없는 것이다. 지금은 내가 아니라 문제에 대해 생각하는 것이 중요하다.

평생 나는 내가 그때 태어나서 얼마나 운이 좋은지 들어 왔다—초기 개입을 통한 개선의 혜택을 받아서, 좋은 나라에 태어나서, 자녀에게 좋은 초기 개입을 확실하게 제공할 수 있을 만큼 고학력이고 경제적으로 여유가 있는 부모를 만나서 운이 좋았다고. 심지어 너무 빨리 태어나서 완전한 치료를 받지 못한 것도 운이 좋아서였는데, 왜냐하면—부모님이 말하길—노력해야 하는 상황 덕분에 나의 강인한 성격을 보일 기회가 생겼기 때문이었다.

만약 내가 어렸을 때 이 새로운 치료법이 있었다면 부모님은 뭐라고 했을까? 그들은 내가 더 강해지기를 바랐을까, 정상이기를 바랐을까? 치료를 받아들인다면 나는 강하지 않은 걸까? 혹은 내게 다른 노력이 필요해질까?

다음 날 저녁, 옷을 갈아입고 펜싱을 하러 톰과 루시아의 집으로 갈 때까지도 나는 이 생각을 하고 있다. 가끔 나타나는 학자와 같은 재능 외에, 우리의 어떤 행동이 다른 사람들에게 수익이 될 만할까? 대부분의 자폐 행동은 강점이 아니라 결함으로 받아들여졌다. 비사회성, 사회생활 기술의 부족, 주의력 통제 문제……. 계속 생각이 여기서 돌아간다. 그들의 관점에서 생각하기가 어렵지만, 주의력 통제라는 쟁점이 시

공간의 소용돌이 한가운데에 있는 블랙홀처럼 패턴의 한가운데에 있다는 느낌이 든다. 이것도 유명한 마음 이론에 따르자면 우리가 가진 결점으로 여겨지는 부분이다.

조금 일찍 도착한다. 아무도 아직 차를 세우지 않았다. 나는 내 뒤에 최대한 공간이 남도록 조심스레 주차한다. 가끔 다른 사람들은 그만큼 주의를 기울이지 않고, 그러면 다른 사람들에게 불편을 끼치지 않으면서 주차할 수 있는 사람의 수가 줄어든다. 나는 매주 일찍 올 수 있지만, 그러면 다른 사람들에게 공정하지 않다.

안에서 톰과 루시아의 웃음소리가 들린다. 내가 들어가자, 그들은 아주 편안하게 나를 보고 씩 웃는다. 나는 언제나 누군가가 집에 있는 것이, 함께 웃을 사람이 있는 것이 어떤 느낌일지 궁금하다. 톰과 루시아가 늘 웃지는 않지만, 그들은 행복하지 않을 때보다 행복할 때가 많아 보인다.

"루, 잘 지냈어?" 톰이 묻는다. 톰은 늘 같은 질문을 한다. 정상인들이 하는 행동 중 하나로, 그들은 내가 잘 지냈다는 것을 알 때에도 같은 질문을 한다.

"네." 내가 답한다. 루시아에게 의학에 관련된 질문을 하고 싶지만, 어떻게 말을 꺼내야 할지, 말을 하는 것이 예의 바른 행동일지 모른다. 다른 말부터 꺼낸다. "지난주에 제 차의 타이어가 찢겨져 있었어요."

"어머나, 세상에! 끔찍한 일이네!" 루시아의 얼굴 형태가 바뀐다. 동정을 표현하려는 의미라는 생각이 든다.

"아파트 주차장에 대어 두었어요. 평소와 같은 자리였죠. 타이어 네 개 다요."

톰이 휘파람을 분다. "그거 비쌌겠군. 요새 동네에서 말썽이 많았나? 경찰에 신고는 했고?"

질문들 중 하나는 내가 답할 수 없는 것이다. "신고는 했어요. 우리 아파트에 경찰관이 한 명 살고 있거든요. 그가 어떻게 신고하는지 말해 줬어요."

"다행이군." 톰이 말한다. 우리 아파트에 경찰이 살아서 다행이라는 의미인지, 내가 신고를 해서 다행이라는 의미인지 확실하지 않지만, 어느 쪽인지는 중요하지 않다는 생각이 든다.

"제가 회사에 지각을 해서 크렌쇼 씨가 화를 많이 냈어요."

"새로 왔다던 그 사람?" 톰이 묻는다.

"네. 그는 우리 부서를 좋아하지 않아요. 자폐인들을 좋아하지 않아요."

"어, 그 사람 어쩌면······." 루시아가 입을 열다가, 톰이 그녀를 쳐다보자 말을 멈춘다.

"네가 그가 자폐인들을 좋아하지 않는다고 생각하는 이유를 모르겠군." 톰이 말한다.

내가 긴장을 푼다. 톰이 이런 식으로 말하면, 그와 말하기가 훨씬 수월해진다. 질문이 덜 위협적이다. 왜 그런지 알면 좋겠다.

"그는 우리의 지원 환경이 불필요하다고 해요. 비용이 너무 많이 들고, 우리에게 체육관과······ 다른 것들이 필요없다고 말해요." 우리 일터를 훨씬 좋은 곳으로 만드는 특별한 물건들에 대해 한 번도 구체적으로 말한 적이 없다. 알고 나면, 어쩌면 톰과 루시아도 크렌쇼 씨와 같은 생각을 할지도 모른다.

"그건……." 루시아가 말을 하다 말고 톰을 봤다가, 말을 잇는다. "그건 웃기는 소리네. 그가 뭐라고 생각하든 상관없어. 회사는 생산적인 근무 환경을 제공하도록 법에 나와 있잖아."

"우리가 다른 직원들만큼 생산적인 한은요." 내가 말한다. 이 일에 대해 말하기가 힘들다. 겁이 난다. 목이 꽉 조이고, 부자연스럽고 기계적인 내 목소리가 들린다. "우리가 법에 정해진 특별 장애 항목에 포함되는 한……."

"자폐증은 확실히 포함되어 있어. 그리고 너희 부서는 틀림없이 생산적일 거야. 그렇지 않다면 이렇게 오랫동안 채용하지 않았겠지." 루시아가 말한다.

"루, 크렌쇼 씨가 자넬 해고하겠다고 협박하고 있나?" 톰이 묻는다.

"아뇨……. 꼭 그런 건 아니에요. 실험 단계라던 치료법에 대해 말씀드렸죠. 한동안은 아무 말도 없었는데, 이제 그들은―크렌쇼 씨, 회사는―우리가 그 실험 단계인 치료를 받기를 원해요. 편지를 받았어요. 실험 연구에 참여하는 사람들은 직원 감축 대상에서 제외된대요. 올드린 씨가 우리에게 설명했고, 우리는 토요일에 특별히 모여요. 회사가 우리에게 치료를 받도록 강요하지 못하리라고 생각했는데, 올드린 씨 말로는 크렌쇼 씨가 회사는 우리 부서를 없애 버리고, 우리를 다시 채용해서 다른 일을 맡기지 않을 수 있다고 한대요. 우리가 다른 일을 하는 훈련을 받지 않았기 때문에요. 만약 우리가 치료를 받지 않으면 회사가 그렇게 할 테고, 그러면 해고가 아닌데, 왜냐하면 기업은 시대에 따라 변할 수 있기 때문이래요."

톰과 루시아가 화난 표정을 짓는다. 팽팽한 얼굴 근육들이 당겨지며 찌푸려지고, 피부가 반짝이기 시작한다. 지금 이런 얘기를 하지 말아야 했다. 적당치 못한 때였다. 적당한 때가 있다면 말이다.

"**이런 개새끼들.**" 루시아가 말하더니, 나를 보고 분노로 단단히 찌푸려졌던 얼굴을 바꾸어, 눈가의 주름을 편다. "루─루. 내 말 잘 들어. 네게 화를 내는 게 아니야. 나는 너를 다치게 하는 사람들, 너를 제대로 대우하지 않는 사람들에게 화가 났어……. 네게 화나지 않았어."

"이런 말씀을 드리지 말았어야 했어요." 내가 여전히 당혹한 채 말한다.

"아니, 했어야 하고말고. 우리는 네 친구야. 만약 네 삶에 뭔가 문제가 생긴다면 우리도 알아야지. 그래야 도울 수 있잖니."

"루시아의 말대로야. 친구끼리는 도와야지─마스크 선반을 만들 때 네가 우리를 도왔던 것처럼."

"선반은 우리가 함께 쓰는 물건이에요. 제 회사 일은 그저 제 일이고요."

"그렇기도 하고 아니기도 해. 우리가 너와 함께 일하지 않고, 널 직접 도울 수 없다는 건 맞아. 그렇지만 이번 일처럼 보편적으로 적용되는 큰 문제가 있을 때는 다르지. 그저 너만의 일이 아니야. 모든 회사에 채용된 모든 장애인들에게 영향을 미칠 수 있는 문제야. 만약 기업들이 휠체어를 타는 사람들에게 경사로가 필요 없다고 한다면 어떻겠어? 루, 확실히 변호사가 필요해. 자네들 모두에게. 센터에서 도움을 얻을 수 있으리라고 말했던가?"

"루, 다른 사람들이 도착하기 전에, 크렌쇼 씨란 사람과 그치의 계획에 대해 조금 더 얘기해 볼래?"

소파에 앉는다. 톰과 루시아가 듣고 싶다고 했어도, 말하기가 힘들다. 나는 바닥에 깔린, 넓은 테두리가 파란색과 담황색이 만든 기하학적인 패턴―평범한 파란색 선으로 틀 안에 네 가지 패턴이 있다―으로 된 양탄자를 응시하며 분명하게 말하려 애쓴다.

"그들이―누군가가―성체 원숭이에게 시도한 치료가 있어요. 저는 원숭이도 자폐일 수 있다는 사실을 몰랐지만, 그들 말로는 이 치료를 받고 난 자폐 원숭이들이 더 정상적이 되었대요. 이제 크렌쇼 씨는 우리가 그 치료를 받기를 원해요."

"자네는 원치 않고?"

"저는 이 치료가 어떻게 이루어지고, 어떻게 상황을 개선시키는지 몰라요."

"현명한 판단이야." 루시아가 말한다. "누구의 연구인지 알아?"

"정확한 이름은 기억하지 못해요. 라스가―국제 성인 자폐인 모임 회원인데―제게 몇 주 전에 이 치료에 대해 이메일을 보냈어요. 학술지 웹사이트 주소를 보내 줘서 가 봤지만, 대부분 이해할 수 없었어요. 저는 신경과학을 공부하지 않았어요."

"그 주소를 아직 갖고 있니? 내가 찾아보고, 알아낼 거리가 있나 볼게."

"그래 주실 수 있나요?"

"물론이지. 그리고 부서 사람들에게 두루 물어보고, 그 연구자들이 괜찮은 평가를 받고 있는지 아닌지도 알아볼 수 있어."

"우리가 생각한 것이 있어요."

"우리라면?"

"우리…… 제가 함께 일하는 사람들이요."

"다른 자폐인들?" 톰이 묻는다.

"네." 나는 마음을 가라앉히려 잠깐 눈을 감는다. "올드린 씨가 우리에게 피자를 샀어요. 그는 맥주를 마셨어요. 그는 성인 자폐인을 치료하는 사업의 수익성이 충분치 않다고 생각한다고 했어요. 이제 자폐아들은 태어나 영아일 때 치료를 받고, 우리 같은 사람들은 우리가 마지막이기 때문이에요. 최소한 우리나라에서는요. 그래서 우리는 왜 그들이 이 치료법을 개발하는지, 어디에 쓸 생각인지 궁리했어요. 제가 했던 패턴 분석과 비슷해요. 한 가지 패턴이 있지만, 그것이 유일한 패턴은 아니에요. 어떤 사람들은 그들이 한 가지 패턴을 만들어 낸다고 생각하면서, 실제로는 여러 가지 패턴을 더 만들어 낼 수 있고, 문제에 따라 유용한 패턴이나 유용하지 않은 패턴이 있을지도 몰라요." 나는 톰을 올려다보았다. 톰이 이상한 표정으로 나를 쳐다보고 있었다. 그의 입이 조금 벌어져 있었다.

톰이 머리를 홱 젖히듯이 흔들었다. "그러니까—어쩌면 그들이 뭔가 다른 걸 염두에 두고 있고, 자네들은 그 일부분일 뿐일지도 모른다고 생각하는 건가?"

"그럴 수도 있어요." 내가 조심스럽게 말한다.

그가 루시아에게 시선을 주자, 루시아가 고개를 끄덕인다. "물론 그럴 수도 있어. 뭔지 몰라도 일단 자네들에게 시도해 보고 나면 추가적으로 정보가 나올 테고, 그러고 나면, 어디 보자……."

"저는 이 일이 집중력 통제와 관련되어 있다고 생각해요. 우리는 모두 다른 방식으로 감각 정보를 받아들이고…… 집중의 우선순위를 설정해요" 용어를 정확히 썼는지 자신이 없으나, 루시아가 열성적으로 고개를 끄덕인다.

"집중력 통제—그렇지. 만약 집중력을 화학적으로가 아니라 구조적으로 통제할 수 있다면, 헌신적인 인력을 개발하기가 훨씬 쉬워지겠지."

"우주 말이지." 톰이 말한다.

나는 혼란스러워지지만, 루시아는 그저 눈을 깜박이더니 곧장 고개를 끄덕인다.

"그래. 우주 기반 인력 고용의 큰 한계점은 사람들의 집중력을 유지시켜야 한다는 것이지. 우주에서 받아들이게 되는 감각 정보는 자연선택 과정에서 발달한 것과 달라서 우리에게 익숙하지 않아." 나는 루시아가 톰의 생각을 어떻게 알았는지 모른다. 나도 그렇게 사람들의 마음을 읽을 수 있으면 좋겠다. 루시아가 나를 향해 씩 웃는다. "루, 너 뭔가 엄청난 일을 알게 된 것 같아. 주소를 가르쳐 주면 내가 찾아볼게."

불편한 기분이 든다. "저는 회사 밖에서 회사 일에 대해 말해서는 안 돼요."

"너는 회사 일에 대해 말하고 있지 않아. 네 근무 **환경**에 대해 말하고 있지. 다르다고."

올드린 씨도 그렇게 생각할지 의문이다.

누군가 문을 두드리자, 우리는 대화를 멈춘다. 펜싱을 하지 않았는데도 몸이 땀에 젖었다. 가장 먼저 도착한 사람들은 데이브와 수잔이다. 우리는 집으로 들어가 장비를 꺼내고, 뒷마당에 나와 스트레칭을 시작한다.

다음으로 도착한 마저리가 나를 보고 웃는다. 다시 공기보다 가벼워진 기분이 든다. 나는 에미의 말을 기억하지만, 마저리를 보면 에미의 말을 믿을 수 없다. 어쩌면 나는 오늘 밤에 마저리에게 함께 저녁 식사를 하자고 할지도 모른다. 돈은 오지 않는다. 친구처럼 행동하지 않았다고, 톰과 루시아에게 아직 화가 나 있나 보다. 모두가 언제나처럼 친구가 아니라고 생각하니 슬프다. 그들이 내게 화를 내지 않기를, 나와 친구 하기를 그만두지 않기를 바란다.

데이브와 겨루고 있는데, 길 쪽에서 이상한 소음과 타이어가 급히 움직이며 내는 끽 소리가 들려온다. 나는 소음을 무시하고 공격을 바꾸지 않지만, 데이브는 멈추어 선다. 그래서 내 칼이 그의 가슴을 너무 세게 때린다.

"미안해."

"괜찮아. 가까이서 나는 소리 같던데, 들었어?"

"무슨 소리를 들었어." 내가 답한다. 나는 소음을 다시 떠올려 보려 하며, **통 ― 챙 ― 딸랑 ― 딸랑 ― 끼익 ― 부웅**, 무슨 소리였을까 생각한다. 누가 차 밖으로 그릇을 떨어뜨렸나?

"가서 확인하는 게 좋겠어."

다른 사람들 몇몇도 확인해 보려 일어난다. 나는 사람들을 따라 앞마당으로 나간다. 골목에 선 가로등 불빛을 받아 포석이 반짝인다.

"루, 네 차야." 수잔이 말한다. "앞유리 좀 봐."

몸이 식는다.

"지난주에는 타이어가……. 루, 그때는 무슨 요일이었어?"

"목요일이었어." 내 목소리가 조금 떨리고, 거칠게 들린다.

"목요일이라. 그리고 이번에는 앞유리가……." 톰이 다른 사람들을 둘러보고, 그들이 톰과 시선을 맞춘다. 모두들 같은 생각을 하고 있다는 것은 알겠지만, 무슨 생각인지는 모르겠다. 톰이 머리를 흔든다. "경찰에 신고해야겠네. 연습을 중단하기는 싫지만—"

"루, 내가 집까지 태워 줄게." 마저리가 내 바로 뒤로 다가와 있었다. 나는 그녀의 목소리가 들린 순간 펄쩍 뛴다.

톰이 경찰에 신고를 한다. 그의 집 앞에서 일어난 일이기 때문이라고 한다. 몇 분 뒤 톰이 내게 전화를 넘기고, 따분해하는 듯한 목소리가 내 이름, 주소, 전화번호, 차 번호를 묻는다. 상대방 쪽의 소음이 들리고, 사람들이 여전히 거실에서 이야기를 하고 있다. 경찰이 무슨 말을 하는지 이해하기가 힘들다. 그저 틀에 박힌 질문들이라 다행이다. 이런 질문들은 알아들을 수 있다.

그때 경찰이 뭔가 다른 질문을 한다. 단어들이 서로 얽혀 들어, 나는 알아듣지 못한다. "죄송합니다……." 내가 말한다.

경찰이 크게, 단어들을 보다 구분해서 말한다. 톰이 거실에 있는 사람들을 조용히 시킨다. 이번에는 알아듣는다.

"누가 이런 짓을 했을지, 생각나는 사람이 있습니까?"

"없습니다. 그러나 지난주에 누가 제 타이어를 찢었습니다."

"그래요?" 그러자 경찰이 흥미를 느낀 듯한 목소리로 묻는다. "신고했나요?"

"네."

"담당 경찰관이 누구였는지 기억하십니까?"

"명함을 받았습니다. 잠시만요." 나는 수화기를 내려놓고 지갑을 꺼낸다. 명함은 여전히 들어 있다. 맬컴 스테이시라는 이름과 사건 번호를 읽는다.

"그 사람은 지금 나가고 없네요. 이 신고를 그의 책상 위에 올려두겠습니다. 자, 그러면…… 목격자가 있습니까?"

"저는 소리를 들었습니다. 그러나 보지는 못했습니다. 우리는 뒷마당에 있었습니다."

"유감이네요. 자, 사람을 보내겠습니다만, 시간이 좀 걸릴지도 모릅니다. 거기 계세요."

경찰차는 거의 오후 10:00가 다 되어 도착한다. 모두들 기다림에 지쳐 거실에 둘러앉아 있다. 내 잘못이 아니지만, 나는 죄책감을 느낀다. 나는 내 차의 앞유리를 깨뜨리지 않았고, 경찰관에게 사람들에게 가지 말라고 하라고 요구하지 않았다. 파견된 경찰관은 키가 작고 무척 민첩한, 이사카라는 흑인 여자이다. 나는 그녀가 이번 일을 경찰을 부르기에는 너무 사소한 사건으로 여기고 있다고 생각한다.

그녀가 내 차와 다른 차들과 도로를 둘러보고 한숨을 쉰다. "자, 애런데일 씨, 누군가 당신의 앞유리를 깨뜨렸고, 며칠 전에는 누군가가 타이어를 찢었습니다. 그러니 이건 당신 문제라고 해야겠죠. 누굴 정말 짜증나게 한 게 틀림없어요. 곰곰 생각해 보면 누가 그랬을지 생각이 날 수도 있습니다. 회사에서는 어떻게 지내십니까?"

"잘 지냅니다." 내가 답한다. 톰이 몸을 움직인다. "새 상사가 왔지만, 크렌쇼 씨가 제 앞유리를 깨뜨리거나 타이어에 구멍을 내지는 않으리라고 생각합니다." 크렌쇼 씨는 화를 내지만, 그래도 그런 짓을 하는 크렌쇼 씨는 상상할 수 없다.

"으음?" 경찰관이 메모를 하며 말한다.

"그는 지난주에 제가 타이어가 찢어져서 지각하자 화를 냈습니다. 그가 제 앞유리를 깨뜨리지는 않으리라고 생각합니다. 저는 해고할 수는 있어도요."

경찰관이 나를 보지만 더 이상 아무 말도 하지 않는다. 이제 톰 쪽으로 시선을 돌린다. "파티를 하고 있었습니까?"

"펜싱 모임의 연습일입니다."

경찰관의 목이 긴장하는 것이 보인다. "펜싱이요? 무기를 갖고 하는?"

"펜싱은 스포츠입니다." 톰이 대답한다. 톰의 목소리에서도 긴장이 느껴진다. "2주 전에 토너먼트가 있었습니다. 몇 주 뒤에 다른 대회가 있고요."

"다치는 사람은 없습니까?"

"여기서는 없습니다. 우리는 엄격한 안전 수칙을 따릅니다."

"매주 같은 사람들이 옵니까?"

"대체로요. 가끔 연습에 빠지는 사람들도 있기는 합니다."

"이번 주에는요?"

"음, 래리가 없군요—시카고에 출장을 간다고 했습니다. 그리고 아마 돈도."

"이웃들과 문제는 없습니까? 소음이나, 기타 그런 문제에 대한 항의가 있었다든지."

"없습니다." 톰이 손가락으로 머리를 쓸어 넘긴다. "우리는 이웃들과 잘 지냅니다. 좋은 동네죠. 이런 말썽도 거의 없고요."

"허나 일주일도 안 되는 사이에 애런데일 씨의 차를 망가뜨리려는 일이 두 번이나 있었습니다……. 이건 상당히 의미심장합니다." 경찰관이 기다린다. 아무도 입을 열지 않는다. 마침내 그녀가 어깨를 으쓱하고 말을 잇는다.

"이런 거예요. 만약 차가 길의 오른쪽 차선을 따라 동쪽으로 가고 있었다면, 운전자는 멈춰 서고, 내려서 유리를 깨고, 자기 차로 돌아가, 다시 출발해야 합니다. 애런데일 씨의 차가 세워진 것과 같은 방향으로 가면서 운전석에 앉은 채로 유리를 깨는 것은 불가능해요. 발사 무기를 썼다면 몰라도―설령 그렇다 해도, 각도가 나쁘죠. 그러나 차가 만약 서쪽을 향하고 있었다면 차를 몰면서 뭔가―예를 들어 야구방망이라든지―를 휘두르거나 돌을 던져 앞유리를 깨뜨릴 수 있습니다. 그러면 누군가가 앞마당까지 나오기 전에 사라질 수 있죠."

"알겠습니다." 내가 말한다. 그녀의 말을 듣고 나니 접근, 공격, 도망 과정을 구체적으로 그릴 수 있다. 하지만 왜?

"누가 당신에게 화가 났는지에 대해 **뭐든** 떠오르는 일이 있어야 해요." 경찰관이 내게 화가 난 것처럼 말한다.

"누군가에게 얼마나 화가 났는지는 상관없습니다. 물건을 부수는 것은 옳지 못해요." 내가 말한다. 생각해 보아도, 내가 아는 사람들 중에 내가 펜싱을 한다고 화를 내는 사람은 에미뿐이다. 에미에게는 차가 없다. 에미는 톰과 루시아의 집이 어디인지 알지 못할 것이다. 어쨌든 에미가 앞유리를 깨뜨리리라는 생각은 들지 않는다. 안에 들어와서 큰소리로 말하고 마저리에게 무례한 말을 할지는 몰라도, 물건을 부수지는 않을 것이다.

"맞는 말이에요. 옳지 못하죠. 그래도 사람들은 그런 짓을 한답니다.

누가 당신에게 화가 났습니까?"

만약 그녀에게 에미에 대해 말한다면, 그녀는 에미를 성가시게 할 테고, 에미는 나를 성가시게 할 것이다. 나는 에미가 한 짓이 아니라고 확신한다. "모릅니다." 등 뒤에서 압박에 가까운 움직임이 느껴진다. 톰인 것 같지만, 확실하지는 않다.

"다른 사람들은 이제 가도 괜찮겠습니까?" 톰이 묻는다.

"아, 네. 본 사람도 없고, 들은 사람도 없죠. 뭐, 뭔가 듣긴 했지만, 아무 것도 못 보셨죠— 보신 분?"

"아뇨." "저는 못 봤어요." "내가 조금만 빨리 나갔다면." 등의 중얼거림이 들리고, 다른 사람들이 자기 차로 돌아간다. 마저리, 톰, 루시아는 남는다.

"일단 당신이 목표로 보이는데, 그렇다면 범인이 누구든 당신이 오늘 밤에 여기 온다는 사실을 아는 사람입니다. 수요일마다 여기 오신다는 것을 얼마나 많은 사람들이 알고 있습니까?"

에미는 내가 무슨 요일에 펜싱을 하러 가는지 모른다. 크렌쇼 씨는 내가 펜싱을 한다는 사실 자체를 모른다.

"여기에서 펜싱을 하는 사람들 모두요." 톰이 나를 대신하여 답한다. "지난번 토너먼트에 왔던 사람들 중에 아는 사람이 있을지도 모릅니다— 루의 첫 출전이었어요. 루 회사 사람들은 알아?"

"저는 회사에서 펜싱 이야기를 거의 하지 않습니다." 내가 답한다. 이유는 설명하지 않는다. "언급은 했지만, 수업이 언제인지 말한 기억은 없어요. 말한 적이 있을지도 모르죠."

"자, 애런데일 씨, 알아내야 합니다." 경찰관이 말한다. "이런 말썽은 신체 공격으로까지 이어질 수 있어요. 이제부터는 조심하세요." 그녀가 자신의 이름과 번호가 쓰인 명함을 건넨다. "떠오르는 일이 있거든 저나 스테이시에게 전화 주세요."

경찰차가 멀어지자, 마저리가 거듭 말한다. "루, 집까지 태워 줄게. 너만 괜찮다면."

"내 차를 타고 갈래. 수리를 맡겨야 하니까. 보험 회사에 또 연락을 해야 할 거야. 좋아하지 않겠지."

"자리에 유리가 떨어져 있나 보자." 톰이 차문을 연다. 계기판, 바닥, 좌석의 양가죽 패드에 떨어진 작은 유리 조각들에 반사된 빛이 반짝인다. 메슥거린다. 패드는 부드럽고 따뜻해야 한다. 이제 패드 안에는 날카로운 것들이 섞여 있다. 패드를 풀어 길 위에 턴다. 유리 조각이 포석에 떨어지며 작고 날카로운 소음을 낸다. 어떤 현대 음악들처럼 불쾌한 소리이다. 유리가 모두 털렸는지 확신이 들지 않는다. 작은 조각들이 숨겨진 칼날처럼 가죽 속에 들어 있을지도 모른다.

"루, 이런 차를 타고 갈 수는 없어." 마저리가 말한다.

"새 앞유리를 맞추러 가려면 운전을 해야 해. 전조등은 무사하군. 천천히 운전하면 괜찮을 거야."

"내 차를 몰고 집까지 갈 수 있어." 내가 말한다. "조심해서 갈 거야." 나는 양가죽 패드를 뒷좌석에 넣고 아주 조심스럽게 앞좌석에 앉는다.

나중에 집에 도착해서, 나는 톰과 루시아의 말을 마음속으로 재생하며 생각한다.

"내가 보기에, 크렌쇼 씨란 사람은 가능성이 아니라 한계를 보려고 작정했어. 너와 자네 부서의 사람들을 키울 자산으로 볼 수도 있었을 텐데."

"저는 자산이 아니에요. 사람이지요."

"루, 네 말이 맞아. 하지만 우린 지금 기업에 대해 말하고 있어. 군대에서처럼, 그들은 직원들을 자산이나 부채로 보지. 다른 직원들과 다른 투자를 필요로 하는 직원은 부채로 보일 수 있어―같은 산출을 위해 더 많은 자원을 요구하는 존재니까 그렇게 여기기 쉽지. 그래서 수많은 관리자들이 그런 식으로 봐."

"그들은 잘못된 부분을 봐요."

"그래. 네 가치를―자산으로―볼지도 모르지만, 부채 없이 자산만을 얻고 싶어 하지."

"유능한 관리자는 사람들의 성장을 도와." 루시아가 말했다. "만약 직원이 업무의 어떤 부분은 잘하고 나머지 부분은 잘 못한다면, 유능한 관리자는 직원들이 그만큼 잘하지 못하는 영역을 찾아내고 개발하도록 돕지―단, 약점이 그 직원들이 채용된 이유인 강점을 손상시키지 않을 만큼만 말이야."

"하지만 새로운 컴퓨터 시스템이 일을 더 잘할 수 있다면―"

"상관없어. 늘 뭔가가 있기 마련이야. 루, 컴퓨터나 다른 기계나 다른 사람이 네가 맡은 일을 할 수 있다고 하더라도…… 더 빨리, 더 정확히, 뭐 어떻게든……. 아무도 너보다 더 잘할 수 없는 것은, 네가 너 **자신**으로 있는 일이야."

"그러나 제게 직업이 없다면 그게 무슨 소용인가요? 직업이 없으면……."

"루, 넌 사람이야—누구와도 다른 개인이잖아. 직업이 있든 없든, 그게 곧 소용이야."

"전 자폐인이에요. 그게 저죠. 뭔가 길이 있어야 해요……. 만약 해고당하면, 제가 달리 무슨 일을 하겠어요?"

"해고당하고 다른 일을 구하는 사람은 많아. 너도 해야 한다면, 하고 싶다면 그렇게 할 수 있어. 변화를 만드는 길을 선택할 수 있어. 실직이 네 머리를 그저 두드리게 내버려두지 않아도 돼. 펜싱과 같지—패턴을 정하는 사람이 될 수도, 패턴을 따르는 사람이 될 수도 있어."

나는 기억하는 대로, 어조를 단어에, 단어를 표현에 맞추려 애쓰며 이 대화를 여러 번 다시 떠올린다. 그들은 내게 변호사를 만나라고 여러 번 말했지만, 나는 모르는 사람에게 말할 준비가 되어 있지 않다. 내 생각과 일어난 일들을 설명하기가 힘들다. 내 힘으로 생각해 내고 싶다.

내가 내가 아니었다면, 나는 어떤 사람이 되었을까? 때때로 그런 생각을 하곤 했다. 만약 다른 사람들이 하는 말을 쉽게 이해했다면, 더 많이 듣고 싶어 했을까? 더 수월하게 말하는 법을 배웠을까? 그랬다면, 더 많은 친구를 사귀었을까? 심지어 인기 있는 사람이 되었을까? 나는 아이, 정상 아이가 되어 가족, 선생님, 반 친구들과 수다를 떠는 나를 상상해 보려고 한다. 만약 내가 아니라 그런 아이였다면, 수학을 그토록 쉽게 배웠을까? 고전 음악의 위대하고 복잡한 구조가 처음 들었을 때부터 그토록 분명했을까? 바흐의 〈토카타와 푸가 D단조〉를 처음 들었던 때를…… 내가 느꼈던 강렬한 환희를 기억한다. 내가 지금 하는 일을 할 수 있었을까? 어떤 다른 일을 할 수 있었을까?

어른이 된 지금은 다른 나를 상상하기가 더 힘들다. 어렸을 때 나는 다른 역할을 맡은 나를 상상했었다. 내가 정상이 되고, 언젠가 다른 사람들이 그토록 쉽게 하는 일들을 할 수 있게 되리라고 생각했다. 시간이 흐르며, 환상은 희미해졌다. 나의 한계는 현실이었고, 내 삶의 테두리에 그어진 변하지 않는 굵고 검은 선이었다. 내가 연기하는 역할은 정상인 뿐이다.

모든 책들이 동의하는 한 가지 사실은, 그들의 표현을 따르자면, 장애의 영구성이었다. 초기 개입은 증상을 개선시킬 수 있지만, 핵심 문제는 그대로 남았다. 나는 날마다, 마치 몸 한가운데에 커다랗고 둥그런 돌덩이가 들어찬 것처럼, 내가 하거나 하려고 하는 모든 일에 영향을 미치는 묵직하고 불편한 존재처럼 그 핵심 문제를 느꼈다.

만약에 그 문제가 없다면?

나는 학교를 졸업한 이래로 나의 장애에 대해 읽기를 포기했다. 나는 화학자나 생화학자나 유전학자로서의 교육을 받지 않았다. 제약 회사에서 일하고는 있지만, 약에 대해서는 거의 모른다. 내 컴퓨터를 흘러지나가는 패턴들, 내가 찾아내어 분석하는 패턴들과 회사가 내게 만들어 내기를 바라는 패턴들밖에 모른다.

나는 다른 사람들이 어떻게 새로운 것을 배우는지 알지 못한다. 그러나 나에게는 내 방식이 통했다. 일곱 살 때, 부모님이 자전거를 사 주셨고, 어떻게 타는지 가르쳐 주려고 하셨다. 부모님은 내가 일단 앉아서 부모님이 자전거를 잡고 있는 사이에 페달을 밟고, 그런 다음에 직접 핸들을 움직이기를 바랐다. 나는 그들의 말을 무시했다. 핸들을 잡고 조종하는 일이 가장 중요하고 가장 어려운 일이라는 것이 분명했기에, 나는 그것부터 배우려고 했다.

나는 자전거를 끌고 마당을 돌며, 핸들이 어떻게 흔들리고, 움직이고, 앞바퀴가 잔디나 돌 위로 오를 때면 어떻게 젖혀지는지를 느꼈다. 그런 다음에 두 다리를 벌리고 걸터앉아 그런 식으로 또 돌면서 핸들을 움직이고, 자전거를 넘어지게 하고, 도로 세웠다. 마지막으로 도로와 집 현관 사이의 경사로를 따라 두 발은 땅에서 띄웠지만 언제든지 멈춰 설 수 있게 페달을 밟지 않은 채 자전거를 미끄러뜨렸다. 그런 다음에는 페달을 밟기 시작했고, 다시는 넘어지지 않았다.

무엇부터 시작하느냐를 아는 것이 전부이다. 올바른 자리에서 시작해서 모든 단계를 따라가면, 올바른 끝에 도달한다.

이 치료법이 크렌쇼 씨를 어떻게 부자로 만들 수 있는지 이해하고 싶다면, 나는 뇌가 어떻게 작동하는지를 알아야 한다. 사람들이 사용하는 불확실한 용어가 아니라, 뇌가 기계로서 실제로 어떻게 작동하는지를 알아야 한다. 뇌의 작동은 자전거의 핸들과 같다―한 사람을 조종하는 방법이다. 그리고 약이 실제로 무엇이고, 어떻게 작용하는지를 알아야 한다.

학교에서 뇌에 대해 배운 기억은 뇌는 회색이고 포도당과 산소를 아주 많이 소모한다는 것이 전부이다. 나는 학교에 다닐 때 **포도당**glucose이라는 단어를 좋아하지 않았다. 풀을 생각나게 했고, 나는 내 머리에 풀glue을 쓴다는 생각을 좋아하지 않았다. 나는 내 뇌가 컴퓨터처럼, 스스로 잘 작동하고 실수를 저지르지 않는 무언가라고 생각하고 싶었다.

책에는 자폐증은 뇌에 문제가 있다고 쓰여 있었다. 그 말은 나를 반품되거나 버려져야 하는, 결함이 있는 컴퓨터처럼 느끼게 했다. 모든 개입, 모든 훈련은 못 쓰는 컴퓨터를 제대로 작동하게 하기 위해 설계된

소프트웨어에 불과했다. 못 쓰는 컴퓨터는 결코 제대로 작동하지 않고,
나도 마찬가지였다.

11

 너무 많은 일들이 너무 빨리 일어나고 있다. 마치 사건의 속도가 빛의 속도보다 빠른 것 같다. 그러나 나는 이 말이 객관적 참이 아님을 안다. 객관적 참이란 내가 인터넷으로 읽으려고 애쓰고 있는 글 중 한 편에 나온 용어이다. 그 책에 따르면, 주관적 참은 개인이 대상을 어떻게 느끼는가에 달렸다. 내게는 너무 많은 일들이 너무 빨리 일어나서 보이지 않는 것같이 느껴진다. 사건들이 인식에 앞서, 먼저 도달하기 때문에 빛보다 빠른 어둠 속에서 일어난다.

 나는 컴퓨터 앞에 앉아 이 안에서 패턴을 찾아내려 애쓴다. 패턴을 찾는 것이 나의 기술이다. 패턴을 믿는 것—패턴의 존재를 믿는 것—이 분명히 나의 신조이다. 나의 일부이다. 저자는 사람은 그의 유전자, 배경, 주위 환경에 따라 결정된다고 썼다.

 어린 시절 도서관에서 최소부터 최대까지, 오직 단위에 대해서만 나와 있는 책을 본 적이 있다. 나는 그 책이 도서관에서 제일 좋은 책이라고 생각했다. 왜 다른 아이들이 구조가 없는 책들, 산란한 인간 감정과 욕망에 대한 이야기들밖에 없는 책들을 선호하는지 이해하지 못했다.

가상의 소년이 허구의 소프트볼 팀에 들어간다는 이야기를 읽는 일이 대체 왜 불가사리와 별들이 같은 패턴에 들어 맞는지를 아는 것보다 중요할까?

과거의 나는 숫자의 추상적인 패턴이 관계의 추상적인 패턴보다 더 중요하다고 생각했다. 모래알들은 진짜이다. 별들은 진짜이다. 그들이 어떻게 함께 조화를 이루는지에 대한 앎은 내게 따스하고 편안한 느낌을 주었다. 주위 사람들만도 이해하기 무척 어려웠다. 이해하기가 불가능했다. 책 속의 사람들은 더 이치에 맞지 않았다.

지금의 나는, 사람들이 숫자에 더 가깝다면 그들을 이해하기 더 쉬우리라고 생각한다. 그러나 지금의 나는 사람들이 숫자와 같지 않다는 걸 안다. 사람들이 4와 16을 얘기할 때, 4가 항상 16의 루트값을 의미하지는 않는다. 사람들은 사람들이다. 산란하고, 변덕스럽고, 날마다—심지어 시시각각—서로 다르게 결합한다. 나도 숫자가 아니다. 나는 내 차 사건을 조사하는 경찰관에게는 애런데일 씨이고, 대니에게는, 비록 그도 경찰관이지만, 루이다. 톰과 루시아에게는 펜싱 선수 루이고, 올드린 씨에게는 직원 루, 센터에 있는 에미에게는 자폐인 루이다.

이런 것을 생각하면 어지럽다. 왜냐하면 속으로 나는 세 사람이나 수십 사람이 아니라 한 사람이라고 느끼기 때문이다. 트램폴린에서 뜀을 뛰든 사무실에 앉아 있든 에미의 말을 듣든 톰과 펜싱을 하는 마저리를 보면서 따뜻한 느낌을 받든 똑같은 루이다. 따뜻한 느낌은 바람 많은 날에 풍경 위를 흘러가는 빛과 그림자처럼 내 위로 움직인다. 구름의 그림자에 가리든 햇살을 받든 언덕들은 똑같다.

하늘을 떠가는 구름을 저속 촬영한 사진에서 패턴을 봤다……. 한쪽 끝에서 나타나 다른 쪽, 산등성이에서 깨끗한 하늘로 녹아드는 구름들을 보았다.

나는 펜싱 모임에 있는 패턴들을 생각한다. 오늘 내 앞유리를 깨뜨린 사람이 누구든, 그가 깨뜨리고 싶은 특정한 앞유리를 어디에서 찾으면 되는지 알았음은 납득이 된다. 그는 내가 그곳에 있으리란 사실을 알았고, 어느 차가 내 차인지 알았다. 그는 산등성이에서 피어나 깨끗한 하늘로 날려 멀어지는 구름이었다. 내가 있는 곳에, 그가 있다.

내 차를 알아볼 사람들과 내가 수요일 밤마다 어디에 가는지 아는 사람들을 떠올려 보면, 가능항이 줄어든다. 증거들이 하나의 이름을 달고 한 점으로 빨려 들어간다. 그럴 리 없는 이름이다. 친구의 이름이다. 친구는 친구의 앞유리를 깨뜨리지 않는다. 그리고 그가 톰과 루시아에게 화가 나 있다 해도, 내게 화를 낼 이유는 하나도 없다.

틀림없이 다른 사람이다. 내가 패턴을 잘 본다 해도, 이 일에 대해 신중하게 생각했다 해도, 나는 사람들의 행동에 관해서는 내 추리를 신뢰할 수 없다. 나는 정상인들을 이해하지 못한다. 그들은 조리 있는 패턴에 언제나 맞아 들어가지 않는다. 누군가 다른 사람, 친구가 아닌 사람, 나를 싫어하고 내게 화가 난 사람이 틀림없이 있을 것이다. 나는 분명해 보이는, 그럴 리 없는 패턴이 아니라 다른 패턴을 찾아내야 한다.

올드린은 최신판 사내 인명록을 훑어보았다. 지금까지의 해고는 조금 간지러운 정도로, 언론의 관심을 끌 정도는 못 되었다. 허나 그가 아는 이름 중 적어도 반은 더 이상 목록에 없었다. 곧 말이 퍼지기 시작할 것이다. 인사팀의 베티…… 이례적인 조기 퇴직. 회계팀의 셜리…….

어려운 점은, 무슨 일을 하든 크렌쇼를 돕고 있는 것처럼 보이게 해야 한다는 점이었다. 크렌쇼에게 맞설 생각을 하기만 하면, 위 속에 꽁꽁 뭉쳐진 얼음장 같은 두려움이 아무 일도 하지 못하게 막았다. 크렌쇼의 머리 위로 올라갈 엄두는 나지 않았다. 크렌쇼의 상사가 이 계획에 대해서도 알고 있는지, 아니면 모두 크렌쇼의 생각인지 확실치 않았다. 자폐인들을 믿을 엄두도 나지 않았다. 그들이 비밀 엄수의 중요성을 이해할 수 있을지 어떻게 알겠나?

그는 크렌쇼가 이 건을 상부에 확인하지는 않았다고 확신했다. 크렌쇼는 문제 해결사, 진취적으로 생각하는 미래의 경영자, 자기 왕국을 효율적으로 관리하는 사람으로 보이고 싶어 했다. 그는 질문을 하지 않을 것이다. 허락을 구하지도 않을 것이다. 이번 일이 새어나간다면 역홍보의 끔찍한 악몽을 불러올 수 있다. 윗사람 중에 누군가는 이 사실을 알아챘을 것이다. 그러나 얼마나 위까지? 크렌쇼는 알려지지 않고, 새어나가지 않고, 퍼지지 않기를 기대하고 있었다. 그가 자기 아랫사람들의 목줄을 모두 조이고 있다고 해도, 사리에 맞는 생각이 아니었다.

만약 크렌쇼가 몰락하고 올드린이 그의 조력자로 비친다면, 그때는 그도 일자리를 잃을 터였다.

A 부서를 연구 대상 그룹으로 전환하려면 무엇이 필요할까? 그들은 휴직을 해야 한다. 얼마나 오래? 직원들이 휴가와 병가 일수를 쑤셔 넣어야 할까, 아니면 회사가 휴가를 내어 줄까? 추가 휴가가 필요하다면, 보수는 어떻게 될까? 연공서열은? 부서를 통한 회계는 어떻게 될까— 직원들의 보수는 A 부서의 운영 자금에서 지출될까, 아니면 연구부를 통해 나갈까?

크렌쇼가 정말 인사팀, 회계팀, 연구팀, 법무팀의 누군가와 벌써 합의를 본 걸까? 그는 처음부터 크렌쇼의 이름을 내세우고 싶지 않았다. 크렌쇼의 이름이 없을 때의 반응을 보고 싶었다.

셜리는 아직 회계팀에 있다. 올드린은 전화를 걸었다. "직원을 다른 부서로 전임시킬 때 어떤 서류가 필요한지 확인해 주겠어?" 그는 일단 이렇게 시작했다. "내 예산에서 즉시 제외시키거나 하는 건가?"

"전임 업무는 중단된 상태야. 이번에 들어온 신임 ─" 셜리가 말하다 말고 숨을 들이키는 소리가 들렸다. "쪽지를 받은 건 아니겠지?"

"아닐걸, 그러면 ─ 만약 우리 부서에 실험 연구에 참여하고 싶은 직원이 있다고 가정했을 때, 그 직원들의 보수 지급권을 그저 연구부로 넘기기만 하면 되는 건 아니란 말이지?"

"세상에, 아니고말고! 그러자마자 팀 맥도너가 ─ 연구부장 말야. 알지? ─ 네 머리를 벽에 메다꽂을걸." 셜리는 잠시 말을 멈췄다가 물었다. "무슨 연구인데?"

"새 약이 어쩌고 하던데."

"흠, 그렇구나. 어쨌든, 임상 실험 대상이 되고 싶은 직원은 지원자로 참여해야 해. 봉급은 병원에 입원해야 하는 경우에는 하루에 50달러, 그 외의 경우에는 하루에 25달러이고, 최저한도는 250달러야. 물론, 입원 시엔 침상과 식사를 비롯해 필요한 모든 의료 서비스가 지원되지. 나라면 겨우 그 정도 받으려고 약을 시험해 보진 않겠지만, 윤리 위원회가 금전적인 보상은 없어야 한다더라."

"흐음……. 직원들의 월급은 계속 나올까?"

"일을 계속 하거나 유급 휴가 기간인 경우에만." 셜리가 답하고 킥킥 웃었다. "직원들을 모두 다 실험 대상으로 만들어서 그 봉급만 주면, 회사 돈이 엄청 절약되겠지? 회계도 훨씬 쉬워질 테고—FICA^{사회보장세금}나 FUCA^{실업보장세금}나 주 원천 과세도 없겠지. 회사가 못 그러니 천만다행이지."

"그런 것 같네." 그렇다면, 크렌쇼는 보수와 연구 봉급을 어떻게 할 계획일까? 이 일에 누가 자금을 대고 있지? 왜 지금까지 이 생각을 못했을까? "셜리, 고마워." 올드린이 뒤늦게 답했다.

"행운을 빌어."

올드린은 치료를 한다고 가정했을 때 시간이 얼마나 걸릴지 전혀 모르고 있음을 깨달았다. 크렌쇼에게서 받았던 서류 뭉치에 있었던가? 그는 서류를 찾아, 입술을 오므리고 꼼꼼히 읽었다. 크렌쇼가 연구 자금을 A 부서의 월급으로 쓴다고 따로 약정하지 않았다면, 고참인 기술직원들을 저임금 모르모트로 전환하는 셈이었다…… 만약 직원들이 한 달 안에 완쾌된다 하더라도(논문에 실린 가장 낙관적인 예측치) 회사는…… 큰 돈을 절약할 터였다. 계산을 해 보았다. 큰돈처럼 보였지만, 회사가 감당하게 될 법적인 위험에 비하면 큰 액수도 아니었다.

데이터 지원을 맡고 있는 마커스를 제외하면, 아는 직원 중 연구팀에서 높은 자리에 있는 사람은 없었다. 인사팀으로 돌아가서…… 베티가 나갔으니, 다른 이름을 기억해 보려고 했다. 폴. 데브라. 폴은 인명록에 있었다. 데브라는 없었다.

"짧게 말해. 내일 나가거든." 폴이 말했다.

"나간다고?"

"그 유명한 10퍼센트에 들었지." 폴의 목소리에서 분노가 묻어났다. "아니, 우리 회사는 손실을 보고 있지 않아. 아니, 인력 감축을 하는 것도 아니야. 그저 더 이상 내가 필요 없게 되었다지."

차가운 손가락이 올드린의 등을 쓸어내렸다. 다음 달에는 그에게 일어날 수도 있는 일이었다. 아니, 오늘일 수도 있다. 만약 크렌쇼가 올드린이 하고 있는 짓을 눈치챈다면 말이다.

"커피 살게."

"내가 밤마다 잠 못 들게 하는 데 필요하기라도 한가."

"폴, 들어 봐, 네게 할 말이 있는데, 전화로는 안 돼."

긴 침묵. "어, 너도?"

"아직은 아니야. 커피 좋아?"

"알았어. 10시 30분에 매점에서?"

"아니, 이른 점심으로 하자. 11시 30분." 올드린이 말하고 전화를 끊었다. 손바닥이 축축했다.

"그래, 대단한 비밀이 뭐야?" 폴이 물었다. 매점 정중앙에 가까운 식탁에 구부리고 앉은 그의 얼굴에는 아무것도 드러나지 않았다.

올드린이라면 구석 자리를 골랐겠지만 — 한가운데 앉은 폴을 보니 — 예전에 보았던 스파이 스릴러가 기억났다. 구석 자리는 감시당할지도 모른다. 그가 아는 한, 폴은 선을…… 사람들 말을 빌리자면 선을 달고 있었다. 속이 거북해졌다.

"이봐, 아무것도 녹음 안 하고 있어." 폴이 커피를 홀짝였다. "네가 입을 딱 벌리고 거기 서 있거나 내 몸을 톡톡 두드리는 게 더 수상해 보일

걸. 정말 엄청난 비밀이 있나 보군."

올드린이 자리에 앉았다. 커피가 머그컵 밖으로 넘쳐 쏟아졌다. "우리 새 부장이 신임자 중에 하나라는 건 알지."

"환영해." 폴이 어서 말해란 어조로 말했다.

"크렌쇼야."

"그 운 좋은 자식. 꽤 유명하지, 우리 크렌쇼 씨."

"뭐, 그래, A 부서는 알지?"

"자폐인들 말이지? 알다마다." 폴의 표정이 날카로워졌다. "그 자식이 A 부서를 노리고 있어?"

올드린이 고개를 끄덕였다.

"멍청한 짓이야. 그 자식이 원래 멍청하지 않다는 말이 아니라, 아무리 그래도―그건 정말 바보 같은 짓이라고. 우리의 6-14.11항 세금 우대가 그들에게 달려 있어. 어쨌든 네 부의 직원 수는 6-14.11항에 아슬아슬하게 해당하고, 네 직원들 한 명 한 명에게 1.5명의 가치가 있어. 더욱이 언론에 알려진다면……."

"나도 알아. 하지만 그 사람은 듣지를 않아. 자폐인 직원들에게 비용이 너무 들어간다고 하지."

"그는 자기 빼곤 모두 다 비싸다고 생각할걸. 믿기지 않는 일이지만, 자기 보수는 박봉이라고 보지." 폴이 다시 커피를 홀짝였다. 올드린은 폴이 지금 이 순간에도 크렌쇼가 얼마를 받는지 말하지 않고 있음을 눈치챘다. "우리 사무실에 왔을 때 만난 적이 있어―그 자식, 현존하는 면세나 탈세 요령을 다 알고 있더군."

"그렇겠지."

"그래서, 그가 뭘 하려는 거야? 해고? 감봉?"

"임상 실험 연구 계획에 자원하라고 협박하고 있어."

폴의 눈이 휘둥그레졌다. "농담이겠지! 그런 짓은 못 해!"

"그라면 해." 올드린은 말을 멈췄다가 다시 이었다. "회사가 빠져나가지 못할 법은 없다고 하더군."

"흠, 맞는 말일지도 모르지만―법을 그저 무시할 수는 없어. 논파해야 하지. 임상 실험은―뭔데? 약?"

"성인 자폐인을 위한 새로운 치료법이야. 정상인으로 만든대. 원숭이에는 성공했다던가."

"진담은 아니겠지." 폴이 올드린을 빤히 바라보았다. "**진담이군**. 크렌쇼가 부문 6-14.11인 직원들을 그런 일의 첫 번째 임상 실험 대상으로 억지로 밀어 넣으려고 한다는 말이지? 홍보에서 최악의 악몽을 자처하는 꼴이야. 수십억이 들걸."

"너도 알고 나도 알지. 하지만 크렌쇼는…… 자기 나름의 관점이 있어."

"그래서―윗선에서 누가 이 일을 결재했대?"

"내가 아는 사람은 없어." 올드린이 마음속으로 손가락으로 십자를 그리며 대답했다. 아무에게도 물어 보지 않았으니, 말 자체는 참말이었다.

폴은 더 이상 심술궂고 부루퉁한 얼굴이 아니었다. "권력에 미친 멍청이. 그 새끼, 이 일을 성공해서 새뮤얼슨을 이기려는 거야."

"새뮤얼슨?"

"다른 신임자지. 사내 동향에 신경 안 써?"

"응. 그런 데는 별로 재주가 없어."

폴이 고개를 끄덕였다. "나는 내가 재주가 있는 줄 알았지. 이번에 받은 분홍색 종이 조각이 그렇지 않다고 증명했지만. 아무튼, 새뮤얼슨과 크렌쇼는 라이벌로 입사했어. 새뮤얼슨이 언론에 파문을 일으키지 않고 생산 비용을 감축했거든—내 생각엔, 그것도 곧 바뀌겠지만. 어쨌든, 크렌쇼는 자기가 삼중살을 성공시킬 수 있다고 생각하는 게 틀림없군—만약 일이 잘못되어도 일자리를 잃을까 봐 겁이 나서 불평 못 할 자원자들을 준비하고, 다른 사람들이 아무도 모르게 자기가 알아서 일을 끝까지 진행하고, 그걸로 자기 평판을 세우겠다는 거지. 피트, 만약 뭔가 하지 않으면 너도 그 자식과 같이 끌려 내려갈 거야."

"뭔가 하자마자 크렌쇼에게 해고당하겠지."

"옴부즈맨이 있잖아. 로라가 무척 불안해하고 있기는 하지만, 아직 그 직책이 없어지지는 않았어."

"믿음이 가질 않아." 올드린이 대답했지만, 서류는 철해 두었다. 그보다, 다른 의문이 있었다. "이봐—만약 이 일을 한다면, 직원들이 참여하는 동안 회계 처리를 어떻게 할 생각인지 모르겠어. 법에 대해 더 자세히 알고 싶은데—크렌쇼가 직원들에게 병가와 휴가를 쓰도록 압력을 넣을 수 있어? 특별 채용직에 대한 규칙이 어떻게 되어 있어?"

"음, 기본적으로, 그가 하려는 일은 끔찍한 불법이야. 우선, 연구팀에서 직원들이 자발적인 자원자가 아니라는 낌새를 맡자마자 다 깔아뭉갤걸. NIH국립위생연구소에 신고해야 하는 데다, 예닐곱 가지 의료 윤리 위반과 공정고용법 위반으로 연방이 조사하러 내려오길 바라지 않을 테니까. 그리고 만약 이 일 때문에 직원들이 30일 이상 출근하지 못한다면—그런 거야?" 올드린이 고개를 끄덕이자 폴이 말을 이었다. "그렇다면 그건 휴가 기간으로 처리가 안 돼. 휴직이나 안식년에 관한 특별 규정이 있어. 특히 특수 부문 직원들에 대해서 말이야. 호봉을 상실하지 못하게 되어 있거든. 월급도 마찬가지고." 폴이 머그컵의 가장자리를 손가락으로 훑었다. "그러니 회계팀이 좋아할 리 없지. 다른 기관에서 안식년에 들어가는 고참 과학자들을 제외하면, 우리 회사에는 봉급을 모두 받으면서 실제로 맡은 일은 하지 않는 직원들에 관한 회계 항목이 없어. 아, 게다가 이 일은 네 생산성도 지옥으로 떨어뜨려 증발시키겠군."

"그 생각도 했어." 올드린이 중얼거렸다.

폴의 입술을 비틀며 말했다. "그 자식을 정말 꼼짝 못 하게 까발릴 수도 있어. 내가 복직되지 못한다는 건, 예전으로 돌아갈 수 없다는 건 알지만…… 어떤 일이 일어나고 있는지 안다면 재미있겠지."

"나는 조용히 처리하고 싶어. 내 말은—물론 내 일자리도 걱정이 되지만, 그게 전부가 아니야. 크렌쇼는 내가 자기 신발을 핥지 않을 때면 멍청하고 비겁하고 게으르다고 생각하지. 핥아 주면 나를 타고난 아첨꾼이라고밖에 생각 안 해. 나는 우물쭈물하면서, 크렌쇼를 노출시키는 방향으로 도우려고 했는데—"

폴이 어깨를 으쓱했다. "내 스타일은 아니군. 나라면 일어나서 고함을 질러 댈 거야. 하지만 넌 너고, 그게 네 방식이라면……"

"그러면—직원들을 휴직시키려면 인사팀의 누구에게 말해야 할까? 법무팀은?"

"너무 빙 돌아가는 길이야. 더 오래 걸릴걸. 아직 옴부즈맨이 있을 때 그쪽에 말하든가, 영웅이 되어 보고 싶다면 최상층 거물들과 약속을 잡아보는 게 어때? 네가 맡고 있는 작은 지진아들인지 뭔지도 같이 데리고 가. 굉장히 드라마틱하겠지."

"그들은 지진아가 아니야." 올드린이 반사적으로 대꾸했다. "자폐인이지. 이번 일이 얼마나 심각한 위법인지 그들이 알면 무슨 일이 일어날지 알 수가 없어. 권리상으로는 알아야겠지만, 만약에 기자나 그런 사람들을 불러들이면 어떡해? 그러면 이 지랄 맞은 일에 진짜 불이 붙어 버릴 거야."

"그러면 네가 알아서 해. 피라미드식 경영 조직의 심원한 높이를 좋아하게 될지도 모르지." 폴이 지나치게 큰 소리로 웃음을 터뜨렸다. 폴이 자기 커피에 뭔가 넣었나 싶었다.

"모르겠어. 충분히 윗선까지 가지 못하리라고 봐. 내가 약속을 잡으면 크렌쇼가 알아챌 거야. 지휘 계통에 대한 메모를 기억하라고."

"퇴직 장성을 CEO로 임명하면 그런 게 생기지."

이제 점심 식사를 하러 온 직원들이 빠져나가기 시작했고, 올드린은 일어나야 할 때라는 것을 알았다.

이제 무엇을 해야 할지, 어느 길이 가장 유리할지 가늠이 되지 않았다. 그는 여전히 어쩌면 연구팀이 상자의 뚜껑을 도로 덮어서, 자신이 아무 일도 하지 않아도 되기를 바라고 있었다.

늦은 오후에 크렌쇼가 그의 기대를 날렸다. "자, 여기 연구 계획이네." 크렌쇼가 올드린의 책상에 데이터큐브와 서류철을 털썩 내려놓으며 말했다. "이런 온갖 예비 검사가 대체 왜 필요한지 모르겠지만—심지어 PET양전자 방사 단층 촬영까지 있고, MRI자기공명진단며 그외 이것저것—저쪽에서 필요하다고 하고, 연구팀을 경영하는 사람은 내가 아니니까." 크렌쇼의 야심에 따른 아직이라는 말은 소리 내어 말하거나 들릴 필요도 없었다.

"자네 과 사람들의 회의 참여 일정을 짜고, 검사 일정은 연구팀의 바트에게 연락해."

"검사 일정이요? 정상 근무 시간과 검사 일시가 겹치면 어떻게 합니까?"

크렌쇼가 얼굴을 찌푸리더니 어깨를 으쓱했다. "젠장, 너그럽게 봐주지 ─ 그 시간은 보충하지 않아도 돼."

"회계는요? 누구의 예산으로 ─"

"피트, 제발, 알아서 좀 해!" 크렌쇼의 얼굴이 추한 암적색으로 변했다. "문제를 찾지 말고, 손 펴고 해결을 해. 나한테 넘기면 내가 결제하지. 그동안은 거기에 쓰인 위임 코드를 쓰도록." 그가 종이 뭉치를 향해 고갯짓했다.

"알겠습니다." 올드린이 말했다. 크렌쇼가 책상 뒤에 서 있어서 뒤로 더 물러설 수가 없었다. 다행히 크렌쇼는 곧 몸을 돌려 자기 사무실로 돌아갔다.

문제를 해결하라. 그는 문제를 해결하겠지만, 그가 해결하는 문제가 크렌쇼의 문제는 아니었다.

나는 내가 무엇을 이해할 수 있고, 무엇을 이해한다고 생각하면서 오해할 수 있는지 알지 못한다. 나는 인터넷에서 찾을 수 있는 한 가장 쉬운 신경생물학 글을 찾아 제일 먼저 용어 해설을 살펴본다. 정의를 먼저 익힐 수 있다면, 정의들의 링크를 누르면서 시간을 낭비하고 싶지 않다. 용어 해설은 내가 한 번도 본 적이 없는 수많은 단어들로 가득하다. 나는 정의들도 이해하지 못한다.

더 뒤로 돌아가야 한다. 더 멀리 있는 별에서, 더 깊은 과거에서 나오는 빛을 찾아야 한다.

고등학생들을 위한 생물학 교재. 이 책이라면 내 수준일지도 모른다. 용어 해설을 눈으로 훑는다. 여러 해 동안 보지 못했던 단어들도 있지만, 아는 어휘들이다. 10분의 1만이 처음 보는 것이다.

첫째 장을 읽자, 비록 기억하고 있는 내용과 일부가 다르긴 하지만, 이해가 된다. 다르리라고 예상했었다. 신경 쓰이지 않는다. 나는 자정이 되기 전에 교재를 다 읽는다.

다음 날 밤에는 평소에 보는 쇼 프로그램을 시청하지 않는다. 대학 교재를 찾는다. 너무 간단하다. 고등학교에서 생물학을 배운 적이 없는 대학생들을 위해 쓰인 책이다. 나는 내게 필요한 지식이 무엇일지 어림잡아 보며 다음 단계로 넘어간다. 생물화학 교재는 혼란스럽다. 유기화학을 알아야 읽을 수 있다. 나는 인터넷에서 유기화학을 검색해 교재의 제1장을 내려 받는다. 또 밤늦게까지, 그리고 금요일 출퇴근 시간 앞뒤에, 빨래를 하면서 책을 읽는다.

토요일에는 회사에서 회의가 있다. 집에서 책을 읽고 싶지만, 그래서는 안 된다. 운전하는 사이, 머릿속에서는 책이 거품을 일으킨다. 작은 분자들이 뒤범벅되며 내가 아직 확실히 잡아내지 못하는 패턴을 만들어 낸다. 주말에 출근해 본 적이 없다. 주말에도 주중처럼 혼잡할지 알지 못한다.

도착하자 캐머런과 베일리의 차가 서 있다. 다른 사람들은 아직 오지 않았다. 나는 지정된 회의실로 찾아간다. 벽에는 인조 나무 틀이 대어져 있고 녹색 융단이 걸려 있다. 철제 다리에 등판과 깔개가 작은 녹색 반점으로 장식된 장미빛 천으로 덮인 의자가 한쪽 끝을 향해 두 줄로 놓여 있다. 내가 모르는 사람인 젊은 여자 한 사람이 문가에 서 있다. 손에는 이름표가 든 종이 상자를 들었다. 작은 사진이 실린 목록을 갖고 있고, 나를 보자 내 이름을 말하고 "여기, 받아가세요"라며 이름표를 준다. 작은 금속 집게가 달려 있다. 나는 손에 이름표를 든다. "다세요." 여자가 말한다. 나는 이런 종류의 집게를 좋아하지 않는다. 옷을 당긴다. 그래도 나는 이름표를 달고 안으로 들어간다.

다른 사람들이 의자에 앉아 있다. 빈 의자에는 우리들 한 명 한 명의 이름이 쓰인 서류철이 놓여 있다. 내 자리를 찾는다. 마음에 들지 않는다. 나는 첫째 줄 오른쪽에 있다. 자리를 옮기는 것은 무례한 행동일지도 모른다. 나는 줄을 흘끔 살피고 자리가 우리를 마주 볼 연사를 기준으로 알파벳순으로 정해졌음을 안다.

나는 7분 일찍 도착한다. 만약 읽고 있던 교재를 출력해 가져왔다면 지금 읽을 수 있을 터였다. 대신에 나는 읽었던 부분에 대해 생각한다. 지금까지의 내용은 모두 이해가 된다.

모두 도착하고, 우리는 2분 40초 동안 조용히 기다린다. 이윽고 올드린 씨의 목소리가 들린다. "다 왔나요?" 그가 문가에 있던 여자에게 묻는다. 여자가 그렇다고 답한다.

올드린 씨가 들어온다. 피곤하긴 해도 정상으로 보인다. 스웨터와 황갈색 바지를 입고 간편화를 신고 있다. 그가 우리를 보고 미소짓지만,

온전한 미소는 아니다.

"여기서 모두를 만나니 반갑군요. 곧 랜섬 박사님이 오셔서 장래의 지원자들에게 프로젝트의 내용을 설명하실 겁니다. 각자의 서류철 안에는 전반적인 건강 상태에 대한 질문지가 있어요. 기다리는 동안 질문지를 작성하세요. 비밀 엄수 동의서에 서명하시고요."

질문지는 주관식이 아니라 객관식으로 간단하다. 질문에 거의 다 답했을 즈음(심장병, 가슴 통증, 호흡 곤란, 신장병, 배뇨 시 문제 등의 항목에 '없음' 칸에 체크하는 데는 시간이 거의 걸리지 않는다) 문이 열리고 흰 가운을 걸친 남자가 들어온다. 가운 주머니에 **랜섬 박사**라는 수가 놓여 있다. 회색 곱슬머리이고 눈은 밝은 파란색이다. 머리가 세기에는 아직 젊어 보이는 얼굴이다. 그도 우리에게 눈과 입 모두로 미소 짓는다.

"안녕하세요, 만나서 반갑습니다. 모두 이 의학 실험에 관심을 가지고 있으시지요?" 그는 우리가 하지 않는 답을 기다리지 않는다. "간단히 설명하지요. 어쨌든 오늘은 그저 여러분에게 실험이 무엇이고, 준비 검사의 예상 일정이 어떻게 되는지 등을 말씀드리기 위한 자리니까요. 우선, 지금까지의 연구를 간단히 말씀드리겠습니다."

그는 무척 빠른 속도로 공책에 쓰인 내용을 읽는다. 자폐 스펙트럼 장애와 관련된 두 가지 유전자가 발견되었던 세기 초부터 시작, 자폐증 연구의 역사를 순식간에 지껄인다. 그가 프로젝트를 켜고 뇌 사진을 보여줄 때가 되자, 과부하가 걸려 머리가 멍해져 있다. 박사는 여전히 빨리 말하며, 라이트펜으로 뇌의 다른 영역을 가리킨다. 드디어 이번 프로젝트에 대해 다시 영장류의 사회조직이나 의사소통과 같은 제일 앞부분부터 설명을 시작하더니, 마침내―이 가능한 치료법 이야기를 꺼낸다.

"지금까지는 그저 배경 설명입니다. 여러분에게는 너무 어려운 내용일지도 모르지만, 제 열의를 이해해 주시길 부탁드려요. 여러분이 갖고 있는 서류철 속에 도표가 곁들여진 간략한 설명이 있습니다. 핵심을 말하자면, 우리가 하려는 일은 자폐증인 뇌를 정상으로 만드는 것이고, 그런 다음 영아기의 감각 통합을 강화 및 속화한 과정에 따라 뇌를 훈련시키는 겁니다." 박사가 말을 멈추고 물을 한 모금 마신다. "자, 이번 회의의 내용은 대충 이 정도입니다. 검사 일정이 나올 거예요―서류철 안에 다 있습니다―물론 의료팀과의 회의가 더 있을 테고요. 질문지와 기타 서류를 문가에 있는 분에게 내세요. 실험에 포함되면 연락을 받으실 겁니다." 박사는 내가 말할 거리를 생각하기도 전에 나가고 없다. 누구도 말하지 않는다.

올드린 씨가 일어나서 우리를 돌아본다. "그저 다 쓴 질문지와 서명한 비밀 엄수 동의서를 제게 주세요―걱정들 마세요. 모두 조약에 포함될 거예요."

내가 걱정하는 것은 그 일이 아니다. 나는 질문지를 다 쓰고 동의서에 서명을 하고, 둘을 올드린 씨에게 건넨 다음 다른 사람들에게 아무 말도 하지 않고 나간다. 토요일 오전 시간을 거의 전부 허비했고, 돌아가서 책을 마저 읽고 싶다.

제한 속도 내에서 최대한 빨리 달려 집으로 가서, 집에 들어서자마자 책을 읽는다. 집이나 차를 청소하기 위해 독서를 멈추지는 않는다. 일요일에 교회에 가지 않는다. 내가 읽고 있는 장과 그다음 장을 월요일과 화요일에 회사에 가지고 가서, 밤늦은 시간만이 아니라 점심시간에도 읽는다. 문단, 장, 부문으로 깔끔하게 쌓인 패턴을 이루는 분명하고 조직적인 정보가 흘러 들어온다. 나의 마음에는 그 모든 정보를 넣을 공간이 있다.

이어지는 수요일, 나는 루시아에게 뇌의 작동을 이해하기 위해 무엇을 읽어야 할지 물어볼 준비가 되었다고 느낀다. 생물학 1단계, 2단계, 생화학 1단계와 2단계, 유기화학 이론 1단계의 온라인 평가 시험을 치렀다. 신경학 책을 훑어보자 이제 이해가 훨씬 잘되었지만, 이 책이 맞는 책인지를 모르겠다. 나는 시간이 얼마나 남았는지 알지 못한다. 잘못된 책에 시간을 낭비하고 싶지 않다.

예전에 이렇게 하지 않았다는 사실이 놀랍다. 펜싱을 시작했을 때, 나는 톰이 추천한 책을 모두 읽었고 톰이 도움이 되리라고 했던 비디오를 보았다. 컴퓨터 게임을 할 때면 관련된 글을 모두 읽었다.

그러나 나는 지금까지 한 번도 나 자신의 뇌가 작동하는 방식에 대해 모두 배우려고 나서지 않았다. 이유를 모르겠다. 처음에는 무척 이상한 기분이었고, 내가 책의 내용을 이해하지 못하리라고 거의 확신했음을 안다. 허나 사실은 쉬운 일이다. 도전했다면 이 분야에서 학사 학위를 받을 수도 있었으리라는 생각이 든다. 조언자들인 상담사들이 모두 내게 응용수학을 하라고 했기 때문에, 나는 그렇게 했다. 그들이 내가 잘하는 일을 말해 주었고, 나는 그들을 믿었다. 그들은 내가 정말 과학적인 일을 할 수 있는 머리를 가졌다고 생각하지 않았다. 어쩌면 그들이 틀렸을지도 모른다.

루시아에게 내가 지금까지 읽은 책의 목록과 평가 시험 점수를 인쇄한 종이를 보인다. "다음으로 무슨 책을 읽어야 할지 알고 싶어요."

"루—이렇게 말하기 부끄럽지만, 감탄했어." 루시아가 고개를 흔든다.

"톰, 와서 이것 봐. 루가 겨우 일주일 사이에 생물학 학사 학위에 필요한 공부를 거의 다 했어."

"아니에요. 이건 모두 한 가지 목표를 위한 일이었죠. 학사 학위를 받으려면 인구생물학, 원예—"

"나는 폭이 아니라 깊이를 말한 거야. 하위 단계에서 상급 과정까지 도전했네……. 루, 유기합성이 뭔지 확실히 이해하니?"

"모르겠어요. 실험은 하나도 안 했어요. 그렇지만 화학물들이 서로 끼워 맞춰지는 방식의 패턴은 명확해요."

"루, 왜 어떤 그룹은 인접한 탄소고리와 결합하고 어떤 그룹은 한두 개의 탄소고리와 결합하지 않는지 설명할 수 있어?"

나는 바보스런 질문이라고 생각한다. 그룹이 만나는 자리가 그룹의 형태나 그들이 운반하는 전하의 결과임은 명확하다. 머릿속으로 그들이, 양전하나 음전하 구름에 둘러싸인 덩어리진 형태들이 쉽게 떠오른다. 나는 톰에게 바보스런 질문이라고 생각한다는 말을 하고 싶지 않다. 이 부분을 설명하는 교과서의 문단을 외우고 있지만, 톰은 내가 앵무새처럼 읊기보다는 내 입으로 표현하기를 바라는 것 같다. 그래서 나는 책에 나온 것과 같은 어구를 하나도 사용하지 않고 최대한 분명히 설명한다.

"그저 책만 읽고 답을 알았다고 했지—몇 번이나 읽었어?"

"한 번이요. 두 번 읽은 문단도 있어요."

"젠장." 톰이 말하자, 루시아가 혀를 찬다. 루시아는 거친 말을 좋아하지 않는다. "루—대부분의 대학생들이 너만큼 이해하기 위해 얼마나 열심히 일해야 하는지 알아?"

배움은 힘들지 않다. 배우지 않기가 힘들다. 나는 왜 학생들이 배움이 일처럼 느껴질 정도로 오랫동안 배우지 않는지 의아해진다. "머릿속으로 떠올리기는 쉬워요." 나는 질문을 하는 대신 말한다. "책에는 그림도 있었어요."

"강한 시각 상상력." 루시아가 중얼거린다.

"그림이 있다고 해도, 비디오 애니메이션이 있다고 해도 말이다." 톰이 말한다. "대학생들은 대부분 유기화학을 어려워해. 넌 책 전체를 겨우 한 번 읽고 그만큼이나 이해했지―루, 우리에게 비밀로 하고 있었구나. 넌 천재라고."

"분열 기술일지도 몰라요." 톰의 표현에 겁이 난다. 나를 천재라고 생각한다면, 어쩌면 톰은 내가 다른 사람들과 펜싱으로 겨루기를 바라지 않을지도 모른다.

"분열 기술이라고, 히야." 루시아가 말한다. 화난 듯한 말투다. 뱃속이 꽉 막힌다. "너말고." 루시아가 재빨리 덧붙인다. "그렇지만 분열 기술이라는 개념 자체가 너무…… 낡았어. 모든 사람들은 강점과 약점을 가지고 있어. 자신이 가진 많은 기술을 일반화하지 못하는 건 모두들 마찬가지야. 역학에서 최고점을 받는 물리학도가 미끄러운 길에서 운전하다가 말썽을 일으키기도 하지. 이론은 알지만, 진짜 운전으로 일반화하지 못하는 거야. 그리고 지금까지 여러 해 동안 널 알고 지냈지―네 기술은 **기술**이지, 분열 기술이 아니란다."

"하지만 저는 거의 그냥 외웠을 뿐이에요." 내가 여전히 걱정스레 말한다. "굉장히 빨리 외울 수 있거든요. 그리고 표준적인 시험을 대체로 잘 보고요."

"네 말로 설명하는 건 암기가 아니야. 그 온라인 교재를 나도 아는데…… 루, 너는 내 직업이 뭔지 물어본 적이 없구나."

추운 날 문 손잡이에 손을 대는 듯한 충격이 온다. 그의 말대로다. 나는 톰의 직업을 물어보지 않았다. 사람들에게 직업을 물어보아야겠다는 생각을 떠올린 적이 없다. 루시아와는 병원에서 만났기 때문에, 그녀가 의사임을 알고 있었다. 그렇지만 톰은?

"직업이 뭔가요?" 나는 이제야 묻는다.

"대학 교수야. 화학공학."

"학생들을 가르치세요?"

"그래. 학부 수업 두 개와 대학원 수업 하나지. 화학공학도들은 유기화학을 필수로 들어야 하기 때문에, 학생들이 유기화학을 어떻게 여기는지 알고 있어. 내용을 이해하는 학생들의 말이 이해하지 못하는 학생들과 어떻게 다른지도 말이야."

"그래서―제가 정말 이해한다고 생각하세요?"

"루, 네 머리잖니. 자신이 이해하고 있다는 생각이 드니?"

"그런 것 같아요……. 하지만 알고 있는지 확신이 안 서요."

"나도 그런 것 같아. 그리고 일주일도 안 되어서 이렇게 잘하는 사람을 지금껏 본 적이 없어. 아이큐 검사는 받아 봤니?"

"네." 검사에 대해 말하고 싶지 않았다. 매년 검사를 받았는데, 질문지가 다를 때도 있었다. 나는 검사를 좋아하지 않는다. 예를 들어, 질문지를 만든 사람이 그림에서 의미한 단어의 뜻을 추측해야 했던 검사가 있었다. 단어는 **트랙**track이었다. 그림에는 타이어가 젖은 길을 지나간 자국과 꼭대기에 반구 비슷한 것이 있는―내가 보기에는―경마장의 특별 관람석 같은 길고 높은 빌딩이 그려져 있었다. 나는 경마장이라는 의미를 골랐으나, 틀린 답이었다.

"네게 결과를 가르쳐 줬니, 아니면 부모님에게만 말했어?"

"부모님에게도 가르쳐 주지 않았어요. 어머니가 마음 상해하셨죠. 검사자들은 어머니의 저에 대한 기대에 영향을 주고 싶지 않다고 했어요. 제가 고등학교를 졸업할 수는 있을 거라고도 했죠."

"흐음. 뭔가 정보가 있으면 좋을 텐데……. 검사를 다시 해 보지 않을래?"

"왜요?"

"내 생각에…… 그저 알고 싶어서……. 하지만 검사 결과가 없어도 넌 이만큼이나 이해하고 있으니, 무슨 상관이겠어?"

"루, 네 기록은 누가 갖고 있니?" 루시아가 물었다.

"몰라요. 아마—고향에 있는 학교? 의사들? 저는 부모님이 돌아가신 뒤로 고향에 가지 않았어요."

"그건 네 기록이잖아. 지금이라도 네가 가질 수 있어야 해. 찾고 싶다면 말이야."

이것도 지금까지 한 번도 생각한 적이 없던 일이다. 사람들은 성인이 되거나 이사를 하면 자신의 학교 기록이나 의료 기록을 받을까? 나는 사람들이 이런 기록에 정확히 뭐라고 썼는지 알고 싶은지 잘 모르겠다. 만약에 그들이 내가 기억하는 것보다 더 나쁜 말을 썼다면 어떻겠어? "아무튼, 이어서 읽기에 좋은 책이 있어. 좀 오래되어서 책에 나온 것보다 훨씬 많은 사실이 알려졌지만, 현재까지 틀린 부분은 없어. 세고와 클린턴의 《뇌의 기능》이라는 책이야. 나한테 아마…… 한 권 있을 텐데······." 루시아가 방에서 나가고, 나는 루시아와 톰이 한 말을 모두 생각해보려고 애쓴다. 너무 많다. 두개골 내부를 민첩한 광자들처럼 튀어다니는 생각들로 머리가 웅웅거린다.

"루, 받아." 루시아가 책을 건넨다. 표지가 천으로 된 무겁고 두꺼운 종이책이다. 책등에는 제목과 저자의 이름이 검은색 직사각형 안에 금박으로 쓰여 있다. "지금쯤이면 온라인에도 있을지 모르지만, 어디에서 찾을 수 있을지는 모르겠어. 내가 의대에 갓 입학했을 때 샀지. 한번 봐."

책을 펼친다. 첫 장에는 아무것도 안 쓰여 있다. 다음 장에 제목과 저자들의 이름—벳시 R. 세고와 맬컴 R. 클린턴—이 있다. 나는 R로 시작하는 두 사람의 가운데 이름이 같은 것일지, 그리고 혹시 그래서 두 사람이 함께 책을 썼을지 궁금해진다. 백지의 하단에는 회사 이름과 날짜가 쓰여 있다. 아마 이것이 출판사 이름인가 보다. R. 스콧 랜즈다운 & Co. 출판사. 또다시 R이다. 뒷면에는 작은 활자로 책의 정보가 나와 있고, 그다음에 또 제목과 저자들의 이름이 나온다. 다음 장이 '서문'이다. 나는 책을 읽기 시작한다.

"그 부분과 소개 글은 통과해도 돼. 내용의 설명 수준이 괜찮은지 확인해 두고 싶구나."

저자들은 왜 사람들이 읽지 않을 글을 책에 넣었을까? 서문과 소개글은 무슨 용도일까? 루시아와 언쟁하고 싶지 않았지만, 가장 앞에 나오는 글이니 가장 먼저 읽어야 할 것 같았다. 만약 지금은 통과해야 하는 글이라면, 왜 맨 앞에 실렸을까? 그래도 나는 일단 제1장을 찾을 때까지 책장을 넘긴다.

읽기 어렵지 않고, 이해가 된다. 열 쪽 정도 읽은 다음 고개를 들자, 톰과 루시아가 나를 주시하고 있다. 얼굴이 달아오른다. 책을 읽는 동안 두 사람을 잊고 있었다. 사람들을 잊어버리는 것은 예의 없는 행동이다.

"루, 괜찮아?" 루시아가 묻는다.

"마음에 들어요." 내가 답한다.

"좋아. 집에 가져가서 천천히 읽고 아무 때나 갖다 줘. 내가 아는 다른 온라인상의 참고 자료들을 이메일로 보내 줄게. 어때?"

"좋아요." 책을 계속 읽고 싶지만 밖에서 차 문이 닫히는 소리가 들린다. 이제 펜싱을 할 시간이다.

12

몇 분 사이에 다른 사람들이 무리 지어 도착한다. 우리는 뒷마당으로 나가서 스트레칭을 하고 장비를 입은 후 펜싱을 시작한다. 경기 사이에 마저리는 내 곁에 앉는다. 마저리가 옆에 앉으면 기쁘다. 그녀의 머리칼을 만지고 싶지만, 그러지 않는다.

우리는 거의 말을 하지 않는다. 무슨 말을 해야 할지 모르겠다. 마저리가 앞유리를 수리했는지 묻자 내가 했다고 답한다. 루시아와 겨루는 마저리를 본다. 마저리가 루시아보다 키가 크지만 루시아의 실력이 더 뛰어나다. 마저리가 움직이자 갈색 머리칼이 출렁인다. 루시아는 밝은 머리를 하나로 묶었다. 둘 다 오늘 밤에는 흰색 펜싱복을 입고 있다. 곧 마저리의 옷에서 루시아가 유효타를 낸 자리에 갈색 얼룩이 진다.

톰과 겨루는 동안에도 마저리를 생각하고 있다. 톰이 아니라 마저리의 패턴을 보고 있었기 때문에, 톰이 나를 금세 두 번 이긴다.

"집중하지 않고 있군." 톰이 내게 말한다.

"죄송합니다." 내가 말한다. 시선이 마저리에게로 미끄러진다.

톰이 한숨을 쉰다. "루, 생각할 거리가 많은 줄은 알지만, 고민을 쉬는 것도 펜싱을 하는 이유 중 하나야."

"네……. 죄송합니다." 나는 눈을 억지로 돌려 톰과 그의 칼에 초점을 맞춘다. 집중하자, 톰의 패턴이 보인다―길고 복잡한 패턴이다―이제 나는 그의 공격을 막을 수 있다. 낮게, 높게, 높게, 낮게, 반대로, 낮게, 높게, 낮게, 낮게, 반대로……. 그는 다섯 번째마다 역방향 공격을 시도하고, 공격의 구성을 다르게 한다. 이제 나는 역방향 공격에 대응할 준비를 하고, 한쪽 발을 축으로 몸을 돌린 다음 재빨리 비스듬하게 발을 놀린다. 공격은 비스듬하게, 절대 직선으로 하지 말라. 어느 옛 명인의 말이다. 그런 면에서 펜싱은 나이트와 비숍이 비스듬히 공격하는 체스와 비슷하다. 마침내 나는 내가 가장 좋아하는 구성으로 공격을 이어 확실하게 성공시킨다.

"우와! 진짜 불규칙하게 공격했다고 생각했는데."

"다섯 번째마다 역방향이었어요."

"젠장. 다시 해 보자."

이번에 톰은 아홉 번째 공격까지 역방향으로 나가지 않고, 그다음에는 일곱 번째까지―나는 그가 늘 홀수 번째에서 역방향으로 공격함을 알아챈다. 나는 더 긴 일련의 공격을 그저 기다리며 받아 이 사실을 확인한다. 확실히…… 아홉, 일곱, 다섯, 그리고 다시 일곱. 이때 나는 비스듬히 발을 놀려 다시 유효타를 낸다.

"다섯 번째가 아니었잖아." 톰이 숨찬 소리로 말한다.

"네……. 하지만 홀수였어요."

"충분히 빨리 생각할 수가 없어. 겨루기도 **하면서** 생각도 하지는 못하겠어. 대체 어떻게 하니?"

"몸은 움직이지만, 패턴은 움직이지 않아요. 패턴은 ―제 눈에 보이면― 가만히 있어요. 흔들리지 않기 때문에 기억하고 있기가 쉽죠."

"그런 식으로 생각해 본 적은 없어. 그렇다면―네 공격 계획은 어떻게 세워? 네 공격에는 패턴이 없나?"

"있어요. 하지만 한 가지 패턴에서 다른 패턴으로 옮겨갈 수 있어요⋯⋯." 톰이 내 말을 이해하지 못하고 있음을 알고, 나는 다른 설명 방법을 찾아 고심한다. "목적지로 운전해 갈 때, 가능한 경로가 여러 가지 있겠죠. 선택할 수 있는 많은 패턴들이요. 한 가지 길에서 출발했으나 그 패턴을 사용하는 길이 막혀 있다면, 다른 길로 가서 다른 패턴을 이용하겠지요?"

"너는 길을 패턴으로 보니?" 루시아가 말한다. "나는 길을 선으로 봐―한쪽 길에서 다른 쪽 길로 가려는데 교차로가 같은 구획 내에 있지 않으면 굉장히 고생을 하지."

"나는 완전히 길을 잃어." 수잔이 말한다. "대중교통은 내게 천상의 선물이라니까―그저 안내판을 읽고 타면 되지. 옛날에는 어디로 차를 몰고 가든 늘 지각을 했어."

"그러면, 너는 머릿속으로 다양한 펜싱 패턴을 기억하고 있다가 그냥⋯⋯ 한쪽에서 다른 쪽으로 뛰어 넘어간다든가 하는 거야?"

"하지만 패턴을 분석하는 동안에는 상대방의 공격에 반응하는 경우가 대부분이에요."

"네가 펜싱을 시작할 때 보인 학습 스타일이 설명이 되는구나." 루시아는 행복해 보인다. 나는 왜 그게 루시아를 기쁘게 하는지 이해하지 못한다. "처음 겨룰 때, 너는 패턴을 배울 시간이 없었던 거야―생각과 경기를 동시에 하기에는 실력이 충분하지 않았던 거지. 내 말 맞지?"

"저는…… 기억이 잘 안 나요." 다른 사람들이 내 뇌가 어떻게 작동하는지, 혹은 작동하지 않는지에 대해 세세하게 논의하는 상황이 불편하다.

"상관없어—넌 지금 훌륭한 선수야—사람들은 확실히 제각기 다른 방식으로 배우는구나."

저녁 시간이 금세 흘러간다. 나는 다른 사람들과 몇 번 더 겨룬다. 경기 사이에는, 마저리가 펜싱을 하지 않을 때면 그녀 옆에 앉는다. 길에서 소음이 날까 유심히 듣지만 아무 소리도 들리지 않는다. 가끔 차들이 지나가지만, 최소한 뒷마당에서 듣기에는 정상적인 소리가 난다. 차를 타러 나가 보자 앞유리는 부서지지 않았고 타이어는 터지지 않았다. 손상이 있기 전에 손상이 없는 상태가 있다—누군가 내 차를 망가뜨리러 온다면, 손상은 그다음에 있을 것이다……. 어둠과 빛은 매우 비슷하다. 어둠이 먼저 있고, 그다음에 빛이 온다.

"앞유리 건으로 경찰이 다시 연락했던?" 톰이 묻는다. 우리는 모두 앞마당에 나와 있다.

"아니오." 나는 오늘 밤에 경찰에 대해 생각하고 싶지 않다. 마저리가 내 옆에 서자, 마저리의 머리칼에서 나는 향기가 느껴진다.

"루—" 그가 머리를 긁적인다. "이 일에 대해 **생각해 봐야** 해. 널 모르는 사람이 펜싱 수업이 있는 날 네 차를 연달아 두 번이나 망가뜨릴 가능성이 얼마나 되겠니?"

"우리 모임 사람은 아니에요. 여러분은 제 친구잖아요."

톰이 바닥을 응시하더니, 다시 내 얼굴을 마주본다. "루, 나는 네가—" 나는 톰이 다음에 할 말을 듣고 싶지 않다.

"여기들 있었군요." 루시아가 말을 끊으며 부른다. 말을 끊는 것은 무례한 행동이지만, 나는 루시아가 말을 끊어서 기쁘다. 그녀는 책을 가져왔다. 내가 가방을 트렁크에 넣을 때 책을 건넨다. "읽으면서 어떤지 얘기해 줘."

길모퉁이에 선 가로등의 불빛을 받아 표지가 검회색으로 보인다. 손가락 아래로 울퉁불퉁한 질감이 느껴진다.

"루, 무슨 책을 읽고 있어?" 마저리가 묻는다. 속이 긴장된다. 나는 마저리와 이 연구에 대해 말하고 싶지 않다. 마저리가 이미 알고 있다고 알게 되고 싶지 않다.

"세고와 클린턴이야." 루시아가 마치 그것이 책의 제목인 양 말한다.

"오호. 좋겠네, 루."

이해가 되지 않는다. 마저리는 저자들의 이름만 듣고도 무슨 책인지 알까? 이 두 사람은 이 책 한 권만 썼을까? 그리고 왜 마저리는 이 책이 내게 좋으리라고 생각할까? 아니면 "좋겠네"란 칭찬하는 의미로 한 말일까? 나는 그 말의 의미도 이해하지 못한다. 이런 질문의 소용돌이에 갇힌 기분이다. 무지가 내 주위로 소용돌이치며 나를 질식시킨다.

빛이 머나먼 작은 조각에서부터 내게로 달려온다. 가장 오래된 빛이 도달하는 데 가장 오래 걸린다.

나에게로 밀려드는 가로등과 야광 표지판들의 불빛이 이루는 웅덩이와 흐름들을 평소보다 더 의식하며 조심스레 차를 몬다. 빠른 어둠의 안팎에서—그리고 참으로, 어둠 속에 더 빠르게 느껴진다.

멀어지는 루를 보며 톰이 고개를 흔들었다. "모르겠어." 그는 말을 하다가 멈춘다.

"당신도 나와 같은 생각을 하고 있어?" 루시아가 묻는다.

"현실적으로 있을 법한 경우는 그것 하나뿐이야. 생각하고 싶지 않지만, 돈이 이렇게 심각한 문제를 일으킬 수 있다고 믿기 어렵긴 하지만…… 달리 누구겠어? 돈은 루의 이름을 알아. 주소를 알아낼 수 있었겠지. 펜싱 연습이 언제인지와 루의 차가 어떻게 생겼는지도 확실히 알고 있어."

"경찰에게는 아무 말 안 했잖아."

"안 했어. 루가 생각해 낼 줄 알았고, 어쨌든 루의 차니까. 내가 함부로 끼어들 일이 아니라고 생각했어. 이제 보니…… 그저 나서서 루에게 돈을 조심하라고 직접적으로 말했으면 좋았을걸. 루는 아직도 돈을 친구로 생각하고 있어."

"그러게. 루는 정말—뭐랄까, 진짜 우정인지 그냥 습관인지 모르겠어. 한번 친구는 영원한 친구? 게다가—"

"돈이 아닐지도 모르지. 나도 알아. 돈이 가끔 성가신 말썽꾸러기처럼 굴긴 해도, 지금까지 폭력적인 행동을 한 적은 없었어. 그리고 오늘 밤에는 아무 일도 없었지."

"아직 밤은 끝나지 않았어. 만약 뭔가 다른 소식이 또 들린다면, 루를 위해서라도 경찰에 말해야 할 거야."

"당연히 그래야지." 톰이 하품을 했다. "그저 더 이상 아무 일도 없길, 이번 일이 그저 우연이길 바라야겠지."

아파트에 도착해서 가방과 책을 위층으로 가지고 올라간다. 지나치는 사이, 대니의 집에서는 아무 소리도 들리지 않는다. 나는 펜싱복을 세탁할 옷 바구니에 넣고 책을 책상으로 가져간다. 스탠드 불빛을 받은 표지는 회색이 아니라 하늘색이다.

책을 펼친다. 통과하라고 할 루시아가 없으니, 나는 모든 장을 꼼꼼히 읽는다. '헌사'라고 쓰인 페이지에서 벳시 R. 세고는 "제리와 밥에게, 고마움을 담아"라고, 맬컴 R. 클린턴은 "사랑하는 아내 셸리아에게, 그리고 아버지 조지를 추억하며"라고 썼다. 의학박사 피터 J. 바틀먼이 쓴 머리말은 벳시 R. 세고의 R이 로댐의 머리글자이고 맬컴 R. 클린턴의 R은 리처드의 머리글자라는 정보를 담고 있다. 그러니 어쩌면 두 사람의 공동 저작에 R은 아무 관련이 없을지도 모른다. 피터 J. 바틀먼은 이 책이 뇌의 기능에 대해 오늘날 알려진 정보를 집대성한, 가장 중요한 책이라고 한다. 왜 그가 머리말을 썼는지 모르겠다.

다음 서문이 이 질문에 답한다. 피터 J. 바틀먼은 벳시 R. 세고의 의대 시절 스승으로, 그녀에게 뇌의 기능에 대해 평생 이어진 관심과 헌신을 일깨웠다. 내게는 이 구절이 어색해 보인다. 서문은 책의 내용과 저자들이 책을 쓴 이유, 그리고 도움을 준 수많은 사람들과 회사들에게 감사를 담고 있다. 나는 목록에서 내가 일하는 회사를 발견하고 놀란다. 그들은 전산 처리 면에서 지원을 제공했다.

전산 처리는 우리 부가 개발하는 분야이다. 나는 저작권 날짜를 다시 확인한다. 책이 쓰인 때는 내가 입사하기 전이다.

나는 이때의 구식 프로그램들이 아직도 쓰이는지 궁금하다.

뒤쪽의 용어 해설로 가서 재빨리 정의들을 훑어 읽는다. 이제 절반 정도는 아는 말이다. 첫 장, 뇌의 구조 개관에 들어가자 이해가 된다. 소뇌, 편도, 해마, 대뇌…… 위부터 아래까지, 앞에서 뒤까지, 양 측면에서, 여러 가지 관점에서 그려져 있다. 나는 뇌의 각기 다른 부위가 담당하는 기능을 보여 주는 그림을 본 적이 없기 때문에 꼼꼼히 들여다본다. 왜 완벽하게 기능하는 청각 처리 영역이 우뇌에 있는데, 좌뇌에 주 언어 중추가 있는지 의아하다. 어째서 그런 식으로 특화될까? 나는 한쪽 귀로 들리는 소리가 다른 쪽 귀로 들리는 소리보다 더 언어적으로 들릴지 궁금하다. 시각 처리 영역 역시 마찬가지로 이해하기 어렵다.

제1장의 마지막 부분에서 나는 정말이지 강렬한 문장을 만난다. 나는 읽기를 멈추고 그 문장을 빤히 응시한다. "본래, 생리적인 기능을 제외하자면, 인간의 뇌는 패턴을 분석하고 형성하기 위해 존재한다."

숨이 가슴에서 걸린다. 몸이 차가워졌다가 뜨거워진다. 내가 하는 일이 바로 그것이다. 만약 내가 하는 일이 인간의 뇌가 가진 본래적인 기능이라면, 나는 기형이 아니다. 정상이다.

그럴 리가 없다. 내가 아는 모든 것들이 다른 존재, 결함이 있는 존재는 바로 나라고 한다. 나는 이 문장을 몇 번이고 다시 읽으며, 내가 아는 사실들과 맞춰 보려고 애쓴다.

마침내 나는 이 문장을 지나 나머지 문단을 읽는다. "패턴 분석이나 패턴 생성은 일부 정신 질환에서와 같이 결함이 있을 수 있고, 그 결과 틀린 분석이나 오류가 있는 '정보'를 기반으로 형성된 패턴이 나타난다. 그러나 가장 심한 인식 오류일 때조차 이 두 활동은 인간의 뇌가 갖는 고유한 특성이다―물론, 인간보다 훨씬 덜 발달한 동물의 경우에도 마찬가지이다. 비인류의 이와 같은 기능들에 관심이 있는 독자들은 아래의 참고 목록을 참조하라.”

그렇다면 어쩌면 나는 정상인 **동시에** 기형일지도 모른다……. 패턴을 보고 만든다는 점에서는 정상이지만, 틀린 패턴을 만들고 있는 걸까?

나는 책을 계속 읽는다. 마침내 동요하고 지쳐 읽기를 멈췄을 때는 새벽 3시가 다 되어 있다. 제6장, ‘시각 처리의 전산적 판단’까지 왔다.

나는 이미 변하고 있다. 몇 달 전에, 나는 내가 마저리를 사랑한다는 것을 알지 못했다. 내가 토너먼트에 나가서 낯선 사람들과 겨룰 수 있음을 알지 못했다. 지금까지 한 만큼, 생물학과 화학을 익힐 수 있으리라고 생각지 못했다. 내가 이렇게 많이 변할 수 있음을 알지 못했다.

어렸을 때 내가 그토록 많은 시간을 보냈던 재교육 센터에 있던 어떤 사람이 장애는 사람들에게 믿음을 보일 기회를 주기 위한 하나님의 방법이라고 말하곤 했다. 어머니는 입술을 깨물었지만 언쟁을 벌이지는 않았다. 당시에는 교회에서 기부금을 모아 재교육 서비스를 제공하는 프로그램들이 있었고, 부모님이 감당할 수 있는 것은 그 정도였다. 어머니는 만약에 언쟁을 벌이면 그들이 나를 프로그램 대상에서 제외시킬까 봐 겁을 냈다. 그렇지 않더라도 최소한 설교는 더 들어야 했을 것이다.

나는 신을 그런 식으로 이해하지 않는다. 신이 인간들을 영적으로 성장하게 하기 위해 나쁜 일을 일으킨다고 생각하지 않는다. 어머니는 나쁜 부모들이 그렇게 한다고 했다. 나쁜 부모들은 자식들을 힘들고 고통스럽게 한 다음, 자식들의 성장을 돕기 위해 그런 짓을 했다고 말한다.

그러지 않아도 성장과 생활은 충분히 힘들다. 나는 이것이 정상인들에게조차 사실임을 안다. 어린 아기들이 걸음마를 배우는 모습을 보았다. 아기들은 모두 여러 번 비틀거리고 넘어진다. 아기들의 얼굴을 보면 쉬운 일이 아님을 알 수 있다. 걸음마를 더 어렵게 하려고 몸에 벽돌을 묶는 것은 어리석은 짓일 것이다. 만약 걸음마에 있어 어머니의 말이 사실이라면, 다른 성장과 배움에 있어서도 역시 사실이리라고 생각한다.

신, 하나님 아버지는 좋은 부모라고 한다. 그래서 나는 신이 일을 현재보다 더 어렵게 하지 않으리라고 생각한다. 신이 우리 부모님이나 나에게 시험이 필요하다고 여겨 나에게 자폐증을 주었다고 생각하지 않는다. 내가 아기라면, 내게 바위가 떨어져 다리가 부러지는 것과 비슷한 일이었다고 생각한다. 무엇이든 간에, 원인은 우연한 사고였다. 신은 사고를 막지 않았지만, 사고를 일으키지도 않았다.

사고는 일어난다. 어머니의 친구 실리아는 사고들 대부분은 실제로 사고가 아니라고, 누군가 멍청한 짓을 해서 일어나지만, 언제나 멍청한 짓을 한 사람이 다치는 것은 아니라고 했다. 내 자폐증은 사고였지만, 자폐인인 내가 무엇을 하느냐는 내게 달린 일이다. 어머니는 이렇게 말씀하셨다.

나는 대체로 이렇게 생각한다. 가끔은, 확신이 들지 않는다.

구름이 낮게 깔린 흐린 오전이다. 느린 빛은 아직 어둠을 채 다 쫓아내지 못했다. 나는 점심 도시락을 싼다. 세고와 클린턴을 집어 들고 계단을 내려간다. 점심시간에 읽을 수 있다.

타이어에는 여전히 공기가 꽉 차 있다. 앞유리는 깨지지 않았다. 친구가 아닌 누군가가 내 차를 망가뜨리는 일에 싫증이 났는지도 모른다. 나는 차 문을 열고 조수석에 책과 도시락을 놓은 다음 차에 탄다. 오전에 운전할 때 좋아하는 음악이 머릿속을 울리고 있다.

열쇠를 돌리자 반응이 없다. 시동이 걸리지 않는다. 열쇠를 돌릴 때 나는 딸깍 소리밖에 나지 않는다. 나는 이 소리의 의미를 안다. 배터리가 나갔다.

머릿속 음악이 주춤거린다. 어젯밤에는 배터리가 나가지 않았었다. 어젯밤에는 충전 표시가 정상이었다.

나가서 차의 후드를 연다. 후드를 들자 뭔가 튀어 나온다. 비틀거리며 뒤로 물러서다가 연석에 걸려 넘어질 뻔한다.

어린애들 장난감인 깜짝 상자이다. 배터리가 있어야 하는 자리에 놓여 있다. 배터리는 사라지고 없다.

회사에 지각할 것이다. 크렌쇼 씨가 화를 낼 것이다. 나는 장난감에 손대지 않고 엔진 위로 후드를 덮는다. 경찰, 보험 회사 등 따분한 목록에 연락해야 한다. 손목시계를 본다. 서둘러 역으로 가면 통근 열차를 타서 지각을 면할 수 있다.

점심 도시락과 책을 조수석에서 꺼내 차를 도로 잠그고 급히 역으로 걸어간다. 지갑에 경찰관들의 명함이 있다. 회사에서 전화하면 된다.

만원 열차 안, 사람들은 눈을 마주치지 않으면서 서로를 피해 바라본다. 그들이 모두 자폐인인 것은 아니다. 그들은 열차 안에서 서로 눈을 맞추지 않아야 한다는 걸 자연스레 알고 있다. 뉴스 팩스를 읽는 사람들이 있다. 차량 한쪽 끝에 달린 모니터를 응시하는 사람들도 있다. 나는 책을 펼치고 세고와 클린턴이 뇌가 시각 신호를 어떻게 처리하는지에 대해 뭐라고 하는지 읽는다. 그들이 책을 썼던 시절에는 산업 로봇들이 움직임을 가리키기 위해 간단한 시각 입력 신호만을 사용할 수 있었다. 로봇의 쌍안 시각은 아직 초대형 무기의 레이저 목표 설정 분야에서밖에 개발되지 않았다.

나는 시각 처리 단계들 간의 피드백 회로에 매혹된다. 정상인들의 머릿속에서 이렇게나 흥미로운 작업이 진행되고 있음을 몰랐었다. 그들은 그저 사물을 보고 자동적으로 인식한다고 생각했었다. 나는 내 시각 처리가 그저—내가 제대로 이해했다면—느릴 때에만 결함이 있다고 생각했었다.

회사 정거장에 도착하자, 이제 가는 길을 알기 때문에 우리 건물까지 가는 데 시간이 더 적게 걸린다. 이번에도 크렌쇼 씨가 복도에 서 있지만, 그는 내게 말을 걸지 않고 그저 내가 사무실로 들어갈 수 있게 비켜선다. "안녕하세요, 크렌쇼 씨." 나는 때에 맞는 행동이기 때문에 인사를 한다. 그는 '안녕'으로 들릴 수도 있는 소리로 툴툴거린다. 만약 크렌쇼 씨에게 내 언어 치료사가 있었다면, 더 또렷하게 발음했을 것이다. 나는 책을 책상 위에 놓고 도시락을 주방에 넣어 두기 위해 복도로 나선다. 크렌쇼 씨가 주차장을 내다보며 문가에 서 있다. "애런데일, 자네 차는 어디에 있나?"

"집에 있습니다. 열차를 타고 왔어요."

"다시 말해 열차를 탈 수 있다는 말이군." 그의 얼굴이 조금 반짝거린다. "그러면 특별 주차장이 필요 없잖아."

"열차 안은 무척 시끄럽습니다. 어젯밤에 누가 제 배터리를 훔쳐갔습니다."

"자네 같은 사람들에게 차란 계속 말썽거리일 뿐이지." 크렌쇼 씨가 다가온다. "보안되는 주차장이 딸린 안전한 지역에 살지 않는 사람들은 자가용을 가진답시고 나대지 말아야 한다니까."

"몇 주 전까지는 아무 일도 없었습니다." 내가 말한다. 왜 그와 언쟁하고 싶어지는지 모르겠다. 나는 언쟁을 좋아하지 않는다.

"자넨 운이 좋았어. 하지만 이제 누가 자네를 찾아낸 것 같군. 안 그래? 세 번이나 공격을 받다니. 최소한 이번에는 지각은 안 했군."

"그 일로는 한 번만 지각했습니다."

"그게 문제가 아닐세." 그렇다면, 그가 나와 다른 사람들을 싫어한다는 것 외에 무엇이 문제일지 궁금하다. 그가 내 사무실 문을 흘끔 본다. "일하러 들어가야지. 아니면 —" 이번에는 복도에 걸린 시계로 시선을 돌린다. 근무 시작 시간에서 2분 18초가 지났다. **당신 때문에 늦었습니다**, 라고 말하고 싶지만, 하지 않는다. 나는 사무실로 돌아 들어가 문을 꽉 닫는다. 나는 2분 18초를 추가로 일하지 않을 것이다. 내 잘못이 아니다. 그렇게 생각하니 조금 흥분이 된다.

어제 하던 작업을 불러내자 아름다운 패턴들이 마음속에 다시 생겨난다. 변수들이 패턴을 한 구조에서 다른 구조로 흔적 없이 바꾸며 연이어 흘러 들어온다. 나는 주어진 범위 안에서 불필요한 변화가 없는지 확인하며 변수들을 변경한다. 고개를 들자, 1시간 11분이 지나 있다. 이제 크렌쇼 씨는 우리 건물에 없을지도 모른다. 그는 이렇게 오래 머무르는 법이 없다. 물을 마시러 복도로 나간다. 복도는 비어 있지만, 체육관에 표지가 걸려 있다. 안에 누가 있다. 나는 상관하지 않는다.

해야 할 말을 적은 다음 경찰서에 전화를 걸어 첫 번째 사건의 담당자인 스테이시 씨를 바꿔 달라고 한다. 그가 전화를 받자, 배경의 소음이 섞여 들린다. 다른 사람들이 말하고 있고, 덜거덕거리는 소리가 들린다.

"저는 루 애런데일입니다. 제 타이어가 찢어졌을 때 오셨죠. 전화하라고—"

"네, 네." 그다지 유심히 듣고 있지 않는 것처럼 느껴지는 성급한 목소리다. "이사카 경찰관이 나에게 그다음 주의 앞유리에 대해 말해 줬습니다. 그 사건을 추적할 시간이 없었습니다."

"어젯밤에 제 배터리를 도난당했습니다. 그리고 배터리 자리에 누가 장난감을 넣어 놨어요."

"뭐라고요?"

"오늘 오전에 집을 나섰을 때, 차에 시동이 걸리지 않았습니다. 후드를 열어 보자 뭔가가 제 쪽으로 튀어나왔습니다. 누가 배터리 자리에 넣어 놓은 깜짝 상자였습니다."

"거기 계시면 제가 사람을 보내겠습니다." 스테이시 씨가 말한다.

"저는 집이 아니라 회사에 있습니다. 제가 제시간에 출근하지 않으면 상사가 화를 내거든요. 차는 집에 있습니다."

"그렇군요. 장난감은요?"

"차 안에 있습니다. 손을 대지 않았어요. 그냥 뚜껑을 닫았습니다." '후드'라고 하려고 했으나, 틀린 단어가 입 밖으로 나왔다.

"좋지 않은 소식인데요. 애런데일 씨, 당신을 정말 싫어하는 사람이 있는 모양입니다. 한 번은 장난이라 해도—누가 이런 짓을 했을지 짐작가는 사람이 있나요?"

"제가 아는 사람들 중에 제게 화가 난 사람은 상사인 크렌쇼 씨뿐입니다. 제가 지각했던 그날에요. 그는 자폐인들을 좋아하지 않습니다. 저희가 실험 단계인 치료를 받기를 바랍니다."

"저희라고요? 그 회사에 다른 자폐인들도 있나요?"

나는 그가 모른다는 것을 깨닫는다. 그는 이전에 여기에 대해 질문한 적이 없다. "우리 부서는 모두 자폐인들입니다. 하지만 저는 크렌쇼 씨가 이런 짓을 하리라고 생각하지 않습니다. 비록…… 우리가 특별히 운전면허를 갖고 있고, 우리 주차장이 따로 있지만요. 그는 우리들 모두가 다른 사람들처럼 열차를 타야 한다고 생각합니다."

"흐음. 모든 공격은 당신의 차를 대상으로 했지요."

"네. 하지만 크렌쇼 씨는 제 펜싱 수업에 대해 모릅니다." 내 차를 찾기 위해 시내를 돌아와서 앞유리를 때려 부수는 크렌쇼 씨는 상상이 되지 않는다.

"다른 사람은요? 전혀 없습니까?"

나는 부당한 고발을 하고 싶지 않다. 부당한 고발을 하는 것은 매우 잘못된 일이다. 그러나 내 차가 또 고장나기도 바라지 않는다. 차가 고장나면 다른 일을 할 시간을 뺏긴다. 일정이 엉망이 된다. 돈도 든다.

"센터에 제가 정상인 친구들과 어울려서는 안 된다고 생각하는 에미 샌더슨이라는 사람이 있습니다. 하지만 그녀는 펜싱 모임이 어디에서 열리는지 몰라요." 에미의 짓이라고 생각하지는 않지만, 크렌쇼 씨 외에 지난달쯤부터 내게 화가 나 있는 사람은 그녀이다. 이 패턴은 에미나 크렌쇼 씨에 맞지 않지만, 패턴이 잘못된 것이 틀림없다. 패턴에서 가능한 이름이 없기 때문이다.

"에미 샌더슨." 경찰관이 이름을 되풀이해 말한다. "애런대일 씨는 그녀가 집의 위치를 모른다고 보시고요?"

"네." 에미는 내 친구가 아니지만, 그녀가 이런 짓을 했으리라고는 믿을 수 없다. 돈은 내 친구이고, 나는 돈이 이런 짓을 했다고 믿고 싶지 않다.

"펜싱 모임에서 관련된 사람일 가능성이 더 높지 않겠습니까? 별로 사이가 좋지 않은 사람이 있나요?"

갑자기 땀이 난다. "그들은 제 친구들입니다. 에미는 그들이 진짜 친구가 될 수 없다고 하지만, 그들은 친구들이에요. 친구는 친구를 다치게 하지 않습니다."

경찰관이 툴툴거린다. 그 소리의 의미를 나는 알지 못한다. "이런 친구들과 저런 친구들이 있지요. 펜싱 모임 사람들에 대해 말씀해 주세요."

나는 그에게 먼저 톰과 루시아에 대해, 다른 사람들에 대해 말한다. 그는 가끔씩 철자를 확인하며 이름을 받아 적는다.

"모두 다 지난 몇 주 동안 모임에 나왔습니까?"

"모두 다 매주 나오지는 않았습니다." 나는 누가 출장을 갔고 누가 모임에 나왔는지 기억하는 한 말한다. "돈은 다른 선생님에게로 갔습니다. 톰에게 화가 났거든요."

"톰에게요. 당신에게는 아니고요?"

"네." 나는 어떻게 해야 친구를 비난하지 않으면서 이 이야기를 할 수 있을지 모르겠다. 친구를 비난하는 것은 잘못된 행동이다. "돈은 가끔 장난을 치지만, 제 친구입니다. 그는 톰에게 화가 났는데, 톰이 제게 돈이 예전에 했던 일에 대해 말을 했고, 돈은 그가 제게 그 말을 하지 않길 바랐기 때문입니다."

"나쁜 일이요?" 스테이시가 묻는다.

"토너먼트에서 있었던 일입니다. 돈이 경기가 끝난 다음에 와서 제게 제가 잘못한 부분을 지적했습니다. 그리고 톰이—제 선생님이십니다—그에게 절 내버려두라고 했어요. 돈은 저를 도우려고 했지만, 톰은 돈이 저를 돕지 않고 있다고 생각했습니다. 톰은 제게 제가 첫 출전한 토너먼트에서 돈보다 더 잘한다고 했고, 돈이 그 말을 들었습니다. 그래서 톰에게 화가 많이 났어요. 그 이후로 우리 모임에 나오지 않고 있습니다."

"허. 그건 당신 선생님의 타이어를 찢을 만한 이유에 가깝겠군요. 그래도 한번 확인해 봐야겠습니다. 달리 생각나는 일이 있으면 알려주세요. 장난감을 치울 사람을 보내겠습니다. 지문 같은 것을 따낼 수 있을지 보죠."

나는 수화기를 내려놓고 돈을 생각하며 앉아 있다. 그러나 그 생각은 즐겁지 않다. 나는 대신 마저리를, 그런 다음에는 돈과 마저리를 생각한다. 돈과 마저리를…… 친구 사이로, 사랑에 빠진 사이로 생각하니 속이 조금 메슥거린다. 나는 마저리가 돈을 좋아하지 않는다는 것을 안다. 돈은 마저리를 좋아할까? 나는 마저리의 옆에 앉던 돈, 나와 마저리 사이에 서던 돈, 루시아가 돈을 밀어내던 모습을 기억한다.

마저리가 루시아에게 나를 좋아한다고 했을까? 이것도 아마 정상인들이 하는 행동일 것이다. 정상인들은 누가 누구를 좋아하고 얼마나 좋아하는지 안다. 그들은 궁금해하지 않아도 된다. 마치 그들의 다른 마음은 다른 사람이 언제 농담을 하고 언제 심각한지 읽어내고, 한 단어가 올바르게 사용되었을 때와 농담처럼 사용되었을 때를 아는 것 같다. 나는 마저리가 나를 좋아하는지 확실히 알고 싶다. 마저리는 나를 보면 웃는다. 내게 즐거운 목소리로 말을 건다. 하지만 그녀가 나를 좋아하지 않는 건 아니니까 그냥 그러는지도 모른다. 마저리는 사람들에게 상냥하다. 나는 식료품점에서 그녀의 그런 면을 보았다.

에미의 비난이 내게로 돌아온다. 정말 나를 흥미로운 케이스로, 그녀의 분야는 아니지만 연구 대상으로 보면서도 웃고 말을 걸 수 있다. 그것은 마저리가 포넘 박사보다 좋은 사람이라는 뜻이리라. 포넘 박사조차도 인사를 할 때는 때에 맞게 미소를 짓지만, 그녀의 미소는 마저리의 미소와 달리 눈까지 퍼지지 않는다. 나는 마저리가 다른 사람들에게 웃는 모습을 보았다. 마저리의 웃음은 언제나 완전한 웃음이었다. 그럼에도, 만약 마저리가 내 친구라면, 내게 연구에 대해 사실대로 말할 것이고, 만약 내가 마저리의 친구라면, 나는 그녀를 믿어야 한다.

이런 생각들을 원래 속한 어둠으로 돌려보내려 머리를 흔든다. 팔랑개비들을 돌리려 송풍기를 켠다. 지금 내게 필요한 것이다. 숨이 가쁘고, 목덜미에 땀이 난다. 차, 크렌쇼 씨, 경찰관에게 전화해야 했던 일 때문이다. 마저리 때문이 아니다.

몇 분 뒤, 뇌의 기능이 패턴 분석과 패턴 형성 작업으로 복귀한다. 나는 생각이 세고와 클린턴에게로 흘러가게 두지 않는다. 경찰에 신고하는 데 걸린 시간을 점심시간에 보충하겠지만, 크렌쇼 씨 때문에 늦어진 2분 18초는 보충하지 않을 것이다.

패턴들의 복잡성과 아름다움에 몰두하는 바람에, 나는 1:28:17에야 점심을 먹으러 빠져나온다.

머릿속을 울리는 음악은 브루흐의 〈바이올린 협주곡 2번〉이다. 집에 이 곡 음반이 네 장 있다. 펄먼이라는 20세기 연주자의 아주 오래된 음반이 내가 좋아하는 연주이다. 세 장은 더 최근 것으로, 두 장은 연주가 상당히 훌륭하지만 그다지 재미있지는 않고, 한 장은 작년에 차이코프스키 콩쿠르에서 우승한 이드리스 바이-카사델리코스라는 아직 아주 어린 연주자의 녹음이다. 바이-카사델리코스는 나이가 들면 펄먼만큼 좋은 연주자가 될지도 모른다. 펄먼이 그녀 나이였을 때의 실력을 나는 모르지만, 그녀는 열정을 갖고, 긴 음을 부드럽고 가슴 저미게 뽑아낸다.

이 음악은 어떤 종류의 패턴을 다른 패턴들보다 더 쉽게 보이게 한다. 바흐는 대부분의 패턴들을 드러나게 하지만, 어떤 패턴들은 드러내지 못한다……. 타원형이 내가 할 수 있는 가장 그럴듯한 설명이다. 이 음악의 긴 움직임은 바흐가 드러내는 원형 패턴들을 흐릿하게 하여, 유동성에서 안식을 찾는 긴 비대칭 구성요소들을 찾아내고 형성하는 작업을 돕는다.

어두운 곡이다. 나는 이 곡을 밤에 바람을 받아 날리며 별들을 숨기거나 드러내는 군청색 리본들처럼 길게 굽이치는 어둠의 선들로 듣는다. 이제 조용히, 이제 크게, 이제 바이올린 독주, 그 뒤에서 그저 숨쉬고 있는 교향악단, 그리고 이제 크게, 기류를 탄 리본들처럼 교향악단을 넘어 위로 날아가는 바이올린.

나는 이 곡이 세고와 클린턴을 읽는 동안 떠올리기에 좋은 음악이라고 생각한다. 빨리 점심을 먹고 송풍기의 타이머를 맞춘다. 이렇게 하면 움직이는 빛의 반짝임이 작업으로 돌아갈 시간을 알려줄 것이다.

세고와 클린턴은 뇌가 가장자리, 각, 감촉, 색깔을 처리하는 과정과 그 정보가 시각 처리 단계들 앞뒤를 오가며 흘러가는 과정을 설명한다. 그들이 언급하는 참고 도서가 이십세기 것인데도, 나는 얼굴 인식을 맡는 별도 영역이 있다는 것을 알지 못했다. 시각 장애를 갖고 태어났다가 나중에 시력을 찾은 사람들은 다양한 방향으로 놓인 물체를 인식하는 기능이 손상되어 있다는 사실을 알지 못했다.

저자들은 반복해서 시각 장애를 갖고 태어났거나 두부 손상, 뇌졸중, 동맥류로 뇌에 외상을 입은 사람들의 맥락에서 내가 경험한 문제들을 설명한다. 내 얼굴이 다른 사람들이 격한 감정을 느낄 때 변형되는 것처럼 이상하게 일그러지지 않는 것은, 그저 나의 뇌가 형태의 변화를 처리하지 못하기 때문일까?

희미하게 윙 소리가 들린다. 송풍기가 멎고 있다. 나는 눈을 감고 삼초 기다렸다가 다시 뜬다. 실내는 색채와 움직임으로 가득하다. 바람개비와 팔랑개비 들이 빛을 반사하며 일제히 움직인다. 나는 책을 덮고 다시 일을 시작한다. 반짝임의 규칙적인 진동에 안심이 된다. 정상인들은 이런 반짝임이 무질서하다고들 하지만, 그렇지 않다. 규칙적이고 예측 가능한 패턴이다. 패턴을 정확히 보는데 여러 주가 걸렸다. 틀림없이 더 쉬운 방법이 있겠지만, 나는 움직이는 부분들이 서로 어울리는 속도로 돌아갈 때까지 하나하나 조정해야 했다.

전화가 울린다. 나는 전화 소리를 좋아하지 않는다. 하던 일에서 튕겨 나오게 되고, 상대편은 내가 전화를 받자마자 말할 수 있으리라고 기대하기 때문이다. 나는 깊이 숨을 들이쉰다. 나는 "루 애런데일입니다"라고 말하지만, 처음에는 잡음만 들린다.

"아―스테이시 형사입니다. 잘 들으세요―애런데일 씨 아파트로 사람을 보냈었습니다. 차 번호가 어떻게 되시죠?"

나는 외우고 있는 번호를 읊는다.

"음. 저. 직접 뵙고 말씀드려야겠습니다." 그가 말을 멈춘다. 내가 뭔가 말하기를 기다리는 것 같지만, 무슨 말을 해야 할지 모르겠다. 마침내 그가 말을 잇는다. "애런데일 씨, 위험에 처하셨는지도 모릅니다. 이게 누구 짓인지는 몰라도, 착한 놈은 아니에요. 우리 경찰이 장난감을 끄집어내려고 하자 작은 폭발이 일어났습니다."

"폭발이라고요!"

"네. 다행히, 우리 쪽 사람들은 신중했습니다. 설치된 위치가 미심쩍어서 폭탄 제거반을 불렀지요. 당신이 장난감을 집어 들었다면, 손가락을 한둘 날리거나 얼굴을 맞았을 수도 있습니다."

"그렇군요." 사실은 모르겠다. 눈앞에 그려지지가 않는다. 손을 내밀어 장난감을 잡을 뻔했다……. 만약 그렇다면……. 갑자기 몸이 식는다. 손이 떨리기 시작한다.

"정말 범인을 찾아야 합니다. 펜싱 선생님 댁에는 아무도 없더군요."

"톰은 대학에서 강의를 합니다. 화학공학과예요."

"연락하는 데 도움이 되겠군요. 부인은요?"

"루시아는 의사입니다. 의료 센터에서 일해요. 정말 이 사람이 저를 다치게 하고 싶어 한다고 생각하십니까?"

"애런데일 씨께 말썽을 일으키려는 건 확실합니다. 공격이 점점 더 난폭해지고 있어요. 경찰서로 나와주실 수 있으신가요?"

"퇴근 시간까지는 회사를 떠날 수 없습니다. 크렌쇼 씨가 화를 낼 겁니다." 누가 나를 다치게 하려고 하고 있다면, 다른 사람까지 내게 화를 내게 하고 싶지 않다.

"사람을 보내겠습니다. 어느 건물에 계십니까?" 나는 건물 동수와 출입구, 우리 주차장 구역으로 들어오는 길을 설명한다. "30분 내로 가겠습니다. 지문을 땄습니다. 비교하기 위해 애런데일 씨의 지문을 받아야 할 겁니다. 차에 온통 당신 지문이 있을 테니까요―그리고 최근에 정비를 맡기셨으니, 그쪽 사람들의 지문도 있을 겁니다. 만약에 당신이나 정비소 사람들의 지문과 일치하지 않는 것이 나온다면…… 수사를 진행할 확고할 증거가 생기는 겁니다."

나는 올드린 씨나 크렌쇼 씨에게 경찰관이 나를 만나러 온다고 말해야 할지 고민한다. 어느 쪽이 크렌쇼 씨를 더 화나게 할지 모르겠다. 올드린 씨는 크렌쇼 씨만큼 자주 화를 내지 않는 것 같다. 나는 올드린 씨의 사무실로 전화를 건다.

"경찰관이 저를 만나러 와요. 시간은 보충하겠습니다."

"루! 뭐가 잘못되었어요? 무슨 짓을 했어요?"

"제 차 때문입니다."

내가 더 말하기 전에, 그가 다급히 말을 잇는다. "루, 그 사람들에게 아무 말도 하지 말아요. 변호사를 부를게요. 다친 사람은 있나요?"

"아무도 다치지 않았습니다." 내가 답한다. 올드린 씨가 숨을 내뿜는 소리가 들린다.

"휴, 천만다행이군요."

"후드를 열었을 때 장치에는 손대지 않았어요."

"장치? 무슨 말이에요?"

"그…… 누가 제 차 안에 넣은 장치요. 장난감, 깜짝 상자처럼 보였어요."

"잠깐—잠깐만. 그러니까, 경찰이 당신에게 일어난 일 때문에 온다는 말인가요? 다른 사람이 한 일 때문에? 당신이 한 일이 아니라?"

"저는 그 상자에 손대지 않았습니다." 그가 방금 한 말이 천천히, 한 문장씩 스며들어 온다. 목소리에 담긴 흥분 때문에 분명하게 들리지 않았다. 올드린 씨는 처음에는 내가 뭔가 경찰관이 찾아올 만한 잘못을 했다고 생각했다. 여기서 일하기 시작한 이래 줄곧 알고 지내 온 사람이—내가 그렇게 나쁜 짓을 할 수도 있다고 생각하는 것이다. 마음이 무거워진다.

"미안해요." 내가 입을 열기 전에 그가 말한다. "마치—분명히 마치—내가 당신이 뭔가 잘못했다고 성급히 결론내린 것처럼 들렸겠죠. 미안해요. 그런 사람이 아닌 줄 압니다. 그래도 경찰과 얘기할 땐 회사 변호사가 동석해야 한다고 생각해요."

"아니요." 내가 답한다. 싸늘하고 씁쓸한 기분이다. 어린아이 취급을 받고 싶지 않다. 나는 올드린 씨가 나를 좋아한다고 생각했다. 만약에 그가 나를 좋아하지 않는다면, 훨씬 더 심하게 구는 크렌쇼 씨는 틀림없이 나를 굉장히 싫어할 것이다. "변호사가 없는 편이 좋습니다. 변호사는 필요 없어요. 저는 아무 잘못도 하지 않았어요. 누군가 제 차를 망가뜨리려고 하고 있어요."

"한 번이 아니라?"

"네. 2주 전에는 타이어에 펑크가 났습니다. 누가 모두 찢어 놓았어요. 제가 지각했던 날입니다. 지난주 수요일에는 제가 친구집에 있을 때, 누가 앞유리를 깨뜨렸어요. 그때도 경찰에 신고했어요."

"나한테는 아무 말 없었잖아요, 루."

"네……. 크렌쇼 씨가 화를 내리라고 생각했어요. 오늘 아침에는 시동이 걸리지 않았어요. 배터리가 사라지고, 그 자리에 장난감이 대신 놓여 있었습니다. 회사에 와서 신고를 했습니다. 경찰관이 가서 봤더니, 장난감 아래에 폭발물이 들어 있었답니다."

"세상에, 루—그건……. 다칠 뻔했군요. 이런 끔찍한 일이. 대체 누가—아니, 물론 모르겠죠. 이봐요, 지금 당장 갈게요."

그는 내가 지금 당장 오지 말라고 하기 전에 전화를 끊는다. 너무 흥분하여 일이 손에 잡히지 않는다. 크렌쇼 씨가 어떻게 생각하든 상관없다. 나는 체육관에 가야 한다. 체육관에는 아무도 없다. 나는 뜀뛰기 음악을 켜고 트램펄린 위에서 세게, 내리 덮치듯 뛴다. 처음에는 음악과 박자가 맞지 않지만, 나중에는 움직임이 안정된다. 음악이 나를 들어 올리고 끌어내린다. 탄력 있는 천에 닿았다가 다시 위로 튕겨 오르자, 관절의 압점으로 진동의 울림이 전해진다.

올드린 씨가 도착했을 때에는 기분이 나아져 있다. 땀에 젖었고 체취가 나지만, 몸속에서는 음악이 힘차게 움직인다. 불안하지도 겁이 나지도 않는다. 좋은 기분이다.

올드린 씨는 걱정스런 표정이고, 내가 바라는 것보다 더 가까이 다가오려고 한다. 나는 그가 내 체취를 맡고 불쾌해하기를 바라지 않는다. 나에게 손을 대기도 바라지 않는다. "루, 괜찮아요?" 그가 묻는다. 마치 내 어깨를 두드리려는 듯 자꾸 손을 내민다.

"괜찮습니다."

"정말요? 아무래도 여기 변호사를 불러야 한다고 생각해요. 그리고 병원에 가야 할지도—"

"저는 다치지 않았어요. 무사합니다. 의사를 만날 필요가 없고, 변호사가 있기를 바라지 않습니다."

"출입구에 경찰이 온다고 말해 놨어요. 크렌쇼 씨에게도 말해야 했어요." 올드린 씨의 눈썹이 아래로 처진다. "크렌쇼 씨는 회의 중이에요. 나오면 연락을 받겠지요."

입구의 버저가 울린다. 이 건물에서 일할 권한을 받은 직원들은 각자 키 카드를 가지고 있다. 방문객들만 버저를 울려야 한다. "가 볼게요." 올드린 씨가 말한다. 나는 내 사무실로 들어가야 할지, 복도에 서 있어야 할지 모른다. 나는 복도에 서서 입구로 다가가는 올드린 씨를 바라본다. 그가 문을 열고 문 앞에 서 있는 남자에게 뭐라고 말한다. 나는 남자가 훨씬 가까이 다가올 때까지 그가 요전에 나와 만났던 사람인지 알아볼 수 없다. 가까이 오자, 그라는 것을 알 수 있다.

13

"안녕하세요, 애런데일 씨." 스테이시 씨가 손을 내민다. 악수를 좋아하지 않지만 나도 손을 내민다. 적절한 행동임을 안다. "어디 이야기를 나눌 만한 곳이 있을까요?"

"제 사무실입니다." 내가 말하고 앞서서 안내한다. 방문객이 나를 찾아오는 일이 없기 때문에 내 사무실에는 여분의 의자가 없다. 스테이시 씨가 온갖 반짝임들을, 팔랑개비와 바람개비와 다른 장식품들을 응시하는 것이 보인다. 나는 그가 이것들을 어떻게 생각할지 알지 못한다. 올드린 씨가 스테이시 씨에게 조용히 속삭이더니 나간다. 나는 앉지 않는다. 다른 사람들이 서 있어야 할 때 앉는 것은, 내가 다른 사람들의 상사가 아닌 한 무례한 행동이기 때문이다. 올드린 씨가 간이 주방에서 가져온 것으로 보이는 의자를 들고 들어온다. 그는 내 책상과 서류철들 사이에 의자를 놓고 문가에 선다.

"당신은?" 스테이시 씨가 올드린 씨를 돌아보며 묻는다.

"피트 올드린입니다. 루의 직속상관이죠. 이해하시는지 모르겠는데—" 올드린 씨가 내 쪽으로 뜻을 잘 알 수 없는 눈짓을 하고, 스테이시 씨가 고개를 끄덕인다.

"애런데일 씨와 이전에도 면담을 했습니다." 그가 말한다. 나는 그들이 언어를 사용하지 않으면서 서로 정보를 교환하는 것에 거듭 놀란다. "여기 계시지 않아도 됩니다."

"하지만…… 하지만 제 생각에는—"

"올드린 씨, 애런데일 씨는 위험에 처해 있지 않습니다. 저희는 애런데일 씨를 돕기 위해, 이 미친놈이 애런데일 씨를 해치지 않게 하려고 여기 있는 겁니다. 만약에 우리가 범인을 추적하는 동안 이분이 며칠 머무르실 안전한 장소가 있다면 몰라도, 그렇지 않다면—애런데일 씨가 저와 이야기하는 사이에 애 보기를 하실 필요는 없으리라 생각합니다. 물론 애런데일 씨 생각에 달렸지만……." 경찰관이 나를 바라본다. 그의 얼굴에서 웃음 같기도 한 무언가가 보이지만, 확실하지 않다. 아주 미세한 움직임이다.

"루는 매우 유능합니다." 올드린 씨가 말한다. "우리는 그를 높이 평가하고 있어요. 저는 그저—"

"이분이 정당한 대우를 받으실지 확실히 하고 싶으시겠죠. 이해합니다. 하지만 애런데일 씨가 결정하실 일이에요."

둘 다 나를 빤히 바라본다. 미술관의 전시품이 된 듯, 그들의 시선에 꿰뚫리는 느낌이 든다. 올드린 씨가 내가 그가 남아야 한다고 말하기를 바란다는 것을 안다. 그러나 그는 다른 이유로 남고 싶어 하고, 나는 그가 남기를 바라지 않는다. "괜찮을 거예요. 무슨 일이 있으면 연락드리겠습니다." 내가 말한다.

"꼭 연락해요." 올드린 씨가 스테이시 씨를 한참 처다보더니 나간다.

복도를 따라 멀어지는 그의 발걸음 소리, 주방의 다른 의자를 끄는 소리, 딸깍, 쿵, 하고 자판기에 동전이 들어가는 소리와 캔 같은 것이 아래로 떨어져 나오는 소리가 들린다. 나는 그가 무슨 음료를 골랐을지 궁금하다. 내가 바랄 경우를 대비해서 그 자리에 머무를지 궁금하다.

경찰관이 사무실 문을 닫고 올드린 씨가 놓아 둔 의자에 앉는다. 나는 책상 뒤에 앉는다. 그가 실내를 둘러본다.

"회전하는 물건들을 좋아하는군요?"

"네." 나는 그가 얼마나 오래 머무를지 알고 싶다. 그만큼 근무 시간을 보충해야 할 것이다.

"파괴 공격에 대해 설명드리겠습니다. 몇 가지 종류가 있어요. 그저 작은 말썽을 일으키길 좋아하는 사람들—보통 청소년들이죠—이 있어요. 이런 사람들은 타이어를 찢거나 앞유리를 깨거나 표지판을 훔치는데, 흥분 따위를 즐기려고 하는 짓이죠. 피해자가 누구인지는 알지도 못하고 신경도 안 씁니다. 그리고 우리가 확장형 사고라고 하는 경우가 있어요. 술집에서 싸움이 일어났다가 밖으로 번져서, 주차장에 선 차들의 앞유리가 깨지는 경우죠. 길에 무리 지어 있는 사람들 중에 누가 난폭해졌다 싶었는데, 어느새 사람들이 창문을 깨고 물건을 훔치고 있어요. 하지만 이런 사건에 휘말린 사람들 중에는 평소에는 폭력적이지 않은 유형도 있지요. 이런 사람들이 무리에 섞였을 때 보이는 행동은 본인에게도 충격적이죠." 그가 말을 멈추고 나를 보자, 나는 고개를 끄덕인다. 그가 반응을 바란다는 것을 알고 있다.

"파괴하는 사람들 중에는 특정인을 해치려는 의도가 없는 사람들도 있다는 말씀이시지요."

"바로 그겁니다. 난리 치기는 좋아하지만 피해자가 누군지는 모르는 사람이 있습니다. 평소에는 난리를 치지 않지만 폭력이 확대되는 자리에서는 뭔가 다른 사건에 연루되는 사람들이 있고요. 처음에 확대가 아님이 분명한 사건을 접수하면—당신의 타이어처럼요—저희는 우선 임의로 사고를 친 경우로 봅니다. 가장 흔한 형태거든요. 만약 이후 몇 주 동안 같은 지역이나 같은 노선을 따라 다른 차들의 타이어가 몇 짝 더 찢겨 나간다면, 저희는 그저 나쁜 녀석이 경찰에게 코를 들이밀고 있다고 추측하지요. 성가시기는 하지만 위험한 일은 아닙니다."

"돈이 듭니다. 어쨌든 피해를 당한 차를 가진 사람들에게는요."

"그렇습니다. 그러니까 범죄죠. 하지만 세 번째 유형의 파괴가 가장 위험합니다. 특정인을 겨냥하는 경우입니다. 대체로, 범인은 성가시지만 위험하지는 않은 일부터 시작합니다—타이어를 찢는 것 같은 일이죠. 어떤 사람들은 이유가 무엇이든, 한 번의 복수로 만족합니다. 그런 경우에는 위험하지 않습니다. 허나 만족하지 못하는 사람들이 있고, 그런 사람들이 골칫거리입니다. 당신 사건의 경우, 상대적으로 폭력성이 낮은 타이어 찢기에 더 폭력적인 앞유리 파괴, 그보다 더 폭력적인, 몸을 다치게 할 수 있는 자리에서 폭발물 설치가 이어졌습니다. 사건이 일어날 때마다 정도가 심해졌어요. 그래서 저희가 당신의 안전을 걱정하는 겁니다."

외부의 어떤 것과도 이어지지 않은 크리스털 구 안을 떠다니는 기분이 든다. 위험에 처했다는 느낌이 들지 않는다.

"안전하다고 생각하실지도 모릅니다." 스테이시 씨가 또 내 마음을 읽으며 말한다. "허나 그게 **안전하다**는 뜻은 아닙니다. 당신을 스토킹하는 미친놈에게서 안전해지려면, 그 자식을 철장 속에 집어넣는 길밖에 없습니다."

그는 '미친놈'이라는 단어를 너무 쉽게 말한다. 나는 그가 나에 대해서도 그렇게 생각하고 있는지 궁금하다.

거듭, 그가 내 생각을 읽는다. "죄송합니다─'미친놈'이라고 하지 말았어야 했어요······. 그런 말을 많이 들으셨을지도 모르는데. 그저 제가 속이 터져서 그럽니다. 여기, 당신은 성실하고 점잖은 사람인데, 이─이 **사람**은 당신을 쫓고 있어요. 대체 이 자식은 뭐가 문제죠?"

"자폐증은 아닙니다"라고 말하고 싶지만 하지 않는다. 나는 자폐인이 스토커가 될 수 있으리라고 생각하지 않는다. 그러나 내가 모든 자폐인들을 아는 것은 아니니, 틀릴 수도 있다.

"그저 저희가 이 위협을 심각하게 받아들이고 있음을 아시길 바랍니다. 우리가 처음에는 신속히 움직이지 않았더라도요. 그러니, 심각하게 이야기해 봅시다. 애런데일 씨를 겨냥한 것이 분명합니다─적대적 행위 세 번에 대한 구절을 아시나요?"

"아니요."

"한 번은 사고, 두 번은 우연, 세 번은 적대적 행위라고 합니다. 그러니 당신을 겨냥했을 수밖에 없는 사건이 세 번 일어났다면, 누군가 당신을 쫓고 있다고 여길 때가 된 겁니다."

나는 잠시 어리둥절해 한다. "하지만······ 이것이 적대적 행위라면, 첫 번째도 적대적 행위이지 않습니까? 아예 사고가 아니지 않습니까?"

그는 놀란 표정을 짓는다. 눈썹이 올라가고 입이 동그래진다. "사실─네─맞습니다. 하지만 다음 사건들이 일어나기 전까지는 첫 번째에 대해 알 수 없지요. 그런 다음에야 같은 범주에 넣을 수 있고요."

"만약 진짜 사고가 세 번 일어난다면, 당신은 그것을 적대적 행위라고 생각할 수 있지만 여전히 틀릴 가능성도 있습니다."

그가 나를 빤히 바라보고 고개를 흔든다. "틀린 길은 얼마나 많고, 옳은 길은 얼마나 적나요."

즉시 머릿속으로 사고(주황색), 우연(녹색), 적대적 행위(빨간색)의 색으로 구성된 결정 양탄자의 패턴이 생성되며 계산이 시작된다. 각각 셋 중 하나의 값, 각각 그 행동에 할당된 값에 따라 참 또는 거짓이 되는 세 가지 진리이론을 갖는 세 가지 사건. 그리고 사건의 선택에는 어떤 여과 장치가 존재해야 한다. 예고 사건의 피해자의 적일지도 모르는 사람이 행하지 않은 사건을 제외해야 한다. 내가 날마다 다루는 것이 바로 이와 같지만 훨씬 더 복잡한 문제들이다.

"스물일곱 가지 가능성이 있습니다. 만약 타당성을 진술문의 모든 부분이 참인 것으로 정의한다면, 오직 한 가지만이 타당합니다. 첫 번째 사건이 사실은 사고이고, 두 번째 사건이 사실은 우연이고, 세 번째 사건이 사실은 적대적 행위인 경우입니다. 만약 타당성을 세 사건이 모두 적대적 행위인 경우로 정의한다면, 오직 한 가지 ─ 하지만 아까와 다른 경우입니다 ─ 경우만이 참입니다. 만약 타당성을 앞 두 가지 사건의 현실과 무관하게 모든 경우에서 세 번째 사건이 적대적 행위인 경우로 정의한다면, 진술문은 아홉 가지 경우에 적대적 행위를 타당하게 경고합니다. 그렇지만 만약 첫 두 사건은 적대적 행위가 아니지만 세 번째는 적대적 행위인 경우, 연관된 사건들의 선택은 더욱 희박해집니다."

스테이시 씨는 이제 입을 조금 벌린 채 나를 바라보고 있다. "지금…… 그걸 계산하신 겁니까? 머릿속으로요?"

"어렵지 않습니다. 단순한 순열 문제이고, 순열 공식은 고등학교에서 배웁니다."

"그러면 저 문장이 실제로 참일 가능성은 스물일곱 번 중 한 번뿐이란 말이군요?" 그가 묻는다. "제기랄. 겨우…… 얼마죠? 4퍼센트 정도? 그만큼도 안 맞는 말이라면 오랜 격언이 되었을 리가 없어요. 뭔가 잘못됐다고요."

그의 수학적 지식과 논리의 흠결은 아플 만큼 분명하다. "사실 참은 잠재적인 목적이 무엇인지에 달려 있습니다. 진술문의 모든 부분이 참일 가능성은 27분의 1뿐입니다. 첫 번째 사건은 사고, 두 번째 사건은 우연, 세 번째 사건은 적대적 행위인 경우입니다. 이것은 3.7퍼센트로, 전체 진술문의 오류율이 96.3퍼센트가 됩니다. 하지만 마지막 사건이 적대적 행위인 아홉 가지 경우─전체의 3분의 1인데─마지막 사건에 관한 오류율은 67퍼센트로 낮아집니다. 그리고 적대적 행위가 발생할 수 있는 경우가 열아홉 가지 있습니다─첫 번째, 두 번째, 세 번째 혹은 반복해서요. 스물일곱 번 중 열아홉 번은 70.37퍼센트입니다. 이것이 세 사건 중 적어도 한 번 적대적 행위가 발생할 가능성입니다. 적대적 행위에 대한 예측은 여전히 그 상황에서 29.63퍼센트 틀릴 수 있지만, 이것은 3분의 1보다 적은 값입니다. 따라서 적대적 행위에 대한 경계가 중요하다면─적대적 행위를 탐지하는 것이 적대적 행위가 없는데 의심하기를 피하는 것보다 가치 있다면─합리적으로 연관된 세 번의 사건들을 관찰한 경우, 적대적 행위가 있었다고 추측하는 편이 유리합니다."

"세상에나. 지금 진지하시군요." 그가 갑자기 머리를 흔든다. "미안합니다. 저는─저는 당신이 수학 천재인 줄 몰랐어요."

"저는 수학 천재가 아닙니다." 나는 다시 학생 수준의 실력으로 가능한 간단한 계산이라고 말하려고 입을 연다. 그러나 적절하지 못한 말일지도 모른다. 만약 그가 이 계산을 할 줄 모른다면, 그의 기분이 상할 것이다.

"하지만…… 당신 말씀은…… 이 격언을 따르면 어쨌든 자주 틀린다는 의미죠?"

"수학적으로, 그 격언은 그보다 더 자주 옳을 수 없습니다. 수학 공식이 아니라 그저 격언일 뿐이고, 공식만이 수학적으로 옳습니다. 진짜 삶에서는, 어떤 사건들을 선택해서 연결 짓느냐에 달려 있겠지요." 나는 어떻게 설명해야 할지 고심한다. "기차를 타고 출근을 하고 있다고 가정해 봅시다. 제가 방금 페인트 칠한 곳에 손을 올립니다. '페인트 주의' 경고문을 보지 못했거나, 실수로 경고판을 떨어뜨렸습니다. 만약에 제 손에 페인트가 묻은 사건을 바닥에 달걀을 떨어뜨린 사건과, 그다음에는 보도의 홈에 걸려 넘어진 사건과 연결 짓고 그걸 적대적 행위라고 부른다면─"

"당신이 부주의했을 때 말이죠. 알겠습니다. 연관된 사건의 수가 증가하면 오류일 확률이 줄어드나요?"

"물론입니다. 올바른 사건들을 고른다면요."

그가 다시 머리를 흔든다. "다시 당신 일로 돌아가서, 올바른 사건들을 확실하게 골라내 봅시다. 2주 전 수요일 밤에 누군가 타이어를 찢었습니다. 그리고 수요일마다, 친구 집에…… 펜싱 연습을 하러 가시는군요? 칼싸움 같은 겁니까?"

"진짜 칼이 아닙니다. 그냥 운동용 칼입니다."

"그렇군요. 차에 넣어 다니시나요?"

"아니오. 톰의 집에 둡니다. 몇몇 사람들은 그렇게 합니다."

"그러니 일단 도둑질이 동기는 아니겠군요. 그다음 주에는 당신이 펜싱을 하고 있을 때 누가 차를 타고 지나가면서 앞유리를 깨뜨렸습니다. 이번에도 범인은 당신 차를 공격했고, 공격이 이루어진 장소로 볼 때, 이 사건은 범인이 당신이 수요일마다 어디에 가는지 알고 있다는 사실을 분명히 드러냅니다. 세 번째 공격은 수요일 밤, 당신이 펜싱 모임에서 돌아와 아침에 일어나는 사이에 있었습니다. 시점상, 이 일이 펜싱 모임과 관련되어 있다는 생각이 듭니다."

"일을 할 시간이 수요일 밤밖에 없는 사람이지 않다면요." 내가 말한다.

그가 나를 한참 동안 바라본다. "펜싱 모임에 속한―혹은 펜싱 모임에 있었던―사람이 당신에게 원한을 품었을 가능성을 인정하고 싶지 않으신 것처럼 들립니다."

그의 말이 옳다. 여러 해 동안 매주 만났던 사람들이 나를 좋아하지 않는다고 생각하고 싶지 않다. 나를 좋아하지 않은 사람이 단 한 명이었다고 해도 말이다. 그곳에서 나는 안전하다고 느꼈다. 그들은 나의 친구들이다. 나는 스테이시 씨가 내게 보여주려고 하는 패턴을 볼 수 있다―분명하고, 간단한 시간적 조합이다. 그리고 나는 이미 그 패턴을 보았다―그러나 불가능하다. 친구란 나에게 나쁜 일이 아니라 좋은 일이 있기를 바라는 사람들이다.

"그게 아니라……." 목이 막힌다. 한동안 말이 쉽게 나오지 않으리란 의미인 머릿속 압박이 느껴진다. "그것은…… 그…… 사…… 사실인지…… 확실하지…… 않은…… 일을…… 말하는 것은…… 옳지 않습니다." 이전에 돈에 대해 아무 말도 하지 않았으면 하고 바란다. 잘못한 일이라는 기분이 든다.

"무고를 저지르고 싶지 않으시군요."

나는 소리 내지 못하고 고개를 끄덕인다.

그가 한숨을 쉰다. "애런데일 씨, 누구에게나 마음에 들지 않는 사람이 있습니다. 누가 당신을 싫어한다고 해서, 당신이 나쁜 사람이어야 한다는 뜻은 아닙니다. 그리고 다른 사람들이 당신을 해치지 않게 하기 위해 합리적으로 주의를 기울인다고 해서, 당신이 나쁜 사람이 되는 것도 아닙니다. 만약 모임에 정당하든 아니든 당신에게 뭔가 원한을 품은 사람이 있다 해도, 그 사람이 이런 일을 벌인 사람이 아닐 수도 있습니다. 저는 알아요. 그저 당신을 좋아하지 않았다고 해서 사람들을 범죄자 갱생시설에 던져 넣지는 않을 겁니다. 그러나 저희가 이 사건을 심각하게 받아들이지 않는 바람에 당신이 살해당하는 일은 바라지 않아요."

나는 아직도 누군가가—돈이—나를 죽이려고 하는 모습을 상상할 수가 없다. 나는 내가 아는 한 누구에게도 피해를 입히지 않았다. 사람들은 시시한 이유 때문에 살인을 하지 않는다.

"제 말의 핵심은, 사람들은 온갖 멍청한 이유로 살인을 한다는 겁니다. 시시한 이유들로요."

"아닙니다." 내가 중얼거린다. 정상인들의 행동에는 이유가 있다. 거창한 일에는 거창한 이유가, 작은 일에는 작은 이유가.

"제 말이 맞습니다." 그가 말한다. 단호한 목소리다. 그는 자신의 말을 믿는다. "물론 모두 다 그렇지는 않지요. 허나 폭발물을 장치한 멍청한 장난감을 당신 차에 넣을 만한 사람이라면 — 애런데일 씨, 제 생각에 그런 사람은 정상적이고 제정신인 사람이 아닙니다. 저는 살인을 하는 사람들에게 직업적으로 익숙합니다. 허락을 받지 않고 빵을 한 조각 먹었다고 아이를 벽에 때려 박는 아버지들, 장 보러 가서 누가 뭘 깜박했는지를 놓고 싸우다가 무기를 찾아 쥐는 부부들이요. 저는 당신이 근거 없는 고발을 할 만한 사람이 아니라고 생각합니다. 무슨 말씀을 하시든, 저희가 신중하게 수사하리라는 사실을 믿어 주십시오. 수사에 바탕이 될 만한 정보를 주세요. 당신을 스토킹하고 있는 이 사람이 다음에는 다른 사람을 스토킹할지도 모릅니다."

나는 말하고 싶지 않다. 목이 너무 조여 아프다. 하지만 만약 다른 사람에게도 이 일이 일어날 수 있다면…….

무슨 말을 어떻게 할지 생각하는 사이, 그가 말한다. "펜싱 모임에 대해 좀 더 말씀해 주세요. 언제부터 다니셨나요?"

내가 답할 수 있는 질문이다. 나는 답한다. 그가 연습이 어떻게 진행되는지, 무엇을 하는지, 언제 떠나는지 묻는다.

나는 집, 마당, 장비 보관소를 묘사한다. "제 물건들은 늘 같은 자리에 있습니다."

"장비를 가지고 다니는 대신에 톰의 집에 두고 다니는 사람이 몇 명이나 있습니까?"

"저말고요? 두 명입니다. 다른 사람들도 토너먼트에 나갈 때면 두고 갑니다. 하지만 보통 저희 세 명이 두고 다닙니다. 다른 두 사람은 돈과 셰러턴입니다." 자. 숨이 막히지 않고 돈의 이름을 말했다.

"왜요?" 그가 조용히 묻는다.

"셰러턴은 출장을 자주 다닙니다. 매주 오지 못하고, 외국에 출장 간 사이에 집에 도둑이 들어서 칼 세트를 통째로 잃어버린 적이 있습니다. 돈은—" 다시 말문이 막히려고 하지만, 나는 억지로 말을 잇는다. "돈이 늘 장비를 잊어버려서 다른 사람들의 물건을 빌렸기 때문에, 결국 톰이 그에게 잊을 리가 없는 그의 집에 두고 다니라고 했습니다."

"돈이라. 전화로 말씀하셨던 돈과 같은 사람입니까?"

"네." 근육이 모두 긴장된다. 그가 여기 내 사무실에 앉아 나를 응시하고 있자 말하기가 훨씬 더 힘이 든다.

"당신이 펜싱 모임에 들어갔을 때부터 있었나요?"

"네."

"모임에서 친한 친구로는 누가 있나요?"

나는 그들이 모두 나의 친구라고 생각했다. 에미는 그들은 정상이고 나는 아니기 때문에, 그들이 내 친구가 되는 것은 불가능하다고 했다. 그러나 나는 그들이 나의 친구라고 생각했다. "톰." 내가 답한다. "루시아. 브라이언. 마, 마저리……."

"루시아와 톰은 부부 사이죠? 마저리는 누굽니까?"

얼굴이 달아오르는 것이 느껴진다. "그, 그녀는…… 제, 제 친……구입니다."

"여자친구요? 애인입니까?"

단어들이 빛보다 빨리 머리에서 날아나간다. 나는 다시 말을 잃어, 그저 고개를 흔들 수만 있다.

"여자친구이기를 바라는 사람인가요?"

나는 경직한다. 바라나? 물론 바란다. 감히 희망을 품을까? 아니. 나는 고개를 흔들지도 끄덕이지도 못한다. 말을 하지 못한다. 스테이시 씨의 얼굴에 떠오른 표정을 보고 싶지 않다. 그가 무슨 생각을 하는지 알고 싶지 않다. 아무도 나를 모르고 아무도 질문을 하지 않는 조용한 어딘가로 도망치고 싶다.

"애런데일 씨, 제가 가정을 한번 해 보겠습니다." 스테이시 씨가 말한다. 그의 목소리가 딱딱 끊기며, 작고 날카로운 소리의 조각으로 나뉘어 나의 귀로, 나의 이해로 배어든다. "당신이 정말 이 마저리란 여자를 좋아한다고 가정해 봅시다."

이 마저리. 마치 그녀가 사람이 아니라 표본인 것처럼. 그녀의 얼굴, 머리카락, 목소리를 생각하기만 해도, 따뜻함이 차오른다. "그리고 당신은 수줍음을 좀 타죠─괜찮습니다. 연애를 많이 안 해 본 남자라면 그게 보통이죠. 아마 그런 것 같군요. 그녀가 당신을 좋아할지도 모르고, 그저 멀리서 사모 받기를 즐기고 있을 뿐인지도 모릅니다. 그리고 여기 다른 사람─돈일 수도 있고, 아닐 수도 있지요─은 마저리가 당신을 좋아하는 것 같아서 화가 났습니다. 그가 마저리를 좋아할지도 모릅니다. 그냥 당신을 싫어하는지도 모르죠. 어느 쪽이든, 그는 당신 두 사람 사이에서 마음에 들지 않는 뭔가를 보고 있습니다. 질투는 폭력적인 행동의 꽤 흔한 동기죠."

"저는…… 아니…… 그가…… 범인…… 아니기를……." 나는 헐떡이며 말을 뱉는다.

"그를 좋아하십니까?"

"저는…… 그를…… 안다고…… 알고…… 있었다고…… 생각한……
생각했습니다." 깊숙한 곳에서, 역겨운 암흑이 마저리에 대한 따뜻한 느
낌을 파고들며 소용돌이친다. 나는 돈이 농담을 던지고, 웃고, 미소 짓
던 순간들을 기억한다.

"배신은 정말 재미없는 일이죠." 스테이시 씨가 십계를 읊는 목사처
럼 말한다. 그가 주머니에서 단말기를 꺼내 명령을 입력한다.

환한 풍경에 거대한 먹구름이 다가오듯, 어두운 무언가가 돈의 위를
떠도는 것이 느껴진다. 사라지게 하고 싶지만, 어떻게 해야 할지 알지
못한다.

"언제 퇴근하시나요?" 스테이시 씨가 묻는다.

"평소에는 5시 30분에 나갑니다. 하지만 자동차 일 때문에 오늘은 근
무 시간을 못 채웠습니다. 그 시간을 보충해야 합니다."

그가 다시 눈썹을 치켜든다. "저와 이야기를 하는 데 걸린 시간을 보
충하셔야 한다고요?"

"물론입니다."

"그렇게 까다로운 상사 같지는 않던데요."

"올드린 씨가 아닙니다. 어쨌든 저는 시간을 보충하겠지만, 우리가
충분히 열심히 일하지 않는다고 생각하면 화를 내는 사람은 크렌쇼 씨
입니다."

"아, 그렇습니까." 스테이시 씨의 얼굴이 붉어진다. 몹시 반짝인다.
"크렌쇼 씨란 사람을 좋아하게 될 것 같지 않군요."

"저는 크렌쇼 씨를 좋아하지 않습니다. 하지만 어쨌든 최선을 다해야
합니다. 저는 크렌쇼 씨가 화를 내지 않더라도 시간을 채워 일했을 겁

니다."

"물론 그러셨겠죠. 애런데일 씨, 오늘 몇 시에 퇴근하실 것 같으세요?"

나는 시계를 쳐다보고 보충해야 할 시간을 계산한다. "지금 일을 시작하면 6시 53분에 퇴근할 수 있습니다. 회사 정거장에서 7시 4분에 출발하는 열차가 있으니, 서두르면 탈 수 있습니다."

"열차를 타시면 안 됩니다. 저희가 교통편을 마련하겠습니다. 안전을 걱정하고 있다는 말 못 들으셨습니까? 혹시 며칠 묵을 만한 아는 사람의 집이 있나요? 댁에 계시지 않는 편이 더 안전합니다."

"아는 사람의 집이 없습니다." 내가 고개를 젓는다. 고향을 떠난 이래 다른 사람의 집에서 잔 적이 없다. 늘 내 집이나 호텔에서 잤다. 지금은 호텔에 가고 싶지 않다.

"지금 이 돈이란 사람을 수색하고 있습니다만, 찾기가 쉽지 않군요. 고용주는 그가 며칠 동안 출근을 안 했다고 하고, 자기 집에도 없습니다. 여기에 계시는 몇 시간 동안은 안전하겠지만, 나가실 때는 반드시 저희에게 연락하세요. 아시겠죠?"

나는 고개를 끄덕인다. 언쟁보다 쉽다. 이 일이 진짜 삶이 아니라 영화나 텔레비전 프로그램 속에서 일어나고 있는 것 같다. 사람들에게서 들었던 어떤 이야기와도 같지 않다.

문이 벌컥 열린다. 나는 놀라 펄쩍 뛴다. 크렌쇼 씨다. 또 화가 난 얼굴이다.

"루! 자네가 경찰과 말썽이 났다는 얘기가 대체 무슨 소린가?" 그는 사무실을 둘러보다가, 스테이시 씨를 보자 뻣뻣해진다.

"저는 스테이시 경위입니다. 애런데일 씨는 문제를 일으키시지 않았습니다. 저는 이분이 피해자인 사건을 조사하고 있습니다. 찢어진 타이어 이야기는 들으셨겠죠?"

"네." 크렌쇼 씨의 얼굴색이 옅어졌다가 다시 붉어진다. "들었습니다. 허나 여기까지 경찰관이 나올 무슨 이유가 있습니까?"

"아뇨, 그게 아닙니다. 애런데일 씨의 자동차에 장치된 폭발물을 포함, 이어진 두 번의 공격 때문입니다."

"폭발물이요?" 크렌쇼 씨가 다시 창백해진다. "누가 루를 해치려고 한다고?"

"네, 저희 생각은 그렇습니다. 애런데일 씨의 안전을 염려하고 있습니다."

"누구 짓인 것 같소?" 크렌쇼 씨가 묻는다. 그는 답을 기다리지 않고 말을 계속 한다. "루는 우리 회사에서 민감한 프로젝트를 맡고 있어요. 프로젝트를 방해하려는 경쟁자의 짓일지도—"

"그렇지는 않다고 봅니다. 회사와 전혀 무관하다고 생각할 만한 증거가 있습니다. 그래도, 물론 소중한 직원을 보호하고 싶으시겠지요—애런데일 씨가 며칠 머무르실 만한 회사의 게스트 호스텔 같은 곳이 있습니까?"

"아니……. 내 말은, 이게 정말 심각한 위협이라고 생각하나요?"

경찰관이 눈꺼풀을 조금 내리깐다. "당신이 크렌쇼 씨죠? 애런데일 씨의 묘사를 듣고 보니 알아보겠군요. 만약 누가 당신 차에서 배터리를 끄집어내고 그 자리에 후드를 열면 폭발하는 장치를 넣어 놓는다면, 심각한 위협이라고 생각하시겠습니까?"

"하나님 맙소사." 크렌쇼 씨가 말한다. 나는 그가 스테이시 씨를 하나님이라고 부르고 있지 않음을 안다. 이것은 크렌쇼 씨가 놀라움을 표현하는 방식이다. 내 쪽을 흘끔 보더니, 그의 표정이 날카로워진다. "루, 자넬 죽이려는 사람이 있다니, 대체 뭘 하고 다닌 건가? 회사 방침을 알고 있겠지. 자네가 범죄에 연루되었다는 걸 내가 알게 된다면—"

"크렌쇼 씨, 성급하시군요. 애런데일 씨가 뭔가 잘못을 저질렀다는 징후는 어디에도 없습니다. 저희는 가해자가 애런데일 씨의 성취를 질투하는 사람이리라고 짐작하고 있습니다— 애런데일 씨를 난처하게 하고 싶어 하는 사람이요."

"이 사람의 특권에 분개한다고요?" 크렌쇼 씨가 말한다. "그건 말이 되는군요. 저는 늘 이런 사람들을 특별대우해 주면 그로 인해 고통받는 사람들이 반발할 거라고 말하곤 했죠. 왜 이 부서가 별도로 주차장, 체육관, 음향 시설, 주방 설비를 갖추어야 하는지 모르겠다는 직원들이 있어요."

나는 딱딱하게 굳은 스테이시 씨의 얼굴을 본다. 크렌쇼 씨의 말이 그를 화나게 했다. 그러나 무슨 말이? 스테이시 씨가 내가 찬성하지 않는다는 의미라고 배운, 낯선 어조로 천천히 말한다.

"아하, 네……. 애런데일 씨로부터 당신이 일터의 장애인 고용 지원 조치를 비판한다는 말씀을 들었습니다."

"그런 말이 아니오." 크렌쇼 씨가 말한다. "정말 필요한지 아닌지에 달려 있어요. 휠체어 경사로라든지 하는 것들은 좋지만, 소위 지원이라고 하는 것들 일부는 그저 사치스런—"

"그리고 당신은 실로 전문가셔서 무엇이 정말 필요한지 잘 아시는군요?" 크렌쇼 씨의 얼굴이 다시 붉어진다. 나는 스테이시 씨를 본다. 그는 전혀 겁먹은 얼굴이 아니다.

"나는 대차대조표를 알아요. 싸구려 반짝이들이 필요하다고 생각하는 몇 사람의 응석을 받아주느라 회사가 파산해야 한다는 법은 없지. 저런—" 그가 내 책상 위에 달린 팔랑개비들을 손가락질한다.

"다해서 38달러죠." 스테이시 씨가 말한다. "군수 회사에게서 산 게 아니라면 말입니다." 터무니없는 소리다. 군수 회사는 팔랑개비를 팔지 않는다. 미사일, 지뢰, 전투기를 판다. 수열을 제외하면 일반적인 지식을 갖춘 듯한 스테이시 씨가 왜 군수업자에게서 팔랑개비를 산다는 말을 하는지 이해하려 애쓰는 사이, 크렌쇼 씨가 내가 알아듣지 못한 말을 뭐라고 중얼거린다. 확실히 어리석은 말이다. 무슨 농담 같은 걸까?

"……그러나 핵심은," 나는 스테이시 씨가 말하고 있을 때 다시 대화를 따라잡는다. "여기 체육관을 봅시다. 이미 설치되었죠? 유지비는 아마 몇 푼 안 들 겁니다. 만약 부서 전체를—열여섯, 스무 명 정도?—쫓아내고 체육관을…… 체육관이 더 넓었다고 해도, 이 공간에 그만한 사람들에게 지급해야 할 회사 몫의 실업수당보다 더 큰 돈이 될 만한 용도가 있을지, 저로서는 생각나는 건수가 없더군요. 장애인 직원들을 고용해서 얻은 부양고용주 자격을 잃으리란 건 말할 필요도 없고요. 그걸로 틀림없이 세금 감면혜택을 받고 있겠죠."

"당신이 뭘 알아?"

"우리 부서에도 장애인 직원들이 있습니다. 근무 중에 장애를 입은 사람들도 있고, 처음부터 장애인으로 고용된 사람들도 있지요. 몇 년 전에 엄청나게 비열한 시의원 자식이 있었는데, 자기 말로는 무임승차자인 사람들을 쫓아내서 지출을 줄이고 싶어 했죠. 그 직원들을 버리는 쪽이 손실이라는 것을 보여 주기 위해 근무 외 시간에 규정집을 하도 들여다봐서 말이죠."

"당신들은 세금으로 먹고 살잖소." 크렌쇼 씨가 말한다. 그의 뻘겋고 번쩍이는 이마에 튀어나온 혈관에서 펄떡이는 맥박이 보인다. "이윤에 대해 걱정할 필요가 없지. 우리는 당신네들 따위한테 월급으로 줄 돈을 벌어야 한단 말이야."

"덕분에 맥주가 시원하겠수." 스테이시 씨가 말한다. 그의 맥박도 세게 뛰고 있다. "자, 이제 실례해도 된다면, 애런데일 씨와 이야기를 해야 합니다만—"

"루, 지금 허비한 시간 보충해." 크렌쇼 씨가 말하고, 문을 쾅 닫으며 나간다.

나는 스테이시 씨를 본다. 그가 고개를 흔든다. "허, 저 인간 진짜 걸작이군요. 몇 년 전, 제가 고작 말단 순경일 때 꼭 저 자식 같은 경사가 있었는데, 천만다행히 시카고로 전근 갔죠. 애런데일 씨, 다른 일자리를 알아보실 법도 한데요. 저 자식, 당신을 쫓아내려고 혈안이 되어 있어요."

"저는 이해가 되지 않습니다. 저는—우리 모두는—여기에서 무척 열심히 일해요. 그는 왜 우리를 쫓아내고 싶어 할까요?" 아니면 우리를 다른 누구로 만들고 싶어 하거나……. 나는 스테이시 씨에게 실험 조약에 대해 말할까 말까 생각한다.

"권력에 미친 개새끼죠. 저런 사람들은 언제나 남을 나쁘게, 자기를 좋게 보이게 하려고 혈안이에요. 당신은 여기서 맡은 일을 조용히, 아무 문제 없이 잘하고 있죠. 함부로 대해도 되는 만만한 사람으로 보이는 겁니다. 그에게는 운 나쁘게도, 이번 일이 일어났죠."

"저도 운이 좋다고 느껴지지 않습니다. 기분이 더 나빠요."

"아마 그러시겠죠. 하지만 보세요, 이렇게 되었으니 저 크렌쇼란 양반은 나와 맞서야 할 겁니다—자기 오만함이 경찰에게는 잘 먹히지 않는다는 걸 깨닫게 될 거예요."

나는 이 말을 믿는지 확신이 서지 않는다. 크렌쇼 씨는 단순히 크렌쇼 씨가 아니다. 그는 회사이기도 하고, 회사는 시의 정책에 큰 영향력을 갖고 있다.

"자, 더 늦게까지 일하시게 하는 폐를 끼치지 않게, 사건들로 돌아가 봅시다. 아무리 사소한 일이라도 좋으니, 돈이 당신에게 마음이 상해 있었다는 것을 알 만한 다른 상호작용이 있었나요?"

시시한 일 같지만, 나는 그에게 연습 때 돈이 나와 마저리 사이에 섰던 일과, 그가 실제로 밥일 수가 없는데도 불구하고 마저리가 그를 진짜 밥맛이라고 했던 일을 말한다.

"즉, 지금 들은 얘기에 따르면 다른 친구들이 당신을 돈으로부터 감싸는 패턴이 있었군요. 돈이 당신을 대하는 방식이 마음에 들지 않는다고 분명히 표현하면서요. 그렇죠?"

그런 식으로 생각해 본 적이 없었다. 그의 말을 듣고 나니, 컴퓨터 화면이나 펜싱에서의 패턴들만큼이나 분명한 패턴이 보인다. 예전에는 왜 이 패턴을 보지 못했는지 의아하다. "그는 행복하지 않을 거예요. 제가 그와 다른 취급을 받는다고 생각할 테고—" 나는 예전에는 보지 못했던 또 다른 패턴을 갑작스레 깨닫고 말을 멈춘다. "크렌쇼 씨와 같아요." 목소리가 커진다. 목소리에 담긴 긴장이 들리지만, 너무 흥분이 된다. "그도 같은 이유로 좋아하지 않습니다." 나는 생각을 정리하려 애쓰며 다시 말을 멈춘다. 손을 뻗어 송풍기를 켠다. 팔랑개비들은 내가 흥분했을 때 생각을 돕는다.

"우리에게 지원이 필요하다고 실제로 믿지 않고 지원을 불쾌하게 생각하는 사람들의 패턴입니다. 만약 제가—우리가—못한다면, 그들은 더 이해할 겁니다. 잘하면서 지원을 받는다는 조합이 그들을 화나게 하는 겁니다. 저는 너무 정상입니다." 나는 스테이시 씨를 마주본다. 그가 웃으면서 고개를 끄덕이고 있다. "어리석은 생각입니다. 저는 정상인이 아니에요. 지금도, 한 번도."

"당신은 그렇게 생각하겠지요. 그리고 우연과 적대적 행위에 대한 해묵은 격언을 갖고 했던 것 같은 일을 하실 때는, 확실히 평균이 아니죠……. 하지만 대체로 당신은 정상적으로 보이고, 정상적으로 행동합니다. 글쎄, 저는 심지어—예전에 필수로 들었던 심리학 수업에서는 자폐인들은 대부분 말이 서투르고, 우둔하며, 융통성이 없다고 배웠어요." 그가 씩 웃는다. 그가 방금 우리에 대해 그렇게 나쁜 말을 많이 하고서 웃는 의미를 나는 알지 못한다. "여기 와서 보니, 당신은 운전을 하고, 직업을 갖고, 사랑에 빠지고, 펜싱 시합에 나가고—"

"지금까지는 한 번뿐이었습니다."

"네네, 지금까지는 한 번뿐이었지만요. 하지만 애런데일 씨, 저는 당신보다 장애가 심한 사람들이나, 당신과 비슷한 수준으로 보이는 사람들을 많이 봅니다. 지원 없이 사는 사람들이요. 이제 지원의 근거와, 지원의 경제성을 알겠어요. 탁자의 짧은 다리 밑을 괴는 것과 같아요—왜

튼튼하고 견고한 탁자를 마련하지 않겠어요? 그렇게 작든 쐐기만 있으면 견실해지는데, 왜 기울어져 불안한 탁자를 견뎌야 하죠? 하지만 사람은 기구가 아니나, 만약 다른 사람들이 그 쐐기를 자신에 대한 위협으로 본다면…… 좋아하지 않겠죠."

"어째서 제가 돈이나 크렌쇼 씨에게 위협이 되는지 모르겠습니다."

"개인적으로는 위협이 아닐지도 몰라요. 심지어 당신이 받는 지원도, 누구에게도 위협이 아니라고 생각합니다. 하지만 어떤 사람들은 머리가 잘 돌아가지 않고, 그런 사람들에게는 자기가 살면서 잘못한 일들을 다른 사람 탓으로 돌리는 편이 쉽죠. 돈은 아마 사람들이 당신을 배려하지 않는다면 자기가 그 여자와 잘될 거라고 생각하고 있을 겁니다."

나는 그가 마저리의 이름을 말했으면 한다. '그 여자'란 마치 그녀가 뭔가 잘못을 저지른 것처럼 들린다.

"아마 그래도 그 여자가 그를 좋아할 것 같진 않지만, 그 사실을 인정하고 싶지 않은 거예요—차라리 당신 탓을 하죠. 제 말은, 만약 이 모든 일의 범인이 그라면 말입니다." 스테이시 씨가 단말기를 흘끔 내려다본다. "우리가 가진 정보에 따르면, 돈은 낮은 수준의 직업을 연달아 가졌습니다. 가끔은 스스로 그만두고, 가끔은 해고당하면서요……. 신용 등급이 낮군요……. 스스로 실패했다고 여기고, 만사의 책임을 미룰 누군가를 찾고 있을 수도 있습니다."

나는 정상인들이 자신의 실패를 설명할 필요를 느끼리라고 한 번도 생각한 적이 없다. 정상인들이 실패하기도 한다고 생각해 본 적이 없다.

"애런데일 씨, 퇴근하실 때 태워 드릴 사람을 보내겠습니다. 집에 가실 때 이 번호로 연락 주세요." 그가 나에게 명함을 건넨다. "회사의 보안이 충분하니 여기에는 경계를 붙이지 않겠습니다. 하지만 제 말 명심하시고—부디 조심하셔야 합니다."

그가 가고 나서 일로 돌아가기가 힘이 들지만, 나는 프로젝트에 정신을 집중하고, 작업을 마치고 전화를 걸 시간이 되기 전에 어느 정도 성과를 낸다.

크렌쇼가 루 애런데일과 면담하러 온 '거만한 경찰'에 분노하며 그의 사무실을 나간 다음, 피트 올드린은 깊이 심호흡을 하고 인사부에 연락하려 수화기를 들었다. "바트." 그는 폴이 제안한 인사팀 직원으로, 젊고 경험이 적어 틀림없이 주위 사람들에게 지시와 도움을 요청하고 다닐 터였다. "바트, 우리 A 부서원 전원이 한동안 일을 쉬도록 일정을 짜야 해요. 연구 프로젝트에 관련된 겁니다."

"누구 연구요?" 바트가 물었다.

"우리 연구죠—성인 자폐인을 겨냥한 새 상품의 첫 임상 실험이에요. 크렌쇼 씨는 이 일을 우리 부의 최우선 업무로 보고 있어요. 그러니 무기한 휴가 일정을 신속히 잡아 주면 정말 고맙겠어요. 그게 가장 좋은 방법이라고 봐요. 얼마나 오래 걸릴지 모르지만—"

"전 부서원이요? 한꺼번에?"

"시차를 두고 참여할 수도 있어요. 아직 확실히 모르겠군요. 동의서에 서명을 받고 나서 알려 줄게요. 그래도 최소한 30일은 되어야—"

"어떻게 그게—"

"인증 코드는 이거예요. 크렌쇼 씨의 서명이 필요하면—"

"그냥 그런다고 되는 일이—"

"고마워요." 올드린은 전화를 끊었다. 놀라고 당황하여 무슨 일을 해야 할지 물어보려 상사에게 달려가는 바트의 모습이 그려졌다. 그는 깊이 숨을 들이쉬고, 회계팀의 셜리에게 전화를 했다.

"A 부서가 무기한 휴가에 들어간 동안 직원들의 봉급을 각자의 계좌로 즉시 이체할 계획을 잡아야 해."

"피트, 말했잖아. 그런 식으로 처리되는 일이 아니야. 허가가 있어야한다고."

"크렌쇼 씨는 이 일을 최우선으로 보고 있어. 프로젝트의 인증 코드가 내게 있고, 크렌쇼 씨의 서명을 받아다 줄 수도 있어."

"하지만 대체 내가 어떻게—"

"그냥 이동 근무를 한다고 할 수는 없을까? 그렇게 하면 이미 짜여진 부서별 예산을 변경할 필요가 없잖아."

수화기로 셜리가 이를 핥는 소리가 들렸다. "그건 가능할 것도 같네. 이동 근무지가 어딘지 말해 준다면 말이야."

"본사 42동."

잠깐의 정적, 그리고 "하지만 피트, 거긴 병원이잖아. 대체 뭘 끌어내려고 그래? 회사 직원들을 실험 대상으로 이중고용이라도 하는 거야?"

"별로 끌어내는 거 없어." 올드린이 애써 화를 내는 척하며 말했다. "크렌쇼 씨가 강력히 추진하고 있는 프로젝트를 시급히 진행하려고 하는 거야. 만약 봉급은 받고 사례금은 안 받는다면 이중고용이 아니잖아."

"미심쩍은데. 알아는 볼게."

"고마워." 올드린은 인사하고 전화를 끊었다. 땀이 났다. 갈비뼈를 타고 흐르는 땀이 느껴졌다. 셜리는 풋내기가 아니었다. 이게 터무니없는 요구라는 사실을 확실하게 알고 있었고, 그러니 이 일에 대한 자기 생각을 거리낌없이 말할 터였다.

인사팀, 회계팀……. 법무팀과 연구팀이 다음 차례였다. 그는 연구를 총괄하는 의사의 이름이 나올 때까지 크렌쇼가 두고 간 서류를 샅샅이 뒤졌다. 리젤 헨드릭스……. 자원자들에게 설명하는 일을 맡았던 남자가 아니었다. 랜섬 박사는 참여한 전문직원 목록에 '관계 의사, 신규 채용'으로 나와 있었다.

"헨드릭스 박사님." 몇 분 뒤, 올드린은 전화를 했다. "저는 분석팀의 피트 올드린입니다. 박사님 연구의 자원자들이 지금 근무하고 있는 A 부서를 책임지고 있지요. 동의서 양식이 아직 준비가 안 되었습니까?"

"무슨 말씀이십니까?" 헨드릭스 박사가 물었다. "자원자 모집에 대해서라면 내선 3307번에 연락하셔야 합니다. 저는 전혀 관련이 없어요."

"박사님이 프로젝트 장이시지 않습니까?"

"네……." 상대편의 어리둥절한 표정이 생생히 그려졌다.

"뭐, 언제 자원자들에게 동의서를 보내 주실 건지 궁금해서 연락해 봤습니다."

"동의서를 제가 왜 보냅니까? 그건 랜섬 박사가 처리하기로 되어 있는 일이에요."

"그게, 모두 다 여기서 일하거든요. 더 간단할 것 같아서요."

"전원이 한 부서에 있다고요?" 헨드릭스가 올드린의 예상보다 더 놀란 목소리로 물었다. "그건 몰랐습니다. 그러면 좀 곤란하시지 않겠어요?"

"어떻게든 해야죠 I'll manage." 올드린이 억지웃음 소리를 냈다. "어쨌든, 제가 과장 manager이니까요." 박사가 농담에 반응하지 않자, 그는 말을 이었다. "지금 말입니다, 아직 모든 직원들이 결정을 내리지는 않았습니다. 물론 다들 참여하겠지만, 뭔가…… 이렇게든 저렇게든요. 하지만 어쨌든—"

헨드릭스의 목소리가 날카로워졌다. "이렇게든 저렇게든이라니, 무슨 말씀이십니까? 직원들에게 압력을 행사하고 있지는 않으시겠죠? 그건 윤리적으로—"

"아아, 저라면 그런 걱정 안 하겠습니다. 물론 아무도 협력을 강요받을 수 없고, 당연히 무슨 강압 같은 것이 있었다는 것도 아니지만, 경제적으로 말하자면 요새가 힘든 시기라고 크렌쇼 씨가 말씀하셔서—"

"허나…… 그래도—" 거의 침 튀는 소리 같았다.

"그러니 만약 일정에 맞춰 양식을 보내 주시면 정말 고맙겠습니다." 올드린은 전화를 끊었다. 그런 다음, 크렌쇼가 연락하라고 했던 바트에게 전화를 했다.

"그 동의서는 언제 보내줄 겁니까? 그리고 우리가 짜야 하는 일정이 대체 어떤 거죠? 임금 대장 문제에 대해 회계팀과 얘기는 했습니까? 인사팀하고는 합의했고요?"

"어…… 아뇨." 목소리를 들어서는 중요한 역할을 맡기에는 너무 젊은 사람인 것 같았지만, 아마 크렌쇼가 지정한 사람일 터였다. "저는 그저, 그러니까, 크렌쇼 씨가 자기가—자기 부서가—세부 사항을 처리하겠다고 말씀하셨습니다. 저는 그저 그 사람들이 이쪽 연구 원안에 따른 자격을 갖추었는지만 확인하면 된다고요. 동의서는, 초안이 나왔는지 아직 모르겠는데—"

올드린은 속으로 미소 지었다. 바트의 당황은 보너스였다. 과장급이었다면 이렇게 사소한 엉터리 공격을 쉽게 간파했을 것이다. 이제 헨드릭스에게 전화할 평계가 생겼다. 만약 운이 좋다면—운이 좋을 듯한 기분이 들었다—그가 둘 중 누구에게 먼저 전화를 걸었는지 아무도 알아채지 못하리라.

이제 언제 더 윗선으로 가느냐가 문제였다. 소문이 막 그렇게 윗선까지 퍼지기 시작할 즈음 전체 이야기를 들고 찾아가고 싶었지만, 그러려면 얼마나 걸릴지 가늠할 수가 없었다. 셜리나 헨드릭스가 행동에 나서기 전에 그가 준 새로운 정보를 얼마나 오래 깔고 앉아 있을까? 무엇부터 먼저 할까? 만약 그들이 즉시 높은 사람들에게로 간다면, 몇 시간 안에 중역들에게 알려질 것이다. 하지만 만약 하루 이틀 기다린다면, 일주일까지 걸릴지도 모른다.

위가 쓰렸다. 올드린은 제산제를 두 알 삼켰다.

14

경찰이 금요일에 나를 회사까지 태워다 준다. 내 차는 수사를 위해 경찰서로 견인되었다. 금요일 밤에 돌려받을 수 있단다. 크렌쇼 씨는 우리 부서에 오지 않는다. 프로젝트는 원활히 진행된다.

경찰이 나를 집으로 태워갈 차를 보내지만, 우리는 우선 내 차에 넣을 새 배터리를 사러 가게에 들렀다가 경찰이 차들을 보관하는 장소로 간다. 보통 경찰서가 아니라 '압류물품 보관소'라고 불리는 곳이다. 새로운 단어다. 나는 내 차가 내 차이고 내가 내 차를 인수한다는 서류들에 서명해야 한다. 정비공이 내가 방금 산 새 배터리를 차에 연결한다. 한 경찰관이 집까지 운전을 맡아 주겠다고 하지만, 나는 도움이 필요하지 않다고 생각한다. 그가 우리 아파트를 순찰 목록에 넣었다고 말한다.

차 안은 더럽다. 희미한 먼지가 깔려 있다. 청소를 하고 싶지만, 우선 집까지 가야 한다. 집에서 회사로 곧장 가는 길보다 먼 거리지만, 나는 길을 잃지 않는다. 차를 대니의 차 옆에 주차하고 집으로 올라간다.

안전을 위해 집을 나서면 안 되지만, 금요일 밤이니 빨래를 해야 한다. 세탁실은 건물 안에 있다. 스테이시 씨는 내가 아파트를 나서면 안 된다는 의미로 말했을 것이다. 경찰관인 대니가 살고 있으니 건물 안은 안전할 것이다. 나는 아파트를 나서지 않겠지만, 빨래는 할 것이다.

짙은 색 옷을 짙은 색 바구니에 넣고 밝은색 옷을 밝은색 바구니에 넣고, 맨 위에 세제를 얹은 다음 문을 열기 전에 문구멍으로 밖을 조심스레 살핀다. 당연히 아무도 없다. 나는 문을 열고 빨래를 옮긴 다음, 문을 다시 잠근다. 매번 문을 잘 잠그는 일은 중요하다.

금요일 저녁이면 으레 그렇듯이, 아파트는 조용하다. 누군가의 집에서 새어나오는 텔레비전 소리를 들으며 아래로 내려간다. 세탁실 밖 복도는 평소와 같아 보인다. 안에서 밖을 내다보는 사람이 아무도 없다. 나는 짙은 색 옷을 오른쪽 세탁기에, 밝은색 옷을 그 옆 세탁기에 넣는다. 나를 보는 사람이 아무도 없을 때면, 나는 두 세탁기에 동전을 넣고 동시에 켤 수 있다. 이렇게 하려면 팔을 쭉 뻗어야 하지만, 이 편이 더 듣기가 좋다.

세고와 클린턴을 가지고 왔다. 접는 탁자 옆에 놓인 플라스틱 의자에 앉는다. 의자를 복도로 들고 나가고 싶지만, '의자를 세탁실 밖으로 절대 가지고 나가지 마십시오'라는 경고문이 붙어 있다. 나는 이 의자를 좋아하지 않는다 — 이상하고 흉한 청록색이다 — 하지만 그 위에 앉으면 의자 색을 보지 않아도 된다. 여전히 기분은 나쁘지만, 의자가 없는 것보다는 낫다.

여덟 쪽을 읽었을 때, 나이 든 킴벌리 부인이 빨래를 들고 들어온다. 나는 고개를 들지 않는다. 대화를 하고 싶지 않다. 그녀가 나에게 말을 건다면 안녕하세요, 라고 말할 것이다.

"루, 안녕. 독서 중이에요?"

"안녕하세요." 나는 질문에 답하지 않는다. 내가 독서 중임을 보면 알 수 있기 때문이다.

"그건 뭐예요?" 부인이 다가오며 말한다. 나는 보던 자리에 손가락을 끼우고 책을 덮어, 표지가 보이게 한다.

"이런, 이런. 두꺼운 책이네요. 루, 책 읽기를 좋아하는 줄은 몰랐어요."

나는 방해에 관한 규칙을 이해하지 못한다. 다른 사람들을 방해하지 않는 것은 언제나 내게 무척 중요하지만, 다른 사람들은 내가 그들을 방해하지 않았을 때에 나를 방해하는 것을 무례하다고 생각하지 않는 것 같다.

"네. 가끔은요." 나는 책에서 고개를 들지 않는다. 지금은 책을 읽고 싶어 한다는 것을 그녀가 이해하길 바라기 때문이다.

"나한테 화난 일 있어요?" 부인이 묻는다.

이제 나는 화가 났다. 부인이 편히 책을 읽게 나를 내버려두지 않을 것이기 때문이다. 그러나 부인은 나이가 많고, 그렇게 말하는 것은 예의 없는 행동이다.

"평소에는 다정하게 굴면서, 오늘은 그 뚱뚱한 책을 가지고 왔잖아요. 정말 그 책을 읽고 있는 건 아닐 텐데—"

"읽고 있습니다." 나는 상처 받아 말한다. "수요일 밤에 친구에게서 빌렸어요."

"하지만 그—굉장히 어려운 책 같은데요. 정말 이해가 돼요?"

그녀는 포넘 박사와 같다. 내가 실제로 많은 일을 할 수 있으리라고 생각하지 않는다.

"네. 확실히 이해합니다. 뇌의 시각 처리 부분이 단속적인 입력 정보를 어떻게 통합해서 TV 모니터처럼 안정된 영상을 만들어 내는지에 대해 읽고 있어요."

"단속적인 입력 정보? 깜박거리는 것 같은?"

"어느 정도는요. 연구자들이 뇌의 어느 영역에서 깜박이는 영상이 부드럽게 다듬어지는지 알아냈어요."

"흠, 무슨 쓸모가 있을 것 같지 않군요." 부인이 바구니에서 빨랫감을 끄집어내 세탁기에 쑤셔 넣는다. "나는 머리 안이 알아서 돌아가게, 들여다보지 않고 내버려두는 데 만족해요." 부인이 세제의 양을 재고 세탁기에 넣고, 동전을 넣은 다음 시작 버튼을 누르기 전에 잠깐 멈춘다. "루, 머리에 대해 너무 많이 아는 건 건강에 안 좋아요. 알다시피, 그러다가 미치는 사람들도 있잖아요."

몰랐다. 머리에 대해 너무 많이 아는 것이 나를 미치게 할 수도 있다는 생각을 한 번도 떠올린 적이 없다. 나는 부인의 말이 참이라고 생각하지 않는다. 부인이 시작 버튼을 누르자 세탁기 안으로 물이 팍 쏟아진다. 부인이 접는 탁자로 다가온다.

"모두들 정신과 의사나 심리학자의 아이들이 평균보다 더 미쳤다는 걸 알죠. 예전, 20세기에는 자기 자식을 상자에 가둔 유명한 정신과 의사가 있었는데, 애가 미쳤었죠."

나는 그 이야기가 참이 아님을 안다. 참이 아니라고 말해도 부인이 나를 믿으리라고 생각하지 않는다. 나는 아무것도 설명하고 싶지 않다. 그래서 다시 책을 펼친다. 부인이 거칠게 숨을 내쉬는 소리가 나고, 그녀가 나가면서 신발 굽이 바닥에 또각이며 부딪히는 소리가 들린다.

학교에 다닐 때, 선생님들은 우리에게 뇌는 컴퓨터와 같지만 컴퓨터만큼 효율적이지 않다고 가르쳤다. 컴퓨터는 정확하게 만들어지고 프로그램되면 실수를 하지 않지만, 뇌는 실수를 한다. 그래서 나는 뇌가─내 뇌는 말할 것도 없고, 정상인 뇌들도─열등한 컴퓨터라고 생각하게 되었다.

이 책은 뇌가 어떠한 컴퓨터보다 훨씬 더 복잡하고 나의 뇌가 여러 가지 면에서 정상이라는─정상인 뇌와 똑같이 기능한다는─것을 확실히하고 있다. 내 색채 시각은 정상이다. 시력도 정상이다. 뭐가 정상이 아닐까? 그저 가장 하찮은 부분들만……. 내 생각으로는.

어린 시절의 의료 기록이 내게 있었으면 좋겠다. 책에서 논의하는 온갖 검사들을 나도 받았는지 나는 알지 못한다. 예를 들어, 나는 의사들이 지각 신경 세포의 전달 속도를 검사했는지 알지 못한다. 어머니의 서류가 가득 찬, 밝은 녹색이고 안은 파란색인 커다란 아코디언 파일을 가지고 있었던 것이 생각난다. 부모님이 돌아가신 뒤에 집을 정리할 때 보았던 기억은 없다. 어쩌면 내가 어른이 되어서 독립하고 나서 어머니가 버렸는지도 모른다. 나는 부모님이 나를 데려갔던 병원의 이름은 기억하지만, 그들이 이제 어른이 된 아이들의 기록을 보관하고 있다고 한들, 나를 도와줄지는 알지 못한다.

저자들은 짧고 일시적인 자극을 포착하는 능력의 편차에 대해 논의한다. 나는 사람들의 말을 듣고, 그런 다음에는 p, t, d 같은 자음들이 특히 단어의 맨 끝에 왔을 때 발음하는 법을 익히도록 도왔던 컴퓨터 게임들을 돌이켜 본다. 눈 연습도 있었지만, 너무 어렸을 때라 잘 기억이 나지 않는다.

나는 얼굴 한 쌍이 그려진, 배치나 형태를 보고 얼굴의 생김새를 식별하는 검사 삽화를 본다. 모두 다 똑같아 보인다. 그저―삽화 설명을 읽고―두 얼굴의 눈, 코, 입이 똑같지만, 한쪽 얼굴이 다른 쪽보다 크게 벌리고 있음을 알아본다. 만약 진짜 사람의 얼굴처럼 움직이고 있다면 절대 차이를 알아채지 못하리라. 이것은 얼굴 인지에 관련된 뇌의 특정한 영역에 뭔가 문제가 있다는 뜻이라고 한다.

정상인들은 정말 이 모든 작업을 하는 걸까? 그렇다면, 그들이 그렇게 멀리서 다른 옷을 입고 있는 사람들을 분간해 낼 수 있는 것도 당연하다.

이번 토요일에는 회의가 없다. 센터에 가지만, 담당 상담사가 병가를 냈다. 게시판에서 법률 지원 연락처를 보고 외운다. 직접 전화하고 싶지는 않다. 다른 사람들은 어떻게 생각하는지 알지 못한다. 몇 분 뒤 다시 집으로 돌아가 책을 계속 읽지만, 지난주에 안 한 만큼 집과 차를 청소할 시간은 낸다. 아직도 가끔 유리 조각이 느껴져서, 쓰던 양털 덮개를 버리고 새것을 사기로 마음먹는다. 일요일에는 책을 읽을 시간을 더 낼 수 있게, 이른 아침 예배에 나간다.

월요일에 우리 모두에게 준비 검사 일시를 알리는 쪽지가 도착한다. PET 검사, MRI 검사. 종합 신체검사. 정신과 면담. 심리 검사. 쪽지에는 검사를 위해 불이익을 받지 않고 일을 쉴 수 있다고 쓰여 있다. 마음이 놓인다. 이런 검사에 걸릴 많은 시간을 보충하고 싶지 않다. 첫 번째인 신체검사는 월요일 오후이다. 우리는 모두 병원으로 건너간다. 나는 낯선 사람이 내게 손을 대는 것을 좋아하지 않지만, 병원에서 어떻게 행동해야 하는지 안다. 피를 뽑는 주삿바늘은 그다지 아프지 않다. 그러나 뇌가 어떻게 작동하는지와 피와 오줌이 무슨 상관인지 모르겠다. 아무도 설명하려고 하지 않는다.

화요일에는 기본적인 CT 스캔을 받는다. 기계가 나를 좁은 검사실로 옮기는 동안, 기술자는 내게 아프지 않으니 겁내지 말라고 계속 말한다. 나는 겁이 나지 않는다. 밀실공포증은 없다.

퇴근하고는 장을 보러 가야 한다. 지난주 화요일에 우리 모임의 다른 사람들을 만났기 때문이다. 돈 때문에 조심하도록 되어 있지만, 어차피 나는 그가 정말로 나를 해치리라고 생각하지 않는다. 그는 내 친구다. 지금쯤이면 자신이 한 짓을 후회하고 있을지도 모른다……. 만약 범인이 돈이라면 말이다. 게다가 화요일은 장을 보는 날이다. 회사를 나서며 주차장을 둘러본다. 보여서는 안 되는 사람이 아무도 보이지 않는다. 회사의 경비원들이 침입자를 막을 것이다.

가게에 도착하자, 나왔을 때 어두울 경우를 생각해 가능한 가로등 가까이에 차를 세운다. 운 좋은 자리, 소수이다. 줄의 맨 끝에서부터 열한 번째 자리이다. 오늘 밤에는 가게가 붐비지 않아서, 목록에 쓴 물건을 모두 챙길 시간이 있다. 종이에 쓴 목록은 없지만, 나는 무엇이 필요한지 알고, 뭔가 잊어버린 것을 찾으려 두 번 돌아가지 않아도 된다. 소액 계산대에 서기에는 물건이 너무 많다. 카트가 거의 가득 찼다. 그래서 나는 가장 짧은 일반 계산대 줄에 선다.

밖에 나오자 아까보다는 어둡지만 정말 어둡지는 않다. 주차장 아스팔트 위까지도 공기가 서늘하다. 나는 아스팔트에 가끔 닿기만 하는 바퀴 하나의 덜컥거리는 리듬을 들으며 카트를 민다. 마치 재즈 같지만,

예측하기가 더 어렵다. 차에 도착하자, 나는 차 문을 열고 장바구니들을 조심스레 넣는다. 세제나 주스 캔처럼 묵직한 물건들은 떨어져서 어디 부딪히지 않게 바닥에 놓는다. 빵과 달걀은 뒷좌석에 올린다.

뒤에서 카트가 갑자기 덜컥거린다. 나는 돌아서고, 짙은 색 웃옷을 걸친 남자의 얼굴을 알아보지 못한다. 어쨌든 처음에는. 그 후에, 나는 그가 돈임을 깨닫는다.

"다 네 탓이야. 너 때문에 톰이 나를 쫓아냈다고." 그가 말한다. 얼굴 근육이 튀어나와 얼굴에 온통 주름이 잡혀 있다. 무서운 눈이다. 눈을 보고 싶지 않아서, 나는 돈의 얼굴의 다른 부분을 본다.

"너 때문에 마저리가 나한테 꺼지라고 했어. 여자들이 장애에 빠져드는 꼴이란, 역겨워. 어쩌면 너한테 그런 여자들이 수십 명 있을지도 모르지. 네 무력한 꼴에 홀딱 반한 완전 정상인 년들 말이야." 그가 높고 새된 목소리를 내어, 나는 그가 누군가의 말을 인용하거나 인용하는 척하고 있음을 안다. "'불쌍한 루, 어쩔 수 없다니까.' '불쌍한 루, 그에겐 내가 있어야 해.'" 이제 다시 낮은 목소리. "너 같은 놈들에겐 정상인 여자들이 필요 없어. 병신은 병신하고나 짝짓기 해야지. 짝짓기를 굳이 해야 한다면 말이야. 네가 네─그런 꼴을─정상인 여자 앞에서 *끄*집어내는 상상만 해도 토할 것 같아. 메스껍다고."

나는 아무 말도 하지 못한다. 겁을 내야 한다고 생각하지만, 내가 느끼는 감정은 두려움이 아니라 슬픔, 너무나 커서 나를 온통 무겁게 내리누르는 듯한 어둡고 형체 없는 슬픔이다. 돈은 정상인이다. 그는 아주 많은 일을 훨씬 쉽게 할 수 있었다. 왜 그걸 포기하고 이런 식으로 살까?

"다 써 놨지. 너 같은 새끼들을 다 처리할 순 없지만, 내가 쓴 글을 읽어 보면 내가 왜 이런 짓을 했는지 사람들도 알 거야."

"내 잘못이 아니야." 내가 말한다.

"지랄하네." 그가 다가온다. 스웨터에서 이상한 냄새가 난다. 무슨 냄새인지 모르겠지만, 그런 냄새가 나게 하는 뭔가를 먹거나 마신 것 같다. 셔츠 깃이 구겨져 있다. 흘끔 아래를 본다. 신발을 질질 끌고 있다. 한쪽 신에는 끈이 풀렸다. 몸차림을 단정히 하는 일은 중요하다. 지금 돈은 좋은 인상을 주지 못하고 있지만, 아무도 눈치채지 않는 것 같다. 시선 끄트머리에 우리를 무시하고 차나 가게로 걸어가는 다른 사람들이 보인다. "넌 **병신**이야—내 말을 알아는 듣냐? 넌 병신이고 동물원에나 처박혀야 해."

나는 돈의 말이 터무니없고, 객관적으로는 사실이 아님을 알고 있지만, 그래도 그의 강렬한 혐오에 상처를 받는다. 그리고 돈의 이런 면을 미리 알아차리지 못했던 자신이 바보처럼 느껴진다. 그는 내 친구였다. 나를 보고 웃었다. 나를 도우려고 했었다. 내가 어떻게 알았겠어?

그가 주머니에서 오른손을 꺼낸다. 검고 둥근 총구가 나를 향한다. 총신의 겉면은 빛을 받아 조금 반짝이지만, 안은 우주처럼 어둡다. 어둠이 나에게로 몰려온다.

"온갖 사회지원이니 하는 헛소리들—젠장, 만약 너나 너 같은 것들이 없었다면, 나머지 세상이 또 불경기로 빠져드는 일도 없었을 거야. 나도 이런 쓰레기 같은 밑바닥 일이나 떠맡는 대신 내게 걸맞은 직업을 가졌을 거라고."

나는 돈이 무슨 일을 하는지 모른다. 알았어야 했다. 나는 돈에 관한 일이 내 잘못이라고 생각하지 않는다. 내가 죽는다고 그가 바라는 직업을 갖게 되리라고 생각하지 않는다. 고용주들은 옷차림이 단정하고 예의 바르고, 열심히 일하며 다른 사람들과 잘 어울리는 사람을 고른다. 돈은 지저분하고 산만하다. 무례하고 열심히 일하지 않는다.

그가 갑자기 총 든 팔을 내 쪽으로 휘두르며 움직인다. "차에 타." 그가 말하지만, 내가 먼저 몸을 움직인다. 그의 패턴은 단순하고 알아보기 쉽고, 그는 자기 생각만큼이나 빠르거나 강하지 않다. 나는 앞으로 나오는 그의 손목을 잡아채고 옆으로 피한다. 텔레비전에 나오는 무기에서 나는 소리와 별로 비슷하지 않다. 총소리는 더 시끄럽고 불쾌하다. 소음이 가게 앞에 메아리친다. 나에게는 칼이 없지만, 다른 손을 뻗어 그의 몸 한가운데를 친다. 주먹을 맞자 돈이 앞으로 넘어진다. 냄새나는 숨이 확 밀려든다.

"이봐요!" 누군가 고함을 지른다. "경찰 불러요!" 다른 사람이 고함을 지른다. 비명 소리가 들린다. 어디선가 사람들이 한꺼번에 나타나 돈에게 덤빈다. 나는 내게 달려드는 사람들 때문에 비틀거리다가 넘어질 뻔한다. 어떤 사람이 내 팔을 움켜쥐더니 휙 돌려, 차에 기대 세워 누른다.

"놓으세요. 그 사람은 피해자입니다." 다른 목소리가 말한다. 스테이시 씨다. 나는 그가 여기에서 무엇을 하고 있는지 알지 못한다. 그가 내게 얼굴을 찌푸린다. "애런데일 씨, 조심하시라고 저희가 말씀 드렸잖습니까? 왜 회사에서 집으로 곧장 가시지 않았나요? 만약 대니가 우리에게 당신을 잘 지켜보라고 말해 주지 않았다면—"

"저…… 저는 조심했다고…… 생각했습니다." 내가 답한다. 주위의 온갖 소음들 때문에 말하기가 어렵다. "하지만 장을 보아야 했습니다. 장을 보는 날이에요."

그제야 나는 돈이 내가 오늘 장을 본다는 것을 알았으리라는 것을 기억한다. 예전에도 화요일에 그를 여기에서 보았다.

"천만다행이었죠."

경찰관 두 명이 돈을 바닥에 엎드리게 하고 무릎으로 누른다. 경찰관들이 돈의 팔을 등 뒤로 당겨 억제구를 채운다. 뉴스에서 보던 것보다 오래 걸리고 지저분해 보인다. 돈이 이상한 소리를 낸다. 마치 울음소리 같다. 경찰관들이 그를 일으키고 보니, 그는 울고 있다. 눈물이 먼지 위로 검은 줄을 그리며 얼굴을 타고 흘러내린다. 마음이 아프다. 사람들 앞에서 그렇게 울고 있으면 기분이 매우 나쁠 것이다.

"씨발놈!" 돈이 나를 보자 말한다. "함정을 팠군."

"나는 함정을 파지 않았어." 내가 말한다. 경찰관들이 여기 있는 줄 몰랐다고, 그들은 내가 집에서 나온 일로 당황했다고 말하고 싶지만, 그는 이미 멀리 끌려가고 있다.

"당신 같은 사람들이 우리 일을 힘들게 한다고 할 때, 제 말은 자폐인들이 그렇단 소리가 아닙니다. 보통의 경계도 안 하는 사람들을 두고 하는 말이죠." 스테이시 씨가 말한다. 여전히 화난 목소리다.

"저는 장을 보아야 했습니다." 내가 거듭 말한다.

"지난 금요일에 빨래를 해야 했던 것처럼요?"

"네. 그리고 지금은 낮이에요."

"다른 사람에게 봐 달라고 할 수도 있었잖아요."

"부탁할 만한 사람을 모릅니다."

그가 이상한 표정으로 나를 응시하더니 머리를 흔든다.

지금 머릿속을 울리는 음악을 나는 알지 못한다. 나는 이 느낌을 이해하지 못한다. 안정을 찾기 위해 뜀을 뛰고 싶지만, 여기에는 뜀뛸 자리가 없다─아스팔트, 줄지어 선 차, 정거장. 나는 차에 타고 집으로 운전해 가고 싶지 않다.

사람들이 나에게 어떤 기분이냐고 계속 묻는다. 몇몇은 밝은 손전등을 내 얼굴에 비춘다. 사람들이 계속 '피폐한'이나 '겁먹은' 같은 말을 꺼낸다. 나는 피폐한 기분이 들지 않는다. **피폐한**이라는 단어는 '고독하거나 유린당하다'라는 의미이다. 부모님이 돌아가셨을 때는 고독하고 버림받은 기분이 들었지만, 지금은 그런 기분이 들지 않는다. 돈이 위협했을 때는 겁을 먹었지만, 그보다는 나 자신이 바보 같았고 슬프고 화가 났다.

지금 나는 매우 생기가 넘치고 혼란스런 기분이다. 아무도 내가 무척 행복하고 흥분했으리라고 짐작하지 않았다. 누군가 나를 죽이려고 했지만 성공하지 못했다. 나는 여전히 살아 있다. 살아 있다는 느낌이 강렬하다. 나는 피부에 닿는 옷의 감촉, 빛의 색깔, 폐의 안팎을 드나드는 공기의 느낌을 또렷이 인식한다. 과도한 지각 입력 정보일지도 모르지만, 오늘 밤은 다르다. 기분이 좋다. 달리고 뛰고 고함을 지르고 싶지만, 그런 것이 적절치 못한 행동이라는 것을 안다. 마저리가 여기 있다면 그녀를 안고 키스하고 싶지만, 그것은 매우 적절치 못한 행동이다.

나는 정상인들은 죽지 않음을 피폐하고 슬프고 당혹스런 기분으로 받아들이는지 의아해한다. 그 대신 행복해하고 안도하지 않는 사람을 상상하기란 무척 힘들지만, 확신이 들지 않는다. 어쩌면 사람들은 내가 자폐인이기 때문에 나의 반응이 다르리라고 생각할지도 모른다. 확신이 들지 않으니, 나는 그들에게 내 진짜 기분을 말하고 싶지 않다.

"직접 차를 몰고 집까지 가시지 않는 편이 좋겠습니다. 우리가 대신 운전하는 게 어떨까요?"

"운전할 수 있습니다. 저는 당황하지 않았어요." 나는 차 안에서 나만의 음악을 들으며 혼자 있고 싶다. 더 이상 위험하지 않다. 이제 돈은 나를 해치지 못한다.

"애런데일 씨." 경위가 머리를 내게 가까이 들이밀고 말한다. "당황하지 않았다고 생각하실지 모르지만, 이런 일을 겪으면 누구나 당황합니다. 평소처럼 안전하게 운전하지 못할 겁니다. 다른 사람이 운전하게 하셔야 합니다."

나는 내가 안전하게 운전하리라는 사실을 알기 때문에 고개를 흔든다. 그가 어깨를 홱 빼고 말한다. "애런데일 씨, 나중에 진술을 받으러 경찰관이 방문할 겁니다. 제가 갈 수도 있고, 다른 사람일 수도 있죠." 그는 걸어간다. 사람들이 서서히 흩어진다.

카트가 옆으로 쓰러져 있다. 바구니들이 흩어져 음식이 바닥에 찌그러진 채 흩어져 있다. 흉한 모습이다. 한순간 속이 뒤집힌다. 이렇게 뒤죽박죽인 채 두고 갈 수는 없다. 여전히 나는 식료품이 필요하다. 쏟아진 것들은 못 쓰게 되었다. 무엇이 차 안에 안전하게 있고, 무엇을 새로 사야 하는지 기억이 나지 않는다. 시끄러운 가게 안으로 다시 들어갈 생각을 하니 엄두가 나지 않는다.

뒤죽박죽이 된 물건들을 챙겨야 한다. 몸을 숙여 손을 뻗는다. 역겹다. 빵이 더러운 포석에 밟혀 뭉개져 있다. 쏟아진 주스, 찌그러진 캔들. 이것들을 좋아하지 않아도 된다. 그저 집어 들기만 하면 된다. 나는 가능한 한 물건들에 손대지 않으려 애쓰며 손을 뻗어 집어 들고 나른다.

318

음식을 낭비하는 짓이고 음식을 낭비하는 짓은 잘못이지만, 더러운 빵이나 쏟아진 주스를 먹을 수는 없다.

"괜찮으세요?" 누군가 묻는다. 내가 펄쩍 뛰자 그가 말한다. "죄송해요……. 그저 안색이 나빠 보여서요."

"저는 괜찮습니다. 음식들은 괜찮지 않습니다."

"도와드릴까요?" 그가 묻는다. 머리가 벗겨지기 시작한 덩치 큰 남자로, 머리가 없는 자리 주위로 곱슬머리가 나 있다. 회색 평상복에 검은색 티셔츠를 입었다. 나는 그가 나를 돕게 해야 할지 하지 말아야 할지 알지 못한다. 이런 상황에서 어느 쪽이 적절한 행동인지 알지 못한다. 우리가 학교에서 배운 적 없는 일이다. 그는 벌써 찌그러진 캔 두 개, 토마토 소스와 구운 콩을 집어 들었다. "이것들은 괜찮군요. 찌그러지기만 했어요." 그가 캔을 든 손을 내게 뻗는다.

"고맙습니다." 내가 말한다. 누군가에게서 물건을 받을 때 고맙다고 말하는 것은 항상 적절하다. 나는 찌그러진 캔을 원치 않지만, 선물이 원하는 물건인지는 상관없다. 고맙다고 해야 한다.

그가 쌀이 들어 있었을, 납작해진 상자를 들어 쓰레기통에 떨어뜨린다. 집어 들 만한 물건들이 모두 쓰레기통이나 내 차에 들어가고 나자, 그는 손을 흔들고 떠난다. 나는 그의 이름을 모른다.

아직 오후 7:00도 되기 전에 집에 도착한다. 나는 경찰관이 언제 올지 모른다. 톰에게 전화를 걸어 조금 전에 있었던 일을 이야기한다. 그가 돈을 알고 있고, 달리 전화할 사람이 없기 때문이다. 그가 나의 집으로 오겠다고 말한다. 내게는 톰이 올 필요가 없으나, 그가 오고 싶어 한다.

톰이 당혹한 얼굴로 도착한다. 눈썹이 모여 있고 이마에는 주름이 잡혀 있다. "루, 괜찮아?"

"괜찮아요."

"돈이 정말 널 공격했다고?" 그는 내 답을 기다리지 않고 급히 말을 잇는다. "믿을 수가 없군―우리가 그 경찰에게 돈 이야기를 했었는데―"

"스테이시 씨에게 돈에 대해 말씀하셨어요?"

"폭탄 사건이 있은 다음에. 루, 우리 모임 사람 중에 하나가 틀림없다는 게 명백했어. 네게 말하려고 했지만―"

루시아가 우리 말을 끊었던 때가 기억난다.

"우리 눈에 보였어." 그가 말을 잇는다. "돈은 마저리 일로 너를 질투하고 있었어."

"자기 직업도 제 탓이라고 했어요. 제가 병신이고, 돈이 원하는 직업을 가질 수 없는 것은 제 잘못이고, 저 같은 사람들은 마저리 같은 정상인 여자를 친구로 삼아서는 안 된다고 했어요."

"질투는 질투고, 물건을 부수고 사람들을 다치게 하는 일은 다른 문제야. 이런 일을 겪게 되어 정말 유감이네. 돈이 나에게 화가 났다고 생각했어."

"저는 괜찮아요." 내가 거듭 말한다. "돈은 저를 해치지 않았어요. 그가 저를 좋아하지 않는 줄은 알았기 때문에, 그렇게까지 나쁘지는 않았어요."

"루, 넌…… 대단해. 하지만 나는 아직도 내 잘못도 있다는 생각이 들어."

나는 톰의 말을 이해하지 못한다. 돈의 짓이었다. 톰은 돈에게 그런 짓을 하라고 말하지 않았다. 어떻게 이 일이, 조금이라도 톰의 잘못일 수 있을까?

"이렇게 될 줄 예상했다면, 만약 내가 돈을 좀 더 잘 다루었다면—"

"돈은 사람이지 물건이 아니에요. 아무도 다른 사람을 완벽하게 통제할 수 없고, 그러려고 시도하는 것은 잘못이에요."

그의 얼굴에서 긴장이 풀린다. "루, 가끔은 네가 우리 중에 가장 현명한 사람이라는 생각이 들어. 좋아, 내 잘못이 아니야. 그래도 온갖 일을 겪게 되어 유감이야. 재판도—쉬운 일이 아니겠지. 재판에 관련되는 것은 누구에게나 힘들어."

"재판이요? 왜 제가 재판을 받아야 하나요?"

"네가 받을 필요는 없지. 하지만 틀림없이 돈의 재판에 증인으로 출석해야 할 거야. 경찰이 말 안 하던?"

"안 했어요." 나는 증인이 재판에서 무엇을 하는지 알지 못한다. 텔레비전에서 재판이 나오는 프로그램을 보고 싶어한 적이 한 번도 없다.

"음, 당장은 아닐 테고, 우리끼리 같이 이야기해 볼 수 있어. 일단 지금은—루시아와 내가 해 줄 수 있는 일이 있을까?"

"없어요. 괜찮습니다. 내일 펜싱 하러 갈게요."

"그러면 좋지. 모임에서 또 다른 사람이 돈처럼 굴기 시작할까 봐 겁이 나서 안 나오는 일은 바라지 않거든."

"그렇게 생각하지 않았어요." 터무니없는 말이다 싶지만, 다시 생각하니 혹시 모임이 돈 같은 사람을 필요로 하고, 다른 누군가가 그 역할을 맡아야 할지 걱정스러워진다. 더욱이, 만약 돈처럼 정상적인 사람이 그만한 분노와 폭력성을 숨길 수 있다면, 모든 정상인들이 그런 잠재성을 갖고 있을지도 모른다. 나에게는 그런 잠재성이 없다고 생각한다.

"좋아. 그렇지만 조금이라도 신경이 쓰이면―누구에 대해서든―나에게 즉시 알려줘. 집단이란 우습지. 모두들 싫어하던 사람이 나가자마자, 사람들이 싫어할 다른 사람을 찾아내는 모임에 속했던 적이 있어. 결국 그 사람들이 쫓겨났지."

"그러면 모임에도 패턴이 있나요?"

"패턴 중의 하나야." 그가 한숨을 쉰다. "우리 모임에는 그런 일이 없기를 바라고, 유심히 지켜보고 있을 작정이야. 어쩌다 보니 돈 문제는 놓쳤지만."

초인종이 울린다. 톰이 주위를 둘러보더니 나를 본다. "경찰관일 거예요. 스테이시 씨가 경찰관이 진술을 받으러 올 거라고 했어요."

"그럼 나는 이만 가지." 톰이 말한다.

스테이시 씨가 내 소파에 앉는다. 황갈색 바지와 체크무늬 반소매 셔츠를 입고 있다. 신발은 바닥이 울퉁불퉁한 갈색이다. 그가 들어와서 실내를 둘러볼 때, 나는 그가 하나도 놓치지 않고 보고 있음을 알았다. 대니도 스테이시 씨처럼 주위를 탐색하듯 본다.

"앞선 공격에 대한 보고서를 가지고 있습니다. 그러니 오늘 저녁에 있었던 일만 말씀해 주시면……." 바보 같은 일이다. 스테이시 씨도 그 자리에 있었다. 스테이시 씨는 그 자리에서 내게 질문을 했었고, 나는 그때 답을 했다. 그는 휴대 단말기에 뭐라고 썼었다. 스테이시 씨가 왜 여기에 또 와 있는지 이해가 되지 않는다.

"장을 보는 날입니다. 저는 늘 같은 가게에서 장을 보는데, 매주 같은 가게에 가면 상품을 찾기가 더 쉽기 때문입니다."

"매주 같은 시각에 갑니까?"

"네. 회사 일을 마치고, 저녁 식사를 하기 전에 갑니다."

"목록을 만들고요?"

"네." 나는 속으로 당연하죠, 라고 생각한다. 그러나 어쩌면 스테이시 씨는 모든 사람들이 목록을 만들지는 않는다고 생각하는지도 모른다. "하지만 집에 와서 종이를 버렸어요." 그가 쓰레기통에서 쇼핑 목록을 찾아 오길 바랄지 궁금하다.

"괜찮습니다. 그저 애런데일 씨의 생활이 얼마나 예측 가능한지 궁금 했을 뿐입니다."

"예측 가능함은 좋은 것입니다." 내가 말한다. 땀이 나기 시작한다. "정해진 일과를 갖는 것은 중요합니다."

"네. 물론이죠. 하지만 일과가 정해져 있으면 당신을 해치거나 찾고 싶어 하는 사람의 일이 수월해지죠. 지난주에 제가 경고드렸던 것 기억 해 보세요."

나는 그의 말을 그런 식으로 생각하지 않았었다.

"어쨌든 계속합시다─이야기를 방해할 생각은 없었어요. 모두 다 말 씀해 주세요."

내가 식료품을 사는 순서같이 전혀 중요하지 않은 이야기를 누군가 이토록 집중해서 듣고 있으니 이상한 기분이 든다. 하지만 그는 모두 다 말하라고 했다. 나는 이 일이 공격과 무슨 상관이 있는지 알지 못하지 만, 어쨌든 내가 장 볼 계획을 어떤 식으로 짜서 두 번 돌아가지 않아도 되는지를 말한다.

"그런 다음 밖에 나갔습니다. 완전히 어둡지는 않고 어둑했지만, 주차장의 가로등이 환히 켜져 있었어요. 저는 차를 왼쪽 줄, 열한 번째 자리에 댔습니다." 나는 소수 번호인 자리에 차를 댈 수 있다면 좋지만, 이 말을 하지 않는다. "손에 열쇠를 들고 차 문을 열었습니다. 장 본 물건들을 바구니에서 꺼내 차에 집어넣었습니다." 나는 그가 무거운 물건을 바닥에 놓고 가벼운 물건을 좌석에 놓았다는 이야기는 듣고 싶어 하지 않으리라고 생각한다. "뒤에서 카트가 움직이는 소리가 들려서 돌아보았습니다. 그때 돈이 저에게 말을 했습니다."

나는 돈이 사용했던 단어들과 그 순서를 정확하게 기억하려 애쓰며 잠시 말을 멈춘다. "화난 목소리였습니다. 목이 쉰 것 같았어요. '다 네 탓이야. 너 때문에 톰이 나를 쫓아냈다고'라고 했습니다." 나는 다시 말을 멈춘다. 돈이 많은 말을 무척 빠르게 했기 때문에, 내가 모두 다 순서대로 기억하는지 확실하지 않다. 잘못 말하는 것은 옳지 않을 것이다.

스테이시 씨가 나를 바라보며 기다린다.

"모두 다 정확히 제대로 기억하는지 확실하지 않습니다."

"괜찮습니다. 생각나는 것만 말씀하세요."

"'너 때문에 마저리가 나보고 꺼지라고 했어'라고 했습니다. 톰은 펜싱 모임을 만든 사람입니다. 마저리는…… 마저리에 대해서는 지난주에 말씀드렸습니다. 그녀는 결코 돈의 여자친구가 아니에요." 마저리 이야기를 하기가 불편하다. 자기 이야기는 자기가 해야 한다. "마저리는 어떤 면에서는 저를 좋아하지만ㅡ" 말을 할 수가 없다. 나는 마저리가 나를 어떻게 좋아하는지, 아는 사람이나 친구로서 좋아하는지 아니면……. 아니면 그 이상인지 모른다. 만약 내가 '애인으로서는 아닙니다'라고 하면 사실이 될까? 나는 이 말이 사실이기를 바라지 않는다.

"돈은 '병신은 병신들하고 짝짓기를 해야지. 짝짓기를 군이 해야 한다면 말이야'라고 했습니다. 무척 화를 냈습니다. 불경기이고 자기가 좋은 직업을 갖지 못한 것이 제 탓이라고 했습니다."

"흐음." 스테이시 씨는 그저 희미한 소리만 내고 그대로 앉아 있다.

"돈이 제게 차에 타라고 했습니다. 총을 제게 흔들었어요. 공격자와 함께 차에 타는 것은 좋지 않습니다. 작년에 뉴스 프로그램에 나왔어요."

"매년 뉴스에 나오죠. 하지만 그래도 타는 사람들이 있어요. 안 타서 다행입니다."

"그의 패턴이 보였습니다. 그래서 움직였어요―총을 든 손을 피하고 배를 때렸습니다. 사람을 때리는 것이 잘못된 행동이라는 것을 알지만, 돈은 저를 해치려고 했습니다."

"그의 패턴을 봤다고요? 무슨 뜻입니까?"

"우리는 여러 해 동안 같은 펜싱 모임에 있었습니다. 돈은 찌르기를 하려 오른손을 휘두를 때마다 오른발을 같이 움직인 다음 왼발을 옆으로 옮기고, 팔꿈치를 밖으로 흔듭니다. 그런 다음 찌르기는 오른쪽으로 많이 치우칩니다. 그래서 저는 넓게 피한 다음 가운데를 찌르면, 돈이 저를 해치기 전에 때릴 기회가 생기리라는 걸 알았습니다."

"몇 년이나 맞대고 펜싱을 했는데, 어째서 돈은 그렇게 될 줄 몰랐나요?"

"저도 모르겠습니다. 하지만 저는 다른 사람들의 움직임에서 패턴을 보는 일을 잘 합니다. 제가 펜싱을 하는 방식입니다. 돈은 저만큼 패턴을 잘 보지 못합니다. 어쩌면 제가 칼을 안 가지고 있었기 때문에, 펜싱에서처럼 대항하리라고 생각하지 않았는지도 모릅니다."

"오호. 당신이 겨루는 모습을 보고 싶군요. 언제나 펜싱은 운동치고는 좀 여자애 같다고 생각했어요. 그 하얀 옷이며 철사로 된 장비들 때문에요. 하지만 당신 이야기는 재미있게 들리네요. 그래서―돈이 무기로 위협했고, 당신이 총을 옆으로 쳐내고 돈의 복부를 때리고, 그런 다음에는?"

"그리고 많은 사람들이 고함을 지르기 시작했고, 사람들이 그에게 뛰어들었습니다. 경찰관들이었던 것 같지만, 예전에 본 적은 없는 사람들이었습니다." 나는 말을 멈춘다. 스테이시 씨는 그 자리에 있었던 경찰관에게서 나머지 이야기를 들을 수 있을 터이다.

"좋아요. 몇 가지만 다시 검토해 봅시다……." 그는 몇 번이나 나를 다시 사건으로 이끌고, 그때마다 나는 다른 세세한 부분을 기억한다. 걱정이 된다―내가 정말 이 모든 일들을 기억하는 걸까? 혹은 스테이시 씨를 기쁘게 하기 위해 빈칸을 채우고 있는 걸까? 이런 현상에 관해 책에서 읽은 적이 있다. 내가 느끼기에는 진짜 있었던 일 같지만, 가끔 그것이 거짓일 때도 있다. 거짓말을 하는 것은 잘못이다. 나는 거짓말을 하고 싶지 않다.

스테이시 씨는 펜싱 모임에 대해 여러 번 되풀이해 묻는다. 누가 나를 좋아하고 좋아하지 않는지. 내가 누구를 좋아하고 좋아하지 않는지. 나는 내가 모든 사람들을 좋아하고, 돈의 일이 있기 전까지는 그들이 나를 좋아했다고, 아니면 최소한 너그럽게 견뎠다고 생각했다. 스테이시 씨는 마저리가 내 여자친구나 애인이기를 바라는 것 같다. 우리가 사귀고 있는지 자꾸 물어본다. 마저리에 대해 말하며 나는 땀투성이가 된다. 나는 계속 내가 그녀를 무척 좋아하고 그녀 생각을 하지만, 우리가 사귀는 사이는 아니라고, 사실대로 말한다.

마침내 그가 일어선다. "애런데일 씨, 고맙습니다. 일단은 이만하면 되었습니다. 면담 내용을 써야겠지요. 경찰서에 오셔서 보고서에 서명을 하시고 나면, 이번 사건의 재판이 열릴 때 다시 연락을 받으실 겁니다."

"재판이요?"

"네. 폭행 사건의 피해자로서, 애런데일 씨는 검찰의 증인이 됩니다. 무슨 문제가 있나요?"

"제가 일을 너무 많이 빠지면 크렌쇼 씨가 화를 낼 겁니다." 만약 그때까지 내게 직업이 있다면 사실일 것이다. 만약에 직업이 없다면?

"그 사람은 틀림없이 이해할 겁니다."

나는 그가 틀림없이 이해하지 않으리라고 생각한다. 이해하고 싶어 하지 않을 터이기 때문이다.

"돈 프와투의 변호사가 합의를 제안할 가능성이 있습니다. 재판에서 더 큰 위험을 감수하는 대신 감량을 받는 거지요. 소식이 있으면 알려드리겠습니다." 그가 문으로 걸어간다. "애런데일 씨, 잘 지내세요. 우리가 이 자식을 잡았고, 당신이 다치지 않아서 기쁩니다."

"도와 주셔서 고맙습니다."

스테이시 씨가 가고 나서, 나는 그가 앉았던 자리를 다듬고 쿠션을 원래 자리에 돌려놓는다. 불안하다. 돈과 공격에 대해 더 이상 생각하지 않고 싶다. 잊어버리고 싶다. 아예 일어나지 않았으면 싶다.

끓인 국수와 채소로 재빨리 저녁을 차려 먹고, 그릇과 주전자를 씻는다. 벌써 오후 8:00이다. 나는 책을 들어 제17장에 들어간다. '기억 통합과 집중력 통제: PTSD와 ADHD에 대해.'

이제 긴 문장과 복잡한 구문들을 이해하기가 훨씬 쉽다. 문장들은 선형이 아니라 병렬형이거나 방사형이다. 누군가 처음부터 내게 그렇다고 가르쳐 줬으면 좋았겠다.

저자들이 설명하고자 하는 정보는 논리적으로 구성되어 있다. 내가 썼을지도 모르는 글처럼 읽힌다. 나 같은 사람이 뇌의 기능에 대한 책에 한 장을 썼을지도 모른다고 생각하다니 이상하다. 내가 하는 말이 마치 교과서처럼 들릴까? 포넘 박사의 '과시적인 말'이라는 표현이 바로 이런 뜻일까? 나는 포넘 박사가 '과시적인 말'이라고 할 때마다 화려한 의상을 입고 목마를 타고 사람들 머리 위에서 춤추는 곡예사들을 상상했었다. 나는 키가 크거나 화려하지 않다. 만약 내 말투가 교과서처럼 들린다고 말하고 싶었다면, 박사는 그렇게 말할 수도 있었다.

이제 나는 PTSD가 '외상 후 스트레스성 장애'이고, 이것은 기억 기능에 이상한 변화를 발생시킴을 안다. 복잡한 통제와 환류 메커니즘, 정보 전달의 억제와 비억제의 문제이다.

나 자신이 지금 외상 후 상태라는 생각이 떠오른다. 나를 죽이고 싶어 하는 사람으로부터 공격을 받았으니, 비록 나는 특별히 스트레스를 받거나 흥분하지 않았지만 그들이 말하는 외상이다. 어쩌면 정상인들은 거의 살해당할 뻔한 몇 시간 뒤에 앉아서 교과서를 읽지 않을지도 모르지만, 나는 이러는 쪽이 편안하다. 사실들은 여전히 여기에, 논리적인 순서로 구성되어 사실들을 선명히 드러나게 하려고 애쓴 사람에 의해 쓰여 있다. 부모님이 내게, 이 행성에 사는 우리에게 무슨 일이 일어나든 별들은 희미해지지도 다치지도 않고 계속해서 빛나리라고 말했을 때와 꼭 같다. 나는 내 주위에서는 산산조각난다 하더라도, 어딘가에 규칙이 존재하고 있음이 좋다.

정상인들은 어떻게 느낄까? 중학교 과학 시간에 했던 실험을 기억한다. 비스듬히 놓은 화분에 씨를 심었다. 식물들은 줄기가 어느 쪽으로 굽어지든 간에, 빛이 있는 방향으로 자랐다. 누군가 나를 비스듬히 놓은 화분에 심었던 걸까 하고 생각했던 기억이 난다. 하지만 선생님은 그건 전혀 다른 문제라고 했다.

여전히 같은 문제처럼 느껴진다. 나는 다른 사람들이 내가 피폐한 기분이리라고 생각할 때 행복해하며, 세상에 비스듬히 존재한다. 나의 뇌는 빛이 있는 방향으로 자라려고 하고 있지만, 화분이 비뚜름하면 도로 곧게 세워질 수 없다.

내가 교과서를 이해하고 있다면, 주차장의 차 중 몇 퍼센트가 파란색인지 기억하는 이유는 내가 대부분의 사람들보다 색과 수에 더 주의를 기울이기 때문이다. 사람들은 눈치채지 못하기 때문에 상관하지 않는다. 나는 그들이 주차장을 보고 무엇을 눈치채는지 궁금하다. 줄지어 선 그토록 많은 파란색, 빨간색, 황갈색 차들 외에 무슨 더 볼 것이 있을까? 그들이 아름다운 수적 조합을 보지 못하는 것과 마찬가지로, 나는 무엇을 보지 못하고 있을까?

나는 색과 수와 패턴과 상승과 하강의 연속을 기억한다. 이것이 감각 처리 기관이 나와 세상 사이에 놓은 필터를 가장 쉽게 통과한다. 그런 다음에 이것들은 나의 뇌의 성장 변수가 되어, 내가 제약 생산 과정에서 상대 펜싱 선수의 움직임에 이르는 모든 것들을 같은 방식으로, 한 가지 현실의 다양한 표현형으로 보게 한다.

나는 집 안을 훑어보고 나 자신의 반응, 내가 갖고 있는 규칙성에 대한 필요, 연속성이나 패턴을 갖고 되풀이되는 현상에 대한 나의 매혹을 생각한다. 누구나 어느 정도의 규칙성을 필요로 한다. 누구나 연속성과 패턴을 어느 정도는 즐긴다. 예전부터 이 사실을 알고 있었지만, 이제 나는 더 잘 이해한다. 우리 자폐인들은 인간 행동과 선호 지표의 한쪽 끝에 있지만, 우리는 연결되어 있다. 마저리에 대한 나의 감정은 정상적인 감정이지, 이상한 감정이 아니다. 내가 다른 사람보다 그녀의 머리카락이나 눈의 다른 색들을 더 잘 알아볼지도 모르지만, 그녀 가까이에 있고 싶다는 갈망은 정상적인 갈망이다.

잠잘 시간이 거의 다 되었다. 샤워를 하러 들어가서, 나는 나의 완벽하게 정상적인 몸을 본다―정상인 피부, 정상인 머리카락, 정상인 손톱과 발톱, 정상인 생식기. 무향 비누를 선호하는 사람, 늘 같은 물 온도, 같은 수건의 감촉을 좋아하는 다른 사람도 틀림없이 있을 것이다.

샤워를 마치고 이를 닦은 후 세숫대야를 씻는다. 거울 속 내 얼굴은 내 얼굴처럼 보인다―내가 가장 잘 아는 얼굴이다. 빛이 나의 시야 범위 안에 있는 정보를 싣고, 세상을 싣고 눈의 동공으로 밀려 들어오지만, 내가 빛이 들어가는 곳을 응시하면 보이는 것은 그 속에 있는 어둠, 깊고 부드러운 어둠이다. 그 이미지는 거울뿐 아니라 내 눈과 뇌에도 담겨 있다.

화장실의 불을 끄고 침실로 간다. 침대에 앉은 다음 옆의 등을 끈다.

빛의 잔상이 어둠 속에서 타오른다. 나는 눈을 감고, 서로의 맞은편을 떠다니며 우주 속에서 균형을 이루는 극점들을 본다. 처음에는 단어가, 이어서 단어를 대체하며 이미지가 나타난다.

빛light은 어둠의 반대이다. 무거움은 가벼움light의 반대이다. 기억은 망각의 반대이다. 존재는 부재의 반대이다. 이들은 꼭 같지 않다. 무거움의 반대인 가벼움을 뜻하는 light는 이미지로 다가오는 빛나는 풍선보다 더 가볍게 느껴진다. 빛나는 구가 떠오르고, 내려가고, 사라지자 빛이 번득인다…….

한번은 어머니에게 잘 때는 눈을 감고 있는데 꿈에서 어떻게 빛을 볼 수 있느냐고 물었다. 왜 꿈은 모두 깜깜하지 않나요, 내가 물었다. 어머니는 알지 못했다. 책은 내게 뇌 내 시각 처리 과정에 대해 많은 사실을 알려 주었지만, 이 질문에는 답하지 않는다.

이유가 궁금하다. 어째서 어둠 속에서도 꿈은 빛으로 가득할 수 있는지 틀림없이 다른 누군가도 물은 적이 있을 것이다. 뇌가 이미지를 생성한다지만, 대체 이미지 속의 빛은 어디에서 올까? 깊은 암흑 속에서 사람들은 더 이상 빛을 보지 못할까―사람들은 빛이 보이지 않는다고 생각하지만, 뇌 스캔 결과가 나타내는 패턴은 다르다. 그렇다면 꿈속의 빛은 빛의 기억일까 혹은 다른 무엇일까?

어떤 사람이 다른 아이에 대해 "걘 야구를 어찌나 좋아하는지, 걔 머릴 열어 보면 안에 야구장이 들어 있을걸……"이라고 말하는 것을 들었던 기억이 난다. 사람들이 하는 말 중 상당수가 단어들의 뜻 그대로의 의미가 아님을 아직 알기 전이었다. 나는 내 머리를 열어보면 그 속에 무엇이 있을까 고민했다. 어머니에게 물어보자, 어머니는 "아가, 뇌가 들어 있단다"라고 하고, 주름진 회색 덩어리의 그림을 보여 주었다. 나는 내 머릿속을 그걸로 채울 만큼 뇌가 마음에 들지 않았기 때문에 울음을 터뜨렸다. 다른 누구도 그렇게 흉한 것을 머릿속에 넣어 다니지 않으리라고 확신했었다. 다른 사람들의 머릿속에는 야구장이나 아이스크림이나 소풍이 들어 있을 것이다.

이제 나는 모든 사람들의 머릿속에 야구장이나 수영장이나 사랑하는 사람들이 아니라, 주름투성이 회색 뇌가 들어 있음을 안다. 내 마음에 무엇이 담겨 있든, 뇌에서는 보이지 않는다. 그러나 그때는, 그 그림이 내가 잘못 만들어졌다는 증거 같았다.

내 머릿속에 든 것은 빛과 어둠과 중력과 우주와 칼과 식료품과 색깔과 숫자와 사람들과 온몸이 떨릴 만큼 아름다운 패턴들이다. 나는 아직도 왜 내가 다른 패턴이 아니라 이런 패턴을 갖고 있는지 알지 못한다.

책은 사람들이 생각해 낸 질문에 답한다. 나는 다른 사람들이 답하지 않았던 질문을 생각했다. 나는 늘, 아무도 한 적이 없으니 내 질문은 잘못된 질문이라고 생각했었다. 그러나 어쩌면 다른 누구도 생각해 낸 적이 없었는지도 모른다. 어쩌면 어둠이 먼저 있었는지도 모른다. 어쩌면 내가 무지의 심해에 처음으로 닿은 빛인지도 모른다.

어쩌면 내 질문이 중요할지도 모른다.

15

빛. 아침 햇살. 나는 이상한 꿈을 기억하지만, 무엇에 대한 꿈이었는지는 기억하지 못한다. 단지 이상했다는 사실만 기억난다. 화창하고 상쾌한 날씨다. 창문에 손을 대니 유리가 차다.

더 시원한 공기를 맞자, 펄쩍 뛸 듯이 잠이 확 깬다. 그릇에 담긴 시리얼 조각은 아삭아삭하고 주름진 느낌이다. 입속에서 처음에는 바삭거리다가 나중에는 부드러워지는 시리얼을 느낀다.

밖에 나가자, 밝은 햇살이 주차장 포석에 섞인 조약돌에 반사되어 반짝인다. 화창하고 상쾌한 음악이 어울리는 날이다. 가능성들이 마음속으로 파도처럼 밀려든다. 나는 비제의 음악을 고른다. 조심스레 차에 손을 대며, 비록 돈은 감옥에 있지만, 내 몸은 차가 위험할 수도 있음을 기억하고 있다는 것을 깨닫는다. 아무 일도 일어나지 않는다. 새 타이어 네 개에서는 여전히 새것 냄새가 난다. 차에 시동이 걸린다. 출근길, 햇살처럼 밝은 음악이 머릿속을 울린다. 오늘 밤에 교외에 나가 별을 볼까 생각한다. 우주 정거장도 보일 것이다. 그제야, 나는 오늘이 수요일이고 펜싱을 하러 가야 한다는 사실을 기억한다. 오랫동안 무언가를 잊어본 적이 없다. 오늘 아침에 달력에 표시를 했던가? 확실히 기억이 나지 않는다.

회사에서, 나는 평소와 같은 자리에 차를 댄다. 올드린 씨가 마치 나를 기다리고 있었던 양, 문 바로 안쪽에 서 있다.

"루, 뉴스에서 봤어요─괜찮아요?"

"네." 내가 답한다. 나를 보기만 하면 당연히 알 일이라고 생각한다.

"몸이 안 좋으면 하루 쉬어도 괜찮아요."

"저는 괜찮습니다. 일할 수 있어요."

"으음……. 정말 괜찮다면." 올드린 씨가 내 말을 기다리듯이 잠깐 말을 멈추지만, 아무런 할 말이 떠오르지 않는다. "뉴스에 당신이 습격범의 무장을 해제했다고 나오더군요─그러는 법을 알고 있는 줄 몰랐어요."

"펜싱할 때처럼 했을 뿐입니다. 칼은 없었지만요."

"펜싱이라고요!" 그의 눈이 커진다. 눈썹이 올라간다. "펜싱을 해요? 그…… 칼이나 뭐 그런 것들로?"

"네. 저는 일주일에 한 번씩 펜싱 수업을 받으러 갑니다." 내가 답한다. 나는 그에게 어느 정도까지 말해야 할지 알지 못한다.

"그건 몰랐군요. 나는 펜싱은 하나도 몰라요. 흰 의상을 입고 전선 같은 것들을 뒤로 끌고 다닌다는 것밖에요." 우리는 흰 의상을 입거나 전기 심판기를 사용하지 않지만, 올드린 씨에게 설명할 기분이 아니다. 나는 프로젝트로 돌아가고 싶고, 오늘 오후에는 의료팀과 다른 회의가 있다. 그때, 스테이시 씨의 말이 기억난다.

"경찰서에 가서 진술서에 서명해야 할지도 모릅니다."

"괜찮아요. 뭐든 필요한 대로 해요. 끔찍하게 충격적인 일이었겠죠."

전화가 울린다. 크렌쇼 씨라고 생각해서 서둘러 받지는 않지만, 받기는 받는다.

"애런데일 씨? ……스테이시 형사입니다. 오늘 오전에 경찰서에 와주실 수 있으십니까?"

나는 이것이 진짜 질문이라고 생각하지 않는다. 아버지가 "그쪽 끝을 들어라"라는 뜻으로 "넌 그쪽 끝을 들어, 알았지?"라고 했던 때와 비슷하다고 생각한다. 의문문 형식의 명령이 더 정중할지도 모르지만, 가끔은 진짜 질문일 때도 있기 때문에 더 혼란스럽다. "상사께 여쭈어 봐야 합니다."

"경찰 일입니다. 진술서와 다른 몇 가지 서류에 서명을 받아야 합니다. 그냥 그렇게 말씀하세요."

"올드린 씨께 여쭤 보겠습니다. 다시 전화드릴까요?"

"아니오─그냥 시간 될 때 오세요. 저는 오전 내내 여기 있을 겁니다." 달리 말해, 스테이시 씨는 올드린 씨가 뭐라고 하든 내가 경찰서에 가기를 기대하고 있다. 진짜 질문이 아니었다.

나는 올드린 씨의 사무실로 전화를 건다.

"그래, 루, 괜찮아요?" 그가 말한다. 바보 같다. 오늘 오전에 이미 나에게 했던 질문이다.

"경찰이 제가 경찰서에 가서 진술서와 다른 몇 가지 서류에 서명을 하기를 바라고 있습니다. 지금 오라더군요."

"정말 괜찮아요? 같이 갈 사람이 필요하지는 않고?"

"저는 괜찮습니다. 하지만 경찰서에 갈 필요는 있습니다."

"물론이죠. 종일 걸려도 돼요."

밖에 나와 검문소를 지나며, 나는 조금 전에 들어왔다가 다시 나가는 나를 보고 경비원이 무슨 생각을 할지 궁금해한다. 그의 얼굴에서는 아무것도 읽을 수 없다.

경찰서 안은 시끄럽다. 높고 긴 접수대에 사람들이 줄지어 서있다. 나도 줄을 서지만, 스테이시 씨가 나와서 나를 본다. "이쪽으로 오세요." 그가 나를 잡동사니로 뒤덮인 책상 다섯 개가 놓인 다른 시끄러운 방으로 이끈다. 그의 책상―나는 이것이 그의 책상이리라고 생각한다―에는 휴대 단말기를 꽂는 도킹 스테이션과 커다란 디스플레이가 있다.

"즐거운 나의 집." 그가 책상 옆에 놓여 있는 의자를 손짓하며 말한다.

의자는 바닥에 얇은 초록색 플라스틱 쿠션이 놓인 회색 금속 의자이다. 쿠션 아래의 금속 틀이 느껴진다. 오래된 커피, 싸구려 사탕, 감자칩, 종이, 프린터와 복사기의 뜨끈뜨끈한 잉크 냄새가 난다.

"이쪽이 애런데일 씨의 어젯밤 진술조서의 인쇄본입니다. 만약 틀린 부분이 있는지 훑어보시고, 만약 없으면 서명하세요."

겹친 '만약'들 때문에 조금 늦어지긴 해도, 나는 그의 말을 이해한다. '피해자'가 나고 '가해자'가 돈이라는 사실을 파악하는 데 시간이 조금 걸리지만, 나는 재빨리 진술서를 읽는다. 또한, 나는 왜 나와 돈이 '남자'가 아니라 '남성'이라고 표현되고, 마저리가 '여자'가 아니라 '여성'이라고 표현되는지 알지 못한다. 마저리를, 말하자면 '두 남성에게 사교적 환경에서 알려진 여성'이라고 표현하는 것은 무례하다고 생각한다. 사실 관계가 틀린 부분은 없기 때문에 나는 서명을 한다.

그다음에 스테이시 씨가 돈에 대한 고소장에 서명해야 한다고 말한다. 나는 이유를 모르겠다. 돈과 같은 행동을 하는 것은 위법이고, 그가 그런 행동을 했다는 증거가 있다. 내가 서명을 하든 하지 않든 상관이 없어야 할 터이다. 하지만 법에 서명을 해야 한다고 나와 있다면, 나는 서명을 할 것이다.

"유죄 판결을 받으면 돈은 어떻게 됩니까?" 내가 묻는다.

"특수상해으로 이어진 반복적인 재물손괴? 갱생 시설에 들어가야 할 걸요. PPD —프로그램 가능한 성격 결정 두뇌 칩도요. 통제 칩을 넣을 때—"

"압니다." 내가 말한다. 속이 꿈틀거리는 느낌이 든다. 최소한 나는, 머릿속에 칩을 집어넣는 생각을 깊이 하지는 않아도 된다.

"텔레비전에 나오는 것과 같지 않습니다. 불꽃이 튀거나 빛이 번쩍이지도 않아요—그저 특정 행위를 할 수 없게 될 뿐입니다."

내가 들었던—우리가 센터에서 들었던—바로는 PPD는 원래 성격을 짓누르고, 그들 표현에 따르자면, 사회 복귀 훈련을 받고 있는 환자가 하도록 허락된 일밖에 하지 못하게 한다.

"그냥 제 타이어와 앞유리 값만 내면 안 될까요?"

"상습범입니다." 스테이시 씨가 인쇄 뭉치를 손으로 훑으며 말한다. "이런 범죄자들은 다시 일을 저지릅니다. 증명되었어요. 당신이 당신이기를, 자폐인이기를 그만둘 수 없는 것처럼, 그도 질투심 많고 폭력적인 사람이기를 그만둘 수 없습니다. 아직 유아일 때 밝혀졌다면, 흠, 그 경우에는…… 여기 있습니다." 그가 서류를 한 장 뽑아낸다. "이게 서류입니다. 신중하게 읽으시고, 엑스자가 표시된 자리에 서명하고 날짜를 쓰세요."

나는 시의 로고가 맨 위에 찍혀 있는 서류를 읽는다. 서류에는 나, 루애런데일이 생각조차 해 본 적 없는 수많은 일들에 대해 고소한다고 쓰여 있다. 나는 이번 일이 간단하리라고 생각했다. 돈은 나에게 겁을 주고, 나를 해치려고 했다. 서류에는 그 대신, 내가 소유물에 대한 고의적인 손괴, 값어치가 250달러 이상인 소유물 절도, 폭발물의 제조, 폭발물의 설치, 살인의 고의로 폭팔물을 이용한 공격에 대해―"그걸로 죽을 수도 있었습니까? 여기 '치명적인 무기를 이용한 공격'이라고 쓰여 있습니다."

"폭발물은 치명적인 무기입니다. 그가 설치한 대로라면 원래 의도했던 때 폭발하지 않았고, 폭발물의 양이 적었던 건 사실이죠. 손이나 얼굴 일부만 잃으셨을 겁니다. 하지만 법에 따르면 해당하는 사건입니다."

"배터리를 꺼내고 깜짝 상자를 집어넣는 한 가지 행동이 한 가지 이상의 법에 위배될 수 있는 줄은 몰랐습니다."

"범죄자들도 모르는 경우가 많습니다. 하지만 무척 흔한 경우랍니다. 예를 들어, 어느 악당이 주인이 없는 사이에 집에 침입해 물건을 훔쳤다고 합시다. 그런 경우 불법 침입에 대한 법과 절도에 대한 법이 따로 있어요."

나는 돈이 폭발물을 제조한 일에 대해 실제로는 고발하지 않았다. 그가 폭발물을 제조한 사실을 몰랐기 때문이다. 나는 스테이시 씨를 쳐다본다. 그가 모든 문제에 대한 답을 다 알고 있고, 언쟁을 벌여 봤자 좋을 것이 없음이 명백하다. 한 가지 행동에서 이렇게 많은 불평이 나온다는 것은 정당하지 못한 것 같지만, 다른 사람들이 이런 일들에 대해 하는 말을 들은 적이 있다.

　돈이 한 일을 덜 딱딱한 말로 쓴 목록이 이어진다. 타이어, 앞유리, 262달러 37센트짜리 차량 배터리 손괴, 후드 아래에 폭발물 설치, 주차장에서의 폭행. 순서대로 늘어놓고 보니, 돈이 그 모든 일을 했다는 사실이, 그가 진심으로 나를 해칠 생각이었다는 사실이, 첫 번째 사건이 곧 확실한 경고였다는 사실이 분명해 보인다.

　여전히 받아들이기가 힘들다. 나는 그가 했던 말과 썼던 단어들을 알지만, 그의 말은 그다지 이치에 닿지 않았다. 돈은 정상인이다. 마저리에게 쉽게 말을 걸 수 있었다. 마저리에게 실제로 이야기도 했다. 마저리와 친해지지 못하게 막을 일은 아무것도 없었다. 그 자신밖에는. 그녀가 나를 좋아한 것은 내 잘못이 아니다. 그녀가 나와 펜싱 모임에서 만난 것은 내 잘못이 아니다. 모임에는 내가 먼저 있었고, 마저리가 오기 전에는 그녀를 몰랐다.

　"이유를 모르겠습니다."

　"네?"

　"왜 돈이 저에게 그토록 화가 났는지 모르겠습니다."

　스테이시 씨가 머리를 한쪽으로 기울인다. "그 자식이 말했잖아요. 당신도 그가 한 말을 제게 전했고요."

　"네. 하지만 돈의 말은 이치에 맞지 않습니다. 저는 마저리를 무척 좋아하지만, 마저리가 제 여자친구는 아닙니다. 마저리와 데이트를 한 적이 없어요. 마저리가 제게 데이트를 신청한 적도 없고요. 돈에게 상처를 줄 만한 일은 하지 않았습니다." 나는 마저리에게 데이트를 신청하고 싶다는 말은 하지 않는다. 그가 왜 안 했느냐고 물을 수도 있고, 나는 그 질문에 답하고 싶지 않기 때문이다.

"당신에게는 이치에 안 맞게 들릴지도 모르죠. 저는 이해가 됩니다. 우리는 이런 사건을 굉장히 많이 봅니다. 질투가 비틀어져 분노가 되는 경우죠. 당신이 아무것도 하지 않았어도 마찬가집니다. 이건 모두 그 사람의 문제예요. 그 사람 마음의 문제죠."

"돈의 마음은 정상입니다." 내가 말한다.

"루, 돈이 공식적인 장애인은 아니지만, 정상도 아니에요. 정상인들은 남의 차에 폭발물을 설치하지 않아요."

"그가 미쳤다는 말씀이세요?"

"그건 법정에서 결정할 일이죠." 스테이시 씨가 말한다. 그가 고개를 흔든다. "루, 왜 돈을 용서하려고 해요?"

"그게 아니라…… 돈의 행동이 잘못이라는 점에는 동의합니다. 하지만 머릿속에 칩을 넣어서 돈을 다른 사람으로 만드는 것은—"

스테이시 씨가 눈을 굴린다. "루, 당신들이—제 말은, 형사재판과 무관한 사람들이—PPD를 이해했으면 해요. 그건 돈을 다른 사람으로 만드는 장치가 아닙니다. 어떤 식으로든 자신을 성가시게 하는 사람들을 해치려는 충동이 없는 돈으로 만드는 거예요. 그렇게 하면 또 사건을 저지를지도 모른다는 이유로 그를 몇 년씩 가두어 두지 않아도 됩니다—확실히 다시는 사고를 치지 않을 테니까요. 누구에게든 말입니다. 다른 악당들과 함께, 더 나빠질 수밖에 없는 환경에 몇 년씩이나 가두어 두던 예전 방식보다 훨씬 인간적입니다. PPD는 고통을 주지 않습니다. 그를 로봇으로 만드는 것도 아니에요. 돈은 정상적인 삶을 계속할 수 있어요……. 그냥 폭력적인 범죄를 저지르지 못할 뿐입니다. 우리가 알아낸 효과 있는 방법은 사형을 빼면 이것뿐입니다. 사형은 제가 보기에도 그가 한 짓에는 조금 지나치죠."

"그래도 저는 싫습니다. 저라면 누가 제 머릿속에 칩을 넣기를 원치 않을 거예요."

"의학적인 용도로 적법하게 이용되는 경우도 있습니다." 그가 말한다. 나도 안다. 나는 난치성 발작이나 파킨슨병이나 척추 손상이 있는 사람들에 대해 알고 있다. 그런 사람들을 위해 특별한 칩과 대체 기관이 개발되었고, 그건 좋은 일이다. 하지만 이쪽에 대해서는 확신이 들지 않는다.

어쨌든, 법은 법이다. 서류에는 사실이 아닌 부분이 없다. 돈은 이런 짓들을 했다. 나는 경찰이 직접 목격했던 마지막 사건을 제외하면 모두 신고를 했었다. 서류 하단, 본문과 서명하는 자리 사이에 글이 한 줄 쓰여 있다. 내가 진술서의 모든 내용이 진실임을 맹세한다는 글이다. 내가 아는 한 모든 내용이 진실이고, 그만하면 충분할 터이다. 나는 서명을 하고, 날짜를 쓰고, 서류를 경찰관에게 건넨다.

"고마워요, 루. 이제 검사가 당신을 만날 차례예요. 검사님이 이 다음 절차를 설명할 겁니다."

지방 검사는 회색이 섞인 검은 곱슬머리를 한 중년 여자이다. 책상 위 명찰에는 '**지방검사보 베아트리체 휴스턴**'이라고 쓰여 있다. 피부는 생강 과자색이다. 그녀의 사무실은 내 사무실보다 크고, 책이 꽂힌 책장이 사방에 놓여 있다. 책등에 검고 붉은 사각형이 그려진 오래되어 누런 책들이다. 누가 읽은 적이 있는 것처럼 보이지 않아서, 나는 책들이 진짜일지 의아해진다. 데스크탑 위에 데이터 플레이트가 놓여 있다. 데스크탑은 내 쪽에서 보면 단순한 검은색이지만, 플레이트에서 나온 빛 때문에 검사의 턱 아랫선이 우스꽝스러운 색이 된다.

"애런데일 씨, 살아 계셔서 다행입니다. 상당히 운이 좋으셨어요. 도널드 프와투 씨에 대한 고소장에 서명하셨겠지요? 맞습니까?"

"네."

"자, 그럼 다음 절차를 설명드리겠습니다. 법에 따르면, 프와투 씨는 희망할 경우 배심원 재판을 받을 자격이 있습니다. 우리는 그가 모든 사고에 관련된 사람이라는 증거를 충분히 갖추고 있고, 법정에서도 이 증거가 유효하리라고 확신합니다. 하지만 그의 법률 고문이 유죄 답변을 하라고 할 겁니다. 무슨 뜻인지 아시나요?"

"아니요."내가 답한다. 나는 그녀가 설명하고 싶어 한다는 것을 안다.

"만약 그가 재판을 요구해서 주의 자원을 소모하지 않는다면, 그의 복역 기간이 PPD, 그러니까 칩을 이식해서 적응시키는 데 필요한 정도로 단축됩니다. 재판을 거쳐서 유죄 판결을 받으면 최소한 5년은 구금되어야 하지요. 이러저러하는 사이에 구금이 어떤 것인지 깨달을 터이니, 아마 그는 유죄 답변을 할 겁니다."

"돈이 유죄 판결을 받지 않을지도 모릅니다."

검사가 나를 보고 미소 짓는다. "그럴 가능성은 우리에게 있는 증거로 확실하지요. 걱정하지 않으셔도 됩니다. 그는 더 이상 당신을 해치지 못할 거예요."

나는 걱정하지 않는다. 아니, 그녀의 말을 듣기 전까지는 걱정하지 않았다. 나는 돈이 구속된 다음부터 더 이상 걱정하지 않았다. 만약 그가 도망친다면 나는 또 걱정할 것이다. 나는 지금 걱정하지 않고 있다.

"만약 프와투 씨의 변호사가 합의를 받아들여서 재판까지 가지 않는다면, 당신을 또 부를 필요가 없을 겁니다. 며칠 안에 알 수 있습니다. 그가 재판을 요구하면 검찰 측 증인으로 출석하셔야 합니다. 그러면 저나 제 사무실의 다른 사람들과 증언을 준비하느라, 그런 다음에는 재판에 참석하느라 시간을 쓰셔야 합니다. 이해가 되시나요?"

나는 그녀의 말을 이해한다. 그녀가 말하지 않고, 어쩌면 모르고 있을 사실은 내가 일할 시간을 놓치면 크렌쇼 씨가 대단히 화를 내리라는 것이다. 나는 돈과 그의 변호사가 재판을 고집하지 않기를 바란다. "네." 내가 말한다.

"좋아요. 지난 10년 사이, PPD가 도입된 덕분에 소송 절차가 완전히 바뀌었답니다. 훨씬 더 간단해졌죠. 재판까지 가는 사건이 적어졌습니다. 피해자나 증인들이 시간을 그렇게 많이 허비하지 않아도 된답니다. 연락드리겠습니다, 애런데일 씨."

마침내 사법 센터를 나서자 오전 시간이 거의 다 지나 있다. 올드린 씨는 하루 종일 들어오지 않아도 된다고 했지만, 나는 크렌쇼 씨가 내게 화를 낼 빌미를 주고 싶지 않기 때문에 오후 작업을 하러 사무실로 돌아간다. 우리는 컴퓨터 화면에 나온 패턴들을 맞추는 검사를 받는다. 모두들 매우 빨리 답해서 검사가 금세 끝난다. 다른 검사들도 쉽지만, 지루하다. 나는 오전 시간의 일을 보충하고 싶지 않다. 내 잘못이 아니었기 때문이다.

펜싱 모임에 가기 전에, 나는 텔레비전에 나온 과학 뉴스를 본다. 우주에 대한 프로그램이기 때문이다. 기업 연합이 새 우주 정거장을 짓는다. 낯익은 로고를 본다. 내가 일하는 회사가 우주 기반 사업에 관심을 갖고 있는 줄 몰랐다. 아나운서가 수조 원의 비용과 다양한 사업자들의 열의에 대해 말하고 있다.

어쩌면 이것이 크렌쇼 씨가 비용 감축을 주장하는 이유 중 하나인지도 모른다. 나는 회사가 우주에 투자하고 싶어 하는 것이 좋은 일이라고 생각하고, 나에게도 저 밖으로 나갈 기회가 있다면 하고 바란다. 어쩌면, 만약 자폐인이 아니었다면, 우주비행사나 우주과학자가 될 수 있었을지도 모른다. 하지만 내가 지금 치료를 받아 바뀐다고 해도, 그 직업을 얻기에는 너무 늦을 것이다.

어쩌면 어떤 사람들은 이런 이유로 예전에는 갖지 못했던 직업을 위한 훈련을 받기 위해 라이프타임 치료를 받아 수명을 연장하고 싶어 하는지도 모른다. 허나 라이프타임 치료는 무척 비싸다. 아직 감당할 수 있는 사람이 많지 않다.

톰과 루시아의 집에 도착하니 집 앞에 차가 세 대 세워져 있다. 마저리의 차도 있다. 가슴이 빨리 쿵쿵 뛴다. 뛰어 오지 않았지만 숨이 찬다.

거리에는 쌀쌀한 바람이 분다. 시원하면 펜싱을 하기에는 편하지만, 뒤에 앉아서 이야기를 하기는 더 힘들다.

루시아, 수잔, 마저리가 안에서 이야기를 하고 있다. 그들은 내가 들어서자 말을 멈춘다.

"루, 잘 지냈어?" 루시아가 묻는다.

"저는 괜찮아요." 내가 답한다. 혀가 너무 큼지막하게 느껴진다.

"돈 일은 정말 미안해." 마저리가 말한다.

"네가 그렇게 하라고 말하지 않았잖아. 네 잘못이 아니야." 마저리는 이 사실을 알아야 마땅하다.

"그런 뜻이 아니라, 난 그냥─네게 정말 안된 일이야."

"나는 괜찮아." 내가 거듭 말한다. "나는 여기에 있고─" 말하기가 힘들다. "유치장에 있지 않은걸." 나는 **죽지 않았다**는 말을 피하며 말한다. "그건 힘들어─경찰이 돈의 머리에 칩을 넣을 거라고 했어."

"당연히 그래야지." 루시아가 말한다. 루시아의 얼굴이 험악한 표정으로 찌푸려진다. 수잔이 고개를 끄덕이고, 잘 들리지 않는 말을 중얼거린다.

"루, 돈이 그렇게 되지 않았으면 하는 얼굴이네." 마저리가 말한다.

"굉장히 무서운 일이라고 생각해. 돈이 잘못을 했지만, 그들이 돈을 다른 사람으로 바꾼다고 생각하니까 무서워."

"그렇지 않아." 루시아가 말한다. 이제 나를 똑바로 쳐다보고 있다. 만약 이해할 수 있는 사람이 있다면, 그 사람은 바로 루시아여야 했다. 그녀는 실험적인 치료에 대해 알고 있다. 돈이 강제로 다른 사람이 되어야 한다는 것이 나를 불편하게 하는 이유를 안다.

"돈은 잘못을 저질렀어─아주 나쁜 짓을 했지. 루, 널 죽일 수도 있었어. 막지 않았다면 그랬을 거야. 그를 푸딩 접시로 만들어도 정당하겠지만, 칩의 역할은 단지 그가 다른 사람을 해치지 못하게 하는 것뿐이야."

그렇게 간단하지 않다. 한 단어가 한 문장에서는 이런 뜻을, 다른 문장에서는 저런 뜻을 가지거나 어조에 따라 단어의 의미가 바뀌는 것과 마찬가지로, 어떤 행동은 상황에 따라 유익할 수도 해로울 수도 있다. PPD 칩은 사람들에게 해롭고 해롭지 않은 행동을 더 잘 판단할 수 있게 하지 않는다. 해롭지 않기보다는 해로운 경우가 많은 행동을 할 의욕,

결단력을 제거한다. 돈이 가끔 좋은 일을 하는 것도 막는다는 뜻이다. 나조차도 이 사실을 알고 있다. 루시아도 확실히 알고 있겠지만, 그녀는 어떤 이유에선지 이 사실을 외면하고 있다.

"그를 믿고 모임에 그렇게 오래 됐다니!" 루시아가 말한다. "돈이 이런 짓을 하리라고는 전혀 생각 못 했어. 인간쓰레기 같으니. 내 손으로 그 자식 얼굴 가죽을 벗기고 싶다니까."

속마음을 드러내는 말을 들으며, 나는 루시아가 지금 나보다 그녀 자신의 기분을 더 생각하고 있음을 안다. 루시아는 돈이 그녀를 속였기 때문에 상처를 받았다. 그가 자신을 바보로 만들었다고 느끼고 있고, 루시아는 바보가 되고 싶어 하지 않는다. 루시아는 똑똑한 자신을 자랑스러워한다. 그녀를—최소한 그녀 자신에 대한 감정을—다치게 했기 때문에, 돈이 벌을 받기를 바란다.

그다지 좋은 사고방식이 아니다. 나는 루시아가 이럴 수 있는 줄 몰랐다. 루시아가 자신이 돈을 알아야 했다고 생각하듯이, 나도 루시아를 알아야 했던 걸까? 만약 정상인들이 서로의 전부를, 모든 숨겨진 부분들을, 알고자 기대한다면, 어떻게 견딜 수가 있을까? 어지럽지 않을까?

"루시아, 마음을 읽을 수는 없잖아요." 마저리가 말한다.

"나도 알아!" 루시아가 머리카락을 흔들어 넘기고 손가락으로 딱딱 소리를 내며 작고 갑작스럽게 움직인다. "그저—젠장, 나는 바보 취급 받는 게 싫어. 그 자식이 날 바보 취급한 기분이 든단 말이야." 루시아가 나를 바라본다. "루, 미안해. 나 지금 이기적이지. 정말 중요한 건 네 감정과 안부인데 말이야."

조금 전의 화난 사람이 정상적인 성격—평소 성격—으로 돌아오는 과정은, 마치 과포화 용액에서 결정이 생겨나는 모습을 지켜볼 때와 같다. 그녀가 자기 행동을 이해하고 다시 그렇게 하지 않으리라는 생각에 기분이 나아진다. 루시아가 다른 사람들을 분석할 때보다는 시간이 오래 걸렸다. 나는 자기 마음속을 들여다보고 그 안에서 정말 어떤 일이 일어나고 있는지 보는 데 정상인들이 자폐인들보다 오래 걸리는지, 아니면 우리들의 뇌가 그 점에서는 같은 속도로 작동하는지 궁금하다. 그런 자기 분석을 가능하게 하기 위해, 마저리의 말이 필요했는지 궁금하다.

마저리가 나를 정말 어떻게 생각하는지 궁금하다. 그녀는 지금 내게 잠깐씩 눈길을 주며 루시아를 보고 있다. 마저리의 머리카락은 정말 아름답다……. 나는 머리색, 머리카락의 각기 다른 색의 비율, 마저리의 움직임을 따라 빛이 움직이는 모습을 분석하고 있는 자신을 발견한다.

바닥에 앉아 스트레칭을 시작한다. 잠시 후, 여자들도 스트레칭을 시작한다. 몸이 조금 뻣뻣하다. 몇 번 시도한 뒤에야 이마가 무릎에 닿는다. 마저리는 아직 이 동작을 하지 못한다. 앞으로 흘러내린 머리카락이 무릎을 스치기는 하지만, 이마는 무릎에서 10센티미터 이상 떨어져 있다.

스트레칭을 마친 후, 나는 일어나 장비를 가지러 장비실에 간다. 톰이 맥스, 토너먼트에서 심판을 맡았던 사이먼과 함께 밖에 있다. 빛의 동그라미가 어두운 마당 한가운데에 밝은 영역을 그리며, 주위 전부에 어두운 그림자를 드리운다.

"이봐, 친구." 맥스가 말한다. 맥스는 먼저 도착한 남자라면 누구나 친구라고 부른다. 바보스런 행동이지만, 그게 맥스의 방식이다. "잘 지냈어?"

"응."

"그 자식에 맞서서 펜싱에서처럼 움직였다고 들었어. 봤으면 좋았을걸."

나는 맥스가 지금 어떻게 생각하든 간에, 실제로 그 자리에 있고 싶지는 않았으리라고 생각한다.

"루, 사이먼이 너와 겨루어 보고 싶다는데." 톰이 말한다. 그가 내게 괜찮은지 묻지 않아서 기쁘다.

"네. 마스크를 쓸게요."

사이먼은 톰보다 키가 작고 호리호리하다. 덧대어진 낡은 웃옷을 입고 있다. 공식적인 펜싱 시합에서 쓰는 흰색 웃옷 같지만, 녹색 줄무늬가 있다. "고마워요." 그가 말하더니, 마치 내가 그의 옷 색깔을 보고 있다는 것을 알아챈 듯 말한다. "예전에 여동생이 녹색 코스튬을 갖고 싶어 했죠—염색보다 펜싱에 대해 더 잘 아는 녀석이었거든요. 이제는 바랬지만, 갓 만들었을 땐 더 끔찍했어요."

"녹색은 한 번도 본 적이 없습니다."

"아무도 본 적 없대요." 그가 말한다. 그의 마스크는 오래 써서 누르스름해진 평범한 흰색 마스크이다. 장갑은 갈색이다. 나는 내 마스크를 쓴다.

"어느 무기로?" 내가 묻는다.

"뭘 좋아해요?" 그가 묻는다.

나는 좋아하는 무기가 없다. 각 무기와 그 조합에는 나름의 기술 패턴이 있다.

"에페와 단검을 써 봐. 구경하면 재밌거든."

나는 에페와 단검을 들고 손에 익을 때까지 쥐고 움직인다—칼이 거의 느껴지지 않는데, 이게 맞다. 사이먼의 에페에는 커다란 종형 보호대가 붙어 있지만, 단검에는 단순히 고리만 있다. 만약 그가 피하기에 능숙하지 않다면, 손을 쳐서 유효타를 낼 수 있을지도 모른다. 나는 그가 유효타를 알릴지 궁금하다. 그는 심판이다. 틀림없이 정직하게 할 것이다.

사이먼은 무릎을 구부리고 편안하게 서 있다. 익숙해질 만큼 펜싱을 많이 해 본 자세다. 경례를 한다. 그가 인사하며 칼을 아래로 내리자, 공기를 가르는 휙 소리가 난다. 위가 조인다. 나는 그가 다음에 무엇을 할지 모른다. 뭔가 생각하기도 전에, 그가 앞으로 돌진해 나를 찌른다. 여기서는 거의 하지 않는 동작이다. 팔을 쭉 뻗었고, 뒷다리는 곧다. 나는 몸을 비틀며, 단검을 내밀어 아래로 휘둘러 공격을 피하고, 그의 단검 위로 찌르기를 노린다—하지만 사이먼은 톰만큼이나 빠르고, 팔을 올려 피할 준비를 하고 있다. 공격 자세에서 어찌나 빨리 되돌아오는지, 나는 움직임 사이에 생기는 잠깐의 틈을 이용하지 못한다. 그는 중립 방어 자세로 돌아가며 나에게 목례를 한다. "훌륭한 피하기였어요."

위가 더 조인다. 나는 이것이 두려움이 아니라 흥분 때문임을 깨닫는다. 그는 톰보다 실력이 좋다. 그가 이기겠지만, 나는 배울 것이다. 그가 옆으로 움직이고 내가 따라 간다. 그가 몇 번 더 공격을 한다. 모두 빠르다. 나는 간신히 다 피하지만 공격은 하지 않는다. 그의 패턴을 보고 싶은데, 그의 패턴은 모두 다르다. 다시, 다시. 낮게 높게 높게 낮게 낮게 높게 낮게 낮게 낮게 높게 높게. 다음을 예측하며, 나는 그가 다시 낮게 들어올 때에 맞춰 공격을 시도하고, 이번에 사이먼은 내 공격을 정확히 피하지 못한다. 내 칼이 그의 어깨에 스치듯이 닿는다.

"좋군요." 그가 뒤로 물러서며 말한다. "굉장해요." 톰을 곁눈질하자, 톰이 고개를 끄덕이고 씩 웃는다. 맥스는 머리 위로 깍지를 끼고 있다. 그도 싱긋이 웃고 있다. 조금 메슥거린다. 칼이 닿는 순간, 나는 돈의 얼굴을 보았고, 내가 돈에게 날렸던 주먹을 느끼고 내게 맞은 돈이 쓰러지던 모습을 떠올렸다. 내가 머리를 흔든다.

"괜찮아?" 톰이 묻는다. 나는 아무 말도 하고 싶지 않다. 내가 계속하고 싶은지 모르겠다.

"나는 잠깐 쉬었으면 싶네." 겨루기 시작한 지 겨우 몇 분밖에 지나지 않았는데, 사이먼이 말한다. 나 자신이 멍청하게 느껴진다. 나는 그가 나를 위해 그렇게 말하고 있다는 것을 안다. 당황하지 않아야 하지만, 당황스럽다. 지금 주먹의 느낌, 훅 뿜어져 나오던 돈의 숨결, 그 소리와 모습과 느낌이 한꺼번에 다시, 또다시 밀려든다. 한쪽 머리로는 기억과 스트레스와 외상에 관한 책 속 논의를 기억하지만, 대부분은 그저 고통스러울 뿐이다. 슬픔과 두려움과 분노가 다 함께 얽힌 빡빡한 소용돌이다.

눈을 깜박이며 필사적으로 애쓴다. 음악 한 구절이 마음을 가르며 통과한다. 소용돌이가 다시 밖으로 열리고, 걷혀 사라진다. "저……는…… 괜찮……습니다……." 내가 말한다. 아직 말하기가 힘들지만, 벌써 기분이 나아진다. 나는 칼을 든다. 사이먼이 뒤로 물러나 칼을 든다.

우리는 다시 경례를 한다. 이번에도 그의 패턴은 빠르지만, 다르다. 나는 그의 패턴을 전혀 읽을 수 없다. 어쨌든 곧장 공격하기로 결심한다. 그의 칼이 내 방어를 뚫고 왼쪽 배 아래를 친다. "좋아요." 내가 말한다.

"정말 대하기 벅차군요." 사이먼이 말한다. 그의 거친 숨이 느껴진다. 나도 거칠게 숨쉬고 있다. "네 번이나 거의 성공할 뻔했어요."

"이번 방어는 놓쳤습니다. 힘이 충분치 못해서 —"

"또 그런 실수를 할지 어디 한번 봅시다." 그가 말한다. 경례를 하고, 이번에는 내가 먼저 공격을 한다. 나는 유효타를 내지 못하고, 그의 공격이 나보다 빠른 것 같다. 기회를 잡기까지 두세 번을 피해야 한다. 내가 공격을 성공시키기 전에, 그가 내 오른쪽 어깨에 유효타를 낸다.

"확실히 힘들군요. 루, 실력이 상당한데요. 토너먼트에서도 그렇게 생각했었죠. 첫 출전자들이 이기는 경우는 없고, 당신에게도 첫 출전자 특유의 문제가 몇 가지 있기는 했지만, 펜싱을 제대로 알고 한다는 건 확실히 보였어요. 정통 펜싱을 시도하려고 생각해 본 적 있어요?"

"아니오. 저는 톰과 루시아밖에 —"

"한번 생각해 봐야 해요. 톰과 루시아는 대부분의 뒷마당 검객들보다 나은 선생이지만……." 사이먼이 톰을 보며 히죽 웃자, 톰이 얼굴을 마주 찡그린다. "정통 기술을 몇 가지 익히면 발놀림이 나아질 거예요. 내 마지막 공격이 성공했던 것은, 속도 때문이 아니라 몸을 최소한으로 노출시키면서 앞으로 가장 잘 나가기 위해 발을 어떻게 움직여야 하는지 정확히 알았기 때문이지요." 사이먼이 마스크를 벗고 에페를 실외 선반에 건 다음 내게 손을 내민다. "루, 고마워요. 좋은 시합이었어요. 내가 한숨 돌리고 나서, 또 겨루어 봐도 좋겠군요."

"고맙습니다." 나는 답하고 그와 악수를 한다. 사이먼은 톰보다 손을 세게 쥔다. 숨이 차다. 칼을 걸고 마스크를 빈 의자 위에 놓은 다음 앉는다. 나는 사이먼이 나를 정말 좋아하는지, 아니면 돈처럼 되어서 나중에는 나를 싫어할지 생각해 본다. 톰이 그에게 내가 자폐인이라고 말했을지 궁금하다.

16

"미안해." 루시아가 말한다. 장비를 가지고 마당에 나와 내 오른쪽에 앉은 다음이다. "그런 식으로 폭발하지 말았어야 했어."

"저는 마음 상하지 않았어요." 내가 말한다. 나는 마음 상하지 않는다. 그녀가 이제 무엇이 잘못인지 알고 있고, 그런 행동을 하지 않기 때문이다.

"다행이야. 저기…… 너는 마저리를 좋아하고 마저리는 널 좋아하지. 돈 때문에 일어난 말썽이 그쪽을 망치지 않도록 해, 알겠지?"

"저는 마저리가 저를 특별하게 좋아하는지 알지 못해요. 돈은 그렇다고 했지만, 마저리는 그렇다고 말하지 않았어요."

"알아. 어렵지. 어른들은 유치원생들처럼 솔직하지 않아서, 그 때문에 문제를 많이 일으키지."

마저리가 펜싱 재킷의 지퍼를 올리며 집에서 나온다. 지퍼가 끼자, 나나 루시아를 보고—어느 방향을 보고 웃는지 확실하지 않다—웃는다. "도넛을 너무 많이 먹었나 봐. 아니면 충분히 걷지를 않았거나, 뭐 그렇겠지."

"이리 와." 루시아가 손을 내밀자, 루시아가 지퍼를 풀어 그녀를 도울 수 있게 마저리가 다가온다. 나는 손을 내미는 행동이 도움을 주겠다는 신호인 줄 알지 못했다. 손을 내미는 것은 도움을 청하는 신호라고 생각했다. 어쩌면 '이리 와'와 함께 쓰일 때만 다른지도 모른다.

"루, 겨뤄 볼래?" 마저리가 내게 묻는다.

"그래." 얼굴이 뜨거워지는 것이 느껴진다. 나는 마스크를 쓰고 에페를 집어 든다. "에페와 단검으로 해 볼래?"

"좋아." 마저리가 마스크를 쓴다. 그녀의 얼굴이 보이지 않는다. 눈과 말할 때 보이는 이만 어슴푸레하게 빛난다. 그러나 펜싱 재킷 아래에 있을 그녀의 몸태는 보인다. 나는 그 몸을 만지고 싶지만, 그것은 적절치 않은 행동이다. 여자친구와 있는 남자친구만 할 수 있다.

마저리가 경례를 한다. 마저리의 패턴은 톰보다 단순하다. 나는 유효타를 낼 수 있지만, 그러면 경기가 끝날 것이다. 나는 피하고, 짧게 공격하고, 다시 피한다. 칼이 마주 닿을 때면 닿은 자리를 통해 마저리의 손이 느껴진다. 우리는 서로에게 닿지 않으며 닿아 있다. 마저리가 돌고, 방향을 바꾸고, 앞뒤로 움직이고, 나는 마저리에 맞춰 움직인다. 음악은 없지만 마치 무슨 춤, 움직임의 패턴과 같다. 나는 이 춤에 어울리는 음악을 찾아 기억하고 있는 음악들을 훑는다. 이기기 위해서가 아니라, 그저 닿은 자리를, 손과 등으로 이어지는 칼 사이의 칭―챙―창을 느끼기 위해 나의 패턴을 마저리의 패턴에 맞추고 있자니 이상한 기분이 든다.

파가니니. 〈첫 번째 바이올린 협주곡 D장조, Op.6〉 3악장. 정확히 들어맞지는 않지만, 떠오르는 곡 중 가장 가깝다. 장엄하지만 재빠르고,

마저리가 방향을 바꾸며 리듬을 딱 맞추지 않는 곳에서 짧게 끊어진다. 나는 마음속으로 우리의 움직임에 맞춰 음악을 빠르거나 느리게 한다.

나는 마저리가 무엇을 듣고 있는지 궁금하다. 내가 듣는 음악을 들을 수 있는지 궁금하다. 만약 우리 두 사람이 같은 음악을 생각하고 있다면, 같은 식으로 들을까? 일치할까, 일치하지 않을까? 나는 소리를 어둠에 입혀진 색깔로 듣는다. 마저리는 소리를 빛 위에 악보처럼 그려진 어두운 선들로 듣는지도 모른다. 만약 그 둘을 합친다면, 빛에 입혀진 어둠과 어둠에 입혀진 빛은 서로 상쇄되어 보이지 않게 될까? 아니면…….

마저리의 칼이 닿아 생각의 흐름이 끊긴다. "잘했어." 내가 말하며 뒤로 물러선다. 마저리가 고개를 끄덕이고, 우리는 다시 경례를 한다.

예전에 생각을 빛으로, 생각하지 않는 것을 어둠으로 묘사한 책을 읽은 적이 있다. 우리가 겨루는 동안 나는 다른 생각을 하고 있고, 마저리가 나보다 빨리 공격을 성공시켰다. 그렇다면, 만약 마저리가 다른 생각을 하고 있지 않다면, 그 '생각 않음'으로 그녀가 더 빨라졌던 걸까? 그 어둠이 내 '생각 없음'의 빛보다 더 빠른 걸까?

나는 생각의 속도를 모른다. 모든 사람의 생각의 속도가 같은지 알지 못한다. 다른 생각을 다르게 하는 것은 더 빠른 생각일까, 더 많은 생각일까?

바이올린이 나선형 패턴을 그리며 높아지고, 마저리의 패턴이 흩어진다. 나는 이제 독무인 춤으로 들어가 앞으로 나서 유효타를 낸다.

"잘했어." 그녀가 말하고 뒤로 물러선다. 몸이 깊이 들이쉬는 숨을 따라 흔들린다. "루, 이제 나 지쳤어. 긴 경기였네."

"나하고 어때요?" 사이먼이 말한다. 나는 마저리와 함께 더 있고 싶지만, 아까 사이먼과 겨룬 것이 좋았고, 또 겨루고 싶기도 하다.

이번에는 경기 시작과 함께 음악이 시작된다. 다른 음악이다. 사라사테의 〈카르멘 환상곡〉…… 틈을 찾아 내 주위를 도는 사이먼의 고양이 같은 움직임과, 내 강한 집중에 완벽하게 어울린다. 나는 지금까지 내가 춤을 출 수 있으리라고 생각해 본 적이 없다─춤은 사회적인 활동이었고, 나는 늘 뻣뻣하고 서툴렀다. 이제는─손에 칼을 들자─내면의 음악에 맞추어 몸을 움직이는 일이 맞게 느껴진다.

사이먼이 나보다 잘하지만, 나는 상관하지 않는다. 그가 무엇을 할 수 있는지, 내가 무엇을 할 수 있는지 꼭 보고 싶다. 그가 유효타를 내고, 한 번 더 성공하지만, 그다음에는 내가 공격을 성공시킨다. "다섯 번에 세 번?" 그가 묻는다. 나는 헐떡이며 고개를 끄덕인다. 이번에는 우리 둘 다 곧장 유효타를 내지 못한다. 내가 마침내 기술보다는 운 덕분인 유효타를 낼 때까지 계속해서 겨룬다. 다른 사람들은 조용히 지켜보고 있다. 공격을 피하면서, 뒤로 따뜻하게 닿는 사람들의 관심을 느낀다. 사이먼이 내 움직임을 모두 알고 막는다. 나는 그의 공격을 간신히 막는 정도이다. 마침내 그가 내게는 아예 보이지도 않은 뭔가를 하고─피했다고 생각한 바로 그 자리에 그의 칼이 다시 나타나, 승부를 결정짓는 유효타를 낸다.

서늘한 밤이지만, 나는 땀을 뚝뚝 떨어뜨리고 있다. 분명히 나쁜 냄새가 날 텐데, 마저리가 내게 다가와 내 팔을 잡아 놀란다.

"루, 정말 근사했어." 마저리가 말한다. 나는 마스크를 벗는다. 마저리의 눈이 반짝인다. 얼굴의 웃음이 머리카락까지 닿아 있다.

"땀투성이야."

"그런 경기를 했으니 당연하겠지. 다시 놀랐어. 네가 그렇게 잘하는 줄 몰랐어."

"나도 몰랐어."

"이제 아니까, 널 토너먼트에 또 내보내야겠다. 사이먼, 자네 생각은 어떤가?"

"준비가 된 수준 이상이야. 주에서 손꼽히는 선수들이라면 이기긴 하겠지만, 일단 루가 긴장을 풀고 나면 애 좀 먹을걸."

"자, 루, 우리와 함께 다른 토너먼트에 참가해 볼래?" 톰이 묻는다.

온몸이 차가워진다. 내게 좋은 뜻으로 말하는 줄은 알지만, 돈은 토너먼트 때문에 내게 무척 화를 냈다. 만약에 토너먼트에 나갈 때마다 누군가 내게 무척 화를 내고, 나 때문에 차례로 PPD 칩을 이식받아야 한다면 어떻게 하지?

"토요일 하루 종일 하잖아요."

"그래. 가끔은 일요일까지 종일 이어지기도 하지." 루시아가 말한다. "어렵겠니?"

"저—일요일에는 교회에 가요."

마저리가 나를 본다. "루, 네가 교회에 다니는 줄은 몰랐네. 흠, 그냥 토요일에 가면 되잖아……. 토요일에는 왜 곤란하니?"

준비한 답이 없다. 내가 돈에 관해 말해도 그들이 이해하리라고 생각하지 않는다. 사람들이 일제히 나를 응시한다. 속으로 내가 차곡차곡 접혀 들어가는 느낌이다. 그들이 내게 화를 내지 않기를 바란다.

"다음 토너먼트는 부활절 뒤예요. 오늘 밤에 결정할 필요는 없어요."

사이먼이 호기심 어린 눈으로 나를 본다. "루, 누가 또 유효타를 세지 않을까 봐 걱정하는 거예요?"

"아뇨……." 목이 멘다. 진정하려 눈을 감는다. "돈 때문이에요." 내가 말한다. "돈은 토너먼트에서 화가 났어요. 그게 돈이…… 그렇게 화난 이유라고 생각해요. 저는 그런 일이 다른 사람들에게 일어나길 바라지 않아요."

"네 잘못이 아니야." 루시아가 말한다. 화난 목소리다. 이런 일이 일어나는 거야. 나는 생각한다. 사람들은 나에게 화가 나지 않았을 때에도 나 때문에 화를 낸다. 꼭 내 잘못이 아니라도, 내가 원인이다.

"무슨 말인지 알겠어. 문제를 일으키고 싶지 않다는 말이지?" 마저리가 말한다.

"응."

"아무도 네게 화를 내지 않으리라고 확신할 수 없고."

"응."

"하지만, 루, 사람들은 다른 사람에게 아무런 이유 없이 화를 내기도 해. 돈은 톰에게 화를 냈지. 사이먼에게 화가 난 사람들도 있을지 몰라. 나도 내게 화난 사람들이 있었다는 걸 알아. 그저 일어나는 일이야. 사람들이 아무 잘못도 하지 않는다고 해서, 언제나 멈춰서 자기 행동 때문에 다른 사람이 화를 낼지 생각할 수는 없어."

"네게는 그렇게 신경 쓰이는 일이 아닐지도 모르지." 내가 말한다.

마저리가 내게 뭔가 의미가 담긴 듯한 표정을 짓지만, 나는 무슨 의미인지 모르겠다. 정상이라면 알았을까? 정상인들은 이런 표정들의 의미를 어떻게 알까?

"그럴지도 모르지. 예전에, 나는 모두 다 내 잘못이라고 생각했었어. 지금보다 더 많이 고민했지. 하지만 그건―." 마저리가 말을 멈춘다. 나는 그녀가 정중한 단어를 찾고 있음을 안다. 왜냐하면 내가 정중한 단어를 찾느라 말을 늦출 때가 무척 많기 때문이다. "그런 일로 어느 정도 고민해야 하는지 알기는 어려워." 마침내 마저리가 말을 맺는다.

"그래."

"모두 네 잘못이라고 네가 생각하길 바라는 사람들이 문제야. 자기 감정, 특히 분노를 늘 남 탓으로 돌리지." 루시아가 말한다.

"어떤 분노는 정당해요. 루와 돈 일 얘기가 아니라요. 루는 아무 잘못도 하지 않았죠. 모두 돈이 질투에 사로잡혀 일어났던 일이에요. 하지만 저는 루의 말이 이해가 돼요. 다른 사람이 말썽을 피우는 이유가 되고 싶지 않다는 말이요."

"그런 일은 없을 거야. 루는 그런 사람이 아니잖아." 루시아가 말하고 내게 어떤 표정을 짓는다. 마저리가 지었던 것과 다른 표정이다. 나는 이번 표정의 의미도 알지 못한다.

"루시아, 사이먼과 한번 겨뤄 보는 게 어때." 톰이 말한다. 모두들 말을 멈추고 톰을 본다.

루시아가 입을 조금 벌린다. 그런 다음, 딱 소리를 내며 입을 다문다. "좋아. 오랜만이니까. 사이먼?"

"기꺼이." 사이먼이 미소 지으며 답한다.

나는 루시아와 사이먼을 본다. 사이먼이 루시아보다 잘하지만, 그는 가능한 공격을 모두 하지 않고 있다. 그가 자신의 실력을 모두 발휘하지 않고, 루시아의 수준에 아슬아슬하게 맞춰 싸우고 있음이 보인다. 무척 정중한 행동이다. 나는 옆에 앉은 마저리, 날리다가 돌 모서리에 부딪혀 쌓인 마른 잎새, 뒷덜미로 불어드는 서늘한 미풍을 의식한다. 기분이 좋다.

9시가 되자 서늘한 정도가 아니다. 춥다. 우리는 모두 실내로 들어가고, 루시아가 올해 들어 처음으로 핫초콜릿을 한 주전자 끓인다.

다른 사람들은 모두 이야기를 하고 있다. 나는 녹색 가죽 방석에 기대 앉아 마저리를 지켜보며 말소리를 들으려고 애쓴다. 마저리는 말할 때 손을 많이 움직인다. 마저리는 두어 번, 내가 자폐증의 증세라고 들었던 방식으로 손을 뒤집는다. 나는 다른 사람들이 그렇게 하는 모습도 본 적이 있는데, 그럴 때마다 그 사람들도 자폐인일지, 아니면 부분적으로 자폐일지 의아해했다.

모두들 이제 토너먼트에 대해 말하고 있다―기억하는 예전 시합들, 누가 이기고 누가 지고 누가 심판이었고 사람들이 어땠는지. 아무도 돈 이야기를 꺼내지 않는다. 나는 사람들의 이름을 따라가지 못한다. 모르는 사람들이다. 나는 사람들의 얘기를 듣고는 '바트가 진짜 두꺼비'인 이유를 이해하지 못한다. 분명히, 돈이 진짜 밥이 아닌 것과 마찬가지로, 실제로 바트가 피부가 울퉁불퉁한 양서류는 아닐 것이다.

나는 누가 언제 말하는지 따라가려 애쓰며, 마저리에서 사이먼에서 톰에서 루시아에서 맥스에서 수잔으로 되풀이해 시선을 옮긴다. 하지만 언제 한 사람이 말을 멈추고 다른 사람이 말을 시작하는지 예측할 수가 없다. 가끔은 말과 말 사이에 2, 3초간 침묵이 오고, 가끔은 한 사람이 아직 말하는 도중에 다른 사람이 말을 시작한다.

나름대로 무척 매혹적이다. 무질서계 안에서, 거의 패턴에 가까운 것을 지켜보는 것 같다. 용액의 균형이 이리저리 움직임에 따라, 분자들이 분리되고 재결합하는 과정을 지켜보는 것 같다. 거의 이해한다고 느끼는 순간, 예측하지 못했던 일이 일어난다. 사람들이 어떻게 대화에 참여하는 동시에 대화를 따라갈 수 있는지 모르겠다.

서서히, 나는 사이먼이 입을 열면 다른 사람들이 말을 멈추고 그를 대화에 참여시킨다는 것을 깨닫는다. 그는 잘 끼어들지 않지만, 아무도 그가 말할 때 끼어들지 않는다. 나를 가르친 선생님 가운데 한 분이 말하길, 말하는 사람은 자기 다음에 말했으면 하는 사람을 눈짓으로 가리킨다고 했다.

그 시절의 나는, 시선이 오래 고정되지 않으면 누가 어디를 보고 있는지 거의 알지 못했다. 이제 나는 눈짓을 따라갈 수 있다. 사이먼은 매번 다른 사람들에게 눈짓을 한다. 맥스와 수잔은 늘 사이먼에게 우선권을 주며 눈짓을 한다. 톰은 두 번에 한 번 정도 사이먼에게 눈짓한다. 루시아는 세 번에 한 번 정도 사이먼에게 눈짓한다. 사이먼은 눈짓을 받을 때마다 말하지는 않는다. 그러면 눈짓한 사람은 다른 사람에게 눈짓한다.

너무 빠르다. 다들 어떻게 놓치지 않고 볼까? 왜 톰은 사이먼을 보기도 하고 안 보기도 할까? 언제 사이먼에게 눈짓해야 할지 무엇을 보고 아는 걸까?

마저리가 나를 응시하고 있음을 깨닫는다. 얼굴과 목이 달아오르는 것이 느껴진다. 다른 사람들의 목소리가 희미해진다. 눈앞이 흐려진다. 그림자 속에 숨고 싶지만, 그림자가 없다. 시선을 내리깐다. 마저리의 목소리를 찾아 귀를 기울이지만, 그녀는 말을 많이 하지 않는다.

사람들이 장비 이야기를 시작한다. 강철검 대 합성검, 구철 대 신철. 다들 강철검을 선호하는 것 같지만, 사이먼이 최근 공식 시합에서 칼들이 부딪칠 때 강철과 비슷한 소리가 나도록 손잡이에 칩을 넣은 합성검을 보았다고 한다. 이상했어요. 그가 말한다.

그런 다음 그는 이제 가야겠다고 말하고 일어선다. 톰도 일어서고, 맥스도 일어선다. 나도 일어선다. 사이먼이 톰과 악수를 하고 말한다. "즐거웠네—초대해 줘서 고마워."

톰이 답한다. "언제든지 와."

맥스가 손을 내밀고 말한다. "와 주셔서 고맙습니다. 영광이었어요."

사이먼이 악수를 하고 말한다. "언제든지"

나는 손을 내밀어야 할지 알지 못하지만, 사이먼이 재빨리 자기 손을 내민다. 그래서 나는 악수를 좋아하지 않는데도—너무 무의미한 행동 같다—손을 마주 잡는다. 그런 다음 사이먼이 말한다. "루, 고마워요. 재미있는 시합이었어요."

"언제든지." 내가 말한다. 방 안이 한순간 긴장되고, 나는 내 말이—톰과 맥스를 따라한 것이지만—적절하지 못했나 걱정한다. 그런데 사이먼이 손가락으로 내 팔을 가볍게 두드린다.

"토너먼트 출전에 대해 다시 생각해 보면 좋겠어요. 즐거웠거든요."

"고맙습니다."

사이먼이 문을 나설 때, 맥스가 말한다. "저도 가야겠어요." 그리고 수잔이 바닥에서 일어선다. 갈 시간이다. 주위를 둘러본다. 모두의 얼굴이 친근해 보인다. 하지만 나는 돈의 얼굴도 친근해 보인다고 생각했었다.

만약에 그들 중에 내게 화가 난 사람이 있다면, 어떻게 알 수 있을까?

목요일에 첫 번째 의료 브리핑 시간을 갖는다. 의사들에게 궁금한 점을 질문할 수 있는 시간이다. 의사는 두 명으로, 회색 곱슬머리인 랜섬 박사, 곧고 검은 머리카락을 풀로 붙인 듯한 핸설 박사이다.

"돌이킬 수 있습니까?" 린다가 묻는다.

"음……. 아뇨. 수술한 이상, 끝입니다."

"그러면 만약 결과가 마음에 들지 않는다고 해도, 우리가 정상으로 돌아갈 수는 없습니까?"

우리는 처음부터 정상이 아니지만, 나는 이 말을 입 밖에 내지 않는다. 린다도 나만큼 잘 알고 있다. 그녀는 농담을 한 것이다.

"에…… 아뇨. 안 됩니다. 아마도요. 하지만 왜 돌이키고―"

"저라고 그러고 싶겠어요?" 캐머런이 말한다. 얼굴이 경직되어 있다. "저는 지금의 저 자신을 좋아합니다. 제가 수술 후의 저를 좋아할지를 알지 못합니다."

"그렇게까지 달라지지는 않을 거예요." 랜섬 박사가 말한다.

하지만 모든 변화는 변화이다. 나는 돈이 나를 스토킹하기 전과 같은 사람이 아니다. 그가 한 행동만이 아니라, 경찰관들과의 만남이 나를 변화시켰다. 나는 예전에는 몰랐던 뭔가를 알고 있고, 앎은 사람들을 변화시킨다. 내가 손을 든다.

"네, 루." 랜섬 박사가 말한다.

"저는 치료가 어떻게 우리를 변화시키지 **않을** 수 있는지 이해가 되지 않습니다. 만약 우리의 감각 처리 과정을 정상화한다면, 입력되는 정보의 비율과 유형이 변화할 것이고, 그 결과 우리의 지각, 그리고 처리 과정이 달라질 겁니다."

"그렇죠. 하지만 당신은—당신의 성격은—그대로이거나, 거의 그대로일 겁니다. 같은 것을 좋아하고, 똑같이 반응하고—"

"그럴 거면 **뭐 하러** 바꿔요?" 린다가 묻는다. 화난 목소리다. 나는 린다가 화가 났다기보다는 걱정스러워하고 있음을 안다. "사람들은 우리에게 우리가 변했으면 좋겠다고, 우리가 필요로 하는 지원을 필요로 하지 않게 되었으면 좋겠다고 합니다—하지만 우리에게 지원이 필요 없어진다는 말은, 곧 우리가 좋아하고 싫어하는 것들이 바뀐다는 말이잖아요……. 그렇지 않나요?"

"과부하를 견디는 법을 배우기 위해 정말 오래 노력했어요." 데일이 말한다. "만약에 그 말이, 제가 알아채야 하는 것들을 갑자기 모르게 된다는 뜻이면 어떻게 하죠?" 그의 왼쪽 눈이 심하게 경련하며 휙휙 움직인다.

"그런 일은 절대 일어나지 않으리라고 생각합니다." 의사가 거듭 말한다. "영장류 동물학자들이 사회적 상호작용에서 긍정적인 변화들만 있었음을 밝혀냈어요."

"씹, 나는 침팬지가 아니야!" 데일이 탁자를 손으로 내려친다. 왼쪽 눈이 잠깐 뜨인 상태로 있다가, 다시 경련하기 시작한다.

의사가 충격받은 표정을 짓는다. 데일이 화를 낸 것이 왜 놀라울까? 누가 영장류 동물학자들의 침팬지에 대한 연구를 바탕으로 그의 행동을 추측한다면 그라고 좋아할까? 혹시 정상인들은 그렇게 하는 걸까? 스스로를 그저 마치 다른 영장류처럼 볼까? 믿을 수 없다.

"아무도 당신이 침팬지라고 하지 않았습니다." 의사가 조금 못마땅한 말투로 말한다. "그저…… 침팬지가 우리가 가진 가장 나은 모델입니다. 침팬지들은 치료를 받은 후에도 구분되는 성격을 지니고 있었습니다. 단지 사회적 결함만이 바뀌었죠……."

전 세계의 모든 침팬지들은 이제 보호 환경, 동물원, 연구 시설에 산다. 한때는 아프리카의 숲속에서 자유롭게 살았다. 나는 자폐 비슷한 침팬지들이 야생 상태에서도 증세를 보였는지, 죄수 같은 삶의 스트레스 때문에 바뀌었는지 궁금하다.

스크린에 슬라이드가 비친다. "이것이 여러 가지 얼굴 사진 중에서 아는 얼굴을 골라낼 때 정상적인 뇌의 활동 모습입니다." 회색 테두리 안에 녹색 점들이 빛난다. 책을 읽은 덕분에, 나는 점의 위치 일부를 기억한다……. 아니, 나는 저 슬라이드를 기억한다. 삽화 16-43.d,《뇌의 기능》제16장에 실린 그림이다. "그리고 이것이 ―" 슬라이드가 바뀐다. "자폐증을 가진 뇌의 동일한 활동 시 모습입니다." 다른 회색 테두리와 작은 녹색 점들. 삽화 16-43.c, 같은 장.

나는 책의 그림 설명을 기억하려고 애쓴다. 교재에 첫 번째 그림이 사진 묶음에서 아는 얼굴을 골라낼 때 정상적인 뇌의 활동 모습이라고 쓰여 있었다고 생각하지 않는다. 나는 그 그림이 친숙한 얼굴을 볼 때 정상적인 뇌의 활동 모습이라고 생각한다. 합성…… 그래, 기억이 난다. 인간 윤리 연구 협의회가 승인한 규약에 따라 자원한 건강한 남자 대학생 아홉 명…….

이미 다른 슬라이드가 나온다. 또 다른 회색 테두리, 이번에는 파란색 점들. 의사의 목소리가 단조롭게 울린다. 이것도 본 적이 있는 슬라이드이다. 의사의 말을 들으며 책에 쓰여 있던 내용을 기억하려고 안간힘을 쓰지만, 잘 되지 않는다. 단어들이 엉킨다.

손을 든다. 의사가 말을 멈추고 묻는다. "루?"

"나중에 확인할 수 있게 슬라이드의 복사본을 받을 수 있을까요? 모두 한꺼번에 받아들이기가 힘듭니다."

의사가 얼굴을 찌푸린다. "루, 좋은 생각이 아닌데요. 이건 아직 독점 정보예요—일급 기밀이죠. 만약 더 알고 싶다면 나나 담당 상담사에게 질문하시고, 슬라이드를 다시 보실 수는 있습니다. 비록—그가 큭 웃는다—당신이 신경학자가 아닌 한 이 그림들에 그다지 의미가 있지는 않겠지만요."

"책을 조금 읽었습니다." 내가 말한다.

"그런가요……." 그의 목소리가 낮고 느려진다. "루, 무슨 책을 읽었나요?"

"어떤 책들이요." 내가 답한다. 갑자기, 이유는 모르겠지만, 나는 내가 무슨 책을 읽었는지 그에게 말하고 싶지 않다.

"뇌에 대해서?"

"네—저는 치료를 받기 전에 치료가 어떻게 이루어지는지 이해하고 싶었습니다."

"그래서—이해가 되던가요?"

"무척 복잡했습니다. 마치 병렬 처리 컴퓨터처럼요. 그보다 더 복잡했지만요."

"그렇고말고요. 무척 복잡합니다." 그가 말한다. 만족한 목소리다. 내가 이해했다고 말하지 않아서 그가 기뻐한다고 생각한다. 내가 저 삽화들을 알아보았다고 하면 그가 뭐라고 할지 궁금하다.

캐머런과 데일이 나를 쳐다본다. 베일리마저 내게 잠깐 눈길을 주더니 고개를 돌린다. 그들은 내가 무엇을 아는지 알고 싶어 한다. 나는 그들에게 말해야 할지 알지 못한다. 내가 무엇을 아는지—이런 맥락에서 내가 아는 내용이 어떤 의미일지—아직 모르기 때문이기도 하다.

나는 책에 대한 생각을 미루고, 하나씩 지나가는 슬라이드들을 기억해 내며 가만히 설명을 듣는다. 나는 이렇게 제공되는 정보를 잘 받아들이지 못하지만—우리 모두 그렇다—나중에 책과 비교할 수 있을 정도는 기억할 수 있다고 생각한다.

마침내 슬라이드가 회색 뇌 테두리와 색깔 점들에서 분자로 넘어간다. 나는 그림들을 알아보지 못한다. 유기화학 책에 나온 어떤 그림과도 다르다. 하지만 이리저리 나타난 하이드록시기, 저쪽에 나온 아미노기는 알아본다.

"이 효소는 신경성장인자 11번의 유전자 표현형을 통제합니다." 의사가 말한다. "정상인의 뇌에서, 이 부분은 사회적으로 중요한 신호를 선택적으로 처리하기 위해 집중력 통제 메커니즘과 상호 작용하는 피드백 순환의 일부분입니다—여러분에게 문제가 있는 부분 중 하나죠."

그는 우리를 사례 이상으로 취급하는 척하기를 그만두었다.

"이는 또한 신생 자폐아들, 즉 자궁 내에 있을 때 진단과 치료를 받지 못한 영아들과 정상적인 뇌의 성장을 방해하는 특정한 아동기 감염증을 앓은 어린이를 치료하는 과정 중 일부입니다. 우리의 새 치료법은 이 효소가 성인 뇌의 신경계 성장에도 영향을 미치도록 수정했습니다—이 효소는 출생 후 3년까지만 이렇게 작용하거든요."

"그렇다면—치료를 받으면 우리가 다른 사람에게 주의를 기울이게 되나요?" 린다가 묻는다.

"아니, 아닙니다—여러분이 이미 그렇게 할 줄 안다는 것을 알고 있어요. 우리는 자폐인들이 다른 사람들을 그저 무시하고 있다고 생각했던, 20세기 중반의 멍청이들과 다릅니다. 이 치료는 여러분이 사회적 **신호**에 주의를 기울이도록 돕는 겁니다—얼굴 표정, 어조, 손짓 같은 것들 말입니다."

데일이 무례한 손짓을 한다. 의사는 주의를 기울이지 않는다. 나는 그가 정말 못 봤는지, 아니면 무시하는 쪽을 선택했는지 궁금하다.

"하지만 새로운 자료를 이해하려면—시각장애인들이 그랬듯이—훈련을 받아야 하지 않나요?"

"물론입니다. 그래서 치료 과정에 훈련 기간이 포함되어 있습니다. 컴퓨터로 구성한 얼굴을 활용하여 가상적인 사회적 만남을—"

다른 슬라이드. 이번에는 윗입술을 말고 아랫입술을 쑥 내민 침팬지 사진이다. 우리는 모두 참지 못하고 큰 소리로 웃음을 터뜨린다. 의사가 얼굴을 확 붉히며 화를 낸다. "죄송합니다—틀린 슬라이드였어요. 당연히 틀린 슬라이드죠. 사람 얼굴, 제 말은, 사람들 간의 사회적 만남을 훈련한다는 겁니다. 우리가 기본 평가를 하고, 그다음에 여러분은 두 달에서 네 달 동안 치료 후 훈련을—"

"원숭이 얼굴을 보면서!" 린다가 너무 웃어서 울 듯한 얼굴로 말한다. 우리 모두 낄낄대고 있다.

"실수였다고 했잖아요." 의사가 말한다. "이 개입 과정을 진행하기 위해 심리치료사들을 교육했습니다……. 이건 심각한 일이에요."

침팬지의 얼굴이 둘러앉은 사람들의 사진으로 바뀐다. 한 사람이 말하고, 다른 사람들이 주의 깊게 듣고 있다. 다음 슬라이드, 이번에는 어떤 사람이 옷가게에서 점원에게 말을 하고 있다. 다른 슬라이드, 혼잡한 사무실에서 전화를 하고 있는 사람. 모두 무척 정상적이고 무척 지루해 보인다. 의사는 펜싱 토너먼트에 있는 사람이나 주차장에서 습격을 받은 다음 경찰관과 대화하는 사람이 나오는 사진은 보여 주지 않는다. 경찰이 나오는 사진은 딱 하나로, '길 묻기'라는 제목이 달릴 법한 장면이다. 경직된 미소를 띤 경찰관이 한쪽 손을 뻗어 어딘가를 가리키고 있다. 상대방은 우스꽝스러운 모자를 쓰고, 작은 가방을 메고 표지에 '여행자 안내'라고 쓰인 책을 들고 있다.

연출된 모습으로 보인다. 모든 사진들은 연출된 것 같고, 사진 속 사람들은 어쩌면 진짜 사람조차 아닐지 모른다. 어쩌면 ─ 아마도 ─ 컴퓨터 그래픽일 것이다. 우리는 정상인, 진짜 사람이 되기로 되어 있다. 그런데 의사들은 우리가 이런 인위적이고 연출된 상황에 놓인, 가공된 가짜 사람들을 보고 배우길 기대한다. 의사들은 그들이 우리가 처하는 상황이나 처하게 될 상황을 알고 있고, 우리에게 그런 상황에 어떻게 대처해야 하는지 가르칠 수 있다고 생각한다. 어떤 사람이 어떤 단어들을 알아야 하는지 안다고 생각하고, '핵심적인' 어휘를 가르쳤던 지난 세기 의사들을 떠올리게 한다. 그런 의사들 중에는 아이들이 핵심적인 어휘를 배우는 데 방해가 되지 않도록, 다른 단어들은 배우지 못하게 하라고 부모들에게 충고한 사람까지 있었다.

그런 사람들은 자기가 무엇을 모르는지 알지 못한다. 어머니는 내가 거의 열두 살이 될 때까지 이해하지 못했던 짧은 싯구를 읊곤 했다. 그중에 이런 구절이 있다. "모르는, 그들이 모른다는 것을, 모르는 사람들은 바보들이니……." 의사는 내가 유효타를 알리지 않는 토너먼트 출전자, 펜싱 모임에 속한 질투심 많은 애인 희망자, 파손과 협박에 대한 신고를 받는 여러 경찰관들과 만나는 상황에 대처해야 했음을 알지 못한다.

이제 의사는 사회생활 기술의 일반화에 대해 말하고 있다. 그는 치료와 훈련을 받고 나면 우리의 사회생활 기술이 일상생활의 모든 면에 일반적으로 적용되리라고 한다. 그가 돈의 사회적 기술에 대해 어떻게 생각했을지 궁금하다.

시계를 흘끔 본다. 초침이 똑딱이며 지나간다. 거의 2시간이 지났다. 의사가 질문이 있는지 묻는다. 나는 고개를 숙인다. 내가 하고 싶은 질문은 이런 회의에 적절치 못하고, 어쨌거나 그가 답할 것 같지도 않다.

"언제 시작하실 것 같으십니까?" 캐머런이 묻는다.

"첫 번째 실험 대상과—어, 환자와—가능한 한 빨리 시작하면 좋겠습니다. 다음 주면 모든 준비가 끝날 겁니다."

"한 번에 몇 명이나요?" 베일리가 묻는다.

"두 명이요. 한 번에 두 명씩, 사흘 간격을 두려고 해요. 그렇게 하면 주 의료팀이 결정적인 처음 며칠 동안 두 명에게 확실하게 집중할 수 있죠."

"효과가 있는지 보려고, 첫 두 사람이 치료를 다 받을 때까지 기다릴 수는 없나요?" 베일리가 묻는다.

의사가 고개를 젓는다. "안 됩니다. 모든 피험자들을 비슷한 시기에 치료하는 편이 낫습니다."

"더 빨리 발표할 수 있습니다." 내 목소리가 들린다.

"뭐라고요?" 의사가 묻는다.

모두들 나를 본다. 나는 내 무릎께를 응시한다.

"만약 우리 모두가 수술을 빨리 같이 받으면, 당신은 논문을 써서 더 빨리 출판할 수 있습니다. 그렇게 하지 않으면 1년이나 그 이상 걸리겠지요." 나는 그의 얼굴을 살짝 곁눈질한다. 의사의 뺨이 다시 붉어져 반짝인다.

"그런 이유 때문이 아니에요." 의사가 조금 큰 소리로 말한다. "그저 만약 실험 대상이—여러분들이—모두 비슷한 시기에 치료를 받으면 데이터가 더 유사해지기 때문이라고요. 내 말은, 만약 처음 두 사람이 시작해서 끝나는 사이에 상황을 바꿀 만한 일이 일어나거나 하면······ 나머지 여러분들에게 영향을 미칠—"

"어떤 일이요? 하늘에서 벼락이 쳐서 우리를 정상으로 만든다든지 하는?" 데일이 묻는다. "우리가 급속도로 정상화되어서 실험 대상으로는 부적합해질까 봐 걱정인가요?"

"아니, 그게 아니라, 정치적인 쪽에서 입장이 바뀐다든가······."

정부는 어떻게 생각할지 궁금하다. 정부는 생각을 할까?《뇌의 기능》중 연구 규약의 정치적인 면을 다루었던 장이 머릿속에 떠오른다. 무슨 일이 있으려는 참일까? 몇 달 내에, 이 연구를 불가능하게 할지도 모를 규제가 만들어지거나 정책이 변화하거나 할까?

집에 가서 찾아볼 수 있는 부분이다. 이 남자에게 물어서 정직한 답을 들을 수 있을 것 같지 않다.

회의실에서 나오며, 우리는 서로의 리듬에서 어긋나 엇갈려 걷는다.

우리에게는 서로의 특성을 받아들여 융합하는 습관이 있었다. 우리가 무리로서 움직이게 하는. 지금 우리는 조화롭지 않게 움직인다. 혼란과 분노가 느껴진다. 아무도 입을 열지 않는다. 나는 말하지 않는다. 그토록 오랫동안 나에게 가장 가까운 동료였던 그들과 아무 말도 하고 싶지 않다.

우리 건물로 들어가자 모두들 재빨리 각자의 개인 사무실로 들어간다. 나는 앉아서 송풍기를 향해 손을 뻗다가 멈춘다. 그런 다음, 왜 멈췄는지 의아해한다.

나는 일하고 싶지 않다. 나는 그들이 내 뇌에 무슨 짓을 하고 싶어 하는지, 그것이 어떤 의미인지 생각하고 싶다. 의사들이 하는 말이 전부가 아닐 것이다. 의사들의 말은 모두 말 이상의 의미를 지닌다. 단어들 이면에 어조가, 어조 이면에 문맥이 있다. 문맥 이면에서는 밤처럼 거대하고 어두운 정상적 사회화라는 미지의 점 몇 개가 별처럼 반짝이고 있다.

한 작가는, 별빛은 온 우주에 퍼진다고 했다. 만물이 빛을 받아 반짝인다. 그 작가는 어둠은 환영幻影이라고 했다. 만약 그렇다면, 루시아의 말대로 어둠에는 속도가 없을 것이다.

그렇다고 하더라도 알지 못하는 경우인 단순한 무지도 있지만, 이해의 빛을 어두운 편견의 덮개로 가리는, 알기를 거부하는 고의적인 무지도 있다. 그러니 나는 긍정적인 어둠이란 것이 존재할지도 모르고, 어둠이 속도를 가질 수도 있다고 생각한다.

책에는 나의 뇌가 이런 상태라고 해도 매우 잘 작동한다고 쓰여 있다. 뇌를 고치기보다는 망가뜨리기가 훨씬 쉽다고도 나와 있다. 만약 정상인들이 할 수 있다고들 하는 온갖 일들을 정말로 다 할 수 있다면, 나도 그런 능력을 가지면 좋을 것이다……. 하지만 정상인들이 정말 그런 모든 일을 한다는 확신이 들지 않는다.

정상인들이 다른 사람이 취하는 행동의 이유를 언제나 이해하지는 않는다. 정상인들이 행동의 이유나 의도에 대해 언쟁하는 모습을 보면 명백하다. 누군가 어린아이에게 "넌 지금 날 귀찮게 하려는 것뿐이야" 라고 말하는 소리를 들은 적이 있다. 아이가 행동 자체를 즐기고 있다는 사실이 내게는 분명해 보였다……. 어른에게 미치는 영향에는 전혀 상관하지 않고 있었다. 나도 그 아이처럼 어른에게 미치는 영향을 상관하지 않고 행동했었기 때문에, 다른 사람의 그런 모습을 알아볼 수 있었다.

전화벨이 울린다. 전화를 든다. "루, 나 캐머런이야. 저녁 먹으러 가서 피자 먹을래?" 캐머런은 단어들을 섞으며 기계적으로 말한다.

"오늘은 목요일이야. 〈안녕하세요 진입니다〉가 있어."

"츄이와 베일리와 나는 어쨌든 가서 이야기할 거야. 너도, 만약 올 거면. 린다는 오지 않아. 데일은 오지 않아."

"내가 가고 싶은지 모르겠어. 생각해 볼게. 너는 언제 갈 거야?"

"5시가 되자마자."

"이 일에 대해 이야기하기에 적당하지 않은 장소들이 있어."

"피자집은 적당하지 않은 장소가 아니야."

"우리가 아는 많은 사람들이 거기에 가."

"감시?" 캐머런이 말한다.

"응. 하지만 그곳에 가는 건 좋은 일이야. 우리가 그곳에 가기 때문이야. 그런 다음에 다른 곳에서 만나자."

"센터."

"안 돼." 나는 에미를 생각하고 답한다. "나는 센터에 가고 싶지 않아."

"에미는 너를 좋아해. 에미가 별로 똑똑하진 않지만, 너를 좋아해."

"우리는 에미에 대해 이야기하지 않아."

"우리는 치료에 대해 이야기해. 피자를 먹고 나서. 나는 센터가 아니면 어디에 가야 될지 몰라."

갈 만한 곳을 생각해 보지만, 모두 공공장소이다. 우리는 공공장소에서 이 일에 대해 말해서는 안 된다. 마침내 나는 입을 연다. "우리 집에 와도 돼." 나는 한 번도 캐머런을 집에 초대한 적이 없다. 아무도 집에 초대한 적이 없다.

캐머런이 오랫동안 아무 말도 하지 않는다. 그도 나를 자신의 집에 초대한 적이 없다. 마침내 그가 말한다. "갈게. 다른 사람들은 어떻게 할지 몰라."

"나는 너와 피자를 먹으러 갈게."

일로 돌아갈 수가 없다. 송풍기를 켜자 팔랑개비와 바람개비 들이 돌아가지만, 춤추며 반짝이는 색들을 보아도 진정이 되지 않는다. 우리 위로 거대하게 드리우는 프로젝트 생각밖에 나지 않는다. 파도타기를 하는 사람 위로 높이 솟은 파도 사진과 같다. 실력 있는 서퍼는 살아나겠지만, 실력이 못한 사람은 파도에 휩쓸리리라. 우리가 이 파도를 어떻게 탈 수 있을까?

나는 집 주소와, 피자집에서 우리 아파트까지 가는 길을 써서 인쇄한다. 쓰다가 멈추고, 방향이 맞는지 확인하기 위해 시 지도를 확인해야 한다. 나는 다른 운전자에게 길을 가르쳐 주는 일에 익숙하지 않다.

5시가 되자, 나는 송풍기를 끄고 일어나서 사무실을 나선다. 몇 시간 동안 쓸 만한 일을 아무것도 하지 않았다. 무겁고 답답한 기분이다. 마음속 음악은 묵직하고 장중한 말러 〈교향곡 1번〉이다. 밖에 나서자 서늘하다. 오한이 든다. 나는 차에 타고, 멀쩡한 타이어 네 개, 멀쩡한 앞유리, 열쇠를 넣고 돌리자 시동이 걸리는 엔진으로부터 위안을 얻는다. 경찰의 제안대로 보험 회사에 경찰 보고서를 한 부 보냈다.

피자집에 도착하자, 우리가 평소에 앉는 식탁이 비어 있다. 평소보다 빨리 왔다. 자리에 앉는다. 〈안녕하세요 진입니다〉가 내쪽을 흘끔 보더니 고개를 돌린다. 잠시 후, 캐머런이, 이어서 츄이와 베일리와 에릭이 들어온다. 우리 다섯 명만 앉으니 자리의 균형이 맞지 않다. 츄이가 자기 의자를 식탁 가장자리로 끌어 옮기고, 우리 모두 조금씩 움직인다. 이제 대칭이다.

깜박이는 패턴을 지닌 맥주 간판이 눈에 쉬 들어온다. 오늘 밤에는 그 간판이 성가시게 느껴진다. 나는 몸을 조금 돌린다. 모두들 안절부절못한다. 나는 손가락을 다리에 퉁겨야 하고, 츄이는 목을 앞뒤로, 앞뒤로 비튼다. 캐머런의 팔이 움직인다. 주머니에 든 플라스틱 주사위를 흔들고 있다. 주문을 마치자마자, 에릭이 색깔 펜을 꺼내 자신의 패턴을 그리기 시작한다.

데일과 린다도 있었으면 싶다. 그들이 없으니 이상한 기분이 든다. 음식이 나오자, 우리는 거의 아무 소리도 내지 않으며 먹는다. 츄이는 씹는 사이사이에 주기적으로 작게 '헝' 소리를 내고, 베일리는 혀를 찬다. 식사가 거의 끝나자, 내가 목을 가다듬는다. 모두들 재빨리 나를 봤다가 시선을 돌린다.

"때로 사람들은 이야기할 장소를 필요로 해." 내가 말한다. "때로 그런 장소는 누군가의 집이 될 수도 있어."

"네 집이 될 수도 있다고?" 츄이가 묻는다.

"될 수 있어."

"모든 사람들이 네 집이 어디인지 알지는 않아." 캐머런이 말한다. 나도 그도 내 집이 어디인지 모른다는 것을 알고 있다. 우리가 뭔가에 대해 어떻게 이야기해야 하는지는 이상하다.

"여기, 오는 길이 있어." 내가 말한다. 종이를 꺼내 식탁에 올린다. 한 번에 한 명씩, 각자 종이를 가져간다. 그들은 종이를 곧장 들여다보지 않는다.

"일찍 가야 하는 사람도 있어." 베일리가 말한다.

"지금은 늦지 않았어."

"다른 사람이 늦게까지 있다면, 다른 사람보다 먼저 가야 하는 사람도 있을 거야."

"나도 알아." 내가 말한다.

17

주차장에는 방문객 주차 공간이 두 칸밖에 없지만, 나는 내 방문자들의 차를 주차할 자리가 있다는 것을 안다. 아파트에 사는 사람들 대부분은 차를 가지고 있지 않다. 이 아파트는 모든 사람들이 차를 최소한 한 대씩 가지고 있던 시절에 지어졌다.

다른 사람들이 도착할 때까지 주차장에서 기다렸다가, 그들을 위층으로 이끈다. 여러 사람들의 발소리가 계단을 시끄럽게 울린다. 이렇게 시끄러울 줄 알지 못했다. 대니가 자기 집 문을 연다.

"어ー루, 안녕하세요. 무슨 일인가 궁금해서요."

"제 친구들입니다."

"그래요, 그래요." 그가 말한다. 대니는 문을 닫지 않는다. 나는 그가 무엇을 원하는지 모른다. 일행이 나를 따라 현관까지 온다. 나는 문을 열고 사람들을 들여보낸다.

집에 다른 사람들이 있으니 무척 이상한 기분이 든다. 캐머런이 걸어 다니더니 이윽고 화장실로 사라진다. 화장실 안에서 그가 내는 소리가 들린다. 그룹 시설에 살던 때 같다. 나는 시설을 별로 좋아하지 않았다.

어떤 일은 사적이어야 한다. 다른 사람이 화장실에서 내는 소리를 듣는 것은 예의 바른 행동이 아니다. 캐머런이 변기 물을 내리고, 세면대의 물이 흘러내리는 소리가 들린다. 그런 다음, 그가 나온다. 츄이가 나를 보고, 내가 고개를 끄덕인다. 츄이도 화장실에 들어간다. 베일리는 내 컴퓨터를 보고 있다.

"우리 집에는 데스크형이 없어. 나는 회사 컴퓨터와 연결해서 휴대 단말기를 사용해."

"나는 이 컴퓨터가 있는 것이 좋아." 내가 말한다.

츄이가 거실로 돌아온다. "자―이제 뭐 하지?"

캐머런이 나를 쳐다본다. "루, 너 이 일과 관련된 책을 읽고 있었지?"

"응." 내가 《뇌의 기능》을 책장에서 꺼낸다. "내―친구가 이 책을 빌려 줬어. 처음 읽기에 가장 좋은 책이라고 했어."

"에미가 말하던 그 여자야?"

"아니, 다른 사람이야. 의사야. 내가 아는 어떤 남자와 결혼한 사이야."

"뇌 전문의야?"

"아닌 것 같아."

"그 의사가 왜 네게 이 책을 줬어? 네가 프로젝트에 대해 물어봤어?"

"뇌의 기능에 관한 책을 물어봤어. 그 사람들이 우리 뇌에 무슨 일을 하려고 하는지 알고 싶어서."

"공부하지 않은 사람들은 뇌가 어떻게 움직이는지 하나도 알지 못해." 베일리가 말한다.

"나는 책을 읽기 전까지 알지 못했어. 학교에서 배운 얼마 안 되는 정도밖에 몰랐지. 이 일 때문에 공부하고 싶었어."

"공부했어?" 캐머런이 묻는다.

"뇌에 관해 알려진 사실을 모두 다 배우려면 아주 오랜 시간이 걸려." 내가 답한다. "나는 예전보다는 많이 알지만, 내가 충분히 아는지는 알지 못해. 의사들이 치료로 어떤 결과를 얻을 수 있다고 생각하는지, 어떤 부분이 잘못될 수 있는지 알고 싶어."

"무척 복잡해." 츄이가 말한다.

"너는 뇌의 기능에 대해 알아?" 내가 묻는다.

"많이는 아냐. 누나가 의사였어. 죽기 전에. 누나가 의대에 다닐 때 누나 책을 몇 권 읽어 보려고 애썼지. 가족과 함께 살던 때 이야기야. 하지만 나는 겨우 열다섯 살이었어."

"나는 네가 그들이 할 수 있다고 하는 일을 할 수 있다고 생각하는지 알고 싶어." 캐머런이 말한다.

"모르겠어. 나는 의사가 오늘 무슨 말을 하는지 확인하고 싶었어. 의사의 말이 옳은지 확실하지 않아. 그들이 보여 준 그림은 이 책에 있는 것과 같았어." 내가 책을 두드린다. "그가 말한 그림의 뜻이 이 책에 나온 것과 달라. 이 책은 신간이 아니고, 책의 내용은 바뀌기도 해. 최근 그림을 찾아야 해."

"그림을 보여 줘." 베일리가 말한다.

나는 뇌의 활동 그림이 있는 장을 찾아 낮은 탁자 위에 책을 펼친다. 모두들 책을 본다. "여기에 이 그림은 인간의 얼굴을 볼 때 뇌의 활동 모습이라고 쓰여 있어." 내가 말한다. "이 그림이 의사가 사람들 가운데서 낯익은 얼굴을 볼 때라고 했던 그림과 꼭 같다고 생각해."

"똑같아." 베일리가 잠시 후 말한다. "전체 크기에 대한 선 길이의 비율이 꼭 같아. 색점들이 똑같은 자리에 있어. 만약 같은 삽화가 아니라면, 복사본일 거야."

"정상적인 뇌에서는 두 경우의 활동 패턴이 같은지도 모르지." 츄이가 말한다.

그 생각은 미처 하지 못했다.

"그는 두 번째 그림이 낯익은 얼굴을 볼 때 자폐증이 있는 뇌의 활동 모습이라고 했어. 하지만 이 책에는 그 그림이 합성된 낯선 얼굴을 볼 때의 활동 패턴이라고 쓰여 있어." 캐머런이 말한다.

"나는 합성된 낯선 얼굴이 뭔지 몰라." 에릭이 말한다.

"진짜 얼굴 모양 몇 개를 이용해서 컴퓨터로 만들어 낸 얼굴이야." 내가 답한다.

"만약 자폐인들이 낯익은 얼굴을 볼 때 나타나는 뇌의 활동 패턴이 정상인인 사람들이 낯선 얼굴을 볼 때와 같다면, 자폐인들이 낯선 얼굴을 볼 때의 패턴은 뭐지?" 베일리가 묻는다.

"나는 알아봐야 하는 사람들을 늘 제대로 알아보지 못해. 아직도, 얼굴을 익힐 때까지 시간이 더 오래 걸려." 츄이가 말한다.

"그래. 하지만 너는 알아보잖아. 우리 모두를 알아보지 않아?" 베일리가 말한다.

"그렇지. 하지만 무척 오래 걸렸고, 처음에는 너희 목소리나 덩치, 가진 물건들 같은 걸로 알아봤어."

"핵심은, 네가 지금은 우리를 알아본다는 거야. 그게 중요하지. 만약 네 뇌가 다른 방식으로 얼굴을 알아본다고 해도, 최소한 그 작업을 하고는 있어."

"의사들은 뇌가 같은 작업을 하기 위해 다른 경로를 거칠 수도 있다고 했어. 부상을 입은 사람들에게 그 약―뭐였는지는 기억이 안 나지만―을 주고 훈련을 받게 하는 것처럼. 그러면 다친 사람들은 여러 일을 어떻게 하는지 다시 배울 수 있지만, 뇌의 다른 부분을 이용하게 돼." 캐머런이 말한다.

"나도 그 말 들었어. 왜 나한테는 그 약을 주지 않느냐구 물었더니, 내게는 효과가 없을 거라고 했지. 이유는 가르쳐 주지 않았어."

"이 책에는 이유가 나와?" 캐머런이 묻는다.

"몰라. 아직 거기까지 안 읽었어."

"어려워?" 베일리가 묻는다.

"어려운 부분도 있지만, 생각했던 것만큼 어렵지는 않아. 처음에는 다른 글을 읽으면서 시작했거든. 그게 도움이 되었어."

"무슨 다른 글?" 에릭이 묻는다.

"인터넷 교육 과정으로 몇 가지 공부했어. 생물학, 해부학, 유기화학, 생화학." 에릭이 나를 빤히 쳐다본다. 나는 고개를 숙인다. "말만큼 어렵지는 않아."

몇 분 동안, 아무도 입을 열지 않는다. 그들의 숨소리가 들린다. 그들에게도 내 숨소리가 들린다. 우리 모두는 모든 소리를 듣고 모든 냄새를 맡을 수 있다. 내가 무엇을 알아채고 있는지를 신경 써야 하는, 펜싱 모임 친구들과 있을 때와 다르다.

"나는 할 거야." 캐머런이 불쑥 말한다. "하고 싶어."

"왜?" 베일리가 묻는다.

"나는 정상이 되고 싶어. 늘 그랬어. 다른 게 싫어. 너무 힘들어. 사실은 같지 않은데도 다른 모든 사람들과 똑같은 척하는 일이 너무 힘들어. 지쳤어."

"하지만 너 자신이 자랑스럽지 않니?" 베일리가, 센터의 표어를 인용하고 있음을 분명히 드러내는 어조로 말한다. 우리는 우리 자신이 자랑스러워요.

"응." 캐머런이 말한다. "자랑스러운 척했지. 하지만 사실은—대체 자랑스러워할 일이 뭐가 있어? 루, 네가 뭐라고 할지 알아." 그가 내게로 시선을 향한다. 그가 틀렸다. 나는 아무 말도 안 할 생각이었다. "너는 정상인들도 우리와 같은 일을 한다고, 그저 좀 적게 할 뿐이라고 하겠지. 많은 사람들이 무의식중에 자기자극적인 행동을 해. 발로 바닥을 두드리거나 머리카락을 꼬거나 얼굴을 만지작거리지. 그래, 하지만 그 사람들은 정상인이고 아무도 그들에게 그러지 말라고 하지 않아. 시선을 잘 안 맞추는 사람들이 있지만, 그 사람들은 정상인이고 아무도 그들에게 시선을 맞추라고 성가시게 잔소리하지 않아. 정상인들에게는 그런 아주 약간의 자폐적인 부분을 메우는 다른 뭔가가 있어. 난 그게 갖고 싶어. 나는—나는 정상인처럼 보이기 위해 그렇게 힘들이지 않고 싶어. 그저 정상인이고 싶어."

"세탁기나 '정상' 작동하지." 베일리가 말한다.

"정상인은 다른 사람들이야." 캐머런의 팔이 경련한다. 그가 어깨를 크게 들썩인다. 가끔은 그렇게 하면 경련이 멈춘다. "이, 이 멍청한 팔 좀 봐……. 나는 잘못된 부분을 감추려고 애쓰는 데는 진력이 났어. 나는 **제대로** 되고 싶어." 그의 목소리가 높아졌다. 나는 만약 그에게 목소리를 낮추라고 하면 그가 더 화를 낼지 알지 못한다. 이들을 집으로 부르지 말걸 그랬다. "어쨌든," 캐머런이 목소리를 조금 낮춰 말한다. "나는 수술을 받을 테고, 너희들은 날 막을 수 없어."

"나는 너를 막지 않을 거야." 내가 말한다.

"너희들은 할 거야?" 그가 묻는다. 우리들을 한 명 한 명 둘러본다.

"나는 모르겠어. 말할 준비가 안 되었어."

"린다는 안 받을 거야. 회사를 그만둘 거라고 했어." 베일리가 말한다.

"나는 저 패턴들이 왜 같은지 알지 못해." 에릭이 말한다. 책을 쳐다보고 있다. "납득이 되지 않아."

"낯익은 얼굴이면 낯익은 얼굴이다?"

"다른 것들 속에서 낯익은 것을 찾는 과제야. 활동 패턴은 얼굴이 아닌 다른 것들 중에서 얼굴이 아닌 낯익은 것을 찾을 때와 더 비슷해야 해. 그에 관한 그림은 있어?"

"다음 장에 나와. 얼굴을 알아볼 때 얼굴 인식 영역이 활성화된다는 점을 제외하면, 두 경우의 활동 패턴은 동일하다고 쓰여 있어."

"그들은 얼굴 인식에 대해 더 신경을 쓰지." 에릭이 말한다.

"정상인들은 정상인들에 대해 더 신경을 써." 캐머런이 말한다. "그래서 내가 정상이 되고 싶은 거야."

"자폐인들은 자폐인들에 대해 신경을 써." 에릭이 말한다.

"달라." 캐머런이 답하고, 우리를 둘러본다. "우리를 봐. 에릭은 손가락으로 패턴을 그리고 있어. 베일리는 입술을 잘근잘근 씹고, 루는 가만히 앉아 있으려고 너무 애쓴 나머지 나무토막 같아. 나는 원하든 원하지 않든 몸을 흔들지. 너희들은 내가 몸을 흔든다는 것을 받아들이고, 내가 주머니에 주사위를 넣어 다닌다는 것을 받아들이지만, 나에 대해 신경을 쓰지는 않아. 지난 봄에 내가 독감에 걸렸을 때, 너희들은 전화를 하거나 먹을거리를 가지고 찾아오지 않았어."

나는 아무 말도 하지 않는다. 할 말이 없다. 나는 캐머런이 바라는 줄을 몰랐기 때문에, 전화를 하거나 먹을거리를 가지고 찾아가지 않았다. 나는 이제 와서 불평하는 것은 정당하지 못한 태도라고 생각한다. 나는 정상인들은 누가 아프면 늘 전화를 하거나 먹을거리를 가지고 찾아가는지 알지 못한다. 다른 사람들을 흘끔거린다. 모두들 나처럼 캐머런을 외면하고 있다. 나는 캐머런을 좋아한다. 나는 캐머런에게 익숙하다. 좋아함과 익숙해짐의 차이가 무엇일까? 잘 모르겠다. 나는 잘 모르는 것이 싫다.

"너도 안 했잖아." 마침내 에릭이 말한다. "자폐인 모임에 1년 넘게 한 번도 안 왔어."

"그랬지." 캐머런의 목소리는 이제 낮고 작다. "나는 계속 — 말할 순 없지만 — 나이 든 사람들, 우리보다 상태가 더 심한 사람들을 봐. 어린 사람들은 없어. 그들은 모두 태어났을 때나 그 전에 치료 받았지. 내가 스무 살 때에는 그들에게서 도움을 많이 받았어. 하지만 이제는…… 우리 같은 사람들은 우리뿐이야. 더 나이 든 자폐인들, 초기 훈련을 잘 받지 못한 사람들 — 나는 그 사람들과 어울리고 싶지 않아. 그들을 보면 내가 그런 상태로 퇴행할까 봐, 그들처럼 될까 봐 겁이 나. 그리고 우리보다 어린 사람들은 없기 때문에, 우리가 도울 사람도 없어."

"토니." 베일리가 무릎께를 내려다보며 말한다.

"토니가 가장 젊고 지금…… 스물일곱인가? 서른 살 아래로는 그 애한 명뿐이야. 센터에 오는 다른 젊은이들은 모두…… 달라."

"에미는 루를 좋아해." 에릭이 말한다. 내가 그를 본다. 그가 무슨 뜻으로 그런 말을 하는지 모르겠다.

"정상이라면 정신과 의사를 두 번 다시 만나지 않아도 될 거야." 캐머런이 말한다. 나는 포넘 박사를 떠올리고, 그녀를 보지 않아도 된다는 것만으로도 치료의 위험을 감수할 이유로 거의 충분하다고 생각한다. "안정성 증명서 없이도 결혼하고 아이를 가질 수 있어."

"너는 결혼을 하고 싶구나." 베일리가 말한다.

"그래." 캐머런이 말한다. 그의 목소리가 다시 커졌지만, 이번에는 조금만 커졌다. 그의 얼굴이 새빨갛다. "나는 결혼하고 싶어. 아이들을 갖고 싶어. 평범한 동네의 평범한 집에서 살며 평범한 대중교통을 타고 여생을 정상인으로 살아가고 싶어."

"네가 지금과 다른 사람이 되더라도?" 에릭이 묻는다.

"나는 당연히 지금과 같은 사람일 거야. 그저 정상인이 될 뿐이지."

과연 그럴지 확신이 서지 않는다. 내가 정상이 아닌 점들을 생각해 보면, 정상이면서 지금과 같은 사람인 나를 상상할 수가 없다. 이번 일의 핵심은 결국 우리를 변화시키는 것, 우리를 다른 무언가로 만드는 것이다. 틀림없이, 여기에는 성격과 자아도 포함될 터이다.

"아무도 안 한다면 나 혼자 할 거야." 캐머런이 말한다.

"네 결정이지." 츄이가 옳는 듯한 말투로 말한다.

"그래." 캐머런의 목소리가 약해진다. "그래."

"네가 그리울 거야." 베일리가 말한다.

"너도 오면 돼." 캐머런이 말한다.

"아니. 어쨌든 아직은 아니야. 나는 더 자세히 알고 싶어."

"나는 집에 가. 내일 의사들에게 말할 거야." 캐머런이 일어서자, 그가 주머니에 손을 넣고 주사위를 흔들고 있다는 것이 보인다. 위아래, 위아래로.

우리는 작별 인사를 하지 않는다. 우리끼리는 인사를 할 필요가 없다. 캐머런이 걸어 나가 등 뒤로 조용히 문을 닫는다. 남은 사람들이 나를 보더니 시선을 돌린다.

"어떤 사람들은 자기 자신을 좋아하지 않아." 베일리가 말한다.

"어떤 사람들은 다른 사람들이 생각한 것과 달라." 츄이가 말한다.

"캐머런은 그를 사랑하지 않은 여자를 사랑했었어." 에릭이 말한다. "그 여자가, 틀림없이 잘되지 않을 거라고 했대. 캐머런이 대학에 다닐 때의 일이야." 나는 에릭이 그 이야기를 어떻게 아는지 궁금하다.

"에미는 루가 루의 인생을 망칠 정상인 여자와 사랑에 빠졌다고 말해." 츄이가 말한다.

"에미는 자기가 무슨 말을 하는지도 몰라." 내가 말한다. "에미는 자기 일이나 신경 써야 해."

"캐머런은 자기가 정상이 되면 그 여자가 자길 사랑하리라고 생각할까?" 베일리가 묻는다.

"그 여자는 다른 사람과 결혼했어. 캐머런은 자기를 마주 사랑해 줄 누군가를 사랑할 수 있을지도 모른다고 생각하고 있어. 내 생각에, 캐머런은 그래서 치료를 받고 싶어 하는 거야."

"나는 여자 때문에 수술을 받지는 않을 거야. 수술을 받는다면, 나를 위한 이유가 필요해." 베일리가 말한다. 나는 만약 베일리가 마저리를 안다면 뭐라고 할지 궁금하다. 만약 내가 치료를 받아서 마저리가 나를 사랑하게 된다면, 나는 치료를 받을까? 불편한 생각이다. 나는 그 생각을 옆으로 밀어낸다.

"나는 정상이 어떤 느낌일지 알지 못해. 정상인들이라고 모두 행복해 보이지는 않아. 어쩌면 정상인으로 살기란, 자폐인으로 사는 것과 마찬가지로 불쾌할지도 몰라." 에릭이 말한다.

"그런 식은 아닐 거야. 랜섬 박사가 린다에게 했던 말 기억해? 일단 신경들 사이에 연결이 형성되면, 그 연결은 사고나 뭔가 연결을 끊을 만한 일이 일어나지 않는 한 유지돼."

"의사들이 하려는 일이 그거야? 새로운 연결을 만드는 것?"

"예전 연결들은? 상황이 —" 베일리가 팔을 휘젓는다. "사물들이 부딪힐 때처럼 되지 않을까? 혼란? 정전? 무질서?"

"나는 몰라." 내가 말한다. 갑자기 나의 무지에, 까마득히 넓은 '알지 못함'에 삼켜지는 기분이 든다. 그 까마득함 밖에는 일어날지도 모를 온갖 나쁜 일들이 있다. 그때, 어느 우주 망원경이 찍은 사진 한 장이 떠오른다. 그 까마득한 어둠을 밝히는 별들. 어쩌면, 아름다움도 무지 안에 있을지 모른다.

"지금 작동하는 회선을 끄고 새 회선을 만들어서 켜리라고 생각해. 그렇게 하면 올바른 연결만 작동하겠지."

"그 사람들은 그렇게 말하지 않았어." 츄이가 말한다.

"새 뇌를 만들기 위해 원래 뇌를 파괴하는 일에 동의할 사람은 아무도 없을 거야." 에릭이 말한다.

"캐머런." 츄이가 입을 열자, 에릭이 대꾸한다.

"캐머런은 그런 일이 일어나리라고 생각하지 않아. 만약 안다면……." 그가 말을 멈추고 눈을 감는다. 우리는 기다린다. "그래도 수술을 받을지도 몰라. 그만큼 불행하다면, 자살보다 나쁠 건 없잖아. 나을지도 모르지. 만약 그가 자기가 바라는 사람이 되어 돌아온다면 말이야."

"기억은 어쩌지? 기억은 지워질까?" 츄이가 묻는다.

"어떻게?" 베일리가 묻는다.

"기억은 뇌에 저장돼. 만약 의사들이 모두 꺼 버린다면, 기억도 사라질 거야."

"아닐지도 몰라. 기억에 관한 부분은 아직 안 읽었어. 읽을 거야. 다음 장이야." 내가 말한다. 기억에 관한 몇 가지 부분은 이미 나왔지만, 나는 그 내용을 아직 전부 이해하지 못했고, 그에 대해 말하고 싶지 않다. "게다가, 컴퓨터를 끈다고 저장된 것이 모두 사라지지는 않아."

"사람들은 수술을 받을 때 의식이 없지만, 기억을 모두 잃어버리지 않아." 에릭이 말한다.

"하지만 수술은 기억하지 못하지. 기억 형성을 방해하는 약이 있어. 만약 그런 약이 기억 형성을 방해한다면, 옛 기억을 지울 수 있을지도 몰라." 츄이가 말한다.

"온라인에서 찾아볼 수 있겠네. 내가 찾아볼게."

"연결을 옮기고 새로운 연결을 만드는 것은 하드웨어와 같아. 새로운 연결을 배우는 것은 소프트웨어지. 처음 말을 배우는 것만도 정말 힘들었어. 그 과정을 또 거치고 싶지는 않아." 베일리가 말하자, 에릭이 답한다.

"정상인 아이들은 말을 더 빨리 배워."

"그래도 몇 년 걸리지. 재활 훈련에 6주에서 8주 정도가 걸린다고 했어. 침팬지에게는 그 정도면 충분했을지도 모르지만, 침팬지들은 말을 안 해."

"의사들이 지금까지 한 번도 실수한 적이 없는 것도 아니야." 츄이가 말한다. "우리에 대해 온갖 잘못된 생각을 하곤 했잖아. 이번 것도 틀릴 수 있어."

"뇌의 기능에 대해 더 많은 사실이 알려졌어. 하지만 전부 알려지진 않았지." 내가 말한다. "나는 무슨 일이 일어날지 모르면서 뭔가를 하는 것을 좋아하지 않아." 베일리가 말한다.

츄이와 에릭이 아무 말 하지 않는다. 동의하고 있다. 나도 베일리의 말에 동의한다. 행동하기 전에 결과를 아는 것은 중요하다. 때로는 결과가 확실하지 않다.

행동하지 않을 경우의 결과도 확실하지 않다. 내가 치료를 받지 않는다 해도, 삶이 지금까지와 같을 수는 없을 터였다. 차를, 그다음에는 나를 공격한 돈이 이것을 증명했다. 내가 무엇을 하든, 내가 삶을 예측 가능하게 만들기 위해 얼마나 애쓰든, 삶은 이 세상보다 조금도 더 예측 가능해지지 않는다. 더군다나 세상은 무질서하다.

"목이 말라." 에릭이 갑자기 말하고 일어선다. 나도 일어서서, 주방으로 간다. 유리잔을 꺼내 물을 따른다. 그가 물맛을 보더니 얼굴을 찌푸린다. 그제야 나는 그가 생수를 마신다는 것을 기억한다. 나는 그가 좋아하는 상표의 물을 갖고 있지 않다.

"나도 목이 말라." 츄이가 말한다. 베일리는 아무 말 하지 않는다.

"물 마실래? 과일 주스 한 병말고는 물밖에 없어." 나는 그가 과일 주스를 마시겠다고 하지 않기를 바란다. 내가 아침으로 즐겨 먹는 주스다.

"물을 마실래." 그가 말한다. 베일리가 손을 든다. 나는 유리잔 두 개에 물을 따르고, 잔을 거실로 가지고 간다. 톰과 루시아의 집에서는, 내가 바라지 않을 때에도 뭔가 마시지 않겠느냐는 질문을 받는다. 나는 사람들이 뭔가를 원해서 말할 때까지 기다리는 것이 더 이치에 닿는 행동이라고 생각하지만, 아마 정상인들은 질문을 먼저 하는 모양이다.

여기, 우리 집에 다른 사람들이 있으니 기분이 무척 이상하다. 집이 더 좁아 보인다. 공기가 더 탁하게 느껴진다. 사람들이 입은 옷의 색깔과 사람들의 피부색 때문에 집 안의 색들이 조금 달라진다. 사람들은 공간을 차지하고 숨을 쉰다.

갑자기, 만약 마저리와 내가 함께 산다면 어떨지─그녀가 여기, 거실에서, 화장실에서, 침실에서 공간을 차지하고 있다면 어떤 느낌일지 궁금해진다. 나는 처음 집을 떠났을 때 살았던 그룹홈을 좋아하지 않았다. 날마다 청소를 했지만 화장실에 다른 사람들의 냄새가 났다. 다른 칫솔 다섯 개. 제각기 다른 샴푸, 비누, 데오드란트 다섯 가지.

"루! 괜찮아?" 베일리가 걱정스런 표정을 짓는다.

"그저 뭔가…… 생각하고 있었어." 내가 말한다. 나는 마저리가 내 집에 있는 것을 내가 좋아하지 않을지도 모른다고, 동거가 좋지 않을지도 모른다고, 좁고 시끄럽고 냄새가 날지도 모른다고 생각하고 싶지 않다.

캐머런은 회사에 나오지 않는다. 의사들이 치료를 시작하기 위해 가라고 한 어딘가에 있다. 린다는 회사에 나오지 않는다. 그녀가 어디에 있는지 나는 알지 못한다. 캐머런에게 무슨 일이 일어나고 있을지 생각하기보다는, 린다가 어디에 있을지 생각하는 편이 낫다. 나는 지금의 캐머런을―이틀 전의 캐머런을 안다. 내가 치료를 받고 나온, 캐머런의 얼굴을 한 사람을 알까?

생각하면 할수록, 어떤 사람의 뇌를 다른 사람에게로 이식해 넣거나 같은 뇌에 다른 인격을 집어넣는 SF 영화들과 비슷하게 느껴진다. 얼굴은 같지만, 사람은 다르다. 무섭다. 내 얼굴 뒤에 누가 살게 될까? 그는 펜싱을 좋아할까? 훌륭한 음악을 좋아할까? 마저리를 좋아할까? 마저리는 그를 좋아할까?

오늘, 의사들은 우리에게 치료 과정에 대해 더 설명한다.

"기본 PET 스캔을 통해 여러분 각자의 뇌 작용 지도를 그립니다. 스캔을 하는 동안, 여러분의 뇌가 정보를 어떻게 처리하는지 확인하기 위해 여러분에게 과제를 부여할 겁니다. 그 결과를 정상적인 뇌와 비교해 보면, 여러분의 뇌를 어떻게 수정해야 할지 알게 됩니다."

"모든 정상적인 뇌가 완전히 똑같지는 않습니다." 내가 말한다.

"거의 비슷하죠. 우리는 여러분의 뇌와 몇몇 정상적인 뇌의 평균값 사이의 차이를 수정하려고 합니다."

"제 기본적인 지능은 어떤 영향을 받습니까?" 내가 묻는다.

"사실, 아무 영향도 없는 것이 맞습니다. 지난 세기에 정보 처리의 모듈 방식이 새로 발견되면서―바로 이 점 때문에 일반화가 그토록 어려운데―중심적인 아이큐라는 개념 자체가 거의 논파되었죠. 그리고 여러분, 그러니까 자폐인 사람들이, 예를 들어 수학에는 아주 지적이면서, 표현 언어에서는 평균 이하일 수 있다는 것을 증명했다고 할 수 있죠."

아무 영향도 없는 것이 맞다는 말은 아무 영향도 없을 것이라는 말과 같지 않다. 나는 내 지능이 정확히 얼마인지 알지 못한다―검사자들은 우리에게 우리 자신의 아이큐 점수를 가르쳐 주지 않았고, 나는 일부러 공개된 검사 문제를 풀어 보려고 한 적이 없다―그러나 나는 내가 멍청하지 않다는 걸 알고 있고, 멍청해지고 싶지 않다.

"만약 패턴 분석 능력이 걱정이시라면, 뇌의 그 부분은 치료의 영향을 받는 영역이 아닙니다. 치료는 오히려 그 부분의 새로운 자료―사회생활에서의 중요한 자료―에 대한 접근성을 높이는 것에 가까워요. 그런 자료를 얻기 위해 고단하게 애쓰지 않아도 되게 말이지요."

"얼굴 표정처럼요." 내가 말한다.

"그래요, 그런 것들. 얼굴 인식, 얼굴 표정, 언어 사용 시 어조의 뉘앙스―를 눈치채기 쉽도록, 그 작업이 유쾌하도록 집중력 통제 영역을 조금 비틀어 줍니다."

"유쾌하다―이 치료를 고유의 엔돌핀 분비와 연결 짓는 겁니까?"

그가 갑자기 새빨개진다. "사람들에 둘러싸이면 흥분하느냐는 질문이라면, 당연히 아닙니다. 하지만 자폐인들은 사회적인 상호작용에서 보람을 느끼지 못하고, 이 치료는 그것을 최소한 조금 덜 위협적으로 바꿉니다." 나는 어조의 뉘앙스를 잘 해석하지 못하지만, 그가 사실대로 모두 말하지 않고 있다는 건 안다.

만약에 그들이 사회적 상호작용에서 우리가 받는 유쾌함의 정도를 통제할 수 있다면, 정상인들이 받는 유쾌함의 정도도 통제할 수 있을 터이다. 나는 학생들이 다른 학생에게서 느끼는 유쾌함의 정도를 통제할 줄 아는, 학생들이 수다를 떠느니 공부하고 싶어질 정도까지 자폐적으로 만드는 학교 선생님들을 생각해 본다. 오직 일에만 몰두하는 직원들로 가득 찬 부서를 지휘하는 크렌쇼 씨를 상상한다.

속이 쓰리다. 입 안이 쓰다. 만약 이런 일이 일어날 가능성이 내 눈에는 보인다고 말하면, 내게 무슨 일이 일어날까? 두 달 전이라면 내가 본 것이나 내가 걱정하는 일들에 관해 불쑥 말했으리라. 지금의 나는 훨씬 조심스럽다. 크렌쇼 씨와 돈에게서 얻은 교훈이다.

"루, 과대망상하지 말아요. 사회의 주류에서 벗어난 사람들은 다른 사람들이 무시무시한 음모를 꾸미고 있다고 생각하려는 충동에 자주 빠지죠. 그런 생각은 건강하지 못해요."

나는 아무 말도 하지 않는다. 나는 포넘 박사와 크렌쇼 씨와 돈을 생각하고 있다. 이들은 나나 나 같은 사람을 좋아하지 않는다. 나나 나 같은 사람을 좋아하지 않는 사람들은 가끔 나에게 진짜 해를 끼치려고 할 수 있다. 만약 돈이 내 타이어를 찢었다고 처음부터 의심했다면, 과대망상이었을까? 아닐 것이다. 위험을 올바르게 판단한 것이다. 위험을 올바르게 판단하는 행동은 과대망상이 아니다.

"루, 우리를 믿어야 해요. 이 일이 성공하려면요. 당신을 진정시킬 만한 것을 줄 수도ㅡ"

"저는 화가 나지 않았습니다." 내가 말한다. 나는 화가 나지 않았다. 그의 말을 간파하고 숨겨진 의미를 찾아낸 나 자신에게 만족한다. 비록 그 숨겨진 의미가 의사가 나를 교묘하게 속이려 한다는 것이라고 해도, 화가 나지 않는다. 내가 아는 이상, 그의 말은 진짜 속임이 아니다. "저는 이해하려고 노력하고 있습니다. 화가 나지는 않았습니다."

그가 긴장을 푼다. 얼굴, 특히 눈가와 이마의 근육이 조금 풀린다.

"루, 알다시피, 이건 굉장히 복잡한 일이에요. 당신은 똑똑하지만, 이건 당신 전문 분야가 아니죠. 모든 것을 제대로 이해하려면 몇 년은 공부해야 해요. 짧은 강연을 듣고 인터넷에서 웹사이트 몇군데 들여다보는 정도로는 따라올 수 없어요. 그래 봤자 헷갈리고 더 걱정스럽기만 할 거예요. 제가 당신이 맡은 일을 하지 못하는 것과 마찬가지로요. 왜 그저 우리는 우리 일을 하고 당신은 당신 일을 하게 하지 않나요?"

왜냐하면 당신이 바꾸려는 것이 내 뇌이고 나이기 때문입니다. 당신이 모두 사실대로 말하지 않았고, 당신이 나의 안녕을 가장 신경 쓸지—심지어 나에 대해 조금이라도 신경을 쓰기나 할지—확신할 수 없기 때문입니다.

"나 자신이 누구인가는 저에게 중요합니다." 내가 말한다.

"그러니까, 자폐증을 앓는 게 좋다고요?" 의사의 목소리에 꾸중하는 듯한 어조가 섞인다. 그는 나 같은 사람이기를 바라는 사람이 있으리라는 상상조차 하지 못한다.

"나는 나 자신이기를 좋아합니다. 자폐증은 나 자신의 한 부분입니다. 전부가 아닙니다." 나는 내 말이 사실이기를, 내가 내 진단명 이상이기를 바란다.

"그러니—우리가 자폐증을 없애도 당신은 같은 사람일 겁니다. 그저 자폐인이 아닐 뿐이죠."

그는 자신의 말이 사실이기를 바란다. 어쩌면 자신이 사실이라고 생각한다고 생각할지도 모른다. 자신의 말이 사실이라고 굳게 믿고 있지는 않다. 자신의 말이 사실이 아닐지도 모른다는 두려움이, 물리적인 두려움의 시큼한 악취처럼 그에게서 풍겨 나온다. 그의 얼굴이 자신의 믿음을 나에게 확신시키고자 하는 표정으로 주름지지만, 거짓된 진심은 내가 어렸을 때부터 알아 온 표정이다. 모든 치료사들, 선생님들, 상담사들이 갖고 있던 레퍼토리였다. 걱정스러워하는/마음 쓰는 표정.

그들이 어쩌면—틀림없이 그러리라—현재의 연결만이 아니라 기억에 손을 댈지도 모른다는 점이 무엇보다 두렵다. 그들은 나만큼이나, 내 모든 과거 경험이 자폐인의 관점에서 나왔음을 알고 있으리라. 연결을 바꾼다 하여 나를 나이게 하는, 이런 자폐인의 관점에서 쌓아올린 기억이 바뀌지는 않을 것이다. 하지만 만약 내가 자폐인임이 어떤 느낌인지, 내가 누구인지에 대한 기억을 잃는다면, 서른다섯 해 동안 내가 쌓아올린 것을 모두 잃게 되리라. 나는 그것을 잃고 싶지 않다. 내 경험을, 그저 읽은 책의 내용을 기억하듯이 기억하고 싶지 않다. 마저리가 비디오 화면에 나오는 사람처럼 기억되기를 바라지 않는다. 나는 기억에 따르는 감정들을 간직하고 싶다.

18

비록 일요일이 소수의 사람들에게만 신성한 날이지만, 일요일의 대중교통은 평소 출근일 일정대로 운행되지 않는다. 교회에 차를 몰고 가지 않을 때면, 나는 너무 이르거나 조금 늦게 도착한다. 늦는 것은 무례한 행동이고, 신에게 무례하게 행동하는 것은 다른 무례함보다 더 무례하다.

도착해 보니 교회는 매우 조용하다. 내가 다니는 교회에는 음악이 없는, 이른 새벽에 열리는 예배와 음악이 있는 10:30 예배가 있다. 나는 일찍 와서 어스레한 고요 속에 앉아, 창의 스테인드글라스를 통과하는 빛의 움직임을 쳐다보기를 좋아한다. 지금도 나는 교회의 어스레한 고요 속에 앉아, 돈과 마저리를 생각한다.

나는 돈과 마저리가 아니라 신에 대해 생각하기로 되어 있다. 예전에 여기 나오던 목사는 신에게 몰두하라, 그러면 크게 잘못되지 않으리라고 했다. 마음속에 떠오르는 영상이 돈의 권총의 열린 총구일 때는 신에게 몰두하기가 어렵다. 블랙홀처럼 둥글고 어둡다. 구멍의 끌어당김이, 마치 그 구멍에 나를 자신으로, 영원한 암흑 속으로 끌어당기고자 하는 덩어리가 있는 듯한 인력이 느껴진다. 죽음. 무無.

나는 죽음 뒤에 무엇이 오는지 알지 못한다. 성서에는 여기에는 이렇게, 저기에는 저렇게 쓰여 있다. 어떤 사람들은 착한 사람들은 모두 구원받아 천국에 가리라고 목소리를 높이고, 어떤 사람들은 천국에 가려면 선택받아야 한다고 한다. 나는 사후가 우리가 묘사할 수 있는 무언가라고 상상하지 않는다. 생각하려고 하면, 지금까지도, 늘 우주비행사들이 우주망원경으로 찍거나 이미지로 만들어낸, 다른 파장마다 다른 색을 띠는 이미지들처럼, 복잡하고 아름다운 빛의 패턴들이 떠오른다.

돈의 습격을 받고 난 지금, 나는 빛보다 빠른 어둠, 총구에서 급히 나와 나를 그 속으로 끌어들이는, 빛의 속도를 넘어선 영원한 어둠을 본다.

그래도, 나는 여기에, 이 교회에, 살아 있다. 빛이 창의 오래된 스테인드글라스를 지나 제단으로 쏟아지고, 풍성하게 빛나는 색들이 제단을 덮은 천, 나무, 카펫을 물들인다. 이렇게 이른 시간에는 예배 때보다 교회 더 깊숙한 곳까지, 철따라 왼쪽으로 기운 빛이 들어온다.

양초, 새벽 예배 연기의 희미한 흔적, 책 ─ 우리 교회는 아직도 종이 기도문과 찬송가집을 쓴다 ─ 나무와 천과 바닥에 쓰인 세제 냄새를 맡으며 숨을 들이쉰다.

나는 살아 있다. 빛 속에 있다. 어둠은, 이 순간에는 빛보다 빠르지 않다. 그럼에도 나는 마치 보이지 않는 곳에서 점점 더 가까워지는 어둠에 쫓기듯이 동요한다.

뒷자리에 앉아 있지만, 등 뒤는 열린 공간이다. 미지의 공간이다. 평소에는 그다지 신경이 쓰이지 않지만, 오늘은 등 뒤에 벽이 있었으면 싶다.

나는 빛에, 해가 높이 오를수록 낮아지며 가로지르는 색색 줄무늬의 느릿느릿한 움직임에 집중하려고 애쓴다. 1시간이 지나자, 빛은 누구나 볼 수 있을 정도로 움직인다. 움직인 것은 빛이 아니다. 행성이다. 나는 그 사실을 잊고 다른 모든 사람들처럼 관용구를 사용하고, 매번, 지구가 정말로 움직임을 기억하면서 느끼는 즐거운 충격을 다시금 받는다.

우리는 언제나 빛 안으로, 다시 밖으로 돌아간다. 우리의 밤과 낮을 만드는 것은 우리의 속도이다. 빛의 속도나 어둠의 속도가 아니다. 그가 나를 다치게 하고 싶어 했던 어두운 공간으로 우리를 이끈 것은 돈의 속도가 아니라 나의 속도였을까? 나를 구한 것은 나의 속도였을까?

나는 다시 신에 집중하려고 애쓴다. 빛이 나무 제단의 황동 십자가가 도드라질 만큼 물러간다. 보라색 그림자를 뒤로 한 노란 금속의 반짝임이 너무나 인상적이라, 나는 잠시 숨을 멈춘다.

이곳에서 빛은 언제나 어둠보다 빠르다. 어둠의 속도는 상관이 없다.

"루, 여기 있었군요!"

사람 목소리에 깜짝 놀란다. 나는 움찔하지만, 애써 아무 말도 하지 않고, 예배 인쇄물을 내미는 반백 여자에게 미소까지 짓는다. 평소에는 놀라지 않게, 시간의 흐름이나 도착하는 사람들에 더 신경을 쓴다. 그녀가 미소 짓는다.

"놀라게 하려던 건 아니었어요." 그녀가 말한다.

"괜찮습니다. 그저 생각 중이었어요."

그녀가 더 이상 아무 말 않고 고개를 끄덕인 다음, 교회에 들어서는 다른 사람들을 맞이하러 돌아간다. '신시아 크레스먼'이라고 쓰인 이름표를 달고 있다. 매 셋째 주마다 예배 인쇄물을 나누어 주는 것을 보았다. 다른 일요일이면 그녀는 보통 가운데 측랑 맞은편, 내 자리에서 네 줄 앞에 앉는다.

나는 이제 경계하고 있고, 들어오는 사람들을 눈치챈다. 지팡이 두 개를 짚은 노인이 비틀거리며 측랑을 걸어 들어와 맨 앞줄에 간다. 예전에는 부인과 함께 왔지만, 사 년 전에 죽었다. 한 명이 아플 때만 빼고 늘 같이 오는 세 노부인이 왼쪽 셋째 줄에 앉는다. 하나, 둘, 셋, 넷, 둘, 하나, 하나씩, 사람들이 드문드문 들어선다. 오르간 연주자의 머리가 오르간 연주대 위로 들렸다가 도로 내려가는 모습이 보인다. 이어서 작은 "음음", 그리고 음악이 시작된다.

어머니는 음악만 들으러 교회에 가는 것은 잘못이라고 했다. 나는 음악만을 들으러 교회에 가지 않는다. 나는 더 나은 사람이 되는 방법을 배우기 위해 교회에 간다. 하지만 음악은 내가 이 교회에 오는 이유 중 하나이다. 오늘은 다시 바흐이고—우리 연주자는 바흐를 좋아한다—내 마음은 패턴의 수많은 가닥들을 쉽게 짚어 내어 연주를 따라 가닥들을 따라간다.

음악을 이렇게, 진짜 삶 속에서 들으면 녹음을 들을 때와 다르다. 내가 들어가 있는 공간을 더 의식하게 된다. 음이 벽에 부딪히고, 이 공간만의 독특한 화음을 이루는 소리가 들린다. 나는 다른 교회에서 바흐를 들어 보았는데, 어째서인지 바흐는 늘 불협화음이 아니라 화음을 이룬다. 대단한 수수께끼다.

음악이 멎는다. 등 뒤에서, 성가대와 목사가 늘어서면서 내는 작은 말소리가 들린다. 나는 찬송가책을 집어 들고 행렬 찬송가의 번호를 찾는다. 오르간 연주가 다시 시작되고, 멜로디가 한 번 울리고, 이어 뒤에서 커다란 목소리가 울려 퍼진다. 음이 조금 낮은 사람이 있어서, 매 음마다 한 박자 늦게 올라간다. 누구인지 골라내기는 쉽지만, 그에 대해 말하는 것은 무례한 행동일 터이다. 십자가를 진 사람이 행진을 이끌고, 합창단이 그 뒤를 따라 내 옆을 지나가는 동안 나는 고개를 숙인다. 합창단은 진홍색 예복 위로 흰색 코타를 걸치고 걸어간다. 여자가 먼저, 그다음이 남자. 나는 한 사람 한 사람의 목소리를 듣는다. 가사를 읽고 최대한 열심히 노래를 부른다. 마지막 두 사람이 지나갈 때가 제일 좋다. 둘 다 목소리가 장중하고, 그들이 내는 소리는 가슴을 떨리게 한다.

찬송가가 끝나자 우리 모두가 함께 말하는 기도 시간이다. 나는 기도문을 외우고 있다. 어렸을 때부터 외우고 있었다. 음악 외에, 이 교회에 오는 이유는 예측 가능한 예배 순서 때문이다. 익숙한 단어들을 더듬지 않고 말할 수 있다. 앉거나 서거나 무릎을 꿇고, 말하거나 노래하거나 들을 준비를 하고 앉을 수 있다. 다른 교회에 가면 나는 신에 대해서보다는 때에 맞춰 알맞은 행동을 하고 있는지를 더 걱정한다. 이곳에서는 정해진 차례 덕분에 신이 나에게 하기 바라는 일을 듣기가 더 쉽다.

오늘은 신시아 크레스먼이 낭독자 중 한 사람이다. 그녀가 구약의 일과를 읽는다. 나는 예배 인쇄물을 따라 읽는다. 그저 듣거나 읽기만 해도 모두 다 이해하기란 어렵다. 동시에 하면 더 쉽다. 나는 교회에서 매년 나누어 주는 일과표에 따라 미리 일과를 읽는다. 이것도 다음을 예측하는 것을 돕는다. 시편을 대화식으로 읽을 때면 즐겁다. 대화 같은 패턴을 이루기 때문이다.

일과와 시편에서 복음서 낭독으로 넘어가자, 예상과 다른 것이 나온다. 마태복음이 아니라 요한복음을 읽는다. 나는 목사님이 큰 소리로 읽는 동안 집중해서 읽는다. 실로암 연못가에 누워 있던 남자의 이야기이다. 그는 낫고자 했지만 아무도 그를 연못에 담가 주지 않았다. 예수가 그에게 정말 낫고자 하느냐고 물었다.

나는 늘 이것이 어리석은 질문이라고 생각한다. 낫고자 하지 않는 사람이 왜 낫게 하는 연못가에 누워 있겠나? 낫고자 하지 않는다면, 왜 아무도 자신을 연못에 담가 주지 않는다고 불평하겠나?

신은 어리석은 질문을 하지 않는다. 어리석은 질문이 아니겠지만, 어리석은 질문이 아니라면, 무슨 뜻일까? 내가 그런 말을 하거나, 내가 아파서 약을 받으러 갔을 때 의사가 이런 말을 한다면 어리석은 질문이겠지만, 여기서는 어떤 의미를 지닐까?

목사님이 설교를 시작한다. 여전히 어리석어 보이는 질문이 어떻게 의미를 가질 수 있는지를 궁리하고 있는데, 그의 목소리가 내 생각을 울린다.

"왜 예수님은 그 남자에게 낫고자 하느냐고 물었습니까? 좀 어리석지 않나요? 그는 나을 기회를 얻으려 그곳에 누워 기다리고 있었죠……. 당연히 낫고 싶을 겁니다."

꼭 그대로입니다. 내가 생각한다.

"만약 신이 우리를 속이며 어리석은 행동을 하는 것이 아니라면, 그렇다면 이 질문에는 어떤 의미가 있을까요? **너는 낫고자 하느냐?** 여기에서 우리가 어디에서 이 남자를 발견하는지 한번 봅시다. 상처를 낫게 하는 힘을 가졌다고 알려진 연못가, '천사가 가끔 내려와 물을 동하게 하는 곳······'입니다. 병자는 물이 끓어오를 때 들어가야 하지요. 달리 말해, 병자들은 치료법이 나타나기를 기다리고 있는, 인내하는 환자들입니다. 그들은 알고 있어요―그렇게 들었죠― 낫기 위해서는 물이 끓어오를 때 연못에 들어가야 한다는 것을요. 그들은 다른 뭔가를 찾고 있지 않습니다······. 그 장소에, 그 시간에, 그냥 치료가 아니라 특정한 방식의 치료를 구하고 있지요.

오늘날, 우리는 그들을 특정한 의사 한 명―세계적으로 유명한 전문가―만이 자신의 암을 고칠 수 있다고 믿는 환자와 같다고 할 수 있겠지요. 그런 환자는 그 의사가 있는 병원에 가고, 다른 누구도 아닌 그 의사의 치료만을 받고자 합니다. 오직 그 의사만이 그를 다시 건강하게 해 줄 수 있다고 확신하기 때문입니다.

그래서 병자는 치유하는 연못에 집중하고, 그가 필요로 하는 것은 적당한 때 자신을 연못에 담가 줄 사람이라고 믿어 의심치 않습니다.

그때, 예수님이 물으십니다. 그가 바라는 것이 건강인지, 아니면 연못에 들어간다는 특정한 경험인지를 생각해 보도록 이끄십니다. 연못에 들어가지 않고도 나을 수 있다면, 그 치료를 받아들일까요?

어떤 전도자들은 이 이야기가 자초한 마비, 히스테리성 마비의 예라고 주장합니다―남자가 무력한 채 있고 싶다면, 그리 될 겁니다. 육체적인 병이 아니라 정신적인 병에 관한 이야기라고 합니다. 허나 저는 예수님이 던지신 질문이 정서의 문제가 아니라 인식의 문제를 다루는 것이라고 생각합니다. 그 남자는 상자 밖을 볼 수 있을까요? 익숙하지 않은 치료를 받아들일 수 있을까요? 그것은 다리와 등을 낫게 하는 것 이상으로, 그를 안에서부터 밖으로, 영혼에서 정신으로, 정신에서 몸으로 고치는 것이 아닐까요?"

나는 병자가 마비가 아니라 자폐증이었다면 뭐라고 했을지 생각해 본다. 낫기 위해 연못까지 가기나 할까? 캐머런은 가리라. 나는 눈을 감고, 희미하게 반짝이는 빛을 받으며 거품이 이는 물 속으로 천천히 몸을 담그는 캐머런을 상상한다. 그가 사라진다. 린다는 우리에게 치료가 필요치 않다고, 지금 이대로의 우리 모습에 아무런 잘못이 없다고, 우리를 받아들이지 않는 다른 사람들이 잘못되었을 뿐이라고 주장한다. 나는 몰려든 사람들을 밀치고 연못에서 멀어지는 린다를 상상할 수 있다.

나는 내가 치료받아야 한다고, 자폐증를 치료해야 한다고는 생각하지 않는다. 다른 사람들은 내가 낫기를 바라지만, 나 자신은 아니다. 병자에게 가족이 있었을지, 그를 들것에 싣고 다니는 데 지친 가족이 있었을지 궁금하다. "최소한 나으려고 **노력**은 할 수 있잖아"라고 말하는 부모나 "가 봐요, 한번 해 보란 말이에요. 나쁠 건 없잖아요"라고 말하는 아내가 있었을지, 혹은 아버지가 일을 하지 못한다고 다른 아이들에게서 놀림받는 자식들이 있었을지 궁금하다. 연못가에 모인 사람들 중에 스스로 낫고자 해서가 아니라, 다른 사람들이 그들이 낫기를, 짐을 덜기를 바랐기 때문에 온 사람들이 있었을지 궁금하다.

부모님이 돌아가신 이래로 나는 누구에게도 짐이 되지 않았다. 크렌쇼 씨는 내가 회사에 짐이 된다고 생각하지만, 나는 그의 생각이 옳다고 믿지 않는다. 나는 사람들에게 나를 옮겨 달라고 애원하면서 연못가에 누워 있는 게 아니다. 나는 그들이 나를 연못에 던져 넣지 않게 하려고 애쓰고 있다. 애당초 나는 그것이 치유하는 연못이라고 믿지도 않는다.

"……따라서 오늘날을 사는 우리에게 주어진 질문은, 우리가 성령의 힘이 우리의 삶에 깃들기를 바랍니까? 단지 시늉만 하고 있지는 않습니까?" 목사님은 내가 듣지 못한 말을 많이 했다. 나는 이 말은 듣고, 몸을 떤다.

"여기 연못가에 앉아서, 천사가 와서 물을 휘젓기를 기다리고만 있는 것은 아닙니까? 우리 곁에 살아 있는 하나님이 우리가 손과 마음을 열고 축복을 받아들이기만 하면 영원하고 풍족한 삶을 주고자 준비하고서 계신 사이에, 인내하며, 하지만 수동적으로 기다리고만 있지는 않습니까?

저는 우리 가운데 그런 사람들이 많이 있다고 믿습니다. 우리 모두가 때로는 그러하다고 믿습니다. 지금, 여전히, 우리 가운데 많은 사람들이 앉아서 기다리며, 천사가 왔을 때 우리를 연못에 담가줄 사람이 아무도 없다고 한탄하고 있습니다." 목사님이 말을 멈추고 교회 안을 둘러본다. 목사님의 시선을 받자 몸을 움찔거리는 사람도 있고, 긴장을 푸는 사람들도 있다. "여러분 주위를 둘러보십시오. 날마다, 어디에서나, 여러분이 만나는 모든 이들의 눈을 들여다보십시오. 이 교회가 여러분의 삶에서 얼마나 중요하든, 하나님은 더 위대하신 분입니다―어디에나, 언제나, 누구에게나, 무엇에나 임하십니다. 자문해 보십시오. '나는 낫고자 하는가?' 그리고―그러하다고 답하지 못한다면―왜 아닌지 물어보십시오. 하나님이 여러분 각자의 곁에 서서, 영혼 깊은 곳에서 질문을 던지는 여러분에게, 여러분이 나을 준비만 되면 만사를 낫게 해 주시고자 준비하고 계심을 저는 확신합니다."

나는 목사님을 빤히 쳐다보느라, 일어서서 니케아 신경을 읊는 다음 차례를 놓칠 뻔한다.

나는 천국과 지상과 모든 보이고 보이지 않는 것들의 창조주이신 하나님 아버지를 믿는다. 나는 하나님이 중요하고, 실수를 저지르지 않는다고 믿는다. 어머니는 신도 실수를 한다는 농담을 하곤 했지만, 나는 진짜 신은 실수를 하지 않으리라고 생각한다. 그러니 그것은 어리석은 질문이 아니다.

나는 낫고자 하는가? 무엇을 고치고 싶은가?

내가 아는 나 자신은 이 자신, 지금의 나, 자폐이며 생명정보과학 전문가 펜싱 선수 마저리를 사랑하는 사람뿐이다.

나는 하나님의 목자 예수님, 뼈와 살로 이루어졌었고 연못가의 남자에게 질문을 던졌던 이를 믿는다. 어쩌면 그 남자는—이야기에는 나오지 않지만—다른 사람들이 병든 장애인인 그에게 지쳤기 때문에, 자기는 하루 종일 누워 있는 데 만족했지만 다른 사람들에게 방해가 되었기 때문에 연못으로 갔을지도 모른다.

만약 병자가 "아니요, 저는 낫고자 하지 않습니다. 지금 이대로도 퍽 만족합니다"라고 답했다면 예수님은 무어라 하셨을까? "제게는 아무 문제도 없지만, 친척과 이웃들이 연못가에 가라고 종용했습니다"라고 했다면?

나는 마음속으로 낭독, 설교, 설교 내용에 대해 씨름하면서, 막힘 없이 기계적으로 신경神經을 외운다. 예전에 고향에서 다른 학생이 내가 교회에 다닌다는 것을 알고는 물었던 적이 있었다. "너 정말 그걸 믿는 거냐? 아니면 그냥 습관이냐?"

만약 아프기 때문에 치유하는 연못에 가듯이 그냥 습관으로 교회에 다닌다면, 믿음이 없는 걸까? 병자가 예수님에게 사실은 낫고 싶지 않다고, 친척들이 고집을 부렸다고 말한다면, 그래도 예수님은 병자가 일어서서 걸을 수 있어야 한다고 생각할지도 모른다.

어쩌면 하나님은 내가 자폐인이 아니라면 더 나으리라고 생각하시는지도 모른다. 내가 치료를 받기를 바라시는지도 모른다.

갑자기 한기가 든다. 여기에서 나는 받아들여진다고 느꼈다—하나님에게, 목사님과 다른 사람들, 대부분의 사람들에게. 하나님은 눈먼 자, 듣지 못하는 자, 병자, 광인을 버리지 않으셨다. 나는 그렇게 배웠고 그렇게 믿는다. 만약 내가 틀렸다면? 하나님이 내가 지금의 내가 아닌 다른 누군가가 되기를 바라신다면?

나는 나머지 예배 시간 내내 앉아 있다. 영성체를 받으러 나가지 않는다. 들러리 한 명이 내게 괜찮으냐고 묻고, 나는 고개를 끄덕인다. 그는 걱정스러운 표정을 짓지만 나를 그냥 내버려 둔다. 예배가 끝나자 나는 다른 사람들이 나갈 때까지 앉아서 기다린 다음, 문을 나선다. 목사님은 들러리 한 명과 대화를 하며 여전히 그 자리에 서 있다. 목사님이 나를 보고 웃는다.

"안녕, 루. 잘 지내나?" 그가 내 손을 단단히 쥐었다가 금세 놓는다. 내가 오래 악수하기를 좋아하지 않는 줄 알기 때문이다.

"저는 제가 낫고자 하는지 알지 못합니다."

목사님의 얼굴이 당황한 표정으로 찌푸려진다. "루, 자네 얘기가—자네 같은 사람들 얘기가 아니었네. 그렇게 생각했다면 정말 미안하네—영혼의 치유에 대해 말했던 걸세. 우리가 자네를 지금 모습대로 받아들인다는 것을 자네도 알지."

"네. 하지만 하나님은?"

"하나님은 자네를 지금 모습 그대로, 그리고 변화하는 그대로 사랑하신다네. 내가 뭔가 상처 줄 말을 했다면 미안하네."

"저는 상처받지 않았습니다. 그저 모르겠습니다."

"나하고 이야기해 보고 싶나?" 그가 묻는다.

"지금은 아닙니다." 내가 아직 내 생각을 모르기 때문에, 확실해질 때까지 묻지 않을 것이다.

"영성체를 받으러 나오지 않았지." 나는 놀란다. 목사님이 눈치챌 줄 몰랐었다. "부디, 루—내 말이 자네와 하나님 사이를 가로막지 않게 하게나."

"네. 그저—저는 생각을 해야 합니다." 내가 몸을 돌리고, 그는 내가 가게 둔다. 이 교회의 또 다른 좋은 점이다. 그곳에 있지만 억지로 잡아 끌지 않는다. 학창 시절, 한동안 모두들 늘 서로의 삶에 끼어들고 싶어 하는 교회에 다녔었다. 감기에 걸려 예배에 나가지 않으면, 왜 안 왔는지 알아내려는 전화가 왔다. 그들은 걱정하고 염려하고 있다고 했지만, 나는 숨이 막혔다. 그들은 내가 차갑다고, 불같은 영성을 개발해야 한다고 했다. 그들은 나를 이해하지 못했고, 들으려고 하지 않았다.

목사님에게로 다시 돌아선다. 그는 눈썹을 치켜뜨지만, 내가 말할 때까지 기다린다.

"왜 이번 주에 그 구절에 대해 설교하셨는지 저는 모릅니다. 일정표에 없었습니다."

"아." 목사님의 얼굴에서 긴장이 풀린다. "요한복음은 일정표에 실리지 않는다는 것 알고 있나? 신도들에게 필요하다 싶을 때 우리 목회자들이 꺼내는 비장의 무기라네."

요한복음이 일정표에 실리지 않는다는 것은 알아채고 있었지만, 이유를 물어본 적은 없었다.

"특히 오늘 그 부분을 고른 이유는—루, 교구 일에 얼마나 참여하고 있나?"

사람들이 답을 하다가 다른 문장으로 넘어가면 이해하기가 힘들지만, 나는 애써 본다. "저는 교회에 옵니다. 거의 매 주일마다—"

"교구민들 중에 다른 친구들이 있나? 내 말은, 교회 밖에서 만나고 교회 일이 어떻게 돌아가는지 함께 이야기하기라도 하는 사람들 말일세."

"없습니다." 예전 교회 이래로, 나는 교회 사람들과 지나치게 가까워지고 싶지 않았다.

"흠, 그러면, 최근에 어떤 문제 때문에 논란이 많이 있었던 줄 모를 수도 있겠군. 새로 들어온 신도들이 많았다네—대부분은 큰 싸움이 있었던 다른 교회를 떠나 온 사람들일세."

"교회에서 싸움이요?" 위가 조이는 느낌이 온다. 교회에서 싸우는 것은 큰 잘못일 터이다.

"이 사람들은 분노하고 당혹하여 우리 교회로 왔다네. 진정하고 상처를 아물게 하는 데 시간이 걸리리라는 것을 알고 있었지. 나는 시간을 줬다네. 허나 그들은 아직도 화를 내고 언쟁을 벌이고 있어—예전에 다니던 교회 사람들과도 그렇고, 여기서 늘 잘 어울리던 사람들과도 싸움을 시작했다네." 목사님이 안경 너머로 나를 응시한다. 대부분의 사람들이 시력이 나빠지기 시작하면 수술을 받지만, 그는 구식 안경을 쓴다.

그가 한 말 때문에 혼란스럽다. "그래서…… 목사님은 그 사람들이 아직도 화를 내기 때문에 낫고자 하는 것에 대해 말씀하셨습니까?"

"그랬다네. 그만한 자극을 받아야 한다고 생각했지. 틀에 박혀서 옛날과 똑같은 언쟁을 되풀이하고, 떠나온 사람들에게 분노한 채 있는 것은 하나님이 그들의 삶을 치유하시게 하는 길이 아니지." 그가 고개를 젓고, 잠시 아래를 내려다보다가 다시 나를 본다. "루, 아직도 조금 불편해 보이는데, 정말 무슨 일인지 내게 말하지 않아도 괜찮겠나?"

나는 지금 당장 그에게 치료법에 대해 말하고 싶지 않다. 그러나 여기 교회에서 솔직하게 말하지 않는 것은 다른 어디에서보다 나쁘다.

"목사님은 하나님이 우리를 사랑하신다고, 우리를 지금 모습대로 받아들이신다고 말씀하셨습니다. 하지만 그런 다음에 사람들은 바뀌어야 한다고, 치유받아야 한다고 말씀하셨습니다. 단지, 만약 우리가 우리 자신의 모습대로 받아들여진다면, 어쩌면 우리는 그대로 있어야 하는지도 모릅니다. 그리고 만약 우리가 바뀌어야 한다면, 우리 자신의 모습대로 있는 것은 잘못일 수도 있습니다."

그가 고개를 끄덕인다. 나는 그의 동작이 내가 그의 말을 올바르게 옮겼다는 뜻인지, 우리가 바뀌어야 한다는 뜻인지 알지 못한다. "정말이지, 그 화살은 루 자네를 겨냥한 게 아니었네. 자네를 맞추어서 미안하네. 나는 늘 자네를 아주 잘 적응한 사람으로 생각했네—하나님이 삶에 부여하신 한계 안에서 충만한 사람으로 말일세."

"저는 하나님이 부여하셨다고 생각하지 않습니다. 부모님은 이건 사고였다고, 어떤 사람들은 그저 이렇게 태어나기도 한다고 말씀하셨습니다. 하지만 만약 하나님이 부여하셨다면, 바꾸는 것은 잘못이 아닐까요?"

목사님이 놀란 표정을 짓는다.

"허나 모두들, 늘 제가 가능한 한 많이 바뀌기를, 할 수 있는 한 정상이 되기를 바랐습니다. 만약 사람들의 요구가 정당하다면, 그들이 저의 한계가—자폐증이—하나님으로부터 왔다고 믿지 않는 셈입니다. 제가 이해하지 못하는 것은 그 부분입니다. 어느 쪽인지 모르겠습니다."

"흐음……." 그가 발뒤꿈치에서 발가락까지 움직이며 몸을 앞뒤로 흔든다. 내 너머를 한참 동안 바라본다. "루, 나는 한 번도 그런 식으로 생각해 본 적이 없다네. 참으로, 만약 사람들이 장애를 말 그대로 하나님이 부여하신 것이라 생각한다면, 연못가에서 기다리는 것만이 이치에 맞는 답이겠지. 하나님이 부여하신 것을 버려서는 안 되니까 말일세. 허나 솔직히 말해서—나는 자네 말에 동의한다네. 사람들이 장애를 갖고 태어나기를 바라시는 하나님을 생각할 수가 없군."

"그렇다면 저는 낫고자 해야 합니까? 나을 방법이 없어도요?"

"나는 우리가 원하도록 되어 있는 바가 곧 하나님이 원하시는 바라 생각한다네. 어려운 점은, 대체로 우리는 하나님이 무엇을 원하시는지 모른다는 것이지."

"목사님은 아시잖아요."

"일부분을 알 뿐이네. 하나님은 우리가 정직하고, 친절하고, 서로에게 도움이 되기를 원하시지. 허나 하나님이 우리가 갖거나 얻은 이상을 고칠 수 있을지도 모른다는 낌새마다 쫓아다니기를 원하실지……. 나는 모르겠네. 그저, 아마 우리가 하나님의 아이들로서 존재하는 것을 방해하지만 않는다면 괜찮으리라 짐작할 뿐이네. 또한 인간의 힘으로는 고칠 수 없는 것들이 존재하니, 우리는 그런 일들을 극복하기 위해 최선을 다해야겠지. 이런, 이런. 루, 자네 어려운 문제를 갖고 왔구먼!" 목사님이 나를 향해 웃는다. 눈과 입과 얼굴 전체가 움직이는, 진짜 웃음 같다. "신학교에 갔다면 무척 재미있는 학생이었겠군!"

"저는 신학교에 가지 못했습니다. 언어들을 배우지 못했기 때문입니다."

"과연 그럴지. 루, 자네 얘기를 좀더 생각해 보겠네. 말하고 싶은 게 있으면……."

이것은 그가 지금은 더 이상 말하고 싶지 않다는 신호이다. 나는 왜 정상인들이 그저 "나는 지금 더 이상 말하고 싶지 않네"라고 말하고 가지 못하는지 알지 못한다. 나는 재빨리 "안녕히 계세요"라고 말하고 돌아선다. 나는 어떤 신호들을 이해하지만, 그 신호들이 보다 이치에 닿으면 좋겠다고 생각한다.

예배 후 버스가 늦게 와서 나는 버스를 놓치지 않았다. 길모퉁이에 서서 설교 내용을 생각하며 기다린다. 일요일에는 버스를 타는 사람이 거의 없기 때문에, 혼자 앉을 자리가 있다. 가을볕을 받아 온통 청동색과 적갈색을 띤 나무들을 내다본다. 내가 어렸을 때만 해도 나무들이 아직 붉은색과 황금색으로 물들었지만, 그때 나무들은 모두 열기로 인해 죽어 버렸고, 이제 겨우 단풍이 드는 나무들의 색도 모두 탁하다.

집에 도착해서 나는 책을 펼친다. 아침까지 세고와 클린턴의 책을 끝내고 싶다. 회사 사람들이 나를 호출해서 치료법에 대해 말하고, 결정을 내리게 하리라고 확신한다. 나는 결정을 내릴 준비가 되어 있지 않다.

"피트." 상대편이 말했다. 올드린이 모르는 목소리였다. "나는 존 슬라직이네." 올드린은 얼어붙었다. 가슴이 덜컹 내려앉았다가 급히 뛰기 시작했다. 미 공군 존 슬라직 장군 . 퇴역. 현재 회사 CEO.

올드린은 침을 꿀꺽 삼키고 목을 가다듬었다. "네, 슬라직 씨." 말하자마자 '네, 장군님'이라고 해야 했는지도 모른다는 생각이 들었지만, 이미 늦었다. 어쨌든 그는 은퇴한 장군들을 사회에서도 계급으로 불러야 하는지 알지 못했다.

"이보게, 진 크렌쇼의 사소한 프로젝트에 대해 뭔가 내게 할 말이 있나 싶어서 그냥 한번 연락해 봤네." 슬라직의 목소리는 깊고 따뜻하고, 좋은 브랜디처럼 부드러웠다. 그만큼 영향력도 있었다.

핏줄을 따라 불이 붙어오는 느낌이었다. "네. 대표님." 올드린은 생각을 정리하려 애썼다. CEO 본인이 직접 전화를 하리라고는 미처 생각지 못했다. 그는 연구, 자폐인 부서, 비용 절감의 필요성, 크렌쇼의 계획이 자폐인 직원들뿐 아니라 회사에도 부정적인 결과를 불러올지 모른다는 자신의 염려에 관한 설명을 다급히 늘어놓았다.

"그렇군." 슬라직이 말하자, 올드린은 숨을 멈췄다. "이보게, 피트." 슬라직이 흔들임 없는 느긋하고 느린 말투로 말했다. "자네가 처음부터 내게 오지 않은 게 좀 염려스럽네. 물론, 내가 새로 온 사람이기는 하지만, 뜨거운 감자에 얼굴을 데기 전에 무슨 일이 일어나고 있는지 안다면 참 좋겠다고 생각하고 있다네."

"죄송합니다. 몰랐습니다. 저는 명령 체계 안에서 해결해 보고……."

"으음." 길고 분명한 들숨소리. "흐음, 자, 자네 말은 알겠지만, 핵심은, 때로는―드물기는 하지만, 분명히 때로는―위로 올라오려다가 방해를 받으면 한 층 뛰어넘을 줄도 알아야 한다는 점이지. 이번 일이 바로 그 편이 확실히 도움이 되었을 경우야―내게 말일세."

"죄송합니다." 올드린이 거듭 사죄했다. 심장이 두근거렸다.

"뭐, 우리가 늦기 전에 잡아냈다고 생각하고 있네. 최소한 아직 언론에 알려지지는 않았지. 자네가 회사뿐 아니라 자네 직원들에 대해서도 걱정하고 있다는 말을 들으니 기쁘군. 피트, 내가 우리 직원들이나 피험자들에 대한 어떠한 불법적이거나 비윤리적인 행동도 묵과하지 않을 생각임을 알아 두길 바라네. 내 부하가 그쪽으로 말썽을 일으키려고 했다니, 적잖게 놀라고 실망했네." 마지막 문장의 끝에서 슬라직의 느린 말투가 강철 톱날처럼 딱딱해졌다. 올드린은 저도 모르게 몸을 떨었다.

느린 말투가 돌아왔다. "그건 자네가 걱정할 일이 아니지. 피트, 자네가 담당한 직원들이 관련된 상황이네. 이 사람들은 치료 약속과 해고 협박을 받았어. 자네가 정리해야 하네. 법무팀에서 상황을 설명할 사람을 보내겠지만, 자네가 직원들을 준비시키게."

"어떤—대표님, 지금은 어떤 상황입니까?"

"당연히 그 사람들의 고용은 보장되지, 계속 일하고 싶다면 말일세. 우리는 자원하라고 강요하지 않네. 여기는 군대가 아니고, 나는 그 점을 이해하고 있네. 비록…… 이해하지 못하는 사람이 있더라도. 그들에게는 권리가 있네. 치료에 동의할 필요가 없어. 다른 한편으로, 만약 치료에 자원하고 싶다고 한다면, 그것도 좋지. 이미 예비 검사는 다 받았으니까. 보수를 완전히 보장하고, 호봉도 유지될 걸세—특별한 경우야."

올드린은 크렌쇼와 그는 어떻게 될지 묻고 싶었지만, 묻는다면 닥칠 일이 무엇이든 괜히 물었다가 상황을 악화시킬까 봐 두려웠다.

"크렌쇼를 불러서 면담할 걸세. 자네 직원들에게 위태로운 상황이 아니라고 안심시키기만 하고, 그 외에는 이 일에 대해 말하지 말게. 믿어도 되겠나?"

"네, 대표님."

"회계팀의 셜리나 인사팀의 바트나 다른 아는 사람들과 수군거리지 않겠지?"

올드린은 기절할 것 같았다. 슬라직이 어디까지 알고 있는 걸까? "네, 대표님. 아무에게도 말하지 않겠습니다."

"크렌쇼가 자네에게 연락할지도 몰라—자네에게 어지간히 열을 내겠지—걱정하지 말게."

"네, 대표님."

"피트, 이번 일이 조금 진정되고 나면 자네와 개인적으로 한번 만나야겠네."

"네, 대표님."

"자네가 조직에 맞게 일하는 법을 조금 더 배운다면, 회사의 목표와 직원들에 대한 자네의 헌신이—그런 부분의 홍보 측면에 대한 자네의 이해가—우리에게 진정한 자산이 될 수 있을 걸세."

슬라직은 올드린이 무어라고 말하기 전에 전화를 끊었다. 올드린은 숨을 길게 들이쉬고—한참 만에 숨을 쉬는 것 같았다—숫자가 계속 바뀌고 있다는 것을 깨달을 때까지 멍하니 시계를 쳐다보고 앉아 있었다.

그는—지금쯤이면 소식을 들었을—크렌쇼가 전화를 걸어 소리를 지르기 전에 A 부서로 향했다. 스스로가 무르고 약하게 느껴졌다. 부서원들이 그가 쉽게 말할 수 있게 해 주기를 바랐다.

그가 지난주에 떠난 이래로, 캐머런을 보지 못했다. 나는 캐머런을 다시 보게 될지 알지 못한다. 내 차와 마주 보는 자리에 캐머런의 차가 없는 것이 좋지 않다. 그가 어디에 있는지, 그가 괜찮은지 아닌지 알지 못하는 것이 좋지 않다.

화면의 기호들이 현실의 안팎으로 움직이고, 패턴들이 생겨났다가 사라지고 있다. 예전에는 이런 적이 없었다. 송풍기를 켠다. 팔랑개비들의 회전과 반사된 빛의 움직임에 눈이 아프다. 나는 송풍기를 끈다.

어제 다른 책을 한 권 읽었다. 읽지 않았다면 좋았을 걸 싶다.

자폐아로서 우리 자신에 관해 배웠던 것들은, 우리를 가르쳤던 사람들이 사실이라고 믿었던 지식의 일부분일 뿐이었다. 나는 자라서 그중 일부를 알아냈지만, 사실은 정말 알고 싶지는 않았던 것들도 있었다. 다른 사람들이 내게서 잘못되었다고 생각하는 점을 모두 다 알지 않아도, 세상을 견뎌 내기란 충분히 힘들다고 생각했다. 밖으로 보이는 행동을 끼워 맞추기만 하면 되리라고 생각했다. 그렇다고 배웠다. 정상인처럼 행동하면, 충분히 정상적이 될 거예요.

경찰들이 돈의 뇌에 이식할 칩이 그를 정상적으로 행동하게 만든다고 한다면, 그 말은 즉 돈이 충분히 정상적이라는 뜻일까? 뇌에 칩을 넣고 다니는 것이 정상일까? 정상적으로 행동하기 위해 칩을 넣어야 하는 뇌를 가지는 것은 정상일까?

만약 내가 칩 없이도 정상적으로 보일 수 있고, 돈은 칩이 있어야 한다면, 내가 정상이라는, 돈보다 더 정상적이라는 뜻일까?

책에는 정신질환자가 때로 그런 것과 매우 유사하게, 자폐인은 이런 추상적인 철학적 의문을 지나치게 숙고하는 경향이 있다고 쓰여 있다. 그 책은 자폐인이 자기 정체성이나 자아를 진짜로 인식하지 못한다고 추측한 먼저 쓰인 책들을 참고하고 있었다. 자폐인이 분명히 명확한 자의식을 가지고 있기는 하나, 자폐인의 자의식은 제한적이고 역할 지시적인 성격을 띤다고 쓰여 있었다.

이것, 돈의 보호 감호, 캐머런에게 일어나고 있을 일을 생각하면 속이 메슥거린다.

나의 자의식이 제한적이고 역할 지시적이라면, 최소한 그것은 나의 자의식이지 다른 사람의 자의식이 아니다. 나는 후추가 든 피자를 좋아하고, 안초비를 넣은 피자는 좋아하지 않는다. 만약 다른 사람이 나를 바꿔도, 나는 피자에 안초비가 아니라 후추가 든 편을 좋아할까? 나를 바꾸는 사람이 나를 안초비를 좋아하는 사람으로 바꾸고 싶어 한다면…… 바꿀 수 있을까?

뇌의 기능에 대한 책에는 표현된 선호는 선천적인 감각 처리 과정과 사회적 적응의 상호작용에 따른 결과라고 쓰여 있었다. 내가 안초비를 좋아하기를 바라는 사람이 사회적 적응 면에서는 성공하지 못했지만 내 감각 처리 과정에 개입할 수 있다면, 그 사람은 내가 안초비를 좋아하게 만들 수 있다.

안초비를 좋아하지 않는다는 사실을 ─ 안초비를 좋아하지 않았다는 사실을 내가 기억하기나 할까?

안초비를 좋아하지 않는 루는 사라지고, 안초비를 좋아하는 새로운 루가 과거 없이 존재할 것이다. 하지만 내가 누구인가는 내가 지금 안초비를 좋아하느냐 아니냐뿐 아니라, 내 과거이기도 하다.

만약 내 욕구가 충족된다면, 욕구가 무엇인지가 유의미할까? 비를 좋아하는 사람으로 존재하는 것과 안초비를 좋아하지 않는 사람으로 존재하는 것 사이에 무슨 차이가 있을까? 모든 사람들이 안초비를 좋아하거나 모든 사람들이 안초비를 좋아하지 않는다면, 무엇이 달라질까?

안초비에게는 큰 차이가 있을 터이다. 모든 사람들이 안초비를 좋아한다면 더 많은 안초비가 죽을 것이다. 안초비를 파는 사람에게도 큰 차이가 있을 터이다. 모든 사람들이 안초비를 좋아한다면, 그 사람은 안초비를 팔아서 더 많은 돈을 벌 것이다. 하지만 내게는, 지금의 나나 나중의 나에게는? 안초비를 좋아한다면, 내가 더 건강해지거나 허약해질까? 더 친절하거나 불친절해질까? 더 똑똑하거나 멍청해질까? 내가 본 다른 사람들은 안초비를 먹든 먹지 않든 거의 비슷해 보였다. 많은 점에서, 사람들이 무엇을 좋아하든 상관없다고 생각한다. 어떤 색을 좋아하든, 어떤 향을 좋아하든, 어떤 음악을 좋아하든.

낫고자 하느냐는 질문은 안초비를 좋아하고 싶으냐는 질문과 같다. 나는 안초비를 좋아하는 느낌이 어떤 느낌일지, 입 안에 어떤 맛이 느껴질지 상상하지 못한다. 안초비를 좋아하는 사람들은 내게 안초비가 맛있다고 말한다. 정상인들은 정상인으로 사는 것이 좋다고 말한다. 그들은 내가 이해할 수 있는 방식으로 맛이나 느낌을 묘사하지 못한다.

나는 나아야 할까? 내가 낫지 않는다면 누가 상처를 받을까? 나 자신이겠지만, 단지 내가 지금의 내 모습을 기분 나빠할 때에만 그럴 것이다. 나는 사람들이 내가 그들과 다르다고, 정상이 아니라고 말할 때만 빼면 기분이 나쁘지 않다. 자폐인들은 다른 사람들이 그들에 대해 어떻게 생각하든 개의치 않는다고 하지만, 그것은 사실이 아니다. 신경이 쓰인다. 사람들이 내가 자폐인이라는 이유만으로 나를 좋아하지 않으면 상처받는다.

걸친 옷가지 외에 아무것도 가지지 못한 채 도망친 난민들조차 기억을 금지당하지는 않는다. 슬프고 겁에 질릴지언정, 그들은 자신을 비교 대상으로 갖는다. 좋아하는 음식을 두 번 다시 맛보지 못할지 모르지만, 그들이 그 음식을 좋아했다는 것을 기억할 수는 있다. 그들이 알았던 땅을 두 번 다시 보지 못할지 모르지만, 그들이 그 땅에 살았음을 기억할 수 있다. 자신의 기억과 비교해서, 삶이 나아졌는지 나빠졌는지 판단할 수 있다.

나는 캐머런이 과거의 캐머런을 기억하는지, 그가 도달한 나라가 그가 뒤로 하고 떠나온 나라보다 낫다고 생각하는지 알고 싶다.

오늘 오후에 우리는 치료 조언자들과 또 만난다. 이 부분에 대해 물어봐야겠다.

시계를 본다. 10:37:18인데, 오늘 오전에는 성과가 전혀 없었다. 나는 맡은 프로젝트에서 아무런 성과도 내고 싶지 않다. 이것은 내 프로젝트가 아니라 안초비 판매상의 프로젝트이다.

19

올드린 씨가 우리 건물에 들어온다. 그가 내 사무실 문을 두드리고 말한다. "나오세요. 여러분에게 체육관에서 할 말이 있어요." 위가 꽉 조인다. 그가 다른 사람들의 사무실 문을 두드리는 소리가 들린다.

그들, 린다와 베일리와 츄이와 에릭과 모두가 나오고, 우리는 모두들 긴장한 표정으로 체육관에 줄지어 들어간다. 체육관은 우리 모두가 들어가도 될 만큼 넓다. 걱정하지 않으려고 하지만, 내가 땀을 흘리기 시작한 것이 느껴진다. 지금 당장 치료를 시작하려는 걸까? 우리가 어떤 결정을 내리든 상관없이?

"매우 복잡한 문제입니다. 다른 사람들이 여러분에게 다시 설명하겠지만, 내가 지금 당장 여러분에게 말하고 싶어요." 올드린 씨는 흥분한 얼굴이고, 며칠 전처럼 슬퍼보이지 않는다. "내가 처음부터 여러분이 치료를 받도록 강요하는 것은 잘못이라고 했던 말 기억하죠? 내가 여러분에게 전화했을 때?"

나는 기억한다. 그가 우리를 돕기 위해 아무런 일도 하지 않았고, 나중에는 우리 자신을 위해 동의해야 한다고 말했던 것도 기억한다.

"회사 측이 크렌쇼 씨가 잘못 행동했다고 결정했습니다. 여러분이 어떤 결정을 내리든, 고용이 완전히 보장된다는 점을 알리고 싶어 해요. 지금 그대로 있어도 되고, 여기에서 지금과 같은 지원을 받으면서 일하실 수 있습니다."

눈을 감지 않을 수 없다. 견디기에 벅차다. 어두운 눈꺼풀에 맞서, 밝고, 즐거움으로 빛나는 형태들이 나타나 춤을 춘다. 하지 않아도 된다. 그들이 치료를 하지 않는다면, 나는 내가 치료를 바라는지 바라지 않는지 결정조차 하지 않아도 된다.

"캐머런은 어떻게 됩니까?" 베일리가 묻는다.

올드린 씨가 머리를 흔든다. "그는 벌써 치료를 시작했답니다. 지금 멈출 수는 없을 거예요. 그러나 그는 전액 보상을 받고—"

나는 올드린 씨의 말이 어리석은 소리라고 생각한다. 누군가의 뇌를 바꾸는 일을 무엇으로 보상할 수 있을까?

"이제 남은 여러분들은, 만약 치료를 받고 싶다면, 물론 지금도 약속된 대로 받을 수 있어요."

치료는 약속이 아니라 협박이었다. 나는 이 말을 하지 않는다.

"수술과 회복 기간 동안 보수를 전액 지급받고, 치료에 참여하지 않았다면 받았을 보수 인상이나 승진도 계속 그대로 주어집니다. 호봉에도 영향이 없어요. 회사의 법무팀이 여러분이 다니는 센터와 가까운 법률 지원 단체와 접촉하고 있고, 양측의 대표인들이 여러분에게 법적인 상황을 설명하고 필요한 법적 서류 작성을 도울 겁니다. 예를 들어서, 만약 참여하기로 한다면, 여러 청구 요금이 여러분 계좌에서 직접 빠져나가게 조치해야겠지요."

"그러니까…… 전적으로 자유입니까? 정말로 자유?" 린다가 시선을 떨군 채 묻는다.

"네. 전적으로요."

"저는 크렌쇼 씨가 생각을 바꾼 이유를 이해하지 못합니다." 린다가 말한다.

"엄밀히 말하면 크렌쇼 씨가 아니라, 더 윗사람—들—이 크렌쇼 씨가 실수를 했다고 결정했어요."

"크렌쇼 씨는 어떻게 되나요?" 데일이 묻는다.

"저도 모릅니다. 저는 어떻게 될지 누구에게도 말해서는 안 되고, 어차피 그들도 저에게 아무 말도 안 했어요."

나는 크렌쇼 씨가 이 회사를 위해 일하고 있다면 우리에게 말썽을 일으킬 길을 찾으리라고 생각한다. 만약 회사가 이쪽 방향으로 이렇게 크게 방향을 틀 수 있다면, 마치 차가 운전사에 따라 어느 방향으로도 갈 수 있듯이, 다른 사람을 책임자로 두고 다른 방향으로도 언제든지 돌아갈 수 있으리라.

"오늘 오후에 예정된 의료진들과의 회의에는 우리 법무팀과 법률 지원 단체의 대표자들도 참석할 겁니다. 어쩌면 다른 사람들이 몇 명 더 올 수도 있고요. 그렇다고 지금 당장 결정을 내릴 필요는 없어요." 그가 갑자기 웃고, 그 웃음은 완전한 웃음이다. 입술과 눈과 뺨과 이마가, 모든 주름이 그가 정말로 행복하고 덜 긴장해 있음을 보여 주며 같은 방향으로 움직인다. "정말 안심했어요. 여러분을 위해 행복해요."

이것도 말 그대로는 뜻이 통하지 않는 표현이다. 내가 행복하거나 슬프거나 화가 나거나 겁에 질릴 수는 있지만, 다른 사람이 가져야 하는 감정을 그 감정을 가진 사람을 대신해서 느낄 수는 없다. 올드린 씨가 정말 나를 위해 행복할 수는 없다. 내가 나를 위해 행복해야 하고, 그렇지 않다면 그 감정은 가짜다. 우리가 치료를 강요받지 않는다면 더 행복하리라고 생각하기 때문에 그가 행복하다는 뜻이거나, "상황이 여러분에게 이익이 되기 때문에 제가 행복해요"라는 의미로 "여러분을 위해 행복해요"라고 하지 않았다면 말이다.

올드린 씨의 호출기가 울리고, 그가 실례한다. 잠시 후 올드린 씨가 체육관 문틈으로 머리를 내밀고 말한다. "가야겠네요─오늘 오후에 봅시다."

회의실이 더 넓은 곳으로 바뀌었다. 우리가 도착했을 때, 올드린 씨가 문가에 서 있고, 정장을 입은 다른 사람들이 탁자 주위를 돌아다니고 있다. 이 방에도 저번만큼 가짜 티가 나지는 않는 나무판 벽과 녹색 카펫이 있다. 의자는 같은 종류이지만 덧댄 천이 데이지 같은 작은 초록색 무늬로 장식된 어두운 황금색이다. 앞에는 양쪽으로 의자들이 놓인 커다란 탁자가 있고, 벽에 커다란 뷰스크린이 걸려 있다. 탁자에는 서류철이 두 묶음 놓여 있다. 서류철이 한쪽에는 다섯 개, 다른 쪽에는 우리 모두에게 인당 하나씩 있다.

이전처럼 우리가 자리를 잡고 앉고, 다른 사람들이 천천히 자리에 앉는다. 랜섬 박사는 아는 사람이다. 핸설 박사는 없다. 다른 의사, 나이 든 여자가 있다. 'L. 헨드릭스'라고 쓰인 이름표를 달고 있다. 그녀가 가장 먼저 일어선다. 이름이 헨드릭스라고 말하고, 연구 팀의 총지휘자로 오직 자발적인 참여자만을 원한다고 말한다. 그녀가 자리에 앉는다. 짙은

색 정장을 입은 남자가 일어서서 자기 이름이 고드프리 아라킨이고, 회사 법무팀 변호사이며, 우리가 걱정할 일은 하나도 없다고 말한다.

나는 아직 걱정하지 않는다.

그가 장애인 직원의 고용과 해고를 주관하는 법규에 대해 말한다. 나는 회사가 우리를 고용해서, 부서와 전문 분야별로 고용된 장애인 직원의 비율에 따른 세금 공제를 받고 있는 줄 몰랐었다. 그는 회사에서 우리의 가치가 우리가 하는 일이 아니라 우리로 받는 세금 공제인 것처럼 보이게 말한다. 크렌쇼 씨가 회사 옴부즈맨에 신고할 권리를 가지고 있다고 우리에게 알렸어야 했단다. 나는 옴부즈맨이 뭔지 알지 못하지만, 벌써 아라킨 씨가 단어를 설명하고 있다. 그가 정장을 입은 다른 남자를 소개한다. 배너글리 씨라는 것 같다. 이름의 철자를 정확히 모르겠고, 이름에 들어간 음절을 모두 알아듣기가 쉽지 않다. 배너글리 씨는 일터에서 무엇이든 걱정거리가 생기면 그에게 알리러 와야 한다고 말한다.

배너글리 씨의 눈 사이 간격은 아라킨 씨의 눈 사이 간격보다 좁고, 그가 맨 넥타이의 패턴이 주의를 흩뜨린다. 작은 다이아몬드 모양인 금색과 파란색이 위로 올라가거나 아래로 내려가는 계단처럼 짜여 있다. 내가 그에게 나의 걱정거리를 말할 수 있으리라는 생각이 들지 않는다. 그는 어쨌든 머무르지 않고, 우리에게 근무 시간중 아무 때나 오라고 말한 다음 회의실에서 나간다.

그다음에는 짙은 색 정장을 입은 여자가 일어서서, 평소에는 센터와 협력해서 일하는 법률 지원 단체의 변호사라고 자신을 소개하고, 여기에 우리의 권리를 보호하기 위해 왔다고 말한다. 그녀의 이름은 샤론 비즐리이다. 그녀의 이름을 듣자 족제비weasel, 위즐가 떠오르지만, 그녀의 얼굴은 넓직하고 친근감 가는 형태로, 전혀 족제비 같지 않다. 곱슬거리는 부드러운 머리카락이 어깨까지 내려온다. 마저리의 머리카락처럼 반짝이지 않는다. 동심원 네 개로 이루어진 귀걸이를 하고 있다. 각 동심원마다 다른 색깔 유리가 들어있다. 파란색, 빨간색, 녹색, 보라색. 그녀는 우리에게 아라킨 씨가 회사 측을 대변하기 위해 이 자리에 있고, 그의 정직함과 진실함을 전혀 의심하지 않지만—아라킨 씨가 자리에서 몸을 움직이고, 화가 나는 듯이 입술을 꽉 다무는 모습이 눈에 들어온다—그럼에도, 우리에게는 우리 편에 있을 사람이 필요하고, 그 사람이 바로 자신이라고 말한다.

"우리는 지금 상황을 분명히 해야 합니다. 여러분과 이 연구 규약에 관해서 말입니다." 비즐리 씨가 다시 앉자 아라킨 씨가 말한다. "여러분 중 한 사람이 벌써 과정에 들어갔습니다. 남은 여러분들은 이 실험 단계인 치료를 받을 기회를 약속받았습니다." 나는 약속이 아니라 협박이었다고 다시금 생각하지만, 그의 말을 끊지 않는다. "여러분 중 누구든 실험에 참여하기로 결정한다면 기회를 얻을 수 있도록, 회사는 약속을 지키겠습니다. 여러분은 봉급을 전액 보전받지만, 그쪽을 선택한다면 피험자에게 주어지는 사례금은 받지 못합니다. 이 연구에 참여하는 형식으로, 다른 현장에서 일하도록 고용된 것으로 대우받습니다. 비록 이 수술이 정상적으로는 여러분의 의료 지원 대상에 포함되지 않지만, 회사는 치료 과정에서 발생하는 모든 의료비를 부담할 준비를 하고 있습니다." 그가 말을 멈추고 올드린 씨 쪽으로 고개를 끄덕인다. "피트, 이제 이 서류철들을 나누어 주세요."

서류철 표지마다 각자의 이름이 쓰인 작은 스티커와 '비공개 기밀 :

이 건물 밖으로 가지고 나갈 수 없음'이라고 쓰인 작은 스티커가 붙어 있다.

"보시다시피, 이 서류철에는 여러분이 이 연구에 참여하시든 하시지 않든, 회사가 여러분을 위해 어떤 준비를 하고 있는지 상세히 설명되어 있습니다." 그가 고개를 돌려 한 부를 비즐리 씨에게 준다. 그녀가 재빨리 서류철을 펼쳐 읽기 시작한다. 나는 내 서류철을 펼친다.

"자, 불참하시기로 결정하시더라도, 보시다시피─7쪽, 첫 번째 문단입니다─여러분의 고용 조건에 어떠한 영향도 미치지 않습니다. 일자리를 잃지 않으실 겁니다. 호봉도 그대로입니다. 특별한 지위도 유지됩니다. 필요로 하시는, 도움이 되는 동일한 작업 환경 하에서 그저 지금까지처럼 계시면 됩니다."

나는 그의 말을 의심한다. 크렌쇼 씨가 옳았고, 우리가 하는 일을 더 잘, 더 빨리 할 수 있는 컴퓨터가 정말로 존재한다면? 지금 당장 변하지 않더라도, 회사는 언젠가 변화하려고 할 수 있다. 다른 사람들은 일자리를 잃는다. 돈은 일자리를 잃었었다. 나는 내 일자리를 잃을 수 있다. 다른 직업을 찾기란 수월치 않을 것이다.

"우리가 평생 직업을 갖는다는 말씀이십니까?" 베일리가 묻는다.

아라킨 씨의 얼굴에 이상한 표정이 나타난다. "저는…… 그렇게 말하지는 않았습니다."

"만약 회사가 몇 년 뒤라도 우리가 돈을 충분히 벌어들이지 못한다는 것을 알게 된다면, 우리는 어쨌든 직업을 잃을 수 있는 거군요."

"장래에 경영 상황을 재평가해야 하는 때가 올 수도 있습니다, 네. 하지만 지금은 그런 때가 아니라고 보고 있습니다."

'지금'이 얼마나 오래 지속될지 궁금하다. 부모님은 불황 초기의 경기 변동 때 실직했다. 어머니가 90년대 말에는 평생직장에 다니고 있다고 생각했다고 말한 적이 있다. 삶은 변화구를 던진단다. 그래도 그 공을 잡는 게 네 역할이지. 어머니는 말씀하셨다.

비즐리 씨가 몸을 곧추세운다. "저는 최소한의 고용 보장 기간이 구체적으로 명시되어야 한다고 봅니다. 우리 의뢰인들의 우려와, 당신네 매니저가 했던 불법적인 협박을 고려할 때요."

"더 높은 자리에 있는 관리자들은 몰랐던 협박이지요." 아라킨 씨가 대꾸한다. "저는 우리가 장래를 예측하고 보장—"

"10년."

10년은 최소한의 기간이 아니라 긴 기간이다. 아라킨 씨의 얼굴이 붉어진다. "제 생각에는—"

"장기적으로는 해고를 계획하고 있으시군요?"

"그런 말이 아닙니다. 하지만 무슨 일이 일어날지 누가 압니까? 10년은 너무 긴 기간입니다. 그런 약속은 누구도 할 수 없어요."

"7년."

"4년."

"6년."

"5년."

"5년에 높은 퇴직 지원"

아라킨 씨가 손바닥을 보이며 양손을 든다. 이 동작의 의미를 나는 알지 못한다. "좋아요. 세부 사항은 나중에 상의합시다. 됐죠?"

"됐고말고요." 비즐리 씨가 그를 향해 미소 짓지만, 그녀의 눈은 웃고 있지 않다. 그녀가 목 왼쪽의 머리카락을 손으로 가다듬더니, 뒤로 살짝 걷어 넘긴다.

"자, 그럼." 아라킨 씨가 목깃을 느슨하게 하려는 듯이 고개를 좌우로 돌린다. "여러분은 연구 참여 여부와 무관하게, 최소한 5년 동안 지금과 같은 조건에서의 고용을 보장받습니다." 그가 비즐리 씨에게 홀끔 눈길을 주더니, 다시 우리를 둘러본다. "그러니, 보시다시피, 어떤 결정을 내리든 고용 보장 면에서는 잃으실 것이 없습니다. 전적으로 여러분에게 달려 있습니다. 단, 여러분 모두 의학적으로는 연구에 참여할 자격이 있습니다."

그가 말을 멈추지만, 아무도 입을 열지 않는다. 생각해 본다. 5년 뒤에, 나는 아직 40대이다. 마흔이 넘어서 일자리를 찾기란 힘들 테고, 은퇴할 때까지는 한참이 남아 있을 터이다. 그가 고개를 살짝 끄덕이고 말을 잇는다. "자, 여러분에게 서류철에 포함된 내용을 검토할 시간을 잠시 드리겠습니다. 보시다시피, 법적인 이유로 이 서류철을 건물 밖으로 가지고 나가서는 안 됩니다. 그 사이 저와 비즐리 씨는 법적인 세부 사항 몇 가지에 대해 의논하겠습니다. 언제든지 질문하시면 답하겠습니다. 그 뒤에는, 헨드릭스 박사님과 랜섬 박사님이 오늘 잡혀 있던 의료 브리핑을 계속하실 겁니다. 물론, 참여 여부를 오늘 당장 결정하실 필요는 없습니다."

서류를 읽는다. 마지막 장에는 내가 서명할 칸이 있는 종이가 한 장 들어 있다. 종이에는 내가 서류의 내용을 모두 읽고 이해했으며, 옴부즈맨과 센터의 법률 지원 변호사를 제외한 부서 외부인 누구에게도 서류의 내용에 대해 말하지 않는 것에 동의한다고 쓰여 있다. 나는 아직 서명을 하지 않는다.

랜섬 박사가 일어서서 헨드릭스 박사를 소개한다. 그녀가 우리가 이미 들었던 내용을 다시 말한다. 이미 알고 있는 부분이라 집중하기가 힘들다. 내가 알고 싶은 내용은 뒷부분, 박사가 우리의 뇌에 실제로 어떤 일이 일어날지 말하기 시작할 때에야 나온다.

"여러분의 머리 크기를 키우지 않는 한 새 신경 세포를 집어넣지는 못합니다. 올바른 연결을 만드는 신경 조직이 적정량만 존재하도록, 분량을 계속 조정해야 합니다. 뇌는 정상적으로 성숙할 경우 이 과정을 스스로 행합니다. 연결을 이루지 않은 많은 신경 세포들이 버려지죠—그런 세포들이 모두 연결을 이룬다면 대혼란이 일어날 테고요."

내가 손을 들자 박사가 내게 고개를 끄덕인다. "조정한다는 말은—새로운 조직이 들어갈 자리를 만들기 위해 조직 일부를 꺼낸다는 뜻입니까?"

"실제로 꺼내는 것은 아닙니다. 정확히 말하면 생물학적인 메커니즘인 재흡수입니다."

세고와 클린턴이 성장 과정의 재흡수를 설명했다. 여분의 신경 조직들은 몸에 흡수되어 사라진다. 감각 자료 일부를 사용하는 피드백 통제 메커니즘에 의해 통제되는 과정이다. 지적인 모형으로서는 매혹적이다. 내 신경 세포가 그렇게 많이 없어진다는 것을 알아도, 그 과정이 누구에게나 일어난다고 아는 한, 기분이 나쁘지 않았다. 하지만 만약 내가 그녀가 정확히 말하지 않고 있다고 생각하는 부분을 그녀가 정확히 말하지 않는다면, 그들의 말은 내가 지금 어른으로서 갖고 있는 신경 세포 일부를 재흡수하겠다는 뜻이다. 그건 다른 문제다. 지금 내가 가진 신경 세포들은 모두 뭔가 역할을 맡고 있다. 내가 다시 손을 든다.

"네, 루?" 이번에는 랜섬 박사가 답한다. 그의 목소리가 조금 긴장되어 있다. 나는, 그가 내가 질문을 너무 많이 한다고 생각한다고 생각한다.

"그러면…… 새 신경 세포의 성장에 필요한 공간을 만들기 위해 우리 신경 세포의 일부를 파괴하겠다는 겁니까?"

"파괴한다고 말할 일은 아닙니다. 루, 이건 무척 난해한 일이에요. 당신이 이해할 수 있을지 잘 모르겠군요." 헨드릭스 박사가 랜섬 박사에게 흘끗 눈길을 주었다가, 시선을 돌린다.

"우리는 바보가 아니야." 베일리가 중얼거린다.

"저는 재흡수가 뭔지 압니다. 조직 일부를 없애고 그 자리에 다른 조직을 대체해 넣는다는 뜻입니다. 누나가 암에 걸렸는데, 의사들이 종양이 재흡수되도록 누나 몸을 프로그램했었습니다. 당신들이 신경 세포를 재흡수하고 나면, 그 세포들은 사라지겠지요."

"그런 식으로 볼 수도 있을 것 같군요." 데일의 지적에, 랜섬 박사가 더 긴장한 표정으로 말하고 나를 노려본다. 이야기를 시작한 내 탓을 하는 것 같다.

"사실 그 말이 맞습니다." 헨드릭스 박사가 말한다. 그녀는 긴장한 표정이 아니다. 오히려 좋아하는 놀이기구를 타려고 기다리는 사람처럼 흥분한 표정이다. "저희는 나쁜 연결을 이루는 신경 세포를 재흡수하고, 좋은 연결을 만들 신경 세포를 자라게 할 겁니다."

"사라지는 건 사라지는 거죠. 그게 사실이잖아요. 사실대로 말해요." 데일이 당황하기 시작한다. 눈이 빠른 속도로 깜박거린다. "어쨌든, 사라진 다음에 제대로 된 세포가 자라지 않을지도 모르잖아요."

"싫어!" 린다가 고함을 친다. "싫어, 싫어, 싫어! 내 머리에는 안 돼. 분해 안 돼. 좋지 않아, 좋지 않아." 린다가 눈을 맞추지 않으려 하며, 듣기를 거부하고 고개를 숙인다.

"이 수술은 머리를 분해하는 과정이 아닙니다. 전혀 그런 식이 아니에요⋯⋯. 단순한 조정이지요─새로운 신경 연결이 생성될 뿐, 그 외에 달라지는 부분은 전혀 없습니다."

"수술이 잘된다면, 우리는 더 이상 자폐인이 아니리라는 점을 제외하면요." 내가 말하자, 헨드릭스 박사가 마치 내가 안성맞춤인 정답을 말한 듯이 웃는다.

"바로 그겁니다. 여러분은 여러분 그대로일 거예요, 자폐인이 아닐 뿐이죠."

"하지만 제가 곧 자폐인입니다. 저는 어떻게 다른 사람, 자폐인이 아닌 사람이 될 수 있을지 모릅니다. 아기처럼 다시 시작해서, 다른 사람이 되기 위해 또 자라야 할 겁니다." 츄이가 말한다.

"음, 꼭 그렇지는 않아요. 신경 세포 대부분은 영향을 받지 않고, 한 번에 약간씩만 바뀌기 때문에, 여러분은 과거에 의지할 수 있을 거예요. 물론 재교육이나 재활 치료가 좀 필요하긴 하지만─그 부분은 합의된 지원 대상에 포함되어 있습니다. 여러분의 개인 상담사가 설명해 줄 거예요─비용은 모두 회사가 부담합니다. 여러분은 한 푼도 들이지 않아도 돼요."

"라이프타임." 데일이 말한다. "네?"

"만약 다시 시작해야 한다면, 다른 사람보다 더 많은 시간을 갖고 싶습니다. 살 시간이요." 데일은 우리 중 최연장자로, 나보다 열 살 위다. 나이 들어 보이는 얼굴은 아니다. 머리카락이 아직 세지 않았고, 숱도 많다. "저는 '라이프타임'을 원합니다." 데일이 거듭 말하고, 나는 그가 평생lifetime 지속되는 뭔가가 아니라, 노화 방지 치료 상품인 '라이프타임'에 관해 말하고 있음을 깨닫는다.

"하지만…… 그건 터무니없어요." 아라킨 씨가 의사들이 채 입을 열기도 전에 말한다. "그건…… 프로젝트 비용에 엄청난 지출을 더하게 될 겁니다." 그가 회의실 앞쪽에 한 줄로 앉아 있는 회사 사람들에 눈길을 준다. 모두들 그의 시선을 피한다.

데일이 눈을 꽉 감는다. 그래도 왼쪽 눈꺼풀이 경련하는 것이 보인다. "만약 당신들이 말하는 재교육이 생각보다 오래 걸린다고 칩시다. 몇 년이나. 저는 정상인으로 살 시간을 갖고 싶습니다. 자폐인으로 살았던 햇수만큼. 그보다 더." 데일이 말을 멈춘다. 힘을 준 탓에 얼굴이 일그러진다. "자료도 더 많아질 겁니다. 더 장기간의 추적 조사." 얼굴에서 긴장이 풀리고, 그가 눈을 뜬다. "저는 라이프타임이 포함되면 참가합니다. 라이프타임이 없으면, 관둡니다."

나는 주위를 둘러본다. 모두들, 린다까지 데일을 빤히 보고 있다. 캐머런이라면 몰라도, 데일은 이럴 사람이 아니었다. 그는 이미 달라지고 있다. 나는 내가 이미 달라졌음을 안다. 우리는 자폐인이지만, 달라진다. 어쩌면 우리는 이 치료 없이도 더 달라지고, 그저 시늉만이 아니라―진짜 정상인이 될 수 있을지도 모른다.

하지만 데일의 말과 그에 소요되는 시간을 생각하는 사이, 책에서 읽은 문단이 기억난다. "안 돼." 내가 말하자, 데일이 고개를 돌려 본다. 그의 얼굴은 무표정하다. "좋은 생각이 아니야. 이 수술은 신경 세포를 조작하는데, 라이프타임도 마찬가지야. 이 수술은 실험 단계야. 잘될지조차 아무도 몰라."

"저희는 잘된다는 것을 알고 있습니다. 그저—" 헨드릭스 박사가 끼어든다.

"당신들은 사람의 경우에는 어떨지 확실히 모릅니다." 다른 사람의 말을 끊는 것은 무례한 행동이지만, 나는 헨드릭스 박사의 말을 자르고 말한다. 그녀가 먼저 내 말을 끊었다.

"그래서 우리나 우리 같은 사람들을 필요로 하고 있죠. 한꺼번에 두 수술을 동시에 하는 것은 좋은 생각이 아닙니다. 과학에서는, 한 번에 한 가지 변수만을 바꾸어야 합니다."

아라킨 씨가 안심한 표정을 짓는다. 데일은 아무 말도 하지 않지만, 눈꺼풀이 축 처져 있다. 나는 그가 무슨 생각을 하는지 알지 못한다. 나는 내가 어떤 느낌을 받는지는 안다. 떨린다.

"나는 오래 살고 싶어." 린다가 불쑥 말한다. 손이 자기 생명을 가진 것처럼 휙 뻗어 나온다. "나는 달라지지 않으면서 더 오래 살고 싶어."

"나는 내가 더 오래 살고 싶은지 살고 싶지 않은지 알지 못해." 내가 말한다. 헨드릭스 박사가 말을 막지 않는데도, 단어들이 천천히 나온다. "만약 내가 원치 않는 사람이 되어서, 그 상태로 더 오래 살아야 한다면 어떻겠어? 나는 내가 더 오래 살고 싶은지 결정하기 전에, 내가 어떤 사람이 될지를 먼저 알고 싶어."

데일이 느릿하게 고개를 끄덕인다.

"나는 우리가 이 치료만을 기초로 결정을 내려야 한다고 생각해. 저들은 우리에게 강요하고 있지 않아. 우리는 생각해 볼 수 있어."

"하지만— 하지만—" 아라킨 씨가 말이 목에 걸린 듯, 말을 하려다 말고 머리를 좌우로 틀더니 다시 입을 연다. "생각해 보겠다고 하시는데……. 얼마나 오래 걸릴까요?"

"원하는 만큼이죠. 여러분에게는 벌써 치료 과정을 밟고 있는 피험자가 한 명 있습니다. 어쨌든 각 피험자들 사이에 시간차를 두어 어떻게 되는지 보는 것이 더 안전하겠지요."

"하겠다고 하지는 않겠습니다. 그러나 더…… 더 긍정적으로 생각해 보겠습니다……. 라이프타임이 포함되면요. 동시에는 아니더라도, 나중에라도요." 츄이가 말한다.

"저는 생각해 보겠습니다." 린다가 말한다. 얼굴이 창백하고, 꽉 감기 전까지 눈이 이리저리 움직이지만, 그녀는 소리 내어 말한다. "생각해 보겠고, 더 오래 살 수 있다면 더 좋겠지만, 정말 꼭 하고 싶지는 않아."

"나도. 누가 내 뇌를 바꾸는 일을 원치 않아. 범죄자들이나 뇌를 바꾸어야 하고, 나는 범죄자가 아냐. 자폐인은 다를 뿐이지, 나쁘지 않아. 다름이 잘못은 아니야. 달라서 힘들 때도 있지만, 잘못은 아니야."

나는 아무 말도 하지 않는다. 내가 무슨 말을 하고 싶은지 확신이 서지 않는다. 너무 빠르다. 어떻게 결정을 내릴 수 있을까? 어떻게 내가 알지 못하고 예상하지 못하는 다른 누군가가 되겠다고 선택할 수 있을까? 변화는 어차피 찾아오지만, 내가 변화를 선택하지 않는 것이 잘못은 아니다.

"저는 수술을 받고 싶습니다." 베일리가 눈을 꽉 감고, 딱딱한 목소리로 말한다. "저쪽과—크렌쇼 씨의 협박과 수술이 실패해서 상황이 더 나빠질 위험과 이 수술이 교환됩니다. 균형을 맞추기 위해 저는 이 수술을 받아야 합니다."

헨드릭스 박사와 랜섬 박사를 본다. 손을 움직여 소곤거리고 있다. 벌써 두 치료가 어떻게 서로에게 영향을 미칠지 검토하고 있는 것 같다.

"너무 위험해요. 두 시술을 동시에 진행할 수는 없어요." 랜섬 박사가 고개를 들며 말하고, 내 쪽을 본다. "루의 말이 맞습니다. 나중에 수명 연장 치료를 받을 수 있을지 몰라도, 동시에는 안 됩니다."

린다가 어깨를 으쓱하고 시선을 떨어뜨린다. 어깨는 굳었고 주먹을 꽉 쥔 손을 무릎 위에 올리고 있다. 린다는 수명 연장을 보장받지 않는다면 치료를 받지 않을 것이다. 만약 나는 수술을 받고 린다는 받지 않는다면, 우리는 평생 두 번 다시 만나지 않을지도 모른다. 그렇게 생각하니 이상한 기분이 든다. 린다는 나보다 먼저 이 회사에 들어왔다. 나는 여러 해 동안, 출근하는 날마다 매일 그녀를 보아 왔다.

"이 안을 위원회와 상의해 보겠습니다." 아라킨 씨가 아까보다 진정한 말투로 말한다. "법적, 의료적 자문을 더 구해야 할 겁니다. 어쨌든 여러분이 장래 어느 시점에 생명 연장 시술을 받는 것을 참여 조건으로 요구하고 있다고 보면 됩니까? 맞나요?"

"네." 베일리가 답한다. 린다가 고개를 끄덕인다.

아라킨 씨가 양발에 번갈아 무게를 실으며 서 있다. 그의 몸이 조금 흔들린다. 그의 움직임을 따라, 이름표에 빛이 반사된다. 그가 몸을 앞뒤로 흔들자 코트에 달린 단추 하나가 옷자락 뒤에서 나타났다 사라졌다 한다. 마침내 그가 몸을 바로 하고 짧게 고개를 끄덕인다.

"알겠습니다. 위원회에 물어보겠습니다. 안 된다고 할 것 같지만, 물어는 보겠습니다."

"이 직원들은 치료에 동의하겠다고 하지 않았고, 고려해 보겠다고만 했다는 점을 잊지 마세요." 비즐리 씨의 말에, 아라킨 씨가 고개를 끄덕이더니 다시 목을 이리저리 비튼다.

"알겠습니다. 하지만 모두들 약속을 지켜 주시길 바랍니다. 진지하게 고려해 보셔야 합니다."

"저는 거짓말을 하지 않습니다. 저에게 거짓말을 하지 마십시오." 데일이 조금 경직된 자세로 일어나며 우리에게 말한다. "가자, 일해야지."

누구도―변호사들도, 의사들도, 올드린 씨도 입을 열지 않는다. 우리는 천천히 일어선다. 자신이 없다. 몸이 휘청거릴 것 같다. 그냥 걸어 나가도 되는 걸까? 하지만 몸을 움직여 걷기 시작하자 기분이 나아진다. 더 강해진 것 같다. 겁이 나지만, 행복하기도 하다. 마치 중력이 낮아진 듯, 더 가벼운 기분이다.

복도로 나가 엘리베이터를 타려 왼쪽으로 간다. 복도가 엘리베이터 승하차장으로 이어지며 넓어지는 자리에 도착해 보니, 크렌쇼 씨가 양손에 종이 상자를 들고 서 있다. 상자에 물건들이 가득 차 있지만, 모든 물건이 보이지는 않는다. 맨 위에 스포츠 용품 카탈로그에서 본 적이 있는 값비싼 상표의 러닝화가 놓여 있다. 나는 크렌쇼 씨가 얼마나 빨리 달릴지 궁금해진다. 하늘색 회사 경비복을 입은 남자 두 명이 그의 양옆에 서 있다. 크렌쇼 씨가 우리를 보고 눈을 치켜뜬다.

"여기서 뭐 하는 건가?" 그가 우리보다 조금 앞서 있던 데일에게 묻는다. 크렌쇼 씨가 데일 쪽으로 몸을 돌리고 한 발 앞으로 나서자, 경비복을 입은 두 사람이 크렌쇼 씨의 팔에 손을 얹는다. 그가 멈춘다. "오후 네

시까지 G28동에 있어야 하잖나. 아예 건물이 틀렸어."

데일이 걸음을 늦추지 않는다. 한 마디도 대꾸하지 않은 채 계속 걷는다.

크렌쇼 씨의 머리가 로봇처럼 데일을 따라가더니 다시 돌아온다. 그가 나를 노려본다.

"루! 이게 무슨 일인가?"

그가 손에 상자를 들고 경비원들을 동행한 채 무엇을 하고 있는지 알고 싶지만, 나는 그런 질문을 할 만큼 무례하지 않다. 올드린 씨가 크렌쇼 씨에 대해서 더 이상 걱정하지 않아도 된다고 했으니, 그가 내게 무례하게 군다면 대꾸하지 않아도 된다.

"크렌쇼 씨, 저는 할 일이 많습니다." 그의 손이 상자를 떨어뜨리고 내게 뻗으려는 듯이 경련한다. 그러나 그는 그러지 않고, 나는 데일을 따라 그의 옆을 스쳐 지나간다.

우리 건물로 돌아오자, 데일이 말한다. "좋아, 좋아, 좋아, 좋아, 좋아." 그리고 더 큰 소리로, **"좋아! 좋아! 좋아!"**

"나는 나쁘지 않아. 나는 나쁜 사람이 아니야." 린다가 말하고, 내가 동의한다.

"너는 나쁜 사람이 아니야."

린다의 눈에 눈물이 차오른다. "자폐인인 것은 나빠. 자폐인이라는 것에 화를 내는 것은 나빠. 자폐인이기를 아니―아니기를 바라는 것은 나빠. 모두 나쁜 길이야. 좋은 길이 없어."

"멍청한 짓이야. 우리에게 정상이 되고 싶어 하라더니, 그다음에는 우리 자신을 있는 그대로 사랑하라고 하지. 만약 사람들이 바뀌고 싶다고 한다면, 그것은 지금 모습에 마음이 들지 않는 부분이 있다는 뜻이야. 그렇지 않고는―불가능해."

츄이가 말하자, 데일이 굳은 얼굴로 크게 웃는다. 지금껏 그에게서 본 적이 없는 표정이다. "어떤 사람이 불가능한 말을 한다면, 그 사람은 틀렸어."

"그래. 그건 실수야."

"실수지. 그리고 틀린 불가능을 믿는 것은 실수야."

"그래." 내가 말한다. 나는 데일이 종교 이야기를 시작할까 봐 조금 긴장한다.

"그러니, 만약 정상인들이 우리에게 불가능한 일을 하라고 말한다면, 우리는 정상인들이 하는 말이 모두 사실이라고 생각하지 않아도 돼."

"모두 거짓말은 아니야." 린다가 말한다.

"모두 거짓말이 아니라고 모두 사실은 아니야." 데일이 답한다.

데일의 말은 명백하지만, 나는 그의 말을 듣기 전까지 사람들이 바뀌고 싶어 하는 동시에 변하기 전의 자신에게 만족하는 것이 정말 불가능하리라고 생각해 본 적이 없었다. 나는 츄이와 데일의 말을 듣기 전까지, 우리 중 누구도 그런 식으로 생각해 본 적이 없으리라고 생각한다.

"네 입장에서 생각해 봤어. 그때는 다 말할 수 없었어. 하지만 도움이 되었어." 데일이 말한다.

"만약 잘못된다면, 회사가 일어난…… 일을 감당하는 비용이 더 많이 들 거야. 만약 더 오래 지속된다면 말이야." 에릭이 말한다.

"캐머런이 어쩌고 있는지 나는 알지 못해." 린다가 말한다.

"그는 제일 첫 번째가 되고 싶어 했어." 츄이가 말한다.

"한 번에 한 명씩 들어가서, 다른 사람들이 어떻게 되는지 본다면 더 나을 거야." 에릭이 말한다.

"어둠의 속도가 느려질 거야." 내가 말하자, 그들이 나를 본다. 나는 내가 그들에게 어둠의 속도와 빛의 속도에 대해 말한 적이 없음을 기억해 낸다. "진공 상태에서 빛의 속도는 1초에 299,792킬로미터야."

"나도 알아." 데일이 말한다.

"궁금한 점이 있어. 물체가 지면에 다가갈수록 빨리 떨어지고, 그 것이 중력이라면, 빛도 블랙홀처럼 중력이 큰 곳으로 더 빠르게 다가갈까?"

나는 린다가 빛의 속도에 관심을 가지고 있는 줄 전혀 몰랐었다.

"나도 몰라. 하지만 책에는 어둠의 속도에 대해 전혀 쓰여 있지 않아. 어떤 사람들이 어둠에는 속도가 없다고, 빛이 아닌 것, 빛이 없는 공간일 뿐이라고 했지만, 나는 어둠이 그곳에 도달해야 한다고 생각해."

모두들 한동안 침묵한다. 데일이 말한다. "만약 라이프타임이 우리의 시간을 늘릴 수 있다면, 무언가 빛을 빠르게 할 수 있을지도 몰라."

"캐머런은 첫 번째가 되고 싶어 했어. 캐머런은 제일 처음으로 정상이 될 거야. 우리보다 빠르지."

츄이가 말하자, 에릭이 "나는 체육관에 가겠어"라고 말하고 돌아서서 간다.

린다의 얼굴이 굳는다. 이름에 깊은 주름이 팬다. "빛에는 속도가 있어. 어둠에도 속도가 있어야 해. 반대항은 방향을 제외한 모든 특징을 공유해."

나는 그 말을 이해하지 못한다. 기다린다.

"양수와 음수는 방향만 빼고 똑같아." 린다가 느릿느릿 말을 잇는다. "대형과 소형은 둘 다 크기이지만, 방향이 달라. 가다와 오다는 같은 길이지만, 다른 방향이야. 그러니 빛과 어둠은 반대이지만, 같은 방향에서는 비슷해." 그녀가 갑자기 팔을 휘두른다. "저 밖에는 너무나 많아. 너무나 많은 별들이, 너무나 많은 거리가. 무無에서 모든 것이 오고 무無에서 모든 것으로 가지, 다 함께."

나는 린다가 천문학을 좋아하는 줄 몰랐다. 그녀는 언제나 우리 중 가장 쌀쌀하고 가장 자폐증이 심한 사람 같아 보였다. 허나 나는 린다의 말뜻을 안다. 나도 소형에서 대형으로, 가까이에서 멀리로, 내 눈으로 들어오는 빛의 광자에서 가까움보다 가깝게, 빛이 나온 곳으로, 수천 광년 너머의 우주로 이어지는 흐름을 좋아한다.

"나는 별이 좋아. 별을 보는 일을 하고 싶어―싶었어. 사람들이 안 된다고 했어. '네 머리는 올바르게 작동하지 않아. 이런 일은 몇몇 사람들만 할 수 있어.' 나는 이런 일이 수학이라는 것을 알았어. 나는 내가 수학을 잘한다는 것을 알았지만, 늘 백 점을 받아도 열등반 수학 수업을 들어야 했고, 마침내 우등반으로 들어갔더니 사람들이 너무 늦었다고 했어. 대학에 가자 사람들은 응용 수학과 컴퓨터를 공부하라고 했어. 컴퓨터 쪽에는 일자리가 있다고 했어. 천문학은 실용적이지 않다고 했어. 더 오래 살 수 있다면, 나는 더 이상 늦지 않을지도 몰라."

린다가 이렇게 많이 말하는 것을 처음 들었다. 린다의 빰이 상기되어 있다. 눈의 경련이 덜하다.

"나는 네가 별을 좋아하는 줄 몰랐어." 내가 말한다.

"별들은 서로 멀리 떨어져 있지. 서로를 알기 위해 맞닿을 필요가 없어. 멀리서 서로를 향해 빛나." 린다가 말한다.

나는 별들은 서로를 모른다고, 별들은 살아 있지 않다고 말하려고 하나, 뭔가가 내 말문을 막는다. 어떤 책에 별들이 빛나는 가스라고 씌어 있었고, 다른 책에 가스는 무생물질이라고 씌어 있었다. 어쩌면 그 책이 틀렸는지도 모른다. 어쩌면 별들은 빛나는 가스이고 살아 있을지도 모른다.

린다가 나를 본다. 정말로 눈을 맞춘다. "루―너는 별을 좋아하니?"

"좋아해. 중력과 빛과 우주와―"

"베텔게우스." 린다가 씩 웃는다. 그러자 갑자기 복도가 환해진다. 나는 그때까지 복도가 어두운 줄 몰랐다. 어둠이 먼저 있었지만, 빛이 따라 잡았다. "리겔. 안타레스. 빛과 온갖 색깔들, 파장……." 린다의 손이 허공을 가르고, 나는 린다가 파장과 진동이 만들어내는 패턴을 그리고 있음을 안다.

"이중성. 갈색 왜성." 내가 말하자, 린다가 찡그렸다가 표정을 푼다. "아, 그건 구식이잖아. 추와 샌더리가 거의 다 새로 분류했지." 린다가 말을 멈춘다. "루―네가 늘 정상인들과 시간을 보내는 줄 알았어. 정상인 체하면서 말이야."

"나는 교회에 가. 그리고 펜싱 모임에 가."

"펜싱이라고?"

"칼로 하는 거야." 린다의 걱정스런 표정이 바뀌지 않는다. 내가 설명한다. "음…… 서로를 찌르려고 하는 게임 같은 거야."

"왜?" 린다가 어리둥절해 한다. "별을 좋아한다면―"

"나는 펜싱도 좋아해."

"정상인들과 하는 걸."

"그래, 나는 그들을 좋아해."

"힘든 일이지……. 나는 천문관에 가. 거기 오는 과학자들에게 말을 걸어보지만, 말이…… 엉켜. 그들이 나와 대화하고 싶지 않다는 게 보여. 그들은 나를 바보나 미친 사람 취급하지."

"내가 알고 지내는 사람들은 그렇게 나쁘지 않아." 나는 이렇게 말하며 죄책감을 느낀다. 왜냐하면 마저리는 '나쁘지 않음' 이상이고, 톰과 루시아는 '나쁘지 않음'보다 낫기 때문이다. "나를 죽이려고 했던 그 사람만 빼고."

"널 죽이려고 했다고?" 린다가 말한다. 나는 린다가 모른다는 사실에 놀랐다가, 그녀에게 말한 적이 없음을 기억해 낸다. 린다는 뉴스를 보지 않는 모양이다.

"그는 내게 화가 나 있었어."

"네가 자폐인이라서?"

"꼭 그렇다기보다는…… 음…… 웅." 결국 돈이 품었던 분노의 핵심은, 기껏해야 불완전한 가짜 사람인 내가 그의 세상에서 성공적으로 살고 있다는 사실이 아니었던가?

"역겹다." 린다가 발끈한다. 그녀는 어깨를 크게 들썩이더니 몸을 돌리고 멀어진다. "별."

나는 빛과 어둠과 별과 별들이 뿜어내는 빛으로 가득 찬 별들 사이의 우주를 생각하며 사무실로 들어간다. 저 많은 별들이 있는 우주에 어떻게 어둠이 존재할까? 만약 우리가 별들을 볼 수 있다면, 그것은 빛이 있다는 뜻이다. 그리고 가시광선 외의 빛들을 보는 기구들은 넓고 흐릿한 곳에서도 빛을 탐지한다―빛은 어디에나 있다.

　나는 우주를 차갑고 어두운, 그들이 환영받지 못하는 곳으로 묘사하는 사람들을 이해하지 못한다. 그들은 밤에 밖에 나가 하늘을 올려다 본 적이 한 번도 없는 것처럼 말한다. 어디에 있든, 진짜 어둠은 우리 기구의 탐지 범위를 넘어, 어둠이 먼저 오는 저 멀리 어둠의 가장자리에 있다. 하지만 빛이 따라잡는다.

　내가 태어나기 전에, 사람들은 자폐아에 대해 더 많은 부분을 잘못 생각하고 있었다. 읽은 적이 있다. 어둠보다 어두웠다.

　나는 린다가 별을 좋아한다는 것을 알지 못했다. 린다가 천문학을 하고 싶어 한 것도 알지 못했다. 어쩌면 그녀는 우주로 나가고 싶어 했는지도 모른다. 내가 그랬듯이. 그렇듯이. 여전히 그렇듯이. 만약 치료가 성공한다면, 어쩌면 나는―단지 그 생각만 해도, 나는 기쁨에 사로잡혀 움직일 수 없게 된다. 그러나 나는 움직여야 한다. 일어서서 기지개를 켜지만, 충분하지 않다.

　체육관에 들어가자 에릭이 트램폴린에서 막 내려온다. 그는 베토벤의 〈5번 교향곡〉에 맞춰 뜀을 뛰고 있었다. 내가 하고 싶은 생각에는 너무 과격한 음악이다. 에릭이 내게 고개를 끄덕이고, 나는 맞는 느낌이 올 때까지 가능항들을 훑는다. 〈카르멘〉. 관현악 모음곡. 이거다.

　이런 격정이 필요하다. 폭발하는 음이 필요하다. 나는 자유낙하로의 황홀한 열림을 느끼며 높이, 더 높이 뛰어 오른다. 이어서 똑같이 황홀한 압박감, 관절의 조임, 나를 더 높이 밀어 올리려는 근육들의 움직임을 느낀다. 반대항은 다른 방향으로 움직이는 같은 것이다. 작용과 반작용. 중력―나는 중력의 반대항이 있는지 알지 못하지만, 트램폴린의 탄

력성이 하나 만들어낸다. 숫자와 패턴들이 생겨나고, 깨어지고, 다시 생겨나며 마음속을 달린다.

불안정하고 예측 불가능하게 움직이는 물을 두려워했던 때를 기억한다. 물이 내 몸에 닿으면 비틀거렸었다. 마침내 수면이 불안정하더라도, 내가 수영장의 압력 변화를 예측하지 못하더라도, 계속 뜬 채로 가고 싶은 방향으로 갈 수 있다고 깨달았을 때 느낀, 수영의 폭발적인 기쁨을 기억한다. 자전거의 흔들리는 예측 불가능성을 두려워했던 때와, 그 예측 불가능성을 제거하고, 자전거의 본질적인 혼돈을 의지로 극복하는 방법을 알아냈을 때의 기쁨도 마찬가지로 기억한다. 이번에도 나는 두렵다. 더 많이 이해하기 때문에 더 많이 두렵다—내가 일구어낸 모든 적응을 잃어버리고, 아무것도 얻지 못할지도 모른다—허나 만약 내가 이 물결, 이 생물학적인 자전거를 타낸다면, 나는 비할 수 없을 만큼 더 많이 얻을 것이다.

다리 힘이 다해가자, 나는 점점 더 낮게, 낮게, 낮게 뛰고 마침내 멈춘다.

그들은 우리가 멍청하고 무력해지기를 바라지 않는다. 우리의 마음이 망가지기를 바라지 않는다. 그들은 우리의 마음을 이용하고 싶어 한다.

나는 이용당하고 싶지 않다. 나는 내 마음을 스스로, 내가 하고 싶은 일에 이용하고 싶다.

나는 내가 이 치료를 받을지도 모른다고 생각한다. 꼭 해야 하는 일은 아니다. 나는 치료를 필요로 하지 않는다. 지금의 나에게 만족한다. 하지만 나는 내가 치료를 받고 싶어 하기 시작한다고 생각한다. 만약 내가 변한다면, 그리고 변화가 그들이 아니라 나의 생각이라면, 어쩌면 내가 배우고 싶은 것을 배울 수 있고, 내가 하고 싶은 일을 할 수 있을지도 모르기 때문이다. 꼭 어느 한 가지가 아니다. 모든 것들, 모든 가능성들이 한번에 존재한다. "나는 지금과 같지 않을 거야." 나는 소리 내어 말하고, 편안한 중력을 놓고 그 확실함 밖으로 나와 불확실한 자유 낙하를 향해 날아오른다.

체육관을 나서며, 나는 양면으로 가볍게 느낀다. 나는 여전히 정상보다 낮은 중력에 있고, 어둠보다 더 많은 빛으로 차 있다. 하지만 친구들에게 말할 일을 생각하자 중력이 돌아온다. 나는 그들이 센터의 변호사들만큼이나 내 결정을 좋아하지 않으리라고 생각한다.

20

와서 우리에게 회사가 지금 시점에서는 라이프타임 시술 제공에 동의하지 않지만, 만약 수술이 성공한다면, 수술 후에 라이프타임 시술을 받고 싶어 하는 자원자를 지원해 줄 수는 있다고 — 그는 그저 가능성일 뿐이라고 강조했다 — 한다. "둘을 동시에 하는 것은 너무 위험해요. 위험이 높아지고, 혹시라도 잘못된다면 상황이 더 오래 지속되겠죠."

나는 그가 솔직하게 말하기를 바란다. 만약 수술로 우리가 더 큰 손상을 입는다면, 우리의 증세가 악화될 테고, 회사는 더 오랫동안 우리를 책임져야 할 것이다. 그러나 나는 정상인들은 솔직하게 말하지 않는다는 것을 알고 있다.

그가 간 후, 우리는 우리끼리 말하지 않는다. 다른 사람들은 모두 나를 응시하지만, 말을 하지는 않는다. 나는 어쨌든 린다가 수술을 받기를 바란다. 별과 중력과 빛과 어둠의 속도에 관해 그녀와 더 이야기해 보고 싶다.

사무실에서, 나는 법률 지원을 맡은 비즐리 씨에게 전화해서 치료에 동의하기로 결심했다고 말한다. 그녀가 내게 확신하느냐고 묻는다. 나는 확신하지 않지만, 충분히 확신하고는 있다. 다음으로 올드린 씨에게 전화해 알린다. 그도 내게 확신하느냐고 묻는다. "네." 나는 답하고 묻는다. "당신의 형도 수술을 받나요?" 그의 형이 계속 궁금했다.

"제레미요?" 내 질문에 놀란 목소리다. 나는 나의 질문이 적당한 질문이라고 생각한다. "루, 나도 모르겠어요. 피실험 집단의 규모에 달려 있죠. 만약 외부인들에게도 개방한다면, 형에게 물어볼지 생각해 볼 거예요. 혼자 힘으로 살 수 있다면, 형이 더 행복해질 수 있다면……."

"그는 행복하지 않나요?"

올드린 씨가 한숨을 쉰다. "나는…… 형에 대해 거의 말하지 않아요." 나는 기다린다. 무엇에 대해 거의 말하지 않는다는 말은 그것에 대해 말하고 싶지 않다는 뜻이 아니다. 올드린 씨가 목을 가다듬더니 말을 잇는다.

"네. 루, 형은 행복하지 않아요. 형은…… 장애가 심해요. 예전 의사들은…… 우리 부모님은…… 형은 약물 치료를 많이 받고 있고, 말을 결코 제대로 익히지 못했어요."

나는 그가 말하지 않고 있는 부분을 이해할 것 같다. 그의 형은 너무 빨리, 나나 다른 사람들이 받은 치료법이 개발되기 전에 태어났다. 어쩌면 그는 당시에 가능했던 치료도 잘 받지 못했는지도 모른다. 나는 책에서 읽은 설명을 떠올린다. 나의 어린 시절에 붙박여 있는 제레미를 상상한다.

"저는 새 치료법이 성공하기를 바랍니다. 당신 형에게도 효과가 있기를 바라요."

올드린 씨가 내가 이해하지 못하는 소리를 낸다. 그가 다시 말을 할 때, 그 목소리는 쉬어 있다.

"루, 고마워요. 당신은—당신은 좋은 사람이에요."

나는 좋은 사람이 아니다. 그와 마찬가지로, 그냥 사람일 뿐이다. 그러나 나는 그가 나를 좋은 사람이라고 생각한다는 사실을 좋아한다.

내가 도착했을 때, 톰과 루시아와 마저리는 모두 거실에 있었다. 그들은 다음 토너먼트에 대해 이야기하고 있다. 톰이 고개를 들어 나를 쳐다본다.

"루—결정했나?"

"네. 할 거예요."

"잘 생각했네. 이 참가서를 쓰고—"

"그거말고요." 내가 말한다. 나는 그가 내가 다른 참가에 대해 말했음을 모르리라는 것을 깨닫는다. "저는 이번 토너먼트에서 겨루지 않을 거예요." 내가 토너먼트에 또 나가는 날이 올까? 미래의 나는 펜싱을 하고 싶어 할까? 우주에서 펜싱을 할 수 있을까? 자유 낙하하는 동안에는 무척 어려우리라.

"하지만 하겠다고 했잖니." 그때, 루시아의 얼굴이 변한다. 놀라서 납작해지는 것 같다. "아—네 말은…… 그 치료를 받을 거야?"

"네." 나는 마저리를 흘끔거린다. 그녀가 루시아를 보고 있다가, 내 쪽을 봤다가, 다시 루시아를 본다. 나는 마저리에게 이 치료법에 대해 말했는지 기억하지 못한다.

"언제?" 내가 마저리에게 어떻게 설명해야 할지 생각하기도 전에, 루시아가 묻는다.

"월요일에 시작해요. 할 일이 아주 많아요. 저는 병원으로 들어가야 해요."

"아파?" 마저리의 얼굴이 창백해진다. "무슨 문제 있니?"

"나는 아프지 않아. 이건 나를 정상인으로 만들어 줄지도 모르는 실험 단계의 치료법이야."

"정상이라니! 루, 너는 지금 이대로도 좋아. 나는 지금 네 모습이 **좋아**. 다른 사람들처럼 되지 않아도 돼. 누가 네게 그딴 소리를 했어?" 화난 목소리다. 나는 그녀가 내게 화를 내는지, 그녀가 내게 바뀌어야 한다고 말했다고 생각하는 사람에게 화를 내는지 알지 못한다. 그녀에게 모두 다 말해야 하는지, 일부분만 말해야 하는지 알지 못한다. 나는 마저리에게 모두 다 말할 것이다.

"회사 상사인 크렌쇼 씨가 우리 부서를 없애고 싶어 하면서 시작된 일이야. 그가 이 치료에 대해 알고 있었어. 이게 돈을 절약해 줄 거라고 말했어."

"그건—그건 강압적이잖아. 잘못된 일이야. 위법이란 말이야. 그렇게 할 수는—"

마저리가 이제 정말로 화를 낸다. 그녀의 뺨이 달아올랐다가 식었다가 한다. 그 모습을 보니, 그녀를 붙잡고 끌어안고 싶다. 적절치 못한 행동이다.

"시작은 그랬어. 하지만 네 말이 맞아. 그는 그가 하겠다고 한 행동을 할 수 없었어. 우리 직속상사인 올드린 씨가 그를 막을 방법을 찾아냈어." 내게는 아직도 이 사실이 놀랍다. 나는 올드린 씨가 마음을 바꾸었고 우리를 돕지 않으리라고 확신하고 있었다. 나는 아직도 올드린 씨가 크렌쇼 씨를 막고, 그가 일자리를 잃어버리고 소지품을 담은 상자를 들고 경비원들과 동행하여 회사에서 나가게 하기 위해 어떤 일을 했는지 이해하지 못하고 있다. 나는 그들에게 올드린 씨가 한 말과, 회의에서 변호사들이 한 말을 전한다. "하지만 이제 내가 바뀌고 싶어." 마침내 내가 말한다.

마저리가 숨을 깊이 들이쉰다. 나는 그녀가 숨을 깊이 들이쉬는 모습을 지켜보기를 좋아한다. 그녀의 옷 앞자락이 팽팽해진다. "왜?" 그녀가 조용한 목소리로 덧붙인다. "이유가…… 우리…… 때문은 아니지? 나 때문은 아니지?"

"아니야. 너 때문이 아니야. 나 때문이야."

마저리의 어깨가 축 처진다. 나는 그것이 안도감 때문인지 슬픔 때문인지 알지 못한다. "그러면 돈 때문이야? 그 자식이 네게 이런 결정을 내리게, 지금 그대로는 안 된다고 생각하게 한 거야?"

"돈 때문이 아니야……. 돈 때문만은 아니야……." 나는 이유가 명백하다고 생각하고, 왜 마저리가 그것을 보지 못하는지 알지 못한다. 그녀는 공항의 보안 요원들이 나를 멈춰 세워 내 말문이 막히고 그녀가 나를 도와야 했을 때 그 자리에 있었다. 내가 경찰관에게 말해야 했고 말문이 막혀 톰이 나를 도와야 했을 때 그 자리에 있었다. 나는 내가 언제나 도움을 필요로 하는 사람인 것을 좋아하지 않는다. "나 때문이야." 내가 거듭 말한다. "나는 공항에 있을 때나 가끔 다른 사람들과 있을 때 말문이 막혀서 문제를 일으키고, 사람들이 나를 쳐다보기를 바라지 않아. 나는 여기저기에 가 보고, 내가 배울 수 있는 줄 몰랐던 것들을 배우고 싶어……."

마저리의 표정이 또 변해, 주름이 사라진다. 그리고 그녀의 목소리에서 감정적인 어조가 줄어든다. "루, 그 치료는 어떤 거야? 어떻게 진행되는데?"

나는 가져온 서류 뭉치를 꺼낸다. 독점적이고 실험적인 치료이므로 우리는 이 치료법에 대해 말해서는 안 되지만, 나는 이것이 나쁜 생각이라고 생각한다. 만약 뭔가 잘못된다면, 외부인이 알아야 한다. 나는 아무에게도 내 서류를 가지고 나온다고 말하지 않았고, 그들은 나를 막지 않았다.

내가 서류를 읽기 시작한다. 거의 즉시, 루시아가 나를 막는다.

"루―이제 그 내용을 이해하고 있니?"

"네. 그렇다고 생각해요. 세고와 클린턴의 책을 읽은 다음부터는 온라인 논문들을 꽤 쉽게 읽을 수 있어요."

"그러면 내가 직접 읽어볼 수 있을까? 글로 보면 더 잘 이해할 수 있을 거야. 그런 다음에 같이 상의해 보자."

사실 상의할 일은 아무것도 없다. 나는 수술을 받을 것이다. 하지만 나는 루시아에게 서류를 건넨다. 루시아의 말을 따르는 편이 늘 더 쉽기 때문이다. 마저리가 루시아 옆에 앉고, 둘이 함께 서류를 읽기 시작한다. 나는 톰을 쳐다본다. 그가 눈썹을 치켜뜨고 머리를 흔든다.

"루, 넌 용감한 사람이야. 알고는 있었지만―이건! 나라면 다른 사람이 내 뇌를 만지작거리게 허락할 엄두를 못 낼 것 같아."

"당신은 그러지 않아도 돼요. 정상인이잖아요. 당신에겐 종신 고용이 보장된 직장이 있어요. 루시아와 이 집이 있어요." 나는 내 생각을 다 말하지 못한다. 그는 그의 몸을 편히 움직이고, 다른 사람들과 같은 것을 보고 듣고 맛보고 냄새 맡고 느끼기 때문에, 그의 현실은 다른 사람들의 현실과 일치한다고 말하지 못한다.

"우리에게 돌아올 거니?" 그가 묻는다. 슬퍼 보인다.

"모르겠어요. 펜싱은 재미있으니까, 앞으로도 펜싱을 좋아하기를 바라지만, 저는 알지 못해요."

"오늘 밤에 여기 있을 시간은 있나?"

"네."

"그러면 나가자." 그가 일어나 장비실로 앞서 간다. 루시아와 마저리는 실내에 남아 서류를 읽는다. 장비실에 도착하자, 그가 내쪽으로 돌아선다. "루, 마저리를 사랑해서 수술을 받으려고 하는 것이 아니라는 게 확실하니? 그녀를 위해 정상인이 되고 싶어서가 아니라고? 숭고한 행동이겠지만—"

온몸이 뜨겁게 달아오른다. "마저리 때문이 아니에요. 저는 그녀를 좋아해요. 마저리를 만지고, 안고…… 부적절한 행동을 하고 싶어요. 하지만 이건……." 갑자기 몸이 떨리며 쓰러질 것 같아, 나는 손을 뻗어 칼 보관대 상단 끄트머리를 잡는다. "세상은 그대로 있지 않아요. 저는 그대로 있지 않아요. 저는 변하지 않을 수 없어요. 이건 그저…… 더 빠른 변화일 뿐이에요. 저는 이쪽을 선택해요."

"'변화를 두려워하면, 변화가 그대를 파괴할 것이니. 변화를 끌어안으면, 변화가 그대를 성장시킬 것이라.'" 톰이 인용할 때 쓰는 어투로 말한다. 나는 그가 무엇을 인용했는지 알지 못한다. "그러면 무기를 골라. 네가 한동안 여기 안 올 거라면, 오늘 내 몫을 받아 두고 싶군."

칼과 마스크를 꺼내고 가죽 조끼를 입다가, 스트레칭을 하지 않았음을 기억해 낸다. 나는 테라스에 앉아 스트레칭을 시작한다. 여기, 밖은 춥다. 바닥의 깐돌이 딱딱하고 차갑다.

톰이 맞은편에 앉는다. "나는 아까 했지만, 나이를 먹고 있으니 많이 할수록 좋겠지." 그가 머리를 무릎에 대자, 성긴 정수리와 흰머리가 섞인 머리털이 내 눈에 들어온다. 그가 한쪽 팔을 머리 위로 들고 다른 팔로 민다.

"치료가 끝난 다음에는 무엇을 할 거야?"

"우주로 나가고 싶어요."

"네가—? 루, 늘 나를 감탄케 하는군." 그가 반대쪽 팔을 머리 위로 들고 팔꿈치를 민다. "네가 우주에 가고 싶어 하는 줄 몰랐어. 언제부터였나?"

"어렸을 때부터요. 하지만 저는 갈 수 없다는 것을 알고 있었어요. 제가 적합하지 않다는 것을 알았어요."

"아깝기도 해라—!" 톰이 머리를 반대편 무릎 위로 숙이며 말한다. "루, 예전에는 걱정했지만, 지금 나는 네 결정이 옳다고 봐. 네겐 여생 동안 장애 진단명으로 가둬두기에는 너무나 큰 잠재력이 있어. 하지만 네가 멀어지며 자란다면 마저리는 상처받겠지."

"저는 마저리를 상처 입히고 싶지 않아요. 저는 마저리에게서 멀어지며 자라지 않을 거예요." 이상한 표현이다. 말 그대로의 의미가 아닌 것은 분명하다. 서로 가까이에 있으면서 자라는 두 식물은, 서로 멀어지지 않고 가까워질 것이다.

"나도 알아. 넌 마저리를 굉장히 좋아하지—아니, 사랑해. 그건 분명해. 하지만 루—마저리는 좋은 여자지만, 네 말처럼 너는 이제 큰 변화를 겪을 거야. 지금과 같지는 않겠지."

"저는 언제나 마저리를 좋아할—사랑할 거예요." 내가 말한다. 나는 정상이 되면 마저리를 사랑하는 것이 더 힘들어지거나 불가능해질지도 모른다고 생각해 보지 않았다. 톰이 왜 그렇게 생각하는지 이해가 되지 않는다. "에미가 뭐라고 하든, 저는 마저리가 그저 저를 갖고 실험하기 위해서 저를 좋아하는 척했다고 생각하지 않아요."

"맙소사, 그건 누구 생각이야? 에미가 누구지?"

"센터에서 알고 지내는 사람이요." 나는 에미에 대해 말하고 싶지 않기 때문에, 서둘러 설명한다. "에미는 마저리가 연구원이고 저를 친구가 아니라 실험 대상으로 생각하고 제게 말을 건다고 했어요. 마저리가 신경근 이상을 연구한다고 했기 때문에, 저는 에미의 말이 틀렸다는 것을 알았어요."

톰이 일어서고, 나도 서둘러 몸을 일으킨다. "하지만 네게는—이건 대단한 기회군."

"알아요. 저는—한번 생각했는데—데이트를 신청하려고—하고 싶었지만, 어떻게 해야 할지 몰랐어요."

"치료가 도움이 되리라고 생각해?"

"어쩌면요." 나는 마스크를 쓴다. "하지만 그 일에 도움이 되지 않더라도, 다른 점에서 도움이 되리라고 생각해요. 그리고 저는 언제나 마저리를 좋아할 거예요."

"분명 그렇겠지만, 지금 같지는 않을 거야. 같을 수가 없어. 루, 어떤 체계든 마찬가지야. 만약 내 발 하나가 없어진다면, 그래도 나는 펜싱을 계속할지도 모르지만, 내 패턴은 달라지지 않겠어?"

톰의 발이 없어지는 상상이 마음에 들지 않지만, 그의 말뜻은 이해가 된다. 내가 고개를 끄덕인다.

"그러니 네가 너의 정체성에 관한 큰 변화를 겪은 다음에는, 너와 마저리는 다른 패턴을 구성하게 될 거야. 더 가까워질지도 모르고, 더 멀어질지도 모르지."

이제 나는 몇 분 전에는 몰랐던, 내가 마저리와 치료와 나에 대해 마음속 깊이 숨겨진 생각을 갖고 있었다는 사실을 안다. 확실히, 나는 더 쉬워지리라고 생각했다. 내가 정상이 된다면 우리가 함께 정상이 되어, 결혼을 하고 아이들을 가지고 정상적인 삶을 꾸려갈지도 모른다는 희망을 갖고 있었다.

"루, 지금 같지 않을 거야." 마스크를 쓴 톰이 거듭 말한다. 그의 눈의 반짝임이 보인다. "같을 수가 없어."

펜싱은 같고 같지 않다. 이제 겨룰 때마다 톰의 패턴은 점점 더 분명해지지만, 나의 패턴은 모였다 흩어졌다 한다. 집중력이 흐트러진다. 마저리가 밖으로 나올까? 펜싱을 할까? 마저리와 루시아가 동의 서류에 대해 뭐라고 할까? 나는 집중하면 톰에게 유효타를 낼 수 있지만, 그러고 나면 톰이 그의 패턴 어디쯤에 있는지를 놓치고, 그러면 톰이 내게 닿는다. 다섯 번에 세 번째 유효타가 났을 때 마저리와 루시아가 나온다. 톰과 내가 숨을 고르려 막 멈췄을 때다. 서늘한 밤인데도 우리는 땀에 젖어 있다.

"흠." 루시아가 말한다. 나는 기다린다. 그녀는 더 이상 아무 말도 하지 않는다.

"내가 보기에는 너무 위험해. 신경 재흡수와 재생 쪽에 손을 대다니.

하지만 본 연구에 대해 읽어보지 않았으니."

마저리에 이어 루시아가 말한다.

"잘못될 수 있는 부분이 너무 많아. 유전물질을 바이러스로 삽입하는 기술은 평범해. 이미 검증된 기술이지. 나노테크 연골 교정, 혈관 보수, 염증 처리, 좋아. 척수 손상을 위한 프로그램 가능한 칩, 괜찮아. 하지만 유전자 스위치에 손을 댄다는 건—아직 그쪽에서는 버그를 다 해결하지 못했어. 골격 재생에서 골수를 건드리는 부분도—물론 그쪽은 신경이 아니고, 아동들에게 시술된 적은 있지만, 여전히 걱정스러워."

나는 루시아의 말을 이해하지 못하지만, 겁먹을 이유를 늘리고 싶지 않다.

"무엇보다 걱정스런 점은 전 과정이 모두 네 고용주의 회사 내에서 이루어진다는 부분이야. 거의 근친상간이나 다름없는 난장판이지. 무엇이든 잘못될 수 있는데. 네겐 널 위해 나서 줄 의료 전문 변호사가 없어. 그쪽 법률 지원 변호사는 의료사건 전문가가 아니지…… 하지만 네가 결정할 일이야."

"네." 나는 마저리를 응시한다. 그러지 않을 수가 없다.

"루……." 그리고 마저리는 머리를 흔든다. 나는 그녀가 하려던 말을 하지 않으리라는 것을 안다. "겨루어 볼래?" 그녀가 묻는다.

나는 펜싱을 하고 싶지 않다. 마저리와 함께 앉아 있고 싶다. 그녀를 만지고 싶다. 그녀와 함께 저녁 식사를 하고, 함께 침대에 눕고 싶다. 하지만 나는 그렇게 하지 못한다. 아직은. 나는 일어서서 마스크를 쓴다.

마저리의 칼이 내 칼에 닿을 때의 느낌을 나는 설명할 수 없다. 예전보다 강렬하다. 내 몸이, 적절하지 못하지만 멋진 느낌으로 긴장하고 반응하는 것이 느껴진다. 나는 이 느낌이 계속되기를 바라고, 멈추어 그녀를 부여잡고 싶다. 나는 너무 빨리 유효타를 내지 않으려, 그래서 지금 이 순간이 계속되게 하려 속도를 늦춘다.

지금도 마저리에게 함께 저녁을 먹으러 가자고 청할 수 있다. 치료를 받기 전에나 받은 후에나, 나는 할 수 있다. 아마도.

목요일 오전. 싸늘하고 바람이 분다. 회색 구름이 하늘을 달린다. 나는 베토벤의 〈장엄 미사〉를 듣는다. 바람은 빠르게 움직이지만, 빛은 무겁고 느려 보인다. 데일, 베일리, 에릭은—혹은 그들의 차는—이미 와 있다. 린다의 차는 아직 없다. 츄이의 차도 없다. 주차장에서 건물로 들어가는 동안, 바람이 바짓자락을 다리에 밀어붙인다. 피부에 맞닿은 천의 주름이 느껴진다. 작은 손가락 여러 개처럼 느껴진다. 어린 시절, 혼자 힘으로 할 수 있을 만큼 나이가 들 때까지 어머니에게 옷 안에 붙은 상표를 떼어 달라고 애원했던 기억이 난다. 나는 나중에도 이것을 의식할까?

등 뒤에서 차 소리가 들려 돌아본다. 린다의 차다. 린다는 평소와 같은 자리에 차를 댄다. 그녀가 나를 보지 않으며 차에서 내린다.

문 앞에서 내 카드를 집어넣고 판독기에 엄지 손가락을 댄다. 자물쇠가 딸깍 하고 쿵 하며 열리는 소리를 낸다. 나는 문을 밀어 열고 린다를 기다린다. 그녀는 트렁크를 열고 상자를 꺼내고 있다. 크렌쇼 씨가 갖고 있었던 상자와 비슷하지만, 옆면에 아무런 무늬가 없다.

나는 물건을 넣을 상자를 가져올 생각을 하지 못했다. 점심시간에 상자를 찾을 수 있을지 생각한다. 린다가 상자를 가져왔다는 것이, 린다도 치료를 받기로 결정했다는 뜻일지 궁금하다.

린다가 한쪽 팔 아래에 상자를 낀다. 그녀가 서둘러 걷자, 바람에 머리카락이 뒤로 날린다. 린다는 평소에는 머리를 묶고 다닌다. 나는 그녀의 머리카락이 저런 모양으로 곱슬거리는 줄 알지 못했다. 그녀의 얼굴이 달라 보인다. 마치 어떤 두려움도 걱정도 없는 조각처럼 단정하고 여위어 보인다.

린다가 상자를 든 채 나를 스쳐 지나가고, 나는 그녀를 따라 실내로 들어간다. 한 카드로 두 사람이 출입했다고 터치스크린에 입력해야 함을 기억한다. 복도에 베일리가 있다.

"너는 상자를 가지고 있어." 베일리가 린다에게 말을 건다.

"필요한 사람이 있을지도 모른다고 생각했어. 만약을 대비해 가지고 왔어."

"나는 내일 상자를 가지고 올 거야. 루, 너는 오늘 떠나, 내일 떠나?"

"오늘." 내가 말한다. 린다가 상자를 든 채 나를 쳐다본다. "그 상자를 써도 될까?" 내가 말하자, 린다가 나와 눈을 맞추지 않으며 상자를 건넨다.

사무실로 들어간다. 벌써부터 다른 사람의 사무실에 들어온 것처럼 이상한 기분이 든다. 만약 이대로 두고 갔다가 나중에 돌아와 보면, 지금처럼 이상해 보일까? 하지만 지금 이상해 보인다는 것은, 벌써 나의 일부는 나중에 살고 있다는 뜻이 아닐까?

나는 팔랑개비와 바람개비 들을 돌리는 작은 송풍기를 들었다가, 도로 내려놓는다. 의자에 앉아 주위를 다시 본다. 예전과 같은 사무실이다. 하지만 나는 예전과 같은 사람이 아니다.

책상 서랍을 열어 보니, 늘 있던 오래된 안내서 묶음밖에 없다. 맨 밑에는—오랫동안 펴 본 적 없었지만—'직원 편람'이 있다. 맨 위에는 각종 시스템 업그레이드 설명서가 있다. 이 서류들을 인쇄하면 안 되지만, 아직도 종이에 인쇄되어 글자가 움직이지 않는 글을 읽는 편이 더 쉽다. 모두들 내 설명서를 사용한다. 내가 치료를 받으러 간 사이에, 허락 없이 만든 이 복사물들을 여기 두고 싶지 않다. 나는 서류를 모두 꺼내 '직원 편람'이 맨 위에 보이도록 뒤집는다. 서류를 어떻게 해야 할지 모르겠다.

맨 밑 서랍에는 가장 큰 물고기가 구부러지기 전까지 내가 사무실에 걸어 두었던 오래된 모빌이 들어 있다. 이제 반짝이던 물고기의 표면에는 작고 검은 얼룩이 있다. 나는 짤랑대는 소리에 눈살을 찌푸리며 모빌을 끄집어내, 검은 얼룩 하나를 문지른다. 지워지지 않는다. 메스껍다. 나는 소리에 눈살을 찌푸린 채 쓰레기통에 모빌을 집어넣는다.

얕은 가운데 서랍에는 색깔 펜과 자동판매기에 넣을 잔돈이 든 작은 플라스틱 통이 들어 있다. 나는 통을 주머니에 넣고, 펜을 책상 위에 놓는다. 선반을 본다. 모두 다 프로젝트 정보, 서류철, 회사 물건이다. 선반은 치우지 않아도 된다. 나는 가장 좋아하지는 않는, 노란색과 은색과 주황색과 빨간색으로 이루어진 팔랑개비들을 내린다.

복도에서 누군가와 대화 중인 올드린 씨의 목소리가 들린다. 그가 내 사무실 문을 연다.

"루—모두에게 프로젝트를 회사 밖으로 가져가면 안 된다는 말을 깜박했네요. 프로젝트에 관련된 물품을 보관하고 싶다면, 보안 창고에서 관리해야 한다는 설명이 쓰인 스티커를 붙이면 돼요."

"네. 올드린 씨." 내가 답한다. 상자에 든 시스템 업그레이드 설명서 때문에 마음이 불편하지만, 이 서류들은 프로젝트에 관련되지 않았다.

"내일 종일 회사에 있을 건가요?"

"아마 안 올 거예요. 뭔가 시작했다가 끝내지 못한 채 가고 싶지 않아요. 오늘 모두 다 정리해 나갈 겁니다."

"알았어요. 내가 보낸 권장 준비 사항 목록은 받았죠?"

"네."

"좋아요. 그러면 나는—"그가 어깨 너머를 살피더니 내 사무실로 들어와 문을 닫는다. 나는 긴장한다. 속이 거북해진다. "루." 그가 망설이더니, 목을 가다듬고 고개를 돌린다. "루, 나는—나는 일어난 모든 일에 대해 사과하고 싶어요."

나는 그가 기대하는 답을 알지 못한다. 나는 아무 말도 하지 않는다.

"나는 전혀 바라지 않았어요……. 만약 내게 결정권이 있었다면, 아무것도 바뀌지 않았을 거예요."

틀렸다. 바뀌었을 것이다. 그래도 돈은 내게 화를 냈을 것이다. 그래도 나는 마저리를 사랑했을 것이다. 나는 왜 올드린 씨가 이런 소리를 하는지 잘 모르겠다. 그는 사람들이 원하든 원치 않든 변화는 결국 찾아온다는 사실을 알 터이다. 남자는 연못가에 누워 몇 주, 몇 년 동안 천사가 내려오기를 기다릴 수 있다. 누군가 멈춰 서서 그에게 낫고자 하느냐고 물을 때까지.

올드린 씨의 얼굴에 나타난 표정이 내가 그토록 자주 느꼈던 감정을 떠올린다. 나는 그가 두려워하고 있음을 깨닫는다. 올드린 씨는 거의 항상 무언가를 두려워하고 있다. 오랫동안 무언가를 두려워하는 일은 고통스럽다. 나는 그 고통을 안다. 올드린 씨가 그런 표정을 짓지 않았으면 좋겠다. 그 얼굴을 보면 뭔가 해야 할 것 같은 기분이 들지만, 내가 무엇을 해야 할지 알지 못하기 때문이다.

"당신의 잘못이 아니에요." 내가 말한다. 그의 표정이 풀린다. 올바른 말이었다. 너무 쉽다. 말이야 할 수 있지만, 그렇다고 그 말이 참일까? 말은 틀릴 수 있다. 생각은 틀릴 수 있다.

"당신이 정말로 괜찮은지 확인하고 싶어요—정말로 치료를 받기를 원하는지요. 강제성이 전혀 없어요."

그는 또 틀렸다. 어쩌면 그는 지금 당장 회사가 강요하지 않고 있다는 뜻으로 한 말일지도 모른다. 이제 변화가 오리라는 것을 알고 나니, 이 변화가 가능하다는 것을 알고 나니, 마치 공기가 풍선을 채우고 빛이 우주를 채우듯이 내 안에서 압력이 높아진다. 빛은 수동이 아니다. 빛은 자신이 닿는 무엇이든 누른다.

"제가 결정했어요." 내가 말한다. 옳든 그르든, 이것이 나의 결정이라는 뜻이다. 나도 틀릴 수 있다.

"루, 고마워요. 당신은—여러분들 모두—나에게 큰 의미가 있어요."

나는 그의 '큰 의미가 있다'는 말의 뜻을 모른다. 구문상으로는 우리 안에 그가 가져갈 수 있는 큰 의미들이 들어 있다는 뜻이지만, 나는 올드린 씨가 그런 의미로 이렇게 말했다고 생각하지 않는다. 나는 묻지 않는다. 올드린 씨가 우리를 모아 놓고 말했던 때를 생각하면 여전히 불편한 기분이 든다. 나는 아무 말 하지 않는다. 9.3초 후, 그가 고개를 끄덕이고 돌아선다. "살펴 가요." 그가 말한다. "행운을 빌어요."

나는 "조심하세요"는 이해하지만, "살펴 가요"는 그만큼 분명한 말이 아니라고 생각한다. 살림은 상자처럼 들고 갈 수 있는 물건이 아니다. 나는 이 말도 하지 않는다. 어쩌면 나중에는 이런 생각조차 하지 않을지도 모른다. 나는 지금부터, 나중이 어떨지 생각해 보아야 한다.

그가 "낫길 바라요"라고 하지 않았음을 깨닫는다. 나는 그가 조심스러운 건지, 예의를 지키려 그러는지, 아니면 치료가 잘되지 않으리라고 생각하는지 알지 못한다. 나는 묻지 않는다. 올드린 씨의 휴대 호출기가 울리고, 그가 복도로 뒷걸음질쳐 나간다. 그는 사무실 문을 닫지 않는다. 다른 사람의 대화를 듣는 것은 잘못이지만, 더 높은 사람 앞에서 문을 닫는 것도 예 없는 행동이다. 상대편의 말은 들리지 않지만, 나는 올드린 씨가 하는 말을 듣지 않을 수 없다. "네, 곧 가겠습니다."

그의 발소리가 멀어진다. 나는 길게 심호흡을 하며 긴장을 푼다. 좋아하는 팔랑개비들을 내리고 바람개비들을 걸이에서 떼어낸다. 실내가 텅 비어 보이지만, 책상 위는 어지럽다. 린다가 준 상자에 모두 다 들어갈지 모르겠다. 다른 상자를 찾아야 할지도 모른다. 빨리 시작하면 빨리 끝난다. 복도로 나가 보니, 츄이가 문 앞에 서서 문을 연 채로 여러 개의 상자를 들이려 애쓰고 있다. 그를 대신해 문을 잡아 준다.

"한 사람당 한 개씩 가지고 왔어. 시간이 절약될 거야."

"린다가 내가 쓰고 있는 상자를 가져 왔어."

"두 개 필요한 사람이 있을지도 모르지." 그가 상자들을 복도에 떨어뜨린다. "필요하면 하나 가져가."

"하나 필요해. 고마워."

나는 린다가 준 것보다 큰 상자를 들고 사무실로 돌아간다. 설명서를 가장 밑에 넣는다. 무겁기 때문이다. 색깔 펜들은 설명서와 상자 가장자리 틈에 들어간다. 팔랑개비와 바람개비 들을 맨 위에 놓았다가, 송풍기를 기억한다. 나는 팔랑개비와 바람개비 들을 꺼내고 설명서 위에 송풍기를 놓는다. 이러니 물건을 다 넣기에는 공간이 부족하다. 상자를 본다. 내게는 '직원 편람'이 필요 없고, 사무실에 편람을 두고 가도 아무도 화를 내지 않을 것이다. 나는 '직원 편람'을 꺼내 책상 위에 놓는다. 송풍기를 넣고, 그다음에 팔랑개비와 바람개비 들을 넣는다. 딱 맞다. 밖에서 불고 있는 바람을 생각한다. 가벼운 물건이니 날아갈지도 모른다.

마지막 서랍에서 비 오는 날 차에서 건물까지 비를 맞으며 걸어야 할 때 머리를 말리려 쓰는 수건을 찾아낸다. 팔랑개비와 바람개비 들 위에 덮으면 물건들이 날아가지 않을 것이다. 나는 수건을 상자에 담긴 물건들 위에 접어 넣고 상자를 든다. 이제 나는 크렌쇼 씨처럼, 소지품이 담긴 상자를 사무실 밖으로 가져가고 있다. 내 옆에는 경비원이 없다는 점을 제외하면, 어쩌면 다른 사람들에게는 내가 크렌쇼 씨와 비슷해 보일지도 모른다. 하지만 우리는 비슷하지 않다. 이것은 내 선택이다. 나는 크렌쇼 씨가 자기 선택으로 회사를 떠났으리라고 생각하지 않는다. 문가로 가니, 데일이 자기 사무실에서 나오고 있다. 그가 내 대신 문을 잡아 준다.

구름이 짙고, 가장자리의 하늘이 어둡고, 춥고, 흐리다. 잠깐 비가 올지도 모른다. 나는 추위를 좋아한다. 바람이 내 뒤에 있다. 등을 밀어오는 바람이 느껴진다. 상자를 차 앞에 놓자, 수건이 날아가려고 한다. 손으로 누른다. 수건을 누른 채 차 문을 열기는 힘드리라. 나는 상자를 차의 조수석 쪽으로 옮기고 귀퉁이를 발로 누른다. 이제 문을 열 수 있다.

얼음장 같은 빗방울이 뺨을 때린다. 나는 상자를 조수석에 놓은 다음,

문을 닫아 잠근다. 사무실로 돌아갈까 생각하지만, 내 물건은 모두 다 확실히 챙겼다. 진행하던 프로젝트 서류를 특별 창고에 보관하고 싶지 않다. 그 프로젝트를 다시 보고 싶지 않다.

허나 데일과 베일리와 츄이와 에릭과 린다는 꼭 다시 보고 싶다. 다시 빗방울. 차가운 바람의 느낌이 좋다. 나는 머리를 흔들고 문으로 돌아가 카드를 넣고 엄지손가락을 댄다. 모두들 복도에 모여 있다. 꽉 찬 상자를 든 사람도 있고, 그냥 서 있는 사람도 있다.

"뭐 먹으러 갈래?" 다른 사람들이 주위를 둘러본다.

"겨우 10시 12분이야. 지금은 점심시간이 아니야. 나는 아직 일하고 있어." 츄이가 말한다. 그는 상자를 들고 있지 않다. 린다는 상자를 들고 있지 않다. 떠나지 않는 사람들이 상자를 가지고 오다니 이상하다. 우리가 떠나기를 바랐던 걸까?

"나중에 피자를 먹으러 가도 되지." 데일이 말한다. 우리는 서로를 쳐다본다. 다른 사람들이 무슨 생각을 하는지 알지 못하지만, 나는 예전 같지 않으면서, 너무 예전 같으리라고 생각하고 있다. 시늉이다.

"나중에 어디 다른 데 가도 되지." 츄이가 말한다.

"피자집." 린다가 말한다.

우리는 그쯤 해 둔다. 나는 내가 가지 않으리라고 생각한다.

평일 낮에 운전을 하니 기분이 무척 이상하다. 나는 집으로 들어와 문에서 가장 가까운 자리에 차를 댄다. 상자를 위로 들고 올라간다. 아파트는 무척 고요하다. 상자를 신발 뒤, 벽장에 넣는다.

집은 조용하고 깔끔하다. 나가기 전에 아침 식사에 쓴 그릇을 씻었다. 나는 늘 그렇게 한다. 동전통을 주머니에서 꺼내 옷바구니 위에 놓는다.

갈아입을 옷을 세 벌 가져오라고 했다. 지금 싸면 된다. 날씨가 어떨지, 실내복뿐 아니라 외출복도 필요할지 모른다. 벽장에서 여행가방을 꺼내고 두 번째 서랍 맨 위에 있는 니트 세 벌을 꺼낸다. 속옷 세 벌. 양말 세 짝. 황갈색 바지 두 벌과 검은색 바지 한 벌. 추울 때를 대비한 파란색 스웨트셔츠.

나는 비상시를 대비해 여분의 칫솔, 빗, 솔을 가지고 있다. 지금까지 비상시를 겪은 적이 없다. 이번 일은 비상시가 아니지만, 지금 싸 놓으면 다시 생각하지 않아도 된다. 나는 칫솔, 새 치약 한 통, 빗, 솔, 면도기, 면도 크림, 손톱깎이를 여행가방에 들어가는 작은 지퍼백에 넣고, 지퍼백을 여행가방에 집어넣는다. 받은 목록을 다시 살펴본다. 모두 다 챙겼다. 여행가방의 끈을 조이고 지퍼를 잠근 다음 가방을 옆으로 치운다.

올드린 씨가 은행, 아파트 관리인, 걱정할지도 모르는 친구들에게 연락하라고 했다. 그가 은행과 아파트 관리인에게 줄, 우리가 회사에서 맡은 일시적인 업무로 인해 자리를 비울 것이고, 우리의 수표는 은행에서 지불되며 은행은 모든 자동이체를 계속해야 한다고 씌어 있는 진술서를 주었다. 나는 진술서를 우리 지점 담당자에게 넘겼다.

아래층에 내려가자 관리실의 문은 닫혀 있지만, 안에서 진공 청소기의 신음소리가 들려온다. 어렸을 때에는 어머니가 앞뒤로 움직일 때마다 "오오오오오……우우우우……오오오오오……노우우우우우"하고 우는 것 같은 소리가 난다는 이유로 진공청소기를 무서워했다. 진공청소기는 울부짖고 흐느끼고 신음했다. 지금은 그저 성가시기만 하다. 초인종을 누른다. 신음소리가 멈춘다. 발소리는 들리지 않았지만, 문이 열린다.

정도밖에 모른다. 그녀의 전문 분야가 아니다. 우리 둘 다 펜싱을 하지만, 나는 우리가 내내 펜싱 이야기만 할 수 있으리라고는 생각하지 않는다. 나는 그녀가 우주에 관심을 가지고 있지 않으리라고 생각한다. 마저리는 올드린 씨처럼 우주 개발을 돈 낭비라고 생각하는 것 같다.

만약 내가 돌아온다면 ― 치료가 성공하고 내가 몸뿐 아니라 머리도 다른 남자들과 같아진다면 ― 나는 지금처럼 그녀를 좋아할까?

그녀도 천사와 연못의 다른 경우일 뿐일까? 나는 그녀를 내가 사랑할 수 있는 유일한 사람이라고 생각하기 때문에 사랑하는 걸까?

일어서서 바흐의 〈토카타와 푸가 D단조〉를 튼다. 음악이 산과 계곡과 서늘한 소용돌이 바람이 있는 복잡한 풍경을 펼친다. 만약 돌아온다면, 나는 돌아와서도 여전히 바흐를 좋아할까?

일순간, 공포가 나의 존재를 사로잡고 나는 암흑 속으로, 어떤 빛보다 빠르게 떨어져 내린다. 하지만 음악이 내 아래에서 떠올라 마치 대양의 파도처럼 나를 들어올리고, 나는 더 이상 두렵지 않다. 목요일 오전, 출근하는 날이지만, 사무실에서 할 일이 아무것도 없고, 집에서 할 일도 아무것도 없다. 오늘 오전에 은행 담당자로부터 확인이 들어와 있었다. 지금 빨래를 할 수도 있겠지만, 나는 금요일 밤에 빨래를 한다. 만약 내가 평소처럼 오늘 밤에 빨래를 하고 오늘 밤과 토요일 밤과 일요일 밤에 침대 시트 위에서 자면 침실에 지저분한 시트를, 욕실에 지저분한 수건을 둔 채 병원에 들어가게 된다는 생각이 떠오른다. 어떻게 해야 할지 모르겠다. 나는 지저분한 물건을 두고 가고 싶지 않지만, 그러려면 월요일 새벽에 일어나서 빨래를 해야 한다.

다른 사람들에게 연락할까 생각해 보았다가, 하지 않기로 결심한다.

정말로, 그들과 말하고 싶지 않다. 계획된 휴가 외에는 이렇게 하루가 빈 적이 없었다. 무엇을 해야 할지 모르겠다. 영화관에 가거나 책을 읽을 수도 있지만, 그러기에는 너무 긴장하고 있다. 센터에 갈 수도 있지만, 그러고 싶지도 않다.

나는 아침에 쓴 그릇을 씻어 정돈한다. 불현듯, 집이 너무 조용하고 너무 크고 텅 비어 있다. 어디로 갈지는 모르겠지만 어디에든 가야 한다. 지갑과 열쇠를 주머니에 넣고 집을 나선다. 평소에 나가는 시간에서 겨우 5분 지났다.

대니도 계단을 내려가고 있다. "안녕, 루, 잘 지내요?" 그가 급히 말한다. 지금은 바빠서 이야기하고 싶지 않다는 뜻이라고 생각한다. 나는 "안녕하세요"라고만 한다.

밖에 나오니 흐리고 춥지만 지금은 비가 내리지 않고 있다. 바람이 어제만큼 세지 않다. 나는 차로 걸어가 탄다. 아직 시동을 걸지는 않는다. 내가 어디로 갈지 알지 못하기 때문이다. 불필요하게 시동을 거는 것은 낭비이다. 나는 조수석의 물품함을 열고 지도를 꺼내 펼친다. 강 상류에 있는 주립 공원에 가서 폭포를 볼 수도 있다. 보통은 사람들이 여름에 하이킹하러 가는 곳이지만, 공원은 겨울 낮 시간에도 문을 열리라.

창문가에 그림자가 드리운다. 대니다. 나는 창문을 연다.

"괜찮아요? 무슨 문제 있어요?"

"저는 오늘 출근을 하지 않습니다. 어디에 갈지 생각하고 있습니다."

"그렇군요." 나는 놀란다. 그가 이만큼 관심을 갖고 있을 줄 생각하지 못했다. 이만큼 관심이 있다면, 어쩌면 대니는 내가 떠난다는 것을 알고 싶어 할지도 모른다.

"저는 떠나요."

그의 얼굴 표정이 바뀐다. "떠난다고요? 그 스토커 때문에? 루, 그 자식은 더 이상 당신을 해치지 못해요."

아파트 관리인과 대니 둘 다 내가 돈 때문에 나간다고 추측하다니 흥미롭다.

"아닙니다. 이사를 하지는 않지만, 최소한 몇 주 정도 떠나 있을 겁니다. 새로 개발된 실험 단계인 치료법이 있어요. 회사는 제가 그 치료를 받기를 원해요."

그가 걱정스런 표정을 짓는다. "당신 회사가— **당신이** 바라는 일인가요? 회사가 압력을 넣었어요?"

"제 결정이에요. 제가 받기로 했어요."

"흐음……. 그렇군요. 좋은 조언자를 구했길 바라요."

"네." 내가 답한다. 어디에서 구했는지는 말하지 않는다.

"그러면— 휴가를 받았나요? 아니면 오늘 떠나요? 치료는 어디에서 받아요?"

"오늘은 회사에서 일을 하지 않아도 됩니다. 어제 책상을 치웠어요. 치료는 제가 일하는 회사의 다른 건물에 있는 연구 병동에서 받습니다. 월요일에 시작돼요. 오늘은 할 일이 아무것도 없어요—하퍼폭포에 올라가 볼까 생각 중이에요."

"아, 음, 루, 몸조심해요. 잘되길 빌게요." 그가 내 차 지붕을 탁 치고 걸어간다.

나는 그가 잘되길 바라는 것이 무엇인지 확신하지 못한다. 하퍼계곡으로의 여행? 치료? 그가 왜 내 차 지붕을 쳤는지도 알지 못한다. 나는 내가 그를 더 이상 두려워하지 않는다는 것은 확실히 안다. 내가 스스로 만들어낸 또 다른 변화이다.

공원에 도착해서 입장료를 내고 빈 주차장에 차를 세운다. 표지판들이 여러 길을 가리킨다. 계곡 290.3미터, 버터컵초원 1.7킬로미터, 청소년을 위한 자연로 1.3킬로미터. '청소년을 위한 자연로'와 '걷기 쉬운 길'은 둘 다 아스팔트 포장이 되어 있지만, 계곡으로 가는 길은 금속 테두리 사이에 돌조각이 깔려 있다. 나는 계곡으로 가는 길을 걸어 내려간다. 신발이 바닥에 쓱쓱 긁힌다. 아무도 없다. 들리는 소리는 모두 자연의 소리이다. 멀리서 고속도로의 희미한 울림이 들려오지만, 가까이에서는 공원 사무실의 발전기에서 나는, 조금 더 높은 윙윙거림뿐이다.

곧 그 소리마저 사라진다. 나는 고속도로 소리도 막는 암벽 아래에 있다. 나무에서 거의 다 떨어진 잎들이 어제 내린 비로 축축하다. 아래쪽으로, 여기, 가장 추운 곳에서 살아남아 이런 흐린 빛을 받으면서도 반짝이는 빨간 단풍잎들이 보인다.

긴장이 풀리는 것이 느껴진다. 나무들은 내가 정상이든 아니든 개의치 않는다. 바위와 이끼들은 개의치 않는다. 그들은 한 인간과 다른 인간을 구별하지 못한다. 그래서 편안하다. 나 자신에 대해 전혀 생각하지 않아도 된다.

바위에 앉아 다리를 아래로 흔들려 멈춰 선다. 어린 시절, 부모님이 우리가 사는 동네에서 가까운 공원으로 나를 데리고 갔다. 그곳에도 폭포로 이어지는, 여기보다 좁은 개울이 있었다. 그곳의 바위들은 색이 더 짙었고, 튀어 나온 바위들은 대개 좁고 뾰족했다. 하지만 넘어져서 납작한 면이 위인 바위가 하나 있어서, 나는 그 바위 위에 서거나 앉곤 했다. 바위는 아무 것도 하지 않기 때문에 친근한 느낌을 주었다. 부모님은 이해하지 못했다.

마지막으로 남은 단풍나무에게 누군가 그들도 바뀔 수 있고, 더 따뜻한 곳에서 행복하게 살 수 있다고 하면 단풍나무들은 그쪽을 선택할까? 매년 이토록 아름다운 색으로 물드는 반투명한 잎을 잃는다는 것이 어떤 의미일까?

나는 숨을 깊이 들이쉬고 냄새를 맡는다. 젖은 잎, 바위에 붙은 이끼, 지의, 바위 자체, 흙…… 자폐인들이 냄새에 너무 민감하다고 쓰인 논문을 읽은 적이 있다. 하지만 아무도 개나 고양이의 민감한 후각은 거북해하지 않는다.

숲에서 젖은 잎들이 바닥에 눌려 고요한 오늘 같은 날에도 나는 작은 소리들에 귀를 기울인다. 아직 매달려 있는 잎들이 바람이 불면 흔들리며 가까운 가지를 두드린다. 멀리 뛰어가는 다람쥐가 발판을 쥐었다 놓으며 나무껍질을 긁는다. 날갯짓 소리, 이어서 눈에는 보이지 않는 새가 내는 희미한 짹짹 소리가 들린다. 자폐인들이 작은 소리에 너무 민감하다고 쓰인 논문을 읽은 적이 있다. 하지만 아무도 동물들을 거북해하지 않는다.

여기에는 거북해하는 사람들이 아무도 없다. 오늘은 내 과도하고 불규칙적인 감각들을 즐겨도 된다. 다음 주 지금 이 시간에는 사라질지도 모르니. 그때 가지게 될 감각이 무엇이든, 내가 그것을 즐기게 되기를 바란다.

몸을 구부리고 돌, 이끼, 지의地衣에 혀를 대어 맛을 본다. 그런 다음,

돌에서 그 밑에 깔린 젖은 잎으로 혀를 미끄러뜨린다. 떡갈나무 껍질(쓰다, 아스트린젠트 맛), 포플러나무 껍질(처음에는 무미, 나중에는 조금 달콤하다). 팔을 쭉 뻗고 돌조각들을 저벅저벅 밟으며 빙빙 돈다. (보고 화내거나 거북해할 사람도, 꾸짖을 사람도, 조심스레 고개를 저을 사람도 없다.) 내가 돌자 색깔들이 내 주위로 소용돌이친다. 내가 멈추자, 색깔들은 곧장 멈추지 않고 천천히 정지한다.

아래로 아래로—혀를 대어 볼 양치류를 찾는다. 한 잎만 아직 녹색이다. 아무 맛이 없다. 다른 나무들의 껍질들도 있다. 대부분 내가 모르는 나무들이지만, 나는 나무들이 각자의 패턴으로 구분됨을 알아본다. 나무마다 조금씩 다른, 설명하기 어려운 맛과 조금 다른 냄새, 만져보면 조금 더 거칠거나 부드러운, 조금 다른 껍질이 있다. 폭포 소리가 처음에는 희미한 울림이었다가, 울림을 이룬 다양한 소리로 나누어진다. 아래의 바위를 때리는 주폭포의 굉음, 포효로 커지는 굉음의 메아리, 작은 폭포들에서 톡톡 뛰고 철벅철벅 떨어지는 물보라, 서리가 내린 이끼에서 한 방울씩 떨어지는 작은 물방울 소리.

나는 각 부분을 떼어 보려 애쓰며 떨어지는 물을 응시한다. 가장자리로 매끄럽게 흘러가는 듯한 덩어리와, 아래로 덜어지며 흩어지는 물줄기……. 저 마지막 바위에서 미끄러져 무無 속으로 떨어지며 물방울은 무슨 생각을 할까? 물에게는 마음이 없고, 물은 생각을 하지 못하지만, 사람들은—정상인들은—마치 물의 무력함을 믿지 않는 듯 분노하는 강과 화난 홍수에 대해 쓴다.

소용돌이친 바람이 내 얼굴에 물을 뿌린다. 어떤 물방울들은 중력을 거스르며 바람을 타고 오르지만, 있던 곳으로 돌아가려는 것은 아니다.

나는 거의 나의 결정, 미지, 돌아오지 못함에 대해 생각할 뻔한다. 하지만 나는 오늘 생각하고 싶지 않다. 내가 느낄 수 있는 것을 모두 느끼고, 만약 저 미지의 미래에도 기억할 수 있다면, 이 느낌을 간직하고 싶다. 나는 혼돈 속의 질서와 질서 속의 혼돈의 패턴을 보며 물에 몰두한다.

월요일. 9시 29분. 나는 A 부서에서 멀리 떨어진 쪽에 있는 의료 연구 시설에 있다. 줄지어 선 의자에, 데일과 베일리 사이에 앉아 있다.

의자들은 등받이에 파란색과 녹색과 분홍색 트위드 쿠션이 달린 옅은 회색 플라스틱이다. 맞은편에도 의자들이 줄지어 놓여 있다. 벽에는 옅은 회색 가로봉 아래로 두 가지 농도의 회색 줄무늬가 있고, 그 위로 회백색 물결무늬가 덮고 있다. 아래 패턴은 줄무늬지만, 위쪽과 같은 물결무늬 느낌이 나는 재질이다. 맞은편 벽에 그림 두 장이 걸려 있다. 한 장은 멀리 언덕이, 가까이에 녹색 들판이 있는 풍경화이고 다른 하나는 구릿빛 통에 빨간색 양귀비 꽃다발이 들어 있는 그림이다. 방 끄트머리에 문이 있다. 나는 문 뒤에 무엇이 있는지 알지 못한다. 나는 저 문이 우리가 통과할 문인지 알지 못한다. 우리 앞에는 깔끔한 개인용 뷰어 두 대와 '환자 정보 : 여러분의 프로젝트를 이해하세요'라는 라벨이 붙여진 디스크 상자가 놓인 작은 탁자가 있다. 내 눈에 보이는 디스크의 라벨에는 이렇게 쓰여 있다. "여러분의 위를 이해하기."

나의 위는 안에 넓고 텅 빈 공간이 있는 차가운 덩어리이다. 피부는 누가 너무 단단히 잡아당긴 느낌이 든다. 나는 '여러분의 뇌를 이해하기'라고 쓰인 디스크가 있는지 찾아보지 않았다. 만약 있다면, 읽어 보고 싶지 않다.

미래를 상상하려고 하면—남은 오늘, 내일, 다음 주, 여생—마치 내 눈의 동공을 들여다 볼 때 같다. 오직 암흑만이 나를 마주 본다. 빛이 속도를 높일 때, 어둠은 이미 빛이 도착할 때까지 알지 못하고 알 수 없는 채로 그곳에 있다.

무지無知는 지知보다 먼저 도착한다. 미래는 현재보다 먼저 도착한다. 지금부터, 과거와 미래는 방향만 다를 뿐 같지만, 나는 이쪽이 아니라 저쪽으로 갈 것이다.

그곳에 도착하면, 빛의 속도와 어둠의 속도가 같아지리라.

21

빛. 어둠. 빛. 어둠. 빛과 어둠. 어둠에 드리운 빛의 가장자리. 움직임. 소리. 또 소리. 움직임. 차가움과 따뜻함과 뜨거움과 빛과 어둠과 거침과 부드러움과 차가움, **너무 차가움** 그리고 **고통** 그리고 따뜻함과 어두움과 '없는 고통'. 또 빛. 움직임. 소리와 더 시끄러운 소리와 **너무 시끄러운 소가 음메**. 움직임. 빛을 가리는 형체들, 따끔, 따뜻함, 다시 어둠으로.

빛은 낮이다. 어둠은 밤이다. 낮은 이제 일어나요 일어날 시간이에요, 이다. 어둠은 누워요 조용히 해요 자요, 이다.

이제 일어나요, 앉아요, 팔을 내밀어요. 차가운 공기. 따뜻한 손길. 이제 일어나요, 일어서요. 발에 느껴지는 차가움. 이제 와요 걸어요. 걸어간 곳은 반짝임은 차가움 무서운 냄새. 축축하거나 더럽게 하는 장소. 깨끗하게 하는 장소. 팔을 뻗어요, 피부에 미끄러지는 것을 느껴요, 다리에 미끄러지는 것을. 온통 차가운 공기. 샤워실에 들어가요. 손잡이를 잡아요. 차가운 손잡이. 무서운 소리, 무서운 소리. 바보 같은 짓 말아요.

가만히 서요. 부딪혀 오는 것들. 부딪혀 오는 많은 것들. 축축한 미끄러짐. 너무 차가움 다음에는 따뜻함 다음에는 너무 뜨거움. 괜찮아요, 괜찮아요. 괜찮지 않아요. 네, 네, 가만히 서요. 꿀꺽꿀꺽 느낌, 온통 미끄러움. 깨끗함. 이제 깨끗함. 더 축축. 나올 시간, 서요. 온통 문질문질, 이제 따뜻한 피부. 옷을 입어요. 바지를 입어요. 웃옷을 입어요. 슬리퍼를 신어요. 걸을 시간이에요. 이걸 잡아요. 걸어요.

먹는 장소. 그릇. 그릇에 담긴 음식. 숟가락을 들어요. 음식 안에 숟가락. 입 안에 숟가락. 아니, 숟가락을 제대로 들어요. 음식이 모두 사라짐. 음식이 떨어짐. 가만히 들어요. 다시 해요. 다시 해요. 다시 해요. 입 안에 숟가락, 입 안에 음식. 맛없는 음식. 볼이 축축. 아니, 뱉지 말아요. 다시 해요. 다시 해요. 다시 해요.

움직이는 형태는 사람들. 살아 있는 사람들. 움직이지 않는 형태는 안 살아 있음. 걸어감, 형태가 바뀜. 안 살아 있는 형태들은 조금 바뀜. 살아 있는 형태들은 많이 바뀜. 사람 형태들은 꼭대기에 빈 자리가 있음. 사람들이 말한다. 옷을 입어요, 옷을 입어요, 어서 나아요. 좋음은 달콤함. 좋음은 따뜻함. 좋음은 예쁘게 반짝임. 좋음은 웃음, 은 이런 식으로 움직이는 얼굴 조각의 이름. 좋음은 행복한 목소리, 는 이런 소리의 이름. 이런 소리의 말의 이름. 말은 무엇을 할지 알린다. 사람들의 웃음, 은 가장 좋은 소리. 좋아요, 좋아요. 좋은 음식은 당신에게 좋아요. 옷은 당신에게 좋아요. 말은 당신에게 좋아요.

하나 이상의 사람들. 사람들은 이름들. 이름 사용은 당신에게 좋아요, 행복한 목소리, 예쁘게 반짝임, 심지어 달콤함. 하나는 짐, 안녕 일어날 시간이에요 옷 입어요. 짐은 짙은 색 얼굴, 머리 꼭대기가 반짝, 따뜻한 손, 큰 목소리. 하나 이상의 둘째는 샐리, 자, 여기 아침 식사예요 당신은 할 수 있어요 좋잖아요? 샐리는 창백한 얼굴, 머리 꼭대기에 흰 머리카락, 안 큰 목소리. 앰버는 창백한 얼굴, 머리 꼭대기에 짙은 색 머리, 짐만큼은 안 크고 샐리만큼은 큰 목소리.

안녕 짐. 안녕 샐리. 안녕 앰버.

짐이 일어나라고 말한다. 안녕 짐. 짐 웃음. 짐 행복 내가 안녕 짐이라고 말한다. 일어나요, 화장실에 가요, 변기를 써요, 옷을 벗어요, 샤워실에 들어가요. 손잡이를 잡아요. 짐이 좋아요 말하고 문을 닫다. 손잡이를 돌림. 물. 비누. 물. 좋은 느낌. 모두 좋은 느낌. 문을 염. 짐 웃음. 짐 행복 내가 혼자 샤워를 한다. 짐이 수건을 준다. 수건을 받음. 온몸을 문지름. 마름. 마름은 좋은 느낌. 젖음은 좋은 느낌. 아침은 좋은 느낌.

옷을 입어요, 아침 식사를 하러 가요. 샐리와 식탁에 앉아요. 안녕 샐리. 샐리 웃음. 샐리 행복 내가 안녕 샐리라고 말한다. 주위를 봐요 샐리가 말한다. 주위를 본다. 더 많은 식탁들. 다른 사람들. 샐리 안다. 앰버 안다. 짐 안다. 다른 사람들 모른다. 샐리가 배고파요 묻는다. 그렇다고 말한다. 샐리 웃음. 샐리 행복 내가 그렇다고 말한다. 그릇, 그릇 속 음식은 시리얼. 위에 얹힌 달콤함은 과일. 위의 달콤함을 먹어요, 시리얼을 먹어요. 말해요, 좋아요, 좋아요. 샐리가 웃는다. 샐리 행복 내가 좋아요라고 말한다. 샐리가 행복해서 행복. 행복 달콤함은 좋으니까.

앰버가 갈 시간이라고 한다. 안녕 앰버. 앰버가 웃는다. 앰버 행복 내가 안녕 앰버라고 한다. 앰버가 일터로 걸어감. 내가 일터로 걸어간다.

앰버가 놀이 시간이에요, 라고 한다. 앰버가 탁자 위에 올림. 이것은 무엇인가요, 앰버 질문. 이것은 파란색이다. 내가 파란색이라고 말한다. 앰버가 말함. 만지면 안 돼요, 보기만 해요. 물건은 우스꽝스러운 형태, 주름, 파란색. 나 슬픔. 모름은 좋지 않음. 좋지 않아요. 달콤함 없음. 예쁘게 반짝임 없음.

속상해하지 말아요. 앰버 말함. 괜찮아요, 괜찮아요. 앰버 만짐 앰버 상자. 그리고 말함 만져도 돼요. 나는 만진다. 옷의 일부분이다. 웃옷이다. 내게는 너무 작다. 너무 작다. 앰버가 웃는다. 좋아요. 여기 달콤함, 이것은 웃옷이고 당신에게는 굉장히 작겠죠. 인형 웃옷이거든요. 앰버가 인형에게 웃옷을 주고 다른 것을 벗긴다. 또 우스꽝스러운 형태. 주름. 검은색. 만지면 안 됨. 보기만 해요. 주름진 파란 것이 인형 웃옷이면, 주름진 까만 것은 인형의? 앰버가 만짐. 납작해짐. 밑으로 두 개가 튀어나옴. 위로는 한 개. 바지. 내가 인형 바지라고 말한다. 앰버가 크게 웃는다. 좋아요, 정말 좋아요. 당신에게 달콤함. 앰버 상자를 만진다.

점심시간. 점심은 아침 식사와 저녁 식사 사이의 낮에 먹는 음식. 안녕 샐리. 좋아 보이네요 샐리. 샐리는 내가 그 말을 해서 행복하다. 음식은 자른 빵 사이에 끈적끈적한 것과 과일과 마실 물이다. 음식이 입 안에서 좋은 느낌이다. 이것 좋군요 샐리. 샐리는 내가 그 말을 해서 행복하다. 샐리 웃음. 더 많은 좋아요와 좋아요. 샐리 좋아함. 샐리 착함.

점심 다음에는 앰버이다. 선을 따라 바닥을 기거나, 한쪽 발로 그리고 다른 쪽 발로 선다. 앰버도 긴다. 앰버가 한 발로 섬. 넘어짐. 웃음. 웃음 좋은 느낌 온몸이 떨리는 느낌. 앰버 웃음. 더 많은 좋아요. 앰버 좋아함.

바닥에서 김 다음은 탁자에서 하는 놀이 더. 앰버가 탁자 위에 물건들을 올려놓음. 이름을 모름. 이름 아니에요, 앰버 말함. 이걸 봐요. 앰버가 검은 것을 만짐. 다른 것을 찾아봐요. 앰버 말함. 물체들을 봐요. 똑같은 게 한 게 있어요. 만진다. 앰버 웃음. 좋아요. 앰버가 검은 것과 하얀 것을 같이 놓는다. 이렇게 해 봐요. 앰버 말함. 무서움. 모름. 괜찮아요, 괜찮아요. 앰버 말함. 모름 괜찮아요. 앰버 웃지 않음. 안 괜찮음. 검은 것을 찾아요. 봐요. 하얀 것을 찾아요. 같이 놓아요. 앰버 이제 웃음. 좋아요.

앰버가 세 물체를 같이 놓음. 이렇게 해 봐요. 앰버 말함. 나는 본다. 한 개는 검은색, 한 개는 검은색이 있는 하얀색, 한 개는 노란색이 있는 빨간색. 봐요. 검은 것을 내려놓는다. 검은색이 있는 하얀색을 찾음. 그런 다음 노란색이 있는 빨간색을 찾아, 내려놓는다. 앰버 앰버 상자를 만진다. 그런 다음 앰버 앰버 물건을 만진다. 빨간색이 가운데예요, 앰버 말함 봐요. 틀렸어요. 빨간색이 끝에 있죠. 옮겨요. 좋아요. 앰버 말함. 정말 잘했어요. 행복. 앰버 행복하게 하기 좋아함. 함께 행복 좋음.

다른 사람들이 옴. 한 사람은 흰색 긴 옷, 예전에 본 사람. 이름 모름 단지 박사. 다른 사람은 여러 색깔이 들어간 웃옷과 황갈색 바지 남자.

앰버 긴 옷 입은 사람에게 말함. 안녕하세요, 박사님. 박사님 앰버에게 말함, 이 사람은 목록에 있는 그의 친구예요. 앰버가 나를 봄, 그런 다음 다른 남자를 봄. 남자가 나를 봄. 안 행복해 보임, 웃지만.

남자 말함. 안녕 루 나는 톰일세.

안녕, 톰. 내가 말한다. 그는 좋아요, 라고 말하지 않는다. 당신은 박사님입니다. 내가 말한다. 의학박사는 아니지, 톰이 말함. 의학박사는 아니지가 무슨 뜻인지 모름.

앰버 말함 톰은 당신의 방문객 목록에 있어요. 당신이 전에 알았던 사람이에요.

무엇의 전에? 톰 안 행복해 보임. 톰 무척 슬퍼 보임.

톰 모름, 나 말함. 앰버를 봄. 톰을 모르는 것은 잘못인가요?

이전 일은 모두 잊었어? 톰 묻는다.

무엇의 전에? 질문이 신경 쓰인다. 내가 아는 것은 지금이다. 짐, 샐리, 앰버, 박사님, 침실이 어디인가요, 화장실이 어디인가요, 먹는 장소는 어디인가요, 일터는 어디인가요.

괜찮아요. 앰버가 말한다. 나중에 설명할게요. 괜찮아요. 당신은 잘하고 있어요.

이제 갑시다, 박사님이 말한다. 톰과 박사님이 돌아선다.

무엇의 전에?

앰버가 새로 한 줄을 놓고 제가 하는 대로 하세요, 라고 말한다.

"너무 이르다고 말씀드렸잖습니까." 복도로 돌아오고 난 후, 헨드릭스 박사가 말한다. "당신을 기억하지 못할 거라고 말씀드렸죠."

톰 피넬은 한 방향 거울을 통해 뒤를 보았다. 루―혹은 루였던 사람―이 담당 치료사에게 웃음 짓고, 따라 만들고 있던 패턴에 더하려 나무 조각을 하나 집어 들었다. 루의 텅 빈 얼굴, "안녕, 톰"이라고 말할 때 그가 지었던 무의미한 작은 미소를 생각하자 슬픔과 분노가 톰을 덮쳤다.

"지금 상황을 설명하려고 해 봐야 그를 지치게 할 뿐입니다. 그가 이해할 리 없어요." 헨드릭스 박사가 말했다.

자기 목소리 같지 않았지만, 일단 다시 목소리가 나왔다. "당신은—당신들이 대체 무슨 짓을 했는지 조금이라도 알고 있는 겁니까?" 톰은 가만히 있으려 필사적으로 노력했다. 눈앞에 서 있는, 친구를 망가뜨린 사람의 목을 조르고 싶었다.

"네, 루는 정말 잘하고 있습니다." 헨드릭스가 자신을 더없이 자랑스러워하며 행복하게 말했다. "지난주에는 지금 하는 활동도 못 했어요."

잘하고 있다고. 저기 앉아서 나무 조각으로 만든 패턴을 베끼는 것은 톰의 '잘하고 있다'의 정의에 해당하지 않았다. 루의 놀라운 능력을 기억하고 있는 그에게는. "하지만…… 하지만 패턴 분석과 패턴 형성은 루가 가진 특별한 재능이었습니다."

"그의 뇌 구조에 큰 변화가 일어났습니다. 변화는 지금도 계속되고 있어요. 그의 뇌가 거꾸로 어려진다고 볼 수도 있습니다. 어떤 면에서는 다시 유아의 뇌가 된 거지요. 놀라운 유연성과 적응력을 가지고 있어요."

그녀의 잘난 체하는 어조가 톰의 신경을 거슬렀다. 분명히, 그녀는 자신이 한 짓에 일말의 의구심도 갖고 있지 않았다. "얼마나 오래 걸립니까?"

헨드릭스는 어깨를 으쓱하지 않았지만, 같은 의미로 볼 수도 있는 짧은 침묵이 있었다. "모릅니다. 저희는 동물 모형에서와 같이, 유전기술과 나노기술의 결합이 신경 세포의 성장을 촉진하고 회복기간을 단축시키리라고 생각했습니다—아니, 바랐다고 해야 할지도 모르겠군요. 허나 인간의 뇌는 이루 말할 수 없이 더 복잡하기 때문에—"

"시작하기 전에 알았어야 하는 것 아닙니까." 톰이 말했다. 힐문하는 어조라도 개의치 않았다. 그는 다른 사람들은 어쩌고 있을지 알고 싶어 하며, 몇 명이 참여했었는지 떠올리려 애썼다. 방에는 다른 치료사들과 함께 남자 두 명이 더 있었다. 다른 사람들은 괜찮을까? 톰은 그들의 이름조차 몰랐다.

"그렇죠." 그녀의 순순한 수긍에 톰은 더 화가 났다.

"대체 무슨 생각으로―"

"도우려고요. 그저 도우려고 했을 뿐입니다. 여길 보세요." 톰은 그녀가 가리킨 대로 창문을 보았다.

루의 얼굴을 한―그러나 루의 표정은 없는―남자가 완성한 패턴을 옆으로 치우고, 탁자 맞은편에 앉은 치료사를 올려다보며 웃었다. 치료사가 말했다―유리에 막혀 무슨 말인지는 들리지 않았지만, 그는 루의 반응을 볼 수 있었다. 루가 고개를 살짝 저으며 편안한 웃음을 터뜨렸다. 그 표정이 너무 루답지 않아서, 너무나 기묘하게 정상적이라 숨이 가빠왔다.

"그의 사회적 상호작용은 이미 더 정상적입니다. 사회적 신호에 쉽게 반응해요. 사람들과 있기를 좋아합니다. 지금 시점에서는 아직 유아적인 면이 있기는 하지만, 무척 명랑한 성격이죠. 감각 처리 과정은 정상화된 것 같습니다. 선호하는 온도, 질감, 맛 등도 정상 범주 안에 있습니다. 언어 능력은 날로 향상중입니다. 기능이 향상됨에 따라 불안 완화제의 투입량을 줄이고 있습니다."

"하지만 그의 기억은―"

"아직은 모릅니다. 정신 질환자의 기억상실을 치료한 경험에 따르면, 우리가 사용한 두 가지 기술이 모두 어느 선까지는 효과를 보이리라고 생각합니다. 저장해 두었던 다감각 기록을 다시 삽입할 겁니다. 지금은 특정한 생화학 약품을 이용해—독점 기술이니 뭔지 묻지 마세요—접근을 막아 두었는데, 몇 주 뒤에 제거할 계획입니다. 막은 걸 풀기 전에, 감각 처리와 통합 과정의 기질이 완전히 안정되었음을 확실히 해 두고 싶습니다."

"그러니 그에게 이전 삶을 돌려줄 수 있을지도 모른다는 말이군요?"

"네. 그래도 분명히, 희망적입니다. 외상으로 기억을 잃은 사람보다 나쁜 상태는 되지 않을 겁니다." 톰은 그들이 루에게 한 짓이야말로 외상이라고 할 만하다고 생각했다. 헨드릭스가 말을 이었다. "아무튼, 사람들은 과거를 전혀 기억하지 못해도 적응해서 독립적으로 살 수 있죠. 일상생활과 사회생활에 필요한 기술만 다시 배울 수 있다면요."

"인식 수준은 어떻게 됩니까?" 톰이 애써 차분한 목소리로 말했다. "지금은 상당히 손상되어 보입니다. 이전에는 거의 천재 수준이었는데 말입니다."

"그 정도는 아닙니다. 저희 검사에 따르면 그의 지능은 안전하게 평균 이상 수준이었으니, 1, 20점 낮아진다고 해도 독립적인 생활 능력에 문제가 생기지는 않을 겁니다. 그는 어떤 기준에서 보든 천재까지는 아니었어요." 그가 알고 있던 루를 냉정하게 무시해 버리는 헨드릭스의 새침하고 단호한 말투는 의도적인 잔인함보다 끔찍했다.

"당신은 이전에 루를—참여자 중 누구든—알고 지냈나요?"

"아니오, 물론 아니죠. 한 번은 만났지만 피험자들을 개인적으로 만나는 것은 부적절한 처사였을 겁니다. 저는 검사 결과를 갖고 있고, 상담 기록과 기억 기록은 모두 재활 훈련을 맡은 심리학자들에게 있습니다."

"루는 출중한 사람이었습니다." 톰이 말했다. 그는 헨드릭스의 얼굴을 보았다. 그 얼굴에서 그녀가 해낸 일에 대한 자부심과 일을 방해받았다는 조바심밖에 보이지 않았다. "그가 다시 그런 사람이기를 바랍니다."

"최소한 자폐인은 아닐 거예요." 그녀가 마치 그 점이 다른 모든 부분을 정당화한다는 듯이 말했다.

톰은 자폐증은 나쁘지 않다는 말을 하려고 입을 열었다가, 도로 다물었다. 그녀 같은 사람과 언쟁해 봤자, 최소한 지금 여기서는 아무런 소용이 없었고, 어쨌든 이미 루는 늦었다. 루의 회복은 누구보다도 이 사람에게 달려 있었다—그렇게 생각하니 저도 모르게 오한이 들었다.

"그가 좀 나아졌을 때 다시 오세요. 그러면 저희가 해낸 일의 가치를 더 잘 아실 수 있을 겁니다. 연락드리겠습니다." 다시 올 생각을 하니 속이 거북했지만, 루에게 그 정도는 해야 했다.

밖에 나와, 톰은 코트의 지퍼를 올리고 장갑을 꼈다. 루는 지금이 겨울인 줄 알고나 있을까? 병동 내에서 밖으로 트인 창문을 하나도 보지 못했다. 어둠을 향해 다가가는 회색빛 오후와 발밑에서 버석거리는 더러운 진창이 그의 기분에 꼭 어울렸다.

그는 집으로 가는 내내 의학 연구를 저주했다.

나는 긴 흰색 웃옷을 입은 낯선 여자를 마주하고 탁자 앞에 앉아 있다. 이곳에 오래 있었던 듯한 기분이 들지만, 왜인지는 모르겠다. 마치 다른 생각을 하면서 차를 몰다가 정신을 차려 보니, 모르는 사이에 10킬로미터쯤 달려간 듯한 기분이다.

멍한 상태에서 깨어난 것 같다. 내가 어디에 있고 내가 무엇을 하고 있어야 하는지 모르겠다.

"죄송합니다. 잠깐 흐름을 놓쳤나 봅니다. 다시 말씀해 주시겠어요?"

여자가 당황한 표정으로 나를 보더니, 눈을 조금 크게 뜬다.

"루? 괜찮아요?"

"괜찮습니다. 조금 몽롱하긴 하지만……."

"당신이 누구인지 알겠어요?"

"물론이죠. 저는 루 애런데일입니다." 나는 그녀가 왜 내가 내 이름을 모르리라고 생각하는지 모른다.

"당신이 지금 어디에 있는지 알아요?"

주위를 둘러본다. 그녀는 흰 옷을 입고 있다. 실내는 병원이나 학교와 비슷한 느낌이 희미하게 든다. 확실히는 모르겠다.

"정확히는 모르겠습니다. 병원?"

"맞아요. 오늘이 며칠인지 알아요?"

불현듯, 내가 오늘이 며칠인지 모른다는 사실을 깨닫는다. 벽에 달력과 큰 시계가 걸려 있다. 달력에는 2월이라고 나와 있지만, 아닌 것 같은 기분이 든다. 내가 마지막으로 기억하는 것은 가을 무렵이었다.

"모르겠습니다." 내가 답한다. 겁이 더럭 난다. "무슨 일이죠? 제가 앓 거나 사고를 당한 겁니까?"

"뇌수술을 받았어요. 여기에 대해 기억나는 것 없어요?"

기억이 나지 않는다. 생각하려고 하자 어둡고 무서운, 짙은 안개가 끼 는 듯하다. 손을 들어 머리를 만진다. 아프지 않다. 흉터도 없다. 머리카락은 머리카락 촉감이다.

"기분이 어때요?"

"겁이 납니다. 무슨 일이 있었는지 알고 싶습니다."

그들은 내가 2, 3주 동안 지시받은 장소에 가고 지시받은 장소에 앉으며 서고 걸어 다녔다고 했다. 이제 나는 그 사실을 안다. 그제까지는 희미하지만, 어제는 기억한다.

오후에 나는 물리 치료를 받았다. 여러 주 동안 걷지 못해 누워 있었기 때문에 몸이 약해져 있었다. 이제 나는 회복되고 있다.

체육관을 이리저리 걸어 다니는 것은 지루하다. 계단 오르내리기를 연습할 난간 달린 계단이 있지만, 그것도 곧 지겨워진다. 내 물리 치료 담당인 미시가 공놀이를 하자고 제안한다. 나는 공놀이 하는 법을 기억하지 못하지만, 그녀가 내게 공을 주고 자기 쪽으로 던지라고 한다. 그녀는 겨우 몇 미터 떨어져 앉아 있다. 내가 공을 던지고, 그녀가 되던진다. 쉽다. 나는 뒤로 물러나서 다시 공을 던진다. 이것도 쉽다. 그녀가 내게 공을 맞추면 소리가 나는 과녁을 보여 준다. 3미터 떨어져서 맞추기는 쉽다. 6미터 거리에서는 공이 몇 번 빗나가지만, 곧 나는 매번 맞춘다.

나는 과거를 거의 기억하지 못하지만, 내가 누군가와 공을 던졌다 받았다 하면서 시간을 보냈을 것 같지는 않다. 진짜 공놀이는, 만약 진짜 사람들이 한다면, 틀림없이 훨씬 더 복잡할 것이다.

오늘 아침에 나는 푹 쉬어 회복된 기분으로 깨어났다. 어제, 그제, 그리고 그전에 있었던 일도 조금 기억이 난다. 나는 담당자 짐이 확인하러 오기 전에 옷을 갈아입었고, 다른 사람의 도움 없이 식당까지 걸어 내려 갔다. 아침 식사는 지루하다. 뜨거운 시리얼, 찬 시리얼, 바나나, 오렌지 밖에 없다. 뜨거운 시리얼과 바나나, 뜨거운 시리얼과 오렌지, 찬 시리 얼과 바나나, 찬 시리얼과 오렌지를 먹어보고 나면, 그게 다다. 나는 주 위를 둘러보고, 이름을 기억하는 데는 시간이 걸렸지만, 낯익은 얼굴을 몇 명 알아보았다. 데일. 에릭. 캐머런. 나는 이전에 그들과 알고 지냈다. 그들도 치료 대상자였다. 더 있었다. 다른 사람들은 어디에 있는지 궁금 했다.

"어휴, 와플 좀 먹었으면 좋겠다." 내가 식탁에 앉자 에릭이 말했다. "똑같은 음식에 정말 질렸어."

"물어볼 수는 있겠지." 데일이 말했다. "그래도 소용없을 거야"란 뜻 이었다.

"몸에 좋은가 보지." 에릭이 말했다. 비꼰 것이다. 우리는 모두 웃음을 터뜨렸다.

내가 무엇을 원하는지 잘 모르겠지만, 늘 같은 시리얼과 과일은 아니 었다. 내가 좋아했던 음식들에 대한 희미한 기억이 머릿속에 떠올랐다. 나는 다른 사람들을 무엇을 기억하고 있는지 궁금했다. 그들과 어디선 가 알고 지낸 줄은 알지만, 어떤 사이였는지를 모르겠다.

아침마다 우리는 모두 다양한 치료를 받는다. 말하기, 인지, 일상 생 활기술. 분명하지는 않지만, 오랫동안 아침마다 이런 치료를 받았던 기 억이 났다.

오늘 아침의 치료는 정말로 지루했다. 질문과 긴 설명, 몇 번이나 반복해서. 루, 이것은 무엇인가요? 그릇, 유리잔, 접시, 주전자, 상자……. 루, 파란색 유리잔을 노란색 바구니에 넣으세요—또는 녹색 리본을 빨간색 상자에 넣으세요, 아니면 나무 조각을 쌓으세요, 처럼 꼭 그만큼 쓸모없는 활동들이었다. 치료사는 양식을 들고 표시를 하고 있었다. 제목을 읽으려고 했지만, 거꾸로 보이니 읽기가 힘들었다. 예전에는 쉽게 했으리라고 생각한다. 나는 대신 상자에 붙은 라벨을 읽는다. **진단 도구: 1세트, 일상생활 기술 도구: 2세트.**

실내를 둘러본다. 모두 같은 활동을 하지는 않지만, 모두들 치료사와 일대일로 활동하고 있다. 치료사들은 전부 흰색 옷을 입었다. 모두들 흰색 옷 안에 색깔이 있는 옷을 입고 있다. 방 건너편 책상 위에 컴퓨터가 네 대 있다. 왜 우리가 저 컴퓨터들을 전혀 사용하지 않는지 의아하다. 이제 컴퓨터가 무엇인지와 컴퓨터로 무엇을 할 수 있는지가 대충 기억난다. 컴퓨터는 단어와 숫자와 그림들로 꽉 찬 상자이고, 질문에 답을 낼 수 있다. 내가 직접 질문에 답하기 보다 기계가 질문에 답하게 하면 좋겠다.

"컴퓨터를 써도 됩니까?" 내 언어 담당 치료사인 재니스에게 묻는다.

그녀가 깜짝 놀란다. "컴퓨터를 쓴다고요? 왜요?"

"지루해서요. 바보 같은 질문들을 하시면서, 제게 바보 같은 행동을 하라고 하시잖아요. 너무 쉽습니다."

"루, 당신을 위한 일이에요. 당신의 이해를 확인할 필요가 있거든요." 그녀가 마치 어린아이나 좀 명청한 사람을 보는 듯한 표정을 짓는다.

"저는 일상적인 단어들을 압니다. 그걸 알고 싶으신 겁니까?"

"그래요. 처음 깨어났을 땐 몰랐거든요. 이봐요, 루, 더 높은 수준으로 올려 볼게요." 그녀가 다른 검사지를 꺼낸다. "이걸 할 수 있을지 한번 봅시다. 너무 어렵더라도 걱정하지 말아요……."

단어와 그림을 올바르게 맞추는 문제이다. 그녀가 단어를 읽는다. 나는 그림을 본다. 굉장히 쉽다. 나는 몇 분 만에 끝낸다. "제가 단어를 직접 읽는다면 더 빨리 끝날 겁니다."

그녀가 또 놀란다. "읽을 수 있다고요?"

"당연하죠." 나는 그녀가 놀란 데 놀라며 말한다. 나는 어른이다. 어른은 글을 읽을 줄 안다. 단어를 읽지 못하고, 글자들을 의미를 알 수 없는, 다른 형태들과 마찬가지인 그저 형태로만 보았던 기억이 희미하게 떠오르며, 불편한 느낌이 찾아든다. "예전에는 제가 글을 읽지 못했나요?"

"네, 수술 직후에는 읽지 못했어요." 그녀가 내게 다른 목록과 그림이 그려진 종이를 준다. 단어들은 짧고 간단하다. **나무, 인형, 트럭, 집, 차, 기차.** 그녀가 다른 목록을 건넨다. 이번에는 동물들, 그다음은 도구들이다. 모두 쉽다.

"즉, 제 기억이 돌아오고 있군요. 이 단어들과 해당하는 물건들이 기억납니다……."

"그런 것 같군요. 독해력 검사를 해 볼래요?"

"그럼요."

그녀가 얇은 소책자를 건넨다. 첫 문단은 공놀이를 하는 두 소년의 이야기다. 단어들은 쉽다. 나는 재니스가 시킨 대로 큰 소리로 글을 읽는다. 그러다 갑자기, 두 사람이 같은 글을 읽고 의미를 다르게 파악하고 있는 것 같은 느낌이 든다. 나는 '야'와 '구' 사이에서 멈춘다.

"무슨 일이죠?" 내가 한동안 아무 말도 하지 않자 그녀가 묻는다.

"저도—모르겠습니다. 우스꽝스러운 기분이에요." 웃긴 우스꽝스러움이 아니라, 이상한 우스꽝스러움 말이다. 한쪽 자아는 빌이 팀의 야구방망이를 부러뜨렸으면서 안 그랬다고 우겨서 팀이 화가 났다고 본다. 다른 자아는 팀의 아버지가 야구방망이를 선물해서라고 본다. 아래 질문에서는 팀이 왜 화가 났는지 묻고 있다. 나는 답을 알지 못한다. 확실하게는.

치료사에게 설명하려 해 본다. "팀은 생일 선물로 야구방망이를 받고 싶지 않았습니다. 자전거가 갖고 싶었죠. 그래서 화를 냈을 수도 있습니다. 한편으로는, 팀이 아버지에게서 받은 방망이를 빌이 부러뜨렸기 때문에 화를 냈을지도 몰라요. 이 글만으로는 정보가 불충분합니다."

그녀가 소책자를 본다. "흠. 답안지에는 C가 정답이라고 쓰여 있지만, 당신이 말한 딜레마도 이해가 되는군요. 루, 잘했어요. 사회적 뉘앙스를 포착했군요. 다른 글을 읽어 봅시다."

나는 머리를 흔든다. "이 문제에 대해 생각을 해 보고 싶습니다. 어느 쪽 자아가 새 자아인지 모르겠어요."

"하지만 루—"

"실례합니다." 나는 탁자를 밀며 일어선다. 무례한 행동인 줄은 알지만, 그럴 필요가 있다는 것도 안다. 한순간, 모든 가장자리에 빛나는 선으로 날카로운 윤곽이 그려진 것처럼 실내가 밝아 보인다. 깊이를 가늠하기 힘들다. 나는 탁자 모서리에 부딪힌다. 빛이 사그라든다. 가장자리들이 희미해진다. 고르지 않고 균형을 잃은 듯한 느낌이 든다……. 나는 탁자를 붙잡고 바닥에 웅크린다.

손 아래로 느껴지는 탁자의 테두리는 단단하다. 가짜 톱밥으로 덮인 합성물 종류다. 눈에는 톱밥이 보이고, 손에는 나무가 아닌 질감이 느껴진다. 통풍구로 공기가 빠져나가는 소리와 내 쪽 통풍로로 공기가 쉭 들어오는 소리, 심장의 박동, 귀의 솜털이―내가 솜털을 어떻게 알지?―소리의 흐름을 따라 움직이는 소리가 들린다. 냄새들이 나를 급습한다. 내 시큼한 땀 냄새, 바닥에 쓰인 세제 냄새, 재니스의 달콤한 화장품 향.

처음 일어났을 때에도 이랬다. 이제 기억이 난다. 일어서서, 범람하는 감각 정보에 질식하며 전혀 안정을 찾지 못하고 과부하에서 놓여나지 못했다. 빛과 어둠과 음조와 울림과 냄새와 맛과 질감의 패턴들을 이해하려 몇 시간씩 발버둥치며…….

바닥은 비닐 타일로 덮여 있다. 짙은 회색 위에 작은 밝은 회색 반점들이 있다. 탁자는 톱밥으로 마무리한 합성물이다. 내가 응시하고 있는 것은 내 신발이다. 나는 눈을 깜박여 나를 끌어당기는 캔버스 직조의 패턴을 떨쳐내고 그 물건을 바닥 위에 놓인 신발로 본다. 나는 치료실에 있다. 나는 자폐인인 루 애런데일이었고, 지금은 미지의 루 애런데일인 루 애런데일이다. 내 발은 신을 신고 바닥을 밟고 있고 바닥은 기초 위에 있고 기초는 지면 위에 있고 지면은 행성의 표면 위에 있고 행성은 태양계에 있고 태양계는 은하계에 있고 은하계는 우주에 있고 우주는 신의 마음속에 있다.

고개를 들자 벽으로 뻗어나가는 바닥이 보인다. 바닥이 흔들렸다가 다시 진정된다. 콘크리트로 만들어진 만큼 평평하다. 완벽하게 평평하지는 않지만, 상관없다. 관습적으로 평평하다고 칭해진다. 나는 바닥이 평평해 보이게 한다. 이것이 평평함이다. 평평함은 완전무결한 수평면이 아니다. 평평함은 충분히 평평한 상태다.

"루, 괜찮아요? 루, 제발…… 대답해요!"

나는 충분히 괜찮다. "괜찮습니다." 재니스에게 말한다. '괜찮다'는 '완전히 괜찮다'가 아니라 '충분히 괜찮다'는 뜻이다. 재니스는 겁에 질려 있다. 내가 그녀를 겁먹였다. 겁먹게 할 생각은 없었다. 누군가를 겁먹게 했다면, 안심시켜 주어야 한다. "죄송합니다. 그저 이럴 때도 있죠."

그녀가 긴장을 조금 푼다. 나는 몸을 일으켜 앉은 다음 선다. 벽은 썩 수직은 아니지만, 충분히 수직이다.

나는 충분히 루이다. 예전의 루는 평생의 경험들, 그가 다 이해하지는 못했던 경험들을 나에게 빌려주고, 지금의 루는 기억들을 받아들이고, 해석하고, 재평가하는, 예전의 루이자 지금의 루이다. 나는 둘 다 갖고 있다―나는 **둘 다이다.**

"잠깐 혼자 있어야겠습니다." 재니스가 다시 걱정스런 표정을 짓는다. 나는 그녀가 나를 걱정하고 있다는 것을 안다. 그녀가 어떤 이유에선지 내키지 않아 한다는 것을 안다.

"사람들과 상호작용을 해야 해요."

"압니다. 하지만 하루에 몇 시간씩 하잖습니까. 지금 당장은 방금 일어났던 일을 혼자 생각해 봐야 합니다."

"루, 내게 말씀하세요. 무슨 일이 일어났는지 내게 말해요."

"못 합니다. 시간이 필요해요……." 문 쪽으로 한 걸음 내딛는다. 내가 걸어 지나가자 탁자의 모양이 바뀐다. 재니스의 몸의 형태도 바뀐다. 벽과 문이 코미디에 나온 술주정꾼처럼 내 쪽으로 비틀거리며 다가온다―나는 어디서 그런 장면을 보았을까? 어떻게 알고 있을까? 어떻게 그걸 기억하면서 동시에 바닥은 평평하지 않고, 그저 충분히 평평할 뿐임을 견딜 수 있을까? 나는 애써 벽과 문을 다시 평평하게 만든다. 흐늘거리던 탁자가 내게 보여야 하는 직사각형 모양으로 튀어 들어간다.

"하지만 루, 만약 지각 문제가 있다면, 복용량을 조절해야 할지도 몰라요."

"괜찮아질 겁니다. 그냥 잠시 쉬어야겠어요." 나는 돌아보지 않으며 말한다. 최후 수단. "화장실에 가야겠습니다."

나는 방금 일어난 일이 감각 통합과 시각 정보 처리와 관련되어 있다는 것을 안다―어디에선가 기억한다. 걷기가 이상하다. 나는 내가 걷고 있음을 안다. 자리의 자연스런 움직임이 느껴진다. 그러나 눈에 보이는 것은 갑작스럽게 한쪽 자세에서 다른 쪽으로 이어지는 경련적인 움직임이다. 귀에 들리는 것은 발소리와 발소리의 메아리와 발소리의 메아리의 메아리이다.

예전의 루가 내게 이러지 않았다고, 어렸을 때 이후에는 이렇지 않았다고 말한다. 지금의 루가 도움이 될 정보를 찾아 곁귀로 들었던 대화와 읽었던 책의 내용들 사이를 미친 듯이 뒤지는 사이, 예전의 루는 내가 남자 화장실의 문에 초점을 맞춰 안으로 들어가게 돕는다.

남자 화장실은 더 조용하다. 아무도 없다. 부드럽게 구부러진 흰색 자기 세면대와 반짝이는 금속 손잡이와 파이프에 반사된 어슴푸레한 조명이 눈으로 달려 들어온다. 맞은편 끝에 개인실이 두 칸 있다. 그중 하나로 들어가 문을 닫는다.

예전의 루가 바닥 타일과 벽 타일을 주목하며 공간의 부피를 계산하고 싶어 한다. 지금의 루는 부드럽고 어두운 곳으로 기어들어가 아침까지 나오지 않고 싶어 한다.

아침이다. 아직 아침이고, 우리는—나는—아직 점심 식사를 하지 않았다. 대상 영속성. 지금 내게 필요한 것은 대상 영속성이다. 예전의 루가 어느 책에서 읽은—그가 읽었던, 나는 잘 기억하지 못하는 동시에 틀림없이 기억하고 있는—내용이 떠오른다. 아기들에게는 없다. 어른에게는 있다. 시각장애인 채로 태어났다가 시력을 회복한 사람들은 익히지 못한다. 그들은 그들이 지나가는 사이 탁자가 한 모양에서 다른 모양으로 변화하는 것처럼 인식한다.

나는 시각장애를 갖고 태어나지 않았다. 예전의 루는 시각처리에서 대상 영속성을 갖고 있었다. 나도 가질 수 있다. 이야기를 읽으려고 하기 전까지는 갖고 있었다…….

심장의 거센 박동이 느껴지지 않을 만큼 가라앉는다. 나는 몸을 숙여 바닥의 타일들을 본다. 나는 타일들의 크기, 바닥의 넓이, 개인실의 부피에 상관하지 않는다. 만약 여기에 갇혀 있고 지루하다면 해 볼지도 모르지만, 지금 나는 지루하지 않다. 나는 혼란스럽고 걱정스럽다.

어떤 일이 일어났는지 나는 알지 못한다. 뇌수술? 흉터도, 길이가 다른 머리카락도 없다. 응급 상황이었던 걸까?

감정들이 밀려온다. 공포, 이어서 분노, 그리고 그와 함께 부풀었다가 오그라드는 듯한 기묘한 느낌. 화가 나면 나는 내가 커지고 주위 다른 물건들은 작아지는 느낌을 받는다. 겁이 나면 내가 작아지고 다른 물건들이 커지는 느낌을 받는다. 나는 이런 감정들을 가지고 논다. 나를 둘러싼 작은 공간의 크기 변화를 느끼는 것은 매우 이상한 기분이다. 정말 크기가 바뀌고 있을 리 없다. 하지만 정말 바뀌고 있는지 내가 어찌

알까?

불현듯, 마음속으로 음악이 밀려들어 온다. 피아노 곡. 부드럽게, 물 흐르듯이, 유기적인 소리들……. 나는 긴장을 풀며 눈을 꽉 감는다. 이름들이 떠오른다. 쇼팽. 연습곡. 연습곡은 연주자의…… 아니다, 그저 음악이 흘러들게 하자. 생각하지 말자.

나는 손으로 팔을 쓰다듬으며, 피부의 촉감과 털의 탄성을 느낀다. 진정이 되지만, 계속 이러고 있을 필요는 없다.

"루! 그 안에 있어요? 괜찮아요?" 거의 계속 나를 돌보았던 간호사 짐이다. 음악이 사그라들지만, 피부 아래에서 나를 진정시키며 잔물결을 일으키는 음을 나는 느낄 수 있다.

"괜찮아요." 내가 말한다. 내 목소리가 편안하다는 것을 알겠다. "잠깐 쉬고 싶었을 뿐입니다."

"어서 나오지 그래요. 여기 사람들이 슬슬 걱정하고 있어요."

나는 한숨을 쉬며 일어나 문을 연다. 내가 걸어 나가는 사이 대상 영속성이 유지된다. 벽과 바닥은 마땅히 그래야 하는 대로 평평해 보인다. 반짝이는 표면에 반사된 흐린 빛들에 신경이 쓰이지 않는다. 짐이 나를 보고 씩 웃는다. "괜찮은 거죠?"

"괜찮아요." 내가 다시 말한다. 예전의 루는 음악을 좋아했다. 예전의 루는 진정하기 위해 음악을 떠올렸다……. 나는 예전의 루의 음악을 내가 얼마나 기억할지 궁금하다.

재니스와 헨드릭스 박사가 복도에서 나를 기다리고 있다. 나는 그들을 향해 미소 짓는다. "저는 괜찮습니다. 정말 그냥 화장실에 가야 했을 뿐이에요."

"하지만 재니스 말이, 당신이 쓰러졌다던걸요."

"그냥 잠깐이었어요. 글을 읽다가 혼란스러워져서…… 감각에 혼란이 일어났어요. 하지만 이제 아무렇지도 않습니다. 뇌수술이라는 말을 들었지만, 보이는 흉터는 하나도 없네요. 그리고 제 머리에서 무슨 일이 일어나고 있는지 알아야겠습니다."

헨드릭스 박사가 입술을 오므리더니 고개를 끄덕인다. "알겠습니다. 상담사 한 사람이 설명할 겁니다. 요즘 수술은 머리에 커다란 구멍을 뚫는 식이 아니라는 것만 말씀드리죠. 재니스, 상담 일정을 잡으세요." 그리고 박사는 멀어진다.

나는 그녀가 별로 마음에 들지 않는다. 비밀을 가진 사람이라는 느낌이 든다.

내 담당 상담사라는 밝은 붉은색 수염을 기른 젊은 남자로부터 내가 받은 치료의 내용을 듣고, 나는 거의 쇼크 상태가 된다. 예전의 루는 대체 왜 이런 일에 동의했지? 어떻게 그렇게 큰 위험을 감수할 수가 있었을까? 그를 붙들어 흔들고 싶지만, 이제 그가 곧 나이다. 그가 나의 과거이듯이, 나는 그의 미래이다. 나는 우주로 날려 나온 빛이고, 그는 내가 유래한 폭발이다. 나는 무척 사무적인 상담사에게 이런 말을 하지 않는다. 어쩌면 미친 소리라고 생각할지도 모른다. 그는 내게 내가 안전하게 보살핌을 받을 거라고 안심시킨다. 그는 내가 얌전하고 조용하기를 바란다. 나는 밖으로는 얌전하고 조용하다. 안으로는, 상담사의 넥타이 직조 패턴을 분석하려는 예전의 루와, 예전의 루를 흔들어 댄 다음 상담사의 얼굴에 대고 웃음을 터뜨리며 나는 안전하니까 보살핌받고 싶지 않다고 말하고 싶은 지금의 나로 쪼개어져 있다. 이제 나는 그 단계를 지났다. 그가 의미한 것처럼 안전하기에는 너무 늦었고, 나는 스스로를 보살필 수 있다.

나는 오늘 있었던 일을 생각하며 눈을 감고 침대에 누워 있다. 갑자기 나는 우주에, 어둠 속에 떠 있다. 저 멀리에 여러 가지 색 빛 조각들이 있다. 나는 빛 조각들이 별이고, 흐릿한 빛들은 아마도 은하임을 안다. 음악이 시작된다. 다시 쇼팽이다. 느리고, 슬프게 느껴질 만큼 섬세하다. E단조 곡이다. 이어서 다른 느낌의 다른 음악이 들어온다. 더 풍부한 짜임새, 더 강렬한 힘이 대양의 파도처럼 나를 밀어 올린다. 빛의 파도이다.

색깔들이 변화한다. 나는 분석하지 않고도, 내가 저 멀리 있는 별들에게로 달려가고 있음을 안다. 빨리, 더 빨리, 빛의 물결이 나를 튕겨 올려 내가 더욱더 빨리, 어두운 인지로, 시공간의 중심으로 날아갈 때까지 달린다.

잠에서 깨어나자, 나는 과거 어느 때보다 행복하다. 이유는 알지 못한다.

톰이 다시 찾아왔을 때, 나는 그를 알아보고 그가 예전에 왔던 것도 기억한다. 그에게 할 말이 너무나 많다. 묻고 싶은 것도 너무나 많다. 예전의 루는 톰이 어느 누구보다 그를 잘 안다고 생각한다. 할 수만 있다면 예전의 루가 그를 맞이하게 하고 싶지만, 이제 더 이상 그런 일은 일어나지 않는다.

"며칠 뒤면 퇴원해요. 아파트 관리인에게는 이미 말해 뒀어요. 관리인이 전기를 연결하고 이것저것 준비해 둘 거예요."

"기분은 괜찮나?"

"좋아요. 지금까지 와 주셔서 고마워요. 처음에 몰라봐서 죄송해요."

그가 고개를 숙인다. 그의 눈에 맺힌 눈물이 보인다. 톰은 눈물을 보여 민망해하고 있다. "루, 네 잘못이 아니었어."

"네. 하지만 걱정하신 줄 압니다." 내가 답한다. 예전의 루라면 몰랐을지도 모르지만, 지금의 나는 안다. 나는 톰이 다른 사람들에게 깊이 마음을 쏟는 사람임을 알아본다. 내가 그의 얼굴을 알아보지 못했을 때 그가 어떤 기분이었을지 상상할 수 있다.

"앞으로 어떻게 할지 생각해 봤나?"

"야간학교 등록에 대해 여쭤보고 싶어요. 대학에 다시 가고 싶거든요."

"좋은 생각이야. 입학 과정은 확실히 도울 수 있을 거야. 뭘 공부할 생각이지?"

"천문학이요. 아니면 천체물리학이나요. 어느 쪽일지 확실히 결정하지는 않았지만, 그 비슷한 걸 배우고 싶어요. 우주로 나가고 싶습니다."

이제 그는 조금 슬퍼 보인다. 나는 이어진 톰의 미소가 억지로 지어낸 것임을 안다. "네가 바라는 일을 이루길 바라." 그가 말하고, 부담을 주지 않으려는 듯이 덧붙인다. "야간대학에 다니면 펜싱을 할 시간은 별로 없을 거야."

"그렇겠죠. 어떻게 될지 일단은 그저 두고 봐야 할 것 같아요. 하지만 괜찮다면, 찾아뵙고 싶어요."

그가 안도한 표정을 짓는다. "루, 그야 당연히 괜찮지. 너와 연락이 끊기지 않으면 좋겠어."

"저는 괜찮을 거예요."

그가 고개를 옆으로 기울이더니, 한 번 흔든다. "그래, 그럴 거야. 너라면 정말 괜찮을 거야."

에필로그

지난 7년 동안 바로 이 일을 목표로 준비해 왔는데도, 믿어지지가 않는다. 나는 여기 책상 앞에 앉아 글을 쓰고 있고, 책상은 배 안에 있고 배는 우주에 있고 우주는 빛으로 가득 차 있다. 예전의 루는 이 연속을 끌어안고, 내 속에서 기쁨에 젖은 아이처럼 춤춘다. 입가에는 웃음이 걸려 있지만, 작업복을 입은 나는 더 침착한 체한다. 우리 둘은 같은 음악을 듣는다.

신분증에 있는 신원 확인 코드에는 내 학위, 혈액형, 기밀취급 허가가 들어있다……. 내가 거의 마흔 해를 장애인, 자폐인으로 규정지어져 보냈다는 언급은 없다. 물론 아는 사람은 있다. 고용주들에게 주의력 통제 시술을 판매하려고 했던 회사의 실패한 시도가 널리 알려지면서, 우리 모두는 원하던 것 이상으로 유명해졌다. 특히 베일리가 언론의 좋은 먹잇감이 되었다. 나는 그의 수술이 얼마나 잘못되었는지 뉴스를 보기 전까지 몰랐었다. 의사들은 그를 만나지 못하게 한다.

베일리가 그립다. 그에게 일어난 일은 공평하지 못했고, 나는 내 잘못이 아닌데도 죄책감을 느끼곤 했다. 린다와 츄이가 그립다. 내 수술 결

500

과를 보고 그들도 치료를 받기를 바랐지만, 린다는 내가 작년에 박사학위를 받을 때까지 치료를 받지 않았다. 그녀는 아직 재활훈련을 받고 있다. 츄이는 전혀 응하지 않았다. 마지막으로 보았을 때, 그는 지금 그대로도 행복하다고 말했다. 회복 초기에 큰 도움을 주었던, 톰과 루시아와 마저리와 펜싱 모임에서 만난 다른 친구들이 그립다. 나는 예전의 루가 마저리를 사랑했음을 알지만, 나중에 그녀를 다시 보았을 때는 마음속에 아무 일도 일어나지 않았다. 나는 선택해야 했고─예전의 루처럼─나는 나아가기를, 위험을 감수하기를, 새로운 친구를 찾기를, 지금의 내가 되기를 선택했다.

저 밖에는 어둠이, 우리가 아직 모르는 어둠이 있다. 어둠은 언제나 그곳에서 기다리고 있다. 그런 의미에서, 어둠은 언제나 빛보다 앞선다. 예전의 루는 어둠의 속도가 빛의 속도보다 빠르다는 것을 불편해했다. 지금의 나는 그 사실을 기쁘게 여긴다. 왜냐하면 그것은 빛을 쫓는 한, 나는 영원히 끝나지 않으리란 뜻이기 때문이다.

이제 내가 질문을 던질 차례이다.

옮긴이의 말

이해의 속도가 우리를 따라잡을 때까지

장애를 다룬 소설은 숱하게 많다. 그중에서도 자폐증은 '기이한 천재성'이라는 이미지와 연결되어 소설뿐 아니라 영화, 텔레비전 프로그램, 심지어 전기*에까지 두루 나온 친숙한 소재이다.

그러나 많은 경우, 자폐인들은 가정과 직업을 갖고 일상생활을 영위하는 '진짜 사람'이기보다는 (대부분이 비장애인인) 소비자들에게 독특한, 그리고 때로는 인위적인 감동을 선사하는 도구로 활용되어 왔다. 이 과정에서 자폐증의 존재에 대한 인식이 확대된 것은 사실이다. 그러나 이에 대한 '이해'는 어째서인지 점점 멀어지고만 있는 것 같다. 자폐인의 '천재적이고 마법적인 능력'을 부각하든, '주인공을 사랑하는 사람들의 전면적이고 헌신적인 희생'을 부각하든, 이야기는 결국 비장애인과 장애인을 가르는 선을 덧칠하는 것으로 끝나고 만다.

엘리자베스 문은《어둠의 속도》에서, 아주 차분하면서도 강렬하게

---

*   인터뷰에서 폴 위트커버가 언급한 것처럼, 아인슈타인이 자폐스펙트럼장애였을지도 모른다는 설은 오래전부터 있었다.

이 선을 도발한다.

《어둠의 속도》는 그가 휴고상 후보에 올랐던 1996년 작《잔류 인구 Remnant Population》이후 6년여 만에 내놓은, 모험소설이 아닌 장편이다. 이 책은 이미 탄탄한 고정 독자층을 가진 중견 작가의 반열에 올라 있던 엘리자베스 문에게 처음으로 네뷸러상을 안기며 '엘리자베스 문 재평가' 열풍을 불러왔다.

그 이유는 이 책을 이미 읽은 독자들에게는 명확할 것이다. 적잖은 이력을 반영하는 안정감 있는 전개, 서서히 차오르는 물처럼 차분한 상황 묘사, 깔끔한 마무리, 그리고 무엇보다도, 자폐아를 입양해 스무 해를 키워온 어머니이기에 보여줄 수 있는 주인공의 심리에 대한 깊이 있는 이해. 엘리자베스 문을 몰랐던 독자들은 물론, 그를 꽤 좋은 글을 쓰기는 하지만 장르의 한계를 벗어나지 않는 모험소설 작가쯤으로 생각했던 많은 독자들에게《어둠의 속도》는 경이로운 책이었다. 저자는 1986년에 하이테크 단편 〈ABCs in Zero—G〉를 유서 깊은 과학소설잡지 〈아날로그Analog〉에 발표하고 이어 1988년에 판타지 삼부작《양치기의 딸Sheepfarmer's Daughter》로 캄튼 크룩상을 수상한 이래, 특히 카리스마적인 주인공을 내세운 속도감 있는 판타지와 SF 활극 시리즈로 독자들에게 사랑받아 왔다. 시리즈물을 주로 쓰던 작가가 SF보다는 순문학에 가까운* 책을 쓰게 된 데에는 역시 아들의 영향이 컸다. 저자는 아들의 경험에 관해 생각하면서 긴 시간을 보냈다고 밝히며, 이 책을 '과학소설이지만 한 인간의 여정에 관한 책'이자 '오해받지 않아도 되는 일들이

---

*　　실제로 이 책은 랜덤하우스의 주류문학 파트인 발렌타인북스를 통해 출간되었다.

어떻게 잘못 받아들여지는지에 관한 이야기'**라고 했다. 비록 이 책이 저자의 자서전이나 자폐인 가정의 사례를 이용한 글은 아니지만, 책의 제목이자 전체를 관통하는 테마인 《어둠의 속도》는 저자의 아들 마이클의 말***에서 온 것이다.

어느 날, 아들이 들어와 문틀에 기대 물었어요.

"빛의 속도가 1초에 30만 킬로미터라면, 어둠의 속도는 얼마예요?"

제가 일상적인 답을 했죠.

"어둠에는 속도가 없단다."

그러자 아들이 말하더군요.

"더 빠를 수도 있잖아요. 먼저 존재했으니까요."

주인공 루의 관점에서 진행되는 소설은 처음에는 당혹스럽다. 겨우 길을 걸어 회사에 들어가는 짧은 시간, 단순한 일과에서도 루는 (비자폐인인) 독자가 생각지 못했던 패턴들을 인지하고, 끊임없이 정상이란 무엇인지에 대한 질문을 던진다. 루에게는 미스터리지만 독자에게는 분명하게 보이는 사건들과, 그와 반대로 독자들은 전혀 생각지 못했지만 루에게는 보이는 비정형적인 일상을 루의 관점에서 재구성해 경험하면서 우리는 자폐인인 주인공을 동정sympathy하기 보다는 그에 공감empathy하게 된다. 루가 장애가 자신의 전부가 아니고 수술만이 자신을

**   2003년 3월, 시네스케이프 매거진, 크리스 와트와의 인터뷰에서.

***   폴 위트커버와의 인터뷰에서.

변화시키는 것이 아님을 이해하고, 마침내 스스로 질문을 던지며 나아가는 과정은 차분하지만 결코 눅눅하지 않고, 그 감동은 격렬하지 않지만 오랫동안 가슴에 남는다.

이 책은 출간 당시부터 대니얼 키스의 고전《앨저넌에게 꽃을Flowers for Algernon》과 비교되었다. 그러나 단지 장애인 일인칭의 관점에서 쓰였다는 것만으로 하나로 묶기에는 두 책이 너무 다르다.《어둠의 속도》의 루와《앨저넌에게 꽃을》의 찰리 사이에 놓인 시간의 간격은 관점의 차이와 인식의 폭 차이이기도 하다. 루도 사랑을 하지만, 장애가 그의 전부가 아니듯이 사랑도 그의 전부가 아니다. 삶을 구성하는 많은 것들은 장애/비장애, 비정상/정상, 어둠/빛, 몰이해/이해와 같은 선명하고 극단적인 선으로 구획되어 있지 않다. 우리 모두가 변화의 경계를 정확히 짚을 수 없는 스펙트럼상에서 살아가는 '진짜 인간'임을, 이 책은 말하고 있다.

나는 번역자이자 사회복지학도라는 이중의 책임감을 갖고 이 책을 옮겼다. 원작자에게 이 책을 쓰는 일이 자신의 관점을 다른 사람들과 나눌 기회였다면, 내게《어둠의 속도》를 읽고 번역하는 일은 그의 관점을 공유하는 과정이고 모험이었다. 근미래 자폐인의 일인칭 현재형 문장이 갖는 독특함을 살리기 위해 여러 사례집과 참고문헌*을 살피며 오랫동안 고심했다. 의도적으로 뚝뚝 끊기거나 부자연스러운 서술, 적확하

---

* 특히 도서출판 자폐연구의 책들과 궁리 출판사에서 나온《아스퍼거 증후군 아이들》(2006)의 도움을 많이 받았다.

고 반복적인 동사 사용(예를 들어, 영어를 그보다 동사가 적은 우리말로 옮기면서 '의문을 품다'처럼 흔히 사용되지만 자폐인인 루가 실제로 쓸 가능성은 적은 표현을 자제하기 위해 신경을 썼다), 반향어와 반복어의 운율 등을 살리면서도, 처음부터 오늘날의 자폐인들보다 자연스럽고, 여러 사건을 겪고 성장하면서 점차 또렷해지는 '루의 목소리'를 독자에게 전하기 위해 최선을 다했다. 번역에는 발렌타인북스의 트레이드 페이퍼백 제1판을 사용했다.

《어둠의 속도》가 12년 만에 다시 독자들을 만나게 되었다. 출간 당시 번역도 쉽지 않았고 독자들의 반응도 걱정스러웠으나 눈 밝은 독자들께서 널리 사랑해 주셨던 책을 이렇게 다시 소개할 수 있어 더없이 기쁘다.

원고를 최대한 다시 살폈으나 부족한 면이 있을지 모른다. 이는 모두 역자의 책임이다. 《어둠의 속도》를 재출간해주신 푸른숲, 원고를 세심히 살펴 준 유승연 편집자, 귀한 추천사를 써 주신 김초엽 작가님께 감사드린다.

정소연

인터뷰

엘리자베스 문과의 대화

폴 위트커버(이하 PW): 당신은 지금까지 과학소설 작가로 알려져 있었지요. 그러나《어둠의 속도》가 근미래를 배경으로 하고 있기는 하지만, 이 소설에서 묘사하신 세계는 오늘날과 그다지 다르지 않습니다. 유전공학이나 나노테크놀로지는 오늘날보다 발전했지만, 루 애런데일을 비롯한 등장인물들이 일하며 살아가는 사회는 오늘날과 같지요. 이 소설이 당신에게 어느 정도의 변화구였습니까?《어둠의 속도》는 과학소설인가요? 만약 그렇다면, 무엇 때문이죠?

엘리자베스 문(이하 EM): 이번 작품은 분명 변화구였죠. 아이디어나 등장인물은 때로 저를 기습 공격해서, 다음에 가려던 길에서 완전히 벗어나게 하기도 합니다. 이 책이 과학소설인지 아닌지는 과학소설에 대한 독자의 정의에 달려 있겠지요. 비록 미래(혹은 근미래)를 배경으로 하지만, 등장인물들이 마주하는 문제들은 참으로 오늘날의 일이니까요.

PW: 자폐증이란 무엇입니까? 유전적인 상태인가요? 정신질환인가요? 무슨 감염의 결과인가요? 신체적인 트라우마인가요? 저는 심지어 유아기의 예방접종 탓이라는 얘기도 들었습니다.

EM: 자폐증은 전반적 발달 장애입니다. 진단 기준은 DSM-IV에 나와 있어요. 하지만 이 기준은 치료와 예후에 활용하기에는 너무 옛날 것입니다. 대부분의 자폐아들은 분명히 태어날 때부터 자폐증을 갖고 있고, 최근에는 태어나기 훨씬 전부터, 자폐증인 태아들은 뭔가 달라진다는 증거가 나와 있습니다. 이 '차이'가 물리적인 감염에 의해서인지, 아니면 트라우마에 의해서인지는 밝혀지지 않았어요. 예전에는 정신질환으로 여겨졌지만(그래서 문학작품에 정신병으로 등장했던 겁니다) 지금은 그렇게 분류되지 않습니다. 자폐증이나 관련 신경 이상 사례가 있었던 가정에서 더 자주 발병하는 것으로 보아, 유전적인 요소가 대부분은 아니라도 많은 경우에 어떤 역할을 합니다. 터무니없는 이유까지 대면서 원인을 말하는 사람들이 있지만, 유아 예방접종이 자폐증을 유발한다는 증거는 전혀 없습니다.

PW: 부모가 알아야 하는 경고 신호가 있을까요? 더 많은 정보나 도움을 얻기 위해서 어디로 가면 됩니까?

EM: 자폐스펙트럼장애는 비슷하지만 똑같지는 않은 다양한 성장 장애를 포함합니다. 일반적인 자폐증은 성장 지연으로 나타납니다. 대체로 전반적이지만, 특히 감각 통합 면에 영향을 끼치죠. 미세 운동 협응, 언어 표현과 이해, 사회적인 상호작용에서요. 지연의 정도는 무척 다릅니다. 부모가 제일 먼저 알아챌 만한 신호는 아마 두드러진 언어 습득 지연, 정상적인 사회적 상호작용에서의 눈에 띄는 지연, 그리고 또래 아이들에 비해 무척 제한된 활동/관심사일 겁니다. 자폐아들은 전혀 말을 하지 않거나, 방금 들은 말만 따라하거나, 그 말만 되풀이할 수 있습니다. TV를 외면하고 장롱 앞에 앉아 반짝이는 서랍 손잡이를 하염없이 쳐다볼 수도 있죠. 같은 행동을 몇 시간씩, 며칠씩 계속할 겁니다. 벽돌을 쌓거나, 실을 감았다 풀거나, 다른 반복성 행동을 하면서요. 자폐인들은 비자폐인들이 사용하는 사회적인 신호—목소리의 어조, 표정 등—를 '읽는' 법을 배우는 데 큰 어려움을 겪습니다. 자폐증이 심하지 않고 학령기까지 진단을 받지 않은 어린이라면 대개 무척 편향된 능력을 보일 겁니다. 한 과목에서는 탁월하고 다른 과목에서는 낙제를 한다든지 하면서요. 그리고 역시 사람들 사이에서의 상호작용에서 어려움을 겪을 겁니다.

PW: 심하지 않다……. 그게 아스퍼거 증후군입니까?

EM: 아스퍼거 증후군은 자폐증과 여러 면에서 관련되어 있지만, 언어 습득 지연이 없는 경우입니다. 아스퍼거 증후군인 아이들은 일찍부터 말을 깨쳐서 능숙하게 할 수도 있어요. 하지만 사회적인 상호작용에서는 자폐아들과 비슷한 지연과 어려움을 겪습니다. 전형적인 자폐증과 마찬가지로, 아스퍼거 증후군의 정도도 매우 다릅니다. 만약 아이가 말을 '제때' 하지만 사회적인 상호작용 기술은 익히지 못한다면—번갈아 가면서 대화를 이어가지 못한다든가, 다른 아이들과 놀지 않는다든가—그것도 염려할 만한 신호입니다.

모든 어린아이들은 자폐아들과 같은 행동을 보입니다. 여러분이 잡지 같은 데서 읽으셨을 법한 증세 목록에 나와 있는 일을 하죠. 하지만 비자폐아들은 훨씬 더 다양한 활동을 합니다. 광고를 지겹도록 따라하면서도, 과자를 더 달라고 하고, 질문을 하고, 친구들과 흉내 놀이를 하고, 더 늦게까지 깨어 있겠다며 칭얼거리죠. 비자폐아들은 또한 개인 취향이 뚜렷합니다. 저는 말에 미쳐서, 장난감 말로 끝없는 행렬을 만들곤 했죠. 손을 흔들거나 장난감 자동차의 바퀴를 돌리거나 수줍어하거나 눈을 피하거나 질감이나 맛에 유별나게 민감하면서 자폐아가 아닐 수도 있어요……. 다른 면에서 정상적인 추세로 발달하고 있다면, 이런 '자폐적인' 행동만 보이지 않을 겁니다. 사회생활 기술을 익히는 속도는 어린아이마다 참 다르죠. 모든 아이들은 정상적인 상호작용을 '배워서' 익혀야 합니다. 중요한 것은 유별나게 특이한 행동이 아니라, 발달의 전반적인 패턴이에요.

언어 습득 지연에는 여러 원인이 있고, 어떤 원인이든 아이의 미래에 무척 중요하기 때문에, 말을 늦게 깨친다면 확인해 봐야 합니다. 청각 상실이나 다른 여러 문제가 있을 수 있어요—자폐증은 가능한 원인 중 하나일 뿐입니다—하지만 원인을 빨리 알아내고 치료를 일찍 시작할수록 낫죠.

오늘날의 부모들에게는 다양한 정보원이 있습니다. 어린이의 발달에 관해 걱정이 있다면, 영아나 아동 발달에 관한 어떤 기본서에서든 지침을 얻을 수 있어요. 수많은 아이들을 보았을 주간보호센터나 영·유아원 교사들도 도움이 됩니다. 특정한 아이가 발달이정표 상의 발달을 보이거나 보이지 않으면 알죠. 자폐에 대한 의사들의 이해 정도는 제각기 다릅니다. 어떤 의사들은 서둘러 진단을 내리기를 주저하는데, 그들이 배울 때에는 자폐증이 매우 나쁜 질병이었기 때문이에요. 하지만 대부분의 가정의학과 소아과 의사들이 최소한 진단 기준은 잘 알고 있고, 자폐증일 가능성이 있는지를 가족들에게 판단해 줄 수 있어요.

PW: 루 애런데일은 대단히 생생한 인물입니다. 이전에도 〈레인맨〉처럼 자폐인들을 조명한 책과 영화는 있었지만, 이 책처럼 자폐인의 머릿속 깊이 들어간 작품을 본 기억이 없어요. 자폐증을 앓는 아들이 있으시지요. 루가 당신의 아들과, 육아 경험에 얼마나 기초해 있나요?

EM: 우리 아들이 출발점이자 영감의 원천이었던 점은 분명합니다—열여덟 해 동안 하루 24시간, 일주일 7일을 보내면 많은 것을 알게 되죠. (집필을 시작했을 때, 아들은 열일곱에서 열여덟 살 정도였습니다.) 그에 더해서, 올리버 색스*가 쓴 책들을 읽었어요. 자폐인이자 자폐인 공동체의 훌륭한 대변인인 템플 그랜딘**, 이제 40대에 접어든, 재능 있는 예술가이자 자폐인 딸을 둔 클라라 파크***, 그리고 다른 사람의 글도요. 또 자폐인들의 다양한 성격과 재능을 보이는 자폐인들의 온라인 모임도 찾았습니다.

하지만 루라는 인물은 우리 아들과는 무척 다릅니다. 루는 초기 개입과 진보된 교육의 산물이죠. 우리 아들이 태어났을 때는 그런 게 없었어요. 또 루는 원래부터 훨씬 똑똑하고 IQ가 더 높아요. 아들은 낮은 평균

---

*   신경학자. 대표적인 저서로 신경증 환자들의 임상 사례를 다룬 《화성의 인류학자》 등이 국내에 소개되어 있다.

**   두 살 때 자폐증 판정을 받은 자폐인으로, 지금 콜로라도 주립대학의 동물학과 교수로 있다. 자신의 경험을 살린 여러 자폐인 관련서로 유명하고, 국내에도 《어느 자폐인 이야기》(김영사, 2005), 《나는 그림으로 생각한다》 등 여러 저서가 출간되어 있다.

***   자폐인 딸을 키운 과정을 쓴 논픽션 도서로 유명하다.

수준입니다. 루는 천성이 조용하고 사려 깊은 사람인 반면, 아들은 더 활달해요.

PW: 자폐인임에도, 루는 많은 소위 정상인들보다 잘 삽니다. 직업, 친구, 취미가 있죠. 대단히 똑똑하면서 특정한 감각이나 지각, 예를 들면 냄새와 촉감에는 극히 예민합니다. 그리고 그가 제약회사에서의 직업, 취미인 펜싱, 다른 사람들과의 상호작용 등 삶의 모든 면 부분에서 의지하고 있는 패턴 인식 능력은 굉장하죠. 사회생활 기술과 정신적인 능력 면에서, 루는 오늘날의 자폐인들과 비교해 보아 얼마나 정형적인가요?

EM: 어느 자폐인 세대에 대해 말하느냐에 따라 답이 전혀 달라지는 질문이군요. 1940년대 이전에 태어났던 자폐아들은 '소아 정신분열증' 환자로 규정되어 어릴 때부터 시설에 수용되었습니다. (〈레인맨〉에서처럼요.) 예외적으로 총명한 소수의 어린이들만 독립적인 성인으로 살아가기 위해 필요한 지원을 받았어요. DSM-IV는 늦게 정해졌을 뿐 아니라, 그 예후에서는 자폐인들 중 가장 똑똑하고 유능한 30퍼센트만이 독립적으로 살 수 있다고 했죠. 하지만 모든 학생들을 대상으로 공립 교육이 실시되고 어린 아이들을 대상으로 일찍부터 개입이 시작되면서 상황이 현저히 좋아졌어요. 여전히 사회생활 면에서의 문제가 자폐인들이 완전한 독립을 하지 못하는 가장 큰 이유지만, 점점 더 많은 사람들이 직업을 갖고 덜 차단된 환경에서 살고 있어요. 아직 자폐인들은 동등한 지능을 가진 비자폐인들보다 소득이 낮고, 지능이 낮거나 (정신적이든 신체적이든) 다른 장애도 함께 가진 자폐인들은 평생 어떤 식으로든

지원을 필요로 하죠—허나 오늘날 거주 시설에 위탁되는 아동은 소수입니다. 출생 후 5세 이전에 좋은 치료를 받았던 자폐아들이 성인이 될 5년에서 10년 뒤에는 60퍼센트 이상의 자폐인들이 직업을 갖는다는 개정된 DSM-IV 예후를 볼 수 있으리라고 기대하고 있어요. 물론, 경제상황이 좋아진다면요…….

루의 감각 정보에 대한 민감함과 패턴 인식 기술은 실제로 대부분의 자폐인들에게서 찾을 수 있어요. 감각 인지와 감각 처리에서의 차이는 공통적이에요. 티셔츠에 붙은 상표나 양말의 두툼한 봉합선을 참아내는 자폐아가 있다는 얘기는 한 번도 못 들어 봤어요…….

PW: 오늘날 자폐증은 어떻게 치료됩니까? 아들이 태어난 이래로 많은 진전이 있었나요? 우리가 《어둠의 속도》에 나온 것과 같은 선진적인 치료를 향해 가고 있다고 생각하시나요?

EM: 오늘날 자폐증은 다양한 방식으로 치료됩니다—가장 효과가 있는 방법은 집중지지요법intensive supportive therapy이죠. 자폐증 진단이 빨리 내려질수록, 가족들이 아이들의 발달을 일찍부터 돕기 시작할수록, 예후가 좋아집니다. 커뮤니케이션 치료(언어 치료만이 아니라,) 감각 통합 치료, (사회생활 훈련을 포함한) 기술 훈련—이에 더한 온갖 치료들이, 개개 어린이들에게 똑같이 필요하지는 않지만, 대단한 차이를 가져옵니다. 자폐아들도 당연히 발달합니다. 아장아장 걷는 자폐아라는 거대하고 두려운 도전이 가능성의 한계이기만 한 것은 아닙니다.

물론 우리 아들이 태어난 이후 많은 발전이 있었지요. 저는 스스로 여러 가지를 알아내야 했습니다—가능한 치료가 많지 않았어요. 최소한 여기에서는요. 하지만 장애아에 대한 초기 개입에 관한 법령이 제정된 다음부터, 현장에서 일하는 점점 더 많은 사람들이 곧 가장 좋은 방법을 찾아내기 시작했어요. 긍정적 강화행동 조형 — 제 생각에는 경직된 이론 모형보다 카렌 프라이어의 모형에 가까운 쪽이 — 가장 효과가 좋습니다.

저는 제가 제시한 선진적인 치료가 곧 가능하리라고 확신합니다. 연구자들이 그 방향으로 갈지 여부는 경제적인 지원에 달려 있지요. 이 책을 쓰는 동안 국제 신경과학 학술지 〈네이처 뉴로사이언스Nature Neuroscience〉를 읽었고, 과학계가 제 이야기를 너무 빨리 따라잡고 있다고 계속 걱정했답니다.

PW: 루는 자폐인이라는 것과 정상인이라는 것의 의미를 계속해서 묻습니다. 그는 그 둘이 전혀 관계없는 존재라기보다는 스펙트럼상에 있는 두 점이라는 결론에 이르게 됩니다. 저는 이 소설을 직접 읽으면서, 참으로 그렇다고 생각하게 되었습니다. 처음에 루는 매혹적이지만 낯선 존재였어요. 그를 동정할 수는 있었지만, 밖에서 안을 들여다보고 있었죠. 그런데 책을 읽다 보니, 흥미롭고도 놀라운 일이 일어났습니다. 루와 공감하기 시작한 겁니다. 루의 사고방식이 더 이상 낯설지 않고, 사람 생각처럼 느껴지기 시작했어요. 사실, 저는 제 안에서 루와 같은 모습을 점점 더 많이 발견했습니다. 일상 때문에 책을 읽지 못할 때에도, 루의 목소리는 제 마음속에 남아 세상을 보는 저의 관점을 달라지게 했습니다. 마치 제 일부분이 자폐적이라고 느껴질 만큼요. 더 이상 루를 낯선 존재로 여기기란 불가능했고, 심지어 그를 딱히 손상되었다고 여기기도 어려웠습니다. 그저 다를 뿐이었죠. 여기에서 자폐증에 관해 여러 가지 흥미로운 실제적이고 철학적인 질문들이 생겨납니다……. 자폐에 대해서만이 아니겠죠.

EM: 그렇죠! 넓게 보아서 우리(판단자의 역할을 맡은 사회 일반)는 인간에서 제외함으로써 외계인을 만들어냅니다. 외계인을 너무 다르고, 너무 어려운 존재로 규정지으면서요. 인류 문화는 늘 이런 식이었습니다. 참여하지 않은 사람을 전혀 다른 존재로 정의하면 집단의 결속이 강해지죠. 다른 인종, 종교, 국적, 그리고 심지어 경제적인 계층까지도 '정말로 사람은 아닌' 존재로, 따라서 집단의 행동을 지배하는 규칙 밖에 있는 존재로 규정지어졌죠. 장애도 마찬가지였어요. 장애인들은 때로는 어린애(네게 가장 좋은 일은 우리가 잘 알아……)로, 때로는 갇히거나 심지어는 죽임을 당해야 하는 괴물로 취급 받았습니다.

PW: 이 동전의 반대편에는 당신이 자폐증을 너무 잘, 아니 그보다는 낭만적으로 묘사했다는 비판이 있겠지요. 자폐증의 기이함을 매력적으로 보이게 하고, 자폐인들이 〈스타 트렉〉의 데이터*나 스팍** 같은 사람들인 것처럼 썼다고요. 이런 비판에는 어떻게 대응하시겠습니까?

EM: 일단 크게 코웃음부터 치고요……. 어떤 자폐아의 부모도 자폐증을 낭만적으로 말하거나, 자폐증이 아이와 아이가 살아가는 사회에 얹는 부담을 축소하려 하지 않을 겁니다. 무엇으로도 달래지지 않아 몇

---

* 〈스타 트렉〉에 등장하는 인간형 안드로이드.
** 〈스타 트렉〉 오리지널 시리즈에 등장하는, 이성과 논리를 중시하는 외계 종족 벌컨인.

시간씩 소리를 질러 대는 아이……. 똥오줌 얼룩 지우기……. 아이의 의사소통 방식을 이해하고, 아이와 소통하기 위해 발버둥쳐야 하는 끝없는 나날들……. 그 어디에도 낭만은 없어요. 어려운 일이었고, 정신적으로도 힘들었습니다(아이에게나 우리에게나요). 아이의 거의 평생 동안, 우리는 하루 24시간, 일주일 7일, 일 년 365일을 아이와 보냈습니다(보통의 육아 도우미는 견뎌내질 못해요)—밤의 외출도, 주말 휴식도 없었어요. 우리가 아이를 키울 때에는 일시 보호respite care 제도가 없었습니다.

하지만 저는 분명히, 자폐증을 여러 잡지 기사들처럼 악랄하게 표현하지 않으려고 애썼습니다. 그런 기사들은 자폐증이 가장 끔찍하고, 무시무시하고, 발달 장애 중에서도 가장 기이하고, 가족들에게 더없는 비극이고, 어떤 즐거움이나 성취감도 얻을 수 없는 삶의 낭비인 것처럼 묘사합니다. 전혀 사실이 아니에요. 자폐아는 완전한 인간 아이입니다. 사랑을 주고받고 즐거움을 느끼고 기쁨을 줄 수 있어요. 제가 온라인에서 만난 자폐인들은, 심지어 스스로를 이방인으로 묘사할 때조차 평범한 사람으로서의 감정과 욕망을 드러냈습니다. 그들은 그들을 있는 그대로 좋아하는 사람들, 그들을 이해하는 사람들과 함께 있고 싶어 합니다. 편안한 생활환경과 업무환경을 원하고, 존중받기를 바랍니다. 맛있는 음식을 먹고, 맛없는 음식을 피합니다. 취미가 비슷한 친구를 갖고 싶어 하고, 자기 나름의 방식대로 삶을 즐기고자 합니다. 자폐인들이 스스로를 이방인으로 생각한다면, 그것은 우리, '정상인'들이 그들에게 얼마나 대책 없는 사람들인지를 끊임없이 되풀이해 말했기 때문이에요. 우리는 받아들여지려면 자폐인들이 우리처럼 되어야 한다고 우기려 합니다—피부색이나 눈색이나 키를 바꾸라고 우기는 것이나 마찬가지죠.

PW: 자폐인, 자폐공동체원, 부모, 연구자들로부터는 어떤 반응을 얻었습니까?

EM: 지금까지는 매우 긍정적이었어요. 제게 연락해서 루의 인물 설정이 좋았다고 말한 자폐인들도 있습니다. 부모들과 특수교육 교사들에게서 책이 그들 사이에 퍼지기 시작했다는 얘기도 들었어요. (자폐 아동의 부모와 교사들은 바쁜 사람들이라, 책이 처음 나왔을 때 읽을 시간을 거의 내지 못합니다.) 연구자들은 연구에 집중하고 있을 테니, 그들의 일을 소재로 쓰인 소설에는 그다지 관심이 없으리란 생각이 드네요.

PW: 《어둠의 속도》는 거의 필연적으로 대니얼 키스의 《앨저넌에게 꽃을》과 비교되었습니다. 이 비교가 타당하다고 생각하십니까?

EM: 칭찬이라고 생각해요. 그 책은 훌륭한 소설입니다. 반면에 두 책을 모두 읽은 사람들은 대부분 결국 두 책의 유사점보다는 차이점에 집중하더군요.

PW: 루가 종종 빛의 속도와 대조하는 책의 제목, '어둠의 속도'는 많은 요소의 메타포가 됩니다. 편견, 무지, 죽음, 더 일반적으로 말하면 미지를 상징하지요. 소설 집필 과정에서, 이 구절에 대한 이해가 어떻게 발전했습니까?

EM: 정말 잘된 제목은 이야기의 구성요소 및 토대와 점점 더 공명하기 시작합니다……. 이번에는 제게 이런 일이 일어났죠. 처음에는 현명하기보다는 영리한 선택이었습니다. (여기가 우리 아들이 '등장하는' 몇 안되는 부분 중 하나랍니다. 아들이 일찍 제목을 주었으니까요. 어느 날, 아들이 들어와 문틀에 기대 묻더군요. "빛의 속도가 1초에 30만 킬로미터라면, 어둠의 속도는 얼마예요?" 제가 "어둠에는 속도가 없단다" 하고 일상적인 답을 했더니 아들이 말하더군요. "더 빠를 수도 있잖아요. 먼저 존재했으니까요.") 하지만 책을 쓰면서 다른 상징적인 연결들이 생겨나기 시작했습니다. 이 책은 어느 정도는 루를 따라 자랐어요. 제가 생각했던 것과 다소 다른 방향으로 루를 따라가면서요.

PW: 소설 속에서 루가 '어둠의 속도' 질문을 던졌을 때, 저도 같은 반응을 보였습니다. 하지만 이어서, 그게 바로 아인슈타인이 자문했던 것으로 유명한 질문과 비슷한 계열이라고 깨달았죠. 사실, 최근에 아인슈타인이 아스퍼거 증후군이었을지도 모른다고 추정하는 기사를 읽었습니다.

EM: 많은 과학자들과 기술자들이 자폐스펙트럼상에 있는 행동 특성을 보입니다. 아인슈타인에 대해서는 여러 해 전부터 얘기가 있었어요. 그러나 확실한 진단을 내리기에는 그의 유년기에서 알려진 부분이 너무 적죠. 언어 습득 지연에는 다른 원인도 있고, 자폐증이 아니면서도 강박적이거나 멍하거나 사회생활에 서투르거나 총명한 사람도 있습니다. 그렇지만, 사실일지도 몰라요. 자폐스펙트럼장애에 대해 더 많이 알아낼수록, 많은 사람들이 '조금 자폐적'—자폐인과 같은 행동을 완화된 수준에서 공유하지요—이지만 세상에서 잘 살고 있음이 분명해지고 있습니다.

PW:《어둠의 속도》집필이 자폐증과…… 정상에 관한 당신의 관점을 어떻게 바꾸었습니까?

EM: 자폐증을 가진 아이를 키우는 과정이 자폐증과 정상에 관한 나의 관점을 달라지게 했습니다……. 이 책을 쓰는 일은, 이러한 관점을 다른 사람들과 나눌 기회가 되었죠.

PW: 아들과의 관계를 변화시켰나요?

EM: 아뇨. 우리 아들은 가상의 인물이 아니라 그 자신이고, 우리의 관계는 거의 스무 해에 걸친 상호작용의 결과물입니다. 책을 쓰는 도중에 아들에게 조금 읽히고 반응을 보려고 했었죠―나가 버리더군요.

PW: 만약 루와 그 동료들이 제안 받은 수술이 오늘날 가능하다면, 위험에도 불구하고 아들이 그 치료를 시도해 보길 바라나요?

EM: 모르겠어요. 장애아의 부모에게 가장 큰 도전 중 하나는 어떻게 아이를 있는 그대로 사랑하면서, 그럼에도 도움이 될지도 모르는 변화에 열린 마음을 유지할 수 있는가 하는 것입니다. 이 문제에 대해 어느 한쪽으로 강경한 사람도 있습니다. 아이를 있는 그대로 사랑하는 마음을 무로 돌리는 것이니, 자신들의 장애아가 절대 낫지 않기를 바란다고 주장하는 부모들이 있습니다. 그와 반대로, 모든 사람들이 나을 기회가 있다면 무엇에든 뛰어들어야 한다는 사람들도 있죠.

저는 못 합니다. 아이의 지금 나이도 이유예요. 둘, 셋, 넷, 다섯 살이었다면, 지금보다는 낫겠지 하는 심정으로 당장 '마법의 탄환'과 같은 치료를 시도했을지도 모릅니다. 이제는요? 지금 우리 아들은 열정적이고, 행복하고, 정 많은 젊은이입니다. 고등학교 특수학급에서 자기가 배울 수 있는 것을 열심히 배우고 있어요. 이런 특징을 하나라도 잃는 일은 끔찍한 손실입니다. 그래도 만약 아들이 그렇게 좋아하는 여자아이들과 쉽게 대화할 수 있고, 자기의 몸과 마음을 더 자유롭게 움직일 수 있다면, 크나큰 소득이겠죠. 만약/언젠가 그런 치료가 가능해진다면, 아들이 결정해야겠지요.

PW: 루의 회사가 이타적인 이유로 루와 동료들에게 치료 받을 기회를 제공하지 않았다는 사실이 밝혀집니다. 자폐인들이 수술을 통해 보다 정상적인 신경 반응을 갖게 된다면, 그와 마찬가지로 높은 패턴 인식 능력과 같은 자폐적인 반응을 비자폐인들에게 전달해 보다 생산적인 일꾼들로 만들 수 있다는 얘기죠. 유전적이든 아니든, 오늘날 개발되고 있는 치료기법의 발전이 잘못 사용될 가능성을 우려하고 있습니까? 그런 오용을 막기 위해 정부와 사적 분야에서 어떤 안전장치가, 만약 있다면, 규정되어 있나요?

EM: 뇌의 기능을 바꾸는 치료는 어떤 것이든 잘못 사용될 수 있습니다—허나 오용을 어떻게 규정할지가 오늘날 이쪽 생명윤리에서 뜨거운 주제죠. 최근 다양한 학술지에서 기억 향상(알츠하이머병 환자에게는 좋겠지만, 대학생들은?), 집중력 향상(전투기 조종사에게는 괜찮겠지만, 대학생들은?) 등에 관해 논의했습니다. 신경의 문제를 고치는 것과, 자신의 성취력을 향상시키는 것은 다른 문제죠. 다른 사람의 성취력을 향상시키기 위해 시도한다면…… 말 그대로 정신 조종mind control으로 넘어갑니다.

제 견해를 말하자면, 이 분야에서는 연구자들과 의학 시설들이 안전장치를 앞질러 있습니다. 아무도 알츠하이머병 환자의 기억을 향상시키는 일을 안전장치로 제한하고 싶지 않겠죠—그런 경우에는 환자의 삶의 질이 분명히 높아지니까요. 하지만 대학생이 벼락치기 시험공부에서 능력을 향상시키려고 같은 약을 먹어야 할까요? 자신에게 더 좋은 기억력이나 이십 점 높은 IQ를 부여하는 것이 '정당한'일일까요? 비싼 학비를 대고 있는 부모가 약을 넣은 브라우니를 자녀에게 보내는 일은 정당할까요? 고용주가 그 약을 크리스마스 파티 펀치에 섞는다면? 거꾸로, 부모가 분투하고 있는 자녀에게, 네가 게을러서일 뿐이라며 지능을 높이지 못하게 한다면 정당할까요?

경험을 통해 볼 때, 일단 치료법이 존재하고 나면 그 치료법의 새로운 (그리고 많은 경우, 덜 윤리적인) 사용처를 찾아내는 사람이 나옵니다. 소들이 모두 다 달아나기 전에 외양간 문을 고치려고 애쓰는 격인 '안전장치'는 그다음에 마련되죠.

PW: 헐리우드에서는 관심을 보였습니까? 루 애런데일 역할은 배우의 꿈이겠는걸요!

EM: 그렇겠죠? 의사 타진 정도는 있었지만, 아직 계약은 없답니다.

옮긴이 정소연

서울대학교에서 사회복지학과 철학을 전공했다. 2005년 '과학기술 창작문예' 공모에서 스토리를 맡은 만화 〈우주류〉로 가작을 수상하며 활동을 시작한 이래 소설 창작과 번역을 병행해 왔다. 《팬데믹》, 《오늘의 SF》, 《언니밖에 없네》 등에 작품을 실었고, 《미지에서 묻고 경계에서 답하다》(공저), 《옆집의 영희 씨》, 《이사》 등을 썼다. 옮긴 책으로는 《노래하던 새들도 지금은 사라지고》, 《허공에서 춤추다》, 《이름이 무슨 상관이람》 등이 있다.

어둠의 속도

첫판 1쇄 펴낸날 2021년 10월 29일
　　　5쇄 펴낸날 2024년 2월 5일

지은이 엘리자베스 문
옮긴이 정소연
발행인 김혜경
편집인 김수진
책임편집 유승연
편집기획 김교석 조한나 문해림 김유진 곽세라 전하연 박혜인 조정현
디자인 한승연 성윤정
경영지원국 안정숙
마케팅 문창운 백윤진 박희원
회계 임옥희 양여진 김주연

펴낸곳 (주)도서출판 푸른숲
출판등록 2003년 12월 17일 제2003-000032호
주소 서울특별시 마포구 토정로 35-1 2층, 우편번호 04083
전화 02)6392-7871, 2(마케팅부), 02)6392-7873(편집부)
팩스 02)6392-7875
홈페이지 www.prunsoop.co.kr
페이스북 www.facebook.com/prunsoop　　**인스타그램** @prunsoop

ⓒ정소연, 2021
ISBN 979-11-5675-919-5(03840)

* 잘못된 책은 구입하신 서점에서 바꾸어 드립니다.
* 본서의 반품 기한은 2029년 2월 28일까지입니다.